厚德博學
經濟匡時

大学通识课教材

百年中国文学经典作品选读

孙冰 ◎ 主编

上海财经大学出版社

图书在版编目(CIP)数据

百年中国文学经典作品选读/孙冰主编. —上海:上海财经大学出版社,2022.9
(匡时·大学通识课教材)
ISBN 978-7-5642-4023-3/F·4023

Ⅰ.①百… Ⅱ.①孙… Ⅲ.①中国文学-文学欣赏-高等学校-教材 Ⅳ.①I206

中国版本图书馆CIP数据核字(2022)第138063号

□ 策划编辑　王永长
□ 责任编辑　石兴凤
□ 封面设计　张克瑶

百年中国文学经典作品选读

孙　冰　主编

上海财经大学出版社出版发行
(上海市中山北一路369号　邮编200083)
网　址:http://www.sufep.com
电子邮箱:webmaster@sufep.com
全国新华书店经销
江苏苏中印刷有限公司印刷装订
2022年9月第1版　2023年1月第2次印刷

710mm×1000mm　1/16　28.5印张(插页:2)　409千字
定价:79.00元

前　言

这本教材是我为非文学专业学生开设的通识教育课"百年中国文学作品经典选读"而准备的。

2014年我第一次在全校开课时，从1917年白话文运动发轫的新文学不到百岁，还差3年，所以当时课程名字里的"百年"是虚指，到教材出版，今年它已经足足105岁了。这一百年是中国以至世界前所未有的动荡剧烈变化加速的百年，身在其中的每一代人都无法在时代和世界的洪流中独善其身，这种巨大的力量自然会给个人命运和心灵带来巨大的影响。而百年文学就是对这样的社会和心灵的记录。

百年的时间，对现当代文学来说，足够积累、沉淀、筛选其中的优秀作品甚至经典作品。之前已有不少前辈同行编写现当代作品的选本或者教材，我上课时也很喜欢用其中的一些。我之所以还会编写一本这样的教材，一是虽然编选者有共识，但还是会各有偏重，而且当代部分有关21世纪以来的内容较少，我在课堂上选一些介绍给同学们，同学们很感兴趣，共鸣也多。二是课程学时限制，一个学期周数固定，能讲的作家作品有限，如果还想再深入、细致地讨论，则捉襟见肘。因此，编选一个作品范围跨度到新世纪、适合较短学时使用的文学选本的想法就产生了。感谢通识教育中心让这个想法得以实现。

因为本书使用对象是非文学专业大学本科学生,而且学生在中学里已经学过一些作家的作品,所以,所选编目不唯是作家的代表作,而是不同风格的作品。

教材编写按照体裁分为小说、散文、诗歌和戏剧四编,以一个作家的作品为一节,每节体例由作品、阅读提示、思考和讨论、延伸阅读、参考资料五个部分组成。散文部分中思考与讨论和参考资料的设置视作品容量和研究现状会有省略。小说部分的阅读提示着重引导学生关注讲故事的方法,在诗歌部分则关注情感的表达方式。

意大利作家卡尔维诺在《为什么要读经典》一文里写道:"一部经典作品是一本每次重读都好像初读那样带来发现的书。""一部经典作品是一本即使我们初读也好像是在重温我们以前读过的东西的书。"所以,希望每个读了这些作品的同学们都有这样的收获。

文学吸引着我们,经典吸引着我们,是因为文学里有广大的世界、多彩的生活,还有人类丰富的心灵。只要我们对世界、对生活、对人类自身还有兴趣,还有热情,对文学的热爱以及文学对我们的慰藉就一直存在。

编 者
2022 年 8 月

目　录

第一编　小　说

第一节　鲁迅/001

《狂人日记》/001

《孤独者》/009

《铸剑》/027

第二节　沈从文/045

《边城》(节选)/045

第三节　萧红/062

《呼兰河传》(节选)/062

第四节　老舍/094

《骆驼祥子》(节选)/094

第五节　张爱玲/120

《金锁记》/120

《倾城之恋》(节选)/137

第六节　汪曾祺/158

《故里三陈》/158

《受戒》(节选)/167

第七节　阿城/184

《棋王》(节选)/184

第八节　韩少功/201

《马桥词典》(节选)/201

第九节　余华/210

《许三观卖血记》(节选)/210

第十节　刘震云/226

《一句顶一万句》(节选)/226

第二编　散　文

第一节　鲁迅/261

《影的告别》/261

《复仇》/262

《灯下漫笔》/263

《女吊》/269

第二节　周作人/275

《故乡的野菜》/275

《北京的茶食》/276

第三节　梁实秋/279

《衣裳》/279

第四节　朱自清/283

《冬天》/283

第五节　沈从文/286

《湘行散记　一九三四年一月十八》(节选)/286

第六节　林语堂/293

《言志篇》/293

第七节　张爱玲/298

《更衣记》/298

《公寓生活记趣》/304

第八节　史铁生/311

　《我与地坛》(节选)/311

第九节　李娟/329

　《离春天只有二十公分的雪兔》/329

　《冬牧场——羊的冬天》/335

第三编　诗　歌

第一节　郭沫若/344

　《凤凰涅槃》/344

第二节　戴望舒/357

　《雨巷》/357

　《我用残损的手掌》/359

第三节　卞之琳/362

　《断章》/362

　《距离的组织》/362

　《鱼化石》/363

第四节　冯至/366

　《十四行集》之一/366

　之二十七/367

第五节　穆旦/369

　《野兽》/369

　《诗八首》/370

　《出发》/374

第六节　北岛/379

　《回答》/379

第七节　顾城/382

《远和近》/382

《门前》/382

第八节　海子/386

《春天,十个海子》/386

第九节　翟永明/388

《女人组诗》(节选)/388

第十节　于坚/391

《尚义街六号》/391

第十一节　张枣/396

《镜中》/396

《楚王梦雨》/396

第十二节　陆忆敏/401

《美国妇女杂志》/401

《教孩子们读伟大的诗》/402

第十三节　马雁/405

《桥梓镇》/405

《痛苦不会摧毁痛苦的可能性》/406

《我们乘坐过山车飞向未来》/406

第十四节　张定浩/412

《我喜爱一切不彻底的事物》/412

附录：冬天的诗/415

第四编　戏　剧

第一节　曹禺/420

《雷雨》(第二幕节选)/420

第二节　老舍/430

　　《茶馆》(第一幕)选场/430

第三节　廖一梅/443

　　《恋爱的犀牛》(节选)/443

第一编 小 说

第一节 鲁 迅

鲁迅(1881—1936),原名周树人,字豫才,浙江绍兴人。1902年东渡日本仙台留学,后弃医从文;1906年到东京开始从事文学活动并加入光复会;1909年回国;1918年5月在"五四"新文化运动高潮时发表第一篇白话小说《狂人日记》,接着又发表《孔乙己》《药》《阿Q正传》等,后结集出版短篇小说集《呐喊》《彷徨》《故事新编》,并创作了散文诗集《野草》,散文集《朝花夕拾》,杂文集《而已集》《坟》《热风》等16部,翻译了14个国家近百位作家的作品、著作;1936年因病在上海去世。

《狂人日记》[①]

一

今天晚上,很好的月光。

我不见他,已是三十多年;今天见了,精神分外爽快。才知道以前的

[①] 《狂人日记》是鲁迅创作的第一部短篇白话日记体小说,也是中国第一部现代白话文小说,写于1918年4月。该文首发于1918年5月15日4卷5号的《新青年》月刊,后收入《呐喊》集,编入《鲁迅全集》第一卷。发表时文前有文言文所写小序,本教材未选。

三十多年,全是发昏;然而须十分小心。不然,那赵家的狗,何以看我两眼呢?

我怕得有理。

二

今天全没月光,我知道不妙。早上小心出门,赵贵翁的眼色便怪:似乎怕我,似乎想害我。还有七八个人,交头接耳的议论我,又怕我看见。一路上的人,都是如此。其中最凶的一个人,张着嘴,对我笑了一笑;我便从头直冷到脚根,晓得他们布置,都已妥当了。

我可不怕,仍旧走我的路。前面一伙小孩子,也在那里议论我;眼色也同赵贵翁一样,脸色也铁青。我想我同小孩子有什么仇,他也这样。忍不住大声说,"你告诉我!"他们可就跑了。

我想:我同赵贵翁有什么仇,同路上的人又有什么仇;只有廿年以前,把古久先生的陈年流水簿子,踹了一脚,古久先生很不高兴。赵贵翁虽然不认识他,一定也听到风声,代抱不平;约定路上的人,同我作冤对。但是小孩子呢?那时候,他们还没有出世,何以今天也睁着怪眼睛,似乎怕我,似乎想害我。这真教我怕,教我纳罕而且伤心。

我明白了。这是他们娘老子教的!

三

晚上总是睡不着。凡事须得研究,才会明白。

他们——也有给知县打枷过的,也有给绅士掌过嘴的,也有衙役占了他妻子的,也有老子娘被债主逼死的;他们那时候的脸色,全没有昨天这么怕,也没有这么凶。

最奇怪的是昨天街上的那个女人,打他儿子,嘴里说道,"老子呀!我要咬你几口才出气!"他眼睛却看着我。我出了一惊,遮掩不住;那青面獠牙的一伙人,便都哄笑起来。陈老五赶上前,硬把我拖回家中了。

拖我回家,家里的人都装作不认识我;他们的脸色,也全同别人一样。

进了书房,便反扣上门,宛然是关了一只鸡鸭。这一件事,越教我猜不出底细。

前几天,狼子村的佃户来告荒,对我大哥说,他们村里的一个大恶人,给大家打死了;几个人便挖出他的心肝来,用油煎炒了吃,可以壮壮胆子。我插了一句嘴,佃户和大哥便都看我几眼。今天才晓得他们的眼光,全同外面的那伙人一模一样。

想起来,我从顶上直冷到脚跟。

他们会吃人,就未必不会吃我。

你看那女人"咬你几口"的话,和一伙青面獠牙人的笑,和前天佃户的话,明明是暗号。我看出他话中全是毒,笑中全是刀。他们的牙齿,全是白厉厉的排着,这就是吃人的家伙。

照我自己想,虽然不是恶人,自从踹了古家的簿子,可就难说了。他们似乎别有心思,我全猜不出。况且他们一翻脸,便说人是恶人。我还记得大哥教我做论,无论怎样好人,翻他几句,他便打上几个圈;原谅坏人几句,他便说"翻天妙手,与众不同"。我那里猜得到他们的心思,究竟怎样;况且是要吃的时候。

凡事总须研究,才会明白。古来时常吃人,我也还记得,可是不甚清楚。我翻开历史一查,这历史没有年代,歪歪斜斜的每叶上都写着"仁义道德"几个字。我横竖睡不着,仔细看了半夜,才从字缝里看出字来,满本都写着两个字是"吃人"!

书上写着这许多字,佃户说了这许多话,却都笑吟吟的睁着怪眼看我。

我也是人,他们想要吃我了!

四

早上,我静坐了一会。陈老五送进饭来,一碗菜,一碗蒸鱼;这鱼的眼睛,白而且硬,张着嘴,同那一伙想吃人的人一样。吃了几筷,滑溜溜的不知是鱼是人,便把他兜肚连肠的吐出。

我说"老五,对大哥说,我闷得慌,想到园里走走。"老五不答应,走了;停一会,可就来开了门。

我也不动,研究他们如何摆布我;知道他们一定不肯放松。果然!我大哥引了一个老头子,慢慢走来;他满眼凶光,怕我看出,只是低头向着地,从眼镜横边暗暗看我。大哥说,"今天你仿佛很好。"我说"是的"。大哥说,"今天请何先生来,给你诊一诊。"我说"可以!"其实我岂不知道这老头子是刽子手扮的!无非借了看脉这名目,揣一揣肥瘠:因这功劳,也分一片肉吃。我也不怕;虽然不吃人,胆子却比他们还壮。伸出两个拳头,看他如何下手。老头子坐着,闭了眼睛,摸了好一会,呆了好一会;便张开他鬼眼睛说,"不要乱想。静静的养几天,就好了。"

不要乱想,静静的养!养肥了,他们是自然可以多吃;我有什么好处,怎么会"好了"?他们这群人,又想吃人,又是鬼鬼祟祟,想法子遮掩,不敢直捷下手,真要令我笑死。我忍不住,便放声大笑起来,十分快活。自己晓得这笑声里面,有的是义勇和正气。老头子和大哥,都失了色,被我这勇气正气镇压住了。

但是我有勇气,他们便越想吃我,沾光一点这勇气。老头子跨出门,走不多远,便低声对大哥说道,"赶紧吃罢!"大哥点点头。原来也有你!这一件大发见,虽似意外,也在意中:合伙吃我的人,便是我的哥哥!

吃人的是我哥哥!

我是吃人的人的兄弟!

我自己被人吃了,可仍然是吃人的人的兄弟!

五

这几天是退一步想:假使那老头子不是刽子手扮的,真是医生,也仍然是吃人的人。他们的祖师李时珍做的"本草什么"上,明明写着人肉可以煎吃;他还能说自己不吃人么?

至于我家大哥,也毫不冤枉他。他对我讲书的时候,亲口说过可以"易子而食";又一回偶然议论起一个不好的人,他便说不但该杀,还当"食肉寝皮"。我那时年纪还小,心跳了好半天。前天狼子村佃户来说吃心肝的事,他也毫不奇怪,不住的点头。可见心思是同从前一样狠。既然可以"易子而食",便什么都易得,什么人都吃得。我从前单听他讲道理,也胡涂过去;现在晓得他讲道理的时候,不但唇边还抹着人油,而且心里满装着吃人的意思。

六

黑漆漆的,不知是日是夜。赵家的狗又叫起来了。

狮子似的凶心,兔子的怯弱,狐狸的狡猾,……

七

我晓得他们的方法,直捷杀了,是不肯的,而且也不敢,怕有祸祟。所以他们大家连络,布满了罗网,逼我自戕。试看前几天街上男女的样子,和这几天我大哥的作为,便足可悟出八九分了。最好是解下腰带,挂在梁上,自己紧紧勒死;他们没有杀人的罪名,又偿了心愿,自然都欢天喜地的发出一种呜呜咽咽的笑声。否则惊吓忧愁死了,虽则略瘦,也还可以首肯几下。

他们是只会吃死肉的!——记得什么书上说,有一种东西,叫"海乙那"①的,眼光和样子都很难看;时常吃死肉,连极大的骨头,都细细嚼烂,咽下肚子去,想起来也教人害怕。"海乙那"是狼的亲眷,狼是狗的本家。前天赵家的狗,看我几眼,可见他也同谋,早已接洽。老头子眼看着地,岂能瞒得我过。

最可怜的是我的大哥,他也是人,何以毫不害怕;而且合伙吃我呢?还是历来惯了,不以为非呢?还是丧了良心,明知故犯呢?

我诅咒吃人的人,先从他起头;要劝转吃人的人,也先从他下手。

---

① 英语 hyena 的音译,即鬣狗,常随狮虎等猛兽之后,以它们吃剩的兽类残尸为食。

八

其实这种道理，到了现在，他们也该早已懂得，……

忽然来了一个人；年纪不过二十左右，相貌是不很看得清楚，满面笑容，对了我点头，他的笑也不像真笑。我便问他，"吃人的事，对么？"他仍然笑着说，"不是荒年，怎么会吃人。"我立刻就晓得，他也是一伙，喜欢吃人的；便自勇气百倍，偏要问他。

"对么？"

"这等事问他什么。你真会……说笑话。……今天天气很好。"

天气是好，月色也很亮了。可是我要问你，"对么？"

他不以为然了。含含胡胡的答道，"不……"

"不对？他们何以竟吃？！"

"没有的事……"

"没有的事？狼子村现吃；还有书上都写着，通红斩新！"

他便变了脸，铁一般青。睁着眼说，"有许有的，这是从来如此……"

"从来如此，便对么？"

"我不同你讲这些道理；总之你不该说，你说便是你错！"

我直跳起来，张开眼，这人便不见了。全身出了一大片汗。他的年纪，比我大哥小得远，居然也是一伙；这一定是他娘老子先教的。还怕已经教给他儿子了；所以连小孩子，也都恶狠狠的看我。

九

自己想吃人，又怕被别人吃了，都用着疑心极深的眼光，面面相觑。

……

去了这心思，放心做事走路吃饭睡觉，何等舒服。这只是一条门槛，一个关头。他们可是父子兄弟夫妇朋友师生仇敌和各不相识的人，都结成一伙，互相劝勉，互相牵掣，死也不肯跨过这一步。

十

大清早,去寻我大哥;他立在堂门外看天,我便走到他背后,拦住门,格外沉静,格外和气的对他说,

"大哥,我有话告诉你。"

"你说就是,"他赶紧回过脸来,点点头。

"我只有几句话,可是说不出来。大哥,大约当初野蛮的人,都吃过一点人。后来因为心思不同,有的不吃人了,一味要好,便变了人,变了真的人。有的却还吃,——也同虫子一样,有的变了鱼鸟猴子,一直变到人。有的不要好,至今还是虫子。这吃人的人比不吃人的人,何等惭愧。怕比虫子的惭愧猴子,还差得很远很远。

"易牙蒸了他儿子,给桀纣吃,还是一直从前的事。谁晓得从盘古开辟天地以后,一直吃到易牙的儿子;从易牙的儿子,一直吃到徐锡林;从徐锡林,又一直吃到狼子村捉住的人。去年城里杀了犯人,还有一个生痨病的人,用馒头蘸血舐。

"他们要吃我,你一个人,原也无法可想;然而又何必去入伙。吃人的人,什么事做不出;他们会吃我,也会吃你,一伙里面,也会自吃。但只要转一步,只要立刻改了,也就是人人太平。虽然从来如此,我们今天也可以格外要好,说是不能!大哥,我相信你能说,前天佃户要减租,你说过不能。"

当初,他还只是冷笑,随后眼光便凶狠起来,一到说破他们的隐情,那就满脸都变成青色了。大门外立着一伙人,赵贵翁和他的狗,也在里面,都探头探脑的挨进来。有的是看不出面貌,似乎用布蒙着;有的是仍旧青面獠牙,抿着嘴笑。我认识他们是一伙,都是吃人的人。可是也晓得他们心思很不一样,一种是以为从来如此,应该吃的;一种是知道不该吃,可是仍然要吃,又怕别人说破他,所以听了我的话,越发气愤不过,可是抿着嘴冷笑。

这时候,大哥也忽然显出凶相,高声喝道,

"都出去！疯子有什么好看！"

这时候，我又懂得一件他们的巧妙了。他们岂但不肯改，而且早已布置；预备下一个疯子的名目罩上我。将来吃了，不但太平无事，怕还会有人见情。佃户说的大家吃了一个恶人，正是这方法。这是他们的老谱！

陈老五也气愤愤地直走进来。如何按得住我的口，我偏要对这伙人说

"你们可以改了，从真心改起！要晓得将来容不得吃人的人，活在世上。

"你们要不改，自己也会吃尽。即使生得多，也会给真的人除灭了，同猎人打完狼子一样！——同虫子一样！"

那一伙人，都被陈老五赶走了。大哥也不知那里去了。陈老五劝我回屋子里去。屋里面全是黑沉沉的。横梁和椽子都在头上发抖；抖了一会，就大起来，堆在我身上。

万分沉重，动弹不得；他的意思是要我死。我晓得他的沉重是假的，便挣扎出来，出了一身汗。可是偏要说，

"你们立刻改了，从真心改起！你们要晓得将来是容不得吃人的人，……"

十一

太阳也不出，门也不开，日日是两顿饭。

我捏起筷子，便想起我大哥；晓得妹子死掉的缘故，也全在他。那时我妹子才五岁，可爱可怜的样子，还在眼前。母亲哭个不住，他却劝母亲不要哭；大约因为自己吃了，哭起来不免有点过意不去。如果还能过意不去，……

妹子是被大哥吃了，母亲知道没有，我可不得而知。

母亲想也知道；不过哭的时候，却并没有说明，大约也以为应当的了。记得我四五岁时，坐在堂前乘凉，大哥说爷娘生病，做儿子的须割下一片肉来，煮熟了请他吃，才算好人；母亲也没有说不行。一片吃得，整个的自

然也吃得。但是那天的哭法,现在想起来,实在还教人伤心,这真是奇极的事!

十二

不能想了。

四千年来时时吃人的地方,今天才明白,我也在其中混了多年;大哥正管着家务,妹子恰恰死了,他未必不和在饭菜里,暗暗给我们吃。

我未必无意之中,不吃了我妹子的几片肉,现在也轮到我自己,……

有了四千年吃人履历的我,当初虽然不知道,现在明白,难见真的人!

十三

没有吃过人的孩子,或者还有?

救救孩子……

一九一八年四月。

《孤独者》[①]

一

我和魏连殳相识一场,回想起来倒也别致,竟是以送殓始,以送殓终。

那时我在 S 城,就时时听到人们提起他的名字,都说他很有些古怪:所学的是动物学,却到中学堂去做历史教员;对人总是爱理不理的,却常喜欢管别人的闲事;常说家庭应该破坏,一领薪水却一定立即寄给他的祖母,一日也不拖延。此外还有许多零碎的话柄;总之,在 S 城里也算是一个给人当作谈助的人。有一年的秋天,我在寒石山的一个亲戚家里闲住;

[①] 选自《鲁迅全集》第 2 卷,本篇在收入小说集《彷徨》前未在报刊上发表过。

他们就姓魏,是连殳的本家。但他们却更不明白他,仿佛将他当作一个外国人看待,说是"同我们都异样的"。

这也不足为奇,中国的兴学虽说已经二十年了,寒石山却连小学也没有。全山村中,只有连殳是出外游学的学生,所以从村人看来,他确是一个异类;但也很妒羡,说他挣得许多钱。

到秋末,山村中痢疾流行了;我也自危,就想回到城中去。那时听说连殳的祖母就染了病,因为是老年,所以很沉重;山中又没有一个医生。所谓他的家属者,其实就只有一个这祖母,雇一名女工简单地过活;他幼小失了父母,就由这祖母抚养成人的。听说她先前也曾经吃过许多苦,现在可是安乐了。但因为他没有家小,家中究竟非常寂寞,这大概也就是大家所谓异样之一端罢。

寒石山离城是旱道一百里,水道七十里,专使人叫连殳去,往返至少就得四天。山村僻陋,这些事便算大家都要打听的大新闻,第二天便哄传她病势已经极重,专差也出发了;可是到四更天竟咽了气,最后的话,是:"为什么不肯给我会一会连殳的呢?……"

族长,近房,他的祖母的母家的亲丁,闲人,聚集了一屋子,预计连殳的到来,应该已是入殓的时候了。寿材寿衣早已做成,都无须筹画;他们的第一大问题是在怎样对付这"承重孙"①,因为逆料他关于一切丧葬仪式,是一定要改变新花样的。聚议之后,大概商定了三大条件,要他必行。一是穿白,二是跪拜,三是请和尚道士做法事。② 总而言之:是全都照旧。

他们既经议妥,便约定在连殳到家的那一天,一同聚在厅前,排成阵势,互相策应,并力作一回极严厉的谈判。村人们都咽着唾沫,新奇地听候消息;他们知道连殳是"吃洋教"的"新党",向来就不讲什么道理,两面的争斗,大约总要开始的,或者还会酿成一种出人意外的奇观。

传说连殳的到家是下午,一进门,向他祖母的灵前只是弯了一弯腰。

---

① 按封建宗法制度,长子先亡,由嫡长孙代替亡父充当祖父母丧礼的主持人,称承重孙。
② 法事原指佛教徒念经、供佛一类活动。这里指和尚、道士超度亡魂的迷信仪式,也叫"做功德"。

族长们便立刻照像定计画进行,将他叫到大厅上,先说过一大篇冒头,然后引入本题,而且大家此唱彼和,七嘴八舌,使他得不到辩驳的机会。但终于话都说完了,沉默充满了全厅,人们全数悚然地紧看着他的嘴。只见连殳神色也不动,简单地回答道:

"都可以的。"

这又很出于他们的意外,大家的心的重担都放下了,但又似乎反加重,觉得太"异样",倒很有些可虑似的。打听新闻的村人们也很失望,口口相传道,"奇怪!他说'都可以'哩!我们看去罢!"都可以就是照旧,本来是无足观了,但他们也还要看,黄昏之后,便欣欣然聚满了一堂前。

我也是去看的一个,先送了一份香烛;待到走到他家,已见连殳在给死者穿衣服了。原来他是一个短小瘦削的人,长方脸,蓬松的头发和浓黑的须眉占了一脸的小半,只见两眼在黑气里发光。那穿衣也穿得真好,井井有条,仿佛是一个大殓的专家,使旁观者不觉叹服。寒石山老例,当这些时候,无论如何,母家的亲丁是总要挑剔的;他却只是默默地,遇见怎么挑剔便怎么改,神色也不动。站在我前面的一个花白头发的老太太,便发出羡慕感叹的声音。

其次是拜;其次是哭,凡女人们都念念有词。其次入棺;其次又是拜;又是哭,直到钉好了棺盖。沉静了一瞬间,大家忽而扰动了,很有惊异和不满的形势。我也不由的突然觉到:连殳就始终没有落过一滴泪,只坐在草荐上,两眼在黑气里闪闪地发光。

大殓便在这惊异和不满的空气里面完毕。大家都怏怏地,似乎想走散,但连殳却还坐在草荐上沉思。忽然,他流下泪来了,接着就失声,立刻又变成长嚎,像一匹受伤的狼,当深夜在旷野中嗥叫,惨伤里夹杂着愤怒和悲哀。这模样,是老例上所没有的,先前也未曾豫防到,大家都手足无措了,迟疑了一会,就有几个人上前去劝止他,愈去愈多,终于挤成一大堆。但他却只是兀坐着号啕,铁塔似的动也不动。

大家又只得无趣地散开;他哭着,哭着,约有半点钟,这才突然停了下来,也不向吊客招呼,径自往家里走。接着就有前去窥探的人来报告:他走进他祖母的房里,躺在床上,而且,似乎就睡熟了。

隔了两日,是我要动身回城的前一天,便听到村人都遭了魔似的发议论,说连殳要将所有的器具大半烧给他祖母,余下的便分赠生时侍奉,死时送终的女工,并且连房屋也要无期地借给她居住了。亲戚本家都说到舌敝唇焦,也终于阻挡不住。

恐怕大半也还是因为好奇心,我归途中经过他家的门口,便又顺便去吊慰。他穿了毛边的白衣出见,神色也还是那样,冷冷的。我很劝慰了一番;他却除了唯唯诺诺之外,只回答了一句话,是:

"多谢你的好意。"

二

我们第三次相见就在这年的冬初,S城的一个书铺子里,大家同时点了一点头,总算是认识了。但使我们接近起来的,是在这年底我失了职业之后。从此,我便常常访问连殳去。一则,自然是因为无聊赖;二则,因为听人说,他倒很亲近失意的人的,虽然素性这么冷。但是世事升沉无定,失意人也不会长是失意人,所以他也就很少长久的朋友。这传说果然不虚,我一投名片,他便接见了。两间连通的客厅,并无什么陈设,不过是桌椅之外,排列些书架,大家虽说他是一个可怕的"新党",架上却不很有新书。他已经知道我失了职业;但套话一说就完,主客便只好默默地相对,逐渐沉闷起来。我只见他很快地吸完一枝烟,烟蒂要烧着手指了,才抛在地面上。

"吸烟罢。"他伸手取第二枝烟时,忽然说。

我便也取了一枝,吸着,讲些关于教书和书籍的,但也还觉得沉闷。我正想走时,门外一阵喧嚷和脚步声,四个男女孩子闯进来了。大的八九岁,小的四五岁,手脸和衣服都很脏,而且丑得可以。但是连殳的眼里却即刻发出欢喜的光来了,连忙站起,向客厅间壁的房里走,一面说道:

"大良,二良,都来!你们昨天要的口琴,我已经买来了。"

孩子们便跟着一齐拥进去,立刻又各人吹着一个口琴一拥而出,一出客厅门,不知怎的便打将起来。有一个哭了。

"一人一个,都一样的。不要争呵!"他还跟在后面嘱咐。

"这么多的一群孩子都是谁呢?"我问。

"是房主人的。他们都没有母亲,只有一个祖母。"

"房东只一个人么?"

"是的。他的妻子大概死了三四年了罢,没有续娶。——否则,便要不肯将余屋租给我似的单身人。"他说着,冷冷地微笑了。

我很想问他何以至今还是单身,但因为不很熟,终于不好开口。

只要和连殳一熟识,是很可以谈谈的。他议论非常多,而且往往颇奇警。使人不耐的倒是他的有些来客,大抵是读过《沉沦》^①的罢,时常自命为"不幸的青年"或是"零余者",螃蟹一般懒散而骄傲地堆在大椅子上,一面唉声叹气,一面皱着眉头吸烟。还有那房主的孩子们,总是互相争吵,打翻碗碟,硬讨点心,乱得人头昏。但连殳一见他们,却再不像平时那样的冷冷的了,看得比自己的性命还宝贵。听说有一回,三良发了红斑痧,竟急得他脸上的黑气愈见其黑了;不料那病是轻的,于是后来便被孩子们的祖母传作笑柄。

"孩子总是好的。他们全是天真……。"他似乎也觉得我有些不耐烦了,有一天特地乘机对我说。

"那也不尽然。"我只是随便回答他。

"不。大人的坏脾气,在孩子们是没有的。后来的坏,如你平日所攻击的坏,那是环境教坏的。原来却并不坏,天真……。我以为中国的可以希望,只在这一点。"

"不。如果孩子中没有坏根苗,大起来怎么会有坏花果?譬如一粒种子,正因为内中本含有枝叶花果的胚,长大时才能够发出这些东西来。何

---

① 《沉沦》,小说集,郁达夫著,内收中篇小说《沉沦》和短篇小说《南迁》《银灰色的死》,一九二一年十月上海泰东图书局出版。这些作品以"不幸的青年"或"零余者"为主人公,反映当时一部分小资产阶级知识分子在帝国主义、封建势力压抑下的忧郁、苦闷和自暴自弃的病态心理,带有颓废的倾向。

尝是无端……。"我因为闲着无事,便也如大人先生们一下野,就要吃素谈禅①一样,正在看佛经。佛理自然是并不懂得的,但竟也不自检点,一味任意地说。

然而连殳气忿了,只看了我一眼,不再开口。我也猜不出他是无话可说呢,还是不屑辩。但见他又显出许久不见的冷冷的态度来,默默地连吸了两枝烟;待到他再取第三枝时,我便只好逃走了。

这仇恨是历了三月之久才消释的。原因大概是一半因为忘却,一半则他自己竟也被"天真"的孩子所仇视了,于是觉得我对于孩子的冒渎的话倒也情有可原。但这不过是我的推测。其时是在我的寓里的酒后,他似乎微露悲哀模样,半仰着头道:

"想起来真觉得有些奇怪。我到你这里来时,街上看见一个很小的小孩,拿了一片芦叶指着我道:杀!他还不很能走路……。"

"这是环境教坏的。"

我即刻很后悔我的话。但他却似乎并不介意,只竭力地喝酒,其间又竭力地吸烟。

"我倒忘了,还没有问你,"我便用别的话来支梧,"你是不大访问人的,怎么今天有这兴致来走走呢?我们相识有一年多了,你到我这里来却还是第一回。"

"我正要告诉你呢:你这几天切莫到我寓里来看我了。我的寓里正有很讨厌的一大一小在那里,都不像人!"

"一大一小?这是谁呢?"我有些诧异。

"是我的堂兄和他的小儿子。哈哈,儿子正如老子一般。"

"是上城来看你,带便玩玩的罢?"

"不。说是来和我商量,就要将这孩子过继给我的。"

"呵!过继给你?"我不禁惊叫了,"你不是还没有娶亲么?"

---

① 吃素谈禅,指谈论佛教教义。当时军阀官僚在失势后,往往发表下野"宣言"或"通电",宣称出洋游历或隐居山林、吃斋念佛,从此不问国事等,实则窥测方向,伺机再起。

"他们知道我不娶的了。但这都没有什么关系。他们其实是要过继给我那一间寒石山的破屋子。我此外一无所有,你是知道的;钱一到手就化完。只有这一间破屋子。他们父子的一生的事业是在逐出那一个借住着的老女工。"

他那词气的冷峭,实在又使我悚然。但我还慰解他说:

"我看你的本家也还不至于此。他们不过思想略旧一点罢了。譬如,你那年大哭的时候,他们就都热心地围着使劲来劝你……。"

"我父亲死去之后,因为夺我屋子,要我在笔据上画花押,我大哭着的时候,他们也是这样热心地围着使劲来劝我……"他两眼向上凝视,仿佛要在空中寻出那时的情景来。

"总而言之:关键就全在你没有孩子。你究竟为什么老不结婚的呢?"我忽而寻到了转舵的话,也是久已想问的话,觉得这时是最好的机会了。

他诧异地看着我,过了一会,眼光便移到他自己的膝髁上去了,于是就吸烟,没有回答。

三

但是,虽在这一种百无聊赖的境地中,也还不给连殳安住。渐渐地,小报上有匿名人来攻击他,学界上也常有关于他的流言,可是这已经并非先前似的单是话柄,大概是于他有损的了。我知道这是他近来喜欢发表文章的结果,倒也并不介意。S城人最不愿意有人发些没有顾忌的议论,一有,一定要暗暗地来叮他,这是向来如此的,连殳自己也知道。但到春天,忽然听说他已被校长辞退了。这却使我觉得有些兀突;其实,这也是向来如此的,不过因为我希望着自己认识的人能够幸免,所以就以为兀突罢了,S城人倒并非这一回特别恶。

其时我正忙着自己的生计,一面又在接洽本年秋天到山阳去当教员的事,竟没有工夫去访问他。待到有些余暇的时候,离他被辞退那时大约快有三个月了,可是还没有发生访问连殳的意思。有一天,我路过大街,偶然在旧书摊前停留,却不禁使我觉到震悚,因为在那里陈列着的一部汲古阁初印本《史记索隐》①,正是连殳的书。他喜欢书,但不是藏书家,这种本子,在他是算作贵重的善本,非万不得已,不肯轻易变卖的。难道他失业刚才两三月,就一贫至此么?虽然他向来一有钱即随手散去,没有什么贮蓄。于是我便决意访问连殳去,顺便在街上买了一瓶烧酒,两包花生米,两个熏鱼头。

他的房门关闭着,叫了两声,不见答应。我疑心他睡着了,更加大声地叫,并且伸手拍着房门。

"出去了罢!"大良们的祖母,那三角眼的胖女人,从对面的窗口探出她花白的头来了,也大声说,不耐烦似的。

"那里去了呢?"我问。

"那里去了?谁知道呢?——他能到那里去呢,你等着就是,一会儿总会回来的。"

我便推开门走进他的客厅去。真是"一日不见,如隔三秋"②,满眼是凄凉和空空洞洞,不但器具所余无几了,连书籍也只剩了在S城决没有人会要的几本洋装书。屋中间的圆桌还在,先前曾经常常围绕着忧郁慷慨的青年,怀才不遇的奇士和腌脏吵闹的孩子们的,现在却见得很闲静,只在面上蒙着一层薄薄的灰尘。我就在桌上放了酒瓶和纸包,拖过一把椅子来,靠桌旁对着房门坐下。

的确不过是"一会儿",房门一开,一个人悄悄地阴影似的进来了,正是连殳。也许是傍晚之故罢,看去仿佛比先前黑,但神情却还是那样。

"阿!你在这里?来得多久了?"他似乎有些喜欢。

"并没有多久。"我说,"你到那里去了?"

"并没有到那里去,不过随便走走。"

他也拖过椅子来,在桌旁坐下;我们便开始喝烧酒,一面谈些关于他的失业的事。但他却不愿意多谈这些;他以为这是意料中的事,也是自己

---

① 唐代司马贞注释《史记》的书,共三十卷。汲古阁,是明末藏书家毛晋的藏书室。《史记索隐》是毛晋重刻的宋版书之一。

② 语出《诗经·王风·采葛》:"一日不见,如三秋兮。"

时常遇到的事,无足怪,而且无可谈的。他照例只是一意喝烧酒,并且依然发些关于社会和历史的议论。不知怎地我此时看见空空的书架,也记起汲古阁初印本的《史记索隐》,忽而感到一种淡漠的孤寂和悲哀。

"你的客厅这么荒凉……。近来客人不多了么?"

"没有了。他们以为我心境不佳,来也无意味。心境不佳,实在是可以给人们不舒服的。冬天的公园,就没有人去……。"

他连喝两口酒,默默地想着,突然,仰起脸来看着我问道,"你在图谋的职业也还是毫无把握罢?……"

我虽然明知他已经有些酒意,但也不禁愤然,正想发话,只见他侧耳一听,便抓起一把花生米,出去了。门外是大良们笑嚷的声音。

但他一出去,孩子们的声音便寂然,而且似乎都走了。他还追上去,说些话,却不听得有回答。他也就阴影似的悄悄地回来,仍将一把花生米放在纸包里。

"连我的东西也不要吃了。"他低声,嘲笑似的说。

"连殳,"我很觉得悲凉,却强装着微笑,说,"我以为你太自寻苦恼了。你看得人间太坏……。"

他冷冷的笑了一笑。

"我的话还没有完哩。你对于我们,偶而来访问你的我们,也以为因为闲着无事,所以来你这里,将你当作消遣的资料的罢?"

"并不。但有时也这样想。或者寻些谈资。"

"那你可错误了。人们其实并不这样。你实在亲手造了独头茧①,将自己裹在里面了。你应该将世间看得光明些。"我叹惜着说。

"也许如此罢。但是,你说:那丝是怎么来的?——自然,世上也尽有这样的人,譬如,我的祖母就是。我虽然没有分得她的血液,却也许会继承她的运命。然而这也没有什么要紧,我早已豫先一起哭过了……。"

我即刻记起他祖母大殓时候的情景来,如在眼前一样。

---

① 绍兴方言称孤独的人为独头。蚕吐丝作茧,将自己孤独地裹在里面,所以这里用"独头茧"比喻自甘孤独的人。

"我总不解你那时的大哭……。"于是鹃突地问了。

"我的祖母入殓的时候罢?是的,你不解的。"他一面点灯,一面冷静地说,"你的和我交往,我想,还正因为那时的哭哩。你不知道,这祖母,是我父亲的继母;他的生母,他三岁时候就死去了。"他想着,默默地喝酒,吃完了一个熏鱼头。

"那些往事,我原是不知道的。只是我从小时候就觉得不可解。那时我的父亲还在,家景也还好,正月间一定要悬挂祖像,盛大地供养起来。看着这许多盛装的画像,在我那时似乎是不可多得的眼福。但那时,抱着我的一个女工总指了一幅像说:'这是你自己的祖母。拜拜罢,保佑你生龙活虎似的大得快。'我真不懂得我明明有着一个祖母,怎么又会有什么'自己的祖母'来。可是我爱这'自己的祖母',她不比家里的祖母一般老;她年青,好看,穿着描金的红衣服,戴着珠冠,和我母亲的像差不多。我看她时,她的眼睛也注视我,而且口角上渐渐增多了笑影:我知道她一定也是极其爱我的。

"然而我也爱那家里的,终日坐在窗下慢慢地做针线的祖母。虽然无论我怎样高兴地在她面前玩笑,叫她,也不能引她欢笑,常使我觉得冷冷地,和别人的祖母们有些不同。但我还爱她。可是到后来,我逐渐疏远她了;这也并非因为年纪大了,已经知道她不是我父亲的生母的缘故,倒是看了终日终年的做针线,机器似的,自然免不了要发烦。但她却还是先前一样,做针线;管理我,也爱护我,虽然少见笑容,却也不加呵斥。直到我父亲去世,还是这样;后来呢,我们几乎全靠她做针线过活了,自然更这样,直到我进学堂……。"

灯火销沉下去了,煤油已经将涸,他便站起,从书架下摸出一个小小的洋铁壶来添煤油。

"只这一月里,煤油已经涨价两次了……。"他旋好了灯头,慢慢地说。"生活要日见其困难起来。——她后来还是这样,直到我毕业,有了事做,生活比先前安定些;恐怕还直到她生病,实在打熬不住了,只得躺下的时候罢……。

"她的晚年,据我想,是总算不很辛苦的,享寿也不小了,正无须我来下泪。况且哭的人不是多着么?连先前竭力欺凌她的人们也哭,至少是脸上很惨然。哈哈!……可是我那时不知怎地,将她的一生缩在眼前了,亲手造成孤独,又放在嘴里去咀嚼的人的一生。而且觉得这样的人还很多哩。这些人们,就使我要痛哭,但大半也还是因为我那时太过于感情用事……。

"你现在对于我的意见,就是我先前对于她的意见。然而我的那时的意见,其实也不对的。便是我自己,从略知世事起,就的确逐渐和她疏远起来了……。"

他沉默了,指间夹着烟卷,低了头,想着。灯火在微微地发抖。

"呵,人要使死后没有一个人为他哭,是不容易的事呵。"他自言自语似的说;略略一停,便仰起脸来向我道,"想来你也无法可想。我也还得赶紧寻点事情做……。"

"你再没有可托的朋友了么?"我这时正是无法可想,连自己。

"那倒大概还有几个的,可是他们的境遇都和我差不多……。"

我辞别连殳出门的时候,圆月已经升在中天了,是极静的夜。

四

山阳的教育事业的状况很不佳。我到校两月,得不到一文薪水,只得连烟卷也节省起来。但是学校里的人们,虽是月薪十五六元的小职员,也没有一个不是乐天知命的,仗着逐渐打熬成功的铜筋铁骨,面黄肌瘦地从早办公一直到夜,其间看见名位较高的人物,还得恭恭敬敬地站起,实在都是不必"衣食足而知礼节"[①]的人民。我每看见这情状,不知怎的总记起连殳临别托付我的话来。他那时生计更其不堪了,窘相时时显露,看去似乎已没有往时的深沉,知道我就要动身,深夜来访,迟疑了许久,才吞吞吐吐地说道:

---

① 语出《管子·牧民》:"仓廪实则知礼节,衣食足则知荣辱。"

"不知道那边可有法子想？——便是钞写，一月二三十块钱的也可以的。我……。"

我很诧异了，还不料他竟肯这样的迁就，一时说不出话来。

"我……，我还得活几天……。"

"那边去看一看，一定竭力去设法罢。"

这是我当日一口承当的答话，后来常常自己听见，眼前也同时浮出连殳的相貌，而且吞吞吐吐地说道"我还得活几天"。到这些时，我便设法向各处推荐一番；但有什么效验呢，事少人多，结果是别人给我几句抱歉的话，我就给他几句抱歉的信。到一学期将完的时候，那情形就更加坏了起来。那地方的几个绅士所办的《学理周报》上，竟开始攻击我了，自然是决不指名的，但措辞很巧妙，使人一见就觉得我是在挑剔学潮①，连推荐连殳的事，也算是呼朋引类。

我只好一动不动，除上课之外，便关起门来躲着，有时连烟卷的烟钻出窗隙去，也怕犯了挑剔学潮的嫌疑。连殳的事，自然更是无从说起了。这样地一直到深冬。

下了一天雪，到夜还没有止，屋外一切静极，静到要听出静的声音来。我在小小的灯火光中，闭目枯坐，如见雪花片片飘坠，来增补这一望无际的雪堆；故乡也准备过年了，人们忙得很；我自己还是一个儿童，在后园的平坦处和一伙小朋友塑雪罗汉。雪罗汉的眼睛是用两块小炭嵌出来的，颜色很黑，这一闪动，便变了连殳的眼睛。

"我还得活几天！"仍是这样的声音。

"为什么呢？"我无端地这样问，立刻连自己也觉得可笑了。

这可笑的问题使我清醒，坐直了身子，点起一枝烟卷来；推窗一望，雪果然下得更大了。听得有人叩门；不一会，一个人走进来，但是听熟的客寓杂役的脚步。他推开我的房门，交给我一封六寸多长的信，字迹很潦

---

① 一九二五年五月，作者和北京女子师范大学其他六位教授发表了支持该校学生反对反动的学校当局的宣言，陈西滢于同月《现代评论》第一卷第二十五期发表的《闲话》中，攻击作者等是"暗中挑剔风潮"。作者在这里借用此语，含有讽刺陈西滢文句不通的意味。

草,然而一瞥便认出"魏缄"两个字,是连发寄来的。

这是从我离开 S 城以后他给我的第一封信。我知道他疏懒,本不以杳无消息为奇,但有时也颇怨他不给一点消息。待到接了这信,可又无端地觉得奇怪了,慌忙拆开来。里面也用了一样潦草的字体,写着这样的话:

"申飞……。

"我称你什么呢?我空着。你自己愿意称什么,你自己添上去罢。我都可以的。

"别后共得三信,没有复。这原因很简单:我连买邮票的钱也没有。

"你或者愿意知道些我的消息,现在简直告诉你罢:我失败了。先前,我自以为是失败者,现在知道那并不,现在才真是失败者了。先前,还有人愿意我活几天,我自己也还想活几天的时候,活不下去;现在,大可以无须了,然而要活下去……。

"然而就活下去么?

"愿意我活几天的,自己就活不下去。这人已被敌人诱杀了。谁杀的呢?谁也不知道。

"人生的变化多么迅速呵!这半年来,我几乎求乞了,实际,也可以算得已经求乞。然而我还有所为,我愿意为此求乞,为此冻馁,为此寂寞,为此辛苦。但灭亡是不愿意的。你看,有一个愿意我活几天的,那力量就这么大。然而现在是没有了,连这一个也没有了。同时,我自己也觉得不配活下去;别人呢?也不配的。同时,我自己又觉得偏要为不愿意我活下去的人们而活下去;好在愿意我好好地活下去的已经没有了,再没有谁痛心。使这样的人痛心,我是不愿意的。然而现在是没有了,连这一个也没有了。快活极了,舒服极了;我已经躬行我先前所憎恶,所反对的一切,拒斥我先前所崇仰,所主张的一切了。我已经真的失败,——然而我胜利了。

"你以为我发了疯么?你以为我成了英雄或伟人了么?不,不的。这事情很简单;我近来已经做了杜师长的顾问,每月的薪水就有现洋八十元了。

"申飞……。

"你将以我为什么东西呢,你自己定就是,我都可以的。

"你大约还记得我旧时的客厅罢,我们在城中初见和将别时候的客厅。现在我还用着这客厅。这里有新的宾客,新的馈赠,新的颂扬,新的钻营,新的磕头和打拱,新的打牌和猜拳,新的冷眼和恶心,新的失眠和吐血……。

"你前信说你教书很不如意。你愿意也做顾问么?可以告诉我,我给你办。其实是做门房也不妨,一样地有新的宾客和新的馈赠,新的颂扬……。

"我这里下大雪了。你那里怎样?现在已是深夜,吐了两口血,使我清醒起来。记得你竟从秋天以来陆续给了我三封信,这是怎样的可以惊异的事呵。我必须寄给你一点消息,你或者不至于倒抽一口冷气罢。

"此后,我大约不再写信的了,我这习惯是你早已知道的。何时回来呢?倘早,当能相见。——但我想,我们大概究竟不是一路的;那么,请你忘记我罢。我从我的真心感谢你先前常替我筹划生计。但是现在忘记我罢;我现在已经'好'了。

连殳。十二月十四日。"

这虽然并不使我"倒抽一口冷气",但草草一看之后,又细看了一遍,却总有些不舒服,而同时可又夹杂些快意和高兴;又想,他的生计总算已经不成问题,我的担子也可以放下了,虽然在我这一面始终不过是无法可想。忽而又想写一封信回答他,但又觉得没有话说,于是这意思也立即消失了。

我的确渐渐地在忘却他。在我的记忆中,他的面貌也不再时常出现。但得信之后不到十天,S城的学理七日报社忽然接续着邮寄他们的《学理七日报》来了。我是不大看这些东西的,不过既经寄到,也就随手翻翻。这却使我记起连殳来,因为里面常有关于他的诗文,如《雪夜谒连殳先生》

《连殳顾问高斋雅集》等等;有一回,《学理闲谭》里还津津地叙述他先前所被传为笑柄的事,称作"逸闻",言外大有"且夫非常之人,必能行非常之事"①的意思。

不知怎地虽然因此记起,但他的面貌却总是逐渐模胡;然而又似乎和我日加密切起来,往往无端感到一种连自己也莫明其妙的不安和极轻微的震颤。幸而到了秋季,这《学理七日报》就不寄来了;山阳的《学理周刊》上却又按期登起一篇长论文:《流言即事实论》。里面还说,关于某君们的流言,已在公正士绅间盛传了。这是专指几个人的,有我在内;我只好极小心,照例连吸烟卷的烟也谨防飞散。小心是一种忙的苦痛,因此会百事俱废,自然也无暇记得连殳。总之:我其实已经将他忘却了。

但我也终于敷衍不到暑假,五月底,便离开了山阳。

五

从山阳到历城,又到太谷,一总转了大半年,终于寻不出什么事情做,我便又决计回S城去了。到时是春初的下午,天气欲雨不雨,一切都罩在灰色中;旧寓里还有空房,仍然住下。在道上,就想起连殳的了,到后,便决定晚饭后去看他。我提着两包闻喜名产的煮饼,走了许多潮湿的路,让道给许多拦路高卧的狗,这才总算到了连殳的门前。里面仿佛特别明亮似的。我想,一做顾问,连寓里也格外光亮起来了,不觉在暗中一笑。但仰面一看,门旁却白白的,分明帖着一张斜角纸。② 我又想,大良们的祖母死了罢;同时也跨进门,一直向里面走。

微光所照的院子里,放着一具棺材,旁边站一个穿军衣的兵或是马弁,还有一个和他谈话的,看时却是大良的祖母;另外还闲站着几个短衣的粗人。我的心即刻跳起来了。她也转过脸来凝视我。

---

① 语出《史记·司马相如列传》:"盖世必有非常之人,然后有非常之事。"
② 斜角纸,指我国旧时民间习俗,人死后在大门旁斜贴一张纸,纸上写明死者的性别和年龄,入殓时需要避开的是哪些生肖人,以及"殃"和"煞"的种类、日期,使别人知道避忌。(这就是所谓的"殃榜"。据清代范寅《越谚》:煞神,"人首鸡身""人死必如期至,犯之辄死"。)

"阿呀！您回来了？何不早几天……。"她忽而大叫起来。

"谁……谁没有了？"我其实是已经大概知道的了,但还是问。

"魏大人,前天没有的。"

我四顾,客厅里暗沉沉的,大约只有一盏灯;正屋里却挂着白的孝帏,几个孩子聚在屋外,就是大良二良们。

"他停在那里,"大良的祖母走向前,指着说,"魏大人恭喜之后,我把正屋也租给他了;他现在就停在那里。"

孝帏上没有别的,前面是一张条桌,一张方桌;方桌上摆着十来碗饭菜。我刚跨进门,当面忽然现出两个穿白长衫的来拦住了,瞪了死鱼似的眼睛,从中发出惊疑的光来,钉住了我的脸。我慌忙说明我和连殳的关系,大良的祖母也来从旁证实,他们的手和眼光这才逐渐弛缓下去,默许我近前去鞠躬。

我一鞠躬,地下忽然有人呜呜的哭起来了,定神看时,一个十多岁的孩子伏在草荐上,也是白衣服,头发剪得很光的头上还络着一大绺苎麻丝。①

我和他们寒暄后,知道一个是连殳的从堂兄弟,要算最亲的了;一个是远房侄子。我请求看一看故人,他们却竭力拦阻,说是"不敢当"的。然而终于被我说服了,将孝帏揭起。

这回我会见了死的连殳。但是奇怪!他虽然穿一套皱的短衫裤,大襟上还有血迹,脸上也瘦削得不堪,然而面目却还是先前那样的面目,宁静地闭着嘴,合着眼,睡着似的,几乎要使我伸手到他鼻子前面,去试探他可是其实还在呼吸着。

一切是死一般静,死的人和活的人。我退开了,他的从堂兄弟却又来周旋,说"舍弟"正在年富力强,前程无限的时候,竟遽尔"作古"了,这不但是"衰宗"不幸,也太使朋友伤心。言外颇有替连殳道歉之意;这样地能说,在山乡中人是少有的。但此后也就沉默了,一切是死一般静,死的人和活的人。

---

① 指"麻冠"(用苎麻编成)。旧时习俗,死者的儿子或承重孙在守灵和送殡时戴用,作为"重孝"的标志。

我觉得很无聊,怎样的悲哀倒没有,便退到院子里,和大良们的祖母闲谈起来。知道入殓的时候是临近了,只待寿衣送到;钉棺材钉时,"子午卯酉"四生肖是必须躲避的。她谈得高兴了,说话滔滔地泉流似的涌出,说到他的病状,说到他生时的情景,也带些关于他的批评。

"你可知道魏大人自从交运之后,人就和先前两样了,脸也抬高起来,气昂昂的。对人也不再先前那么迂。你知道,他先前不是像一个哑子,见我是叫老太太的么?后来就叫'老家伙'。唉唉,真是有趣。人送他仙居术①,他自己是不吃的,就摔在院子里,——就是这地方,——叫道,'老家伙,你吃去罢。'他交运之后,人来人往,我把正屋也让给他住了,自己便搬在这厢房里。他也真是一走红运,就与众不同,我们就常常这样说笑。要是你早来一个月,还赶得上看这里的热闹,三日两头的猜拳行令,说的说,笑的笑,唱的唱,做诗的做诗,打牌的打牌……。

"他先前怕孩子们比孩子们见老子还怕,总是低声下气的。近来可也两样了,能说能闹,我们的大良们也很喜欢和他玩,一有空,便都到他的屋里去。他也用种种方法逗着玩;要他买东西,他就要孩子装一声狗叫,或者磕一个响头。哈哈,真是过得热闹。前两月二良要他买鞋,还磕了三个响头哩,哪,现在还穿着,没有破呢。"

一个穿白长衫的人出来了,她就住了口。我打听连殳的病症,她却不大清楚,只说大约是早已瘦了下去的罢,可是谁也没理会,因为他总是高高兴兴的。到一个多月前,这才听到他吐过几回血,但似乎也没有看医生;后来躺倒了;死去的前三天,就哑了喉咙,说不出一句话。十三大人从寒石山路远迢迢地上城来,问他可有存款,他一声也不响。十三大人疑心他装出来的,也有人说有些生痨病死的人是要说不出话来的,谁知道呢……。

"可是魏大人的脾气也太古怪,"她忽然低声说,"他就不肯积蓄一点,水似的化钱。十三大人还疑心我们得了什么好处。有什么屁好处呢?他就冤里冤枉胡里胡涂地化掉了。譬如买东西,今天买进,明天又卖出,弄

---

① 仙居术,浙江省仙居县所产的药用植物白术。

破,真不知道是怎么一回事。待到死了下来,什么也没有,都糟掉了。要不然,今天也不至于这样地冷静……。

"他就是胡闹,不想办一点正经事。我是想到过的,也劝过他。这么年纪了,应该成家;照现在的样子,结一门亲很容易;如果没有门当户对的,先买几个姨太太也可以:人是总应该像个样子的。可是他一听到就笑起来,说道,'老家伙,你还是总替别人惦记着这等事么?'你看,他近来就浮而不实,不把人的好话当好话听。要是早听了我的话,现在何至于独自冷清清地在阴间摸索,至少,也可以听到几声亲人的哭声……。"

一个店伙背了衣服来了。三个亲人便检出里衣,走进帏后去。不多久,孝帏揭起了,里衣已经换好,接着是加外衣。

这很出我意外。一条土黄的军裤穿上了,嵌着很宽的红条,其次穿上去的是军衣,金闪闪的肩章,也不知道是什么品级,那里来的品级。到入棺,是连殳很不妥帖地躺着,脚边放一双黄皮鞋,腰边放一柄纸糊的指挥刀,骨瘦如柴的灰黑的脸旁,是一顶金边的军帽。

三个亲人扶着棺沿哭了一场,止哭拭泪;头上络麻线的孩子退出去了,三良也避去,大约都是属"子午卯酉"之一的。

粗人打起棺盖来,我走近去最后看一看永别的连殳。

他在不妥帖的衣冠中,安静地躺着,合了眼,闭着嘴,口角间仿佛含着冰冷的微笑,冷笑着这可笑的死尸。

敲钉的声音一响,哭声也同时迸出来。这哭声使我不能听完,只好退到院子里;顺脚一走,不觉出了大门了。潮湿的路极其分明,仰看太空,浓云已经散去,挂着一轮圆月,散出冷静的光辉。

我快步走着,仿佛要从一种沉重的东西中冲出,但是不能够。耳朵中有什么挣扎着,久之,久之,终于挣扎出来了,隐约像是长嗥,像一匹受伤的狼,当深夜在旷野中嗥叫,惨伤里夹杂着愤怒和悲哀。

我的心地就轻松起来,坦然地在潮湿的石路上走,月光底下。

一九二五年十月十七日毕。

《铸剑》①

一

眉间尺刚和他的母亲睡下,老鼠便出来咬锅盖,使他听得发烦。他轻轻地叱了几声,最初还有些效验,后来是简直不理他了,格支格支地径自咬。他又不敢大声赶,怕惊醒了白天做得劳乏,晚上一躺就睡着了的母亲。

许多时光之后,平静了;他也想睡去。忽然,扑通一声,惊得他又睁开眼。同时听到沙沙地响,是爪子抓着瓦器的声音。

"好!该死!"他想着,心里非常高兴,一面就轻轻地坐起来。

他跨下床,借着月光走向门背后,摸到钻火家伙,点上松明,向水瓮里一照。果然,一匹很大的老鼠落在那里面了;但是,存水已经不多,爬不出来,只沿着水瓮内壁,抓着,团团地转圈子。

"活该!"他一想到夜夜咬家具,闹得他不能安稳睡觉的便是它们,很觉得畅快。他将松明插在土墙的小孔里,赏玩着;然而那圆睁的小眼睛,又使他发生了憎恨,伸手抽出一根芦柴,将它直按到水底去。过了一会,才放手,那老鼠也随着浮了上来,还是抓着瓮壁转圈子。只是抓劲已经没有先前似的有力,眼睛也淹在水里面,单露出一点尖尖的通红的小鼻子,咻咻地急促地喘气。

他近来很有点不大喜欢红鼻子的人。但这回见了这尖尖的小红鼻子,却忽然觉得它可怜了,就又用那芦柴,伸到它的肚下去,老鼠抓着,歇了一回力,便沿着芦干爬了上来。待到他看见全身,——湿淋淋的黑毛,大的肚子,蚯蚓似的尾巴,——便又觉得可恨可憎得很,慌忙将芦柴一抖,扑通一声,老鼠又落在水瓮里,他接着就用芦柴在它头上捣了几下,叫它

---

① 《铸剑》是鲁迅历史小说的代表,根据干宝的《搜神记》中的《三王墓》改写,原载1927年4月25日、5月10日《莽原》半月刊第二卷第8、9两期,题作《眉间尺》,副题是《新编的故事之一》,1932年编入《自选集》时改为现名。1936年1月,收入文化生活出版社出版的《故事新编》。

赶快沉下去。

换了六回松明之后,那老鼠已经不能动弹,不过沉浮在水中间,有时还向水面微微一跳。眉间尺又觉得很可怜,随即折断芦柴,好容易将它夹了出来,放在地面上。老鼠先是丝毫不动,后来才有一点呼吸;又许多时,四只脚运动了,一翻身,似乎要站起来逃走。这使眉间尺大吃一惊,不觉提起左脚,一脚踏下去。只听得吱的一声,他蹲下去仔细看时,只见口角上微有鲜血,大概是死掉了。

他又觉得很可怜,仿佛自己作了大恶似的,非常难受。他蹲着,呆看着,站不起来。

"尺儿,你在做什么?"他的母亲已经醒来了,在床上问。

"老鼠……。"他慌忙站起,回转身去,却只答了两个字。

"是的,老鼠。这我知道。可是你在做什么?杀它呢,还是在救它?"

他没有回答。松明烧尽了;他默默地立在暗中,渐看见月光的皎洁。

"唉!"他的母亲叹息说,"一交子时,你就是十六岁了,性情还是那样,不冷不热地,一点也不变。看来,你的父亲的仇是没有人报的了。"

他看见他的母亲坐在灰白色的月影中,仿佛身体都在颤动;低微的声音里,含着无限的悲哀,使他冷得毛骨悚然,而一转眼间,又觉得热血在全身中忽然腾沸。

"父亲的仇?父亲有什么仇呢?"他前进几步,惊急地问。

"有的。还要你去报。我早想告诉你的了;只因为你太小,没有说。现在你已经成人了,却还是那样的性情。这教我怎么办呢?你似的性情,能行大事的么?"

"能。说罢,母亲。我要改过……。"

"自然。我也只得说。你必须改过……。那么,走过来罢。"

他走过去;他的母亲端坐在床上,在暗白的月影里,两眼发出闪闪的光芒。

"听哪!"她严肃地说,"你的父亲原是一个铸剑的名工,天下第一。他的工具,我早已都卖掉了来救了穷了,你已经看不见一点遗迹;但他是一个世上无二的铸剑的名工。二十年前,王妃生下了一块铁①,听说是抱了一回铁柱之后受孕的,是一块纯青透明的铁。大王知道是异宝,便决计用来铸一把剑,想用它保国,用它杀敌,用它防身。不幸你的父亲那时偏偏入了选,便将铁捧回家里来,日日夜夜地锻炼,费了整三年的精神,炼成两把剑。

"当最末次开炉的那一日,是怎样地骇人的景象呵!哗拉拉地腾上一道白气的时候,地面也觉得动摇。那白气到天半便变成白云,罩住了这处所,渐渐现出绯红颜色,映得一切都如桃花。我家的漆黑的炉子里,是躺着通红的两把剑。你父亲用井华水②慢慢地滴下去,那剑嘶嘶地吼着,慢慢转成青色了。这样地七日七夜,就看不见了剑,仔细看时,却还在炉底里,纯青的,透明的,正像两条冰。

"大欢喜的光采,便从你父亲的眼睛里四射出来;他取起剑,拂拭着,拂拭着。然而悲惨的皱纹,却也从他的眉头和嘴角出现了。他将那两把剑分装在两个匣子里。

"'你只要看这几天的景象,就明白无论是谁,都知道剑已炼就的了。'他悄悄地对我说。'一到明天,我必须去献给大王。但献剑的一天,也就是我命尽的日子。怕我们从此要长别了。'

"'你……。'我很骇异,猜不透他的意思,不知怎么说的好。我只是这样地说:'你这回有了这么大的功劳……。'

"'唉!你怎么知道呢!'他说。'大王是向来善于猜疑,又极残忍的。这回我给他炼成了世间无二的剑,他一定要杀掉我,免得我再去给别人炼剑,来和他匹敌,或者超过他。'

我掉泪了。

"'你不要悲哀。这是无法逃避的。眼泪决不能洗掉运命。我可是早已有准备在这里了!'他的眼里忽然发出电火似的光芒,将一个剑匣放在我膝上。'这是雄剑。'他说。'你收着。明天,我只将这雌剑献给大王去。

---

① 出自清代陈元龙撰《格致镜原》卷三十四引《烈士传》佚文。
② 清晨第一次汲取的井水,见李时珍《本草纲目》卷五井泉水《集解》。

倘若我一去竟不回来了呢,那是我一定不再在人间了。你不是怀孕已经五六个月了么?不要悲哀;待生了孩子,好好地抚养。一到成人之后,你便交给他这雄剑,教他砍在大王的颈子上,给我报仇!'"

"那天父亲回来了没有呢?"眉间尺赶紧问。

"没有回来!"她冷静地说。"我四处打听,也杳无消息。后来听得人说,第一个用血来饲你父亲自己炼成的剑的人,就是他自己——你的父亲。还怕他鬼魂作怪,将他的身首分埋在前门和后苑了!"

眉间尺忽然全身都如烧着猛火,自己觉得每一枝毛发上都仿佛闪出火星来。他的双拳,在暗中捏得格格地作响。

他的母亲站起了,揭去床头的木板,下床点了松明,到门背后取过一把锄,交给眉间尺道:"掘下去!"

眉间尺心跳着,但很沉静的一锄一锄轻轻地掘下去。掘出来的都是黄土,约到五尺多深,土色有些不同了,似乎是烂掉的材木。

"看罢!要小心!"他的母亲说。

眉间尺伏在掘开的洞穴旁边,伸手下去,谨慎小心地攫开烂树,待到指尖一冷,有如触着冰雪的时候,那纯青透明的剑也出现了。他看清了剑靶,捏着,提了出来。

窗外的星月和屋里的松明似乎都骤然失了光辉,惟有青光充塞宇内。那剑便溶在这青光中,看去好像一无所有。眉间尺凝神细视,这才仿佛看见长五尺余,却并不见得怎样锋利,剑口反而有些浑圆,正如一片韭叶。

"你从此要改变你的优柔的性情,用这剑报仇去!"他的母亲说。

"我已经改变了我的优柔的性情,要用这剑报仇去!"

"但愿如此。你穿了青衣,背上这剑,衣剑一色,谁也看不分明的。衣服我已经做在这里,明天就上你的路去罢。不要记念我!"她向床后的破衣箱一指,说。

眉间尺取出新衣,试去一穿,长短正很合式。他便重行叠好,裹了剑,放在枕边,沉静地躺下。他觉得自己已经改变了优柔的性情;他决心要并无心事一般,倒头便睡,清晨醒来,毫不改变常态,从容地去寻他不共戴天的仇雠。

但他醒着。他翻来复去,总想坐起来。他听到他母亲的失望的轻轻的长叹。他听到最初的鸡鸣;他知道已交子时,自己是上了十六岁了。

二

当眉间尺肿着眼眶,头也不回的跨出门外,穿着青衣,背着青剑,迈开大步,径奔城中的时候,东方还没有露出阳光。杉树林的每一片叶尖,都挂着露珠,其中隐藏着夜气。但是,待到走到树林的那一头,露珠里却闪出各样的光辉,渐渐幻成晓色了。远望前面,便依稀看见灰黑色的城墙和雉堞。①

和挑葱卖菜的一同混入城里,街市上已经很热闹。男人们一排一排的呆站着;女人们也时时从门里探出头来。她们大半也肿着眼眶;蓬着头;黄黄的脸,连脂粉也不及涂抹。

眉间尺预觉到将有巨变降临,他们便都是焦躁而忍耐地等候着这巨变的。

他径自向前走;一个孩子突然跑过来,几乎碰着他背上的剑尖,使他吓出了一身汗。转出北方,离王宫不远,人们就挤得密密层层,都伸着脖子。人丛中还有女人和孩子哭嚷的声音。他怕那看不见的雄剑伤了人,不敢挤进去;然而人们却又在背后拥上来。他只得宛转地退避;面前只看见人们的背脊和伸长的脖子。

忽然,前面的人们都陆续跪倒了;远远地有两匹马并着跑过来。此后是拿着木棍,戈,刀,弓弩,旌旗的武人,走得满路黄尘滚滚。又来了一辆四匹马拉的大车,上面坐着一队人,有的打钟击鼓,有的嘴上吹着不知道叫什么名目的劳什子。此后又是车,里面的人都穿画衣,不是老头子,便是矮胖子,个个满脸油汗。接着又是一队拿刀枪剑戟的骑士。跪着的人们便都伏下去了。这时眉间尺正看见一辆黄盖的大车驰来,正中坐着一

---

① zhìdié,城墙上排入牙齿的矮墙,即城垛。

个画衣的胖子,花白胡子,小脑袋;腰间还依稀看见佩着和他背上一样的青剑。

他不觉全身一冷,但立刻又灼热起来,像是猛火焚烧着。他一面伸手向肩头捏住剑柄,一面提起脚,便从伏着的人们的脖子的空处跨出去。

但他只走得五六步,就跌了一个倒栽葱,因为有人突然捏住了他的一只脚。这一跌又正压在一个干瘪脸的少年身上;他正怕剑尖伤了他,吃惊地起来看的时候,肋下就挨了很重的两拳。他也不暇计较,再望路上,不但黄盖车已经走过,连拥护的骑士也过去了一大阵了。

路旁的一切人们也都爬起来。干瘪脸的少年却还扭住了眉间尺的衣领,不肯放手,说被他压坏了贵重的丹田,必须保险,倘若不到八十岁便死掉了,就得抵命。闲人们又即刻围上来,呆看着,但谁也不开口;后来有人从旁笑骂了几句,却全是附和干瘪脸少年的。眉间尺遇到了这样的敌人,真是怒不得,笑不得,只觉得无聊,却又脱身不得。这样地经过了煮熟一锅小米的时光,眉间尺早已焦躁得浑身发火,看的人却仍不见减,还是津津有味似的。

前面的人圈子动摇了,挤进一个黑色的人来,黑须黑眼睛,瘦得如铁。他并不言语,只向眉间尺冷冷地一笑,一面举手轻轻地一拨干瘪脸少年的下巴,并且看定了他的脸。那少年也向他看了一会,不觉慢慢地松了手,溜走了;那人也就溜走了;看的人们也都无聊地走散。只有几个人还来问眉间尺的年纪,住址,家里可有姊姊。眉间尺都不理他们。

他向南走着;心里想,城市中这么热闹,容易误伤,还不如在南门外等候他回来,给父亲报仇罢,那地方是地旷人稀,实在很便于施展。这时满城都议论着国王的游山,仪仗,威严,自己得见国王的荣耀,以及俯伏得有怎么低,应该采作国民的模范等等,很像蜜蜂的排衙。① 直至将近南门,这才渐渐地冷静。

他走出城外,坐在一株大桑树下,取出两个馒头来充了饥;吃着的时

---

① 旧时衙署中下属依次参谒长官的仪式。蜜蜂早晚两次聚集在蜂房外,如朝见蜂王一般。故有此说。

候忽然记起母亲来,不觉眼鼻一酸,然而此后倒也没有什么。周围是一步一步地静下去了,他至于很分明地听到自己的呼吸。

天色愈暗,他也愈不安,尽目力望着前方,毫不见有国王回来的影子。上城卖菜的村人,一个个挑着空担出城回家去了。

人迹绝了许久之后,忽然从城里闪出那一个黑色的人来。"走罢,眉间尺!国王在捉你了!"他说,声音好像鸱鸮。

眉间尺浑身一颤,中了魔似的,立即跟着他走;后来是飞奔。他站定了喘息许多时,才明白已经到了杉树林边。后面远处有银白的条纹,是月亮已从那边出现;前面却仅有两点磷火一般的那黑色人的眼光。

"你怎么认识我?……"他极其惶骇地问。

"哈哈!我一向认识你。"那人的声音说。"我知道你背着雄剑,要给你的父亲报仇,我也知道你报不成。岂但报不成;今天已经有人告密,你的仇人早从东门还宫,下令捕拿你了。"

眉间尺不觉伤心起来。

"唉唉,母亲的叹息是无怪的。"他低声说。

"但她只知道一半。她不知道我要给你报仇。"

"你么?你肯给我报仇么,义士?"

"阿,你不要用这称呼来冤枉我。"

"那么,你同情于我们孤儿寡妇?……"

"唉,孩子,你再不要提这些受了污辱的名称。"他严冷地说,"仗义,同情,那些东西,先前曾经干净过,现在却都成了放鬼债的资本。我的心里全没有你所谓的那些。我只不过要给你报仇!"

"好。但你怎么给我报仇呢?"

"只要你给我两件东西。"两粒磷火下的声音说。"那两件么?你听着:一是你的剑,二是你的头!"

眉间尺虽然觉得奇怪,有些狐疑,却并不吃惊。他一时开不得口。

"你不要疑心我将骗取你的性命和宝贝。"暗中的声音又严冷地说。"这事全由你。你信我,我便去;你不信,我便住。"

"但你为什么给我去报仇的呢？你认识我的父亲么？"

"我一向认识你的父亲，也如一向认识你一样。但我要报仇，却并不为此。聪明的孩子，告诉你罢。你还不知道么，我怎么地善于报仇。你的就是我的；他也就是我。我的魂灵上是有这么多的，人我所加的伤，我已经憎恶了我自己！"

暗中的声音刚刚停止，眉间尺便举手向肩头抽取青色的剑，顺手从后项窝向前一削，头颅坠在地面的青苔上，一面将剑交给黑色人。

"呵呵！"他一手接剑，一手捏着头发，提起眉间尺的头来，对着那热的死掉的嘴唇，接吻两次，并且冷冷地尖利地笑。

笑声即刻散布在杉树林中，深处随着有一群磷火似的眼光闪动，倏忽临近，听到咻咻的饿狼的喘息。第一口撕尽了眉间尺的青衣，第二口便身体全都不见了，血痕也顷刻舐尽，只微微听得咀嚼骨头的声音。

最先头的一匹大狼就向黑色人扑过来。他用青剑一挥，狼头便坠在地面的青苔上。别的狼们第一口撕尽了它的皮，第二口便身体全都不见了，血痕也顷刻舐尽，只微微听得咀嚼骨头的声音。

他已经擎起地上的青衣，包了眉间尺的头，和青剑都背在背脊上，回转身，在暗中向王城扬长地走去。

狼们站定了，耸着肩，伸出舌头，咻咻地喘着，放着绿的眼光看他扬长地走。

他在暗中向王城扬长地走去，发出尖利的声音唱着歌：

哈哈爱兮爱乎爱乎！

爱青剑兮一个仇人自屠。

夥颐连翩兮多少一夫。

一夫爱青剑兮呜呼不孤。

头换头兮两个仇人自屠。

一夫则无兮爱乎呜呼！

爱乎呜呼兮呜呼阿呼，

阿呼呜呼兮呜呼呜呼！

三

游山并不能使国王觉得有趣；加上了路上将有刺客的密报，更使他扫兴而还。那夜他很生气，说是连第九个妃子的头发，也没有昨天那样的黑得好看了。幸而她撒娇坐在他的御膝上，特别扭了七十多回，这才使龙眉之间的皱纹渐渐地舒展。

午后，国王一起身，就又有些不高兴，待到用过午膳，简直现出怒容来。

"唉唉！无聊！"他打一个大呵欠之后，高声说。上自王后，下至弄臣，看见这情形，都不觉手足无措。白须老臣的讲道，矮胖侏儒的打诨，王是早已听厌的了；近来便是走索，缘竿，抛丸，倒立，吞刀，吐火等等奇妙的把戏，也都看得毫无意味。他常常要发怒；一发怒，便按着青剑，总想寻点小错处，杀掉几个人。

偷空在宫外闲游的两个小宦官，刚刚回来，一看见宫里面大家的愁苦的情形，便知道又是照例的祸事临头了，一个吓得面如土色；一个却像是大有把握一般，不慌不忙，跑到国王的面前，俯伏着，说道：

"奴才刚才访得一个异人，很有异术，可以给大王解闷，因此特来奏闻。"

"什么?!"王说。他的话是一向很短的。

"那是一个黑瘦的，乞丐似的男子。穿一身青衣，背着一个圆圆的青包裹；嘴里唱着胡诌的歌。人问他。他说善于玩把戏，空前绝后，举世无双，人们从来就没有看见过；一见之后，便即解烦释闷，天下太平。但大家要他玩，他却又不肯。说是第一须有一条金龙，第二须有一个金鼎。……"

"金龙？我是的。金鼎？我有。"

"奴才也正是这样想。……"

"传进来！"

话声未绝，四个武士便跟着那小宦官疾趋而出。上自王后，下至弄臣,个个喜形于色。他们都愿意这把戏玩得解愁释闷,天下太平;即使玩不成,这回也有了那乞丐似的黑瘦男子来受祸,他们只要能挨到传了进来的时候就好了。

并不要许多工夫,就望见六个人向金阶趋进。先头是宦官,后面是四个武士,中间夹着一个黑色人。待到近来时,那人的衣服却是青的,须眉头发都黑;瘦得颧骨,眼圈骨,眉棱骨都高高地突出来。他恭敬地跪着俯伏下去时,果然看见背上有一个圆圆的小包袱,青色布,上面还画上一些暗红色的花纹。

"奏来!"王暴躁地说。他见他家伙简单,以为他未必会玩什么好把戏。

"臣名叫宴之敖者①;生长汶汶乡②。少无职业;晚遇明师,教臣把戏,是一个孩子的头。这把戏一个人玩不起来,必须在金龙之前,摆一个金鼎,注满清水,用兽炭③煎熬。于是放下孩子的头去,一到水沸,这头便随波上下,跳舞百端,且发妙音,欢喜歌唱。这歌舞为一人所见,便解愁释闷,为万民所见,便天下太平。"

"玩来!"王大声命令说。

并不要许多工夫,一个煮牛的大金鼎便摆在殿外,注满水,下面堆了兽炭,点起火来。那黑色人站在旁边,见炭火一红,便解下包袱,打开,两手捧出孩子的头来,高高举起。那头是秀眉长眼,皓齿红唇;脸带笑容;头发蓬松,正如青烟一阵。黑色人捧着向四面转了一圈,便伸手擎到鼎上,动着嘴唇说了几句不知什么话,随即将手一松,只听得扑通一声,坠入水中去了。水花同时溅起,足有五尺多高,此后是一切平静。

许多工夫,还无动静。国王首先暴躁起来,接着是王后和妃子,大臣,宦官们也都有些焦急,矮胖的侏儒们则已经开始冷笑了。王一见他们的冷笑,便觉自己受愚,回顾武士,想命令他们就将那欺君的莠民掷入牛鼎

---

① 作者虚拟的人名,并在 1924 年曾用做《俟堂砖文杂集》一书题记的笔名。
② 汶汶,昏暗不明,系作者虚拟的地名。
③ 古时豪富之家将木炭屑做成各种兽型燃料。

里去煮杀。

但同时就听得水沸声;炭火也正旺,映着那黑色人变成红黑,如铁的烧到微红。王刚又回过脸来,他也已经伸起两手向天,眼光向着无物,舞蹈着,忽地发出尖利的声音唱起歌来:

哈哈爱兮爱乎爱乎!

爱兮血兮兮谁乎独无。

民萌冥行兮一夫壶卢。

彼用百头颅,千头颅兮用万头颅!

我用一头颅兮而无万夫。

爱一头颅兮血乎呜呼!

血乎呜呼兮呜呼阿呼,

阿呼呜呼兮呜呼呜呼!

随着歌声,水就从鼎口涌起,上尖下广,像一座小山,但自水尖至鼎底,不住地回旋运动。那头即似水上上下下,转着圈子,一面又滴溜溜自己翻筋斗,人们还可以隐约看见他玩得高兴的笑容。过了些时,突然变了逆水的游泳,打旋子夹着穿梭,激得水花向四面飞溅,满庭洒下一阵热雨来。一个侏儒忽然叫了一声,用手摸着自己的鼻子。他不幸被热水烫了一下,又不耐痛,终于免不得出声叫苦了。

黑色人的歌声才停,那头也就在水中央停住,面向王殿,颜色转成端庄。这样的有十余瞬息之久,才慢慢地上下抖动;从抖动加速而为起伏的游泳,但不很快,态度很雍容。绕着水边一高一低地游了三匝,忽然睁大眼睛,漆黑的眼珠显得格外精采,同时也开口唱起歌来:

王泽流兮浩洋洋;

克服怨敌,怨敌克服兮,赫兮强!

宇宙有穷止兮万寿无疆。

幸我来也兮青其光!

青其光兮永不相忘。

异处异处兮堂哉皇!

堂哉皇哉兮嗳嗳唷，

嗟来归来，嗟来陪来兮青其光！

头忽然升到水的尖端停住；翻了几个筋斗之后，上下升降起来，眼珠向着左右瞥视，十分秀媚，嘴里仍然唱着歌：

阿呼呜呼兮呜呼呜呼，

爱乎呜呼兮呜呼阿呼！

血一头颅兮爱乎呜呼。

我用一头颅兮而无万夫！

彼用百头颅，千头颅……

唱到这里，是沉下去的时候，但不再浮上来了；歌词也不能辨别。涌起的水，也随着歌声的微弱，渐渐低落，像退潮一般，终至到鼎口以下，在远处什么也看不见。

"怎了？"等了一会，王不耐烦地问。

"大王，"那黑色人半跪着说。"他正在鼎底里作最神奇的团圆舞，不临近是看不见的。臣也没有法术使他上来，因为作团圆舞必须在鼎底里。"

王站起身，跨下金阶，冒着炎热立在鼎边，探头去看。只见水平如镜，那头仰面躺在水中间，两眼正看着他的脸。待到王的眼光射到他脸上时，他便嫣然一笑。这一笑使王觉得似曾相识，却又一时记不起是谁来。刚在惊疑，黑色人已经擎出了背着的青色的剑，只一挥，闪电般从后项窝直劈下去，扑通一声，王的头就落在鼎里了。

仇人相见，本来格外眼明，况且是相逢狭路。王头刚到水面，眉间尺的头便迎上来，狠命在他耳轮上咬了一口。鼎水即刻沸涌，澎湃有声；两头即在水中死战。约有二十回合，王头受了五个伤，眉间尺的头上却有七处。王又狡猾，总是设法绕到他的敌人的后面去。眉间尺偶一疏忽，终于被他咬住了后项窝，无法转身。这一回王的头可是咬定不放了，他只是连连蚕食进去；连鼎外面也仿佛听到孩子的失声叫痛的声音。

上自王后，下至弄臣，骇得凝结着的神色也应声活动起来，似乎感到暗无天日的悲哀，皮肤上都一粒一粒地起粟；然而又夹着秘密的欢喜，瞪了眼，像是等候着什么似的。

黑色人也仿佛有些惊慌，但是面不改色。他从从容容地伸开那捏着看不见的青剑的臂膊，如一段枯枝；伸长颈子，如在细看鼎底。臂膊忽然一弯，青剑便蓦地从他后面劈下，剑到头落，坠入鼎中，泙的一声，雪白的水花向着空中同时四射。

他的头一入水，即刻直奔王头，一口咬住了王的鼻子，几乎要咬下来。王忍不住叫一声"阿唷"，将嘴一张，眉间尺的头就乘机挣脱了，一转脸倒将王的下巴下死劲咬住。他们不但都不放，还用全力上下一撕，撕得王头再也合不上嘴。于是他们就如饿鸡啄米一般，一顿乱咬，咬得王头眼歪鼻塌，满脸鳞伤。先前还会在鼎里面四处乱滚，后来只能躺着呻吟，到底是一声不响，只有出气，没有进气了。

黑色人和眉间尺的头也慢慢地住了嘴，离开王头，沿鼎壁游了一匝，看他可是装死还是真死。待到知道了王头确已断气，便四目相视，微微一笑，随即合上眼睛，仰面向天，沉到水底里去了。

四

烟消火灭；水波不兴。特别的寂静倒使殿上殿下的人们警醒。他们中的一个首先叫了一声，大家也立刻迭连惊叫起来；一个迈开腿向金鼎走去，大家便争先恐后地拥上去了。有挤在后面的，只能从人脖子的空隙间向里面窥探。

热气还炙得人脸上发烧。鼎里的水却一平如镜，上面浮着一层油，照出许多人脸孔：王后，王妃，武士，老臣，侏儒，太监。……

"阿呀，天哪！咱们大王的头还在里面哪，唉唉唉！"第六个妃子忽然发狂似的哭嚷起来。

上自王后，下至弄臣，也都恍然大悟，仓皇散开，急得手足无措，各自转了四五个圈子。一个最有谋略的老臣独又上前，伸手向鼎边一摸，然而浑身一抖，立刻缩了回来，伸出两个指头，放在口边吹个不住。

大家定了定神,便在殿门外商议打捞办法。约略费去了煮熟三锅小米的工夫,总算得到一种结果,是:到大厨房去调集了铁丝勺子,命武士协力捞起来。

　　器具不久就调集了,铁丝勺,漏勺,金盘,擦桌布,都放在鼎旁边。武士们便揎起衣袖,有用铁丝勺的,有用漏勺的,一齐恭行打捞。有勺子相触的声音,有勺子刮着金鼎的声音;水是随着勺子的搅动而旋绕着。好一会,一个武士的脸色忽而很端庄了,极小心地两手慢慢举起了勺子,水滴从勺孔中珠子一般漏下,勺里面便显出雪白的头骨来。大家惊叫了一声;他便将头骨倒在金盘里。

　　"阿呀!我的大王呀!"王后,妃子,老臣,以至太监之类,都放声哭起来。但不久就陆续停止了,因为武士又捞起了一个同样的头骨。

　　他们泪眼模胡地四顾,只见武士们满脸油汗,还在打捞。此后捞出来的是一团糟的白头发和黑头发;还有几勺很短的东西,似乎是白胡须和黑胡须。此后又是一个头骨。此后是三枝簪。

　　直到鼎里面只剩下清汤,才始住手;将捞出的物件分盛了三金盘:一盘头骨,一盘须发,一盘簪。

　　"咱们大王只有一个头。那一个是咱们大王的呢?"第九个妃子焦急地问。

　　"是呵……。"老臣们都面面相觑。

　　"如果皮肉没有煮烂,那就容易辨别了。"一个侏儒跪着说。

　　大家只得平心静气,去细看那头骨,但是黑白大小,都差不多,连那孩子的头,也无从分辨。王后说王的右额上有一个疤,是做太子时候跌伤的,怕骨上也有痕迹。果然,侏儒在一个头骨上发见了:大家正在欢喜的时候,另外的一个侏儒却又在较黄的头骨的右额上看出相仿的瘢痕来。

　　"我有法子。"第三个王妃得意地说,"咱们大王的龙准是很高的。"

　　太监们即刻动手研究鼻准骨,有一个确也似乎比较地高,但究竟相差无几;最可惜的是右额上却并无跌伤的瘢痕。

　　"况且,"老臣们向太监说,"大王的后枕骨是这么尖的么?"

"奴才们向来就没有留心看过大王的后枕骨……。"

王后和妃子们也各自回想起来,有的说是尖的,有的说是平的。叫梳头太监来问的时候,却一句话也不说。

当夜便开了一个王公大臣会议,想决定那一个是王的头,但结果还同白天一样。并且连须发也发生了问题。白的自然是王的,然而因为花白,所以黑的也很难处置。讨论了小半夜,只将几根红色的胡子选出;接着因为第九个王妃抗议,说她确曾看见王有几根通黄的胡子,现在怎么能知道决没有一根红的呢。于是也只好重行归并,作为疑案了。

到后半夜,还是毫无结果。大家却居然一面打呵欠,一面继续讨论,直到第二次鸡鸣,这才决定了一个最慎重妥善的办法,是:只能将三个头骨都和王的身体放在金棺里落葬。

七天之后是落葬的日期,合城很热闹。城里的人民,远处的人民,都奔来瞻仰国王的"大出丧"。天一亮,道上已经挤满了男男女女;中间还夹着许多祭桌。待到上午,清道的骑士才缓辔而来。又过了不少工夫,才看见仪仗,什么旌旗,木棍,戈戟,弓弩,黄钺之类;此后是四辆鼓吹车。再后面是黄盖随着路的不平而起伏着,并且渐渐近来了,于是现出灵车,上载金棺,棺里面藏着三个头和一个身体。

百姓都跪下去,祭桌便一列一列地在人丛中出现。几个义民很忠愤,咽着泪,怕那两个大逆不道的逆贼的魂灵,此时也和王一同享受祭礼,然而也无法可施。

此后是王后和许多王妃的车。百姓看她们,她们也看百姓,但哭着。此后是大臣,太监,侏儒等辈,都装着哀戚的颜色。只是百姓已经不看他们,连行列也挤得乱七八糟,不成样子了。

一九二六年十月作。

【阅读提示】

1.《狂人日记》写于 1918 年 4 月,正值"五四"新文化运动的高潮,鲁迅"意在暴露家族制度和礼教的弊害"。他在同年8月《致许寿裳》信中写道:"偶阅《通鉴》,乃悟中国人尚是食人民族,因成此篇。"冯雪峰指出:"这个狂人,不是真的狂人;然而他是一个真的被迫害者,一个被封建家庭制度和礼教迫害到了发狂的人,是一个亲身受尽了封建传统的道德伦理的束缚、压迫、损害而感到恐怖的人;是一个在黑暗社会中受着精神上的苦刑而开始觉醒和反抗的分子。"请仔细阅读整部作品中狂人发狂——对"吃人"历史发掘与反抗的过程,尤其是认真思考最后两段。狂人——"吃人"的世界的反抗者发现自己也是有"四千年吃人履历"的"吃人者",与最后的呼救"救救孩子……",理解鲁迅思想的深意。

2.《孤独者》创作于1925年9月到10月之间,收入1926年出版的小说集《彷徨》。创作这篇小说时,正值"五四"落潮,鲁迅苦闷、犹豫,自己说"颓唐得很"。更令鲁迅感到苦闷的是,他曾信任和帮助的青年,或出于自我保护,或出于私利,有的与鲁迅冷淡疏远,有的则站在了对立面,与其为敌。这一切使鲁迅变得更加孤独和绝望,对人性和国民性的悲观与对未来前所未有的怀疑交织在一起。他曾在《这个和那个》文中写道:"中国的人们,遇见带有会使自己不安的朕兆的人物,向来就用两样法:将他压下去,或者将他捧起来。""压下去就用旧习惯和旧道德,或者凭官力,所以孤独的精神战士,虽然为民众战斗,却往往为这'所为'而灭亡。"孤独者魏连殳的抵抗十分坚决与决绝,仔细阅读作品,体会魏连殳这种自戕式的毁灭与对黑暗的报复,理解他所说的"失败"。

3."复仇"是中外传统叙事常见的母题,多以取仇人首级作为大仇得报为圆满结局,与仇敌同归于尽的惨烈也不少见。《铸剑》这部作品所取材的《三王墓》故事本身复仇手段就异于常见传统叙事,黑衣人的出现是整个故事叙事峰峦突起的关键。鲁迅通过丰富原故事人物性格,增设一系列怪诞离奇的情节与相关人物,使整个植根于君权、父权社会中的传统叙事动力的"复仇"故事,成为寓意深刻的毁灭与涅槃的现代性神话。请对比并特别注意鲁迅在新编中增加的部分,体会其深意。

【思考与讨论】

1. 月亮是文学作品中经常出现的意象,但是在中外文学作品中月亮被赋予的情感和文化色彩却大相径庭,请找出你所熟悉的中国文学作品中的描述,联系这些表述,看看《狂人日记》开篇和文中数次提到的月亮、月光,带有什么样的寓意。

2.《孤独者》中叙述者"我"和叙述对象魏连殳是有相似经历的知识分子,拥有着复杂的灵魂和生存经历,"我"不存在任何优越感,对叙述对象也没有评论的特权。"我"与魏连殳在结构上是并置的。这种复杂的叙事结构将文章结构的复杂性也展示出来。"我"不仅是故事的叙述者,而且是作者的自我解剖者。请认真阅读,分析作品中"我"与被叙述者之间存在对话性的复调关系。

3.《孤独者》和《铸剑》都包含了反抗和复仇的主题。魏连殳的反抗方式和眉间尺、黑衣人的故事反映了鲁迅对方式和未来结果的思考,请谈谈你对这两部作品复仇主题的看法。

4. 看客是鲁迅作品中常常出现的人物类型,是其国民性批判重要的组成部分,《铸剑》中也数次出现这样的人物和情节,请找出有关"看客"描写的部分,思考小说《铸剑》在"三头相搏"后,鲁迅为什么要精心安排"辨头""三头并葬""大出丧"这些情节,把小说情节又推向一个新的高潮。

5.《狂人日记》结尾,鲁迅写道:"救救孩子……"但是,《孤独者》中也有关于孩子的争论:"大人的坏脾气,在孩子们是没有的。后来的坏,那是环境教坏的""不。如果孩子中没有坏根苗,大起来怎么会有坏花果?""我到你这里来时,街上看见一个很小的孩子,拿了一片芦叶指着我道:杀!他还不能走路……"请联系鲁迅的其他作品,思考并讨论一下鲁迅观点的变化。

【延伸阅读】

《在酒楼上》和《伤逝》都选自《彷徨》,描写了同时期的知识分子,可延伸阅读。

【参考资料】

1. 汪晖:《反抗绝望——鲁迅的精神结构与〈呐喊〉〈彷徨〉研究》,上海人民出版社1991年版。

2. 钱理群:《试论鲁迅小说中的"复仇"主题——从〈孤独者〉到〈铸剑〉》,《鲁迅研究月刊》,1995年第10期。

3. 王晓明:《无法直面的人生——鲁迅传》,上海文艺出版社1993年版。

4. 郜元宝:《鲁迅精读》,复旦大学出版社2005年版。

第二节　沈从文

沈从文(1902—1988),原名沈岳焕,笔名小兵、懋琳、休芸芸等,湖南凤凰人,苗族。他年少在地方军队任职,1923年到北京,开始文学生涯,1926年出版第一部小说集《鸭子》,有70余种作品集,主要代表作有:短篇小说《丈夫》《贵生》《三三》,中篇、长篇小说《边城》《长河》,散文集《湘行散记》《湘西》等。他的创作以反映湘西下层人民生活的作品最具特色,表现手法不拘一格,文体不拘常例,故事不拘常格,尝试各种体式和结构进行创作,成为现代文学史上不可多得的"文体作家"。1929年起他先后在上海中国公学、武汉大学、青岛大学和西南联大等任教,也曾编辑《大公报》文艺副刊;1949年后转向历史文物研究,著有《中国历代服饰研究》等。

《边城》[①](节选)

一

由四川过湖南去,靠东有一条官路。这官路将近湘西边境到了一个地方名为"茶峒"的小山城时,有一小溪,溪边有座白色小塔,塔下住了一户单独的人家。这人家只一个老人,一个女孩子,一只黄狗。

小溪流下去,绕山岨流,约三里便汇入茶峒的大河。人若过溪越小山走去,则只一里路就到了茶峒城边。溪流如弓背,山路如弓弦,故远近有了小小差异。小溪宽约二十丈,河床为大片石头作成。静静的水即或深到一篙不能落底,却依然清澈透明,河中游鱼来去皆可以计数。小溪既为川湘来往孔道,水常有涨落,限于财力不能搭桥,就安排了一只方头渡船。这渡船一次连人带马,约可以载二十位搭客过河,人数多时则反复来去。

---

① 《边城》是沈从文的代表作,写于1933年至1934年初。这篇作品如沈从文的其他湘西作品,着眼于普通人、善良人的命运变迁,描摹了翠翠阴差阳错的生活悲剧,诚如作者所言:"一切充满了善,然而到处是不凑巧。既然是不凑巧,因之素朴的善终难免产生悲剧。"

渡船头竖了一枝小小竹竿,挂着一个可以活动的铁环,溪岸两端水槽牵了一段废缆,有人过渡时,把铁环挂在废缆上,船上人就引手攀缘那条缆索,慢慢的牵船过对岸去。船将拢岸了,管理这渡船的,一面口中嚷着"慢点慢点",自己霍的跃上了岸,拉着铁环,于是人货牛马全上了岸,翻过小山不见了。渡头为公家所有,故过渡人不必出钱。有人心中不安,抓了一把钱掷到船板上时,管渡船的必为一一拾起,依然塞到那人手心里去,俨然吵嘴时的认真神气:"我有了口粮,三斗米,七百钱,够了。谁要这个!"

但不成,凡事求个心安理得,出气力不受酬谁好意思,不管如何还是有人把钱的。管船人却情不过,也为了心安起见,便把这些钱托人到茶峒去买茶叶和草烟,将茶峒出产的上等草烟,一扎一扎挂在自己腰带边,过渡的谁需要这东西必慷慨奉赠。有时从神气上估计那远路人对于身边草烟引起了相当的注意时,便把一小束草烟扎到那人包袱上去,一面说,"不吸这个吗,这好的,这妙的,味道蛮好,送人也合式!"茶叶则在六月里放进大缸里去,用开水泡好,给过路人解渴。

管理这渡船的,就是住在塔下的那个老人。活了七十年,从二十岁起便守在这小溪边,五十年来不知把船来去渡了若干人。年纪虽那么老了。本来应当休息了,但天不许他休息,他仿佛便不能够同这一分生活离开。他从不思索自己的职务对于本人的意义,只是静静的很忠实的在那里活下去。代替了天,使他在日头升起时,感到生活的力量,当日头落下时,又不至于思量与日头同时死去的,是那个伴在他身旁的女孩子。他唯一的朋友为一只渡船与一只黄狗,唯一的亲人便只那个女孩子。

女孩子的母亲,老船夫的独生女,十五年前同一个茶峒军人,很秘密的背着那忠厚爸爸发生了暧昧关系。有了小孩子后,这屯戍军士便想约了她一同向下游逃去。但从逃走的行为上看来,一个违悖了军人的责任,一个却必得离开孤独的父亲。经过一番考虑后,军人见她无远走勇气,自己也不便毁去作军人的名誉,就心想:一同去生既无法聚首,一同去死当无人可以阻拦,首先服了毒。女的却关心腹中的一块肉,不忍心,拿不出主张。事情业已为作渡船夫的父亲知道,父亲却不加上一个有分量的字眼儿,只作为并不听到过这事情一样,仍然把日子很平静的过下去。女儿一面怀了羞惭一面却怀了怜悯,仍守在父亲身边,待到腹中小孩生下后,却到溪边吃了许多冷水死去了。在一种近于奇迹中,这遗孤居然已长大成人,一转眼间便十三岁了。为了住处两山多篁竹,翠色逼人而来,老船夫随便为这可怜的孤雏拾取了一个近身的名字,叫作"翠翠"。

翠翠在风日里长养着,把皮肤变得黑黑的,触目为青山绿水,一对眸子清明如水晶。自然既长养她且教育她,为人天真活泼,处处俨然如一只小兽物。人又那么乖,如山头黄麂一样,从不想到残忍事情,从不发愁,从不动气。平时在渡船上遇陌生人对她有所注意时,便把光光的眼睛瞅着那陌生人,作成随时皆可举步逃入深山的神气,但明白了人无机心后,就又从从容容的在水边玩耍了。

老船夫不论晴雨,必守在船头。有人过渡时,便略弯着腰,两手缘引了竹缆,把船横渡过小溪。有时疲倦了,躺在临溪大石上睡着了,人在隔岸招手喊过渡,翠翠不让祖父起身,就跳下船去,很敏捷的替祖父把路人渡过溪,一切皆溜刷在行,从不误事。有时又和祖父黄狗一同在船上,过渡时和祖父一同动手,船将近岸边,祖父正向客人招呼"慢点,慢点"时,那只黄狗便口衔绳子,最先一跃而上,且俨然懂得如何方为尽职似的,把船绳紧衔着拖船拢岸。

风日清和的天气,无人过渡,镇日长闲,祖父同翠翠便坐在门前大岩石上晒太阳。或把一段木头从高处向水中抛去,嗾使身边黄狗自岩石高处跃下,把木头衔回来。或翠翠与黄狗皆张着耳朵,听祖父说些城中多年以前的战争故事。或祖父同翠翠两人,各把小竹作成的竖笛,逗在嘴边吹着迎亲送女的曲子。过渡人来了,老船夫放下了竹管,独自跟到船边去,横溪渡人,在岩上的一个,见船开动时,于是锐声喊着:

"爷爷,爷爷,你听我吹,你唱!"

爷爷到溪中央便很快乐的唱起来,哑哑的声音同竹管声振荡在寂静空气里,溪中仿佛也热闹了一些。(实则歌声的来复,反而使一切更寂静一些了。)

……

四

　　还是两年前的事。五月端阳,渡船头祖父找人作了代替,便带了黄狗同翠翠进城,过大河边去看划船。河边站满了人,四只朱色长船在潭中滑着,龙船水刚刚涨过,河中水皆豆绿色,天气又那么明朗,鼓声蓬蓬响着,翠翠抿着嘴一句话不说,心中充满了不可言说的快乐。河边人太多了一点,各人皆尽张着眼睛望河中,不多久,黄狗还在身边,祖父却挤得不见了。

　　翠翠一面注意划船,一面心想"过不久祖父总会找来的"。但过了许久,祖父还不来,翠翠便稍稍有点儿着慌了。先是两人同黄狗进城前一天,祖父就问翠翠:"明天城里划船,倘若一个人去看,人多怕不怕?"翠翠就说:"人多我不怕,但自己只是一个人可不好玩。"于是祖父想了半天,方想起一个住在城中的老熟人,赶夜里到城里去商量,请那老人来看一天渡船,自己却陪翠翠进城玩一天。且因为那人比渡船老人更孤单,身边无一个亲人,也无一只狗,因此便约好了那人早上过家中来吃饭,喝一杯雄黄酒。第二天那人来了,吃了饭,把职务委托那人以后,翠翠等便进了城。到路上时,祖父想起什么似的,又问翠翠:"翠翠,翠翠,人那么多,好热闹,你一个人敢到河边看龙船吗?"翠翠说:"怎么不敢?可是一个人有什么意思。"到了河边后,长潭里的四只红船,把翠翠的注意力完全占去了,身边祖父似乎也可有可无了。祖父心想:"时间还早,到收场时,至少还得三个时刻。溪边的那个朋友,也应当来看看年青人的热闹,回去一趟,换换地位还赶得及。"因此就问翠翠:"人太多了,站在这里看,不要动,我到别处去有事情,无论如何总赶得回来伴你回家。"翠翠正为两只竞速并进的船迷着,祖父说的话毫不思索就答应了。祖父知道黄狗在翠翠身边,也许比他自己在她身边还稳当,于是便回家看船去了。

　　祖父到了那渡船处时,见代替他的老朋友,正站在白塔下注意听远处鼓声。

　　祖父喊他,请他把船拉过来,两人渡过小溪仍然站到白塔下去。那人问老船夫为什么又跑回来,祖父就说想替他一会儿故把翠翠留在河边,自己赶回来,好让他也过河边去看看热闹,且说:"看得好,就不必再回来,只须见了翠翠告她一声,翠翠到时自会回家的。小丫头不敢回家,你就伴她走走!"但那替手对于看龙船已无什么兴味,却愿意同老船夫在这溪边大石上各自再喝两杯烧酒。老船夫十分高兴,把酒葫芦取出,推给城中来的那一个。两人一面谈些端午旧事,一面喝酒,不到一会,那人却在岩石上为烧酒醉倒了。

人既醉倒了,无从入城,祖父为了责任又不便与渡船离开,留在河边的翠翠便不能不着急了。

河中划船的决了最后胜负后,城里军官已派人驾小船在潭中放了一群鸭子,祖父还不见来。翠翠恐怕祖父也正在什么地方等着她,因此带了黄狗各处人丛中挤着去找寻祖父,结果还是不得祖父的踪迹。后来看看天快要黑了,军人扛了长凳出城看热闹的,皆已陆续扛了那凳子回家。潭中的鸭子只剩下三五只,捉鸭人也渐渐的少了。落日向上游翠翠家中那一方落去,黄昏把河面装饰了一层薄雾。翠翠望到这个景致,忽然起了一个怕人的想头,她想:"假若爷爷死了?"

她记起祖父嘱咐她不要离开原来地方那一句话,便又为自己解释这想头的错误,以为祖父不来必是进城去或到什么熟人处去,被人拉着喝酒,故一时不能来的。正因为这也是可能的事,她又不愿在天未断黑以前,同黄狗赶回家去,只好站在那石码头边等候祖父。

再过一会,对河那两只长船已泊到对河小溪里去不见了,看龙船的人也差不多全散了。吊脚楼有娼妓的人家,已上了灯,且有人敲小斑鼓弹月琴唱曲子。另外一些人家,又有划拳行酒的吵嚷声音。同时停泊在吊脚楼下的一些船只,上面也有人在摆酒炒菜,把青菜萝卜之类,倒进滚热油锅里去时发出吵——的声音。河面已朦朦胧胧,看去好像只有一只白鸭在潭中浮着,也只剩一个人追着这只鸭子。

翠翠还是不离开码头,总相信祖父会来找她,同她一起回家。

吊脚楼上唱曲子声音热闹了一些,只听到下面船上有人说话……两人接着便说了些关于那个女人的一切,使用了不少粗鄙字眼,翠翠很不习惯把这种话听下去,但又不能走开。且听水手之一说,楼上妇人的爸爸是在棉花坡被人杀死的,一共杀了十七刀。翠翠心中那个古怪的想头,"爷爷死了呢?"便仍然占据到心里有一忽儿。

两个水手还正在谈话,潭中那只白鸭慢慢的向翠翠所在的码头边游来,翠翠想:"再过来些我就捉住你!"于是静静的等着,但那鸭子将近岸边三丈远近时,却有个人笑着,喊那船上水手。原来水中还有个人,那人已把鸭子捉到手,却慢慢的"踹水"游近岸边的。船上人听到水面的喊声,在隐约里也喊道:"二老,二老,你真干,你今天得了五只吧。"那水上人说:"这家伙狡猾得很,现在可归我了。""你这时捉鸭子,将来捉女人,一定有同样的本领。"水上那一个不再说什么,手脚并用的拍着水傍了码头。湿淋淋的爬上岸时,翠翠身旁的黄狗,仿佛警问水中人似的,汪汪的叫了几声,那人方注意到翠翠。码头上已无别的人,那人问:

"是谁?"

"是翠翠!"

"翠翠又是谁?"

"是碧溪岨撑渡船的孙女。"

"你在这儿做什么?"

"我等我爷爷。我等他来好回家去。"

"等他来他可不会来,你爷爷一定到城里军营里喝了酒,醉倒后被人抬回去了!"

"他不会。他答应来,他就一定会来的。"

"这里等也不成。到我家里去,到那边点了灯的楼上去,等爷爷来找你好不好?"

翠翠误会邀他进屋里去那个人的好意,正记着水手说的妇人丑事,她以为那男子就是要她上有女人唱歌的楼上去,本来从不骂人,这时正因等候祖父太久了,心中焦急得很,听人要她上去,以为欺侮了她,就轻轻的说:

"你个悖时砍脑壳的!"

话虽轻轻的,那男的却听得出,且从声音上听得出翠翠年纪,便带笑说:"怎么,你骂人!你不愿意上去,要呆在这儿,回头水里大鱼来咬了你,可不要叫喊!"

翠翠说:"鱼咬了我也不管你的事。"

那黄狗好像明白翠翠被人欺侮了,又汪汪的吠起来。那男子把手中白鸭举起,向黄狗吓了一下,便走上河街去了。黄狗为了自己被欺侮还想追过去,翠翠便喊:"狗,狗,你叫人也看人叫!"翠翠意思仿佛只在告给狗"那轻薄男子还不值得叫",但男子听去的却是另外一种好意,男的以为是她要狗莫向好人叫,放肆的笑着,不见了。

又过了一阵,有人从河街拿了一个废缆做成的火炬,喊叫着翠翠的名字来找寻她,到身边时翠翠却不认识那个人。那人说:老船夫回到家中,不能来接她,故搭了过渡人口信来,告翠翠要她即刻就回去。翠翠听说是祖父派来的,就同那人一起回家,让火把的在前引路,黄狗时前时后,一同沿了城墙向渡口走去。翠翠一面走一面问那拿火把的人,是谁告他就知道她在河边。那人说是二老告他的,他是二老家里的伙计,送翠翠回家后还得回转河街。

翠翠说:"二老他怎么知道我在河边?"

那人便笑着说:"他从河里捉鸭子回来,在码头上见你,他说好意请你上家里坐坐,等候你爷爷,你还骂过他!"

翠翠带了点儿惊讶轻轻的问:"二老是谁?"

那人也带了点儿惊讶说:"二老你都不知道?就是我们河街上的傩送二老!就是岳云!他要我送你回去!"

傩送二老在茶峒地方不是一个生疏的名字!

翠翠想起自己先前骂人那句话,心里又吃惊又害羞,再也不说什么,默默的随了那火把走去。

翻过了小山岨,望得见对溪家中火光时,那一方面也看见了翠翠方面的火把,老船夫即刻把船拉过来,一面拉船一面哑声儿喊问:"翠翠,翠翠,是不是你?"翠翠不理会祖父,口中却轻轻的说:"不是翠翠,不是翠翠,翠翠早被大河里鲤鱼吃去了。"翠翠上了船,二老派来的人,打着火把走了,祖父牵着船问:"翠翠,你怎么不答应我,生我的气了吗?"

翠翠站在船头还是不作声。翠翠对祖父那一点儿埋怨,等到把船拉过了溪,一到了家中,看明白了醉倒的另一个老人后,就完事了。但另一件事,属于自己不关祖父的,却使翠翠沉默了一个夜晚。

五

两年日子过去了。

……

翠翠为了不能忘记那件事,上年一个端午又同祖父到城边河街去看了半天船,一切玩得正好时,忽然落了行雨,无人衣衫不被雨湿透。为了避雨,祖孙二人同那只黄狗,走到顺顺吊脚楼上去,挤在一个角隅里。有人扛凳子从身边过去,翠翠认得那人是去年打了火把送她回家的人,就告给祖父:

"爷爷,那个人去年送我回家,他拿了火把走路时,真像个喽罗!"

祖父当时不作声,等到那人回头又走过面前时,就一把抓住那个人,笑嘻嘻说:

"嗨嗨,你这个人!要你到我家喝一杯也不成,还怕酒里有毒,把你这个真命天子毒死!"

那人一看是守渡船的,且看到了翠翠,就笑了。"翠翠,你长大了!二老说你在河边大鱼会吃你,我们这里河中的鱼,现在可吞不下你了。"

翠翠一句话不说,只是抿起嘴唇笑着。

这一次虽在这喽罗长年口中听到个"二老"名字,却不曾见及这个人。从祖父与那长年谈话里,翠翠听明白了二老是在下游六百里外青浪滩过端午的。但这次不见二老却认识了"大老",且见着了那个一地出名的顺顺。大老把河中的鸭子捉回家里后,因为守渡船的老家伙称赞了那只肥鸭两次,顺顺就要大老把鸭子给翠翠。且知道祖孙二人所过的日子十分拮据,节日里自己不能包粽子,又送了许多尖角粽子。

那水上名人同祖父谈话时,翠翠虽装作眺望河中景致,耳朵却把每一句话听得清清楚楚。那人向祖父说翠翠长得很美,问过翠翠年纪,又问有不有人家。祖父则很快乐的夸奖了翠翠不少,且似乎不许别人来关心翠翠的婚事,故一到这件事便闭口不谈。

回家时,祖父抱了那只白鸭子同别的东西,翠翠打火把引路。两人沿城墙走去,一面是城,一面是水。祖父说:"顺顺真是个好人,大方得很。大老也很好。这一家人都好!"翠翠说:"一家人都好,你认识他们一家人吗?"祖父不明白这句话的意思所在,因为今天太高兴一点,便笑着说:"翠翠,假若大老要你做媳妇,请人来做媒,你答应不答应?"翠翠就说:"爷爷,你疯了!再说我就生你的气!"

祖父话虽不说了,心中却很显然的还转着这些可笑的不好的念头。翠翠着了恼,把火炬向路两旁乱晃着,向前快快的走去了。

"翠翠,莫闹,我摔到河里去,鸭子会走脱的!"

"谁也不希罕那只鸭子!"

祖父明白翠翠为什么事不高兴,祖父便唱起摇橹人驶船下滩时催橹的歌声,声音虽然哑沙沙的,字眼儿却稳稳当当毫不含糊。翠翠一面听着一面向前走去,忽然停住了发问:

"爷爷,你的船是不是正在下青浪滩呢?"

祖父不说什么,还是唱着,两人皆记顺顺家二老的船正在青浪滩过节,但谁也不明白另外一个人的记忆所止处。祖孙二人便沉默的一直走还家中。……

远处鼓声又蓬蓬的响起来了,黄狗张着两个耳朵听着。翠翠问祖父,听不听到什么声音。祖父一注意,知道是什么声音了,便说:

"翠翠,端午又来了。你记不记得去年天保大老送你那只肥鸭子。早上大老同一群人上川东去,过渡时还问你。你一定忘记那次落的行雨。我们这次若去,又得打火把回家;你记不记得我们两人用火把照路回家?"

翠翠还正想起两年前的端午一切事情哪。但祖父一问,翠翠却微带点儿恼着的神气,把头摇摇,故意说:"我记不得,我记不得。"其实她那意思就是"我怎么记不得?!"

祖父明白那话里意思,又说:"前年还更有趣,你一个人在河边等我,差点儿不知道回来,我还以为大鱼会吃掉你!"

提起旧事翠翠嗤的笑了。

"爷爷,你还以为大鱼会吃掉我?是别人家说我,我告给你的!你那天只是恨不得让城中的那个爷爷把装酒的葫芦吃掉!你这种记性!"

"我人老了,记性也坏透了。翠翠,现在你人长大了,一个人一定敢上城看船不怕鱼吃掉你了。"

"人大了就应当守船哩。"

"人老了才当守船。"

"人老了应当歇憩!"

"你爷爷还可以打老虎,人不老!"祖父说着,于是,把膀子弯曲起来,努力使筋肉在局束中显得又有力又年青,且说:"翠翠,你不信,你咬。"

翠翠睨着腰背微驼白发满头的祖父,不说什么话。远处有吹唢呐的声音,她知道那是什么事情,且知道唢呐方向,要祖父同她下了船,把船拉过家中那边岸旁去。……

到了家边,翠翠跑回家去取小小竹子做的双管唢呐,请祖父坐在船头吹"娘送女"曲子给她听,她却同黄狗躺到门前大岩石上荫处看天上的云。白日渐长,不知什么时节,祖父睡着了,翠翠同黄狗也睡着了。

……

十一

有人带了礼物到碧溪岨,掌水码头的顺顺,当真请了媒人为儿子向渡船的攀亲戚来了。老船夫慌慌张张把这个人渡过溪口,一同到家里去。翠翠正在屋门前剥豌豆,来了客并不如何注意。但一听到客人进门说"贺喜贺喜",心中有事,不敢再呆在屋门边,就装作追赶菜园地的鸡,拿了竹响篙唰唰的摇着,一面口中轻轻喝着,向屋后白塔跑去了。

来人说了些闲话,言归正传转述到顺顺的意见时,老船夫不知如何回答,只是很惊惶的搓着两只茧结的大手,好像这不会真有其事,而且神气中只像在说:"那好的,那妙的。"其实这老头子却不曾说过一句话。

马兵把话说完后,就问作祖父的意见怎么样。老船夫笑着把头点着说:"大老想走车路,这个很好。可是我得问问翠翠,看她自己主意怎么样。"来人走后,祖父在船头叫翠翠下河边来说话。

翠翠拿了一簸箕豌豆下到溪边,上了船,娇娇的问他的祖父:"爷爷,你有什么事?"祖父笑着不说什么,只偏着个白发盈颠的头看着翠翠,看了许久。翠翠坐到船头,低下头去剥豌豆,耳中听着远处竹篁里的黄鸟叫。翠翠想:"日子长咧,爷爷话也长了。"翠翠心轻轻的跳着。

过了一会祖父说:"翠翠,翠翠,先前来的那个伯伯来作什么,你知道不知道?"

翠翠说:"我不知道。"说后脸同颈脖全红了。

祖父看看那种情景,明白翠翠的心事了,便把眼睛向远处望去,在空雾里望见了十五年前翠翠的母亲,老船夫心中异常柔和了。轻轻的自言自语说:"每一只船总要有个码头,每一只雀儿得有个巢。"他同时想起那个可怜的母亲过去的事情,心中有了一点隐痛,却勉强笑着。

翠翠呢,正从山中黄鸟杜鹃叫声里,以及山谷中伐竹人唦唦一下一下的砍伐竹子声音里,想到许多事情。老虎咬人的故事,与人对骂时四句头的山歌,造纸作坊中的方坑,铁工厂熔铁炉里泄出的铁汁……耳朵听来的,眼睛看到的,她似乎都要去温习温习。她其所以这样作,又似乎全只为了希望忘掉眼前的一桩事而起。但她实在有点误会了。

祖父说:"翠翠,船总顺顺家里请人来作媒,想讨你作媳妇,问我愿不愿。我呢,人老了,再过三年两载会过去的,我没有不愿的事情。这是你自己的事,你自己想想,自己来说。愿意,就成了;不愿意,也好。"

翠翠不知如何处理这个问题,装作从容,怯怯的望着老祖父。又不便问什么,当然也不好回答。

祖父又说:"大老是个有出息的人,为人又正直,又慷慨,你嫁了他,算是命好！"

　　翠翠明白了，人来做媒的大老！不曾把头抬起，心忡忡的跳着，脸烧得厉害，仍然剥她的豌豆，且随手把空豆荚抛到水中去，望着它们在流水中从从容容的流去，自己也俨然从容了许多。

　　见翠翠总不作声，祖父于是笑了，且说："翠翠，想几天不碍事。洛阳桥并不是一个晚上造得好的，要日子咧。前次那人来的就向我说到这件事，我已经就告过他：车是车路，马是马路，各有规矩。想爸爸作主，请媒人正正经经来说是车路；要自己作主，站到对溪高崖竹林里为你唱三年六个月的歌是马路，——你若欢喜走马路，我相信人家会为你在日头下唱热情的歌，在月光下唱温柔的歌，一直唱到吐血喉咙烂！"

　　翠翠不作声，心中只想哭，可是也无理由可哭。祖父再说下去，便引到死去了的母亲来了。老人说了一阵，沉默了。翠翠悄悄把头撂过一些，祖父眼中业已酿了一汪眼泪。翠翠又惊又怕怯生生的说："爷爷，你怎么的？"祖父不作声，用大手掌擦着眼睛，小孩子似的咕咕笑着，跳上岸跑回家中去了。

　　翠翠心中乱乱的，想赶去却不赶去。

　　雨后放晴的天气，日头炙到人肩上背上已有了点儿力量。溪边芦苇水杨柳，菜园中菜蔬，莫不繁荣滋茂，带着一分有野性的生气。草丛里绿色蚱蜢各处飞着，翅膀搏动空气时窸窣作声。枝头新蝉声音已渐渐洪大。两山深翠逼人竹篁中，有黄鸟与竹雀杜鹃鸣叫。翠翠感觉着，望着，听着，同时也思索着：

　　"爷爷今年七十岁……三年六个月的歌——谁送那只白鸭子呢？……得碾子的好运气，碾子得谁更是好运气？……"

　　痴着，忽地站起，半簸箕豌豆便倾倒到水中去了。伸手把那簸箕从水中捞起时，隔溪有人喊过渡。

　　……

　　翠翠坐在溪边，望着溪面为暮色所笼罩的一切，且望到那只渡船上一群过渡人，其中有个吸旱烟的打着火镰吸烟，且把烟杆在船边剥剥的敲着烟灰,就忽然哭起来了。

祖父把船拉回来时,见翠翠痴痴的坐在岸边,问她是什么事,翠翠不作声。祖父要她去烧火煮饭,想了一会儿,觉得自己哭得可笑,一个人便回到屋中去,坐在黑黝黝的灶边把火烧燃后,她又走到门外高崖上去,喊叫她的祖父,要他回家里来,在职务上毫不儿戏的老船夫,因为明白过渡人皆是赶回城中吃晚饭的人,来一个就渡一个,不便要人站在那岸边呆等,故不上岸来。只站在船头告翠翠,且让他做点事,把人渡完事后,就回家里来吃饭。

翠翠第二次请求祖父,祖父不理会,她坐在悬崖上,很觉得悲伤。

天夜了,有一匹大萤火虫尾上闪着蓝光,很迅速的从翠翠身旁飞过去,翠翠想:"看你飞得多远!"便把眼睛随着那萤火虫的明光追去。杜鹃又叫了。

"爷爷,为什么不上来?我要你!"

在船上的祖父听到这种带着娇有点儿埋怨的声音,一面粗声粗气的答道:"翠翠,我就来,我就来!"一面心中却自言自语:"翠翠,爷爷不在了,你将怎么样?"

老船夫回到家中时,见家中还黑黝黝的,只灶间有火光,见翠翠坐在灶边矮条凳上,用手蒙着眼睛。

走过去才晓得翠翠已哭了许久。祖父一个下半天来,皆弯着个腰在船上拉来拉去,歇歇时手也酸了,腰也酸了,照规矩,一到家里就会嗅到锅中所焖瓜菜的味道,且可见到翠翠安排晚饭在灯光下跑来跑去的影子。今天情形竟不同了一点。

祖父说:"翠翠,我来慢了,你就哭,这还成吗?我死了呢?"

翠翠不作声。

祖父又说:"不许哭,做一个大人,不管有什么事都不许哭。要硬扎一点,结实一点,才配活到这块土地上!"

翠翠把手从眼睛边移开,靠近了祖父身边去,"我不哭了。"

两人吃饭时,祖父为翠翠说到一些有趣味的故事。因此提到了死去了的翠翠的母亲。两人在豆油灯下把饭吃过后,老船夫因为工作疲倦,喝了半碗白酒,因此饭后兴致极好,又同翠翠到门外高崖上月光下去说故事。说了些那个可怜母亲的乖巧处,同时且说到那可怜母亲性格强硬处,使翠翠听来神往倾心。

翠翠抱膝坐在月光下,傍着祖父身边,问了许多关于那个可怜母亲的故事。间或吁一口气,似乎心中压上了些分量沉重的东西,想挪移得远一点,才吁着这种气,可是却无从把那东西挪开。

月光如银子,无处不可照及,山上篁竹在月光下皆成为黑色。身边草丛中虫声繁密如落雨。间或不知道从什么地方,忽然会有一只草莺"落落落落嘘!"啭着它的喉咙,不久之间,这小鸟儿又好像明白这是半夜,不应当那么吵闹,便仍然闭着那小小眼儿安睡了。

祖父夜来兴致很好,为翠翠把故事说下去,就提到了本城人二十年前唱歌的风气,如何驰名于川黔边地。翠翠的父亲,便是唱歌的第一手,能用各种比喻解释爱与憎的结子,这些事也说到了。翠翠母亲如何爱唱歌,且如何同父亲在未认识以前在白日里对歌,一个在半山上竹篁里砍竹子,一个在溪面渡船上拉船,这些事也说到了。

翠翠问:"后来怎么样?"

祖父说:"后来的事长得很,最重要的事情,就是这种歌唱出了你。"

……

二十一

……

因为两人每个黄昏必谈祖父以及这一家有关系的事情,后来便说到了老船夫死前的一切,翠翠因此明白了祖父活时所不提到的许多事。二老的唱歌,顺顺大儿子的死,顺顺父子对于祖父的冷淡,中寨人用碾坊作陪嫁妆奁诱惑傩送二老,二老既记忆着哥哥的死亡,且因得不到翠翠理会,又被家中逼着接受那座碾坊,意思还在渡船,因此赌气下行,祖父的死因,又如何与翠翠有关……凡是翠翠不明白的事,如今可全明白了。翠翠把事弄明白后,哭了一个夜晚。

过了四七,船总顺顺派人来请马兵进城去,商量把翠翠接到他家中去,作为二老的媳妇。但二老人既在辰州,先就莫提这件事,且搬过河街去住,等二老回来时再看二老意思。马兵以为这件事得问翠翠。回来时,把顺顺的意思向翠翠说过后,又为翠翠出主张,以为名分既不定妥,到一个生人家里去不好,还是不如在碧溪岨等,等到二老驾船回来时,再看二老意思。

这办法决定后,老马兵以为二老不久必可回来的,就依然把马匹托营上人照料,在碧溪岨为翠翠作伴,把一个一个日子过下去。

碧溪岨的白塔,与茶峒风水有关系,塔圮坍了,不重新作一个自然不成。除了城中营管、税局以及各商号各平民捐了些钱以外,各大寨子也有人拿册子去捐钱。为了这塔成就并不是给谁一个人的好处,应尽每一个人来积德造福,尽每个人皆有捐钱的机会,因此在渡船上也放了个两头有节的大竹筒,中部锯了一口,尽过渡人自由把钱投进去,竹筒满了马兵就捎进城中首事人处去,另外又带了个竹筒回来。过渡人一看老船夫不见了,翠翠的辫子上扎了白线,就明白那老的已作完了自己分上的工作,安安静静躺在土坑里给小蛆吃掉了,必一面用同情的眼色瞧着翠翠,一面就摸出钱来塞到竹筒中去。"天保佑你,死了的到西方去,活下的永保平安。"翠翠明白那些捐钱人的怜悯与同情意思,心里酸酸的,忙把身子背过去拉船。

到了冬天,那个圮坍了的白塔,又重新修好了。可是那个在月下唱歌,使翠翠在睡梦里为歌声把灵魂轻轻浮起的年青人,还不曾回到茶峒来。

……

这个人也许永远不回来了,也许"明天"回来!

一九三三年冬至一九三四年春完成

【阅读提示】

《边城》一经发表，作品鲜明的湘西地域色彩，善良淳朴的民风，充满未经世事、生机与活力的少女翠翠和她爱情萌生的动人与曲折的故事就吸引了读者，"一切充满了善，然而到处是不凑巧"，而未了的结尾牵动了一代又一代读者的心。同时代的评论家把这部作品视为一切都是和谐、光与影配置适度的田园牧歌。小说淋漓尽致地表现了湘西边城茶峒20世纪初的风情美和人性美。作者描写的湘西，自然风光秀丽、民风纯朴，人们不讲等级，不谈功利，人与人之间真诚相待，相互友爱。老船夫与孙女的爱、翠翠对傩送纯真的爱、天保兄弟对翠翠真挚的爱以及兄弟间的手足之爱，这些都代表着未受污染的传统美德。作者极力描写湘西自然的明净，更是为了表现湘西人心灵的明净。所以，被视为世外桃源的牧歌也其来有自。

作者沈从文则表示写作《边城》并非带领读者去世外桃源旅行，"我要表现的本是一种'人生的形式'，一种'优美，健康，自然，而又不悖乎人性的人生形式'……为人类的'爱'字作一度恰如其分的说明"。说到写作缘起，作者自述："故事上的人物，一面从一年前在青岛崂山北九水旁所见的一个乡村女子，取得生活的必然，一面就用身边黑脸长眉新妇作范本，取得性格上的素朴良善式样。一切充满了善，充满了完美、高尚的希望，然而到处是不凑巧。既然是不凑巧，因之素朴的良善与单纯的希望终难免产生悲剧。"《边城》融入了作者对湘西人民因不能自主把握人生命运，一代又一代继续着悲凉人生命运的认识和沉郁压抑的隐痛。重点阅读作品对湘西自然和人情的描述，重点关注祖父、翠翠母亲和翠翠的故事与叙述者的语调，注意作者在突出这些优美特质的同时，对背后所隐含的不确定与不可测的悲悯和哀戚，理解他所赋予的人物和景物的象征意味。

【思考与讨论】

1. 请找出作品中对湘西风物和民风人情描述的部分，根据这些描写，你赞同田园牧歌和世外桃源的看法吗？

2. 祖父一直在担忧翠翠重复母亲的命运,然而故事结尾翠翠依然没有得到圆满的爱情结局。谈谈你对这样的一个偶然和不凑巧带来的不如意的故事的看法。

3. 作品中作者大多数情况下是一个全知全能的旁观者,有时他跟随着祖父的视线,有时又成了翠翠的视角,注意作品中故事讲述者的视角和语调的变化。

4. 可关联阅读《萧萧》——沈从文所描写的另一个湘西女孩的故事,比较她的命运和翠翠的故事,深度思考沈从文所展现的湘西世界的复杂和多面,加深对边城所代表的世界的理解。

【延伸阅读】

《月下小景》《萧萧》《柏子》

【参考资料】

1. 凌宇:《从边城走向世界》,三联书店1985年版。

2. 金介甫:《他从凤凰来——沈从文传》,符家钦译,新星出版社2018年版。

3. 陈思和:《由启蒙向民间的转向:〈边城〉》,收《中国现当代文学名篇十五讲》,北京大学出版社2013年版。

4. 张新颖:《沈从文精读》,复旦大学出版社2005年版。

第三节 萧 红

萧红（1911—1942），原名张迺莹，笔名悄吟等，黑龙江呼兰县人，幼年丧母。19岁为反对包办婚姻，她与家人决裂，开始流浪生活，饱尝饥饿与困苦，1932年开始文艺创作，对爱、自由与温暖的渴望成为其文学创作中的重要主题。1934年离开东北到青岛，完成小说《生死场》并在鲁迅的帮助下出版，引起文坛注意。1936年东渡日本养病，抗战爆发后辗转汉口、临汾、上海等地，1940年去中国香港，完成代表作《呼兰河传》，1942年病逝于中国香港。萧红的一生短暂但著作颇丰，作品多带有自叙传色彩，她善于用纯净、童真的眼光关照世界，以清新、质朴的文字书写乡土社会的生存境遇，被誉为"20世纪30年代的文学洛神"。

《呼兰河传》[①]（节选）
第一章
一

严冬一封锁了大地的时候，则大地满地裂着口。从南到北，从东到西，几尺长的，一丈长的，还有好几丈长的，它们毫无方向地，便随时随地，只要严冬一到，大地就裂开口了。

严寒把大地冻裂了。

年老的人，一进屋用扫帚扫着胡子上的冰溜，一面说："今天好冷啊！地冻裂了。"

赶车的车夫，顶着三星，绕着大鞭子走了六七十里，天刚一蒙亮，进了大车店，第一句话就向客栈掌柜的说："好厉害的天啊！小刀子一样。"

[①] 《呼兰河传》是著名作家萧红创作的一部自传体小说，1940年写于香港，1941年由桂林河山出版社出版。小说共分7章，前有序，后有尾声，著名文学巨匠茅盾作序。本书描绘了东北边陲小镇呼兰河的风土人情，展示了女作家独特的艺术个性与特色。

等进了栈房,摘下狗皮帽子来,抽一袋烟之后,伸手去拿热馒头的时候,那伸出来的手在手背上有无数的裂口。

人的手被冻裂了。

卖豆腐的人清早起来沿着人家去叫卖,偶一不慎,就把盛豆腐的方木盘贴在地上拿不起来了,被冻在地上了。

卖馒头的老头,背着木箱子,里边装着热馒头,太阳一出来,就在街上叫唤。他刚一从家里出来的时候,他走的快,他喊的声音也大。可是过不了一会,他的脚上挂了掌子了,在脚心上好像踏着一个鸡蛋似的,圆滚滚的。原来冰雪封满了他的脚底了。他走起来十分的不得力,若不是十分的加着小心,他就要跌倒了。就是这样,也还是跌倒的。跌倒了是不很好的,把馒头箱子跌翻了,馒头从箱底一个一个的滚了出来。旁边若有人看见,趁着这机会,趁着老头子倒下一时还爬不起来的时候,就拾了几个一边吃着就走了。

等老头子挣扎起来,连馒头带冰雪一起拣到箱子去,一数,不对数。他明白了。他向着那走不太远的吃他馒头的人说:"好冷的天,地皮冻裂了,吞了我的馒头了。"

行路人听了这话都笑了。他背起箱子来再往前走,那脚下的冰溜,似乎是越结越高,使他越走越困难,于是背上出了汗,眼睛上了霜,胡子上的冰溜越挂越多,而且因为呼吸的关系,把破皮帽子的帽耳朵和帽前遮都挂上霜了。这老头越走越慢,担心受怕,颤颤惊惊,好像初次穿上滑冰鞋,被朋友推上了溜冰场似的。

小狗冻得夜夜的叫唤,哽哽的,好像它的脚爪被火烧着一样。

天再冷下去:

水缸被冻裂了;

井被冻住了;

大风雪的夜里,竟会把人家的房子封住,睡了一夜,早晨起来,一推门,竟推不开门了。

大地一到了这严寒的季节,一切都变了样,天空是灰色的,好像刮了大风之后，呈着一种混沌沌的气象，而且整天飞着清雪。人们走起路来是快的，嘴里边的呼吸，一遇到了严寒好像冒着烟似的。七匹马拉着一辆大车，在旷野上成串的一辆挨着一辆地跑，打着灯笼，甩着大鞭子，天空挂着三星。跑了两里路之后，马就冒汗了。再跑下去，这一批人马在冰天雪地里边竟热气腾腾的了。一直到太阳出来，进了栈房，那些马才停止了出汗。但是一停止了出汗，马毛立刻就上了霜。

人和马吃饱了之后，他们再跑。这寒带的地方，人家很少，不像南方，走了一村，不远又来了一村，过了一镇，不远又来了一镇。这里是什么也看不见，远望出去是一片白。从这一村到那一村，根本是看不见的。只有凭了认路的人的记忆才知道是走向了什么方向。拉着粮食的七匹马的大车，是到他们附近的城里去。载来大豆的卖了大豆，载来高粱的卖了高粱，等回去的时候，他们带了油、盐和布匹。

呼兰河就是这样的小城，这小城并不怎样繁华，只有两条大街，一条从南到北，一条从东到西，而最有名的算是十字街了。十字街口集中了全城的精华。十字街上有金银首饰店、布庄、油盐店、茶庄、药店，也有拔牙的洋医生。那医生的门前，挂着很大的招牌，那招牌上画着特别大的有量米的斗那么大的一排牙齿。这广告在这小城里边无乃太不相当，使人们看了竟不知道那是什么东西，因为油店、布店和盐店，他们都没有什么广告，也不过是盐店门前写个"盐"字，布店门前挂了两张怕是自古亦有之的两张布幌子。

其余的如药店的招牌，也不过是：把那戴着花镜的伸出手去在小枕头上号着妇女们的脉管的医生的名字挂在门外就是了。比方那医生的名字叫李永春，那药店也就叫"李永春"。人们凭着记忆，哪怕就是李永春摘掉了他的招牌，人们也都知李永春是在那里。不但城里的人这样，就是从乡下来的人也多少都把这城里的街道，和街道上尽是些什么都记熟了。用不着什么广告，用不着什么招引的方式，要买的比如油盐、布匹之类，自己走进去就会买。不需要的，你就是挂了多大的牌子，人们也是不去买。那牙医生就是一个例子，那从乡下来的人们看了这么大的牙齿，真是觉得稀奇古怪，所以那大牌子前边，停了许多人在看，看也看不出是什么道理来。假若他是正在牙痛，他也绝对的不去让那用洋法子的医生给他拔掉，也还是走到"李永春"药店去，买二两黄连，回家去含着算了吧！因为那牌子上的牙齿太大了，有点莫名其妙，怪害怕的。

所以那牙医生，挂了两三年招牌，到那里去拔牙的却是寥寥无几。

后来那女医生没有办法，大概是生活没法维持，她兼做了收生婆。

城里除了十字街之外，还有两条街，一条叫做东二道街，一条叫做西二道街。这两条街是从南到北的，大概五六里长。这两条街上没有什么好记载的，有几座庙，有几家烧饼铺，有几家粮栈。

……

二

东二道街除了大泥坑子这番盛举之外，再就没有什么了。也不过是几家碾磨房，几家豆腐店，也有一两家机房，也许有一两家染布匹的染缸房，这个也不过是自己默默地在那里做着自己的工作，没有什么可以使别人开心的，也不能招来什么议论。那里边的人都是天黑了就睡觉，天亮了就起来工作。一年四季，春暖花开、秋雨、冬雪，也不过是随着季节穿起棉衣来，脱下单衣地过着。生老病死也都是一声不响地默默地办理。

比方就是东二道街南头，那卖豆芽菜的王寡妇吧：她在房脊上插了一个很高的杆子，杆子头上挑着一个破筐。因为那杆子很高，差不多和龙王庙的铁马铃子一般高了。来了风，庙上的铃子格棱格棱地响。王寡妇的破筐子虽是它不会响，但是它也会东摇西摆地作着态。

就这样一年一年地过去，王寡妇一年一年地卖着豆芽菜，平静无事，过着安详的日子，忽然有一年夏天，她的独子到河边去洗澡，掉河淹死了。

这事情似乎轰动了一时，家传户晓，可是不久也就平静下去了。不但邻人、街坊，就是她的亲戚朋友也都把这回事情忘记了。

再说那王寡妇，虽然她从此以后就疯了，但她到底还晓得卖豆芽菜，她仍还是静静地活着，虽然偶尔她的菜被偷了，在大街上或是在庙台上狂哭一场,但一哭过了之后,她还是平平静静地活着。

至于邻人街坊们,或是过路人看见了她在庙台上哭,也会引起一点恻隐之心来的,不过为时甚短罢了。

还有人们常常喜欢把一些不幸者归划在一起,比如疯子傻子之类,都一律去看待。

哪个乡、哪个县、哪个村都有些个不幸者,瘸子啦、瞎子啦、疯子或是傻子。

呼兰河这城里,就有许多这一类的人。人们关于他们都似乎听得多、看得多,也就不以为奇了。偶尔在庙台上或是大门洞里不幸遇到了一个,刚想多少加一点恻隐之心在那人身上,但是一转念,人间这样的人多着哩!于是转过眼睛去,三步两步地就走过去了。即或有人停下来,也不过是和那些毫没有记性的小孩子似的向那疯子投一个石子,或是做着把瞎子故意领到水沟里边去的事情。

一切不幸者,就都是叫化子,至少在呼兰河这城里边是这样。

人们对待叫化子们是很平凡的。

门前聚了一群狗在咬,主人问:"咬什么?"

仆人答:"咬一个讨饭的。"

说完了也就完了。

可见这讨饭人的活着是一钱不值了。

卖豆芽菜的女疯子,虽然她疯了还忘不了自己的悲哀,隔三差五的还到庙台上去哭一场,但是一哭完了,仍是得回家去吃饭、睡觉、卖豆芽菜。

她仍是平平静静地活着。

三

再说那染缸房里边,也发生过不幸,两个年青的学徒,为了争一个街头上的妇人,其中的一个把另一个按进染缸子给淹死了。死了的不说,就说那活着的也下了监狱,判了个无期徒刑。

但这也是不声不响地把事就解决了,过了三年二载,若有人提起那件事来,差不多就像人们讲着岳飞、秦桧似的,久远得不知多少年前的事情似的。

　　同时发生这件事情的染缸房,仍旧是在原址,甚或连那淹死人的大缸也许至今还在那儿使用着。从那染缸房发卖出来的布匹,仍旧是远近的乡镇都流通着。蓝色的布匹男人们做起棉裤棉袄,冬天穿它来抵御严寒。红色的布匹,则做成大红袍子,给十八九岁的姑娘穿上,让她去做新娘子。

　　总之,除了染缸房子在某年某月某日死了一个人外,其余的世界,并没有因此而改动了一点。

　　再说那豆腐房里边也发生过不幸:两个伙计打仗,竟把拉磨的小驴的腿打断了。

　　因为它是驴子,不谈它也就罢了。只因为这驴子哭瞎了一个妇人的眼睛(即打了驴子那人的母亲),所以不能不记上。

　　再说那造纸的纸房里边,把一个私生子活活饿死了。因为他是一个初生的孩子,算不了什么。也就不说他了。

四

　　其余的东二道街上,还有几家扎彩铺。这是为死人而预备的。

　　人死了,魂灵就要到地狱里边去,地狱里边怕是他没有房子住、没有衣裳穿、没有马骑。活着的人就为他做了这么一套,用火烧了,据说是到阴间就样样都有了。

　　大至喷钱兽、聚宝盆、大金山、大银山,小至丫鬟使女、厨房里的厨子、喂猪的猪倌,再小至花盆、茶壶茶杯、鸡鸭鹅犬,以至窗前的鹦鹉。

　　看起来真是万分的好看,大院子也有院墙,墙头上是金色的琉璃瓦。一进了院,正房五间,厢房三间,一律是青红砖瓦房,窗明几净,空气特别新鲜。花盆一盆一盆的摆在花架子上,石柱子、全百合、马蛇菜、九月菊都一齐的开了。看起使人不知道是什么季节,是夏天还是秋天,居然那马蛇菜也和菊花同时站在一起。也许阴间是不分什么春夏秋冬的。这且不说。

再说那厨房里的厨子,真是活神活现,比真的厨子真是干净到一千倍,头戴白帽子,身扎白围裙,手里边在做拉面条。似乎午饭的时候就要到了,煮了面就要开饭了似的。

院子里的牵马童,站在一匹大白马的旁边,那马好像是阿拉伯马,特别高大,英姿挺立,假若有人骑上,看样子一定比火车跑得更快。就是呼兰河这城里的将军,相信他也没有骑过这样的马。

小车子、大骡子,都排在一边。骡子是油黑的、闪亮的,用鸡蛋壳做的眼睛,所以眼珠是不会转的。

大骡子旁边还站着一匹小骡子,那小骡子是特别好看,睛珠是和大骡子一般的大。

小车子装潢得特别漂亮,车轮子都是银色的。车前边的帘子是半掩半卷的,使人得以看到里边去。车里边是红堂堂地铺着大红的褥子。赶车的坐在车沿上,满脸是笑,得意洋洋,装饰得特别漂亮,扎着紫色的腰带,穿着蓝色花丝葛的大袍,黑缎鞋,雪白的鞋底。大概穿起这鞋来还没有走路就赶过车来了。他头上戴着黑帽头,红帽顶,把脸扬着,他蔑视着一切,越看他越不像一个车夫,好像一位新郎。

公鸡三两只,母鸡七八只,都是在院子里边静静地啄食,一声不响,鸭子也并不呱呱地直叫,叫得烦人。狗蹲在上房的门旁,非常的守职,一动不动。

看热闹的人,人人说好,个个称赞。穷人们看了这个竟觉得活着还没有死了好。

正房里,窗帘、被格、桌椅板凳,一切齐全。

还有一个管家的,手里拿着一个算盘在打着,旁边还摆着一个账本,上边写着:"北烧锅欠酒二十二斤 东乡老王家昨借米二十担 白旗屯泥人子昨送地租四百三十吊 白旗屯二个子共欠地租两千吊"

这以下写了个:四月二十八日以上的是四月二十七日的流水账,大概二十八日的还没有写呢!

看这账目也就知道阴间欠了账也是马虎不得的,也设了专门人才,即管账先生一流的人物来管。同时也可以看出来,这大宅子的主人不用说就是个地主了。

这院子里边,一切齐全,一切都好,就是看不见这院子的主人在什么地方,未免地使人疑心这么好的院子而没有主人了。这一点似乎使人感到空虚,无着无落的。

再一回头看,就觉得这院子终归是有点两样,怎么丫鬟、使女、车夫、马童的胸前都挂着一张纸条,那纸条上写着他们每个人的名字:那漂亮得和新郎似的车夫的名字叫:

"长鞭"

马童的名字叫:

"快腿"

左手拿着水烟袋,右手抡着花手巾的小丫鬟叫:

"德顺"

另外一个叫:

"顺平"

管账的先生叫:

"妙算"

提着喷壶在浇花的使女叫:

"花姐"

再一细看才知道那匹大白马也是有名字的,那名字是贴在马屁股上的,叫:

"千里驹"

其余的如骡子、狗、鸡、鸭之类没有名字。

那在厨房里拉着面条的"老王",他身上写着他名字的纸条,来风一吹,还忽咧忽咧地跳着。

这可真有点奇怪,自家的仆人,自己都不认识了,还要挂上个名签。

这一点未免地使人迷离恍惚,似乎阴间究竟没有阳间好。

虽然这么说,羡慕这座宅子的人还是不知多少。因为的确这座宅子是好：清悠、闲静、鸦雀无声，一切规整，绝不紊乱。丫鬟、使女，照着阳间的一样，鸡犬猪马，也都和阳间一样，阳间有什么，到了阴间也有，阳间吃面条，到了阴间也吃面条，阳间有车子坐，到了阴间也一样的有车子坐，阴间是完全和阳间一样，一模一样的。

只不过没有东二道街上那大泥坑子就是了。是凡好的一律都有，坏的不必有。

五

东二道街上的扎彩铺，就扎的是这一些。一摆起来又威风、又好看，但那作坊里边是乱七八糟的，满地碎纸，秫杆棍子一大堆，破盒子、乱罐子、颜料瓶子、浆糊盆、细麻绳、粗麻绳……走起路来，会使人跌倒。那里边砍的砍、绑的绑，苍蝇也来回地飞着。

要做人，先做一个脸孔，糊好了，挂在墙上，男的女的，到用的时候，摘下一个来就用。给一个用秫杆捆好的人架子，穿上衣服，装上一个头就像人了。把一个瘦骨伶仃的用纸糊好的马架子，上边贴上用纸剪成的白毛，那就是一匹很漂亮的马了。

做这样的活计的，也不过是几个极粗糙极丑陋的人，他们虽懂得怎样打扮一个马童或是打扮一个车夫，怎样打扮一个妇人女子，但他们对他们自己是毫不加修饰的，长头发的、毛头发的、歪嘴的、歪眼的、赤足裸膝的，似乎使人不能相信，这么漂亮炫眼耀目，好像要活了的人似的，是出于他们之手。

他们吃的是粗菜、粗饭，穿的是破烂的衣服，睡觉则睡在车马、人、头之中。

他们这种生活，似乎也很苦的。但是一天一天的，也就糊里糊涂地过去了，也就过着春夏秋冬，脱下单衣去，穿起棉衣来地过去了。

生、老、病、死，都没有什么表示。生了就任其自然的长去；长大就长大，长不大也就算了。

老，老了也没有什么关系，眼花了，就不看；耳聋了，就不听；牙掉了，就整吞;走不动了,就瘫着。这有什么办法,谁老谁活该。

病,人吃五谷杂粮,谁不生病呢?

死,这回可是悲哀的事情了,父亲死了儿子哭;儿子死了母亲哭;哥哥死了一家全哭;嫂子死了,她的娘家人来哭。

哭了一朝或是三日,就总得到城外去,挖一个坑把这人埋起来。

埋了之后,那活着的仍旧得回家照旧地过着日子。该吃饭,吃饭。该睡觉,睡觉。外人绝对看不出来是他家已经没有了父亲或是失掉了哥哥,就连他们自己也不是关起门来,每天哭上一场。他们心中的悲哀,也不过是随着当地的风俗的大流逢年过节的到坟上去观望一回。二月过清明,家家户户都提着香火去上坟茔,有的坟头上塌了一块土,有的坟头上陷了几个洞,相观之下,感慨唏嘘,烧香点酒。若有近亲的人如子女父母之类,往往且哭上一场;那哭的语句,数数落落,无异是在做一篇文章或者是在诵一篇长诗。歌诵完了之后,站起来拍拍屁股上的土,也就随着上坟的人们回城的大流,回城去了。

回到城中的家里,又得照旧的过着日子,一年柴米油盐,浆洗缝补。从早晨到晚上忙了个不休。夜里疲乏之极,躺在炕上就睡了。在夜梦中并梦不到什么悲哀的或是欣喜的景况,只不过咬着牙、打着哼,一夜一夜地就都这样地过去了。

假若有人问他们,人生是为了什么?他们并不会茫然无所对答的,他们会直截了当地不假思索地说了出来:"人活着是为吃饭穿衣。"

再问他,人死了呢?他们会说:"人死了就完了。"

所以没有人看见过做扎彩匠的活着的时候为他自己糊一座阴宅,大概他不怎么相信阴间。假如有了阴间,到那时候他再开扎彩铺,怕又要租人家的房子了。

……

九

乌鸦一飞过,这一天才真正地过去了。

因为大昂星升起来了,大昂星好像铜球似的亮晶晶的了。

天河和月亮也都上来了。

蝙蝠也飞起来了。

是凡跟着太阳一起来的,现在都回去了。人睡了,猪、马、牛、羊也都睡了,燕子和蝴蝶也都不飞了。就连房根底下的牵牛花,也一朵没有开的。含苞的含苞,卷缩的卷缩。含苞的准备着欢迎那早晨又要来的太阳,那卷缩的,因为它已经在昨天欢迎过了,它要落去了。

随着月亮上来的星夜,大昂星也不过是月亮的一个马前卒,让它先跑到一步就是了。

夜一来蛤蟆就叫,在河沟里叫,在洼地里叫。虫子也叫,在院心草棵子里,在城外的大田上,有的叫在人家的花盆里,有的叫在人家的坟头上。

夏夜若无风无雨就这样地过去了,一夜又一夜。

很快地夏天就过完了,秋天就来了。秋天和夏天的分别不太大,也不过天凉了,夜里非盖着被子睡觉不可。种田的人白天忙着收割,夜里多做几个割高粱的梦就是了。

女人一到了八月也不过就是浆衣裳,拆被子,捶棒槌,捶得街街巷巷早晚地叮叮地乱响。

"棒槌"一捶完,做起被子来,就是冬天。

冬天下雪了。

人们四季里,风、霜、雨、雪的过着,霜打了,雨淋了。大风来时是飞沙走石。似乎是很了不起的样子。冬天,大地被冻裂了,江河被冻住了。再冷起来,江河也被冻得锵锵地响着裂开了纹。冬天,冻掉了人的耳朵,……冻破了人的鼻子……冻裂了人的手和脚。

但这是大自然的威风,与小民们无关。

呼兰河的人们就是这样,冬天来了就穿棉衣裳,夏天来了就穿单衣裳。就好像太阳出来了就起来,太阳落了就睡觉似的。

被冬天冻裂了手指的,到了夏天也自然就好了。好不了的,"李永春"药铺,去买二两红花,泡一点红花酒来擦一擦,擦得手指通红也不见消,也许就越来越肿起来。那么再到"李永春"药铺去,这回可不买红花了,是买了一贴膏药来。回到家里,用火一烤,粘粘糊糊地就贴在冻疮上了。这膏药是真好,贴上了一点也不碍事。该赶车的去赶车,该切菜的去切菜。粘粘糊糊地是真好,见了水也不掉,该洗衣裳的洗衣裳去好了。就是掉了,拿在火上再一烤,就还贴得上的。一贴,贴了半个月。

呼兰河这地方的人,什么都讲结实、耐用,这膏药这样的耐用,实在是合乎这地方的人情。虽然是贴了半个月,手也还没有见好,但这膏药总算是耐用,没有白花钱。

于是再买一贴去,贴来贴去,这手可就越肿越大了。还有些买不起膏药的,就拣人家贴乏了的来贴。

到后来,那结果,谁晓得是怎样呢,反正一塌糊涂去了吧。

春夏秋冬,一年四季来回循环地走,那是自古也就这样的了。风霜雨雪,受得住的就过去了,受不住的,就寻求着自然的结果。那自然的结果不大好,把一个人默默地一声不响地就拉着离开了这人间的世界了。

至于那还没有被拉去的,就风霜雨雪,仍旧在人间被吹打着。

……

第三章

一

呼兰河这小城里边住着我的祖父。

我生的时候,祖父已经六十多岁了,我长到四五岁,祖父就快七十了。

我家有一个大花园,这花园里蜂子、蝴蝶、蜻蜓、蚂蚱,样样都有。蝴蝶有白蝴蝶、黄蝴蝶。这种蝴蝶极小,不太好看。好看的是大红蝴蝶,满身带着金粉。

蜻蜓是金的,蚂蚱是绿的,蜂子则嗡嗡地飞着,满身绒毛,落到一朵花上,胖圆圆地就和一个小毛球似的不动了。

花园里边明晃晃的,红的红,绿的绿,新鲜漂亮。

据说这花园,从前是一个果园。祖母喜欢吃果子就种了果园。祖母又喜欢养羊,羊就把果树给啃了。果树于是都死了。到我有记忆的时候,园子里就只有一棵樱桃树,一棵李子树,因为樱桃和李子都不大结果子,所以觉得它们是并不存在的。小的时候,只觉得园子里边就有一棵大榆树。

这榆树在园子的西北角上,来了风,这榆树先啸,来了雨,大榆树先就冒烟了。太阳一出来,大榆树的叶子就发光了,它们闪烁得和沙滩上的蚌壳一样了。

祖父一天都在后园里边,我也跟着祖父在后园里边。祖父戴一个大草帽,我戴一个小草帽,祖父栽花,我就栽花;祖父拔草,我就拔草。当祖父下种,种小白菜的时候,我就跟在后边,把那下了种的土窝,用脚一个一个地溜平,哪里会溜得准,东一脚的,西一脚的瞎闹。有的把菜种不单没被土盖上,反而把菜子踢飞了。

小白菜长得非常之快,没有几天就冒了芽了。一转眼就可以拔下来吃了。

祖父铲地,我也铲地;因为我太小,拿不动那锄头杆,祖父就把锄头杆拔下来,让我单拿着那个锄头的"头"来铲。其实哪里是铲,也不过爬在地上,用锄头乱勾一阵就是了。也认不得哪个是苗,哪个是草。往往把韭菜当做野草一起地割掉,把狗尾草当做谷穗留着。

等祖父发现我铲的那块满留着狗尾草的一片,他就问我:

"这是什么?"

我说:

"谷子。"

祖父大笑起来,笑得够了,把草摘下来问我:

"你每天吃的就是这个吗?"

我说:

"是的。"

我看着祖父还在笑,我就说:

"你不信,我到屋里拿来你看。"

我跑到屋里拿了鸟笼上的一头谷穗,远远地就抛给祖父了。说:

"这不是一样的吗?"

祖父慢慢地把我叫过去,讲给我听,说谷子是有芒针的。狗尾草则没有,只是毛嘟嘟的真像狗尾巴。

祖父虽然教我,我看了也并不细看,也不过马马虎虎承认下来就是了。

一抬头看见了一个黄瓜长大了,跑过去摘下来,我又去吃黄瓜去了。

黄瓜也许没有吃完,又看见了一个大蜻蜓从旁飞过,于是丢了黄瓜又去追蜻蜓去了。蜻蜓飞得多么快,哪里会追得上。好在一开初也没有存心一定追上,所以站起来,跟了蜻蜓跑了几步就又去做别的去了。

采一个倭瓜花心,捉一个大绿豆青蚂蚱,把蚂蚱腿用线绑上,绑了一会,也许把蚂蚱腿就绑掉,线头上只拴了一只腿,而不见蚂蚱了。

玩腻了,又跑到祖父那里去乱闹一阵,祖父浇菜,我也抢过来浇,奇怪的就是并不往菜上浇,而是拿着水瓢,拼尽了力气,把水往天空里一扬,大喊着:

"下雨了,下雨了。"

太阳在园子里是特大的,天空是特别高的,太阳的光芒四射,亮得使人睁不开眼睛,亮得蚯蚓不敢钻出地面来,蝙蝠不敢从什么黑暗的地方飞出来。是凡在太阳下的,都是健康的、漂亮的,拍一拍连大树都会发响的,叫一叫就是站在对面的土墙都会回答似的。

花开了,就像花睡醒了似的。鸟飞了,就像鸟上天了似的。虫子叫了,就像虫子在说话似的。一切都活了。都有无限的本领,要做什么,就做什么。要怎么样,就怎么样。都是自由的。倭瓜愿意爬上架就爬上架,愿意爬上房就爬上房。黄瓜愿意开一个谎花,就开一个谎花,愿意结一个黄瓜,就结一个黄瓜。若都不愿意,就是一个黄瓜也不结,一朵花也不开,也没有人问它。玉米愿意长多高就长多高,它若愿意长上天去,也没有人管。蝴蝶随意的飞,一会从墙头上飞来一对黄蝴蝶,一会又从墙头上飞走了一个白蝴蝶。它们是从谁家来的,又飞到谁家去?太阳也不知道这个。

只是天空蓝悠悠的,又高又远。

可是白云一来了的时候,那大团的白云,好像洒了花的白银似的,从祖父的头上经过,好像要压到祖父的草帽那么低。

我玩累了,就在房子底下找个阴凉的地方睡着了。不用枕头,不用席子,就把草帽遮在脸上就睡了。

二

祖父的眼睛是笑盈盈的,祖父的笑,常常笑得和孩子似的。

祖父是个长得很高的人,身体很健康,手里喜欢拿着个手杖。嘴上则不住地抽着旱烟管,遇到了小孩子,每每喜欢开个玩笑,说:

"你看天空飞个家雀。"

趁那孩子往天空一看,就伸出手去把那孩子的帽给取下来了,有的时候放在长衫的下边,有的时候放在袖口里头。他说:

"家雀叼走了你的帽啦。"

孩子们都知道了祖父的这一手了,并不以为奇,就抱住他的大腿,向他要帽子,摸着他的袖管,撕着他的衣襟,一直到找出帽子来为止。

祖父常常这样做,也总是把帽放在同一的地方,总是放在袖口和衣襟下。

那些搜索他的孩子没有一次不是在他衣襟下把帽子拿出来的,好像他和孩子们约定了似的:"我就放在这块,你来找吧!"

这样的不知做过了多少次,就像老太太永久讲着"上山打老虎"这一个故事给孩子们听似的,哪怕是已经听过了五百遍,也还是在那里回回拍手,回回叫好。

每当祖父这样做一次的时候,祖父和孩子们都一齐地笑得不得了。好像这戏还像第一次演似的。

别人看了祖父这样做,也有笑的,可不是笑祖父的手法好,而是笑他天天使用一种方法抓掉了孩子的帽子,这未免可笑。

祖父不怎样会理财，一切家务都由祖母管理。祖父只是自由自在地一天闲着；我想，幸好我长大了，我三岁了，不然祖父该多寂寞。我会走了，我会跑了。我走不动的时候，祖父就抱着我；我走动了，祖父就拉着我。一天到晚，门里门外，寸步不离，而祖父多半是在后园里，于是我也在后园里。

我小的时候，没有什么同伴，我是我母亲的第一个孩子。

我记事很早，在我三岁的时候，我记得我的祖母用针刺过我的手指，所以我很不喜欢她。我家的窗子，都是四边糊纸，当中嵌着玻璃，祖母是有洁癖的，以她屋的窗纸最白净。别人抱着把我一放在祖母的炕边，我不加思索地就要往炕里边跑，跑到窗子那里，就伸出手去，把那白白透着花窗棂的纸窗给捅了几个洞，若不加阻止，就必得挨着排给捅破，若有人招呼着我，我也得加速的抢着多捅几个才能停止。手指一触到窗上，那纸窗像小鼓似的，嘭嘭地就破了。破得越多，自己越得意。祖母若来追我的时候，我就越得意了，笑得拍着手，跳着脚的。

有一天祖母看我来了，她拿了一个大针就到窗子外边去等我去了。我刚一伸出手去，手指就痛得厉害。我就叫起来了，那就是祖母用针刺了我。

从此，我就记住了，我不喜欢她。

虽然她也给我糖吃，她咳嗽时吃猪腰烧川贝母，也分给我猪腰，但是我吃了猪腰还是不喜欢她。

在她临死之前，病重的时候，我还曾吓了她一跳。有一次她自己一个人坐在炕上熬药，药壶是坐在炭火盆上，因为屋里特别的寂静，听得见那药壶骨碌骨碌地响。祖母住着两间房子，是里外屋，恰巧外屋也没有人，里屋也没人，就是她自己。我把门一开，祖母并没有看见我，于是我就用拳头在板隔壁上，咚咚地打了两拳。我听到祖母"哟"地一声，铁火剪子就掉了地上了。

我再探头一望，祖母就骂起我来。她好像就要下地来追我似的。我就一边笑着，一边跑了。

我这样地吓唬祖母,也并不是向她报仇,那时我才五岁,是不晓得什么的,也许觉得这样好玩。

祖父一天到晚是闲着的,祖母什么工作也不分配给他。只有一件事,就是祖母的地榟上的摆设,有一套锡器,却总是祖父擦的。这可不知道是祖母派给他的,还是他自动的愿意工作,每当祖父一擦的时候,我就不高兴,一方面是不能领着我到后园里去玩了,另一方面祖父因此常常挨骂,祖母骂他懒,骂他擦的不干净。祖母一骂祖父的时候,就常常不知为什么连我也骂上。

祖母一骂祖父,我就拉着祖父的手往外边走,一边说:"我们后园里去吧。"

也许因此祖母也骂了我。

她骂祖父是"死脑瓜骨",骂我是"小死脑瓜骨"。

我拉着祖父就到后园里去了,一到了后园里,立刻就另是一个世界了。决不是那房子里的狭窄的世界,而是宽广的,人和天地在一起,天地是多么大,多么远,用手摸不到天空。而土地上所长的又是那么繁华,一眼看上去,是看不完的,只觉得眼前鲜绿的一片。

一到后园里,我就没有对象地奔了出去,好像我是看准了什么而奔去了似的,好像有什么在那儿等着我似的。其实我是什么目的也没有。只觉得这园子里边无论什么东西都是活的,好像我的腿也非跳不可了。

若不是把全身的力量跳尽了,祖父怕我累了想招呼住我,那是不可能的,反而他越招呼,我越不听话。

等到自己实在跑不动了,才坐下来休息,那休息也是很快的,也不过随便在秧子上摘下一个黄瓜来,吃了也就好了。

休息好了又是跑。

樱桃树,明是没有结樱桃,就偏跑到树上去找樱桃。李子树是半死的样子了,本不结李子的,就偏去找李子。一边在找,还一边大声的喊,在问着祖父:"爷爷,樱桃树为什么不结樱桃?"

祖父老远的回答着:"因为没有开花,就不结樱桃。"

再问:"为什么樱桃树不开花?"

祖父说:"因为你嘴馋,它就不开花。"

我一听了这话,明明是嘲笑我的话,于是就飞奔着跑到祖父那里,似乎是很生气的样子。等祖父把眼睛一抬,他用了完全没有恶意的眼睛一看我,我立刻就笑了。而且是笑了半天的工夫才能够止住,不知哪里来了那许多的高兴。把后园一时都让我搅乱了,我笑的声音不知有多大,自己都感到震耳了。

后园中有一棵玫瑰。一到五月就开花的。一直开到六月。花朵和酱油碟那么大。开得很茂盛,满树都是,因为花香,招来了很多的蜂子,嗡嗡地在玫瑰树那儿闹着。

别的一切都玩厌了的时候,我就想起来去摘玫瑰花,摘了一大堆把草帽脱下来用帽兜子盛着。在摘那花的时候,有两种恐惧,一种是怕蜂子的勾刺人,另一种是怕玫瑰的刺刺手。好不容易摘了一大堆,摘完了可又不知道做什么了。忽然异想天开,这花若给祖父戴起来该多好看。

祖父蹲在地上拔草,我就给他戴花。祖父只知道我是在捉弄他的帽子,而不知道我到底是在干什么。我把他的草帽给他插了一圈的花,红通通的二三十朵。我一边插着一边笑,当我听到祖父说:"今年春天雨水大,咱们这棵玫瑰开得这么香。二里路也怕闻得到的。"

就把我笑得哆嗦起来。我几乎没有支持的能力再插上去。等我插完了,祖父还是安然的不晓得。他还照样地拔着垅上的草。我跑得很远的站着,我不敢往祖父那边看,一看就想笑。所以我借机进屋去找一点吃的来,还没有等我回到园中,祖父也进屋来了。

那满头红通通的花朵,一进来祖母就看见了。她看见什么也没说,就大笑了起来。父亲母亲也笑了起来,而以我笑得最厉害,我在炕上打着滚笑。

祖父把帽子摘下来一看,原来那玫瑰的香并不是因为今年春天雨水大的缘故,而是那花就顶在他的头上。

他把帽子放下,他笑了十多分钟还停不住,过一会一想起来,又笑了。

祖父刚有点忘记了,我就在旁边提着说:"爷爷……今年春天雨水大呀……"

一提起,祖父的笑就来了。于是我也在炕上打起滚来。

就这样一天一天的,祖父,后园,我,这三样是一样也不可缺少的了。

刮了风,下了雨,祖父不知怎样,在我却是非常寂寞的了。去没有去处,玩没有玩的,觉得这一天不知有多少日子那么长。

三

偏偏这后园每年都要封闭一次的,秋雨之后这花园就开始凋零了,黄的黄、败的败,好像很快似的一切花朵都灭了,好像有人把它们摧残了似的。它们一齐都没有从前那么健康了,好像它们都很疲倦了,而要休息了似的,好像要收拾收拾回家去了似的。

大榆树也是落着叶子,当我和祖父偶尔在树下坐坐,树叶竟落在我的脸上来了。树叶飞满了后园。

没有多少时候,大雪又落下来了,后园就被埋住了。

通到园去的后门,也用泥封起来了,封得很厚,整个的冬天挂着白霜。

我家住着五间房子,祖母和祖父共住两间,母亲和父亲共住两间。祖母住的是西屋,母亲住的是东屋。

是五间一排的正房,厨房在中间,一齐是玻璃窗子,青砖墙,瓦房间。

祖母的屋子,一个是外间,一个是内间。外间里摆着大躺箱,地长桌,太师椅。椅子上铺着红椅垫,躺箱上摆着朱砂瓶,长桌上列着座钟。钟的两边站着帽筒。帽筒上并不挂着帽子,而插着几个孔雀翎。

我小的时候,就喜欢这个孔雀翎,我说它有金色的眼睛,总想用手摸一摸,祖母就一定不让摸,祖母是有洁癖的。

还有祖母的躺箱上摆着一个座钟,那座钟是非常希奇的,画着一个穿着古装的大姑娘,好像活了似的,每当我到祖母屋去,若是屋子里没有人,她就总用眼睛瞪我,我几次的告诉过祖父,祖父说:"那是画的,她不会瞪人。"

我一定说她是会瞪人的,因为我看得出来,她的眼珠像是会转。

还有祖母的大躺箱上也尽雕着小人,尽是穿古装衣裳的,宽衣大袖,还戴顶子,带着翎子。满箱子都刻着,大概有二三十个人,还有吃酒的,吃饭的,还有作揖的……

我总想要细看一看,可是祖母不让我沾边,我还离得很远的,她就说:"可不许用手摸,你的手脏。"

……

我天天从那黑屋子往外搬着,而天天有新的。搬出来一批,玩厌了,弄坏了,就再去搬。

因此使我的祖父、祖母常常地慨叹。

他们说这是多少年前的了,连我的第三个姑母还没有生的时候就有这东西。那是多少年前的了,还是分家的时候,从我曾祖那里得来的呢。又哪样哪样是什么人送的,而那家人家到今天也都家败人亡了,而这东西还存在着。

又是我在玩着的那葡蔓藤的手镯,祖母说她就戴着这个手镯,有一年夏天坐着小车子,抱着我大姑去回娘家,路上遇了土匪,把金耳环给摘去了,而没有要这手镯。若也是金的银的,那该多危险,也一定要被抢去的。

我听了问她:"我大姑在哪儿?"

祖父笑了,祖母说:"你大姑的孩子比你都大了。"

原来是四十年前的事情,我哪里知道。可是藤手镯却戴在我的手上,我举起手来,摇了一阵,那手镯好像风车似的,滴溜溜地转,手镯太大了,我的手太细了。

祖母看见我把从前的东西都搬出来了,她常常骂我:"你这孩子,没有东西不拿着玩的,这小不成器的……"

她嘴里虽然是这样说,但她又在光天化日之下得以重看到这东西,也似乎给了她一些回忆的满足。所以她说我是并不十分严刻的,我当然是不听她,该拿还是照旧地拿。

于是我家里久不见天日的东西,经我这一搬弄,才得以见了天日。于是坏的坏,扔的扔,也就都从此消灭了。

我有记忆的第一个冬天,就这样过去了。没有感到十分的寂寞,但总不如在后园里那样玩着好。但孩子是容易忘记的,也就随遇而安了。

四

第二年夏天,后园里种了不少的韭菜,是因为祖母喜欢吃韭菜馅的饺子而种的。

可是当韭菜长起来时,祖母就病重了,而不能吃这韭菜了,家里别的人也没有吃这韭菜,韭菜就在园子里荒着。

因为祖母病重,家里非常热闹,来了我的大姑母,又来了我的二姑母。二姑母是坐着她自家的小车子来的,那拉车的骡子挂着铃铛,哗哗啷啷的就停在窗前了。

从那车上第一个就跳下来一个小孩,那小孩比我高了一点,是二姑母的儿子。

他的小名叫"小兰",祖父让我向他叫兰哥。

别的我都不记得了,只记得不大一会工夫我就把他领到后园里去了。

告诉他这个是玫瑰树,这个是狗尾草,这个是樱桃树。樱桃树是不结樱桃的,我也告诉了他。

不知道在这之前他见过我没有,我可并没有见过他。

我带他到东南角上去看那棵李子树时,还没有走到眼前,他就说:"这树前年就死了。"

他说了这样的话,是使我很吃惊的。这树死了,他可怎么知道的?心中立刻来了一种忌妒的情感,觉得这花园是属于我的,和属于祖父的,其余的人连晓得也不该晓得才对的。

我问他:"那么你来过我们家吗?"

他说他来过。

这个我更生气了,怎么他来我不晓得呢?

我又问他:"你什么时候来过的?"

他说前年来的,他还带给我一个毛猴子。他问着我:"你忘了吗?你抱着那毛猴子就跑,跌倒了你还哭了哩!"

我无论怎样想,也想不起来了。不过总算他送给我过一个毛猴子,可见对我是很好的,于是我就不生他的气了。

从此天天就在一块玩。

他比我大三岁,已经八岁了,他说他在学堂里边念了书的,他还带来了几本书,晚上在煤油灯下他还把书拿出来给我看。书上有小人,有剪刀,有房子。因为都是带着图,我一看就连那字似乎也认识了,我说:

"这念剪刀,这念房子。"

他说不对:

"这念剪,这念房。"

我拿过来一细看,果然都是一个字,而不是两个字,我是照着图念的,所以错了。

我也有一盒方字块,这边是图,那边是字,我也拿出来给他看了。

从此整天的玩。祖母病重与否,我不知道。不过在她临死的前几天就穿上了满身的新衣裳,好像要出门做客似的。说是怕死了来不及穿衣裳。

因为祖母病重,家里热闹得很,来了很多亲戚。忙忙碌碌不知忙些个什么。有的拿了些白布撕着,撕得一条一块的,撕得非常的响亮,旁边就有人拿着针在缝那白布。还有的把一个小罐,里边装了米,罐口蒙上了红布。还有的在后园门口拢起火来,在铁火勺里边炸着面饼了。问她:

"这是什么?"

"这是打狗饽饽。"

她说阴间有十八关,过到狗关的时候,狗就上来咬人,用这饽饽一打,狗吃了饽饽就不咬人了。

似乎是姑妄言之、姑妄听之,我没有听进去。

家里边的人越多,我就越寂寞,走到屋里,问问这个,问问那个,一切都不理解。祖父也似乎把我忘记了。我从后园里捉了一个特别大的蚂蚱送给他去看,他连看也没有看,就说:"真好,真好,上后园去玩去吧!"

新来的兰哥也不陪我时,我就在后园里一个人玩。

五

祖母已经死了,人们都到龙王庙上去报过庙回来了。而我还在后园里边玩着。

后园里边下了点雨,我想要进屋去拿草帽去,走到酱缸旁边(我家的酱缸是放在后园里的),一看,有雨点拍拍的落到缸帽子上。我想这缸帽子该多大,遮起雨来,比草帽一定更好。

于是我就从缸上把它翻下来了,到了地上它还乱滚一阵,这时候,雨就大了。我好不容易才设法钻进这缸帽子去。因为这缸帽子太大了,差不多和我一般高。

我顶着它,走了几步,觉得天昏地暗。而且重也是很重的,非常吃力。而且自己已经走到哪里了,自己也不晓,只晓得头顶上拍拍拉拉的打着雨点,往脚下看着,脚下只是些狗尾草和韭菜。找了一个韭菜很厚的地方,我就坐下了,一坐下这缸帽子就和个小房似的扣着我。这比站着好得多,头顶不必顶着,帽子就扣在韭菜地上。但是里边可是黑极了,什么也看不见。

同时听什么声音,也觉得都远了。大树在风雨里边被吹得呜呜的,好像大树已经被搬到别人家的院子去了似的。

韭菜是种在北墙根上,我是坐在韭菜上。北墙根离家里的房子很远的,家里边那闹嚷嚷的声音,也像是来在远方。

我细听了一会,听不出什么来,还是在我自己的小屋里边坐着。这小屋这么好,不怕风,不怕雨。站起来走的时候,顶着屋盖就走了,有多么轻快。

其实是很重的了,顶起来非常吃力。

我顶着缸帽子,一路摸索着,来到了后门口,我是要顶给爷爷看看的。我家的后门坎特别高,迈也迈不过去,因为缸帽子太大,使我抬不起腿来。好不容易两手把腿拉着，弄了半天，总算是过去了。虽然进了屋，仍是不知道祖父在什么方向，于是我就大喊，正在这喊之间，父亲一脚把我踢翻了，差点没把我踢到灶口的火堆上去。缸帽子也在地上滚着。

等人家把我抱了起来，我一看，屋子里的人，完全不对了，都穿了白衣裳。

再一看，祖母不是睡在炕上，而是睡在一张长板上。

从这以后祖母就死了。

六

祖母一死，家里继续着来了许多亲戚，有的拿着香、纸，到灵前哭了一阵就回去了。有的就带大包小包的来了就住下了。

大门前边吹着喇叭，院子里搭了灵棚，哭声终日，一闹闹了不知多少日子。

请了和尚道士来，一闹闹到半夜，所来的都是吃、喝、说、笑。

我也觉得好玩，所以就特别高兴起来。又加上从前我没有小同伴，而现在有了。比我大的，比我小的，共有四五个。我们上树爬墙，几乎连房顶也要上去了。

他们带我到小门洞子顶上去捉鸽子，搬了梯子到房檐头上去捉家雀。后花园虽然大，已经装不下我了。

我跟着他们到井口边去往井里边看，那井是多么深，我从未见过。在上边喊一声，里边有人回答。用一个小石子投下去，那响声是很深远的。

他们带我到粮食房子去，到碾磨房去，有时候竟把我带到街上，是已经离开家了，不跟着家人在一起，我是从来没有走过这样远。

不料除了后园之外，还有更大的地方，我站在街上，不是看什么热闹，不是看那街上的行人车马，而是心里边想：是不是我将来一个人也可以走得很远？

有一天，他们把我带到南河沿上去了，南河沿离我家本不算远，也不过半里多地。可是因为我是第一次去，觉得实在很远。走出汗来了。走过一个黄土坑，又过一个南大营，南大营的门口，有兵把守门。那营房的院子大得在我看来太大了，实在是不应该。我们的院子就够大的了，怎么能比我们家的院子更大呢，大得有点不大好看了，我走过了，我还回过头来看。

路上有一家人家，把花盆摆到墙头上来了，我觉得这也不大好，若是看不见人家偷去呢！

还看见了一座小洋房，比我们家的房不知好了多少倍。若问我，哪里好？我也说不出来，就觉得那房子是一色新，不像我家的房子那么陈旧。

我仅仅走了半里多路，我所看见的可太多了，所以觉得这南河沿实在远。问他们：

"到了没有？"

他们说：

"就到的，就到的。"

果然，转过了大营房的墙角，就看见河水了。

我第一次看见河水，我不能晓得这河水是从什么地方来的？走了几年了？

那河太大了，等我走到河边上，抓了一把沙子抛下去，那河水简直没有因此而脏了一点点。河上有船，但是不很多，有的往东去了，有的往西去了。也有的划到河的对岸去的，河的对岸似乎没有人家，而是一片柳条林。再往远看，就不能知道那是什么地方了，因为也没有人家，也没有房子，也看不见道路，也听不见一点音响。

我想将来是不是我也可以到那没有人的地方去看一看。

除了我家的后园，还有街道。除了街道，还有大河。除了大河，还有柳条林。除了柳条林，还有更远的，什么也没有的地方，什么也看不见的地方，什么声音也听不见的地方。

究竟除了这些，还有什么，我越想越不知道了。

就不用说这些我未曾见过的。就说一个花盆吧，就说一座院子吧。院子和花盆，我家里都有。但说那营房的院子就比我家的大，我家的花盆是摆在后园里的,人家的花盆就摆到墙头上来了。

可见我不知道的一定还有。

所以祖母死了,我竟聪明了。

七

祖母死了,我就跟祖父学诗。因为祖父的屋子空着,我就闹着一定要睡在祖父那屋。

早晨念诗,晚上念诗,半夜醒了也是念诗。念了一阵,念困了再睡去。

祖父教我的有《千家诗》,并没有课本,全凭口头传诵,祖父念一句,我就念一句。

祖父说:

"少小离家老大回……"

我也说:

"少小离家老大回……"

都是些什么字,什么意思,我不知道,只觉得念起来那声音很好听。所以很高兴地跟着喊。我喊的声音,比祖父的声音更大。

我一念起诗来,我家的五间房都可以听见,祖父怕我喊坏了喉咙,常常警告着我说:

"房盖被你抬走了。"

听了这笑话,我略微笑了一会工夫,过不了多久,就又喊起来了。

夜里也是照样地喊,母亲吓唬我,说再喊她要打我。

祖父也说:

"没有你这样念诗的,你这不叫念诗,你这叫乱叫。"

但我觉得这乱叫的习惯不能改,若不让我叫,我念它干什么。每当祖父教我一个新诗,一开头我若听了不好听,我就说:

"不学这个。"

祖父于是就换一个,换一个不好,我还是不要。

"春眠不觉晓,处处闻啼鸟,

夜来风雨声,花落知多少。"

这一首诗,我很喜欢,我一念到第二句,"处处闻啼鸟"那"处处"两字,我就高兴起来了。觉得这首诗,实在是好,真好听,"处处"该多好听。

还有一首我更喜欢的:

"重重叠叠上楼台,几度呼童扫不开"。

刚被太阳收拾去,又为明月送将来。"

就这"几度呼童扫不开",我根本不知道什么意思,就念成"西沥忽通扫不开"。

越念越觉得好听,越念越有趣味。

每当客人来了,祖父总是呼我念诗的,我就总喜念这一首。

那客人不知听懂了与否,只是点头说好。

八

就这样瞎念,到底不是久计。念了几十首之后,祖父开讲了。

"少小离家老大回,乡音无改鬓毛衰。"

祖父说:

"这是说小的时候离开了家到外边去,老了回来了。乡音无改鬓毛衰,这是说家乡的口音还没有改变,胡子可白了。"

我问祖父:

"为什么小的时候离家?离家到哪里去?"

祖父说:

"好比爷爷像你那么大离家,现在老了回来了,谁还认识呢?儿童相见不相识,笑问客从何处来。小孩子见了就招呼着说:你这个白胡老头,是从哪里来的?"

我一听觉得不大好,赶快就问祖父:

"我也要离家的吗?等我胡子白了回来,爷爷你也不认识我了吗?"

心里很恐惧。

祖父一听就笑了:

"等你老了还有爷爷吗?"

祖父说完了,看我还是不很高兴,他又赶快说:

"你不离家的,你哪里能够离家……快再念一首诗吧!念'春眠不觉晓'……"

我一念起"春眠不觉晓"来,又是满口的大叫,得意极了。完全高兴,什么都忘了。

但从此再读新诗,一定要先讲的,没有讲过的也要重讲。似乎那大嚷大叫的习惯稍稍好了一点。

"两个黄鹂鸣翠柳,一行白鹭上青天。"

这首诗本来我也很喜欢的,黄梨是很好吃的。经祖父这一讲,说是两个鸟,于是不喜欢了。

"去年今日此门中,人面桃花相映红。

人面不知何处去,桃花依旧笑春风。"

这首诗祖父讲了我也不明白,但是我喜欢这首。因为其中有桃花。桃树一开了花不就结桃吗?桃子不是好吃吗?

所以每念完这首诗,我就接着问祖父:"今年咱们的樱桃树开花不开花?"

九

除了念诗之外,还很喜欢吃。

记得大门洞子东边那家是养猪的,一个大猪在前边走,一群小猪跟在后边。有一天一个小猪掉井了,人们用抬土的筐子把小猪从井吊了上来。吊上来,那小猪早已死了。井口旁边围了很多人看热闹,祖父和我也在旁边看热闹。

那小猪一被打上来,祖父就说他要那小猪。

祖父把那小猪抱到家里,用黄泥裹起来,放在灶坑里烧上了,烧好了给我吃。

我站在炕沿旁边,那整个的小猪,就摆在我的眼前,祖父把那小猪一撕开，立刻就冒了油，真香，我从来没有吃过那么香的东西，从来没有吃过那么好吃的东西。

第二次，又有一只鸭子掉井了，祖父也用黄泥包起来，烧上给我吃了。

在祖父烧的时候，我也帮着忙，帮着祖父搅黄泥，一边喊着，一边叫着，好像拉拉队似的给祖父助兴。

鸭子比小猪更好吃，那肉是不怎样肥的。所以我最喜欢吃鸭子。

我吃，祖父在旁边看着，祖父不吃。等我吃完了，祖父才吃。他说我的牙齿小，怕我咬不动，先让我选嫩的吃，我吃剩了的他才吃。

祖父看我每咽下去一口，他就点一下头，而且高兴地说：

"这小东西真馋"，或是"这小东西吃得真快"。

我的手满是油，随吃随在大襟上擦着，祖父看了也并不生气，只是说：

"快蘸点盐吧，快蘸点韭菜花吧，空口吃不好，等会要反胃的……"

说着就捏几个盐粒放在我手上拿着的鸭子肉上。我一张嘴又进肚去了。

祖父越称赞我能吃，我越吃得多。祖父看看不好了，怕我吃多了，让我停下，我才停下来。我明明白白的是吃不下去了，可是我嘴里还说着："一个鸭子还不够呢！"

自此吃鸭子的印象非常之深，等了好久，鸭子再不掉到井里，我看井沿有一群鸭子，我拿了秫杆就往井里边赶，可是鸭子不进去，围着井口转，而呱呱地叫着。我就招呼了在旁边看热闹的小孩子，我说：

"帮我赶哪！"

正在吵吵叫叫的时候，祖父奔到了，祖父说：

"你在干什么？"

我说：

"赶鸭子，鸭子掉井，捞出来好烧吃。"

祖父说：

"不用赶了，爷爷抓个鸭子给你烧吃。"

我不听他的话，我还是追在鸭子的后边跑着。

祖父上前来把我拦住了,抱在怀里,一面给我擦着汗一面说:

"跟爷爷回家,抓个鸭子烧上。"

我想:不掉井的鸭子,抓都抓不住,可怎么能规规矩矩贴起黄泥来让烧呢?于是我从祖父的身上往下挣扎着,喊着:

"我要掉井的!我要掉井的!"

祖父几乎抱不住我了。

……

尾声

呼兰河这小城里边,以前住着我的祖父,现在埋着我的祖父。

我生的时候,祖父已经六十多岁了,我长到四五岁,祖父就快七十了。我还没有长到二十岁,祖父就八十岁了。祖父一过了八十,祖父就死了。

从前那后花园的主人,而今不见了。老主人死了,小主人逃荒去了。

那园里的蝴蝶,蚂蚱,蜻蜓,也许还是年年仍旧,也许现在完全荒凉了。

小黄瓜,大倭瓜,也许还是年年地种着,也许现在根本没有了。

那早晨的露珠是不是还落在花盆架上,那午间的太阳是不是还照着那大向日葵,那黄昏时候的红霞是不是还会一会工夫会变出来一匹马来,一会工夫会变出来一匹狗来,那么变着。

这一些不能想象了。

听说有二伯死了。

老厨子就是活着年纪也不小了。

东邻西舍也都不知怎样了。

至于那磨房里的磨倌,至今究竟如何,则完全不晓得了。

以上我所写的并没有什么幽美的故事,只因他们充满我幼年的记忆,忘却不了,难以忘却,就记在这里了。

一九四〇年十二月二十日香港完稿

(1941年初版,桂林河山出版社)

【阅读提示】

1. 通常,我们所见的传记主人公常常是真实的历史人物或者虚构的文学形象,比如《富兰克林传》《阿Q正传》,他们生活的城市和乡村只是故事的背景或者传记主人公成长的环境,如同舞台,不会成为叙述的对象和主体。但是《呼兰河传》的传主却是一个真实的地方,是作者萧红生活过的东北小城,是她青年出走、颠沛流离、此刻疾病缠身困居隔着战火无法返回的家乡——呼兰河县城,一个被严寒和广袤的黑土地包围的小城,在生命的最后时光萧红拿起笔为这个小城写下了传记。小说以呼兰城作为"主角",小城与人物的关系形成倒错,它不再是表现人物性格的手段或背景,而是作者的主要描述对象。小说共七章,第一章、第二章记叙呼兰河城的地貌人情、风俗习性;第三章、第四章是"我"的童年回忆,祖父、祖母和"荒凉"的院子构成了"我"寂寞童年不多的快乐和温情;第五、六、七章写记忆中生活在社会底层的人们的生活:"团圆媳妇""有二伯""冯歪嘴子"各自不同的悲欢遭遇与生存情状。重点阅读第一章尾声,结合整本小说的结构,看看萧红是如何为一个地方写传记的,既不同于人物传记,又与以自然、经济、人文地理的地方志不同。

2. 散文化结构和儿童视角是学者谈到萧红小说常提及的两个艺术特征,在《呼兰河传》中表现得尤为明显。萧红打破了传统小说单一的叙事模式,创造了一种介于小说、散文和诗之间的边缘文体,并以其独特的自传式叙事、散文化结构形成了别具一格的"萧红体"。重点阅读第三章,分别找出哪些段落是儿童视角,哪些是作为作家写作这部小说时的成人视角,分析此章中两个视角在情感表达上有什么不同,它们是如何交替与呼应,形成本书独特的语调与内在情感的回响的,从而体会作品是如何以情感的流动结构替代传统的时间结构和因果结构的。

3. 延伸阅读《生死场》,同样描写的是东北这块土地上人们的生活,理解萧红的文学观念和写作使命:"现在或是过去,作家写作的出发点就是对着人类的愚昧。"

【延伸阅读】

《生死场》《小城三月》

【参考资料】

1. 赵园:《论萧红小说兼及中国现代小说的散文特征》,见《论小说十家》,生活·读书·新知三联书店 2011 年版。

2. 张宇凌:《论〈呼兰河传〉中的儿童视角》,《中国现代文学研究丛刊》,1997 年第 1 期。

3. 秦林芳:童年视角与《呼兰河传》的文体构成,《中国现代文学研究丛刊》,2011 年第 9 期。

4. 陈思和:《启蒙视角下的民间悲剧:〈生死场〉》,《天津师范大学学报》(社会科学版),2004 年第 1 期。

第四节 老　舍

老舍(1899—1966),原名舒庆春,字舍予,满族正红旗人,北京人,著有长篇小说《四世同堂》《骆驼祥子》《小坡的生日》《猫城记》《离婚》《牛天赐传》等,剧本《茶馆》《龙须沟》《春华秋实》等,短篇小说《赶集》等。老舍的文学语言通俗简易,朴实无华,幽默诙谐,具有较强的北京韵味。他在40多年的创作生涯中,思想上、艺术上不断取得重要进展和突破,涉猎文学创作的各个领域,一生写作1 000多篇(部)作品,被誉为"人民艺术家"。

《骆驼祥子》(节选)

一

我们所要介绍的是祥子,不是骆驼,因为"骆驼"只是个外号;那么,我们就先说祥子,随手儿把骆驼与祥子那点关系说过去,也就算了。

北平的洋车夫有许多派:年轻力壮、腿脚灵利的,讲究赁漂亮的车,拉"整天儿",爱什么时候出车与收车都有自由;拉出车来,在固定的"车口"[①]或宅门一放,专等坐快车的主儿;弄好了,也许一下子弄个一块两块的;碰巧了,也许白耗一天,连"车份儿"也没着落,但也不在乎。这一派哥儿们的希望大概有两个:或是拉包车;或是自己买上辆车,有了自己的车,再去拉包月或散座就没大关系了,反正车是自己的。

比这一派岁数稍大的,或因身体的关系而跑得稍差点劲的,或因家庭的关系而不敢白耗一天的,大概就多数的拉八成新的车;人与车都有相当的漂亮,所以在要价儿的时候也还能保持住相当的尊严。这派的车夫,也许拉"整天",也许拉"半天"。在后者的情形下,因为还有相当的精气神,所以无论冬天夏天总是"拉晚儿"[②]。夜间,当然比白天需要更多的留神

[①] 车口,即停车处。
[②] 拉晚儿,是下午四点以后出车,拉到天亮以前。

与本事;钱自然也多挣一些。

年纪在四十以上,二十以下的,恐怕就不易在前两派里有个地位了。他们的车破,又不敢"拉晚儿",所以只能早早的出车,希望能从清晨转到午后三四点钟,拉出"车份儿"和自己的嚼谷①。他们的车破,跑得慢,所以得多走路,少要钱。到瓜市,果市,菜市,去拉货物,都是他们;钱少,可是无须快跑呢。

在这里,二十岁以下的——有的从十一二岁就干这行儿——很少能到二十岁以后改变成漂亮的车夫的,因为在幼年受了伤,很难健壮起来。他们也许拉一辈子洋车,而一辈子连拉车也没出过风头。那四十以上的人,有的是已拉了十年八年的车,筋肉的衰损使他们甘居人后,他们渐渐知道早晚是一个跟头会死在马路上。他们的拉车姿式,讲价时的随机应变,走路的抄近绕远,都足以使他们想起过去的光荣,而用鼻翅儿扇着那些后起之辈。可是这点光荣丝毫不能减少将来的黑暗,他们自己也因此在擦着汗的时节常常微叹。不过,以他们比较另一些四十上下岁的车夫,他们还似乎没有苦到了家。这一些是以前决没想到自己能与洋车发生关系,而到了生和死的界限已经不甚分明,才抄起车把来的。被撤差的巡警或校役,把本钱吃光的小贩,或是失业的工匠,到了卖无可卖,当无可当的时候,咬着牙,含着泪,上了这条到死亡之路。这些人,生命最鲜壮的时期已经卖掉,现在再把窝窝头变成的血汗滴在马路上。没有力气,没有经验,没有朋友,就是在同行的当中也得不到好气儿。他们拉最破的车,皮带不定一天泄多少次气;一边拉着人还得一边儿央求人家原谅,虽然十五个大铜子儿已经算是甜买卖。

此外,因环境与知识的特异,又使一部分车夫另成派别。生于西苑海甸的自然以走西山,燕京,清华,较比方便;同样,在安定门外的走清河,北苑;在永定门外的走南苑……这是跑长趟的,不愿拉零座;因为拉一趟便是一趟,不屑于三五个铜子的穷凑了。可是他们还不如东交民巷的车夫

---

① 嚼谷,即吃用。

的气儿长,这些专拉洋买卖①的讲究一气儿由交民巷拉到玉泉山,颐和园或西山。气长也还算小事,一般车夫万不能争这项生意的原因,大半还是因为这些吃洋饭的有点与众不同的知识,他们会说外国话。英国兵,法国兵,所说的万寿山,雍和宫,"八大胡同",他们都晓得。他们自己有一套外国话,不传授给别人。他们的跑法也特别,四六步儿不快不慢,低着头,目不旁视的,贴着马路边儿走,带出与世无争,而自有专长的神气。因为拉着洋人,他们可以不穿号坎,而一律的是长袖小白褂,白的或黑的裤子,裤筒特别肥,脚腕上系着细带;脚上是宽双脸千层底青布鞋;干净,利落,神气。一见这样的服装,别的车夫不会再过来争座与赛车,他们似乎是属于另一行业的。

有了这点简单的分析,我们再说祥子的地位,就像说——我们希望——一盘机器上的某种钉子那么准确了。祥子,在与"骆驼"这个外号发生关系以前,是个较比有自由的洋车夫,这就是说,他是属于年轻力壮,而且自己有车的那一类:自己的车,自己的生活,都在自己手里,高等车夫。

这可绝不是件容易的事。一年,二年,至少有三四年;一滴汗,两滴汗,不知道多少万滴汗,才挣出那辆车。从风里雨里的咬牙,从饭里茶里的自苦,才赚出那辆车。那辆车是他的一切挣扎与困苦的总结果与报酬,像身经百战的武士的一颗徽章。在他赁人家的车的时候,他从早到晚,由东到西,由南到北,像被人家抽着转的陀螺;他没有自己。可是在这种旋转之中,他的眼并没有花,心并没有乱,他老想着远远的一辆车,可以使他自由,独立,像自己的手脚的那么一辆车。有了自己的车,他可以不再受拴车的人们的气,也无须敷衍别人;有自己的力气与洋车,睁开眼就可以有饭吃。

他不怕吃苦,也没有一般洋车夫的可以原谅而不便效法的恶习,他的聪明和努力都足以使他的志愿成为事实。假若他的环境好一些,或多受

---

① 从前外国驻华使馆都在东交民巷。

着点教育,他一定不会落在"胶皮团"①里,而且无论是干什么,他总不会辜负了他的机会。不幸,他必须拉洋车;好,在这个营生里他也证明出他的能力与聪明。他仿佛就是在地狱里也能作个好鬼似的。生长在乡间,失去了父母与几亩薄田,十八岁的时候便跑到城里来。带着乡间小伙子的足壮与诚实,凡是以卖力气就能吃饭的事他几乎全作过了。可是,不久他就看出来,拉车是件更容易挣钱的事;作别的苦工,收入是有限的;拉车多着一些变化与机会,不知道在什么时候与地点就会遇到一些多于所希望的报酬。自然,他也晓得这样的机遇不完全出于偶然,而必须人与车都得漂亮精神,有货可卖才能遇到识货的人。想了一想,他相信自己有那个资格:他有力气,年纪正轻;所差的是他还没有跑过,与不敢一上手就拉漂亮的车。但这不是不能胜过的困难,有他的身体与力气作基础,他只要试验个十天半月的,就一定能跑得有个样子,然后去赁辆新车,说不定很快的就能拉上包车,然后省吃俭用的一年二年,即使是三四年,他必能自己打上一辆车,顶漂亮的车!看着自己的青年的肌肉,他以为这只是时间的问题,这是必能达到的一个志愿与目的,绝不是梦想!

他的身量与筋肉都发展到年岁前边去;二十来的岁,他已经很大很高,虽然肢体还没被年月铸成一定的格局,可是已经像个成人了——一个脸上身上都带出天真淘气的样子的大人。看着那高等的车夫,他计划着怎样杀进他的腰②去,好更显出他的铁扇面似的胸,与直硬的背;扭头看看自己的肩,多么宽,多么威严!杀好了腰,再穿上肥腿的白裤,裤脚用鸡肠子带儿系住,露出那对"出号"的大脚!是的,他无疑的可以成为最出色的车夫;傻子似的他自己笑了。

他没有什么模样,使他可爱的是脸上的精神。头不很大,圆眼,肉鼻子,两条眉很短很粗,头上永远剃得发亮。腮上没有多余的肉,脖子可是几乎与头一边儿③粗;脸上永远红扑扑的,特别亮的是颧骨与右耳之间一

---

① 指拉车这一行。
② 杀进腰,把腰部勒得细一些。
③ 一边儿,即同样的。

块不小的疤——小时候在树下睡觉，被驴啃了一口。他不甚注意他的模样，他爱自己的脸正如同他爱自己的身体，都那么结实硬棒；他把脸仿佛算在四肢之内，只要硬棒就好。是的，到城里以后，他还能头朝下，倒着立半天。这样立着，他觉得，他就很像一棵树，上下没有一个地方不挺脱的。

他确乎有点像一棵树，坚壮，沉默，而又有生气。他有自己的打算，有些心眼，但不好向别人讲论。在洋车夫里，个人的委屈与困难是公众的话料，"车口儿"上，小茶馆中，大杂院里，每人报告着形容着或吵嚷着自己的事，而后这些事成为大家的财产，像民歌似的由一处传到一处。祥子是乡下人，口齿没有城里人那么灵便；设若口齿灵利是出于天才，他天生来的不愿多说话，所以也不愿学着城里人的贫嘴恶舌。他的事他知道，不喜欢和别人讨论。因为嘴常闲着，所以他有工夫去思想，他的眼仿佛是老看着自己的心。只要他的主意打定，他便随着心中所开开的那条路儿走；假若走不通的话，他能一两天不出一声，咬着牙，好似咬着自己的心！

他决定去拉车，就拉车去了。赁了辆破车，他先练练腿。第一天没拉着什么钱。第二天的生意不错，可是躺了两天，他的脚脖子肿得像两条瓠子似的，再也抬不起来。他忍受着，不管是怎样的疼痛。他知道这是不可避免的事，这是拉车必须经过的一关。非过了这一关，他不能放胆的去跑。

脚好了之后，他敢跑了。这使他非常的痛快，因为别的没有什么可怕的了：地名他很熟习，即使有时候绕点远也没大关系，好在自己有的是力气。拉车的方法，以他干过的那些推，拉，扛，挑的经验来领会，也不算十分难。况且他有他的主意：多留神，少争胜，大概总不会出了毛病。至于讲价争座，他的嘴慢气盛，弄不过那些老油子们。知道这个短处，他干脆不大到"车口儿"上去；哪里没车，他放在哪里。在这僻静的地点，他可以从容的讲价，而且有时候不肯要价，只说声："坐上吧，瞧着给！"他的样子是那么诚实，脸上是那么简单可爱，人们好像只好信任他，不敢想这个傻大个子是会敲人的。即使人们疑心，也只能怀疑他是新到城里来的乡下老儿，大概不认识路，所以讲不出价钱来。及至人们问到，"认识呀？"他就又像装傻,又像耍俏的那么一笑,使人们不知怎样才好。

两三个星期的工夫,他把腿溜出来了。他晓得自己的跑法很好看。跑法是车夫的能力与资格的证据。那撇着脚,像一对蒲扇在地上扇乎的,无疑的是刚由乡间上来的新手。那头低得很深,双脚蹭地,跑和走的速度差不多,而颇有跑的表示的,是那些五十岁以上的老者们。那经验十足而没什么力气的却另有一种方法:胸向内含,度数很深;腿抬得很高;一走一探头;这样,他们就带出跑得很用力的样子,而在事实上一点也不比别人快;他们仗着"作派"去维持自己的尊严。祥子当然决不采取这几种姿态。他的腿长步大,腰里非常的稳,跑起来没有多少响声,步步都有些伸缩,车把不动,使座儿觉到安全,舒服。说站住,不论在跑得多么快的时候,大脚在地上轻蹭两蹭,就站住了;他的力气似乎能达到车的各部分。脊背微俯,双手松松拢住车把,他活动,利落,准确;看不出急促而跑得很快,快而没有危险。就是在拉包车的里面,这也得算很名贵的。

他换了新车。从一换车那天,他就打听明白了,像他赁的那辆——弓子软,铜活地道,雨布大帘,双灯,细脖大铜喇叭——值一百出头;若是漆工与铜活含忽一点呢,一百元便可以打住。大概的说吧,他只要有一百块钱,就能弄一辆车。猛然一想,一天要是能剩一角的话,一百元就是一千天,一千天!把一千天堆到一块,他几乎算不过来这该有多么远。但是,他下了决心,一千天,一万天也好,他得买车!第一步他应当,他想好了,去拉包车。遇上交际多,饭局多的主儿,平均一月有上十来个饭局,他就可以白落两三块的车饭钱。加上他每月再省出个块儿八角的,也许是三头五块的,一年就能剩起五六十块!这样,他的希望就近便多多了。他不吃烟,不喝酒,不赌钱,没有任何嗜好,没有家庭的累赘,只要他自己肯咬牙,事儿就没有个不成。他对自己起下了誓,一年半的工夫,他——祥子——非打成自己的车不可!是现打的,不要旧车见过新的。

他真拉上了包月。可是,事实并不完全帮助希望。不错,他确是咬了牙,但是到了一年半他并没还上那个愿。包车确是拉上了,而且谨慎小心的看着事情;不幸,世上的事并不是一面儿的。他自管小心他的,东家并不因此就不辞他；不定是三两个月，还是十天八天，吹了！他得另去找事。自然，他得一边儿找事，还得一边儿拉散座；骑马找马，他不能闲起来。在这种时节，他常常闹错儿。他还强打着精神，不专为混一天的嚼谷，而且要继续着积储买车的钱。可是强打精神永远不是件妥当的事：拉起车来，他不能专心一志的跑，好像老想着些什么，越想便越害怕，越气不平。假若老这么下去，几时才能买上车呢？为什么这样呢？难道自己还算个不要强的？在这么乱想的时候，他忘了素日的谨慎。皮轮子上了碎铜烂磁片，放了炮；只好收车。更严重一些的，有时候碰了行人，甚至有一次因急于挤过去而把车轴盖碰丢了。设若他是拉着包车，这些错儿绝不能发生；一搁下了事，他心中不痛快，便有点楞头磕脑的。碰坏了车，自然要赔钱；这更使他焦躁，火上加了油；为怕惹出更大的祸，他有时候懊睡一整天。及至睁开眼，一天的工夫已白白过去，他又后悔，自恨。还有呢，在这种时期，他越着急便越自苦，吃喝越没规则；他以为自己是铁作的，可是敢情他也会病。病了，他舍不得钱去买药，自己硬挺着；结果，病越来越重，不但得买药，而且得一气儿休息好几天。这些个困难，使他更咬牙努力，可是买车的钱数一点不因此而加快的凑足。

　　整整的三年，他凑足了一百块钱！

　　他不能再等了。原来的计划是买辆最完全最新式最可心的车，现在只好按着一百块钱说了。不能再等；万一出点什么事再丢失几块呢！恰巧有辆刚打好的车（定作而没钱取货的）跟他所期望的车差不甚多；本来值一百多，可是因为定钱放弃了，车铺愿意少要一点。祥子的脸通红，手哆嗦着，拍出九十六块钱来："我要这辆车！"铺主打算挤到个整数，说了不知多少话，把他的车拉出去又拉进来，支开棚子，又放下，按按喇叭，每一个动作都伴着一大串最好的形容词；最后还在钢轮条上踢了两脚，"听听声儿吧，铃铛似的！拉去吧，你就是把车拉碎了，要是钢条软了一根，你拿回来，把它摔在我脸上！一百块，少一分咱们吹！"祥子把钱又数了一遍："我要这辆车，九十六！"铺主知道是遇见了一个心眼的人，看看钱，看看祥子，叹了口气："交个朋友，车算你的了；保六个月：除非你把大箱碰碎，我都白给修理;保单,拿着!"

祥子的手哆嗦得更厉害了,揣起保单,拉起车,几乎要哭出来。拉到个僻静地方,细细端详自己的车,在漆板上试着照照自己的脸!越看越可爱,就是那不尽合自己的理想的地方也都可以原谅了,因为已经是自己的车了。把车看得似乎暂时可以休息会儿了,他坐在了水簸箕的新脚垫儿上,看着车把上的发亮的黄铜喇叭。他忽然想起来,今年是二十二岁。因为父母死得早,他忘了生日是在哪一天。自从到城里来,他没过一次生日。好吧,今天买上了新车,就算是生日吧,人的也是车的,好记,而且车既是自己的心血,简直没什么不可以把人与车算在一块的地方。

怎样过这个"双寿"呢?祥子有主意:头一个买卖必须拉个穿得体面的人,绝对不能是个女的。最好是拉到前门,其次是东安市场。拉到了,他应当在最好的饭摊上吃顿饭,如热烧饼夹爆羊肉之类的东西。吃完,有好买卖呢就再拉一两个;没有呢,就收车;这是生日!

自从有了这辆车,他的生活过得越来越起劲了。拉包月也好,拉散座也好,他天天用不着为"车份儿"着急,拉多少钱全是自己的。心里舒服,对人就更和气,买卖也就更顺心。拉了半年,他的希望更大了:照这样下去,干上二年,至多二年,他就又可以买辆车,一辆,两辆……他也可以开车厂子了!

可是,希望多半落空,祥子的也非例外。

二

因为高兴,胆子也就大起来;自从买了车,祥子跑得更快了。自己的车,当然格外小心,可是他看看自己,再看看自己的车,就觉得有些不是味儿,假若不快跑的话。

他自己,自从到城里来,又长高了一寸多。他自己觉出来,仿佛还得往高里长呢。不错,他的皮肤与模样都更硬棒与固定了一些,而且上唇上已有了小小的胡子;可是他以为还应当再长高一些。当他走到个小屋门或街门而必须大低头才能进去的时候,他虽不说什么,可是心中暗自喜欢,因为他已经是这么高大,而觉得还正在发长,他似乎既是个成人,又是个孩子,非常有趣。

这么大的人,拉上那么美的车,他自己的车,弓子软得颤悠悠的,连车把都微微的动弹;车箱是那么亮,垫子是那么白,喇叭是那么响;跑得不快怎能对得起自己呢,怎能对得起那辆车呢?这一点不是虚荣心,而似乎是一种责任,非快跑,飞跑,不足以充分发挥自己的力量与车的优美。那辆车也真是可爱,拉过了半年来的,仿佛处处都有了知觉与感情,祥子的一扭腰,一蹲腿,或一直脊背,它都就马上应合着,给祥子以最顺心的帮助,他与它之间没有一点隔膜别扭的地方。赶到遇上地平人少的地方,祥子可以用一只手拢着把,微微轻响的皮轮像阵利飕的小风似的催着他跑,飞快而平稳。拉到了地点,祥子的衣裤都拧得出汗来,哗哗的,像刚从水盆里捞出来的。他感到疲乏,可是很痛快的,值得骄傲的,一种疲乏,如同骑着名马跑了几十里那样。

假若胆壮不就是大意,祥子在放胆跑的时候可并不大意。不快跑若是对不起人,快跑而碰伤了车便对不起自己。车是他的命,他知道怎样的小心。小心与大胆放在一处,他便越来越能自信,他深信自己与车都是铁作的。

因此,他不但敢放胆的跑,对于什么时候出车也不大去考虑。他觉得用力拉车去挣口饭吃,是天下最有骨气的事;他愿意出去,没人可以拦住他。外面的谣言他不大往心里听,什么西苑又来了兵,什么长辛店又打上了仗,什么西直门外又在拉伕,什么齐化门已经关了半天,他都不大注意。自然,街上铺户已都上了门,而马路上站满了武装警察与保安队,他也不便故意去找不自在,也和别人一样急忙收了车。可是,谣言,他不信。他知道怎样谨慎,特别因为车是自己的,但是他究竟是乡下人,不像城里人那样听见风便是雨。再说,他的身体使他相信,即使不幸赶到"点儿"上,他必定有办法,不至于吃很大的亏;他不是容易欺侮的,那么大的个子,那么宽的肩膀!

战争的消息与谣言几乎每年随着春麦一块儿往起长,麦穗与刺刀可以算作北方人的希望与忧惧的象征。祥子的新车刚交半岁的时候,正是麦子需要春雨的时节。春雨不一定顺着人民的盼望而降落,可是战争不管有没有人盼望总会来到。谣言吧,真事儿吧,祥子似乎忘了他曾经作过庄稼活;他不大关心战争怎样的毁坏田地,也不大注意春雨的有无。他只关心他的车,他的车能产生烙饼与一切吃食,它是块万能的田地,很驯顺的随着他走,一块活地,宝地。因为缺雨,因为战争的消息,粮食都长了价钱;这个,祥子知道。可是他和城里人一样的只会抱怨粮食贵,而一点主意没有;粮食贵,贵吧,谁有法儿教它贱呢? 这种态度使他只顾自己的生活,把一切祸患灾难都放在脑后。

　　设若城里的人对于一切都没有办法,他们可会造谣言——有时完全无中生有,有时把一分真事说成十分——以便显出他们并不愚傻与不作事。他们像些小鱼,闲着的时候把嘴放在水皮上,吐出几个完全没用的水泡儿也怪得意。在谣言里,最有意思是关于战争的。别种谣言往往始终是谣言,好像谈鬼说狐那样,不会说着说着就真见了鬼。关于战争的,正是因为根本没有正确消息,谣言反倒能立竿见影。在小节目上也许与真事有很大的出入,可是对于战争本身的有无,十之八九是正确的。"要打仗了!"这句话一经出口,早晚准会打仗;至于谁和谁打,与怎么打,那就一个人一个说法了。祥子并不是不知道这个。不过,干苦工的人们——拉车的也在内——虽然不会欢迎战争,可是碰到了它也不一定就准倒霉。每逢战争一来,最着慌的是阔人们。他们一听见风声不好,赶快就想逃命;钱使他们来得快,也跑得快。他们自己可是不会跑,因为腿脚被钱赘的太沉重。他们得雇许多人作他们的腿,箱子得有人抬,老幼男女得有车拉;在这个时候,专卖手脚的哥儿们的手与脚就一律贵起来:"前门,东车站!""哪儿?""东——车——站!""呕,干脆就给一块四毛钱! 不用驳回,兵荒马乱的!"

　　就是在这个情形下,祥子把车拉出城去。谣言已经有十来天了,东西已都涨了价,可是战事似乎还在老远,一时半会儿不会打到北平来。祥子还照常拉车,并不因为谣言而偷点懒。有一天,拉到了西城,他看出点棱缝来。在护国寺街西口和新街口没有一个招呼"西苑哪?清华呀?"的。在新街口附近他转悠了一会儿。听说车已经都不敢出城,西直门外正在抓车,大车小车骡车洋车一齐抓。他想喝碗茶就往南放车;车口的冷静露出真的危险,他有相当的胆子,但是不便故意的走死路。正在这个接骨眼儿,从南来了两辆车,车上坐着的好像是学生。拉车的一边走,一边儿喊:"有上清华的没有?嗨,清华!"

车口上的几辆车没有人答碴儿,大家有的看着那两辆车淡而不厌的微笑,有的叼着小烟袋坐着,连头也不抬。那两辆车还继续的喊:"都哑巴了?清华!"

"两块钱吧,我去!"一个年轻光头的矮子看别人不出声,开玩笑似的答应了这么一句。

"拉过来!再找一辆!"那两辆车停住了。

年轻光头的愣了一会儿,似乎不知怎样好了。别人还都不动。祥子看出来,出城一定有危险,要不然两块钱清华——平常只是二三毛钱的事儿——为什么会没人抢呢?他也不想去。可是那个光头的小伙子似乎打定了主意,要是有人陪他跑一趟的话,他就豁出去了;他一眼看中了祥子:"大个子,你怎样?"

"大个子"三个字把祥子招笑了,这是一种赞美。他心中打开了转儿:凭这样的赞美,似乎也应当捧那身矮胆大的光头一场;再说呢,两块钱是两块钱,这不是天天能遇到的事。危险?难道就那样巧?况且,前两天还有人说天坛住满了兵;他亲眼看见的,那里连个兵毛儿也没有。这么一想,他把车拉过去了。

拉到了西直门,城洞里几乎没有什么行人。祥子的心凉了一些。光头也看出不妙,可是还笑着说:"招呼吧,伙计!是福不是祸,今儿个就是今儿个啦!"祥子知道事情要坏,可是在街面上混了这几年了,不能说了不算,不能耍老娘们脾气!

出了西直门,真是连一辆车也没遇上;祥子低下头去,不敢再看马路的左右。他的心好像直顶他的肋条。到了高亮桥,他向四围打了一眼,并没有一个兵,他又放了点心。两块钱到底是两块钱,他盘算着,没点胆子哪能找到这么俏的事。他平常很不喜欢说话,可是这阵儿他愿意跟光头的矮子说几句,街上清静得真可怕。"抄土道走吧?马路上——"

"那还用说,"矮子猜到他的意思,"自要一上了便道,咱们就算有点底儿了!"

还没拉到便道上,祥子和光头的矮子连车带人都被十来个兵捉了去!

虽然已到妙峰山开庙进香的时节,夜里的寒气可还不是一件单衫所能挡得住的。祥子的身上没有任何累赘,除了一件灰色单军服上身,和一条蓝布军裤,都被汗沤得奇臭——自从还没到他身上的时候已经如此。由这身破军衣,他想起自己原来穿着的白布小褂与那套阴丹士林蓝的夹裤褂;那是多么干净体面!是的,世界上还有许多比阴丹士林蓝更体面的东西,可是祥子知道自己混到那么干净利落已经是怎样的不容易。闻着现在身上的臭汗味,他把以前的挣扎与成功看得分外光荣,比原来的光荣放大了十倍。他越想着过去便越恨那些兵们。他的衣服鞋帽,洋车,甚至于系腰的布带,都被他们抢了去;只留给他青一块紫一块的一身伤,和满脚的疱!不过,衣服,算不了什么;身上的伤,不久就会好的。他的车,几年的血汗挣出来的那辆车,没了!自从一拉到营盘里就不见了!以前的一切辛苦困难都可一眨眼忘掉,可是他忘不了这辆车!

吃苦,他不怕;可是再弄上一辆车不是随便一说就行的事;至少还得几年的工夫!过去的成功全算白饶,他得重打鼓另开张打头儿来!祥子落了泪!他不但恨那些兵,而且恨世上的一切了。凭什么把人欺侮到这个地步呢?凭什么?"凭什么?"他喊了出来。

这一喊——虽然痛快了些——马上使他想起危险来。别的先不去管吧,逃命要紧!

他在哪里呢?他自己也不能正确的回答出。这些日子了,他随着兵们跑,汗从头上一直流到脚后跟。走,得扛着拉着或推着兵们的东西;站住,他得去挑水烧火喂牲口。他一天到晚只知道怎样把最后的力气放在手上脚上,心中成了块空白。到了夜晚,头一挨地他便像死了过去,而永远不再睁眼也并非一定是件坏事。

最初,他似乎记得兵们是往妙峰山一带退却。及至到了后山,他只顾得爬山了,而时时想到不定哪时他会一交跌到山涧里,把骨肉被野鹰们啄尽,不顾得别的。在山中绕了许多天,忽然有一天山路越来越少,当太阳在他背后的时候,他远远的看见了平地。晚饭的号声把出营的兵丁唤回,有几个扛着枪的牵来几匹骆驼。

骆驼!祥子的心一动,忽然的他会思想了,好象迷了路的人忽然找到一个熟识的标记,把一切都极快的想了起来。骆驼不会过山,他一定是来到了平地。在他的知识里,他晓得京西一带,象八里庄,黄村,北辛安,磨石口,五里屯,三家店,都有养骆驼的。难道绕来绕去,绕到磨石口来了吗?这是什么战略——假使这群只会跑路与抢劫的兵们也会有战略——他不晓得。可是他确知道,假如这真是磨石口的话,兵们必是绕不出山去,而想到山下来找个活路。磨石口是个好地方,往东北可以回到西山;往南可以奔长辛店,或丰台;一直出口子往西也是条出路。他为兵们这么盘算,心中也就为自己画出一条道儿来:这到了他逃走的时候了。万一兵们再退回乱山里去,他就是逃出兵的手掌,也还有饿死的危险。要逃,就得乘这个机会。由这里一跑,他相信,一步就能跑回海甸!虽然中间隔着那么多地方,可是他都知道呀;一闭眼,他就有了个地图:这里是磨石口——老天爷,这必须是磨石口!——他往东北拐,过金顶山,礼王坟,就是八大处;从四平台往东奔杏子口,就到了南辛庄。为是有些遮隐,他顶好还顺着山走,从北辛庄,往北,过魏家村;往北,过南河滩;再往北,到红山头,杰王府,静宜园了!找到静宜园,闭着眼他也可以摸到海甸去!他的心要跳出来!这些日子,他的血似乎全流到四肢上去;这一刻,仿佛全归到心上来;心中发热,四肢反倒冷起来;热望使他混身发颤!

一直到半夜,他还合不上眼。希望使他快活,恐惧使他惊惶,他想睡,但睡不着,四肢像散了似的在一些干草上放着。什么响动也没有,只有天上的星伴着自己的心跳。骆驼忽然哀叫了两声,离他不远。他喜欢这个声音,像夜间忽然听到鸡鸣那样使人悲哀,又觉得有些安慰。

远处有了炮声,很远,但清清楚楚的是炮声。他不敢动,可是马上营里乱起来。他闭住了气,机会到了!他准知道,兵们又得退却,而且一定是往山中去。这些日子的经验使他知道,这些兵的打仗方法和困在屋中的蜜蜂一样,只会到处乱撞。有了炮声,兵们一定得跑;那么,他自己也该精神着点了。他慢慢的,闭着气,在地上爬,目的是在找到那几匹骆驼。他明知道骆驼不会帮助他什么,但他和它们既同是俘虏,好像必须有些同情。军营里更乱了,他找到了骆驼——几块土岗似的在黑暗中趴伏着,除了粗大的呼吸,一点动静也没有,似乎天下都很太平。这个,教他壮起点胆子来。他伏在骆驼旁边,像兵丁藏在沙口袋后面那样。极快的他想出个道理来:炮声是由南边来的,即使不是真心作战,至少也是个"此路不通"的警告。那么,这些兵还得逃回山中去。真要是上山,他们不能带着骆驼。这样,骆驼的命运也就是他的命运。他们要是不放弃这几个牲口呢,他也跟着完事;他们忘记了骆驼,他就可以逃走。把耳朵贴在地上,他听着有没有脚步声儿来,心跳得极快。

不知等了多久,始终没人来拉骆驼。他大着胆子坐起来,从骆驼的双峰间望过去,什么也看不见,四外极黑。逃吧!不管是吉是凶,逃!

三

祥子已经跑出二三十步去,可又不肯跑了,他舍不得那几匹骆驼。他在世界上的财产,现在,只剩下了自己的一条命。就是地上的一根麻绳,他也乐意拾起来,即使没用,还能稍微安慰他一下,至少他手中有条麻绳,不完全是空的。逃命是要紧的,可是赤裸裸的一条命有什么用呢?他得带走这几匹牲口,虽然还没想起骆驼能有什么用处,可是总得算是几件东西,而且是块儿不小的东西。

他把骆驼拉了起来。对待骆驼的方法,他不大晓得,可是他不怕它们,因为来自乡间,他敢挨近牲口们。骆驼们很慢很慢的立起来,他顾不得细调查它们是不是都在一块儿拴着,觉到可以拉着走了,他便迈开了步,不管是拉起来一个,还是全"把儿"。

一迈步,他后悔了。骆驼——在口内负重惯了的——是走不快的。不但是得慢走,还须极小心的慢走,骆驼怕滑;一汪儿水,一片儿泥,都可以教它们劈了腿,或折扭了膝。骆驼的价值全在四条腿上;腿一完,全完!而祥子是想逃命呀!

可是,他不肯再放下它们。一切都交给天了,白得来的骆驼是不能放手的!

因拉惯了车,祥子很有些辨别方向的能力。虽然如此,他现在心中可有点乱。当他找到骆驼们的时候,他的心似乎全放在它们身上了;及至把它们拉起来,他弄不清哪儿是哪儿了,天是那么黑,心中是那么急,即使他会看看星,调一调方向,他也不敢从容的去这么办;星星们——在他眼中——好似比他还着急,你碰我,我碰你的在黑空中乱动。祥子不敢再看天上。他低着头,心里急而脚步不敢放快的往前走。他想起了这个:既是拉着骆驼,便须顺着大道走,不能再沿着山坡儿。由磨石口——假如这是磨石口——到黄村,是条直路。这既是走骆驼的大路,而且一点不绕远儿。"不绕远儿"在一个洋车夫心里有很大的价值。不过,这条路上没有遮掩!万一再遇上兵呢?即使遇不上大兵,他自己那身破军衣,脸上的泥,与那一脑袋的长头发,能使人相信他是个拉骆驼的吗?不象,绝不像个拉骆驼的!倒很像个逃兵!逃兵,被官中拿去还倒是小事;教村中的人们捉住,至少是活埋!想到这儿,他哆嗦起来,背后骆驼蹄子噗噗轻响猛然吓了他一跳。他要打算逃命,还是得放弃这几个累赘。可是到底不肯撒手骆驼鼻子上的那条绳子。走吧,走,走到哪里算哪里,遇见什么说什么;活了呢,赚几条牲口;死了呢,认命!

可是,他把军衣脱下来:一把,将领子扯掉;那对还肯负责任的铜钮也被揪下来,掷在黑暗中,连个响声也没发。然后,他把这件无领无钮的单衣斜搭在身上,把两条袖子在胸前结成个结子,像背包袱那样。这个,他以为可以减少些败兵的嫌疑;裤子也挽高起来一块。他知道这还不十分像拉骆驼的,可是至少也不完全象个逃兵了。加上他脸上的泥,身上的汗,大概也够个"煤黑子"的谱儿了。他的思想很慢,可是想得很周到,而且想起来马上就去执行。夜黑天里,没人看见他;他本来无须乎立刻这样办;可是他等不得。他不知道时间,也许忽然就会天亮。既没顺着山路走,他白天没有可以隐藏起来的机会;要打算白天也照样赶路的话,他必须使人相信他是个"煤黑子"。想到了这个,也马上这么办了,他心中痛快了些,好似危险已过,而眼前就是北平了。他必须稳稳当当的快到城里,因为他身上没有一个钱,没有一点干粮,不能再多耗时间。想到这里,他想骑上骆驼,省些力气可以多挨一会儿饥饿。可是不敢去骑,即使很稳当,也得先教骆驼跪下,他才能上去;时间是值钱的,不能再麻烦。况且,他要是上了那么高,便更不容易看清脚底下,骆驼若是摔倒,他也得陪着。不,就这样走吧。

大概的他觉出是顺着大路走呢;方向,地点,都有些茫然。夜深了,多日的疲乏,与逃走的惊惧,使他身心全不舒服。及至走出来一些路,脚步是那么平匀,缓慢,他渐渐的仿佛困倦起来。夜还很黑,空中有些湿冷的雾气,心中更觉得渺茫。用力看看地,地上老像有一岗一岗的,及至放下脚去,却是平坦的。这种小心与受骗教他更不安静,几乎有些烦躁。爽性不去管地上了,眼往平里看,脚擦着地走。四外什么也看不见,就好像全世界的黑暗都在等着他似的,由黑暗中迈步,再走入黑暗中;身后跟着那不声不响的骆驼。

外面的黑暗渐渐习惯了,心中似乎停止了活动,他的眼不由的闭上了。不知道是往前走呢,还是已经站住了,心中只觉得一浪一浪的波动,似一片波动的黑海,黑暗与心接成一气,都渺茫,都起落,都恍惚。忽然心中一动,像想起一些什么,又似乎是听见了一些声响,说不清;可是又睁开了眼。他确是还往前走呢,忘了刚才是想起什么来,四外也并没有什么动静。心跳了一阵,渐渐又平静下来。他嘱咐自己不要再闭上眼,也不要再乱想;快快的到城里是第一件要紧的事。可是心中不想事,眼睛就很容易再闭上,他必须想念着点儿什么,必须醒着。他知道一旦倒下,他可以一气睡三天。想什么呢？他的头有些发晕，身上潮渌渌的难过，头发里发痒，两脚发酸，口中又干又涩。他想不起别的，只想可怜自己。可是，连自己的事也不大能详细的想了，他的头是那么虚空昏胀，仿佛刚想起自己，就又把自己忘记了，像将要灭的蜡烛，连自己也不能照明白了似的。再加上四围的黑暗，使他觉得像在一团黑气里浮荡，虽然知道自己还存在着，还往前迈步，可是没有别的东西来证明他准是在哪里走，就很像独自在荒海里浮着那样不敢相信自己。他永远没尝受过这种惊疑不定的难过，与绝对的寂闷。平日，他虽不大喜欢交朋友，可是一个人在日光下，有太阳照着他的四肢，有各样东西呈现在目前，他不至于害怕。现在，他还不害怕，只是不能确定一切，使他受不了。设若骆驼们要是像骡马那样不老实，也许倒能教他打起精神去注意它们，而骆驼偏偏是这么驯顺，驯顺得使他不耐烦；在心神最恍惚的时候，他忽然怀疑骆驼是否还在他的背后，教他吓一跳；他似乎很相信这几个大牲口会轻轻的钻入黑暗的岔路中去，而他一点也不晓得，像拉着块冰那样能渐渐的化尽。

不知道在什么时候，他坐下了。若是他就是这么死去，就是死后有知，他也不会记得自己是怎么坐下的，和为什么坐下的。坐了五分钟，也许是一点钟，他不晓得。他也不知道他是先坐下而后睡着，还是先睡着而后坐下的。大概他是先睡着了而后坐下的，因为他的疲乏已经能使他立着睡去的。

他忽然醒了。不是那种自自然然的由睡而醒，而是猛的一吓，像由一个世界跳到另一个世界，都在一眨眼的工夫里。看见的还是黑暗，可是很清楚的听见一声鸡鸣，是那么清楚，好像有个坚硬的东西在他脑中划了一下。他完全清醒过来。骆驼呢？他顾不得想别的。绳子还在他手中，骆驼也还在他旁边。他心中安静了。懒得起来。身上酸懒，他不想起来，可也不敢再睡。他得想，细细的想，好主意。就是在这个时候，他想起他的车，而喊出"凭什么？"

"凭什么？"但是空喊是一点用处没有的。他去摸摸骆驼，他始终还不知自己拉来几匹。摸清楚了，一共三匹。他不觉得这是太多，还是太少；

他把思想集中到这三匹身上,虽然还没想妥一定怎么办,可是他渺茫的想到,他的将来全仗着这三个牲口。

"为什么不去卖了它们,再买上一辆车呢?"他几乎要跳起来了!可是他没动,好像因为先前没想到这样最自然最省事的办法而觉得应当惭愧似的。喜悦胜过了惭愧,他打定了主意:刚才不是听到鸡鸣么?即使鸡有时候在夜间一两点钟就打鸣,反正离天亮也不甚远了。有鸡鸣就必有村庄,说不定也许是北辛安吧?那里有养骆驼的,他得赶快的走,能在天亮的时候赶到,把骆驼出了手,他可以一进城就买上一辆车。兵荒马乱的期间,车必定便宜一些;他只顾了想买车,好似卖骆驼是件毫无困难的事。

想到骆驼与洋车的关系,他的精神壮了起来,身上好似一向没有什么不舒服的地方。假若他想到拿这三匹骆驼能买到一百亩地,或是可以换几颗珍珠,他也不会这样高兴。他极快的立起来,扯起骆驼就走。他不晓得现在骆驼有什么行市,只听说过在老年间,没有火车的时候,一条骆驼要值一个大宝[①],因为骆驼力气大,而吃得比骡马还省。他不希望得三个大宝,只盼望换个百儿八十的,恰好够买一辆车的。越走天越亮了;不错,亮处是在前面,他确是朝东走呢。即使他走错了路,方向可是不差;山在西,城在东,他晓得这个。四外由一致的漆黑,渐渐能分出深浅,虽然还辨不出颜色,可是田亩远树已都在普遍的灰暗中有了形状。星星渐稀,天上罩着一层似云又似雾的灰气,暗淡,可是比以前高起许多去。祥子仿佛敢抬起头来了。他也开始闻见路旁的草味,也听见几声鸟鸣;因为看见了渺茫的物形,他的耳目口鼻好似都恢复了应有的作用。他也能看到自己身上的一切,虽然是那么破烂狼狈,可是能以相信自己确是还活着呢;好象噩梦初醒时那样觉得生命是何等的可爱。看完了他自己,他回头看了看骆驼——和他一样的难看,也一样的可爱。正是牲口脱毛的时候,骆驼身上已经都露出那灰红的皮,只有东一缕西一块的挂着些零散的,没力量的,随时可以脱掉的长毛,像些兽中的庞大的乞丐。顶可怜的是那长而无

---

① 重五十两的银元宝。

毛的脖子,那么长,那么秃,弯弯的,愚笨的,伸出老远,像条失意的瘦龙。可是祥子不憎嫌它们,不管它们是怎样的不体面,到底是些活东西。他承认自己是世上最有运气的人,上天送给他三条足以换一辆洋车的活宝贝;这不是天天能遇到的事。他忍不住的笑了出来。

  灰天上透出些红色,地与远树显着更黑了;红色渐渐的与灰色融调起来,有的地方成为灰紫的,有的地方特别的红,而大部分的天色是葡萄灰的。又待了一会儿,红中透出明亮的金黄来,各种颜色都露出些光;忽然,一切东西都非常的清楚了。跟着,东方的早霞变成一片深红,头上的天显出蓝色。红霞碎开,金光一道一道的射出,横的是霞,直的是光,在天的东南角织成一部极伟大光华的蛛网;绿的田,树,野草,都由暗绿变为发光的翡翠。老松的干上染上了金红,飞鸟的翅儿闪起金光,一切的东西都带出笑意。祥子对着那片红光要大喊几声,自从一被大兵拉去,他似乎没看见过太阳,心中老在咒骂,头老低着,忘了还有日月,忘了老天。现在,他自由的走着路,越走越光明,太阳给草叶的露珠一点儿金光,也照亮了祥子的眉发,照暖了他的心。他忘了一切困苦,一切危险,一切疼痛;不管身上是怎样褴褛污浊,太阳的光明与热力并没将他除外,他是生活在一个有光有热力的宇宙里;他高兴,他想欢呼!

  看看身上的破衣,再看看身后的三匹脱毛的骆驼,他笑了笑。就凭四条这么不体面的人与牲口,他想,居然能逃出危险,能又朝着太阳走路,真透着奇怪!不必再想谁是谁非了,一切都是天意,他以为。他放了心,缓缓的走着,自要老天保佑他,什么也不必怕。走到什么地方了?不想问了,虽然田间已有男女来作工。走吧,就是一时卖不出骆驼去,似乎也没大关系了;先到城里再说,他渴想再看见城市,虽然那里没有父母亲戚,没有任何财产,可是那到底是他的家,全个的城都是他的家,一到那里他就有办法。远处有个村子,不小的一个村子,村外的柳树像一排高而绿的护兵,低头看着那些矮矮的房屋,屋上浮着些炊烟。远远的听到村犬的吠声,非常的好听。他一直奔了村子去,不想能遇到什么俏事,仿佛只是表示他什么也不怕,他是好人,当然不怕村里的良民;现在人人都是在光明和平的阳光下。假若可能的话,他想要一点水喝;就是要不到水也没关系;他既没死在山中,多渴一会儿算得了什么呢?!

村犬向他叫,他没大注意;妇女和小孩儿们注视他,使他不大自在了。他必定是个很奇怪的拉骆驼的,他想;要不然,大家为什么这样呆呆的看着他呢?他觉得非常的难堪:兵们不拿他当个人,现在来到村子里,大家又看他像个怪物!他不晓得怎样好了。他的身量,力气,一向使他自尊自傲,可是在过去的这些日子,无缘无故的他受尽了委屈与困苦。他从一家的屋脊上看过去,又看见了那光明的太阳,可是太阳似乎不像刚才那样可爱了!

村中的唯一的一条大道上,猪尿马尿与污水汇成好些个发臭的小湖,祥子唯恐把骆驼滑倒,很想休息一下。道儿北有个较比阔气的人家,后边是瓦房,大门可是只拦着个木栅,没有木门,没有门楼。祥子心中一动;瓦房——财主;木栅而没门楼——养骆驼的主儿!好吧,他就在这儿休息会儿吧,万一有个好机会把骆驼打发出去呢!

"色!色!色!"祥子叫骆驼们跪下;对于调动骆驼的口号,他只晓得"色……"是表示跪下;他很得意的应用出来,特意叫村人们明白他并非是外行。骆驼们真跪下了,他自己也大大方方的坐在一株小柳树下。大家看他,他也看大家;他知道只有这样才足以减少村人的怀疑。

坐了一会儿,院中出来个老者,蓝布小褂敞着怀,脸上很亮,一看便知道是乡下的财主。祥子打定了主意:"老者,水现成吧?喝碗!"

"啊!"老者的手在胸前搓着泥卷,打量了祥子一眼,细细看了看三匹骆驼。"有水!哪儿来的?"

"西边!"祥子不敢说地名,因为不准知道。

"西边有兵呀?"老者的眼盯住祥子的军裤。

"教大兵裹了去,刚逃出来。"

"啊!骆驼出西口没什么险啦吧?"

"兵都入了山,路上很平安。"

"嗯!"老者慢慢点着头。"你等等,我给你拿水去。"

祥子跟了进去。到了院中,他看见了四匹骆驼。

"老者,留下我的三匹,凑一把儿吧?"

"哼!一把儿?倒退三十年的话,我有过三把儿!年头儿变了,谁还喂得起骆驼!"老头儿立住,呆呆的看着那四匹牲口。待了半天:"前几天本想和街坊搭伙,把它们送到口外去放青。东也闹兵,西也闹兵,谁敢走啊!在家里拉夏吧,看着就焦心,瞧这些苍蝇!赶明儿天大热起来,再加上蚊子,眼看着好好的牲口活活受罪,真!"老者连连的点头,似乎有无限的感慨与牢骚。

"老者,留下我的三匹,凑成一把儿到口外去放青。欢蹦乱跳的牲口,一夏天在这儿,准教苍蝇蚊子给拿个半死!"祥子几乎是央求了。

"可是,谁有钱买呢?这年头不是养骆驼的年头了!"

"留下吧,给多少是多少;我把它们出了手,好到城里去谋生!"

老者又细细看了祥子一番,觉得他绝不是个匪类。然后回头看了看门外的牲口,心中似乎是真喜欢那三匹骆驼——明知买到手中并没好处,可是爱书的人见书就想买,养马的见了马就舍不得,有过三把儿骆驼的也是如此。况且祥子说可以贱卖呢;懂行的人得到个便宜,就容易忘掉东西买到手中有没有好处。

"小伙子,我要是钱富裕的话,真想留下!"老者说了实话。

"干脆就留下吧,瞧着办得了!"祥子是那么诚恳,弄得老头子有点不好意思了。

"说真的,小伙子;倒退三十年,这值三个大宝;现在的年头,又搭上兵荒马乱,我——你还是到别处吃喝吆喝去吧!"

"给多少是多少!"祥子想不出别的话。他明白老者的话很实在,可是不愿意满世界去卖骆驼——卖不出去,也许还出了别的毛病。

"你看,你看,二三十块钱真不好说出口来,可是还真不容易往外拿呢;这个年头,没法子!"

祥子心中也凉了些,二三十块?离买车还差得远呢!可是,第一他愿脆快办完,第二他不相信能这么巧再遇上个买主儿。"老者,给多少是多少!"

"你是干什么的,小伙子;看得出,你不是干这一行的!"祥子说了实话。

"呕,你是拿命换出来的这些牲口!"老者很同情祥子,而且放了心,这不是偷出来的;虽然和偷也差不远,可是究竟中间还隔着层大兵。兵灾之后,什么事儿都不能按着常理儿说。

"这么着吧,伙计,我给三十五块钱吧;我要说这不是个便宜,我是小狗子;我要是能再多拿一块,也是个小狗子! 我六十多了;哼,还教我说什么好呢!"

祥子没了主意。对于钱,他向来是不肯放松一个的。可是,在军队里这些日子,忽然听到老者这番诚恳而带有感情的话,他不好意思再争论了。况且,可以拿到手的三十五块现洋似乎比希望中的一万块更可靠,虽然一条命只换来三十五块钱的确是少一些! 就单说三条大活骆驼,也不能,绝不能,只值三十五块大洋! 可是,有什么法儿呢!

"骆驼算你的了,老者! 我就再求一件事,给我找件小褂,和一点吃的!"

"那行!"

祥子喝了一气凉水,然后拿着三十五块很亮的现洋,两个棒子面饼子,穿着将护到胸际的一件破白小褂,要一步迈到城里去!

四

祥子在海甸的一家小店里躺了三天,身上忽冷忽热,心中迷迷忽忽,牙床上起了一溜紫泡,只想喝水,不想吃什么。饿了三天,火气降下去,身上软得像皮糖似的。恐怕就是在这三天里,他与三匹骆驼的关系由梦话或胡话中被人家听了去。一清醒过来,他已经是"骆驼祥子"了。

自从一到城里来,他就是"祥子",仿佛根本没有个姓;如今,"骆驼"摆在"祥子"之上,就更没有人关心他到底姓什么了。有姓无姓,他自己也并不在乎。不过,三条牲口才换了那么几块钱,而自己倒落了个外号,他觉得有点不大上算。

　　刚能挣扎着立起来,他想出去看看。没想到自己的腿能会这样的不吃力,走到小店门口他一软就坐在了地上,昏昏沉沉的坐了好大半天,头上见了凉汗。又忍了一会儿,他睁开了眼,肚中响了一阵,觉出点饿来。极慢的立起来,找到了个馄饨挑儿。要了碗馄饨,他仍然坐在地上。呷了口汤,觉得恶心,在口中含了半天,勉强的咽下去;不想再喝。可是,待了一会儿,热汤像股线似的一直通到腹部,打了两个响嗝。他知道自己又有了命。

　　肚中有了点食,他顾得看看自己了。身上瘦了许多,那条破裤已经脏得不能再脏。他懒得动,可是要马上恢复他的干净利落,他不肯就这么神头鬼脸的进城去。不过,要干净利落就得花钱,剃剃头,换换衣服,买鞋袜,都要钱。手中的三十五元钱应当一个不动,连一个不动还离买车的数儿很远呢!可是,他可怜了自己。虽然被兵们拉去不多的日子,到现在一想,一切都像个噩梦。这个噩梦使他老了许多,好像他忽然的一气增多了好几岁。看着自己的大手大脚,明明是自己的,可是又像忽然由什么地方找到的。他非常的难过。他不敢想过去的那些委屈与危险,虽然不去想,可依然的存在,就好像连阴天的时候,不去看天也知道天是黑的。他觉得自己的身体是特别的可爱,不应当再太自苦了。他立起来,明知道身上还很软,可是刻不容缓的想去打扮打扮,仿佛只要剃剃头,换件衣服,他就能立刻强壮起来似的。

　　打扮好了,一共才花了两块二毛钱。近似搠布①的一身本色粗布裤褂一元,青布鞋八毛,线披儿织成的袜子一毛五,还有顶二毛五的草帽。脱下来的破东西换了两包火柴。

　　拿着两包火柴,顺着大道他往西直门走。没走出多远,他就觉出软弱疲乏来了。可是他咬上了牙。他不能坐车,从哪方面看也不能坐车;一个乡下人拿十里八里还能当作道儿吗,况且自己是拉车的。这且不提,以自

---

①　窄粗粗线织的很稀的一种布,旧时用作面巾。

己的身量力气而被这小小的一点病拿住,笑话;除非一交栽倒,再也爬不起来,他满地滚也得滚进城去,决不服软!今天要是走不进城去,他想,祥子便算完了;他只相信自己的身体,不管有什么病!

晃晃悠悠的他放开了步。走出海甸不远,他眼前起了金星。扶着棵柳树,他定了半天神,天旋地转的闹慌了会儿,他始终没肯坐下。天地的旋转慢慢的平静起来,他的心好似由老远的又落到自己的心口中,擦擦头上的汗,他又迈开了步。已经剃了头,已经换上新衣新鞋,他以为这就十分对得起自己了;那么,腿得尽它的责任,走!一气他走到了关厢。看见了人马的忙乱,听见了复杂刺耳的声音,闻见了干臭的味道,踏上了细软污浊的灰土,祥子想爬下去吻一吻那个灰臭的地,可爱的地,生长洋钱的地!没有父母兄弟,没有本家亲戚,他的唯一的朋友是这座古城。这座城给了他一切,就是在这里饿着也比乡下可爱,这里有的看,有的听,到处是光色,到处是声音;自己只要卖力气,这里还有数不清的钱,吃不尽穿不完的万样好东西。在这里,要饭也能要到荤汤腊水的,乡下只有棒子面。才到高亮桥西边,他坐在河岸上,落了几点热泪!

太阳平西了,河上的老柳歪歪着,梢头挂着点金光。河里没有多少水,可是长着不少的绿藻,象一条油腻的长绿的带子,窄长,深绿,发出些微腥的潮味。河岸北的麦子已吐了芒,矮小枯干,叶上落了一层灰土。河南的荷塘的绿叶细小无力的浮在水面上,叶子左右时时冒起些细碎的小水泡。东边的桥上,来往的人与车过来过去,在斜阳中特别显着匆忙,仿佛都感到暮色将近的一种不安。这些,在祥子的眼中耳中都非常的有趣与可爱。只有这样的小河仿佛才能算是河;这样的树,麦子,荷叶,桥梁,才能算是树、麦子、荷叶与桥梁。因为它们都属于北平。

坐在那里,他不忙了。眼前的一切都是熟习的,可爱的,就是坐着死去,他仿佛也很乐意。歇了老大半天,他到桥头吃了碗老豆腐:醋,酱油,花椒油,韭菜末,被热的雪白的豆腐一烫,发出点顶香美的味儿,香得使祥子要闭住气;捧着碗,看着那深绿的韭菜末儿,他的手不住的哆嗦。吃了一口,豆腐把身里烫开一条路;他自己下手又加了两小勺辣椒油。一碗吃完,他的汗已湿透了裤腰。半闭着眼,把碗递出去:"再来一碗!"

站起来,他觉出他又像个人了。太阳还在西边的最低处,河水被晚霞照得有些微红,他痛快得要喊叫出来。摸了摸脸上那块平滑的疤,摸了摸袋中的钱,又看了一眼角楼上的阳光,他硬把病忘了,把一切都忘了,好似有点什么心愿,他决定走进城去。

【阅读提示】

1. 老舍把人物看做小说成败的关键,所以他在《骆驼祥子》第一章着力从各个方面把故事里的祥子立起来,不仅是使他的职业、阶层,更重要的是他的人格丰满起来。祥子的"命运三部曲"是"积极向上——不甘失败——自甘堕落",此处节选的是最开始积极向上的祥子的形象,"就是在地狱里也是一个好鬼"。重点阅读第一章第一节,体会老舍如何突出初进城时一个"体面的、要强的、好梦想的、利己的、个人的、健壮的祥子"的形象。

2. "在运用鲜活的、纯净的北京语进行文学创作和话剧创作方面,老舍在中国现代作家中是首屈一指的。他不但是'五四'以来白话文学的先驱者之一,而且凭借纯北京语创造了现代文学语言的独一无二的作家。"重点阅读《骆驼祥子》第一章,体会老舍对北京话的创造性运用,既生动俗白又追求精致美,既幽默诙谐又有诗意,体现了独特的"京味"气质。

【思考与讨论】

1. 重点阅读第一章第一节,讨论老舍分别从哪些方面来塑造祥子的形象的。

2. 阅读《骆驼祥子》第一章,举例谈谈你对这部分"京味"气质的感受。

【延伸阅读】

《断魂枪》《四世同堂》

【参考资料】

陈思和:《〈骆驼祥子〉:民间视角下的启蒙悲剧》,《陕西师范大学学报》(哲学社会科学版),2004。

第五节　张爱玲

张爱玲(1920—1995),出生于上海,原名张煐,1922年迁居天津;1928年由天津搬回上海,读《红楼梦》和《三国演义》;1930年改名张爱玲;1939年考进香港大学;1941年太平洋战争爆发,投入文学创作;两年后,发表《倾城之恋》和《金锁记》等作品,并结识周瘦鹃、柯灵、苏青和胡兰成;1952年移居中国香港;1955年离港赴美从事中国文化与文学研究;1995年9月逝于洛杉矶公寓。主要作品有中短篇小说集《传奇》,散文集《留言》,长篇小说《十八春》等,曾做过《海上花列传》的校注英译,出版文集《红楼梦魇》。她的作品在中国现代文坛具有独特的价值和意义,并对日后的港台文学有一定的影响。

《金锁记》[①]

三十年前的上海,一个有月亮的晚上……我们也许没赶上看见三十年前的月亮。年轻的人想着三十年前的月亮该是铜钱大的一个红黄的湿晕,像朵云轩信笺上落了一滴泪珠,陈旧而迷糊。老年人回忆中的三十年前的月亮是欢愉的,比眼前的月亮大,圆,白;然而隔着三十年的辛苦路往回看,再好的月色也不免带点凄凉。

……

七巧带着儿子长白,女儿长安另租了一幢屋子住下了,和姜家各房很少来往。隔了几个月,姜季泽忽然上门来了。老妈子通报上来,七巧怀着鬼胎,想着分家的那一天得罪了他,不知他有什么手段对付。可是兵来将挡,她凭什么要怕他?她家常穿着佛青实地纱袄子,特地系上一条玄色铁线纱裙,走下楼来。季泽却是满面春风的站起来问二嫂好,又问白哥儿可是在书房里,安姐儿的湿气可大好了,七巧心里便疑惑他是来借钱的,加

[①] 《金锁记》发表于1944年上海《天地》上,后收入小说集《传奇》。

意防备着,坐下笑道:"三弟你近来又发福了。"季泽笑道:"看我像一点儿心事都没有的人。"七巧笑道:"有福之人不在忙吗!你一向就是无牵无挂的。"季泽笑道:"等我把房子卖了,我还要无牵无挂呢!"七巧道:"就是你做了押款的那房子,你还要卖?"季泽道,"当初造它的时候,很费了点心思,有许多装置都是自己心爱的,当然不愿意脱手。后来你是知道的,那边地皮值钱了,前年把它翻造了弄堂房子,一家一家收租,跟那些住小家的打交道,我实在嫌麻烦,索性打算卖了它,图个清净。"七巧暗地里说道:"口气好大!我是知道你的底细的,你在我跟前充什么阔大爷!"

虽然他不向她哭穷,但凡谈到银钱交易,她总觉得有点危险,便岔了开去道:"三妹妹好么?腰子病近来发过没有?"季泽笑道:"我也有许久没见过她的面了。"七巧道:"这是什么话?你们吵了嘴么?"季泽笑道:"这些时我们倒也没吵过嘴。不得已在一起说两句话,也是难得的,也没那闲情逸致吵嘴。"七巧道:"何至于这样?我就不相信!"季泽两肘撑在藤椅的扶手上,交叉着十指,手搭凉棚,影子落在眼睛上,深深地唉了一声。七巧笑道:"没有别的,要不就是你在外头玩得太厉害了。自己做错了事,还唉声叹气的仿佛谁害了你似的。你们姜家就没有一个好人!"说着,举起白团扇,作势要打。季泽把那交叉看的十指往下移了一移,两只大拇指按在嘴唇上,两只食指缓缓抚摸着鼻梁,露出一双水汪汪的眼睛来。那眼珠却是水仙花缸底的黑石子,上面汪着水,下面冷冷的没有表情。看不出他在想什么。七巧道:"我非打你不可!"季泽的眼睛里突然冒出一点笑泡儿,道:"你打,你打!"七巧待要打,又掣回手去,重新一鼓作气道:"我真打!"抬高了手,一扇子劈下来,又在半空中停住了,吃吃笑将起来。季泽带笑将肩膀耸了一耸,凑了上去道:"你倒是打我一下罢!害得我浑身骨头痒痒着,不得劲儿!"七巧把扇子向背后一藏,越发笑得格格的。季泽把椅子换了个方向,面朝墙坐着,人向椅背上一靠,双手蒙住了眼睛,又是长长地叹了口气。七巧啃着扇子柄,斜瞟着他道:"你今儿是怎么了?受了暑吗?"季泽道:"你哪里知道?"半晌,他低低的一个字一个字说道:"你知道我为什么跟家里的那个不好,为什么我拼命的在外头玩,把产业都败光了?你知道这都是为了谁?"七巧不知不觉有些胆寒,走得远远的,倚在炉台上,脸色慢慢地变了。季泽跟了过来。七巧垂着头,肘弯撑在炉台上,手里擎着团扇,扇子上的杏黄穗子顺着她的额角拖下来。季泽在她对面站住了,小声道:"二嫂!……七巧!"

七巧背过脸去淡淡笑道:"我要相信你才怪呢!"季泽便也走开了,道:"不错。你怎么能够相信我?自从你到我家来,我在家一刻也待不住,只想出去。你没来的时候我并没有那么荒唐过,后来那都是为了躲你。娶了兰仙来,我更玩得凶了,为了躲你之外又要躲她,见了你,说不了两句话我就要发脾气——你哪儿知道我心里的苦楚?你对我好,我心里更难受——我得管着我自己——我不得平白的坑坏了你!家里人多眼杂,让人知道了,我是个男子汉,还不打紧,你可了不得!"七巧的手直打颤,扇柄上的杏黄须子在她额上苏苏磨擦着。季泽道:"你信也罢,不信也罢!信了又怎样?横竖我们半辈子已经过去了,说也是白说。我只求你原谅我这一片心。我为你吃了这些苦,也就不算冤枉了。"

七巧低着头,沐浴在光辉里,细细的音乐,细细的喜悦……这些年了,她跟他捉迷藏似的,只是近不得身,原来还有今天!可不是,这半辈子已经完了——花一般的年纪已经过去了。人生就是这样的错综复杂,不讲理。当初她为什么嫁到姜家来?为了钱么?不是的,为了要遇见季泽,为了命中注定她要和季泽相爱。她微微抬起脸来,季泽立在她跟前,两手合在她扇子上,面颊贴在她扇子上。他也老了十年了,然而人究竟还是那个人呵!他难道是哄她么?他想她的钱——她卖掉她的一生换来的几个钱?仅仅这一转念便使她暴怒起来。就算她错怪了他,他为她吃的苦抵得过她为他吃的苦么?好容易她死了心了,他又来撩拨她。她恨他。他还在看着她。他的眼睛——虽然隔了十年,人还是那个人呵!就算他是骗她的,迟一点儿发现不好么?即使明知是骗人的,他太会演戏了,也跟真的差不多罢?

不行!她不能有把柄落在这厮手里。姜家的人是厉害的,她的钱只怕保不住。她得先证明他是真心不是。七巧定了一定神,向门外瞧了一瞧,轻轻惊叫道:"有人!"便三脚两步赶出门去,到下房里吩咐潘妈替三爷弄点心去,快些端了来,顺便带把芭蕉扇进来替三爷打扇。七巧回到屋里来,故意皱着眉道:"真可恶,老妈子在门口探头探脑的,见了我抹过头去就跑,被我赶上去喝住了。若是关上了门说两句话,指不定造出什么谣言来呢!饶是独门独户住了,还没个清净。"潘妈送了点心与酸梅汤进来,七巧亲自拿筷子替季泽拣掉了蜜层糕上的玫瑰与青梅,道:"我记得你是不爱吃红绿丝的。"有人在跟前,季泽不便说什么,只是微笑。七巧似乎没话找话说似的,问道:"你卖房子,接洽得怎样了?"季泽一面吃,一面答道:"有人出八万五,我还没打定主意呢。"七巧沉吟道:"地段倒是好的。"季泽道:"谁都不赞成我脱手,说还要涨呢。"七巧又问了些详细情形,便道:"可惜我手头没有这一笔现款,不然我倒想买。"季泽道:"其实呢,我这房子倒不急,倒是咱们乡下你那些田,早早脱手的好。自从改了民国,接二连三的打仗,何尝有一年闲过?把地面上糟踏得不成样子,中间还被收租的,师爷,地头蛇一层一层勒□着,莫说这两年不是水就是旱,就遇着了丰年,也没有多少进帐轮到我们头上。"七巧寻思着,道:"我也盘算过来,一直挨着没办。先晓得把它卖了,这会子想买房子,也不至于钱不凑手了。"季泽道:"你那田要卖趁现在就得卖了,听说直鲁又要开仗了。"七巧道:"急切间你叫我卖给谁去?"季泽顿了一顿道:"我去替你打听打听,也成。"七巧耸了耸眉毛笑道:"得了,你那些狐群狗党里头,又有谁是靠得住的?"季泽把咬开的饺子在小碟子里蘸了点醋,闲闲说出两个靠得住的人名,七巧便认真仔细盘问他起来,他果然回答得有条不紊,显然他是筹之已熟的。

　　七巧虽是笑吟吟的,嘴里发干,上嘴唇黏在牙仁上,放不下来。她端起盖碗来吸了一口茶,舐了舐嘴唇,突然把脸一沉,跳起身来,将手里的扇子向季泽头上滴溜溜掷过去,季泽向左偏了一偏,那团扇敲在他肩膀上,打翻了玻璃杯,酸梅汤淋淋漓漓溅了他一身,七巧骂道:"你要我卖了田去买你的房子?你要我卖田?钱一经你的手,还有得说么?你哄我——你拿那样的话来哄我——你拿我当傻子——"她隔着一张桌子探身过去打他,然而她被潘妈下死劲抱住了。潘妈叫唤起来,祥云等人都奔了来,七手八脚按住了她,七嘴八舌求告着。七巧一头挣扎,一头叱喝着,然而她的一颗心直往下坠——她很明白她这举动太蠢——太蠢——她在这儿丢人出丑。

季泽脱下了他那湿濡的白香云纱长衫,潘妈绞了手巾来代他揩擦,他理也不理,把衣服夹在手臂上,竟自扬长出门去了,临行的时候向祥云道:"等白哥儿下了学,叫他替他母亲请个医生来看看。"祥云吓糊涂了,连声答应着,被七巧兜脸给了她一个耳刮子。

季泽走了。丫头老妈子也都给七巧骂跑了。酸梅汤沿着桌子一滴一滴朝下滴,像迟迟的夜漏——一滴,一滴……一更,二更……一年,一百年。真长,这寂寂的一刹那。七巧扶着头站着,倏地掉转身来上楼去,提着裙子,性急慌忙,跌跌绊绊,不住地撞到那阴暗的绿粉墙上,佛青袄子上沾了大块的淡色的灰。她要在楼上的窗户里再看他一眼。无论如何,她从前爱过他。她的爱给了她无穷的痛苦。单只这一点,就使他值得留恋。多少回了,为了要按捺她自己,她迸得全身的筋骨与牙根都酸楚了。今天完全是她的错。他不是个好人,她又不是不知道。她要他,就得装糊涂,就得容忍他的坏。她为什么要戳穿他?人生在世,还不就是那么一回事?归根究底,什么是真的,什么是假的?

她到了窗前,揭开了那边上缀有小绒球的墨绿洋式窗帘,季泽正在弄堂里往外走,长衫搭在臂上,晴天的风像一群白鸽子钻进他的纺绸裤褂里去,哪儿都钻到了,飘飘拍着翅子。

七巧眼前仿佛挂了冰冷的珍珠帘,一阵热风来了,把那帘子紧紧贴在她脸上,风去了,又把帘子吸了回去,气还没透过来,风又来了,没头没脑包住她——一阵凉,一阵热,她只是淌着眼泪。玻璃窗的上角隐隐约约反映出弄堂里一个巡警的缩小的影子,晃着膀子踱过去,一辆黄包车静静在巡警身上辗过。小孩把袍子掖在裤腰里,一路踢着球,奔出玻璃的边缘。绿色的邮差骑着自行车,复印在巡警身上,一溜烟掠过。都是些鬼,多年前的鬼,多年后的没投胎的鬼……什么是真的,什么是假的?

过了秋天又是冬天,七巧与现实失去了接触。虽然一样的使性子,打丫头,换厨子,总有些失魂落魄的。她哥哥嫂子到上海来探望了她两次,住不上十来天,末了永远是给她絮叨得站不住脚,然而临走的时候她也没有少给他们东西。她侄子曹春熹上城来找事,耽搁在她家里。那春熹虽是个浑头浑脑的年轻人,却也本本分分的。七巧的儿子长白,女儿长安,年纪到了十三四岁,只因身材瘦小,看上去才只七八岁的光景。在年下,一个穿着品蓝摹本缎棉袍,一个穿着葱绿遍地锦棉袍,衣服太厚了,直挺挺撑开了两臂,一般都是薄薄的两张白脸,并排站着,纸糊的人儿似的。这一天午饭后,七巧还没起身,那曹春熹陪着他兄妹俩掷骰子,长安把压岁钱输光了,还不肯歇手。长白把桌上的铜板一搂,笑道:"不跟你来了。"长安道:"我们用糖莲子来赌。"春熹道:"糖莲子揣在口袋里,看脏了衣服。"长安道:"用瓜子也好,柜顶上就有一罐。"便搬过一张茶几来,踩了椅子爬上去拿。慌得春熹叫道:"安姐儿你可别摔跤,回头我担不了这干系!"正说着,只见长安猛可里向后一仰,若不是春熹扶住了,早是一个倒栽葱。长白在旁拍手大笑,春熹嘟嘟哝哝骂着,也撑不住要笑,三人笑成一片。春熹将她抱下地来,忽然从那红木大橱的穿衣镜里瞥见七巧蓬着头叉着腰站在门口,不觉一怔,连忙放下了长安,回身道:"姑妈起来了。"七巧汹汹奔了过来,将长安向自己身后一推,长安立脚不稳,跌了一跤。七巧只顾将身子挡住了她,向春熹厉声道:"我把你这狼心狗肺的东西!我三茶六饭款待你这狼心狗肺的东西,什么地方亏待了你,你欺负我女儿?你那狼心狗肺,你道我揣摩不出么?你别以为你教坏了我女儿,我就不能不捏着鼻子把她许配给你,你好霸占我们的家产!我看你这混蛋,也还想不出这等主意来,敢情是你爹娘把着手儿教的!我把那两个狼心狗肺忘恩负义的老浑蛋!齐了心想我的钱,一计不成,又生一计!"春熹气得白瞪眼,欲待分辩,七巧道:"你还有脸顶撞我!你还不给我快滚,别等我乱棒打出去!"说着,把儿女们推推搡搡送了出去,自己也喘吁吁扶着个丫头走了。春熹究竟年纪轻火性大,赌气卷了铺盖,顿时离了姜家的门。

七巧回到起坐间里,在烟榻上躺下了。屋里暗昏昏的,拉上了丝绒窗帘。时而窗户缝里漏了风进来,帘子动了,方才在那墨绿小绒球底下毛茸茸地看见一点天色。只有烟灯和烧红的火炉的微光。长安吃了吓,呆呆坐在火炉边一张小凳上。七巧道:"你过来。"长安只道是要打,只是延挨着,搭讪把火炉边的洋铁围屏上晾着的小红格子法布衬衫翻了一翻,道:"快烤糊了。"衬衫发出热烘烘的毛气。

七巧却不像要责打她的光景,只数落了一番,道:"你今年过了年也有十三岁了,也该放明白些。表哥虽不是外人,天下的男子都是一样混帐。你自己要晓得当心,谁不想你的钱?"一阵风过,窗帘上的绒球与绒球之间露出白色的寒天,屋子里暖热的黑暗给打上了一排小洞。烟灯的火焰往下一挫,七巧脸上的影子仿佛更深了一层。她突然坐起身来,低声道:"男人……碰都碰不得!谁不想你的钱?你娘这几个钱不是容易得来的,也不是容易守得住。轮到你们手里,我可不能眼睁睁看着你们上人的当——叫你以后提防着些,你听见了没有?"长安垂着头道:"听见了。"

七巧的一只脚有点麻,她探身去捏一捏她的脚。仅仅是一刹那,她眼睛里蠢动着一点温柔的回忆。她记起了想她的钱的一个男人。

她的脚是缠过的,尖尖的缎鞋里塞了棉花,装成半大的文明脚。她瞧着那双脚,心里一动,冷笑一声道:"你嘴里尽管答应着,我怎么知道你心里是明白还是糊涂?你人也有这么大了,又是一双大脚,哪里去不得?我就是管得住你,也没那个精神成天看着你。按说你今年十三了,裹脚已经嫌晚了,原怪我耽误了你。马上这就替你裹起来,也还来得及。"长安一时答不出话来,倒是旁边的老妈子们笑道:"如今小脚不时兴了,只怕将来给姐儿定亲的时候麻烦。"七巧道:"没的扯淡!我不愁我的女儿没人要,不劳你们替我担心!真没人要,养活她一辈子,我也还养得起!"当真替长安裹起脚来,痛得长安鬼哭神号的。这时连姜家这样守旧的人家,缠过脚的也都已经放了脚了,别说是没缠过的,因此都拿长安的脚传作笑话奇谈。裹了一年多,七巧一时的兴致过去了,以经亲戚们劝着,也就渐渐放松了,然而长安的脚可不能完全恢复原状了。

姜家大房三房里的儿女都进了洋学堂读书,七巧处处存心跟他们比赛着,便也要送长白去投考。长白除了打小牌之外,只喜欢跑跑票房,正在那里朝夕用功吊嗓子,只怕进学校要耽搁了他的功课,便不肯去。七巧无奈,只得把长安送到沪范女中,托人说了情,插班进去。长安换上了蓝爱国布的校服,不上半年,脸色也红润了,胳膊腿腕也粗了一圈。住读的学生洗换衣服,照例是送学校里包着的洗衣房里去的。长安记不清自己的号码,往往失落了枕套手帕种种零件。七巧便闹着说要去找校长说话。这一天放假回家,检点了一下,又发现有一条褥单是丢了。七巧暴跳如雷,准备明天亲自上学校去大兴问罪之师。长安着了急,拦阻了一声,七巧便骂道:"天生的败家精,拿你娘的钱不当钱。你娘的钱是容易得来的?——将来你出嫁,你看我有什么陪送给你!——给也是白给!"长安不敢做声,却哭了一晚上。她不能在她的同学跟前丢这个脸。对于十四岁的人,那似乎有天大的重要。她母亲去闹这一场,她以后拿什么脸去见人?她宁死也不到学校里去了。她的朋友们,她所喜欢的音乐教员,不久就会忘记了有这么一个女孩子,来了半年,又无缘无故悄悄地走了。走得干净,她觉得她这牺牲是一个美丽的,苍凉的手势。

半夜里她爬下床来,伸手到窗外去试试,漆黑的,是下了雨么?没有雨点。她从枕头过摸出一只口琴,半蹲半坐在地上,偷偷吹了起来。犹疑地,"Long,Long,Ago"的细小的调子在庞大的夜里袅袅漾开。不能让人听见了。为了竭力按捺着,那呜呜的口琴忽断忽续,如同婴儿的哭泣。她接不上气来,歇了半晌,窗格子里,月亮从云里出来了。墨灰的天,几点疏星,模糊的缺月,像石印的图画,下面白云蒸腾,树顶上透出街灯淡淡的圆光。长安又吹起口琴来。"告诉我那故事,往日我最心爱的那故事,许久以前,许久以前……"

第二天她大着胆子告诉她母亲:"娘,我不想念下去了。"七巧睁着眼道:"为什么?"长安道:"功课跟不上,吃的也太苦了,我过不惯。"七巧脱下一只鞋来,顺手将鞋底抽了她一下,恨道:"你爹不如人,你也不如人?养下你来又不是个十不全,就不肯替我争口气!"长安反剪着一双手,垂着眼睛,只是不言语。旁边老妈子们便劝道:"姐儿也大了,学堂里人杂,的确有些不方便。其实不去也罢了。"七巧沉吟道:"学费总得想法子拿回来。

白便宜了他们不成?"便要领了长安一同去索讨,长安抵死不肯去,七巧带着两个老妈子去了一趟回来了,据她自己铺叙,钱虽然没收回来,却也着实羞辱了那校长一场。长安以后在街上遇着了同学,脸上红一阵白一阵,无地自容,只得装做不看见,急急走了过去。朋友寄了信来,她拆也不敢拆,原封退了回去。她的学校生活就此告一结束。有时她也觉得牺牲得有点不值得,暗自懊悔着,然而也来不及挽回了。她渐渐放弃了一切上进的思想,安分守己起来。她学会了挑是非,使小坏,干涉家里的行政。她不时地跟母亲怄气,可是她的言谈举止越来越像她母亲了。每逢她单叉着裤子,揸开了两腿坐着,两只手按在胯间露出的凳子上,歪着头,下巴搁在心口上凄凄惨惨瞅住了对面的人说道:"一家有一家的苦处呀,表嫂——一家有一家的苦处!"——谁都说她是活脱的一个七巧。她打了一根辫子,眉眼的紧俏有似当年的七巧,可是她的小小的嘴过于瘪进去,仿佛显老一点。她再年青些也不过是一棵较嫩的雪里红——盐腌过的。

也有人来替她做媒。若是家境推板一点的,七巧总疑心人家是贪她们的钱。若是那有财有势的,对方却又不十分热心,长安不过是中等姿色,她母亲出身既低,又有个不贤惠的名声,想必没有什么家教。因此高不成,低不就,一年一年耽搁了下去。那长白的婚事却不容耽搁。长白在外面赌钱,捧女戏子,七巧还没甚话说,后来渐渐跟着他三叔姜季泽逛起窑子来,七巧方才着了慌,手忙脚乱替他定亲,娶了一个袁家的小姐,小名芝寿。行的是半新式的婚礼,红色盖头是蠲免了,新娘戴着蓝眼镜,粉红喜纱,穿着粉红彩绣裙袄。进了洞房,除去了眼镜,低着头坐在湖色帐幔里。闹新房的人围着打趣,七巧只看了一看便出来了。长安在门口赶上了她,悄悄笑道:"皮色倒白净,就是嘴唇太厚了些。"七巧把手撑着门,拔下一只金挖耳来搔搔头,冷笑道:"还说呢!你新嫂子这两片嘴唇,切切倒有一大碟子!"旁边一个太太便道:"说是嘴唇厚的人天性厚哇!"七巧哼了一声,将金挖耳指住了那太太,倒剔起一只眉毛,歪着嘴微微一笑道:"天性厚,并不是什么好话。当着姑娘们,我也不便多说——但愿咱们白哥儿这条命别送在她手里!"七巧天生着一副高爽的喉咙,现在因为苍老了些,不那么尖了,可是扁扁的依旧四面刮得人疼痛,像剃刀片。这两句话,说响不响,说轻也不轻。人丛里的新娘子的平板的脸与胸震了一震——多半是龙凤烛的火光的跳动。

三朝过后,七巧嫌新娘子笨,诸事不如意,每每向亲戚们诉说着。便有人劝道:"少奶奶年纪轻,二嫂少不得要费点心教导教导她。谁叫这孩子没心眼儿呢!"七巧啐道:"你别瞧咱们新少奶奶老实呀——一见了白哥儿,她就得去上马桶!真的!你信不信?"这话传到芝寿耳朵里,急得芝寿只待寻死。然而这还是没满月的时候,七巧还顾些脸面,后来索性这一类的话当着芝寿的面也说了起来,芝寿哭也不是,笑也不是,若是木着脸装不听见,七巧便一拍桌子嗟叹起来道:"在儿子媳妇手里吃口饭,可真不容易!动不动就给人脸子看!"

这天晚上,七巧躺着抽烟,长白盘踞在烟铺跟前的一张沙发椅上嗑瓜子,无线电里正唱着一出冷戏,他捧着戏考,一个字一个字跟着哼,哼上了劲,甩过一条腿去骑在椅背上,来回摇着打拍子。七巧伸过脚去踢了他一下道:"白哥儿你来替我装两筒。"长白道:"现放着烧烟的,偏要支使我!我手上有蜜是怎么着?"说着,伸了个懒腰,慢腾腾移身坐到烟灯前的小凳上,卷起了袖子。七巧笑道:"我把你这不孝的奴才!支使你,是抬举你!"她眯缝着眼望着他,这些年来她的生命里只有这一个男人,只有他,她不怕他想她的钱——横竖钱都是他的。可是,因为他是她的儿子,他这一个人还抵不了半个……现在,就连这半个人她也保留不住——他娶了亲。他是个瘦小白皙的年轻人,背有点驼,戴着金丝眼镜,有着工细的五官,时常茫然地微笑着,张着嘴,嘴里闪闪发着光的不知道是太多的唾沫水还是他的金牙。他敞着衣领,露出里面的珠羔里子和白小褂。七巧把一只脚搁在他肩膀上,不住的轻轻踢着他的脖子,低声道:"我把你这不孝的奴才!打几时起变得这么不孝了?"长安在旁笑道:"娶了媳妇忘了娘吗!"七巧道:"少胡说!我们白哥儿倒不是那们样的人!我也养不出那们样的儿子!"长白只是笑。七巧斜着眼看定了他,笑道:"你若还是我从前的白哥儿,你今儿替我烧一夜的烟!"长白笑道:"那可难不倒我!"七巧道:"眈着了,看我捶你!"

　　起坐间的帘子撤下送去洗濯了。隔着玻璃窗望出去,影影绰绰乌云里有个月亮,一搭黑,一搭白,像个戏剧化的狰狞的脸谱。一点,一点,月亮缓缓的从云里出来了,黑云底下透出一线炯炯的光,是面具底下的眼睛。天是无底洞的深青色。久已过了午夜了。长安早去睡了,长白打着烟泡,也前仰后合起来。七巧斟了杯浓茶给他,两人吃着蜜饯糖果,讨论着东邻西舍的隐私。七巧忽然含笑问道:"白哥儿你说,你媳妇儿好不好?"长白笑道:"这有什么可说的?"七巧道:"没有可批评的,想必是好的了?"长白笑着不做声。七巧道:"好,也有个怎么个好呀!"长白道:"谁说她好来着?"七巧道:"她不好?哪一点不好?说给娘听。"长白起初只是含糊对答,禁不起七巧再三盘问,只得吐露一二。旁边递茶递水的老妈子们都背过脸去笑得格格的,丫头们都掩着嘴忍着笑回避出去了。七巧又是咬牙,又是笑,又是喃喃咒骂,卸下烟斗来狠命磕里面的灰,敲得托托一片响。长白说溜了嘴,止不住要说下去,足足说了一夜。

　　次日清晨,七巧吩咐老妈子取过两床毯子来打发哥儿在烟榻上睡觉。这时芝寿也已经起了身,过来请安。七巧一夜没合眼,却是精神百倍,邀了几家女眷来打牌,亲家母也在内。在麻将桌上一五一十将她儿子亲口招供的她媳妇的秘密宣布了出来,略加渲染,越发有声有色。众人竭力地打岔,然而说不上两句闲话,七巧笑嘻嘻地转了个弯,又回到她媳妇身上来了。逼得芝寿的母亲脸皮紫涨,也无颜再见女儿,放下牌,乘了包车回去了。

　　七巧接连着教长白为她烧了两晚上的烟。芝寿直挺挺躺在床上,搁在肋骨上的两只手蜷曲着像死去的鸡的脚爪。她知道她婆婆又在那里盘问她丈夫,她知道她丈夫又在那里叙说一些什么事,可是天知道他还有什么新鲜的可说!明天他又该涎着脸到她跟前来了。也许他早料到她会把满腔的怨毒都结在他身上,就算她没本领跟他拼命,至不济也得质问他几句,闹上一场。多半他准备先声夺人,借酒盖住了脸,找点碴子,摔上两件东西。她知道他的脾气。末后他会坐到床沿上来,耸起肩膀,伸手到白绸小裤里面去抓痒,出人意料之外地一笑。他的金丝眼镜上抖动着一点光,他嘴里抖动着一点光,不知道是唾沫还是金牙。他摘去了他的眼镜。……芝寿猛然坐起身来,哗啦揭开了帐子,这是个疯狂的世界。丈夫不像个丈夫,婆婆也不像个婆婆。不是他们疯了,就是她疯了。今天晚上的月亮比哪一天都好,高高的一轮满月,万里无云,像是漆黑的天上一个白太阳。遍地的蓝影子,帐顶上也是蓝影子,她的一双脚也在那死寂的蓝影子里。

芝寿待要挂起帐子来,伸手去摸索帐钩,一只手臂吊在那铜钩上,脸偎住了肩膀,不由得就抽噎起来。帐子自动地放了下来。昏暗的帐子里除了她之外没有别人,然而她还是吃了一惊,仓皇地再度挂起了帐子。窗外还是那使人汗毛凛凛的反常的明月——漆黑的天上一个灼灼的小而白的太阳。屋里看得分明那玫瑰紫绣花椅披桌布,大红平金五凤齐飞的围屏,水红软缎对联,绣着盘花篆字。梳妆台上红绿丝络着银粉缸,银漱盂,银花瓶,里面满满盛着喜果。帐檐上季下五彩攒金绕绒花球,花盆,如意粽子,下面滴溜溜坠着指头大的琉璃珠和尺来长的桃红穗子。偌大一间房里充塞着箱笼,被褥,铺陈,不见得她就找不出一条汗巾子来上吊。她又倒到床上去。月光里,她的脚没有一点血色——青,绿,紫,冷去的尸身的颜色。她想死,她想死。她怕这月亮光,又不敢开灯。明天她婆婆说:"白哥儿给我多烧了两口烟,害得我们少奶奶一宿没睡觉,半夜三更点着灯等他回来——少不了他吗!"芝寿的眼泪顺着枕头不停地流,她不用手帕去擦眼睛,擦肿了,她婆婆又该说了:"白哥儿一晚上没回房去睡,少奶奶就把眼睛哭得桃儿似的!"

七巧虽然把儿子媳妇描摹成这样热情的一对,长白对于芝寿却不甚中意,芝寿也把长白恨得牙痒痒的。夫妻不和,长白渐渐又往花街柳巷里走动。七巧把一个丫头绢儿给了他做小,还是牢笼不住他。七巧又变着方儿哄他吃烟。长白一向就喜欢玩两口,只是没上瘾,现在吸得多了,也就收了心不大往外跑了,只在家守着母亲与新姨太太。

他妹子长安二十四岁那年生了痢疾,七巧不替她延医服药,只劝她抽两筒鸦片,果然减轻了不少痛苦,病愈之后,也就上了瘾。那长安更与长白不同,未出阁的小姐,没有其它的消遣,一心一意的抽烟,抽的倒比长白还要多。也有人劝阻,七巧道:"怕什么!莫说我们姜家还吃得起,就是我今天卖了两顷地给他们姐儿俩抽烟,又有谁敢放半个屁?姑娘赶明儿聘了人家,少不得有她这一份嫁妆。她吃自己的,喝自己的,姑爷就是舍不得,也只好干望着她罢了!"

话虽如此说,长安的婚事毕竟受了点影响。来做媒的本就不十分踊跃,如今竟绝迹了。长安到了近三十的时候,七巧见女儿注定了是要做老姑娘的了,便又换了一种论调,道:"自己长得不好,嫁不掉,还怨我做娘的耽搁了她!成天挂搭着个脸,倒像我该她二百钱似的。我留她在家里吃一碗闲茶闲饭,可没打算留她在家里给我气受!"

……

自从吵闹过这一番,兰仙对于这头亲事便洗手不管了。七巧的病渐渐痊愈,略略下床走动,便逐日骑着门坐着,遥遥的向长安屋里叫喊道:"你要野男人你尽管去找,只别把他带上门来认我做丈母娘,活活的气死了我!我只图个眼不见,心不烦。能够容我多活两年,便是姑娘的恩典了!"颠来倒去几句话,嚷得一条街上都听得见。亲戚丛中自然更将这事沸沸扬扬传了开去。七巧又把长安唤到跟前,忽然滴下泪来道:"我的儿,你知道外头人把你怎么长怎么短糟踏得一个钱也不值!你娘自从嫁到姜家来,上上下下谁不是势利的,狗眼看人低,明里暗里我不知受了他们多少气。就连你爹,他有什么好处到我身上,我要替他守寡?我千辛万苦守了这二十年,无非是指望你姐儿俩长大成人,替我争回一点面子来,不承望今日之下,只落得这等的收场!"说着,呜咽起来。

长安听了这话,如同轰雷掣顶一般。她娘尽管把她说得不成人,外头人尽管把她说得不成人。她管不了这许多。唯有童世舫——他——他该怎么想?他还要她么?上次见面的时候,他的态度有点改变么?很难说……她太快乐了,小小的不同的地方她不会注意到……被戒烟期间身体上的痛苦与这种种刺激两面夹攻着,长安早就有点受不了,可是硬撑着也就撑了过去,现在她突然觉得浑身的骨骼都脱了节。向他解释么?他不比她的哥哥,他不是她母亲的儿女,他决不能彻底明白她母亲的为人。他果真一辈子见不到她母亲,倒也罢了,可是他迟早要认识七巧。这是天长地久的事,只有千年做贼的,没有千年防贼的——她知道她母亲会放出什么手段来?迟早要出乱子,迟早要决裂。这是她的生命里顶完美的一段,与其让别人给它加上一个不堪的尾巴,不如她自己早早结束了它。一个美丽而苍凉的手势……她知道她会懊悔的,她知道她会懊悔的,然而她抬了抬眉毛,做出不介意的样子,说道:"既然娘不愿意结这头亲,我去回掉他们就是了。"七巧正哭着,忽然住了声,停了一停,又抽搭抽搭哭了起来。

　　长安定了一定神,就去打了个电话给童世舫,世舫当天没有空,约了明天下午。长安所最怕的就是中间隔的这一晚,一分钟,一刻,一刻,啃进她心里去。次日,在公园里的老地方,世舫微笑着迎上前来,没跟她打招呼——这在他是一种亲昵的表示。他今天仿佛是特别的注意她,并肩走着的时候,屡屡地望着她的脸。太阳煌煌的照着,长安越发觉得眼皮肿得抬不起来了,趁他不在看她的时候把话说了罢。她用哭哑的喉咙轻轻唤了一声"童先生"。世舫没听见。那么,趁他看她的时候把话说了罢。她诧异她脸上还带着点笑,小声道:"童先生,我想——我们的事也许还是——还是再说罢。对不起得很。"她褪下戒指来塞在他手里,冷涩的戒指,冷湿的手。她放快了步子走去,他愣了一会,便追上来,回道:"为什么呢?对于我有不满意的地方么?"长安笔直向前望着,摇了摇头。世舫道:"那么,为什么呢?长安道:"我母亲……"世舫道:"你母亲并没有看见过我。"长安道:"我告诉过你了,不是因为你。与你完全没有关系。我母亲……"世舫站定了脚。这在中国是很充分的理由了罢?他这么略一踌躇,她已经走远了。园子在深秋的日头里晒了一上午又一下午,像烂熟的水果一般,往下坠着,坠着,发出香味来。长安悠悠忽忽听见了口琴的声音,迟钝地吹出了"Long, Long, Ago"——"告诉我那故事,往日我最心爱的那故事。许久以前,许久以前……"这是现在,一转眼也就变了许久以前了,什么都完了。长安着了魔似的,去找那吹口琴的人——去找她自己。

迎着阳光走着,走到树底下,一个穿着黄短裤的男孩骑在树桠枝上颠颠着,吹着口琴,可是他吹的是另一个调子,她从来没听见过的。不大的一棵树,稀稀朗朗的梧桐叶在太阳里摇着像金的铃铛。长安仰面看着,眼前一阵黑,像骤雨似的,泪珠一串串的披了一脸。世舫找到了她,在她身边悄悄站了半晌,方道:"我尊重你的意见。"长安举起了她的皮包来遮住了脸上的阳光。

他们继续来往了一些时。世舫要表示新人物交女朋友的目的不仅限于择偶,因此虽然与长安解除了婚约,依旧常常的邀她出去。至于长安呢,她是抱着什么样的矛盾的希望跟着他出去,她自己也不知道——知道了也不肯承认。订着婚的时候,光明正大的一同出去,尚且要瞒了家里,如今更成了幽期密约了。世舫的态度始终是坦然的。固然,她略略伤害了他的自尊心,同时他对于她多少也有点惋惜,然而"大丈夫何患无妻?"男子对于女子最隆重的赞美是求婚。他割舍了他的自由,送了她这一份厚礼,虽然她是"心领璧还"了,他可是尽了他的心。这是惠而不费的事。

无论两人之间的关系是怎样的微妙而尴尬,他们认真的做起朋友来了。他们甚至谈起话来。长安的没见过世面的话每每使世舫笑起来,说:"你这人真有意思!"长安渐渐的也发现了她自己原来是个"很有意思"的人。这样下去,事情会发展到什么地步,连世舫自己也会惊奇。

然而风声吹到了七巧耳朵里。七巧背着长安吩咐长白下帖子请童世舫吃便饭。世舫猜着姜家是要警告他一声,不准他和他们小姐藕断丝连,可是他同长白在那阴森高敞的餐室里吃了两盅酒,说了一回话,天气,时局,风土人情,并没有一个字沾到长安身上,冷盘撤了下去,长白突然手按着桌子站了起来。世舫回过头去,只见门口背着光立着一个小身材的老太太,脸看不清楚,穿一件青灰团龙宫织缎袍,双手捧着大红热水袋,身旁夹峙着两个高大的女仆。门外日色昏黄,楼梯上铺着湖绿花格子漆布地衣,一级一级上去,通入没有光的所在。世舫直觉地感到那是个疯人——无缘无故的,他只是毛骨悚然。长白介绍道:"这就是家母。"

世舫挪开椅子站起来,鞠了一躬。七巧将手搭在一个佣妇的胳膊上,款款走了进来,客套了几句,坐下来便敬酒让菜。长白道:"妹妹呢?来了客,也不帮着张罗张罗。"七巧道:"她再抽两筒就下来了。"世舫吃了一惊,睁眼望着她。七巧忙解释道:"这孩子就苦在先天不足,下地就得给她喷烟。后来也是为了病,抽上了这东西。小姐家,够多不方便哪!也不是没戒过,身子又娇,又是由着性儿惯了的,说丢,哪儿就丢得掉呀?戒戒抽抽,这也有十年了。"世舫不由得变了色。七巧有一个疯子的审慎与机智。她知道,一不留心,人们就会用嘲笑的,不信任的眼光截断了她的话锋,她已经习惯了那种痛苦。她怕话说多了要被人看穿了。因此及早止住了自己,忙着添酒布菜。隔了些时,再提起长安的时候,她还是轻描淡写的把那几句话重复了一遍。她那平扁而尖利的喉咙四面割着人像剃刀片。

长安悄悄地走下楼来,玄色花绣鞋与白丝袜停留在日色昏黄的楼梯上。停了一会,又上去了。一级一级,走进没有光的所在。

七巧道:"长白你陪童先生多喝两杯,我先上去了。"佣人端上一品锅来,又换上了新烫的竹叶青。一个丫头慌里慌张站在门口将席上伺候的小厮唤了出去,嘀咕了一会,那小厮又进来向长白附耳说了几句,长白仓皇起身,向世舫连连道歉,说:"暂且失陪,我去去就来。"三脚两步也上楼去了,只剩下世舫一人独酌。那小厮也觉过意不去,低低地告诉了他:"我们绢姑娘要生了。"世舫道:"绢姑娘是谁?"小厮道:"是少爷的姨奶奶。"

世舫拿上饭来胡乱吃了两口,不便放下碗来就走,只得坐在花梨炕上等着,酒酣耳热。忽然觉得异常的委顿,便躺了下来。卷着云头的花梨炕,冰凉的黄藤心子,柚子的寒香……姨奶奶添了孩子了。这就是他所怀念着的古中国……他的幽娴贞静的中国闺秀是抽鸦片的!他坐了起来,双手托着头,感到了难堪的落寞。

他取了帽子出门,向那小厮道:"待会儿请你对上头说一声,改天我再面谢罢!"他穿过砖砌的天井,院子正中生着树,一树的枯枝高高印在淡青的天上,像瓷上的冰纹。长安静静的跟在他后面送了出来。她的藏青长袖旗袍上有着浅黄的雏菊。她两手交握着,脸上现出稀有的柔和。世舫回过身来道:"姜小姐……"她隔得远远的站定了,只是垂着头。世舫微微鞠了一躬,转身就走了。长安觉得她是隔了相当的距离看这太阳里的庭院,从高楼上望下来,明晰,亲切,然而没有能力干涉,天井,树,曳着萧条的影子的两个人,没有话——不多的一点回忆,将来是要装在水晶瓶里双手捧着看的——她的最初也是最后的爱。

芝寿直挺挺躺在床上,搁在肋骨上的两只手蜷曲着像宰了的鸡的脚爪。帐子吊起了一半。不分昼夜她不让他们给她放下帐子来。她怕。

外面传进来说绢姑娘生了个小少爷。丫头丢下了热气腾腾的药罐子跑出去凑热闹了,敞着房门,一阵风吹了进来,帐钩豁朗朗乱摇,帐子自动地放了下来,然而芝寿不再抗议了。她的头向右一歪,滚到枕头外面去。她并没有死——又挨了半个月光景才死的。

绢姑娘扶了正,做了芝寿的替身。扶了正不上一年就吞了生鸦片自杀了。长白不敢再娶了,只在妓院里走走。长安更是早就断了结婚的念头。

七巧似睡非睡横在烟铺上。三十年来她戴着黄金的枷。她用那沉重的枷角劈杀了几个人,没死的也送了半条命。她知道她儿子女儿恨毒了她,她婆家的人恨她,她娘家的人恨她。她摸索着腕上的翠玉镯子,徐徐将那镯子顺着骨瘦如柴的手臂往上推,一直推到腋下。她自己也不能相信她年轻的时候有过滚圆的胳膊。就连出了嫁之后几年,镯子里也只塞得进一条洋绉手帕。十八九岁做姑娘的时候,高高挽起了大镶大滚的蓝夏布衫袖,露出一双雪白的手腕,上街买菜去。喜欢她的有肉店里的朝禄,她哥哥的结拜弟兄丁玉根,张少泉,还有沈裁缝的儿子。喜欢她,也许只是喜欢跟她开开玩笑,然而如果她挑中了他们之中的一个,往后日子久了,生了孩子,男人多少对她有点真心。七巧挪了挪头底下的荷叶边小洋枕,凑上脸去揉擦了一下,那一面的一滴眼泪她就懒怠去揩拭,由它挂在腮上,渐渐自己干了。七巧过世以后,长安和长白分了家搬出来住。七巧的女儿是不难解决她自己的问题的。谣言说她和一个男子在街上一同走,停在摊子跟前,他为她买了一双吊袜带。也许她用的是她自己的钱,可是无论如何是由男子的袋里掏出来的。……当然这不过是谣言。

三十年前的月亮早已沉了下去,三十年前的人也死了,然而三十年前的故事还没完——完不了。

《倾城之恋》(节选)

上海为了"节省天光",将所有的时钟都拨快了一个小时,然而白公馆里说:"我们用的是老钟。"他们的十点钟是人家的十一点。他们唱歌唱走了板,跟不上生命的胡琴。

胡琴咿咿呀呀拉着,在万盏灯的夜晚,拉过来又拉过去,说不尽的苍凉的故事——不问也罢!

……

然而那天晚上,香港饭店里为他们接风一班人,都是成双捉对的老爷太太,几个单身男子都是二十岁左右的年轻人。流苏正在跳着舞,范柳原忽然出现了,把她从另一个男子手里接了过来,在那荔枝红的灯光里,她看不清他的黝暗的脸,只觉得他异样的沉默。流苏笑道:"怎么不说话呀?"柳原笑道:"可以当着人说的话,我全说完了。"流苏噗嗤一笑道:"鬼鬼祟祟的,有什么背人的话?"柳原道:"有些傻话,不但是要背着人说,还得背着自己。让自己听见了也怪难为情的。譬如说,我爱你,我一辈子都爱你。"流苏别过头去,轻轻啐了一声道:"偏有这些废话!"柳原道:"不说话又怪我不说话了,说话,又嫌唠叨!"流苏笑道:"我问你,你为什么不愿意我上跳舞场去?"柳原道:"一般的男人,喜欢把好女人教坏了,又喜欢感化坏的女人,使她变为好女人。我可不像那么没事找事做。我认为好女人还是老实些的好。"流苏瞟了他一眼道:"你以为你跟别人不同么?我看你也是一样的自私。"柳原笑道:"怎样自私?"流苏心里想:你最高的理想是一个冰清玉洁而又富于挑逗性的女人。冰清玉洁,是对于他人。挑逗,是对于你自己。如果我是一个彻底的好女人,你根本就不会注意到我。她向他偏着头笑道:"你要我在旁人面前做一个好女人,在你面前做一个坏女人。"柳原想了一想道:"不懂。"流苏又解释道:"你要我对别人坏,独独对你好。"柳原笑道:"怎么又颠倒过来了?越发把人家搅糊涂了!"他又沉吟了一会道："你这话不对。"流苏笑道："哦，你懂了。"柳原道："你好也罢，坏也罢，我不要你改变。难得碰见像你这样的一个真正的中国女人。"流苏微微叹了口气道："我不过是一个过了时的人罢了。"柳原道："真正的中国女人是世界上最美的，永远不会过了时。"流苏笑道："像你这样的一个新派人——"柳原道："你说新派，大约就是指的洋派。我的确不能算一个真正的中国人，直到最近几年才渐渐的中国化起来。可是你知道，中国化的外国人，顽固起来，比任何老秀才都要顽固。"流苏笑道："你也顽固，我也顽固，你说过的，香港饭店又是最顽固的跳舞场……"他们同声笑了起来。音乐恰巧停了。柳原扶着她回到座上，向众人笑道："白小姐有点头痛，我先送她回去罢。"流苏没提防他有这一着，一时想不起怎样对付，又不愿意得罪了他，因为交情还不够深，没有到吵嘴的程度，只得由他替她披上外衣，向众人道了歉，一同走了出来。

……

　　到了浅水湾，他搀着她下车，指着汽车道旁郁郁的丛林道："你看那种树，是南边的特产。英国人叫它'野火花'。"流苏道："是红的么？"柳原道："红！"黑夜里，她看不出那红色，然而她直觉地知道它是红得不能再红了，红得不可收拾，一蓬蓬一蓬蓬的小花，窝在参天大树上，壁栗剥落燃烧着，一路烧过去，把那紫蓝的天也熏红了。她仰着脸望上去。柳原道："广东人叫它'影树'。你看这叶子。"叶子像凤尾草，一阵风过，那轻纤的黑色剪影零零落落颤动着，耳边恍惚听见一串小小的音符，不成腔，像檐前铁马的叮当。

　　柳原："我们到那边去走走。"流苏不做声。他走，她就缓缓的跟了过去。时间横竖还早，路上散步的人多着呢——没关系。从浅水湾饭店过去一截子路，空中飞跨着一座桥梁，桥那边是山，桥这边是一堵灰砖砌成的墙壁，拦住了这边的山。柳原靠在墙上，流苏也就靠在墙上，一眼看上去，那堵墙极高极高，望不见边。墙是冷而粗糙，死的颜色。她的脸，托在墙上，反衬着，也变了样——红嘴唇，水眼睛，有血，有肉，有思想的一张脸。柳原看着她道："这堵墙，不知为什么使我想起地老天荒那一类的话。"

……有一天,我们的文明整个的毁掉了,什么都完了——烧完了,炸完了,坍完了,也许还剩下这堵墙。流苏,如果那时候我们在这墙根底下遇见了……流苏,也许你会对我有一点真心,也许我会对你有一点真心。

流苏嗔道:"你自己承认你爱装假,可别拉扯上我。你几时捉出我说谎来着?"柳原嗤的笑道:"不错,你是再天真也没有的一个人。"流苏道:"得了,别哄我了!"

柳原静了半晌,叹了口气。流苏道:"你有什么不称心的事?"柳原道:"多着呢。"流苏叹道:"若是像你这样自由自在的人,也要怨命,像我这样的,早就该上吊了。"柳原道:"我知道你是不快乐的。我们四周的那些坏事,坏人,你一定是看够了。可是,如果你这是第一次看见他们,你一定更看不惯,更难受。我就是这样。我回中国来的时候,已经二十四了。关于我的家乡,我做了好些梦。你可以想象到我是多么的失望。我受不了这个打击,不由自主的就往下溜。你……你如果认识从前的我,也许你会原谅现在的我。"流苏试着想象她是第一次看见她四嫂。她猛然叫道:"还是那样的好,初次瞧见,再坏些,再脏些,是你外面的人,你外面的东西。你若是混在那里头长大了,你怎么分得清,哪一部份是他们,哪一部份是你自己?"柳原默然,隔了一会方道:"也许你是对的。也许我这些话无非是借口,自己糊弄自己。"他突然笑了起来道:"其实我用不着什么借口呀!我爱玩——我有这个钱,有这个时间,还得去找别的理由?"他思索了一会,又烦躁起来,向她说道:"我自己也不懂得我自己——可是我要你懂得我!我要你懂得我!"他嘴里这么说着,心里早已绝望了,然而他还是固执地,哀恳似地说着:"我要你懂得我!"

流苏愿意试试看。在某种范围内,她什么都愿意。她侧过脸去向着他,小声答应着:"我懂得,我懂得。"她安慰着他,然而她不由得想到了她自己的月光中的脸,那娇脆的轮廓,眉与眼,美得不近情理,美得渺茫。她缓缓垂下头去。柳原格格的笑了起来。他换了一副声调,笑道:"是的,别忘了,你的特长是低头。可是也有人说,只有十来岁的女孩子们适宜于低头。适宜于低头的人往往一来就喜欢低头。低了多年的头,颈子上也许要起皱纹的。"流苏变了脸,不禁抬起手来抚摸她的脖子。柳原笑道:"别着急,你决不会有的。待会儿回到房里去,没有人的时候,你再解开衣袖上的钮子,看个明白。"流苏不答,掉转身就走。柳原追了上去,笑道:"我告诉你为什么你保得住你的美。萨黑夷妮上次说:她不敢结婚,因为印度女人一闲下来,呆在家里,整天坐着,就发胖了。我就说:中国女人呢,光是坐着,连发胖都不肯发胖——因为发胖至少还需要一点精力。懒倒也有懒的好处!"

  流苏只是不理他。他一路赔着小心,低声下气,说说笑笑,她到了旅馆里,面色方才和缓下来,两人也就各自归房安置。流苏自己忖量着,原来范柳原是讲究精神恋爱的。她倒也赞成,因为精神恋爱的结果永远是结婚,而肉体之爱往往就停顿在某一阶段,很少结婚的希望。精神恋爱只有一个毛病:在恋爱过程中,女人往往听不懂男人的话。然而那倒也没有多大关系。后来总还是结婚,找房子,置家具,雇佣人——那些事上,女人可比男人在行得多。她这么一想,今天这点小误会,也就不放在心上。

  ……

  柳原带她到大中华去吃饭。流苏一听,仆欧们是说上海话的,四座也是乡音盈耳,不觉诧异道:"这是上海馆子?"柳原笑道:"你不想家么?"流苏笑道:"可是……专程到香港来吃上海菜,总似乎有点傻。"柳原道:"跟你在一起,我就喜欢做各种的傻事,甚至于乘着电车兜圈子,看一张看过了两次的电影……"流苏道:"因为你被我传染上了傻气,是不是?"柳原笑道:"你爱怎么解释,就怎么解释。"

  吃完了饭,柳原举起玻璃杯来将里面剩下的茶一饮而尽,高高的擎着那玻璃杯,只管向里看着。流苏道:"有什么可看的,也让我看看。"柳原道:"你迎着亮瞧瞧,里头的景致使我想起马来的森林。"杯里的残茶向一边倾过来,绿色的茶叶黏在玻璃上,横斜有致,迎着光,看上去像一棵翠生生的芭蕉。底下堆积着的茶叶,蟠结错杂,就像没膝的蔓草和蓬蒿。流苏凑在上面看,柳原就探身来指点着。隔着那绿阴阴的玻璃杯,流苏忽然觉得他的一双眼睛似笑非笑的瞅着她,她放下了杯子,笑了。柳原道:"我陪你到马来亚去。"流苏道:"做什么?"柳原道:"回到自然。"他转念一想,又道:"只是一件,我不能想像你穿着旗袍在森林里跑。……不过我也不能想像你不穿着旗袍。"流苏连忙沉下脸来道:"少胡说。"柳原道:"我这是正经话。我第一次看见你,就觉得你不应当光着膀子穿这种时髦的长背心,不过你也不应当穿西装。满洲的旗袍,也许倒合适一点,可是线条又太硬。"流苏道:"总之,人长得难看,怎么打扮着也不顺眼!"柳原笑道:"别又误会了,我的意思是:你看上去不像这世界上的人。你有许多小动作,有一种罗曼蒂克的气氛,很像唱京戏。"流苏抬起了眉毛,冷笑道:"唱戏,我一个人也唱不成呀!我何尝爱做作——这也是逼上梁山。人家跟我耍心眼儿,我不跟人家耍心眼儿,人家还拿我当傻子呢,准得找着我欺侮!"柳原听了这话,倒有点黯然,他举起了空杯,试着喝了一口,又放下了,叹道:"是的,都怪我。我装惯了假,也是因为人人都对我装假。只有对你,我说过句把真话,你听不出来。"流苏道:"我又不是你肚里的蛔虫。"柳原道:"是的,都怪我。可是我的确为你费了不少的心机。在上海第一次遇见你,我想着,离开了你家里那些人,你也许会自然一点。好容易盼着你到了香港……现在,我又想把你带到马来亚,到原始人的森林里去……"他笑他自己,声音又哑又涩,不等笑完他就喊伙欧拿账单来。他们付了账出来,他已经恢复原状,又开始他的上等的情调——顶文雅的一种。

他每天伴着她到处跑,什么都玩到了,电影、广东戏、赌场、格罗士打饭店、思豪酒店、青鸟咖啡馆、印度绸缎庄、九龙的四川菜……晚上他们常常出去散步,直到深夜,她自己都不能够相信,他连她的手都难得碰一碰。她总是提心吊胆,怕他突然摘下假面具,对她做冷不防的袭击,然而一天又一天的过去了,他维持着他的君子风度,她如临大敌,结果毫无动静。她起初倒觉得不安,仿佛下楼梯的时候踏空了一级似的,心里异常怔忡,后来也就惯了。

只有一次,在海滩上。这时候流苏对柳原多了一层认识,觉得到海边上去去也无妨,因此他们到那里去消磨了一个上午,他们并排坐在沙上,可是一个面朝东,一个面朝西,流苏嚷有蚊子。柳原道:"不是蚊子,是一种小虫,叫沙蝇,咬一口,就是个小红点,像朱砂痣。"流苏又道:"这太阳真受不了。"柳原道:"稍微晒一会儿,我们可以到凉棚底下去。我在那边租了一个棚。"那口渴的太阳汩汩地吸着海水,漱着,吐着,哗哗的响,人身上的水分全给它喝干了,人成了金色的枯叶子,轻飘飘的。流苏渐渐感到那奇异的眩晕与愉快,但是她忍不住又叫了起来:"蚊子咬!"她扭过头去,一巴掌打在她裸露的背脊上。柳原笑道:"这样好吃力。我来替你打罢,你来替我打。"流苏果然留心着,照准他臂上打去,叫道:"哎呀,让它跑了!"柳原也替她留心着。两人劈劈啪啪打着,笑成一片。流苏突然被得罪了,站起身来往旅馆里走。柳原这一次并没有跟上来。流苏走到树阴里,两座芦席棚之间的石径上,停了下来,抖一抖短裙子上的沙,回头一看,柳原还在原处,仰天躺着,两手垫在颈项底下,显然是又在那里做着太阳里的梦了,人又晒成了金叶子。流苏回到了旅馆里,又从窗户里用望远镜望出来,这一次,他的身边躺着一个女人,辫子盘在头上。就把那萨黑荑妮烧了灰,流苏也认识她。

　　从这天起,柳原整日价的和萨黑荑妮厮混着。他大约是下了决心把流苏冷一冷。流苏本来天天出去惯了,忽然闲了下来,在徐太太面前交代不出理由,只得伤了风,在屋里坐了两天。幸喜天公识趣,又下起缠绵雨来,越发有了借口,用不着出门。有一天下午,她打着伞在旅舍的花园里兜了个圈子回来,天渐渐黑了,约摸徐太太他们看房子也该回来了,她便坐在廊檐下等候他们,将那把鲜明的油纸伞撑开了横搁在阑干上,遮住了脸。那伞是粉红地子,石绿的荷叶图案,水珠一滴滴从筋纹下滑下来。那雨下得大了,雨中有汽车泼喇泼喇行驶的声音,一群男女嘻嘻哈哈推着挽着上阶来,打头的便是范柳原。萨黑荑妮被他搀着,却是够狼狈的,裸腿上溅了一点点的泥浆。她脱去了大草帽,便洒了一地的水。柳原瞥见流苏的伞,便在扶梯口上和萨黑荑妮说了几句话,萨黑荑妮单独上楼去了,柳原走了过来,掏出手绢子来不住的擦他身上脸上的水渍子。流苏和他不免寒暄了几句。柳原坐了下来道:"前两天听说有点不舒服?"流苏道:"不过是热伤风。"柳原道:"这天气真闷得慌。刚才我们到那个英国人的游艇上去野餐的,把船开到了青衣岛。"流苏顺口问问他青衣岛的景致。正说着,萨黑荑妮又下楼来了,已经换了印度装,兜着鹅黄披肩,长垂及地,披肩上是二寸来阔的银丝堆花镶滚。她也靠着阑干,远远的拣了个桌子坐下,一只手闲闲搁在椅背上,指甲上涂着银色蔻丹。流苏笑向柳原道:"你还不过去?"柳原笑道:"人家是有了主儿的人。"流苏道:"那老英国人,哪儿管得住她?"柳原笑道:"他管不住她,你却管得住我呢。"流苏抿着嘴笑道:"哟!我就是香港总督,香港的城隍爷,管这一方的百姓,我也管不到你头上呀!"柳原摇摇头道:"一个不吃醋的女人,多少有点病态。"流苏噗哧一笑,隔了一会,流苏问道:"你看着我做什么?"柳原笑道:"我看你从今以后是不是预备待我好一点。"流苏道:"我待你好一点,坏一点,你又何尝放在心上?"柳原拍手道:"这还像句话!话音里仿佛有三分酸意。"流苏掌不住放声笑了起来道:"也没有看见你这样的人,死七白咧的要人吃醋!"

两人当下言归于好,一同吃了晚饭。流苏表面上虽然和他热了些,心里却怙啜着:他使她吃醋,无非是用的激将法,逼着她自动的投到他怀里去。她早不同他好,晚不同他好,偏拣这个当口和他和好了,白牺牲了她自己,他一定不承情,只道她中了他的计。她做梦也休想他娶她。……很明显的,他要她,可是他不愿意娶她。然而她家里虽穷,也还是个望族,大家都是场面上的人,他担当不起这诱奸的罪名。因此他采取了那种光明正大的态度。她现在知道了,那完全是假撇清。他处处地方希图脱卸责任。以后她若是被抛弃了,她绝对没有谁可抱怨。

流苏一念及此,不觉咬了咬牙,恨了一声。面子上仍旧照常跟他敷衍着。徐太太已经在跑马地租下了房子,就要搬过去了。流苏欲待跟过去,又觉得白扰了人家一个多月,再要长住下去,实在不好意思。这样僵持下去,也不是事。进退两难,倒煞费踌躇。这一天,在深夜里,她已经上了床多时,只是翻来覆去。好容易朦胧了一会,床头的电话铃突然朗朗响了起来。她一听,却是柳原的声音,道:"我爱你。"就挂断了。流苏心跳得扑通扑通,握住了耳机,发了一回愣,方才轻轻的把它放回原处。谁知才搁上去,又是铃声大作。她再度拿起听筒,柳原在那边问道:"我忘了问你一声,你爱我么?"流苏咳嗽了一声再开口,喉咙还是沙哑的。她低声道:"你早该知道了。我为什么上香港来?"柳原叹道:"我早知道了,可是明摆着的事实,我就是不肯相信。流苏,你不爱我。"流苏忙道:"怎见得我不?"柳原不语,良久方道:"诗经上有一首诗——"流苏忙道:"我不懂这些。"柳原不耐烦道:"知道你不懂,你若懂,也不用着我讲了!我念给你听:"死生契阔——与子相悦,执子之手,与子偕老。"我的中文根本不行,可不知道解释得对不对。我看那是最悲哀的一首诗,生与死与离别,都是大事,不由我们支配的。比起外界的力量,我们人是多么小,多么小!可是我们偏要说:"我永远和你在一起;我们一生一世都别离开。'——好像我们自己做得了主似的!"

　　流苏沉思了半晌,不由得恼了起来道:"你干脆说不结婚,不就完了!还得绕着大弯子!什么做不了主?连我这样守旧的人家,也还说'初嫁从亲,再嫁从身'哩!你这样无拘无束的人,你自己不能做主,谁替你做主?"柳原冷冷地道:"你不爱我,你有什么办法,你做得了主么?"流苏道:"你若真爱我的话,你还顾得了这些?"柳原道:"我不至于那么糊涂。我犯不着花了钱娶一个对我毫无感情的人来管束我。那太不公平了。对于你,那也不公平。噢,也许你不在乎。根本你以为婚姻就是长期的卖淫——";流苏不等他说完,啪的一声把耳机摜下来,脸气得通红。他敢这样侮辱她!他敢!她坐在床上,炎热的黑暗包着她,像葡萄紫的绒毯子。一身的汗,痒痒的,颈上与背脊上的头发梢也刺挠得难受。她把两只手按在腮颊上,手心却是冰冷的。

　　铃又响了起来,她不去接电话,让它响去。"的铃铃……的铃铃……"声浪分外的震耳,在寂静的房间里,在寂静的旅舍里,在寂静的浅水湾。流苏突然觉悟了,她不能吵醒了整个的浅水湾饭店。第一,徐太太就在隔壁。她战战兢兢拿起听筒来,搁在褥单上。可是四周太静了,虽是离了这么远,她也听得见柳原的声音在那里心平气和地说:"流苏,你的窗子里看得见月亮么?"流苏不知道为什么,忽然哽咽起来。泪眼中的月亮大而模糊,银色的,有着绿的光棱。柳原道:"我这边,窗子上面吊下一枝藤花,挡住了一半。也许是玫瑰,也许不是。"他不再说话了,可是电话始终没挂上。许久许久,流苏疑心他可是盹着了,然而那边终于扑哧一声,轻轻挂断了。流苏用颤抖的手从褥单上拿起她的听筒,放回架子上。她怕他第四次再打来,但是他没有。这都是一个梦——越想越像梦。

第二天早上她也不敢问他,因为他准会嘲笑她——"梦是心头想",她这么迫切地想念他,连睡梦里他都会打电话来说"我爱你"? 他的态度也和平时没有什么不同。他们照常的出去玩了一天。流苏忽然发觉拿他们当夫妇的人很多很多——仆欧们,旅馆里和她搭讪的几个太太老太太,原不怪他们误会。柳原跟她住在隔壁,出入总是肩并肩,深夜还到海岸上去散步,一点都不避嫌疑。一个保姆推着孩子车走过,向流苏点点头,唤了一声"范太太"。流苏脸上一僵,笑也不是,不笑也不是,只得皱着眉向柳原睃了一眼,低声道:"他们不知道怎么想着呢!"柳原笑道:"唤你范太太的人,且不去管他们;倒是唤你做白小姐的人,才不知道他们怎么想的呢!"流苏变色。柳原用手抚摸着下巴,微笑道:"你别枉担了这个虚名!"

流苏吃惊地朝他望望,蓦地里悟到他这人多么恶毒。他有意的当着人做出亲狎的神气,使她没法可证明他们没有发生关系。她势成骑虎,回不得家乡,见不得爷娘,除了做他的情妇之外没有第二条路。然而她如果迁就了他,不但前功尽弃,以后更是万劫不复了。她偏不! 就算她枉担了虚名,他不过口头上占了她一个便宜。归根究底,他还是没得到她。既然他没有得到她,或许他有一天还会回到她这里来,带了较优的议和条件。

她打定了主意,便告诉柳原她打算回上海去。柳原却也不坚留,自告奋勇要送她回去。流苏道:"那倒不必了。你不是要到新加坡去么?"柳原道:"反正已经耽搁了,再耽搁些时也不妨事,上海也有事等着料理呢。"流苏知道他还是一贯政策,唯恐众人不议论他们俩。众人越是说得凿凿有据,流苏越是百喙莫辩,自然在上海不能安身。流苏盘算着,即使他不送她回去,一切也瞒不了她家里的人。她是豁出去了,也就让他送她一程。徐太太见他们俩正打得火一般的热,忽然要拆开了,诧异非凡,问流苏,问柳原,两人虽然异口同声的为彼此洗刷,徐太太哪里肯信。

在船上,他们接近的机会很多,可是柳原既能抗拒浅水湾的月色,就能抗拒甲板上的月色。他对她始终没有一句扎实的话。他的态度有点淡淡的,可是流苏看得出他那闲适是一种自满的闲适——他拿稳了她跳不出他的手掌心去。

到了上海,他送她到家,自己没有下车。白公馆里早有了耳报神,探知六小姐在香港和范柳原实行同居了。如今她陪人家玩了一个多月,又若无其事的回来了,分明是存心要丢白家的脸。

流苏勾搭上了范柳原,无非是图他的钱。真弄到了钱,也不会无声无臭的回家来了,显然是没得到他什么好处。本来,一个女人上了男人的当,就该死;女人给当给男人上,那更是淫妇;如果一个女人想给当给男人上而失败了,反而上了人家的当,那是双料的淫恶,杀了她也还污了刀。平时白公馆里,谁有了一点芝麻大的过失,大家便炸了起来。逢到了真正耸人听闻的大逆不道,爷奶奶们兴奋过度,反而吃吃艾艾,一时发不出话来。大家先议定了:"家丑不可外扬",然后分头去告诉亲戚朋友,逼他们宣誓保守秘密,然后再向亲友们一个个的探口气,打听他们知道了没有,知道了多少。最后大家觉得到底是瞒不住,爽性开诚布公,打开天窗说亮话,拍着腿感慨一番。他们忙着这种种手续,也忙了一秋天,因此迟迟的没向流苏采取断然行动。流苏何尝不知道,她这一次回来,更不比往日。她和这家庭早是恩断义绝了。她未尝不想出去找个小事,胡乱混一碗饭吃。再苦些,也强如在家里受气。但是寻了个低三下四的职业,就失去了淑女的身份。那身份,食之无味,弃之可惜。尤其是现在,她对范柳原还没有绝望,她不能先自贬身价,否则他更有了借口,拒绝和她结婚了。因此她无论如何得忍些时。

熬到了十一月底,范柳原果然从香港拍来了电报。那电报,整个的白公馆里的人都传观过了,老太太方才把流苏叫去,递到她手里。只有寥寥几个字:"乞来港。船票已由通济隆办妥。"白老太太长叹了一声道:"既然是叫你去,你就去罢!"她就这样下贱么?她眼里掉下泪来。这一哭,她突然失去了自制力,她发现她已经是忍无可忍了。一个秋天,她已经老了两年——她可禁不起老!于是她第二次离开了家上香港来。这一趟,她早失去了上一次的愉快的冒险的感觉。她失败了。固然,女人是喜欢被屈服的,但是那只限于某种范围内。如果她是纯粹为范柳原的风仪与魅力所征服,那又是一说了,可是内中还搀杂着家庭的压力——最痛苦的成份。

范柳原在细雨迷蒙的码头上迎接她。他说她的绿色玻璃雨衣像一只瓶,又注了一句:"药瓶。"她以为他在那里讽嘲她的孱弱,然而他又附耳加了一句:"你就是医我的药。"她红了脸,白了他一眼。

他替她定下了原先的房间。这天晚上,她回到房里来的时候,已经两点钟了。在浴室里晚妆既毕,熄了灯出来,方才记起了,她房里的电灯开关装置在床头,只得摸着黑过来,一脚绊在地板上的一只皮鞋上,差一点栽了一跤,正怪自己疏忽,没把鞋子收好,床上忽然有人笑道:"别吓着了!是我的鞋。"流苏停了一会,问道:"你来做什么?"柳原道:"我一直想从你的窗户里看月亮。这边屋里比那边看得清楚些。"……那晚上的电话的确是他打来的——不是梦!他爱她。这毒辣的人,他爱她,然而他待她也不过如此!她不由得寒心,拨转身走到梳妆台前。十一月尾的纤月,仅仅是一钩白色,像玻璃窗上的霜花。然而海上毕竟有点月意,映到窗子里来,那薄薄的光就照亮了镜子。流苏慢腾腾摘下了发网,把头发一搅,搅乱了,夹钗叮铃当啷掉下地来。她又戴上网子,把那发网的梢头狠狠地衔在嘴里,拧着眉毛,蹲下身去把夹钗一只一只拣了起来,柳原已经光着脚走到她后面,一只手搁在她头上,把她的脸倒扳了过来,吻她的嘴。发网滑下地去了。这是他第一次吻她,然而他们两人都疑惑不是第一次,因为在幻想中已经发生过无数次了。从前他们有过许多机会——适当的环境,适当的情调;他也想到过,她也顾虑到那可能性。然而两方面都是精刮的人,算盘打得太仔细了,始终不肯冒失。现在这忽然成了真的,两人都糊涂了。流苏觉得她的溜溜转了个圈子,倒在镜子上,背心紧紧抵着冰冷的镜子。他的嘴始终没有离开过她的嘴。他还把她往镜子上推,他们似乎是跌到镜子里面,另一个昏昏的世界里去了,凉的凉,烫的烫,野火花直烧上身来。

　　第二天,他告诉她,他一礼拜后就要上英国去。她要求他带她一同去,但是他回说那是不可能的。他提议替她在香港租下一幢房子住下,等个一年半载,他也就回来了。她如果愿意在上海住家,也听她的便。她当然不肯回上海。家里那些人——离他们越远越好。独自留在香港,孤单些就孤单些。问题却在他回来的时候,局势是否有了改变。那全在他了。一个礼拜的爱吊得住他的心么？可是从另一方面看来,柳原是一个没长性的人,这样匆匆的聚了又散了,他没有机会厌倦她,未始不是于她有利的。一个礼拜往往比一年值得怀念。……他果真带着热情的回忆重新来找她,她也许倒变了呢！近三十的女人往往有着反常的娇嫩,一转眼就憔悴了。总之,没有婚姻的保障而要长期抓住一个男人,是一件艰难的,痛苦的事,几乎是不可能的。啊,管它呢！她承认柳原是可爱的,他给她美妙的刺激,但是她跟他的目的究竟是经济上的安全。这一点,她知道她可以放心。

　　他们一同在巴而顿道看了一所房子,坐落在山坡上,屋子粉刷完了,雇定了一个广东女佣,名唤阿栗。家具只置办了几件最重要的,柳原就该走了。其余的都丢给流苏慢慢的去收拾。家里还没有开火仓,在那冬天的傍晚,流苏送他上船时,便在船上的大餐间里胡乱的吃了些三明治。流苏因为满心的不得意,多喝了几杯酒,被海风一吹,回来的时候,便带着三分醉。到了家,阿栗在厨房里烧水替她随身带着的那孩子洗脚。流苏到处瞧了一遍,到一处开一处的灯。客室里门窗上的绿漆还没干,她用食指摸着试了一试,然后把那粘粘的指尖贴在墙上,一贴一个绿迹子。为什么不？这又不犯法！这是她的家！她笑了,索性在那蒲公英黄的粉墙上打了一个鲜明的绿手印。

　　她摇摇晃晃走到隔壁屋里去。空房,一间又一间——清空的世界。她觉得她可以飞到天花板上去。她在空荡荡的地板上行走,就像是在洁无纤尘的天花板上。房间太空了,她不能不用灯光来装满它,光还是不够,明天她得记着换上几只较强的灯泡。

她走上楼梯去。空得好!她急需着绝对的静寂。她累得很,取悦于柳原是太吃力的事,他脾气向来就古怪;对于她,因为是动了真感情,他更古怪了,一来就不高兴。他走了,倒好,让她松下这口气。现在她什么人都不要——可憎的人,可爱的人,她一概都不要。从小时候起,她的世界就嫌过于拥挤。推着,挤着,踩着,背着,抱着,驮着,老的小的,全是人。一家二十来口,合住一幢房子,你在屋子里剪个指甲也有人在窗户眼里看着。好容易远走高飞,到了这无人之境。如果她正式做了范太太,她就有种种的责任,她离不了人。现在她不过是范柳原的情妇,不露面的,她应该躲着人,人也应该躲着她。清静是清静了,可惜除了人之外,她没有旁的兴趣。她所仅有的一点学识,全是应付人的学识。凭着这点本领,她能够做一个贤惠的媳妇,一个细心的母亲。在这里她可是英雄无用武之地。"持家"罢,根本无家可持,看管孩子罢,柳原根本不要孩子。省俭着过日子罢,她根本用不着为了钱操心。她怎样消磨这以后的岁月?找徐太太打牌去,看戏?然后姘戏子,抽鸦片,往姨太太们的路上走?她突然站住了,挺着胸,两只手在背后紧紧互扭着。那倒不至于!她不是那种下流的人。她管得住自己。但是……她管得住她自己不发疯么?楼上品字式的三间屋,楼下品字式的三间屋,全是堂堂地点着灯。新打了蜡的地板,照得雪亮。没有人影儿。一间又一间,呼喊着空虚……流苏躺到床上去,又想下去关灯,又动弹不得。后来她听见阿栗跐着木屐上楼来,一路扑秃扑秃关着灯,她紧张的神经方才渐归松弛。

那天是十二月七日,一九四一年。十二月八日,炮声响了。一炮一炮之间,冬晨的银雾渐渐散开,山巅,山洼子里,全岛上的居民都向海上望去,说"开仗了,开仗了。"谁都不能够相信,然而毕竟是开仗了。流苏孤身留在巴而顿道,哪里知道什么。等到阿栗从左邻右舍探到了消息,仓皇唤醒了她,外面已经进入酣战的阶段。巴而顿道的附近有一座科学试验馆,屋顶上架着高射炮,流弹不停地飞过来,尖溜溜一声长叫,"吱呦呃呃呃呃……",然后"砰",落下地去。那一声声的"吱呦呃呃呃呃……"撕裂了空气,撕毁了神经。淡蓝的天幕被扯成一条一条,在寒风中簌簌飘动。风里同时飘着无数剪断了的神经的尖端。

流苏的屋子是空的,心里是空的,家里没有置办米粮,因此肚子里也是空的。空穴来风,所以她感受到恐怖的袭击分外强烈。打电话到跑马地徐家,久久打不通,因为全城装有电话的人没有一个不在打电话,询问哪一区较为安全,作避难的计划。流苏到下午方才接通了,可是那边铃尽管响着,老是没有人来听电话,想必徐先生徐太太已经匆匆出走,迁到平靖一些的地带。流苏没了主意。炮火却逐渐猛烈了。邻近的高射炮成为飞机注意的焦点。飞机营营地在顶上盘旋,"孜孜孜……"绕了一圈又绕回来,"孜孜……"痛楚地,像牙医的螺旋电器,直锉进灵魂的深处。阿栗抱着她的哭泣着的孩子坐在客室的门槛上,人仿佛入了昏迷状态,左右摇摆着,喃喃唱着呓语似的歌唱,哄着拍着孩子。窗外又是"吱呦呃呃呃呃……"一声,"砰"削去屋檐的一角,沙石哗啦啦落下来。阿栗怪叫一声,跳起身来,抱着孩子就往外跑。流苏在大门口追上了她,一把揪住她问道:"你上哪儿去?"阿栗道:"这儿登不得了!我——我带她到阴沟里去躲一躲。"流苏道:"你疯了!你去送死!"阿栗连声道:"你放我走!我这孩子——就只这么一个——死不得的……阴沟里躲一躲……"流苏拚命扯住了她,阿栗将她一推,她跌倒了,阿栗便闯出门去。正在这当口,轰天震地一声响,整个的世界黑了下来,像一只硕大无朋的箱子,拍地关上了盖。数不清的罗愁绮恨,全关在里面了。

流苏只道是没有命了,谁知还活着。一睁眼,只见满地的玻璃屑,满地的太阳影子。她挣扎着爬起身来,去找阿栗。一开门,阿栗紧紧搂着孩子,垂着头,把额角抵在门洞子里的水泥墙上,人是震糊涂了。流苏拉了她进来,就听见外面喧嚷着说隔壁落了个炸弹,花园里炸出一个大坑。这一次巨响,箱子盖关上了,依旧不得安静。继续的砰砰砰,仿佛在箱子盖上用锤子敲钉,捶不完地捶。从天明捶到天黑,又从天黑捶到天明。

流苏也想到了柳原,不知道他的船有没有驶出港口,有没有被击沉。可是她想起他便觉得有些渺茫,如同隔世。现在的这一段,与她的过去毫不相干,像无线电里的歌,唱了一半,忽然受了恶劣的天气的影响,劈劈啪啪炸了起来。炸完了,歌是仍旧要唱下去的,就只怕炸完了,歌已经唱完了,那就没的听了。

第二天,流苏和阿栗母子分着吃完了罐子里的几片饼干,精神渐渐衰弱下来,每一个呼啸着的子弹的碎片便像打在她脸上的耳刮子。街上轰隆轰隆驰来一辆军用卡车,意外地在门前停下了。铃一响,流苏自己去开门,见是柳原,她捉住他的手,紧紧搂住他的手臂,像阿栗搂住孩子似的,人向前一扑,把头磕在门洞子里的水泥墙上。柳原用另外的一只手托住她的头,急促地道:"受了惊吓罢?别着急,别着急。你去收拾点得用的东西,我们到浅水湾去。快点,快点!"流苏跌跌冲冲奔了进去,一面问道:"浅水湾那边不要紧么?"柳原道:"都说不会在那边上岸的。而且旅馆里吃的方面总不成问题,他们收藏得很丰富。"流苏道:"你的船……"柳原道:"船没开出去。他们把头等舱的乘客送到了浅水湾饭店。本来昨天就要来接你的,叫不到汽车,公共汽车又挤不上。好容易今天设法弄到了这部卡车。"流苏哪里还定得下心整理行装,胡乱扎了个小包裹。柳原给了阿栗两个月的工钱,嘱咐她看家,两个人上了车,面朝下并排躺在运货的车厢里,上面蒙着黄绿色油布篷,一路颠簸着,把肘弯与膝盖上的皮都磨破了。

柳原叹道:"这一炸,炸断了多少故事的尾巴!"流苏也怆然,半晌方道:"炸死了你,我的故事就该完了。炸死了我,你的故事还长着呢!"柳原笑道:"你打算替我守节么?"他们两人都有点神经失常,无缘无故,齐声大笑。而且一笑便止不住。笑完了,浑身只打颤。

卡车在"吱呦呃呃……"的流弹网里到了浅水湾。浅水湾饭店楼下驻扎着军队,他们仍旧住到楼上的老房间里。住定了,方才发现,饭店里储藏虽富,都是留着给兵吃的。除了罐头装的牛乳,牛羊肉,水果之外,还有一麻袋一麻袋的白面包,麸皮面包。分配给客人的,每餐只有两块苏打饼干,或是两块方糖,饿得大家奄奄一息。

先两日浅水湾还算平静,后来突然情势一变,渐渐火炽起来。楼上没有掩蔽物,众人容身不得,都下楼来,守在食堂里,食堂里大开着玻璃门,门前堆着沙袋,英国兵就在那里架起了大炮往外打。海湾里的军舰摸准了炮弹的来源,少不得也一一还敬。隔着棕榈树与喷水池子,子弹穿梭般来往。柳原与流苏跟着大家一同把背贴在大厅的墙上。那幽暗的背景便像古老的波斯地毯,织出各色的人物,爵爷,公主,才子,佳人。毯子被挂在竹竿上,迎着风扑打上面的灰尘,啪啪打着,下劲打,打得上面的人走投无路。炮子儿朝这边射来,他们便奔到那边;朝那边射来,便奔到这边。到后来一间敞厅打得千疮百孔,墙也坍了一面,逃无可逃,只得坐下地来,听天由命。

　　流苏到了这个地步,反而懊悔她有柳原在身旁,一个人仿佛有了两个身体,也就蒙了双重危险。一颗子弹打不中她,还许打中他。他若是死了,若是残废了,她的处境更是不堪设想。她若是受了伤,为了怕拖累他,也只有横了心求死。就是死了,也没有孤身一个人死得干净爽利。她料着柳原也是这般想。别的她不知道,在这一刹那,她只有他,他也只有她。

　　停战了。困在浅水湾饭店的男女们缓缓向城中走去。过了黄土崖,红土崖,又是红土崖,黄土崖,几乎疑心是走错了道,绕回去了,然而不,先前的路上没有这炸裂的坑,满坑的石子。柳原与流苏很少说话。从前他们坐一截子汽车,也有一席话,现在走上几十里的路,反而无话可说了。偶然有一句话,说了一半,对方每每就知道了下文,没有往下说的必要。柳原道:"你瞧,海滩上。"流苏道:"是的。"海滩上布满了横七竖八割裂的铁丝网,铁丝网外面,淡白的海水汩汩吞吐淡黄的沙。冬季的晴天也是淡漠的蓝色。野火花的季节已经过去了。流苏道:"那堵墙……"柳原道:"也没有去看看。"流苏叹了口气道:"算了罢。"柳原走得热了起来,把大衣脱下来搁在臂上,臂上也出了汗。流苏道:"你怕热,让我给你拿着。"若在往日,柳原绝对不肯,可是他现在不那么绅士风了,竟交了给她。再走了一程子,山渐渐高了起来。不知道是风吹着树呢,还是云影的飘移,青黄的山麓缓缓地暗了下来。细看时,不是风也不是云,是太阳悠悠地移过山头,半边山麓埋在巨大的蓝影子里。山上有几座房屋在燃烧,冒着烟——

山阴的烟是白的,山阳的是黑烟——然而太阳只是悠悠地移过山头。

到了家,推开了虚掩着的门,拍着翅膀飞出一群鸽子来。穿堂里满积着尘灰与鸽粪。流苏走到楼梯口,不禁叫了一声"哎呀。"二层楼上歪歪斜斜大张口躺着她新置的箱笼,也有两只顺着楼梯滚了下来,梯脚便淹没在绫罗绸缎的洪流里。流苏弯下腰来,捡起一件蜜合色衬绒旗袍,却不是她自己的东西,满是汗垢,香烟洞与贱价香水气味。她又发现了许多陌生女人的用品,破杂志,开了盖的罐头荔枝,淋淋漓漓流着残汁,混在她的衣服一堆。这屋子里驻过兵么?——带有女人的英国兵?去得仿佛很仓促。挨户洗劫的本地的贫民,多半没有光顾过,不然,也不会留下这一切。柳原帮着她大声唤阿栗。末一只灰背鸽,斜刺里穿出来,掠过门洞子里的黄色的阳光,飞了出去。

阿栗是不知去向了,然而屋子里的主人们,少了她也还得活下去。他们来不及整顿房屋,先去张罗吃的,费了许多事,用高价买进一袋米。煤气的供给幸而没有断,自来水却没有。柳原拎了铅桶到山里去汲了一桶泉水,煮起饭来。以后他们每天只顾忙着吃喝与打扫房间。柳原各样粗活都来得,扫地,拖地板,帮着流苏拧绞沉重的褥单。流苏初次上灶做菜,居然带点家乡风味。因为柳原忘不了马来菜,她又学会了作油炸"沙袋",咖哩鱼。他们对于饭食上虽然感到空前的兴趣,还是极力的撙节着。柳原身边的港币带得不多,一有了船,他们还得设法回上海。

在劫后的香港住下去究竟不是长久之计。白天这么忙忙碌碌也就混了过去。一到了晚上,在那死的城市里,没有灯,没有人声,只有那莽莽的寒风,三个不同的音阶,"喔……呵……呜……"无穷无尽地叫唤着,这个歇了,那个又渐渐响了,三条并行的灰色的龙,一直线地往前飞,龙身无限制地延长下去,看不见尾。"喔……呵……呜……"……叫唤到后来,索性连苍龙也没有了,只是三条虚无的气,真空的桥梁,通入黑暗,通入虚空的虚空。这里是什么都完了。剩下点断墙颓垣,失去记忆力的文明人在黄昏中跌跌绊绊摸来摸去,像是找着点什么,其实是什么都完了。

流苏拥被坐着,听着那悲凉的风。她确实知道浅水湾附近,灰砖砌的那一面墙，一定还屹然站在那里。风停了下来，像三条灰色的龙，蟠在墙头，月光中闪着银鳞。她仿佛做梦似的，又来到墙根下，迎面来了柳原。她终于遇见了柳原。……在这动荡的世界里，钱财，地产，天长地久的一切，全不可靠了。靠得住的只有她腔子里的这口气，还有睡在她身边的这个人。她突然爬到柳原身边，隔着他的棉被，拥抱着他。他从被窝里伸出手来握住她的手。他们把彼此看得透明透亮，仅仅是一刹那的彻底的谅解，然而这一刹那够他们在一起和谐地活个十年八年。

他不过是一个自私的男子，她不过是一个自私的女人。在这兵荒马乱的时代，个人主义者是无处容身的，可是总有地方容得下一对平凡的夫妻。

有一天，他们在街上买菜，碰着萨黑夷妮公主。萨黑夷妮黄着脸，把蓬松的辫子胡乱编了个麻花髻，身上不知从哪里借来一件青布棉袍穿着，脚下却依旧趿着印度式七宝嵌花纹皮拖鞋。她同他们热烈地握手，问他们现在住在哪里，急欲看看他们的新屋子。又注意到流苏的篮子里有去了壳的小蚝，愿意跟流苏学习烧制清蒸蚝汤。柳原顺口邀了她来吃便饭，她很高兴地跟了他们一同回去。她的英国人进了集中营，她现在住在一个熟识的，常常为她当点小差的印度巡捕家里。她有许久没有吃饱过。她唤流苏"白小姐"。柳原笑道："这是我太太。你该向我道喜呢！"萨黑夷妮道："真的么？你们几时结的婚？"柳原耸耸肩道："就在中国报上登了个启事。你知道，战争期间的婚姻，总是潦草的……"流苏没听懂他们的话。萨黑夷妮吻了他又吻了她。然而他们的饭菜毕竟是很寒苦，而且柳原声明他们也难得吃一次蚝汤。萨黑夷妮没有再上门过。

当天他们送她出去，流苏站在门槛上，柳原立在她身后，把手掌合在她的手掌上，笑道："我说，我们几时结婚呢？"流苏听了，一句话也没有，只低下了头，落下泪来。柳原拉住她的手道："来来，我们今天就到报馆里去登启事。不过你也许愿意候些时，等我们回到上海，大张旗鼓的排场一下，请请亲戚们。"流苏道："呸！他们也配！"说着，嗤的笑了出来，往后顺势一倒，靠在他身上。柳原伸手到前面去羞她的脸道："又是哭，又是笑！"

两人一同走进城去，走到一个峰回路转的地方，马路突然下泻，眼见只是一片空灵——淡墨色的,潮湿的天。小铁门口挑出一块洋瓷招牌,写的是:"赵祥庆牙医。"风吹得招牌上的铁钩子吱吱响,招牌背后只是那空灵的天。

柳原歇下脚来望了半晌,感到那平淡中的恐怖,突然打起寒战来,向流苏道:"现在你可该相信了:'死生契阔,'我们自己哪儿做得了主?轰炸的时候,一个不巧——流苏嗔道:"到了这个时候,你还说做不了主的话!"柳原笑道:"我并不是打退堂鼓。我的意思是——"他看了看她的脸色,笑道:"不说了。不说了。"他们继续走路。柳原又道:"鬼使神差地,我们倒真的恋爱起来了!"流苏道:"你早就说过你爱我。"柳原笑道:"那不算。我们那时候太忙着谈恋爱了,哪里还有工夫恋爱?"

结婚启事在报上刊出了,徐先生徐太太赶了来道喜。流苏因为他们在围城中自顾自搬到安全地带去,不管她的死活,心中有三分不快,然而也只得笑脸相迎。柳原办了酒席,补请了一次客。不久,港沪之间恢复了交通,他们便回上海来了。

白公馆里流苏只回去过一次,只怕人多嘴多,惹出是非来。然而麻烦是免不了的。四奶奶决定和四爷进行离婚,众人背后都派流苏的不是。流苏离了婚再嫁,竟有这样惊人的成就,难怪旁人要学她的榜样。

流苏蹲在灯影里点蚊烟香。想到四奶奶,她微笑了。

柳原现在从来不跟她闹着玩了。他把他的俏皮话省下来说给旁的女人听。那是值得庆幸的好现象,表示他完全把她当自家人看待——名正言顺的妻。然而流苏还是有点怅惘。

香港的陷落成全了她。但是在这不可理喻的世界里,谁知道什么是因,什么是果?谁知道呢,也许就因为要成全她,一个大都市倾覆了。成千上万的人死去,成千上万的人痛苦着,跟着是惊天动地的大改革……流苏并不觉得她在历史上的地位有什么微妙之点。她只是笑盈盈地站起身来,将蚊烟香盘踢到桌子底下去。

传奇里的倾城倾国的人大抵如此。

到处都是传奇,可不见得有这么圆满的收场。胡琴咿咿呀呀拉着,在万盏灯火的夜晚,拉过来又拉过去,说不尽的苍凉的故事——不问也罢!

【阅读提示】

　　1.《金锁记》写于1943年,张爱玲在本书中将现代中国心理分析小说推向极致,细微地镂刻着人物变态的心理,那利刃一般毒辣的话语产生了令人惊心动魄的艺术效果。小说描写了一个小商人家庭出身的女子曹七巧出于钱财被家人嫁到姜家,做身体有残疾的二少奶奶,欲爱而不能爱,她的性格终于被扭曲,行为变得乖戾,几乎像疯子一样在姜家过了30年。"30年来她戴着黄金的枷。她用那沉重的枷角劈杀了几个人,没死的也送了半条命。"本篇选取的就是曹七巧的后半生,重点阅读所选部分,看看曹七巧如何凭着"一个疯子的审慎和机智",用"她那平扁而尖利的喉咙四面割着人像剃刀片",破坏了儿子长白的婚姻,使儿媳被折磨而死,拆散女儿长安的爱情。七巧是社会环境的产物,可是更重要的,她是她自己各种巴望、考虑、情感的奴隶。张爱玲兼顾到七巧的性格和社会,使她的一生,更经得起我们道德性的玩味。而她和女儿长安之间的紧张关系以及冲突,最能显出《金锁记》的悲剧的力量。

　　2.《倾城之恋》是张爱玲小说中不多见的大团圆结局的故事,一个执着于旧辰光的上海和香港,把一个现代爱情故事置于乱世危城的大时代背景中,构成一个反传奇的传奇爱情故事。

【思考与讨论】

　　1. 题目《倾城之恋》中的"倾城"可以从几个意思来理解?文中一共出现几次"墙"这个意象,分别有什么意味?柳原把有"一点真心"的前提定为文明毁掉,结合作者张爱玲的说法"时代是仓促的,已经在破坏中,还有更大的破坏要来"来理解。

　　2.《倾城之恋》中说"他不过是一个自私的男子,她不过是一个自私的女人……",如何理解白流苏和范柳原这个爱情?

3. 学术界有一种观点认为,《金锁记》是一个关于"禁锢"的故事,而《倾城之恋》是一个关于"逃离"的故事。比较阅读《金锁记》,你是否同意这种观点,并试结合作品来进行分析。

【延伸阅读】

《传奇》《流言》

【参考资料】

1. 宋家宏:《一级一级走进没有光的所在——曹七巧探》,《中国现代文学研究丛刊》,1988年第3期。

2. 陈思和:《都市里的民间世界:〈倾城之恋〉》,《中国现当代文学名篇十五讲》,北京大学出版社2013年版。

3. 艾晓明:《反传奇——重读张爱玲〈倾城之恋〉》,《学术研究》,1996年09期。

第六节　汪曾祺

　　汪曾祺(1920—1997)，江苏高邮人，当代作家、散文家、戏剧家，1939年考入西南联大中文系，成为沈从文的学生，开始创作，出版小说集《邂逅集》。中华人民共和国成立后一直在中国民间文艺研究会从事文艺编辑工作，"文革"时参与改编样板戏《沙家浜京剧》。20世纪80年代进入新的创作高峰，著有小说《受戒》《大淖记事》等，散文集《晚饭花集》《蒲桥集》等，成为当时"寻根文学"的代表作家，被誉为"抒情的人道主义者，中国最后一个纯粹的文人，中国最后一个士大夫"。

《故里三陈》
陈小手

　　我们那地方，过去极少有产科医生。一般人家生孩子，都是请老娘。什么人家请哪位老娘，差不多都是固定的。一家宅门的大少奶奶、二少奶奶、三少奶奶，生的少爷、小姐，差不多都是一个老娘接生的。老娘要穿房入户，生人怎么行？老娘也熟知各家的情况，哪个年长的女佣人可以当她的助手，当"抱腰的"，不须临时现找。而且，一般人家都迷信哪个老娘"吉祥"，接生顺当。——老娘家都供着送子娘娘，天天烧香。谁家会请一个男性的医生来接生呢？——我们那里学医的都是男人，只有李花脸的女儿传其父业，成了全城仅有的一位女医人。她也不会接生，只会看内科，是个老姑娘。男人学医，谁会去学产科呢？都觉得这是一桩丢人没出息的事，不屑为之。但也不是绝对没有。陈小手就是一位出名的男性的产科医生。

　　陈小手的得名是因为他的手特别小，比女人的手还小，比一般女人的手还更柔软细嫩。他专能治难产。横生、倒生，都能接下来(他当然也要借助于药物和器械)。据说因为他的手小，动作细腻，可以减少产妇很多痛苦。大户人家，非到万不得已，是不会请他的。中小户人家，忌讳较少，遇到产妇胎位不正，老娘束手，老娘就会建议："去请陈小手吧。"陈小手当然是有个大名的，但是都叫他陈小手。

接生，耽误不得，这是两条人命的事。陈小手喂着一匹马。这匹马浑身雪白，无一根杂毛，是一匹走马。据懂马的行家说，这马走的脚步是"野鸡柳子"，又快又细又匀。我们那里是水乡，很少人家养马。每逢有军队的骑兵过境，大家就争着跑到运河堤上去看"马队"，觉得非常好看。陈小手常常骑着白马赶着到各处去接生，大家就把白马和他的名字联系起来，称之为"白马陈小手"。

同行的医生，看内科的、外科的，都看不起陈小手，认为他不是医生，只是一个男性的老娘。陈小手不在乎这些，只要有人来请，立刻跨上他的白走马，飞奔而去。正在呻吟惨叫的产妇听到他的马脖上的銮铃的声音，立刻就安定了一些。他下了马，即刻进产房。过了一会（有时时间颇长），听到"哇"的一声，孩子落地了。陈小手满头大汗，走了出来，对这家的男主人拱拱手："恭喜恭喜！母子平安！"男主人满面笑容，把封在红纸里的酬金递过去。陈小手接过来，看也不看，装进口袋里，洗洗手，喝一杯热茶，道一声"得罪"，出门上马。只听见他的马的銮铃声"哗棱哗棱"……走远了。

陈小手活人多矣。

有一年，来了联军。我们那里那几年打来打去的，是两支军队。一支是国民革命军，当地称之为"党军"；相对的一支是孙传芳的军队。孙传芳自称"五省联军总司令"，他的部队就被称为"联军"。联军驻扎在天王庙，有一团人。团长的太太（谁知道是正太太还是姨太太），要生了，生不下来。叫来几个老娘，还是弄不出来。这太太杀猪也似的乱叫。团长派人去叫陈小手。

陈小手进了天王庙。团长正在产房外面不停地"走柳"。见了陈小手，说：

"大人，孩子，都得给我保住！保不住要你的脑袋！进去吧！"

这女人身上的脂油太多了,陈小手费了九牛二虎之力,总算把孩子掏出来了。和这个胖女人较了半天劲,累得他筋疲力尽。他迤里歪斜走出来,对团长拱拱手:

"团长!恭喜您,是个男伢子,少爷!"

团长龇牙笑了一下,说:"难为你了!——请!"

外边已经摆好了一桌酒席。副官陪着。陈小手喝了两盅。团长拿出二十块现大洋,往陈小手面前一送:

"这是给你的!——别嫌少哇!"

"太重了!太重了!"

喝了酒,揣上二十块现大洋,陈小手告辞了:"得罪!得罪!"

"不送你了!"

陈小手出了天王庙,跨上马。

团长掏出枪来,从后面,一枪就把他打下来了。

团长说:"我的女人,怎么能让他摸来摸去!她身上,除了我,任何男人都不许碰!这小子,太欺负人了!日他奶奶!"

团长觉得怪委屈。

陈 四

陈四是个瓦匠,外号"向大人"。

我们那个城里,没有多少娱乐。除了听书,瞧戏,大家最有兴趣的便是看会,看迎神赛会,——我们那里叫做"迎会"。

所迎的神,一是城隍,一是都土地。城隍老爷是阴间的一县之主,但是他的爵位比阳间的县知事要高得多,敕封"灵应侯"。他的气派也比县知事要大得多。县知事出巡,哪有这样威严,这样多的仪仗队伍,还有各种杂耍玩艺的呢?再说打我记事起,就没见过县知事出巡过,他们只是坐了一顶小轿或坐了自备的黄包车到处去拜客。都土地东西南北四城都有,保佑境内的黎民,地位相当于一个区长。他比活着的区长要神气得多,但比城隍菩萨可就差了一大截了。他的爵位是"灵显伯"。都土地都是有名有姓的。我所居住的东城的都土地是张巡。张巡为什么会到我的家乡来当都土地呢,他又不是战死在我们那里的,这一点我始终没有弄明白。张巡是太守,死后为什么倒降职成了区长了呢? 我也不明白。

都土地出巡是没有什么看头的。短簇簇的一群人,打着一些稀稀落落的仪仗,把都天菩萨(都土地为什么被称为"都天菩萨",这一点我也不明白)抬出来转一圈,无声无息地,一会儿就过完了。所谓"看会",实际上指的是看赛城隍。

我记得的赛城隍是在夏秋之交,阴历的七月半,正是大热的时候。不过好像也有在十月初出会的。那真是万人空巷,倾城出观。到那天,凡城隍所经的要闹之处的店铺就都做好了准备:燃香烛,挂宫灯,在店堂前面和临街的柜台里面放好了长凳,有楼的则把楼窗全部打开,烧好了茶水,等着东家和熟主顾人家的眷属光临。这时正是各种瓜果下来的时候,牛角酥、奶奶哼(一种很"面"的香瓜)、红瓤西瓜、三白西瓜、鸭梨、槟子、海棠、石榴,都已上市,瓜香果味,飘满一街。各种卖吃食的都出动了,争奇斗胜,吟叫百端。到了八九点钟,看会的都来了。老太太、大小姐、小少爷。老太太手里拿着檀香佛珠,大小姐衣襟上挂着一串白兰花。佣人手里提着食盒,里面是兴化饼子、绿豆糕,各种精细点心。远远听见鞭炮声、锣鼓声,"来了,来了!"于是各自坐好,等着。

我们那里的赛会和鲁迅先生所描写的绍兴的赛会不尽相同。前面并无所谓"塘报"。打头的是"拜香的"。都是一些十六七岁的小伙子,光头净脸,头上系一条黑布带,前额缀一朵红绒球,青布衣衫,赤脚草鞋,手端一个红漆的小板凳,板凳一头钉着一个铁管,上插一枝安息香。他们合着节拍,依次走着,每走十步,一齐回头,把板凳放到地上,算是一拜,随即转向再走。这都是为了父母生病到城隍庙许了愿的,"拜香"是还愿。后面是"挂香"的,则都是壮汉,用一个小铁钩勾进左右手臂的肉里,下系一个带链子的锡香炉,炉里烧着檀香。挂香多的可至香炉三对。这也是还愿的。后面就是各种玩艺了。

十番锣鼓音乐篷子。一个长方形的布篷,四面绣花篷檐,下缀走水流苏。四角支竹竿,有人撑着。里面是吹手,一律是笙箫细乐,边走边吹奏。锣鼓篷悉有五七篷,每隔一段玩艺有一篷。

茶担子。金漆木桶。桶口翻出,上置一圈细瓷茶杯,桶内和杯内都装了香茶。

花担子。鲜花装饰的担子。

挑茶担子、花担子的扁担都极软,一步一颤。脚步要匀,三进一退,各依节拍,不得错步。茶担子、花担子虽无很难的技巧,但几十副担子同时进退,整整齐齐,亦颇婀娜有致。

舞龙。

舞狮子。

跳大头和尚戏柳翠①。

跑旱船。

跑小车。

最清雅好看的是"站高肩"。下面一个高大结实的男人,挺胸调息,稳稳地走着,肩上站着一个孩子,也就是五六岁,都扮着戏,青蛇、白蛇、法海、许仙、关、张、赵、马、黄、李三娘、刘知远、咬脐郎、火公窦老……他们并无动作,只是在大人的肩上站着,但是衣饰鲜丽,孩子都长得清秀伶俐,惹人疼爱。"高肩"不是本城所有,是花了大钱从扬州请来的。

后面是高跷。

再后面是跳判的。判有两种,一种是"地判",一文一武,手执朝笏,边走边跳。一种是"抬判"。两根杉篙,上面绑着一个特制的圈椅,由四个人抬着。圈椅上蹲着一个判官。下面有人举着一个扎在一根细长且薄的竹片上的红绸做的蝙蝠,逗着判官。竹片极软,有弹性,忽上忽下,判官就追着蝙蝠,做出各种带舞蹈性的动作。他有时会跳到椅背上,甚至能在上面打飞脚。抬判不像地判只是在地面做一些滑稽的动作,这是要会一点"轻功"的。有一年看会,发现跳抬判的竟是我的小学的一个同班同学,不禁

---

① 唐宋杂戏里的《月明和尚戏柳翠》,演和商的戴一个纸浆做成的很大的和尚脑袋,白色的脑袋,淡青的头皮,嘻嘻地笑着。我们那里已不知和尚法名月明,只是叫他"大头和尚"。

哑然。迎会的玩艺到此就结束了。这些玩艺的班子,到了一些大店铺的门前,店铺就放鞭炮欢迎,他们就会停下来表演一会,或绕两个圈子。店铺常有犒赏。南货店送几大包蜜枣,茶食店送糕饼,药店送凉药洋参,绸缎店给各班挂红,钱庄则干脆扛出一钱板一钱板的铜元,俵散众人。

后面才真正是城隍老爷(叫城隍为"老爷"或"菩萨"都可以,随便的)自己的仪仗。

前面是开道锣。几十面大筛同时敲动。筛极大,得吊在一根杆子上,前面担在一个人的肩上,后面的人担着杆子的另一头,敲。大筛的节奏是非常单调的:哐(锣槌头一击)定定(槌柄两击筛面)哐定定哐,哐定定哐定定哐……如此反复,绝无变化。唯其单调,所以显得很庄严。

后面是虎头牌。长方形的木牌,白漆,上画虎头,黑漆扁宋体黑字,大书"肃静"、"回避"、"敕封灵应侯"、"保国佑民"。

后面是伞,——万民伞。伞有多柄,都是各行同业公会所献,彩缎绣花,缂丝平金,各有特色。我们县里最讲究的几柄伞却是纸伞。碳石所出。白宣纸上扎出芥子大的细孔,利用细孔的虚实,衬出虫鱼花鸟。这几柄宣纸伞后来被城隍庙的道士偷出来拆开一扇一扇地卖了,我父亲曾收得几扇。我曾看过纸伞的残片,真是精细绝伦。

最后是城隍老爷的"大驾"。八抬大轿,抬轿的都是全城最好的轿夫。他们踏着细步,稳稳地走着。轿顶四面鹅黄色的流苏均匀地起伏摆动着。城隍老爷一张油白大脸,疏眉细眼,五绺长须,蟒袍玉带,手里捧着一柄很大的折扇,端端地坐在轿子里。这时,人们的脸上都严肃起来了,正如鲁迅先生所说:诚惶诚恐,不胜屏营待命之至。

城隍老爷要在行宫(也是一座庙里)呆半天,到傍晚时才"回宫"。回宫时就只剩下少许人扛着仪仗执事,抬着轿子,飞跑着从街上走过,没有人看了。

且说高跷。我见过几个地方的高跷,都不如我们那里的。我们那里的高跷,一是高,高至丈二。踩高跷的中途休息,都是坐在人家的房檐口。我们县的踩高跷的都是瓦匠,无一例外。瓦匠不怕高。二是能玩出许多花样。

　　高跷队前面有两个"开路"的,一个手执两个棒槌,不停地"郭郭,郭郭"地敲着。一个手执小铜锣,敲着"光光,光光"。他们的声音合在一起,就是"郭郭,光光;郭郭,光光"。我总觉得这"开路"的来源是颇久远的。老远地听见"郭郭,光光",就知道高跷来了,人们就振奋起来。

　　高跷队打头的是渔、樵、耕、读。就中以渔公、渔婆最逗。他们要矮身蹲在高跷上横步跳来跳去做钓鱼撒网各种动作,重心很不好掌握。后面是几出戏文。戏文以《小上坟》最动人。小丑和旦角都要能踩"花梆子"碎步。这一出是带唱的。唱的腔调是柳枝腔。当中有一出"贾大老爷"。这贾大老爷不知是何许人,只是一个衙役在戏弄他,贾大老爷不时对着一个夜壶口喝酒。他的颠预总是引得看的人大笑。殿底的是"火烧向大人"。三个角色:一个铁公鸡,一个张嘉祥,一个向大人。向大人名荣,是清末的大将,以镇压太平天国有功,后死于任。看会的人是不管他究竟是谁的,也不论其是非功过,只是看扮演向大人的"演员"的功夫。那是很难的。向大人要在高跷上郯马,在高跷上坐轿,——两只手抄在前面,"存"着身子,两只脚(两只跷)一蹀一蹀地走,有点像戏台上"走矮子"。他还要能在高跷上做"探海""射雁"这些在平地上也不好做的高难动作(这可真是"高难",又高又难)。到了挨火烧的时候,还要左右躲闪,簸脑袋,甩胡须,连连转圈。到了这时,两旁店铺里的看会人就会炸雷也似地大声叫起"好"来。

　　擅长表演向大人的,只有陈四,别人都不如。

　　到了会期,陈四除了在县城表演一回,还要到三垛去赶一场。县城到三垛,四十五里。陈四不卸装,就登在高跷上沿着澄子河堤赶了去。赶到那里,准不误事。三垛的会,不见陈四的影子,菩萨的大驾不起。

　　有一年,城里的会刚散,下了一阵雷暴雨,河堤上不好走,他一路赶去,差点没摔死。到了三垛,已经误了。

　　三垛的会首乔三太爷抽了陈四一个嘴巴,还罚他当众跪了一炷香。

　　陈四气得大病了一场。他发誓从此再也不踩高跷。

陈四还是当他的瓦匠。

到冬天,卖灯。

冬天没有什么瓦匠活,我们那里的瓦匠冬天大都以糊纸灯为副业,到了灯节前,摆摊售卖。陈四的灯摊就摆在保全堂廊檐下。他糊的灯很精致。荷花灯、绣球灯、兔子灯。他糊的蛤蟆灯,绿背白腹,背上用白粉点出花点,四只爪子是活的,提在手里,来回划动,极其灵巧。我每年要买他一盏蛤蟆灯,接连买了好几年。

陈泥鳅

邻近几个县的人都说我们县的人是黑屁股。气得我的一个姓孙的同学,有一次当着很多人褪下了裤子让人看:"你们看!黑吗?"我们当然都不是黑屁股。黑屁股指的是一种救生船。这种船专在大风大浪的湖水中救人、救船,因为船尾涂成黑色,所以叫做黑屁股。说的是船,不是人。

陈泥鳅就是这种救生船上的一个水手。

他水性极好,不愧是条泥鳅。运河有一段叫清水潭。因为民国十年、民国二十年都曾在这里决口,把河底淘成了一个大潭。据说这里的水深,三篙子都打不到底。行船到这里,不能撑篙,只能荡桨。水流也很急,水面上拧着一个一个漩涡。从来没有人敢在这里游水。陈泥鳅有一次和人打赌,一气游了个来回。当中有一截,他半天不露脑袋,半天半天,岸上的人以为他沉了底,想不到一会,他笑嘻嘻地爬上岸来了!

他在通湖桥下住。非遇风浪险恶时,救生船一般是不出动的。他看看天色,知道湖里不会出什么事,就呆在家里。他也好义,也好利。湖里大船出事,下水救人,这时是不能计较报酬的。有一次一只装豆子的船琵琶闸炸了,炸得粉碎。事后知道,是因为船底有一道小缝漏水,水把豆子浸湿了,豆子吃了水,突然间一齐膨胀起来,"砰"的一声把船撑炸了——那力量是非常之大的。船碎了,人掉在水里。这时跳下水救人,能要钱么?民国二十年,运河决口,陈泥鳅在激浪里救起了很多人。被救起的都已经是家破人亡,一无所有了,陈泥鳅连人家的姓名都没有问,更谈不上要什么酬谢了。在活人身上,他不能讨价;在死人身上,他却是不少要钱的。

人淹死了,尸首找不着。事主家里一不愿等尸首泡胀漂上来,二不愿尸首被"四水捋子"钩得稀烂八糟,这时就会来找陈泥鳅。陈泥鳅不但水性好,且在水中能开眼见物。他就在出事地点附近,察看水流风向,然后一个猛子扎下去,潜入水底,伸手摸触。几个猛子之后,他准能把一个死尸托上来。不过得事先讲明,捞上来给多少酒钱,他才下去。有时讨价还价,得磨半天。陈泥鳅不着急,人反正已经死了,让他在水底多呆一会没事。

陈泥鳅一辈子没少挣钱,但是他不置产业,一个积蓄也没有。他花钱很撒漫,有钱就喝酒尿了,赌钱输了。有的时候,也偷偷地赒济一些孤寡老人,但嘱咐千万不要说出去。他也不娶老婆。有人劝他成个家,他说:"瓦罐不离井上破,大将难免阵头亡。淹死会水的。我见天跟水闹着玩,不定哪天龙王爷就把我请了去。留下孤儿寡妇,我死在阴间也不踏实。这样多好,吃饱了一家子不饥,无牵无挂!"

通湖桥桥洞里发现了一具女尸。怎么知道是女尸?她的长头发在洞口外飘动着。行人报了乡约,乡约报了保长,保长报到地方公益会。桥上桥下,围了一些人看。通湖桥是直通运河大闸的一道桥,运河的水由桥下流进澄子河。这座桥的桥洞很高,洞身也很长,但是很狭窄,只有人的肩膀那样宽。桥以西,桥以东,水面落差很大,水势很急,翻花卷浪,老远就听见訇訇的水声,像打雷一样。大家研究,这女尸一定是从大闸闸口冲下来的,不知怎么会卡在桥洞里了。不能就让她这么在桥洞里堵着。可是谁也想不出办法,谁也不敢下去。去找陈泥鳅。

陈泥鳅来了,看了看。他知道桥洞里有一块石头,突出一个尖角(他小时候老在洞里钻来钻去,对洞里每一块石头都熟悉)。这女人大概是身上衣服在这个尖角上绊住了。这也是个巧劲儿,要不,这样猛的水流,早把她冲出来了。"十块现大洋,我把她弄出来。"

"十块？"公益会的人吃了一惊，"你要得太多了！"

"是多了点。我有急用。这是玩命的事！我得从桥洞西口顺水窜进桥洞，一下子把她拨拉动了，就算成了。就这一下。一下子拨拉不动，我就会塞在桥洞里，再也出不来了！你们也都知道，桥洞只有肩膀宽，没法转身。水流这样急，退不出来。那我就只好陪着她了。"

大家都说："十块就十块吧！这是砂锅捣蒜，一锤子！"

陈泥鳅把浑身衣服脱得光光的，道了一声"对不起了！"纵身入水，顺着水流，笔直地窜进了桥洞。大家都捏着一把汗。只听见欻地一声，女尸冲出来了。接着陈泥鳅从东面洞口凌空窜进了水面。大家伙发了一声喊："好水性！"

陈泥鳅跳上岸来，穿了衣服，拿了十块钱，说了声"得罪得罪！"转身就走。

大家以为他又是进赌场、进酒店了。没有，他径直地走进陈五奶奶家里。

陈五奶奶守寡多年。她有个儿子，去年死了，儿媳妇改了嫁，留下一个孩子。陈五奶奶就守着小孙子过，日子很折皱。这孩子得了急惊风，浑身滚烫，鼻翅扇动，四肢抽搐，陈五奶奶正急得两眼发直。陈泥鳅把十块钱交在她手里，说："赶紧先到万全堂，磨一点羚羊角，给孩子喝了，再抱到王淡人那里看看！"

说着抱了孩子，拉了陈五奶奶就走。

陈五奶奶也不知哪里来的劲，跟着他一同走得飞快。

一九八三年八月一日急就

《受戒》（节选）

明海出家已经四年了。

他是十三岁来的。

这个地方的地名有点怪，叫庵赵庄。赵，是因为庄上大都姓赵。叫做庄,可是人家住得很分散,这里两三家,那里两三家。一出门,远远可以看到,走起来得走一会,因为没有大路,都是弯弯曲曲的田埂。庵,是因为有一个庵。庵叫菩提庵,可是大家叫讹了,叫成荸荠庵。连庵里的和尚也这样叫。"宝刹何处?"——"荸荠庵。"庵本来是住尼姑的。"和尚庙"、"尼姑庵"嘛。可是荸荠庵住的是和尚。也许因为荸荠庵不大,大者为庙,小者为庵。

明海在家叫小明子。他是从小就确定要出家的。他的家乡不叫"出家",叫"当和尚"。他的家乡出和尚。就像有的地方出劁猪的,有的地方出织席子的,有的地方出箍桶的,有的地方出弹棉花的,有的地方出画匠,有的地方出婊子,他的家乡出和尚。人家弟兄多,就派一个出去当和尚。当和尚也要通过关系,也有帮。这地方的和尚有的走得很远。有到杭州灵隐寺的、上海静安寺的、镇江金山寺的、扬州天宁寺的。一般的就在本县的寺庙。明海家田少,老大、老二、老三,就足够种的了。他是老四。他七岁那年,他当和尚的舅舅回家,他爹、他娘就和舅舅商议,决定叫他当和尚。他当时在旁边,觉得这实在是在情在理,没有理由反对。当和尚有很多好处。一是可以吃现成饭。哪个庙里都是管饭的。二是可以攒钱。只要学会了放瑜伽焰口,拜梁皇忏,可以按例分到辛苦钱。积攒起来,将来还俗娶亲也可以;不想还俗,买几亩田也可以。当和尚也不容易,一要面如朗月,二要声如钟磬,三要聪明记性好。他舅舅给他相了相面,叫他前走几步,后走几步,又叫他喊了一声赶牛打场的号子:"格当的——",说是"明子准能当个好和尚,我包了!"要当和尚,得下点本,——念几年书。哪有不认字的和尚呢!于是明子就开蒙入学,读了《三字经》、《百家姓》、《四言杂字》、《幼学琼林》、《上论、下论》、《上孟、下孟》,每天还写一张仿。村里都夸他字写得好,很黑。

舅舅按照约定的日期又回了家,带了一件他自己穿的和尚领的短衫,叫明子娘改小一点,给明子穿上。明子穿了这件和尚短衫,下身还是在家穿的紫花裤子,赤脚穿了一双新布鞋,跟他爹、他娘磕了一个头,就随舅舅走了。

他上学时起了个学名,叫明海。舅舅说,不用改了。于是"明海"就从学名变成了法名。

过了一个湖。好大一个湖!穿过一个县城。县城真热闹:官盐店,税务局,肉铺里挂着成边的猪,一个驴子在磨芝麻,满街都是小磨香油的香味,布店,卖茉莉粉、梳头油的什么斋,卖绒花的,卖丝线的,打把式卖膏药的,吹糖人的,耍蛇的,……他什么都想看看。舅舅一劲地推他:"快走!快走!"

到了一个河边,有一只船在等着他们。船上有一个五十来岁的瘦长瘦长的大伯,船头蹲着一个跟明子差不多大的女孩子,在剥一个莲蓬吃。明子和舅舅坐到舱里,船就开了。

明子听见有人跟他说话,是那个女孩子。

"是你要到荸荠庵当和尚吗?"

明子点点头。

"当和尚要烧戒疤呕!你不怕?"

明子不知道怎么回答,就含含糊糊地摇了摇头。

"你叫什么?"

"明海。"

"在家的时候?"

"叫明子。"

"明子!我叫小英子!我们是邻居。我家挨着荸荠庵。——给你!"

小英子把吃剩的半个莲蓬扔给明海,小明子就剥开莲蓬壳,一颗一颗吃起来。

大伯一桨一桨地划着,只听见船桨拨水的声音:

"哗——许!哗——许!"

……

荸荠庵的地势很好,在一片高地上。这一带就数这片地势高,当初建庵的人很会选地方。门前是一条河。门外是一片很大的打谷场。三面都是高大的柳树。山门里是一个穿堂。迎门供着弥勒佛。不知是哪一位名士撰写了一副对联:

大肚能容容天下难容之事，

开颜一笑笑世间可笑之人。

弥勒佛背后，是韦驮。过穿堂，是一个不小的天井，种着两棵白果树。天井两边各有三间厢房。走过天井，便是大殿，供着三世佛。佛像连龛才四尺来高。大殿东边是方丈，西边是库房。大殿东侧，有一个小小的六角门，白门绿字，刻着一副对联：

一花一世界

三藐三菩提

进门有一个狭长的天井，几块假山石，几盆花，有三间小房。

小和尚的日子清闲得很。一早起来，开山门，扫地。庵里的地铺的都是箩底方砖，好扫得很，给弥勒佛、韦驮烧一炷香，正殿的三世佛面前也烧一炷香、磕三个头、念三声"南无阿弥陀佛"，敲三声磬。这庵里的和尚不兴做什么早课、晚课，明子这三声磬就全都代替了。然后，挑水，喂猪。然后，等当家和尚，即明子的舅舅起来，教他念经。

教念经也跟教书一样，师父面前一本经，徒弟面前一本经，师父唱一句，徒弟跟着唱一句。是唱哎。舅舅一边唱，一边还用手在桌上拍板。一板一眼，拍得很响，就跟教唱戏一样。是跟教唱戏一样，完全一样哎。连用的名词都一样。舅舅说，念经：一要板眼准，二要合工尺。说：当一个好和尚，得有条好嗓子。说：民国二十年闹大水，运河倒了堤，最后在清水潭合龙，因为大水淹死的人很多，放了一台大焰口，十三大师——十三个正座和尚，各大庙的方丈都来了，下面的和尚上百。谁当这个首座？推来推去，还是石桥——善因寺的方丈！他往上一坐，就跟地藏王菩萨一样，这就不用说了；那一声"开香赞"，围看的上千人立时鸦雀无声。说：嗓子要练，夏练三伏，冬练三九，要练丹田气！说：要吃得苦中苦，方为人上人！说：和尚里也有状元、榜眼、探花！要用心，不要贪玩！舅舅这一番大法要说得明海和尚实在是五体投地，于是就一板一眼地跟着舅舅唱起来：

"炉香乍爇①——"

"炉香乍爇——"

"法界蒙薰——"

"法界蒙薰——"

"诸佛现金身……"

"诸佛现金身……"

……

等明海学完了早经,——他晚上临睡前还要学一段,叫做晚经,——荸荠庵的师父们就都陆续起床了。

……

……(略)②

这个庵里无所谓清规,连这两个字也没人提起。

仁山吃水烟,连出门做法事也带着他的水烟袋。

他们经常打牌。这是个打牌的好地方。把大殿上吃饭的方桌往门口一搭,斜放着,就是牌桌。桌子一放好,仁山就从他的方丈里把筹码拿出来,哗啦一声倒在桌上。斗纸牌的时候多,搓麻将的时候少。牌客除了师兄弟三人,常来的是一个收鸭毛的,一个打兔子兼偷鸡的,都是正经人。收鸭毛的担一副竹筐,串乡串镇,拉长了沙哑的声音喊叫:

"鸭毛卖钱——!"

偷鸡的有一件家什——铜蜻蜓。看准了一只老母鸡,把铜蜻蜓一丢,鸡婆子上去就是一口。这一啄,铜蜻蜓的硬簧绷开,鸡嘴撑住了,叫不出来了。正在这鸡十分纳闷的时候,上去一把薅住。

明子曾经跟这位正经人要过铜蜻蜓看看。他拿到小英子家门前试了一试,果然!小英的娘知道了,骂明子:

"要死了!儿子!你怎么到我家来玩铜蜻蜓了!"

小英子跑过来:

---

① 爇,ruò,烧。
② 此篇文中段落间多用省略号,故选文省略处标识在省略号后括号备注"略",以示区别。

"给我！给我！"

她也试了试，真灵，一个黑母鸡一下子就把嘴撑住，傻了眼了！

下雨阴天，这二位就光临荸荠庵，消磨一天。

有时没有外客，就把老师叔也拉出来，打牌的结局，大都是当家和尚气得鼓鼓的："×妈妈的！又输了！下回不来了！"

他们吃肉不瞒人。年下也杀猪。杀猪就在大殿上。一切都和在家人一样，开水、木桶、尖刀。捆猪的时候，猪也是没命地叫。跟在家人不同的，是多一道仪式，要给即将升天的猪念一道"往生咒"，并且总是老师叔念，神情很庄重：

"……一切胎生、卵生、息生，来从虚空来，还归虚空去。往生再世，皆当欢喜。南无阿弥陀佛！"

三师父仁渡一刀子下去，鲜红的猪血就带着很多沫子喷出来。

……

明子老往小英子家里跑。

小英子的家像一个小岛，三面都是河，西面有一条小路通到荸荠庵。独门独户，岛上只有这一家。岛上有六棵大桑树，夏天都结大桑椹，三棵结白的，三棵结紫的；一个菜园子，瓜豆蔬菜，四时不缺。院墙下半截是砖砌的，上半截是泥夯的。大门是桐油油过的，贴着一副万年红的春联：

向阳门第春常在

积善人家庆有余

门里是一个很宽的院子。院子里一边是牛屋、碓棚；一边是猪圈、鸡窠，还有个关鸭子的栅栏。露天地放着一具石磨。正北面是住房，也是砖基土筑，上面盖的一半是瓦，一半是草。房子翻修了才三年，木料还露着白茬。正中是堂屋，家神菩萨的画像上贴的金还没有发黑。两边是卧房。隔扇窗上各嵌了一块一尺见方的玻璃，明亮亮的，——这在乡下是不多见的。房檐下一边种着一棵石榴树，一边种着一棵栀子花，都齐房檐高了。夏天开了花，一红一白，好看得很。栀子花香得冲鼻子。顺风的时候，在荸荠庵都闻得见。

这家人口不多,他家当然是姓赵。一共四口人:赵大伯、赵大妈,两个女儿,大英子、小英子。老两口没得儿子。因为这些年人不得病,牛不生灾,也没有大旱大水闹蝗虫,日子过得很兴旺。他们家自己有田,本来够吃的了,又租种了庵上的十亩田。自己的田里,一亩种了荸荠,——这一半是小英子的主意,她爱吃荸荠,一亩种了茨菇。家里喂了一大群鸡鸭,单是鸡蛋鸭毛就够一年的油盐了。赵大伯是个能干人。他是一个"全把式",不但田里场上样样精通,还会罩鱼、洗磨、凿砻、修水车、修船、砌墙、烧砖、箍桶、劈篾、绞麻绳。他不咳嗽,不腰疼,结结实实,像一棵榆树。人很和气,一天不声不响。赵大伯是一棵摇钱树,赵大娘就是个聚宝盆。大娘精神得出奇。五十岁了,两个眼睛还是清亮亮的。不论什么时候,头都是梳得滑溜溜的,身上衣服都是格挣挣的。像老头子一样,她一天不闲着。煮猪食,喂猪,腌咸菜,——她腌的咸萝卜干非常好吃,舂粉子,磨小豆腐,编蓑衣,织芦箔。她还会剪花样子。这里嫁闺女,陪嫁妆,磁坛子、锡罐子,都要用梅红纸剪出吉祥花样,贴在上面,讨个吉利,也才好看:"丹凤朝阳"呀、"白头到老"呀、"子孙万代"呀、"福寿绵长"呀。二三十里的人家都来请她:"大娘,好日子是十六,你哪天去呀?"

——"十五,我一大清早就来!"

"一定呀!"——"一定!一定!"

两个女儿,长得跟她娘像一个模子里托出来的。眼睛长得尤其像,白眼珠鸭蛋青,黑眼珠棋子黑,定神时如清水,闪动时像星星。浑身上下,头是头,脚是脚。头发滑溜溜的,衣服格挣挣的。——这里的风俗,十五六岁的姑娘就都梳上头了。这两上丫头,这一头的好头发!通红的发根,雪白的簪子! 娘女三个去赶集,一集的人都朝她们望。

姐妹俩长得很像,性格不同。大姑娘很文静,话很少,像父亲。小英子比她娘还会说,一天咭咭呱呱地不停。大姐说:

"你一天到晚咭咭呱呱——"

"像个喜鹊!"

"你自己说的! ——吵得人心乱!"

"心乱?"

"心乱!"

"你心乱怪我呀!"

二姑娘话里有话。大英子已经有了人家。小人她偷偷地看过,人很敦厚,也不难看,家道也殷实,她满意。已经下过小定,日子还没有定下来。她这二年,很少出房门,整天赶她的嫁妆。大裁大剪,她都会。挑花绣花,不如娘。她可又嫌娘出的样子太老了。她到城里看过新娘子,说人家现在绣的都是活花活草。这可把娘难住了。最后是喜鹊忽然一拍屁股:"我给你保举一个人!"

这人是谁?是明子。明子念"上孟下孟"的时候,不知怎么得了半套《芥子园》,他喜欢得很。到了荸荠庵,他还常翻出来看,有时还把旧帐簿子翻过来,照着描。小英子说:

"他会画!画得跟活的一样!"

小英子把明海请到家里来,给他磨墨铺纸,小和尚画了几张,大英子喜欢得了不得:

"就是这样!就是这样!这就可以乱孱!"——所谓"乱孱"是绣花的一种针法:绣了第一层,第二层的针脚插进第一层的针缝,这样颜色就可由深到淡,不露痕迹,不像娘那一代绣的花是平针,深浅之间,界限分明,一道一道的。小英子就像个书童,又像个参谋:

"画一朵石榴花!"

"画一朵栀子花!"

她把花掐来,明海就照着画。

到后来,凤仙花、石竹子、水蓼、淡竹叶、天竺果子、腊梅花,他都能画。

大娘看着也喜欢,搂住明海的和尚头:

"你真聪明!你给我当一个干儿子吧!"

小英子捺住他的肩膀,说:

"快叫!快叫!"

小明子跪在地下磕了一个头,从此就叫小英子的娘做干娘。

大英子绣的三双鞋,三十里方圆都传遍了。很多姑娘都走路坐船来看。看完了,就说:"啧啧啧,真好看!这哪是绣的,这是一朵鲜花!"

她们就拿了纸来央大娘求了小和尚来画。有求画帐檐的,有求画门帘飘带的,有求画鞋头花的。每回明子来画花,小英子就给他做点好吃的,煮两个鸡蛋,蒸一碗芋头,煎几个藕团子。

因为照顾姐姐赶嫁妆,田里的零碎生活小英子就全包了。她的帮手,是明子。

这地方的忙活是栽秧、车高田水,薅头遍草,再就是割稻子、打场子。这几荐重活,自己一家是忙不过来的。这地方兴换工。排好了日期,几家顾一家,轮流转。不收工钱,但是吃好的。一天吃六顿,两头见肉,顿顿有酒。干活时,敲着锣鼓,唱着歌,热闹得很。其余的时候,各顾各,不显得紧张。

薅三遍草的时候,秧已经很高了,低下头看不见人。一听见非常脆亮的嗓子在一片浓绿里唱:

栀子哎开花哎六瓣头哎……

姐家哎门前哎一道桥哎……

明海就知道小英子在哪里,三步两步就赶到,赶到就低头薅起草来,傍晚牵牛"打汪",是明子的事。——水牛怕蚊子。这里的习惯,牛卸了轭,饮了水,就牵到一口和好泥水的"汪"里,由它自己打滚扑腾,弄得全身都是泥浆,这样蚊子就咬不透。低田上水,只要一挂十四轧的水车,两个人车半天就够了。明子和小英子就伏在车杠上,不紧不慢地踩着车轴上的拐子,轻轻地唱着明海向三师父学来的各处山歌。打场的时候,明子能替赵大伯一会,让他回家吃饭。——赵家自己没有场,每年都在荸荠庵外面的场上打谷子。他一扬鞭子,喊起了打场号子:

"格当的——"

这打场号子有音无字,可是九转十三弯,比什么山歌号子都好听。赵大娘在家,听见明子的号子,就侧起耳朵:

"这孩子这条嗓子!"

连大英子也停下针线：

"真好听！"

小英子非常骄傲地说：

"一十三省数第一！"

晚上，他们一起看场。——荸荠庵收来的租稻也晒在场上。他们并肩坐在一个石磙子上，听青蛙打鼓，听寒蛇唱歌，——这个地方以为蝼蛄叫是蚯蚓叫，而且叫蚯蚓叫"寒蛇"，听纺纱婆子不停地纺纱，"口沙——"，看萤火虫飞来飞去，看天上的流星。

"呀！我忘了在裤带上打一个结！"小英子说。

这里的人相信，在流星掉下来的时候在裤带上打一个结，心里想什么好事，就能如愿。

……

"挖"荸荠，这是小英最爱干的生活。秋天过去了，地净场光，荸荠的叶子枯了——荸荠的笔直的小葱一样的圆叶子里是一格一格的，用手一挝，哗哗地响，小英子最爱挖着玩，——荸荠藏在烂泥里。赤了脚，在凉浸浸滑溜溜的泥里踩着，——哎，一个硬疙瘩！伸手下去，一个红紫红紫的荸荠。她自己爱干这生活，还拉了明子一起去。她老是故意用自己的光脚去踩明子的脚。

她挎着一篮子荸荠回去了，在柔软的田埂上留了一串脚印。明海看着她的脚印，傻了。五个小小的趾头，脚掌平平的，脚跟细细的，脚弓部分缺了一块。明海身上有一种从来没有过的感觉，他觉得心里痒痒的。这一串美丽的脚印把小和尚的心搞乱了。

……

明子常搭赵家的船进城，给庵里买香烛，买油盐。闲时是赵大伯划船；忙时是小英子去，划船的是明子。

从庵赵庄到县城，当中要经过一片很大的芦花荡子。芦苇长得密密的，当中一条水路，四边不见人。划到这里，明子总是无端端地觉得心里很紧张，他就使劲地划桨。小英子喊起来：

"明子！明子！你怎么啦？你发疯啦？为什么划得这么快？"

……

明海到善因寺去受戒。

"你真的要去烧戒疤呀？"

"真的。"

"好好的头皮上烧十二个洞，那不疼死啦？"

"咬咬牙。舅舅说这是当和尚的一大关，总要过的。"

"不受戒不行吗？"

"不受戒的是野和尚。"

"受了戒有啥好处？"

"受了戒就可以到处云游，逢寺挂褡。"

"什么叫'挂褡'？"

"就是在庙里住。有斋就吃。"

"不把钱？"

"不把钱。有法事，还得先尽外来的师父。"

"怪不得都说'远来的和尚会念经'。就凭头上这几个戒疤？"

"还要有一份戒牒。"

"闹半天，受戒就是领一张和尚的合格文凭呀！"

"就是！"

"我划船送你去。"

"好。"

……（略）

第四天一大清早小英子就去看明子。她知道明子受戒是第三天半夜，——烧戒疤是不许人看的。她知道要请老剃头师傅剃头，要剃得横摸顺摸都摸不出头发茬子，要不然一烧，就会"走"了戒，烧成了一片。她知道是用枣泥子先点在头皮上，然后用香头子点着。她知道烧了戒疤就喝一碗蘑菇汤，让它"发"，还不能躺下，要不停地走动，叫做"散戒"。这些都是明子告诉她的。明子是听舅舅说的。

她一看,和尚真在那里"散戒",在城墙根底下的荒地里。一个一个,穿了新海青,光光的头皮上都有十二个黑点子。——这黑疤掉了,才会露出白白的、圆圆的"戒疤"。和尚都笑嘻嘻的,好像很高兴。她一眼就看见了明子。隔着一条护城河,就喊他:

"明子!"

"小英子!"

"你受了戒啦?"

"受了。"

"疼吗?"

"疼。"

"现在还疼吗?"

"现在疼过去了。"

"你哪天回去?"

"后天。"

"上午?下午?"

"下午。"

"我来接你!"

"好!"

……

小英子把明海接上船。

小英子这天穿了一件细白夏布上衣,下边是黑洋纱的裤子,赤脚穿了一双龙须草的细草鞋,头上一边插着一朵栀子花,一边插着一朵石榴花。她看见明子穿了新海青,里面露出短褂子的白领子,就说:"把你那外面的一件脱了,你不热呀!"

他们一人一把桨。小英在中舱,明子扳艄,在船尾。

她一路问了明子很多话,好像一年没有看见了。

她问,烧戒疤的时候,有人哭吗?喊吗?

明子说,没有人哭,只是不住地念佛。有个山东和尚骂人:

"俺日你奶奶！俺不烧了！"

她问善因寺的方丈石桥是相貌和声音都很出众吗？

"是的。"

"说他的方丈比小姐的绣房还讲究？"

"讲究。什么东西都是绣花的。"

"他屋里很香？"

"很香。他烧的是伽楠香,贵得很。"

"听说他会做诗,会画画,会写字？"

"会。庙里走廊两头的砖额上,都刻着他写的大字。"

"他是有个小老婆吗？"

"有一个。"

"才十九岁？"

"听说。"

"好看吗？"

"都说好看。"

"你没看见？"

"我怎么会看见？我关在庙里。"

明子告诉她,善因寺一个老和尚告诉他,寺里有意选他当沙弥尾,不过还没有定,要等主事的和尚商议。

"什么叫'沙弥尾'？"

"放一堂戒,要选出一个沙弥头,一个沙弥尾。沙弥头要老成,要会念很多经。沙弥尾要年轻,聪明,相貌好。"

"当了沙弥尾跟别的和尚有什么不同？"

"沙弥头,沙弥尾,将来都能当方丈。现在的方丈退居了,就当。石桥原来就是沙弥尾。"

"你当沙弥尾吗？"

"还不一定哪。"

"你当方丈,管善因寺？管这么大一个庙？！"

"还早呐!"

划了一气,小英子说:"你不要当方丈!"

"好,不当。"

"你也不要当沙弥尾!"

"好,不当。"

又划了一气,看见那一片芦花荡子了。

小英子忽然把桨放下,走到船尾,趴在明子的耳朵旁边,小声地说:"我给你当老婆,你要不要?"

明子眼睛鼓得大大的。

"你说话呀!"

明子说:"嗯。"

"什么叫'嗯'呀!要不要,要不要?"

明子大声地说:"要!"

"你喊什么!"

明子小小声说:"要——!"

"快点划!"

英子跳到中舱,两只桨飞快地划起来,划进了芦花荡。

芦花才吐新穗。紫灰色的芦穗,发着银光,软软的,滑溜溜的,像一串丝线。有的地方结了蒲棒,通红的,像一枝一枝小蜡烛。青浮萍,紫浮萍。长脚蚊子,水蜘蛛。野菱角开着四瓣的小白花。惊起一只青桩(一种水鸟),擦着芦穗,扑鲁鲁鲁飞远了。

……

一九八〇年八月十二日
写四十三年前的一个梦

【阅读提示】

1.《故里三陈》发表于《人民文学》1983年第9期,以苏北高邮作为背景,在对故乡风情的描写中着意塑造了故乡三个姓陈的能人巧人形象,都是能人,都有善心,社会地位都卑下,除陈泥鳅外,结局都不幸。他们虽各有各的职业与个性,但作者显然对他们都抱以同情与赞美。写"三陈"的笔法各有不同,有的侧重人物勾勒,有的侧重风俗描写,组合起来,却是完整的关于故乡的回忆。

短的篇幅,描写的还是人的一生,如何塑造人物?正像他自己所说的:"短篇小说是'空白的艺术'。办法很简单,能不说的话就不说。这样一篇小说的容量就会更大了,传达的信息就更多。以己少少许,胜人多多许。短了,其实是长了。少了,其实是多了。这是很划算的事。"因此,作者写人物较少用肖像、心理等精刻细描,大多写人物的表面行状,一件或几件事情,几乎没有作者直接鲜明的感情色彩,然而读完小说,你自然可以知道作者的感情。这种描写不是西洋人物画惟妙惟肖的逼真写法,而是中国人物画勾勒线条的粗犷写法,可能有眼睛没鼻子,只浓墨重彩于人物的某一特点,简约或省略其他方面。这种人物描写与《世说新语》写人简洁、奇崛的风格非常类似。

《陈小手》是汪曾祺的奇作。团长的一声枪响,和"团长觉得怪委屈"一句平和的收尾,其强烈的反差和包含的无尽蕴意给读者的震憾是深长持久的。陈小手这一人物是有原型的,生活中的"陈小手"并未被团长一枪打死,汪曾祺在小说中对这一结局做了虚构处理。从内容上来看,这一结尾更有力地塑造"团长"的可恶,同时,这一虚构从小说结构上讲也具有"空白的艺术"的效果。

《故里三陈》是"空白的艺术"典型的一例,而且在小说叙事节奏上显示了非凡的控制力。长句用于风俗介绍,而在描述人物动作时用短句、单音动词,使人物的那些行动如风一般行云流水划过。

2.《受戒》发表于《北京文学》1980年第10期。作品描写了小和尚明海与农家女小英子之间天真无邪的朦胧爱情,在一片明朗、湿润的水乡氛围中洋溢着人性和人情的欢歌。他在小说落款处留下一句话,写四十三年前的一个梦。小说的题目是《受戒》,但"受戒"的场面一直到小说即将结尾时才出现,而且是通过小英子的眼睛侧写的,作者并不将它当成情节的中心或者枢纽。小说一开始,就不断地出现插入成分,叙述当地"当和尚"的习俗、明海出家的小庵里的生活方式、英子一家及其生活、明海与英子一家的关系等。不但如此,小说的插入成分中还不断地出现其他的插入成分,例如,讲庵中和尚的生活方式的一段,连带插入叙述庵中几个和尚的特点,而在介绍三师傅的聪明时又连带讲到他"飞铙"的绝技、放焰口时出尽风头、当地和尚与妇女私奔的风俗、三师傅的山歌小调等。虽然有这么多的枝节,小说的叙述却曲尽自然,仿佛水的流动,既是安安静静的,同时又是活泼的、流动的。小说虽然是写和尚,但是他写的和尚也是一种人,他们的生活也是一种生活,凡作为人的七情六欲,他们皆不缺少,只是表现方式不同而已。

汪曾祺小说的语言风格是由他独特的语气、语调和语感共同形成的。其总的特点是简洁自然、不重修饰。《受戒》按作家自己的说法,是"写四十三年前的一个梦"。作品的开头,一上来就是两段梦幻式的"呓语",有一种回忆的格调与气氛。句子平白,简短得不能再简短了:"明海出家已经四年了。""他是十三岁来的。"开头的简短,意在强调语言的自然、直白,用一种平静、质朴的"语气"给整个小说定下一个基调(语调):故事虽与梦想有关,与爱情有关,但文字却不华丽,不失自然朴素之美。

【思考与讨论】

1.《故里三陈》是"空白的艺术",但作者在有些地方不惜笔墨叙事铺陈,非常具体地一一介绍故里请老娘的风俗、庙会的队列角色等,这样写的目的和留白的艺术有什么关系,起到什么样的效果?根据提示,用同样的方法试着分析一下作者在刻画陈四和陈泥鳅时又用了什么不同的方法。

2.作者曾说,"气氛即人物",因为没有这样的气氛,便没有这样的人物。请以《受戒》为例,说说这篇小说中对荸荠庵与庵里和尚生活以及小英子家的介绍对小英子与明子的人物性格和形象刻画以及他们之间无拘无束、清纯、自然的初恋情有什么作用。

【延伸阅读】

《异秉》《岁寒三友》

【参考资料】

1. 胡河清:《汪曾祺论》,《当代作家评论》,1993年第1期。
2. 陈思和:《中国当代文学史教程》(汪曾祺部分),复旦大学出版社1999年版。

第七节　阿　城

阿城(1949—),当代作家,原名钟阿城,原籍四川江津,生于北京,1984年发表处女作《棋王》(《上海文学》,1984年第7期),引起广泛关注,获1983—1984年全国优秀中篇小说奖。此后又有小说《树王》《孩子王》相继问世,他的具有散文化倾向的系列短篇《遍地风流》也引起评论界的广泛关注。他的作品以白描的手法渲染民俗文化的氛围,透露出浓厚隽永的人生逸趣,寄寓了关于宇宙、生命、自然和人的哲学玄思,关心人类的生存方式,表现传统文化的现时积淀。这些作品以及他在1985年发表的关于"寻根"的理论文章《文化制约着人类》使他成为当时揭示民族文化心理的文化寻根派的代表人物,在海外也产生了一定的影响。20世纪90年代后定居美国,仍有不少杂感和散文作品发表,依旧沿袭了他直白冲淡的语言风格。

《棋王》(节选)

一

车站是乱得不能再乱,成千上万的人都在说话。谁也不去注意那条临时挂起来的大红布标语。这标语大约挂了不少次,字纸都折得有些坏。喇叭里放着一首又一首的语录歌儿,唱得大家心更慌。

我的几个朋友,都已被我送走插队,现在轮到我了,竟没有人来送。父母生前颇有些污点,运动一开始即被打翻死去。家具上都有机关的铝牌编号,于是统统收走,倒也名正言顺。我虽孤身一人,却算不得独子,不在留城政策之内。我野狼似的转悠一年多,终于还是决定要走。此去的地方按月有二十几元工资,我便很向往,争了要去,居然就批准了。因为所去之地与别国相邻,斗争之中除了阶级,尚有国际,出身孬一些,组织上不太放心。我争得这个信任和权利,欢喜是不用说的,更重要的是,每月二十几元,一个人如何用得完?只是没人来送,就有些不耐烦,于是先钻进车厢,想找个地方坐下,任凭站台上千万人话别。

车厢里靠站台一面的窗子已经挤满各校的知青,都探出身去说笑哭泣。另一面的窗子朝南,冬日的阳光斜射进来,冷清清地照在北边儿众多的屁股上。两边儿行李架上塞满了东西。我走动着找我的座位号,却发现还有一个精瘦的学生孤坐着,手拢在袖管儿里,隔窗望着车站南边儿的空车皮。

我的座位恰与他在一个格儿里,是斜对面儿,于是就坐下了,也把手拢在袖里。那个学生瞄了我一下,眼里突然放出光来,问:"下棋吗?"倒吓了我一跳,急忙摆手说:"不会!"他不相信地看着我说:"这么细长的手指头,就是个捏棋子儿的,你肯定会。来一盘吧,我带着家伙呢。"说着就抬身从窗钩上取下书包,往里掏着。我说:"我只会马走日,象走田。你没人送吗?"他已把棋盒拿出来,放在茶几上。塑料棋盘却搁不下,他想了想,就横摆了,说:"不碍事,一样下。来来来,你先走。"我笑起来,说:"你没人送吗?这么乱,下什么棋?"他一边码好最后一个棋子,一边说:"我他妈要谁送?去的是有饭吃的地方,闹得这么哭哭啼啼的。来,你先走。"我奇怪了,可还是拈起炮,往当头上一移。我的棋还没移到,他的马却"啪"的一声跳好,比我还快。我就故意将炮移过当头的地方停下。他很快地看了一眼我的下巴,说:"你还说不会?这炮二平六的开局,我在郑州遇见一个葛人,就是这么走,险些输给他。炮二平五当头炮,是老开局,可有气势,而且是最稳的。嗯?你走。"我倒不知怎么走了,手在棋盘上游移着。他不动声色地看着整个棋盘,又把手袖笼起来。

就在这时,车厢乱了起来。好多人拥进来,隔着玻璃往外招手。我就站起身,也隔着玻璃往北看月台上。站上的人都拥到车厢前,都在叫,乱成一片。车身忽地一动,人群"嗡"地一下,哭声四起。我的背被谁捅了一下,回头一看,他一手护着棋盘,说:"没你这么下棋的,走哇!"我实在没心思下棋,而且心里有些酸,就硬硬地说:"我不下了。这是什么时候!"他很惊愕地看着我,忽然像明白了,身子软下去,不再说话。

车开了一会儿,车厢开始平静下来。有水送过来,大家就掏出缸子要水。我旁边的人打了水,说:"谁的棋?收了放缸子。"他很可怜的样子,问:"下棋吗?"要放缸的人说:"反正没意思,来一盘吧。"他就很高兴,连忙码好棋子。对手说:"这横着算怎么回事儿?没法儿看。"他搓着手说:"凑合了,平常看棋的时候,棋盘不等于是横着的?你先走。"对手很老练地拿起棋子儿,嘴里叫着:"当头炮。"他跟着跳上马。对手马上把他的卒吃了,他也立刻用马吃了对方的炮。我看这种简单的开局没有大意思,又实在对象棋不感兴趣,就转了头。

这时一个同学走过来,像在找什么人,一眼望到我,就说:"来来来,四缺一,就差你了。"我知道他们是在打牌,就摇摇头。同学走到我们这一格,正待伸手拉我,忽然大叫:"棋呆子,你怎么在这儿?你妹妹刚才把你找苦了,我说没见啊。没想到你在我们学校这节车厢里,气儿都不吭一声。你瞧你瞧,又下上了。"

棋呆子红了脸,没好气儿地说:"你管天管地,还管我下棋?走,该你走了。"就又催促我身边的对手。我这时听出点音儿来,就问同学:"他就是王一生?"同学睁了眼,说:"你不认识他?唉呀,你白活了。你不知道棋呆子?"我说:"我知道棋呆子就是王一生,可不知道王一生就是他。"说着,就仔细看着这个精瘦的学生。王一生勉强笑一笑,只看着棋盘。

王一生简直大名鼎鼎。我们学校与旁边几个中学常常有学生之间的象棋厮杀,后来拼出几个高手。几个高手之间常摆擂台,渐渐地,几乎每次冠军就都是王一生了。我因为不喜欢象棋,也就不去关心什么象棋冠军,但王一生的大名,却常被班上几个棋篓子供在嘴上,我也就对其事迹略闻一二,知道王一生外号棋呆子,棋下得神不用说,而且在他们学校那一年级里数理成绩总是前数名。我想棋下得好而且有个数学脑子,这很合情理,可我又不信人们说的那些王一生的呆事,觉得不过是大家寻逸闻鄙事,以快言论罢了。后来运动起来,忽然有一天大家传说棋呆子在串连时犯了事儿,被人押回学校了。我对棋呆子能出去串连表示怀疑,因为以前大家对他的描述说明他不可能解决串连时的吃喝问题。可大家说呆子确实去串连了,因为老下棋,被人瞄中,就同他各处走,常常送他一点儿钱,他也不问,只是收下。后来才知道,每到一处,呆子必要挤地头看下棋。看上一盘,必要把输家挤开,与赢家杀一盘。初时大家见他其貌不扬,不与他下。他执意要杀,于是就杀。几步下来,对方出了小汗,嘴却不软。呆子也不说话,只是出手极快,像是连想都不想。待到对方终于闭了嘴,连一圈儿观棋的人也要慢慢思索棋路而不再支招儿的时候,与呆子同行的人就开始摸包儿。大家正看得紧张,哪里想到钱包已经易主?待三盘下来,众人都摸头。这时呆子倒成了棋主,连问可有谁还要杀?有那不服的,就坐下来杀,最后仍是无一盘得利。后来常常是众人齐做一方,七嘴八舌与呆子对手。呆子也不忙,反倒促众人快走,因为师傅多了,常为一步棋如何走自家争吵起来。就这样,在一处呆子可以连杀上一天,后来有那观棋的人发觉钱包丢了,闹嚷起来。慢慢有几个有心计的人暗中观察,看见有人掏包,也不响,之后见那人晚上来邀呆子走,就发一声喊,将扒手与呆子一齐绑了,由造反队审。呆子糊糊涂涂,只说别人常给他钱,大约是可怜他,也不知钱如何来,自己只是喜欢下棋。审主看他呆相,就命人押了回来,一时各校传为逸事。后来听说呆子认为外省马路棋手高手不多,不能长进,就托人找城里名手邀战。有个同学就带他去见自己的父亲,据说是国内名手。名手见了呆子,也不多说,只摆一副据说是宋时留下的残局,要呆子走。呆子看了半晌,一五一十道来,替古人赢了。名手很惊讶,要收呆子为徒。不料呆子却问:"这残局你可走通了?"名手没反应过来,就说:"还未通。"呆子说:"那我为什么要做你的徒弟?"名手只好请呆子开路,事后对自己的儿子说:"你这同学桀骜不驯,棋品连着人品,照这样下去,棋品必劣。"又举了一些最新指示,说若能好好学习,棋锋必健。后来呆子认识了一个捡烂纸的老头儿,被老头儿连杀三天而仅赢一盘。呆子就执意要替老头儿去撕大字报纸,不要老头儿劳动。不料有一天撕了某造反团刚贴的"檄文",被人拿获,又被这造反团栽诬于对立派,说对方"施阴谋,弄诡计",必讨之,而且是可忍,孰不可忍!对立派又阴使人偷出呆子,用了呆子的名义,对先前的造反团反戈一击。一时呆子的大名"王一生"贴得满街都是,许多外省来取经的革命战士许久才明白王一生原来是个棋呆子,就有人请了去外省会一些江湖名手。交手之后,各有胜负,不过呆子的棋据说是越下越精了。只可惜全国忙于革命,否则呆子不知会有什么造就。

这时,我旁边的人也明白对手是王一生,连说不下了。王一生便很沮丧。我说:"你妹妹来送你,你也不知道和家里人说说话儿,倒拉着我下棋!"王一生看着我说:"你哪儿知道我们这些人是怎么回事儿?你们这些人好日子过惯了,世上不明白的事儿多着呢!你家父母大约是舍不得你走了?"我怔了怔,看着手说:"哪儿来父母,都死球了。"我的同学就添油加醋地叙了我一番,我有些不耐烦,说:"我家死人,你倒有了故事了。"王一生想了想,对我说:"那你这两年靠什么活着?"我说:"混一天算一天。"王一生就看定了我问:"怎么混?"我不答。呆了一会儿,王一生叹一声,说:"混可不易。一天不吃饭,棋路都乱。不管怎么说,你父母在时,你家日子还好过。"我不服气,说:"你父母在,当然要说风凉话。"我的同学见话不投机,就岔开说:"呆子,这里没有你的对手,走,和我们打牌去吧。"呆子笑一笑,说:"牌算什么,瞌睡着也能赢你们。"我旁边儿的人说:"据说你下棋可以不吃饭?"我说:"人一迷上什么,吃饭倒是不重要的事。大约能干出什么事儿的人,总免不了有这种傻事。"王一生想一想,又摇摇头,说:"我可不是这样。"说完就去看窗外。

一路下去,慢慢我发觉我和王一生之间,既开始有互相的信任和基于经验的同情,又有各自的疑问。他总是问我与他认识之前是怎么生活的,尤其是父母死后的两年是怎么混的。我大略地告诉了他,可他又特别在一些细节上详细地打听,主要是关于吃。例如讲到有一次我一天没有吃到东西,他就问:"一点儿都没吃到吗?"我说:"一点儿也没有。"他又问:"那你后来吃到东西是在什么时候?"我说:"后来碰到一个同学,他要用书包装很多东西,就把书包翻倒过来腾干净,里面有一个干馒头,掉在地上就碎了。我一边儿和他说话,一边儿就把这些碎馒头吃下去。不过,说老实话,干烧饼比干馒头解饱得多,而且顶时候儿。"他同意我关于干烧饼的见解,可马上又问:"我是说,你吃到这个干馒头的时候是几点?过了当天夜里十二点吗?"我说:"噢,不。是晚上十点吧。"他又问:"那第二天你吃了什么?"我有点儿不耐烦。讲老实话,我不太愿意复述这些事情,尤其是细节。我觉得这些事情总在腐蚀我,它们与我以前对生活的认识太不合辙,总好像是在嘲笑我的理想。我说:"当天晚上我睡在那个同学家。第二天早上,同学买了两个油饼,我吃了一个。上午我随他去跑一些事,中午他请我在街上吃。晚上嘛,我不好意思再在他那儿吃,可另一个同学来了,知道我没什么着落,硬拉了我去他家,当然吃得还可以。怎么样?还有什么不清楚?"他笑了,说:"你才不是你刚才说的什么'一天没吃东西'。你十二点以前吃了一个馒头,没有超过二十四小时。更何况第二天你的伙食水平不低,平均下来,你两天的热量还是可以的。"我说:"你恐怕还是有些呆!要知道,人吃饭,不但是肚子的需要,而且是一种精神需要。不知道下一顿在什么地方,人就特别想到吃,而且,饿得快。"他说:"你家道尚好的时候,有这种精神压力吗?恐怕没有什么精神需求吧?有,也只不过是想好上再好,那是馋。馋是你们这些人的特点。"我承认他说得有些道理,禁不住问他:"你总在说你们、你们,可你是什么人?"他迅速看着其他地方,只是不看我,说:"我当然不同了。我主要是对吃要求得比较实在。唉,不说这些了,你真的不喜欢下棋?何以解忧?唯有象棋。"我瞧着他说:"你有什么忧?"他仍然不看我,"没有什么忧,没有。'忧'这玩意儿,是他妈文人的佐料儿。我们这种人,没有什么忧,顶多有些不痛快。何以解不痛快?唯有象棋。"

我看他对吃很感兴趣,就注意他吃的时候。列车上给我们这几节知青车厢送饭时,他若心思不在下棋上,就稍稍有些不安。听见前面大家拿吃时铝盒的碰撞声,他常常闭上眼,嘴巴紧紧收着,倒好像有些恶心。拿到饭后,马上就开始吃,吃得很快,喉节一缩一缩的,脸上绷满了筋。常常突然停下来,很小心地将嘴边或下巴上的饭粒儿和汤水油花儿用整个儿食指抹进嘴里。若饭粒儿落在衣服上,就马上一按,拈进嘴里。若一个没按住,饭粒儿由衣服上掉下地,他也立刻双脚不再移动,转了上身找。这时候他若碰上我的目光,就放慢速度。吃完以后,他把两只筷子吮净,拿水把饭盒冲满,先将上面一层油花吸净,然后就带着安全到达彼岸的神色小口小口的呷。有一次,他在下棋,左手轻轻地叩茶几。一粒干缩了的饭粒儿也轻轻地小声跳着。他一下注意到了,就迅速将那个饭粒儿放进嘴里,腮上立刻显出筋络。我知道这种干饭粒儿很容易嵌到槽牙里,巴在那儿,舌头是赶它不出的。果然,呆了一会儿,他就伸手到嘴里去抠。终于嚼完,和着一大股口水,"咕"地一声儿咽下去,喉节慢慢地移下来,眼睛里有了泪花。他对吃是虔诚的,而且很精细。有时你会可怜那些饭被他吃得一个渣儿都不剩,真有点儿惨无人道。我在火车上一直看他下棋,发现他同样是精细的,但就有气度得多。他常常在我们还根本看不出已是败局时就开始重码棋子,说:"再来一盘吧。"有的人不服输,非要下完,总觉得被他那样暗示死刑存些侥幸,他也奉陪,用四五步棋逼死对方,说:"非要听'将',有瘾?"

　　我每看到他吃饭,就回想起杰克·伦敦的《热爱生命》,终于在一次饭后他小口呷汤时讲了这个故事。我因为有过饥饿的经验,所以特别渲染了故事中的饥饿感觉。他不再喝汤,只是把饭盒端在嘴边儿,一动不动地听我讲。我讲完了,他呆了许久,凝视着饭盒里的水,轻轻吸了一口,才很严肃地看着我说:"这个人是对的。他当然要把饼干藏在褥子底下。照你讲,他是对失去食物发生精神上的恐惧,是精神病?不,他有道理,太有道理了。写书的人怎么可以这么理解这个人呢?杰……杰什么?嗯,杰克·伦敦,这个小子他妈真是饱汉子不知饿汉饥。"我马上指出杰克·伦敦是一个如何如何的人。他说:"是呀,不管怎么样,像你说的,杰克·伦敦后来出了名,肯定不愁吃的,他当然会叼着根烟,写些嘲笑饥饿的故事。"我说:"杰克·伦敦丝毫也没有嘲笑饥饿,他是……"他不耐烦地打断我说:"怎么不是嘲笑?把一个特别清楚饥饿是怎么回事儿的人写成发了神经,我不喜欢。"我只好苦笑,不再说什么。可是一没人和他下棋了,他就又问我:"嗯?再讲个吃的故事?其实杰克·伦敦那个故事挺好。"我有些不高兴地说:"那根本不是个吃的故事,那是一个讲生命的故事。你不愧为棋呆子。"大约是我脸上有种表情,他于是不知怎么办才好。我心里有一种东西升上来,我还是喜欢他的,就说:"好吧,巴尔扎克的《邦斯舅舅》听过吗?"他摇摇头。我就又好好儿描述一下邦斯舅舅这个老饕。不料他听完,马上就说:"这个故事不好,这是一个馋的故事,不是吃的故事。邦斯这个老头儿若只是吃而不馋,不会死。我不喜欢这个故事。"他马上意识到这最后一句话,就急忙说:"倒也不是不喜欢。不过洋人总和咱们不一样,隔着一层。我给你讲个故事吧。"我马上感了兴趣:棋呆子居然也有故事!他把身体靠得舒服一些,说:"从前哪,"笑了笑,又说:"老是他妈从前,可这个故事是我们院儿的五奶奶讲的。嗯——老辈子的时候,有这么一家子,吃喝不愁。粮食一囤一囤的,顿顿想吃多少吃多少,嘿,可美气了。后来呢,娶了个儿媳妇。那真能干,就没说把饭做糊过,不干不稀,特解饱。可这媳妇,每做一顿饭,必抓出一把米来藏好……"听到这儿,我忍不住插嘴:"老掉牙的故事了,还不是后来遇了荒年,大家没饭吃,媳妇把每日攒下的米拿出来,不但自家有了,还分给穷人?"他很惊奇地坐直了,看着我说:"你知道这个故事?可那米没有分给别人,五奶奶没有说分给别人。"我笑了,说:"这是教育小孩儿要节约的故事,你还拿来有滋有味儿地讲,你真是呆子。这不是一个吃的故事。"他摇摇头,说:"这太是吃的故事了,首先得有饭,才能吃,这家子有一囤一囤的粮食。可光穷吃不行,得记着断顿儿的时候,每顿都要欠一点儿。老话儿说'半饥半饱日子长'嘛。"我想笑但没笑出来,似乎明白了一些什么。

为了打消这种异样的感触,就说:"呆子,我跟你下棋吧。"他一下高兴起来,紧一紧手脸,啪啪啪就把棋码好,说:"对,说什么吃的故事,还是下棋。下棋最好,何以解不痛快?唯有下象棋。啊?哈哈哈!你先走。"我又是当头炮,他随后把马跳好。我随便动了一个子儿,他很快地把兵移前一格儿。我并不真心下棋,心想他念到中学,大约是读过不少书的,就问:"你读过曹操的《短歌行》?"他说:"什么《短歌行》?"我说:"那你怎么知道'何以解忧,唯有杜康'?"他愣了,问:"杜康是什么?"我说:"杜康是一个造酒的人,后来也就代表酒,你把杜康换成象棋,倒也风趣。"他摆了一下头,说:"啊,不是。这句话是一个老头儿说的,我每回和他下棋,他总说这句。"我想起了传闻中的捡烂纸的老头儿,就问:"是捡烂纸的老头儿吗?"他看了我一眼,说:"不是。不过,捡烂纸的老头儿棋下得好,我在他那儿学到不少东西。"我很感兴趣地问:"这老头儿是个什么人?怎么下得一手好棋还捡烂纸?"他很轻地笑了一下,说:"下棋不当饭。老头儿要吃饭,还得捡烂纸。可不知他以前是什么人。有一回,我抄的几张棋谱不知怎么找不到了,以为当垃圾倒出去了,就到垃圾站去翻。正翻着,这老头儿推着筐过来了,指着我说:'你个大小伙子,怎么抢我的买卖?'我说不是,是找丢了的东西,他问什么东西,我没搭理他。可他问个不停,'钱,存折儿?结婚帖子?'我只好说是棋谱,正说着,就找到了。他说叫他看看。他在路灯底下挺快就看完了,说'这棋没根哪'。我说这是以前市里的象棋比赛。可他说,'哪儿的比赛也没用,你瞧这,这叫棋路?狗脑子。'我心想怕是遇上异人了,就问他当怎么走。老头儿哗哗说了一通棋谱儿,我一听,真的不凡,就提出要跟他下一盘。老头让我先说。我们俩就在垃圾站下盲棋,我是连输五盘。老头儿棋路猛,听头几步,没什么,可着子真阴真狠,打闪一般,网得开,收得又紧又快。后来我们见天儿在垃圾站下盲棋,每天回去我就琢磨他的棋路,以后居然跟他平过一盘,还赢过一盘,其实赢的那盘我们一共才走了十几步。老头儿用铅丝扒子敲了半天地面,叹一声:'你赢了。'我高兴了,直说要到他那儿去看看。老头儿白了我一眼,说,'撑的?!'告诉我明天晚上再在这儿等他。第二天我去了,见他推着筐远远来了。到了跟前,从筐里取出一个小布包,递到我手上,说这也是谱儿,让我拿回去,看瞧得懂不。又说哪天有走不动的棋,让我到这儿来说给他听听,兴许他就走动了。我赶紧回到家里,打开一看,还真他妈不懂。这是本异书,也不知是哪朝哪代的,手抄,边边角角儿,补了又补。上面写的东西,不像是说象棋,好像是说另外的什么事儿。我第二天又去找老头儿,说我看不懂,他哈哈一笑,说他先给我说一段儿,提个醒儿。他一开说,把我吓了一跳。原来开宗明义,是讲男女的事儿,我说这是'四旧'。老头儿叹了,说什么是旧?我这每天捡烂纸是不是在捡旧?可我回去把它们分门别类,卖了钱,养活自己,不是新?又说咱们中国道家讲阴阳,这开篇是借男女讲阴阳之气。阴阳之气相游相交,初不可太盛,太盛则折,折就是'折断'的'折'。我点点头。'太盛则折,太弱则泻。'老头儿说我的毛病是太盛。又说,若对手盛,则以柔化之。可要在化的同时,造成克势。柔不是弱,是容,是收,是含。含而化之,让对手入你的势。这势要你造,需无为而无不为。无为即是道,也就是棋运之大不可变,你想变,就不是象棋,输不用说了,连棋边儿都沾不上。棋运不可悖,但每局的势要自己造。棋运和势既有,那可就无所不为了。玄是真玄,可细琢磨,是那么个理儿。我说,这么讲是真提气,可这下棋,千变万化,怎么才能准赢呢?老头儿说这就是造势的学问了。造势妙在契机。谁也不走子儿,这棋没法儿下。可只要对方一动,势就可入,就可导。高手你入他很难,这就要损。损他一个子儿,损自己一个子儿,先导开,或找眼钉下,止住他的入势,铺排下自己的入势。这时你万不可死损,势式要相机而变。势势有相因之气,势套势,小势开导,大势含而化之,根连根,别人就奈何不得。老头儿说我只有套,势不太明。套可以算出百步之远,但无势,不成气候。又说我脑子好,有琢磨劲儿,后来输我的那一盘,就是大势已破,再下,就是玩了。老头儿说他日子不多了,无儿无女,遇见我,就传给我吧。我说你老人家棋道这么好,怎么干这种营生呢?老头儿叹了一口气,说这棋是祖上传下来的,但有训——'为棋不为生',为棋是养性,生会坏性,所以生不可太盛。又说他从小没学过什么谋生本事,现在想来,倒是训坏了他。"我似乎听明白了一些棋道,可很奇怪,就问:"棋道与生道难道有什么不同么?"王一生说:"我也是这么说,而且魔怔起来,问他天下大势。老头儿说,棋就是这么几个子儿,棋盘就是这么大,无非是道同势不同,可这子儿你全能看在眼底。天下的事,不知道的太多。这每天的大字报,张张都新鲜,虽看出点道儿,可不能究底。子儿不全摆上,这棋就没法儿下。"

我就又问那本棋谱。王一生很沮丧地说:"我每天带在身上,反复地看。后来你知道,我撕大字报被造反团捉住,书就被他们搜了去,说是"四旧",给毁了,而且是当着我的面儿毁的。好在书已在我的脑子里,不怕他们。"我就又和王一生感叹了许久。

火车终于到了,所有的知识青年都又被用卡车运到农场。在总场,各分场的人上来领我们。我找到王一生,说:"呆子,要分手了,别忘了交情,有事儿没事儿,互相走动。"他说当然。

四

……

到了棋场,竟有数千人围住,土扬在半空,许久落不下来。棋场的标语标志早已摘除,出来一个人,见这么多人,脸都白了。脚卵上去与他交涉,他很快地看着众人,连连点头儿,半天才明白是借场子用,急忙打开门,连说"可以可以",见众人都要进去,就急了。我们几个,马上到门口守住,放进脚卵、王一生和两个得了荣誉的人。这时有一个人走出来,对我们说:"高手既然和三个人下,多我一个不怕,我也算一个。"众人又嚷动了,又有人报名。我不知怎么办好,只得进去告诉王一生。王一生咬一咬嘴说:"你们两个怎么样?"那两个人赶紧站起来,连说可以。我出去统计了,连冠军在内,对手共是十人。脚卵说:"十不吉利的,九个人好了。"于是就九个人。冠军总不见来,有人来报,既是下盲棋,冠军只在家里,命人传棋。王一生想了想,说好吧。九个人就关在场里。墙外一副明棋不够用,于是有人拿来八张整开白纸,很快地画了格儿。又有人用硬纸剪了百十个方棋子儿,用红黑颜色写了,背后粘上细绳,挂在棋格儿的钉子上,风一吹,轻轻地晃成一片,街上人也嚷成一片。

人是越来越多。后来的人拼命往前挤,挤不进去,就抓住人打听,以为是杀人的告示。妇女们也抱着孩子们,远远围成一片。又有许多人支了自行车,站在后架上伸脖子看,人群一挤,连着倒,喊成一团。半大的孩子们钻来钻去,被大人们用腿拱出去。数千人闹闹嚷嚷,街上像半空响着闷雷。

王一生坐在场当中一个靠背椅上,把手放在两条腿上,眼睛虚望着,一头一脸都是土,像是被传讯的歹人。我不禁笑起来,过去给他拍一拍土。他按住我的手,我觉出他有些抖。王一生低低地说:"事情闹大了。你们几个朋友看好,一有动静,一起跑。"我说:"不会。只要你赢了,什么都好办。争口气。怎么样?有把握吗?九个人哪!头三名都在这里!"王一生沉吟了一下,说:"怕江湖的不怕朝廷的,参加过比赛的人的棋路我都看了,就不知道其他六个人会不会冒出冤家。书包你拿着,不管怎么样,书包不能丢。书包里有……"王一生看了看我,"我妈的无字棋。"他的瘦脸上又干又脏,鼻沟也黑了,头发立着,喉咙一动一动的,两眼黑得吓人。我知道他拼了,心里有些酸,只说:"保重!"就离了他。他一个人空空地在场中央,谁也不看,静静的像一块铁。

棋开始了。上千人不再出声儿。只有自愿服务的人一会儿紧一会儿慢地用话传出棋步,外边儿自愿服务的人就变动着棋子儿。风吹得八张大纸哗哗地响,棋子儿荡来荡去。太阳斜斜地照在一切上,烧得耀眼。前几十排的人都坐下了,仰起头看,后面的人也挤得紧紧的,一个个土眉土眼,头发长长短短吹得飘,再没人动一下,似乎都把命放在棋里搏。

我心里忽然有一种很古的东西涌上来,喉咙紧紧地往上走。读过的书,有的近了,有的远了,模糊了。平时十分佩服的项羽、刘邦都目瞪口呆,倒是尸横遍野的那些黑脸士兵,从地下爬起来,哑了喉咙,慢慢移动。一个樵夫,提了斧在野唱。忽然又仿佛见了呆子的母亲,用一双弱手一张一张地折书页。

我不由伸手到王一生的书包里去掏摸,捏到一个小布包儿,拽出来一看,是个旧蓝斜纹布的小口袋,上面绣了一只蝙蝠,布的四边儿都用线做了圈口,针脚很是细密。取出一个棋子,确实很小,在太阳底下竟是半透明的,像是一只眼睛,正柔和地瞧着。我把它攥在手里。

太阳终于落下去,立即爽快了。人们仍在看着,但议论起来。里边儿传出一句一生的棋步,外面的人就嚷动一下。专有几个人骑车为在家的冠军传送着棋步,大家就不太客气,笑话起来。

我又进去,看见脚卵很高兴的样子,心里就松开一些,问:"怎么样?我不懂棋。"脚卵抹一抹头发,说:"蛮好,蛮好。这种阵势,我从来也没有见过,你想想看,九个人与他一个人下,九局连环!车轮大战!我要写信给我的父亲,把这次的棋谱都寄给他。"这时有两个人从各自的棋盘前站起来,朝着王一生鞠躬,说:"甘拜下风。"就捏着手出去了。王一生点点头儿,看了他们的位置一眼。

　　王一生的姿势没有变,仍旧是双手扶膝,眼平视着,像是望着极远极远的远处,又像是盯着极近极近的近处,瘦瘦的肩挑着宽大的衣服,土没拍干净,东一块儿,西一块儿。喉节许久才动一下。我第一次承认象棋也是运动,而且是马拉松,是多一倍的马拉松!我在学校时,参加过长跑,开始后的五百米,确实极累,但过了一个限度,就像不是在用脑子跑,而像一架无人驾驶飞机,又像是一架到了高度的滑翔机只管滑翔下去。可这象棋,始终是处在一种机敏的运动之中,兜捕对手,逼向死角,不能疏忽①。我忽然担心起王一生的身体来。这几天,大家因为钱紧,不敢怎么吃,晚上睡得又晚,谁也没想到会有这么一个场面。看着王一生稳稳地坐在那里,我又替他赌一口气:死顶吧!我们在山上扛木料,两个人一根,不管路不是路,沟不是沟,也得咬牙,死活不能放手。谁若是顶不住软了,自己伤了不说,另一个也得被木头震得吐血。可这回是王一生一个人过沟坎儿,我们帮不上忙。我找了点儿凉水来,悄悄走近他,在他跟前一挡,他抖了一下,眼睛刀子似的看了我一下,一会儿才认出是我,就干干地笑了一下。我指指水碗,他接过去,正要喝,一个局号报了棋步。他把碗高高地平端着,水纹丝儿不动。他看着碗边儿,回报了棋步,就把碗缓缓凑到嘴边儿。这时下一个局号又报了棋步,他把嘴定在碗边儿,半响,回报了棋步,才咽一口水下去,"咕"的一声儿,声音大得可怕,眼里有了泪花。他把碗递过来,眼睛望望我,有一种说不出的东西在里面游动,嘴角儿缓缓流下一滴水,把下巴和脖子上的土冲开一道沟儿。我又把碗递过去,他竖起手掌止住我,回到他的世界里去了。

　　我出来,天已黑了。有山民打着松枝火把,有人用手电筒照着,黄乎乎的,一团明亮。大约是地区的各种单位下班了,人更多了。狗也在人前蹲着,看人挂动棋子,眼神凄凄的,像是在担忧。几个同来的队上知青,各被人围了打听。不一会儿,"王一生"、"棋呆子"、"是个知青"、"棋是道家的棋",就在人们嘴上传。我有些发噱,本想到人群里说说,但又止住了,随人们传吧,我开始高兴起来。这时墙上只有三局在下了。

忽然人群发一声喊。我回头一看,原来只剩了一盘,恰是与冠军的那一盘。盘上只有不多几个子儿。王一生的黑子儿远远近近地峙在对方棋营格里,后方老帅稳稳地呆着,尚有一"士"伴着,好像帝王与近侍在聊天儿,等着前方将士得胜回朝;又似乎隐隐看见有人在伺候酒宴,点起尺把长的红蜡烛,有人在悄悄地调整管弦,单等有人跪奏捷报,鼓乐齐鸣。我的肚子拖长了音儿在响,脚下觉得软了,就拣个地方坐下,仰头看最后的围猎,生怕有什么差池。

红子儿半天不动,大家不耐烦了,纷纷看骑车的人来没有,嗡嗡地响成一片。忽然人群乱起来,纷纷闪开。只见一老者,精光头皮,由旁人搀着,慢慢走出来,嘴嚼动着,上上下下看着八张定局残子。众人纷纷传着,这就是本届地区冠军,是这个山区的一个世家后人,这次"出山"玩玩儿棋,不想就夺了头把交椅,评了这次比赛的大势,直叹棋道不兴。老者看完了棋,轻轻抻一抻衣衫,跺一跺土,昂了头,由人搀进棋场。众人都一拥而起。我急忙抢进了大门,跟在后面。只见老者进了大门,立定,往前看去。

王一生孤身一人坐在大屋子中央,瞪眼看着我们,双手支在膝上,铁铸一个细树桩,似无所见,似无所闻。高高的一盏电灯,暗暗地照在他脸上,眼睛深陷进去,黑黑的似俯视大千世界,茫茫宇宙。那生命像聚在一头乱发中,久久不散,又慢慢弥漫开来,灼得人脸热。

众人都呆了,都不说话。外面传了半天,眼前却是一个瘦小黑魂,静静地坐着,众人都不禁吸了一口凉气。

半晌,老者咳嗽一下,底气很足,十分洪亮,在屋里荡来荡去。王一生忽然目光短了,发觉了众人,轻轻地挣了一下,却动不了。老者推开搀的人,向前迈了几步,立定,双手合在腹前摩挲了一下,朗声叫道:"后生,老朽身有不便,不能亲赴沙场。使人传棋,实出无奈。你小小年纪,就有这般棋道,我看了,汇道禅于一炉,神机妙算,先声有势,后发制人,遣龙治水,气贯阴阳,古今儒将,不过如此。老朽有幸与你接手,感触不少,中华棋道,毕竟不颓,愿与你做个忘年之交。老朽这盘棋下到这里,权做赏玩,不知你可愿意平手言和,给老朽一点面子?"

王一生再挣了一下,仍起不来。我和脚卵急忙过去,托住他的腋下,提他起来。他的腿仍是坐着的样子,直不了,半空悬着。我感到手里好像只有几斤的分量,就暗示脚卵把王一生放下,用手去揉他的双腿。大家都拥过来,老者摇头叹息着。脚卵用大手在王一生身上、脸上、脖子上缓缓地用力揉。半晌,王一生的身子软下来,靠在我们手上,喉咙嘶嘶地响着,慢慢把嘴张开,又合上,再张开,"啊啊"着。很久,才呜呜地说:"和了吧。"

老者很感动的样子,说:"今晚你是不是就在我那儿歇了?养息两天,我们谈谈棋?"王一生摇摇头,轻轻地说:"不了,我还有朋友。大家一起来的,还是大家在一起吧。我们到、到文化馆去,那里有个朋友。"画家就在人丛里喊:"走吧,到我那里去,我已经买好了吃的,你们几个一起去。真不容易啊。"大家慢慢拥了我们出来,火把一团儿照着。山民和地区的人层层围了,争睹棋王风采,又都点头儿叹息。

我搀了王一生慢慢走,光亮一直随着。进了文化馆,到了画家的屋子,虽然有人帮着劝散,窗上还是挤满了人,慌得画家急忙把一些画儿藏了。

人渐渐散了,王一生还有一些木。我忽然觉出左手还攥着那个棋子,就张了手给王一生看。王一生呆呆地盯着,似乎不认得,可喉咙里就有了响声,猛然"哇"地一声儿吐出一些粘液,呜呜地说:"妈,儿今天……妈——"大家都有些酸,扫了地下,打来水,劝了。王一生哭过,滞气调理过来,有了精神,就一起吃饭。画家竟喝得大醉,也不管大家,一个人倒在木床上睡去。电工领了我们,脚卵也跟着,一齐到礼堂台上去睡。

夜黑黑的,伸手不见五指。王一生已经睡死。我却还似乎耳边人声嚷动,眼前火把通明,山民们铁了脸,捐着柴禾在林中走,咿咿呀呀地唱。我笑起来,想:不做俗人,哪儿会知道这般乐趣?家破人亡,平了头每日荷锄,却自有真人生在里面,识到了,即是幸,即是福。衣食是本,自有人类,就是每日在忙这个。可囿在其中,终于还不太像人。倦意渐渐上来,就拥了幕布,沉沉睡去。

【阅读提示】

  《棋王》写于1984年,是阿城的代表作。小说以"文化大革命"为背景,描写一个象棋天才、知识青年王一生的故事。作品并没有局限于一般的"知青"小说的题材内涵,而是力图从哲学的角度和文化的层面来揭示人类在物质与精神双重欲求中的完整人生,而这一切又集中体现在对王一生的吃饭和下棋的描写上。作品极写王一生对"吃"的虔诚、精细和贪婪。读者可以从王一生的饥饿感和不雅的吃相以及对"吃"的感受和看法中体察到动乱年代普通人民生活的艰难,以及作者在不露声色中对社会阴暗的揭露和批判,同时也领悟到"民以食为天"这个人生最朴素也最深刻的道理。然而人只为吃而活着,"终于还不太像人",人是应该有一点精神的。作品对王一生下棋的描写,就形象地说明了这个道理。在社会动荡之时,他不问世事,痴迷于象棋,借下棋排忧解闷,以求心灵清静和精神自由,这实际上表现了一种对社会现实有着较为清醒的认识,不愿随波逐流的智者心理和傲世态度。作品不仅写到王一生的高超棋艺,也写到他"为棋不为命"的"棋道"。他对棋艺的追求,是不含任何狭隘的世俗名利观念的,他宁肯对深谙棋道的捡破烂的老头儿顶礼膜拜,也不肯做那位连古人留下的残棋也没走通的"国内名手"的徒弟,这一切都表现了作者对传统文化中的老庄哲学意蕴的崇拜与景仰。但是,阿城对传统文化的审美观,决非仅仅迷恋淡泊、虚静的庄禅哲学,他以追求人的精神自由和本质力量的现代眼光,在对多种文化因素的选择与相互补充中,完成对传统文化的重新审视与再造。如故事最后写到王一生与九位高手的"车轮大战",这时的王一生已不再把下棋作为修身养性的寄托,而是真正"把命放在棋里搏",貌似"安然",透出的却是儒家文化中的进取精神。

  《棋王》所浸润着的传统文化的气韵和氛围,也体现在作品艺术风格和手法上。作者深得中国古典小说之神韵，又自成一家。写人状物，多用白描；句式简短，用词灵活，尤其叙述语言，朴素自然而饱含力度，再加之不时揉进幽默和调侃的评断性文字，更显妙趣横生，意味深长。

【思考与讨论】

1. 阅读节选第一部，看看王一生的出场有什么不同？作者描写一个棋王，写他的吃相与写他的呆和精湛的棋艺有什么关联？作者为何如此安排？

2. 小说的第四部分是平凡的知青王一生从呆子成棋王的关键，除了跟九人车轮大战的棋艺，作者更着力突出的是呆子王一生精神上的特质，请分析这种特质的内涵。

【延伸阅读】

《树王》《孩子王》

【参考资料】

1. 雷育涛：《不一般的普通人——从人物形象看〈棋王〉的内容底蕴》，广西大学学报（哲学社会科学版），2008年第1期。

2. 杨晓帆：《知青小说如何"寻根"——〈棋王〉的经典化与寻根文学的剥离式批评》，《南方文坛》，2010年第6期。

第八节　韩少功

韩少功(1953—),湖南长沙人,主要作品有短篇小说《西望茅草地》等,中篇小说《爸爸爸》等,散文《完美的假定》等,长篇小说《马桥词典》等;另有译作《生命中不能承受之轻》《惶然录》等。曾获中国大陆、中国台湾、法国等多种文学奖项。

《马桥词典》(节选)
不和气

我最初听到这个词是在罗江过渡的时候,碰上发大水,江面比平时宽了几倍。同船有两个面生的女子,大约是远道而来的,一上船就用斗笠遮住了自己的脸,只露出两只眼睛。船家对她们打量了一下,扬扬手要她们下去。两个女子没有办法,下船各自用河泥在脸上抹了两下,抹出一个花脸,相互对视笑得直不起腰,才捂住肚子咯咯咯地上了船。

我对这件事十分惊异:为什么要画出一张鬼脸?

船家说:"十个毛主席也管不了龙六爹发大水。一船人的命,出了事我担待不起啊。"

船上立即有人附和,是的是的,水火无情,还是小心点好。他们说起以前的某月某日,某位女子也是好不和气,害得船翻了,人落到水里,怎么游也到不了岸,硬是碰了鬼。

我后来才知道,"不和气"就是漂亮。这个渡口有个特别的规矩,碰到风大水急的时候,不丑的婆娘不可过渡。传说很久以前这里有个丑女,怎么也嫁不出去,最后就在这个渡口投江而亡。自那以后,丑婆娘阴魂不散,只要见到船上有标致女人就要妒忌,就要兴风作浪,屡屡造成船毁人亡的事故。过渡的女人稍有姿色的,只有污了面,才可使一船人免遭灾祸。

我不大在意和相信这一类传说，也没有去具体研究美色与灾祸之间的关系，比方美色是否确实较为容易引起人们走神、乱意、发痴发狂？是否较为容易成为放弃职责、大意操作之类的诱因？使我感兴趣的是"不和气"这个词。它隐含着一种让人有点不寒而栗的结论：美是一种邪恶，好是一种危险，美好之物总是会带来不团结、不安定、不圆满，也就是一定会带来纷争和仇恨，带来不和气。一块美玉和氏璧曾经引起赵国与秦国大动干戈，一个美女海伦曾经引发了希腊远征特洛伊长达十年的战争，大概都可以作为这个词的注解。世人只有随波逐流，和光同尘，不当出头的椽子，往自己的脸上抹泥水，才有天下的太平。

马桥语言中的"不和气"也泛指"好"、"卓尔不群"、"出类拔萃"、"超凡出众"等等。以这个词来描述本义的年轻婆娘铁香，外人没有理由不为她的前景捏一把汗。

碘酊

中国人对工业制品多用俗称。我出生在城市，自以为足够新派，一直到下乡前，却只知道有碘酒而不知道有碘酊。就像我习惯于把红汞叫作"红药水"，把甲紫溶液叫作"紫药水"，把蓄电池叫作"电药"，把安培表叫作"火表"，把搪瓷杯叫作"洋瓷缸"，把空袭警报叫作"拉喂子"，把口哨叫作"叫嘴子"。

我到了马桥之后，常常更正乡下人一些更土气的称名。比方说，城里的广场就是广场，不是什么"地坪"，更不可叫"晒坪"。

我完全没有料到，这里的男女老幼都使用一个极为正规的学名：碘酊。他们反而不知道什么是碘酒，很奇怪我用这种古怪的字眼。即使是一个目昏耳聩的老太婆，也比我说得更有学院味。他们用马桥腔说到碘酊的时候，像无意间又说出了一个秘密暗号，他们平时深藏不露的暗号，只是到必要的时候才说出来，与遥远的现代科学接头。

我打听这个词的来历。我的猜想一个个落空。这里从没有来过外国传教士（洋人是可能开医院和用药品学名的），也没有来过大规模的军队

(新军是可能负伤也可能用药品新名的),教师们也大多曾经就读于县城,更远的也只是去过岳阳或长沙,不可能带回来比那里的用语更现代的东西。最后,我才知道这个词语与一个神秘的人有关。

下村的老村长罗伯,巴着竹烟管说,一个叫希大杆子的人,在这里最早使用碘酊。

发　歌

如果看见马桥的男人三两相聚,蹲在地头墙角,或者坐在火塘边,习惯性地一手托腮或者掩嘴,就可以知道他们正在唱歌。他们唱歌有一种密谋的模样,不仅声音小,而且大多避开外人的耳目,在僻静的地方进行。对于他们来说,唱歌与其说是一种当众表演,不如说更像小圈子里的博弈。我原来以为这是害怕来自政府的禁止和政治批判,后来才知道,他们即使在"文革"以前很多年,就有了这种鬼鬼祟祟的歌风。不知是什么原因。

马桥人唱歌,也叫盘歌,也叫发歌,与开会的"发言"、牌桌上的"发牌",大概有类似的性质。汉代诗人枚乘做过很有名的《七发》,发是指诗赋的一种,多为问答体。马桥发歌也多是一问一答的对抗,是否就是汉代的"发",不得而知。

年轻后生喜欢听发歌,对每一句歌词给予及时的评点或喝彩。如果他们中间有一位较为大方,可能掏出钱去买一碗酒,或者凭着面子去赊一碗酒,犒赏歌手。歌手发完一轮就呷一口酒,借着酒力当然能发出更加杀劲、更加刁钻、更加难以对付的歌词,把对手往死角里逼,直斗得难解难分,天昏地暗,决不轻易把托腮或掩嘴的手撤下来。

他们的歌总是从国家大事发起。比方盘问对方国家总理是谁还有国家主席是谁?国家军委主席是谁?国家军委副主席是谁?国家军委某副主席的哥哥是谁?国家军委某副主席的哥哥最近得的是什么病而且吃的是什么药?如此等等。这些难题真是让我大吃一惊。我就是天天看报纸,恐怕也无法像他们那样对远方大人物如数家珍,对他们的肺癌或糖尿病记得如此精确。我猜想这些浑身牛粪臭的汉子,奇特的记忆力,一定出自他们的某种特别训练。处江湖之野不忘其君,他们的先人也一定习惯于关注朝中的动静。

接下来是发孝歌。歌手们往往要互相揭短,指责对方没有给高堂大人弹棉絮,或者没有给逢生干爹买寿木,或者没有在正月十五给伯伯或小伯送腊肉,或者那腊肉的膘不够两寸,肉里面也有蛆虫拱,如此等等。他们总是义正辞严,质问对方是不是嫌贫爱富?是不是忘恩负义?是不是天天吃的猪狗食长的猪狗心?当然,对方要急中生智,要及时用天气或脚痛之类原由来开脱自己的劣迹,并且迅速发起反攻,找出对方新的不孝之举——即便夸大事实也在所不惜。他们一定要经受得起这场歌声的相互审讯,这种民间道德严格验收。

以上是必要的开局之争,一忠二孝,体现着歌手的立场。

发完了这些,就可以放心了,就可以放心发一点觉觉歌了。"觉"的引申义是玩笑,比如"觉觉话"就是指俏皮话。进一步的引申义是不正经,比如"觉觉歌"多指调情的歌。觉觉歌活跃肉身的感官,是年轻后生最为兴奋的节目,仍可采取对抗的方式进行,只是一方要做男角,另一方做女角;一方要爱,一方要拒爱。

我曾经留心录下过一些:

想姐呆来想姐呆,

行路不晓脚踩岩,

吃饭不晓扶筷子,

蹲了不晓站起来。

另一首更有呆气:想姐想得气不服,天天吃饭未着肉,不信脱开衣服看,皮是皮来骨是骨。也有歌颂女呆子杀夫图谋的,能让人吓一跳:人家丈夫乖又乖,我的丈夫像简柴,三斧两斧劈死了,各位朋友烤火来。也有的唱得凄楚:一难舍来二难离,回个影子贴上墙,十天半月未见面,抱着影子哭一场。也有的对爱情表示绝望:

你我相爱空费力,

好比借磨（米？）养人鸡,姐的儿女长大了,不喊老子喊伙计!

这些只算情歌。情歌发到一定的时候,歌手们就会引出"下歌":我看你女子二十零,不要关起门装正经,我看你脸上挑花色,裤裆早已经湿津津。

你家的狗急叫不停,门前的流水白沉沉。你家的床户千斤力,一天钻出个土坑坑。……

每到这个时候,听众中如有女人,必会红着脸诅咒着快步离去,后生们则目送她们不同寻常的背影,像一只只欲斗的叫鸡,伸长颈根,眼睛发红,摩拳擦掌,躁动不安地一会儿站起,一会儿蹲下,脸上烂出一片火烧烧的痴笑。他们故意把笑声夸张得很响亮,让远处的女人们听到。

也有唱女人苦处的歌,比如下村的万玉发过一首,内容是一个妇人目送私生子躺在木盆里顺罗江漂下去时的情景:

你慢慢行来慢慢走,莫让岩石碰破头,不是为娘不要你,你没有爹姥娘恼羞。你慢慢走来慢慢行,莫让风浪打湿身,不是为娘舍得你,夜半醒来喊三声……

木盆在万玉的嘴里遇到了一个漩涡,转了一圈又往回漂,似乎依依不舍,还想回到娘的怀抱呵呵呵。唱到这里,旁边的女人莫不眼圈发红,开始用衣角擦眼睛,鼻涕的声音此起彼伏。本仁的婆娘嘴角一落,丢了手里的一箕猪菜,扑到另一个妇人的肩上哇哇哇地哭了起来。

肯

"肯"是情愿动词,表示意愿,许可。比方"首肯""肯干""肯动脑筋"等等,用来描述人的心理趋向。

马桥的人把"肯"字用得广泛得多,不但可用来描述人,描述动物,也可以用来描述其他的天下万物。

有这样一些例句:

这块田肯长禾。

真是怪,我屋里的柴不肯起火。

这条船肯走些。

这天一个多月来不肯下雨。

本义的锄头蛮不肯入土。

等等。

听到这些话,我不能不体会出一种感觉:一切都是有意志的,是有生命的。田,柴,船,天,锄头,等等所有这些都和人一样,甚至应该有它们各自的姓名和故事。事实上,马桥的人特别习惯对它们讲话,哄劝或者咒骂,夸奖或者许诺,比如把犁头狠狠地骂一骂,它在地里就走得快多了。比如把柴刀放在酒坛口上用酒气熏一熏,它砍柴时烈劲就足多了。也许,如果不是屈从于一种外来的强加,不是科学的宣传,马桥的人不会承认这些东西是没有情感和思维的死物。

只有在这个前提下,一棵树死了,我们才有理由感到悲戚,甚至长久地怀念。在那些林木一片片倒下而没有悲戚的地方,树从来没有活过。从来都不过是冷冰冰的成本和资源。那里的人,不会这样来运用"肯"字。

小的时候,我也有过很多拟人化或者泛灵论的奇想。比如,我会把满树的鲜花看作树根的梦,把崎岖山路看作森林的阴谋,这当然是幼稚。在我变得强大以后,我会用物理或化学的知识来解释鲜花和山路,或者说,因为我能用物理或化学的知识来解释鲜花和山路,我开始变得强大。问题在于,强者的思想就是正确的思想吗?在相当长的岁月里,男人比女人强大,男人的思想是否就正确?列强帝国比殖民地强大,帝国的思想是否就正确?如果在外星空间存在着一个比人类高级得多也强大得多的生类,它们的思想是否就应该用来消灭和替代人类的思想?

这是一个问题。

一个我不能回答的问题,犹疑两难的问题。因为我既希望自己强大,也希望自己一次又一次回到弱小的童年,回到树根的梦和森林的阴谋。

神

马桥人认为漂亮女人有一种气味,一种芬芳但是有害的气味。本义的婆娘铁香从长乐街嫁到马桥来,就带来了这种气味。刚来两个多月,马桥的黄花就全死了。看着一枝枝金光灿烂的黄花,摘到篮子里还没提到家,就化成了一泡黑水,拈都拈不起来。老人们说,马桥人后来再也不种黄花,只能种一些模样丑陋的瓜果,茄子、苦瓜、南瓜、核桃什么的,就是这个原因。

铁香的气味也使六畜躁动不安。复查家的一条狗,自从看见铁香以后就变了一条疯狗,只得用枪打死。仲琪原来有一头脚猪,也就是种猪,自从铁香来了以后就怎么也不上架了,只得阉了它,以后杀肉。还有一些人家的鸡瘟了,鸭瘟了,主人都怪铁香没有做好事。最后,连志煌手里叫三毛的那头牛,也朝铁香发过野,骇得她哇哇哇大叫。要不是煌宝眼明手快把畜生的鼻绳拉住,她就可能被顶到坡下去了。

同　锅

马桥人没有同宗、同族、同胞一类的说法。同胞兄弟,在他们的嘴里成了"同锅兄弟"。男人再娶,把前妻叫作"前锅婆娘",把续弦和填房叫作"后锅婆娘"。可以看出,他们对血缘的重视,比不上他们对锅的重视,也就是对吃饭的重视。

知青刚下到马桥,七个人合为一户,同锅吃饭。七个姓氏七种血缘在当地人看来已经不太重要,唯有一锅是他们决定很多大事的依据。比如每月逢五到长乐街赶场,碰到田里或者岭上的工夫紧,队上决定每锅顶多可以派一个人去赶场,其余的都要留在村里出工。在这个时候,都想上街逛逛的知青们说破了嘴皮,强调他们并不是一家人,强调他们各有各的赶场权,都是没有用的。他们身后那口共有的锅,无异于他们强辩无效的定案铁证。

有一段时间,一对知青谈爱谈得如火如荼,兴致勃勃地开始了他们幸福的小日子,便与尚在情网之外的知青分锅吃饭。这倒给他们带来过一次意外的好处。队上分菜油,因为油太少,所以既不按劳动工分来分,也不按人头来分,最终采取一锅一斤的方案,让大家都有点油润一润锅,颇有点有福同享的义道。保管员到知青的灶房里看了看,确证他们有两口锅,便分发了两斤油——比他们预期的多了整整一倍。

他们挥霍无度地饱吃一顿油炒饭,幸福地抹着油嘴。

【阅读提示】

《马桥词典》是韩少功 1996 年出版的一部长篇小说。这部小说没有采取传统的创作手法,而是按照词典的形式,收录了一个虚构的中国南方湖南村庄马桥人的 115 个方言词条,有些词汇也是作者所虚构(如晕街)。

故事称做词典本身就是把这个词的含义延伸了。每个词的含义得到了充分的注释,同时它们又作为引子引出词语背后看似散乱的作者的思绪,这貌似凌乱的思绪将一个个词语连成完整的故事。例如,"江"这个词条后面列出了具体的江名以及江名的由来——不知不觉你就会置身于知青们的故事中:如何与船夫赖账,如何丢掉他们所窝藏的枪支。故事的大部分素材来源于韩少功的亲身经历,主要讲述了"文革"时期被下放到边远地区的"知青"的生活的点点滴滴。

韩少功在《马桥词典·编撰者序》中说:"任何特定的人生,总有特定的语言表现。"每一种语言,都反映着特定的生存状态、民俗文化以至更深层的生存哲学和思想理念。而作家对语言的这种特性和功能有深刻而切身的体会,所以他编成了这样一部大词典,用语言的故事讲述着社会、生活、文化与哲理。

【思考与讨论】

1. 采用词典方式写作小说是一个罕见的实验,所以小说发表后引起不少争议。阅读本节所选的词条,谈谈这种方式的阅读体验与传统叙事小说有什么不同,你喜欢这种方式吗?为什么?

2. 语言不仅是人类的表达工具,也反映了世界观,是文化的一部分。《马桥词典》里的这些词汇反映了马桥人的生活背后什么样的文化观念呢?以书中节选的词条为例说说你的看法。

【延伸阅读】

《爸爸爸》《哈扎尔辞典》

【参考资料】

1. 陈思和:《〈马桥词典〉:中国当代文学的世界性因素之一例》,《当代作家评论》,1997年第2期。

2. 南帆:《〈马桥词典〉:敞开与囚禁》,山东教育出版社1999年版。

第九节　余　华

余华(1960—),当代作家,浙江海盐人。1984年开始发表小说,是先锋派小说的代表人物,并与苏童、格非等人齐名。著有中短篇小说《十八岁出门远行》《鲜血梅花》《一九八六年》《四月三日事件》等,长篇小说《在细雨中呼喊》《活着》《许三观卖血记》《兄弟》《第七天》,也写了很多散文、随笔、文论及音乐评论。

《许三观卖血记》(节选)
第十八章

许三观对许玉兰说:

"今年是一九五八年,人民公社,大跃进,大炼钢铁,还有什么?我爷爷,我四叔他们村里的田地都被收回去了,从今往后谁也没有自己的田地了,田地都归国家了,要种庄稼得向国家租田地,到了收成的时候要向国家交粮食,国家就像是从前的地主,当然国家不是地主,应该叫人民公社……我们丝厂也炼上。钢铁了,厂里砌出了八个小高炉,我和四个人管一个高炉,我现在不是丝厂的送茧工许三观,我现在是丝厂的炼钢工许三观,他们都叫我许炼钢。你知道为什么要炼那么多钢铁出来?人是铁,饭是钢,这钢铁就是国家的粮食,就是国家的稻子、小麦,就是国家的鱼和肉。所以……"

许三观对许玉兰说:

"我今天到街上去走了走,看到很多戴红袖章的人挨家挨户地进进出出,把锅收了,把碗收了,把米收了,把油盐酱醋都收了去,我想过不了两天,他们就会到我们家来收这些了,说是从今往后谁家都不可以自己做饭了,要吃饭去大食堂,你知道城里有多少个大食堂?我这一路走过来看到了三个,我们丝厂……"一个;天宁寺是一个,那个和尚庙也改成食堂了,里面的和尚全戴上了白帽子,围上了白围裙,全成了大师傅;还有我们家前面的戏院,戏院也变成了食堂,你知道戏院食堂的厨房在哪里吗?就在戏台上,唱越剧的小旦、小生一大群都在戏台上洗菜淘米,听说那个唱老生的是司务长,那个丑角是副司务长……"

许三观对许玉兰说:

"前天我带你们去丝厂大食堂吃了饭,昨天我带你们去天宁寺大食堂吃了饭,今天我带你们去戏院大食堂吃了饭。天宁寺大食堂的菜里面肉太少,和尚们以前是不吃荤的,所以肉就少,我们昨天在那里吃青椒炒肉时,你没听到他们在说:'这不是青椒炒肉,这是青椒少肉,'吗?三个大食堂吃下来,你和儿子们都喜欢戏院的大食堂,我还是喜欢我们丝厂的大食堂,戏院食堂的菜味道不错,就是量太少;我们丝厂大食堂菜多,肉也多,吃得我心满意足。我在天宁寺食堂吃了以后,没有打饱嗝;在戏院食堂吃了也没打饱嗝、就是在丝厂食堂吃了以后,饱嗝打了一宵,一直打到天亮。明天我带你们去市政府的大食堂吃饭,那里的饭菜是全城最好吃的,我是听方铁匠说的,他说那里的大师傅全是胜利饭店过去的厨师,胜利饭店的厨师做出来的菜,肯定是全城最好的,你知道他们最拿手的菜是什么?就是爆炒猪肝……"

许三观对许玉兰说:

"我们明天不去市政府大食堂吃饭了,在那里吃一顿饭累得我一点力气都没有了,全城起码有四分之一的人都到那里去吃饭,吃一顿饭比打架还费劲,把我们的三个儿子都要挤坏了,我衣服里面的衣服全湿了,还有人在那里放屁,弄得我一点胃口都没有。我们明天去丝厂食堂吧?我知道你们想去戏院食堂,可是戏院食堂已经关掉了,听说天宁寺食堂这两天也要关门了,就是我们丝厂食堂还没有关门,不过我们要去得早,去晚了就什么都吃不上了……"

许三观对许玉兰说:

城里的食堂全关门了,好日子就这么过去了,从今以后谁也不来管我们吃什么了,我们是不是重新自己管自己了?可是我们吃什么呢?"

许玉兰说：

床底下还有两缸米。当初他们来我们家收锅、收碗、收米、收油盐酱醋时，我舍不得这两缸米，舍不得这些从你们嘴里节省出来的米，我就没有交出去……"

第二十八章

许三观让二乐躺在家里的床上，让三乐守在二乐的身旁，然后他背上一个蓝底白花的包裹，胸前的口袋里放着两元三角钱，出门去了轮船码头。

他要去的地方是上海，路上要经过林浦、北荡、西塘、百里、通元、松林、大桥、安昌门、靖安、黄店、虎头桥、三环洞、七里堡、黄湾、柳村、长宁、新镇。其中林浦、百里、松林、黄店、七里堡、长宁是县城，他要在这六个地方上岸卖血，他要一路卖着血去上海。

这一天中午的时候，许三观来到了林浦，他沿着那条穿过城镇的小河走过去，他看到林浦的房屋从河两岸伸出来，一直伸到河水里。这时的许三观解开棉袄的纽扣，让冬天温暖的阳光照在胸前，于是他被岁月晒黑的胸口，又被寒风吹得通红。他看到一处石阶以后，就走了下去，在河水边坐下，河的两边泊满了船只，只有他坐着的石阶这里没有停泊。不久前林浦也下了一场大雪，许三观看到身旁的石缝里镶着没有融化的积雪，在阳光里闪闪发亮。从河边的窗户看进去，他看到林浦的居民都在吃着午饭，蒸腾的热气使窗户上的玻璃白茫茫的一片。

他从包裹里拿出了一只碗，将河面上的水刮到一旁，舀起一碗下面的河水，他看到林浦的河东在碗里有些发绿，他喝了一口，冰冷刺骨的河水进入胃里时，使他浑身哆嗦。他用手抹了抹嘴巴后，仰起脖子一口将碗里的水全部喝了下去，然后他双手抱住自己猛烈地抖动了几下。过了一会儿，觉得胃里的温暖慢慢地回来了，他再舀起一碗河水，再次一口喝了下去，接着他再次抱住自己抖动起来。

坐在河边窗前吃着热气腾腾午饭的林浦居民，注意到了许三观，他们打开窗户,把身体探出来,看着这个年近五十的男人,一个人坐在石阶远下面的那一层上,一碗一碗地喝着冬天寒冷的河水,然后一次一次地在那里哆嗦,他们就说:

"你是谁?你是从哪里来的?没见过像你这么口渴的人,你为什么要喝河里的冷水,现在是冬天,你会把自己的身体喝坏的。你上来吧,到我们家里来喝,我们有烧开的热水,我们还有茶叶,我们给你沏上一壶茶水……"

许三观抬起头对他们笑道:

"不麻烦你们了,你们都是好心人,我不麻烦你们,我要喝的水太多,我就喝这河里的水……"

他们说:"我们家里有的是水,不怕你喝,你要是喝一壶不够,我们就让你喝两壶、三壶……"

许三观拿着碗站了起来,他看到近旁的几户人家都在窗口邀请他,就对他们说:

"我就不喝你们的茶水了,你们给我一点盐,我已经喝了四碗水了,这水太冷,我有点喝不下去了,你们给我一点盐,我吃了盐就会又想喝水了。"

他们听了这话觉得很奇怪,他们问:

"你为什么要吃盐?你要是喝不下去了,你就不会口渴。"许三观说:"我没有口渴,我喝水不是口渴……"他们中间一些人笑了起来,有人说:

"你不口渴,为什么还要喝这么多的水?你喝的还是河里的冷水,你喝这么多河水,到了晚上会肚子疼……"

许三观的在那里,抬着头对他们说:

"你们都是好心人,我就告诉你们,我喝水是为了卖血……"

"卖血?"他们说,"卖血为什么要喝水?"

"多喝水,身上的血就会多起来,身上的血多了,就可以卖掉它两碗。"

许三观说着举起手里的碗拍了拍,然后他笑了起来,脸上的皱纹堆到了一起。他们又问:

"你为什么要卖血?"

许三观回答:"一乐病了,病得很重,是肝炎,已经送到上海的大医院去了……"

有人打断他:"一乐是谁?"

"我儿子,"许三观说,"他病得很重,只有上海的大医院能治。家里没有钱,我就出来卖血。我一路卖过去,卖到上海时,一乐治病的钱就会有了。"

许三观说到这里,流出了眼泪,他流着眼泪对他们微笑,他们听了这话都怔住了,看着许三观不再说话。

许三观向他们伸出了手,对他们说:

"你们都是好心人,你们能不能给我一点盐?"

他们都点起了头,过了一会儿,有几个人给他送来了盐,都是用纸包着的,还有人给他送来了三壶热茶。

许三观看着盐和热茶,对他们说:

"这么多盐,我吃不了,其实有了茶水,没有盐我也能喝下去。"

他们说:"盐吃不了你就带上,你下次卖血时还用得上。茶水你现在就喝了,你趁热喝下去。"

许三观对他们点点头,把盐放到口袋里,坐回到刚才的石阶上,他这次舀了半碗河水,接着拿起一只茶壶,把里面的热茶水倒在碗里,倒满就一口喝了下去,他抹了抹嘴巴说:

"这茶水真是香。"

许三观接下去又喝了三碗,他们说:

"你真能喝啊。"

许三观不好意思地笑了笑,他站起来说:

"其实我是逼着自己喝下去的。"

然后他看看放在石阶上的三只茶壶,对他们说:

"我要走了,可是我不知道这三只茶壶是谁家的,我不知道应该还给谁?"

他们说:"你就走吧,茶壶我们自己会拿的。"许三观点点头,他向两边房屋窗口的人,还有站在石阶上的人鞠了躬,他说:

"你们对我这么好,我也没什么能报答你们的,我只有给你们鞠躬了。"

然后,许三观来到了林浦的医院,医院的供血室是在门诊部走廊的尽头,一个和李血头差不多年纪的男人坐在一张桌子旁,他的一条胳膊放在桌子上,眼睛看着对面没有门的厕所。许三观看到他穿着的白大褂和李血头的一样脏,许三观就对他说:

"我知道你是这里的血头,你白大褂的胸前和袖管上黑乎乎的,你胸前黑是因为你经常靠在桌子上,袖管黑是你的两条胳膊经常放在桌子上,你和我们那里的李血头一样,我还知道你白大褂的屁股上也是黑乎乎的,你的屁股天天坐在凳子上……"

许三观在林浦的医院卖了血,又在林浦的饭店里吃了一盘炒猪肝,喝了二两黄酒。接下去他走在了林浦的街道上,冬天的寒风吹在他脸上,又灌到了脖子里,他开始知道寒冷了,他觉得棉袄里的身体一下子变冷了,他知道这是卖了血的缘故,他把身上的热气卖掉了。他感到风正从胸口滑下去,一直到腹部,使他肚子里一阵阵抽搐。他就捏紧了胸口的衣领,两只手都捏在那里,那样子就像是拉着自己在往前起。

阳光照耀着林浦的街道,许三观身体哆嗦着走在阳光里。他走过了一条街道,来到了另一条行道上,他看到有几个年轻人靠在一堵洒满阳光的墙壁上,眯着眼睛站在那里晒太阳,他们的手都插在袖管里,他们声音响亮,他说着,喊着,笑着。许三观在他们面前站了一会儿,就走到了他们中间,也靠在墙上;阳光照着他,也使他眯起最眼睛。他看到他们都扭过头来看他,他就对他们说:

"这里暖和,这里的风小多了。"

他们点了点头,他们看到许三观缩成一团的靠在墙上,两只手还紧紧抓住衣领,他们互相之间轻声说:

"看到他的手了吗?把自己的衣领抓得这么紧,但是有人要用绳子勒死他、他拚命抓住绳子似的,是不是?

许三观听到了他们的话,就笑着对他们说:

"我是怕冷风从这里进去。"

许三观说着腾出一只手指了指自己的衣领,继续说:

"这里就像是你们家的窗户,你们家的窗户到了冬天都关上了吧,冬天要是开着窗户,在家里的人会冻坏的。"

他们听了这话哈哈笑起来,笑过之后他们说:

"没见过像你这么怕冷的人,我们都听到你的牙齿在嘴巴里打架了,你还穿着这么厚的棉袄,你看看我们,我们谁都没穿棉袄,我们的衣领都敞开着……"

许三观说:"我刚才也敞开着衣领,我刚才还坐在河边喝了八碗河里的冷水……"

他们说:"你是不是发烧了?"

许三观说:"我没有发烧。"

他们说:"你没有发烧?那你为什么说胡话?"

许三观说:"我没有说胡话。"

他们说:"你肯定发烧了,你是不是觉得很冷?"

许三观点点头说:"是的。"

"那你就是发烧了。"他们说,"人发烧了就会觉得冷,你摸摸自己的额头,你的额头肯定很烫。"

许三观看着他们笑,他说:"我没有发烧,我就是觉得冷,我觉得冷是因为我卖……"

他们打断他的话,"觉得冷就是发烧,你摸摸额头。"

许三观还是看着他们笑,没有伸手去摸额头,他们催他:

"你快摸一下额头,摸一下你就知道了。摸一下额头又不费什么力气,你为什么不把手抬起来?"

许三观抬起手来,去摸自己的额头,他们看着他,问他:

"是不是很烫?"

许三观摇摇头,"我不知道,我摸不出来,我的额头和我的手一样冷。"

"我来摸一摸。"

有一个人说着走过来,把手放在了许三观的额头上,他对他们说:"他的额头是很冷。"

另一个人说:"你的手刚从抽管里拿出来,你的手热乎乎的,你用你自己的额头去试试。"

那个人就把自己的额头贴到许三观的额头上,贴了一会后,他转过身来摸着自己的额头,对他们说:

"是不是我发烧了?我比他烫多了。"

接着那个人对他们说:"你们来试试。"

他们就一个一个走过来,一个挨着一个贴了贴许三观的额头,最后他们同意许三观的话,他们对他说:

"你说得对,你没有发烧,是我们发烧了。"

他们围着他哈哈大笑起来,他们笑了一阵后,有一个人吹起了口哨,另外几个人也吹起了口哨,他们吹着口哨走开去了,许三观看着他们走去,直到他们走远了,看不见了,他们的口哨也听不到了。许三观这时候一个人笑了起来,他在墙根的一块石头上坐下来,他的周围都是阳光,他觉得自己身体比刚才暖和一些了,而抓住衣领的两只手已经冻麻了,他就把手放下来,插到了袖管里。

许三观从林浦坐船到了北荡,又从北荡到了西塘,然后他来到了百里。许三观这时离家已经有三天了,三天前他在林浦卖了血,现在他又要去百里的医院卖血了。在百里,他走在河边的街道上,他看到百里没有融化的积雪在街道两旁和泥浆一样肮脏了,百里的寒风吹在他的脸上,使他觉得自己的脸被吹得又干又硬,像是挂在屋檐下的鱼干,他棉袄的口袋里插着一只喝水的碗,手里拿着一包盐,他吃着盐往前走,嘴里吃咸了,就下到河边的石阶上,舀两碗冰冷的河水喝下去,然后回到街道上,继续吃着盐走去。

这一天下午,许三观在百里的医院卖了血以后,刚刚走到街上,还没有走到医院对面那家饭店,还没有吃下去一盘炒猪肝,喝下去二两黄酒,他就走不动了。他双手抱住自己,在街道中间抖成一团,他的两条腿就像狂风中的枯枝一样,剧烈地抖着,然后枯枝折断似的,他的两条腿一弯,他的身体倒在了地上。

在街上的人不知道他患了什么病,他们问他,他的嘴巴哆嗦着说不清楚,他们就说把他往医院里送,他们说:好在医院就在对面,走几步路就到了。有人把他背到了肩上,要到医院去,这时候他口齿清楚了,他连着说:

"不、不、不、不去……"

他们说:"你病了,你病得很重,我们这辈子都没见过像你这么乱抖的人,我们要把你送到医院去……"

他还是说:"不、不、不……"

他们就问他:"你告诉我们,你患了什么病?你是急性的病?还是慢性的?要是急性的病,我们一定要把你送到医院去……"

他们看到他的嘴巴胡乱地动了起来,他说了些什么,他们谁也听不懂,他们问他们:

"他在说些什么?"

他们回答:"不知道他在说些什么,别管他说什么了,快把他往医院里送吧。"

这时候他又把话说清楚了,他说:

"我没病。"

他们都听到了这三个字,他们说:

"他说他没有病,没有病怎么还这样乱抖?"

他说:"我冷。"

这一次他们也听清楚了,他们说:

"他说他冷,他是不是有冷热病?要是冷热病,送医院也没有用,就把他送到旅馆去,听他的口音是外地人……"

许三观听说他们要把他送到旅馆,他就不再说么了,让他们把他背到了最近的一家旅馆。他们把他放在了一张床上,那间房里有四张床位,他们就把四条棉被全盖在他的身上。

许三观躺在四条棉被下面,仍然哆嗦不止,躺了一会,他们问:

"身体暖和过来了吧?"

许三观摇了摇头,他上面盖了四条棉被,他们觉得他的头像是隔得很远似的,他们看到他摇头,就说:

"你盖了四条被子还冷,就肯定是冷热病了,这种病一发作,别说是四条被子,就是十条都没用,这不是外面冷了,是你身体里面在冷,这时候你要是吃点东西,就会觉得暖和一些。"

他们说完这话,看到许三观身上的被子一动一动的,过了一会,许三观的一只手从被子里伸了出来,手上捏着一张一角钱的钞票,许三观对他们说:

"我想吃面条。"

他们就去给他买了一碗面条回来,又帮着他把面条吃了下去。许三观吃了一碗面条,觉得身上有些暖和了,再过了一会儿,他说话也有了力气。许三观就说他用不着四条被子了,他说:

"求你们拿掉两条,我被压得喘不过气来了。"

这天晚上,许三观和一个年过六十的男人住在一起,那人来的时候天已经黑了,他穿着破烂的棉袄,黝黑的脸上有几道被冬天的寒风吹裂的口子,怀里抱着两头猪崽子走进来,许三观看着他把两头小猪放到床上,小猪吱吱地叫,声音听上去又尖又细,小猪的脚被绳子绑着,身体就在床上抖动,他对它们说:

"睡了,睡了,睡觉了。"

说着他把被子盖在了两头小猪的身上。自己在床的另一头钻到了被窝里。他躺下后看到许三观正看着自己,就对许三观说:

"现在半夜里太冷,会把小猪冻坏的,它们就和我睡一个被窝。"

看到许三观点了点头,他嘿嘿地笑了。他告诉许三观,他家在北荡的乡下,他有两个女儿,三个儿子,两个女儿都嫁了男人,三个儿子还没有娶女人,他还有两个孙子。他到百里来,是来把这两头小猪卖掉,他说:

"百里的价格好,能多卖钱。"

最后他说:"我今年六十四岁了。"

"看不出来。"许三观说,"六十四岁了,身体还这么硬朗。"

听了这话,他又是嘿嘿笑了一会儿,他说:

"我眼睛很好,耳朵也听得清楚,身体没有毛病,就是力气比年轻时少了一些,我天天下到田里干活,我干的活和我三个儿子一样多,就是力气不如他们,累了腰会疼……"

他看到许三观盖了两条被子,就对许三观说:

"你是不是病了?你盖了两条被子,我看到你还在哆嗦……"

许三观说:"我没病,我就是觉得冷。"

他说:"那张床上还有一条被子,要不要我替你盖上?"

许三观摇摇头,"不要了,我现在好多了,我下午刚卖了血的时候,我才真是冷,现在好多了。"

"你卖血了?"他说:"我以前也卖过血,我家老三,就是我的小儿子,十岁的时候动手术,动手术时要给他输血,我就把自己的血卖给了医院,医院又把我的血给了我家老三。卖了血以后就是觉得力气少了很多……"

许三观点点头,他说:

"卖一次、两次的;也就是觉得力气少了一些,要是连着卖血,身上的热气也会跟着少起来,人就觉得冷……"

许三观说着把手从被窝里伸出去,向他伸出三根指头说:

"我三个月卖了三次,每次都卖掉两碗,用他们医院里的话说是四百毫升,我就把身上的力气卖光了,只剩下热气了,前天我在林浦卖了两碗,今天我又卖了两碗,就把剩下的热气也卖掉了……"

许三观说到这里,停了下来,呼呼地喘起了气,来自北荡乡下的那个老头对他说:

"你这么连着去卖血,会不会把命卖掉了?"

许三观说:"隔上几天,我到了松林还要去卖血。"

那个老头说:"你先是把力气卖掉,又把热气也卖掉,剩下的只有命了,你要是再卖血,你就是卖命了。"

"就是把命卖掉了,我也要去卖血。"

许三观对那个老头说:"我儿子得了肝炎,在上海的医院里,我得赶紧把钱筹够了送去,我要是歇上几个月再卖血,我儿女就没钱治病了……"

许三观说到这里休息了一会儿,然后又说:

"我快活到五十岁了,做人是什么滋味,我也全知道了,我就是死了也可以说是赚了。我儿子才只有二十一岁,他还没有好好做人呢,他连个女人都没有娶,他还没有做过人,他要是死了,那就太吃亏了……"

那个老头听了许三观这番话,连连点头,他说:

"你说得也对,到了我们这把年纪,做人已经做全了……"

这时候那两头小猪吱吱地叫上了,那个老头对许三观说:

"我的脚刚才碰着它们了……"

他看到许三观还在被窝里哆嗦,就说:

"我看你的样子是城里人。你们城里人都爱干净,我们乡下人就没有那么讲究,我是说……"

他停顿了一下后继续说:"我是说,如果你不嫌弃,我就把这两头小猪放到你被窝里来,给你暖暖被窝。"

许三观点点头说:"我怎么会嫌弃呢?你心肠真是好你就放一头小猪过来,一头就够了。"

老头就起身抱过去了一头小猪,放在许三观的脚旁。那头小猪已经睡着了,一点声音都没有,许三观把自己冰冷的脚往小猪身上放了放,刚放上去,那头小猪就吱吱的乱叫起来,在许三观的被窝里抖成一团,老头听到了,有些过意不去,他问:

"你这样能睡好吗?"

许三观说:"我的脚太冷了,都把它冻醒了。"

老头说:"怎么说猪也是畜生,不是人,要是人就好了。"

许三观说:"我觉得被窝里有热气了,被窝里暖和多了。"

四天以后,许三观来到了松林,这时候的许三观面黄肌瘦,四肢无力,头晕脑胀,眼睛发昏,耳朵里始终有着嗡嗡的声响,身上的骨头又酸又疼,两条腿迈出去时似乎是在飘动。

松林医院的血头看到站在面前的许三观,没等他把话说完,就挥挥手要他出去,这个血头说:

"你撒泡尿照照自己,你脸上黄得都发灰了,你说话时都要喘气,你还要来卖血,我说你赶紧去输血吧。"

许三观就来到医院外面,他在一个没有风、阳光充足的角落里坐了有两个小时,让阳光在他脸上、在他身上照耀着。当他觉得自己的脸被阳光晒烫了,他起身又来到了医院的供血室,刚才的血头看到他进来,没有把他认出来,对他说:

"你瘦得皮包骨头,刮大风时你要是走在街上,被风吹倒的,可是你脸色不错,黑红黑红的,你想卖多少血?"

许三观说:"两碗。"

许三观拿出插在口袋里的碗给那个血头看,血头说:

"这两碗放足了能有一斤米饭,能放多少血我就不知道了。"

许三观说:"四百毫升。"

血头说:"你走到走廊那一头去,到注射室去,让注射室的护士给你抽血……"

一个戴着口罩的护士,在许三观的胳膊上抽出了四百毫升的血以后,看到许三观摇晃着站起来,他刚刚站直了就倒在了地上。护士惊叫了一阵以后,他们把他送到了急诊室,急诊室的医生让他们把他放在床上,医生先是摸摸许三观的额头,又捏住许三观手腕上的脉搏,再翻开许三观的眼皮看了看,最后医生给许三观量血压了,医生看到许三观的血压只有六十和四十,就说:

"给他输血。"

于是许三观刚刚卖掉的四百毫升血,又回到了他的血管里。他们又给他输了三百毫升别人的血以后,他的血压才回升到了一百和六十。

许三观醒来后,发现自己躺在医院里,他吓了一跳,下了床就要往医

院外跑,他们拦住他,对他说虽然血压正常了,可他还要在医院里观察一天,因为医生还没有查出来他的病因。许三观对他们说:

"我没有病,我就是卖血卖多了。"

他告诉医生,一个星期前他在林浦卖了血,四天前又在百里卖了血。医生听得目瞪口呆,把他看了一会儿后,嘴里说了一句成语:

"亡命之徒。"

许三观说:"我不是亡命之徒,我是为了儿子……"

医生挥挥手说:"你出院吧。"

松林的医院收了许三观七百毫升血的钱,再加上急诊室的费用,许三观两次卖血挣来的钱,一次就付了出去。许三观就会找到说他是亡命之徒的那个医生,对他说:

"我卖给你们四百毫升血,你们又卖给我七百毫升血,我自己的血收回来,我也就算了,别人那三百毫升的血我不要,我还给你们,你们收回去。"

医生说:"你在说什么?"

许三观说:"我要你们收回去三百毫升的血……"

医生说:"你有病……"

许三观说:"我没有病,我就是卖血卖多了觉得冷,现在你们卖给了我七百毫升,差不多有四碗血,我现在一点都不觉得冷了,我倒是觉得热,热得难受,我要还给你们三百毫升血……"

医生指指自己的脑袋说:"我是说你有神经病。"

许三观说:"我没有神经病～我只是要你们把不是我的血收回去……"

许三观看到有人围了上来,就对他们说:

"买卖要讲个公道;我把血卖给他们,他们知道,他们把血卖给我,我一点都不知道……"

那个医生说:"我们是救你命,你都休克了,要是等着让你知道,你就没命了。"

许三观听了这话，点了点头说：

"我知道你们是为了救我；我现在也不是要把七百毫升的血都还给你们，我只要你们把别人的三百毫升血收回去，我许三观都快五十岁了，这辈子没拿过别人的东西……"

许三观说到这里，发现那个医生已经走了，他看到旁边的人听了他的话都哈哈笑，许三观知道他们都是在笑话他，他就不说话了，他在那里站了一会儿，然后他转身走出了松林的医院。

那时候已是傍晚，许三观在松林的街上走了很长时间，一直走到河边，栏杆挡住了他的去路后，他才站住脚。他看到河水被晚霞映得通红，有一行拖船长长地驶了过来、柴油机突突地响着，从他眼前驶了过去，拖船掀起的浪花一层一层地冲向了河岸，在石头砌出来的河岸上响亮地拍打过去。

他这么站了一会，觉得寒冷起来了，就蹲下去靠着一棵树坐了下来。坐了一会儿，他从胸口把所有的钱都拿出来，他数了数，只有三十六元四角钱，他卖了三次血，到头来只有一次的钱，然后他将钱叠好了，放回到胸前的口袋里。这时他觉得委屈了，泪水就流出了眼眶，寒风吹过来，把他的眼泪吹落在地，所以当他伸手去擦眼睛时，没有擦到泪水。他坐了一会儿以后，站起来继续在前走。他想到去上海还有很多路，还要经过大桥，安昌门、黄店、虎头桥、三环洞、七里堡、黄湾、柳村、长宁和新镇。

【阅读提示】

1.《许三观卖血记》是余华1995年创作的一部长篇小说，讲述了许三观靠着卖血度过了人生的一个个难关，战胜了命运强加给他的惊涛恶浪。作家以博大的温情描绘了磨难中的人生，以激烈的故事形式表达了人在面对厄运时求生的欲望。

2.《许三观卖血记》在叙事上的主要特点是运用对话和重复。用对话来交代叙事背景、故事情景和结构转换，也用对话来呈现人物的特征、性格和行为。对话成了叙事本身。离开了对话，叙事就不存在了。

【思考与讨论】

1. 对话是这篇小说重要的部分,具有多重功能。以第二十八章对话为例说说本文对话部分和你所读的其他小说的对话形式有什么不同,对话在叙事中起到了什么作用?第十八章有五段"许三观对许玉兰说"开头的段落,叙述了1958年人民公社、大炼钢铁、大食堂等历史事件,从对话中展现出来,这种通过主人公的日常话语的叙事和第三人称全知视角的叙事在效果上有何不同?余华为什么要采用这种方式?

2. 重复和节奏也是这篇小说叙事的重要特征,重复的营造给小说带来一种特别的节奏感和旋律,造成一种特殊的叙事效果。请以第二十八章为例,分析余华重复描写了许三观在林浦、百里、松林三次卖血过程重复中又有哪些变化,带来了哪些效果?

3. 第二十八章的开头和结尾是一一列举了许三观一路从家乡到上海要经过的小镇或者村庄的名字,如此详细罗列的必要性是什么?它给读者带来了什么样的阅读体验?读到结尾部分再次列举余下的地名时你有什么感受?

【延伸阅读】

《许三观卖血记》《活着》《第七天》

【参考资料】

1. 吴义勤:《告别"虚伪的形式"》,山东文艺出版社2004年版。
2. 洪治纲:《悲悯的力量——论余华的三部长篇小说及其精神走向》,《当代作家评论》,2004年第6期。

第十节 刘震云

刘震云(1958—),生于河南省延津县。1973年入伍,1978年复员回家乡当中学教员,同年考入北京大学中文系,1982年毕业,分配到《农民日报》社工作并开始文学创作,1987年在《人民文学》上发表短篇小说《塔铺》,引起文坛注目,后又连续发表《新兵连》《头人》《单位》《官场》《一地鸡毛》《官人》《温故一九四二》等描写城市社会的"单位系列"和干部生活的"官场系列",引起强烈反响。著有长篇小说《故乡下黄花》《故乡相处流传》《故乡面和花朵》(四卷)、《一腔废话》等,作品集《刘震云文集》(四卷)、《刘震云》等,中短篇小说《新兵连》《单位》《一地鸡毛》《温故一九四二》等作品共400多万字,作品多次获奖、被评价、改编和翻译。

《一句顶一万句》(节选)
第一章 前言:出延津记
一

杨百顺他爹是个卖豆腐的。别人叫他卖豆腐的老杨。老杨除了卖豆腐,入夏还卖凉粉。卖豆腐的老杨,和马家庄赶大车的老马是好朋友。两人本不该成为朋友,因老马常常欺负老杨。欺负老杨并不是打过老杨或骂过老杨,或在钱财上占过老杨的便宜,而是从心底看不起老杨。看不起一个人可以不与他来往,但老马说起笑话,又离不开老杨。老杨对人说起朋友,第一个说起的是马家庄赶大车的老马;老马背后说起朋友,一次也没提到过杨家庄卖豆腐也卖凉粉的老杨。但外人并不知其中的底细,大家都以为他俩是好朋友。

杨百顺十一岁那年,镇上铁匠老李给他娘祝寿。老李的铁匠铺叫"带旺铁匠铺",打制些饭勺、菜刀、斧头、锄头、镰刀、耙齿、铲头、门搭等。铁匠十有八九性子急,老李却是慢性子;一根耙钉,也得打上两个时辰。但慢工出细活,这把耙钉,就打得有棱有角。饭勺、菜刀、斧头、锄头、镰刀、铲头、门搭等,淬火之前,都烙上"带旺"二字。方圆几十里,再不出铁匠。不是比不过老李的手艺,是耽误不起工夫。但慢性子容易心细,心细的人容易记仇。老李是生意人,铺子里天天人来人往,保不齐哪句话就得罪了他。但老李不记外人的仇,单记他娘的仇。老李他娘是急性子,老李的慢性子,就是他娘的急性子压的。老李八岁那年,偷吃过一块枣糕,他娘扬起一把铁勺,砸在他脑袋上,一个血窟窿,汩汩往外冒血。别人好了伤疤忘了疼,老李从八岁起,就记上了娘的仇。记仇不是记血窟窿的仇,而是他娘砸过血窟窿后,仍有说有笑,随人去县城听戏去了。也不是记听戏的仇,而是老李长大之后,一个是慢性子,一个是急性子,对每件事的看法都不一样。老李他娘是个烂眼圈,老李四十岁那年,他爹死了;四十五岁那年,他娘瞎了。他娘瞎了以后,老李成了"带旺铁匠铺"的掌柜。老李成为掌柜后,倒没对他娘怎么样,吃上穿上,跟没瞎时一样,就是他娘说话,老李不理她。一个打铁的人家,平日吃饭也是淡饭粗茶,他娘瞎着眼喊:

"嘴里淡寡得慌,快去弄口牛肉让我嚼嚼。"

老李:

"等着吧。"

一等就没了下文。他娘:

"心里闷得慌,快去牵驴,让我去县城听个热闹。"

老李:

"等着吧。"

一等又没了下文。不是故意跟他娘治气,而是为了熬熬她这急性子。日子在他娘手里,已经急了半辈子,该慢下来了。也怕开了这种头,乱越添越多。但他娘七十岁这年,老李却要给他娘做寿。他娘:

"快死的人了,寿就别做了,平时对我好点儿就行了。"

又用拐棍捣着地:

"是给我做寿吗?不定憋着啥坏呢。"

老李:

"娘,您多想了。"

但老李给他娘做寿,确实不是为了他娘。上个月,从安徽来了个铁匠,姓段,在镇上落下脚,也开了个铁匠铺;老段是个胖子,铁匠铺便叫"段胖子铁匠铺"。如老段性子急,老李不怕;谁知段胖子也是个慢性子,一根耙钉,也打上两个时辰,老李就着了慌,想借给他娘做寿,摆个场面让老段看看。借人的阵势,让老段明白强龙不压地头蛇的道理。但众人并不明白祝寿的底细,过去都知道老李对娘不孝顺,现在突然孝顺了,认为他明白过来理儿了,祝寿那天中午,皆随礼去吃酒席。老杨和老马皆与铁匠老李是朋友,这天也来随礼。老杨早起卖豆腐走得远,吃酒席迟到了几步;马家庄离镇上近,老马准时到了。老李觉得卖豆腐的老杨和赶大车的老马是好朋友,便把老杨的座位,空在了老马身边。老李以为自己考虑得很周全,没想到老马急了:

"别,快把他换到别的地方去。"

老李:

"你们俩在一起爱说笑话,显得热闹。"

老马问:

"今天喝酒不?"

老李:

"一个桌上三瓶,不上散酒。"

老马:

"还是呀,不喝酒和他说个笑话行,可他一喝多,就拉着我掏心窝子,他掏完痛快了,我窝心了。"

又说:

"不是一回两回了。"

老李这才知道,他们这朋友并不过心。或者说,老杨跟老马过心,老马跟老杨不过心。遂将老杨的座位,调到另一桌牲口牙子老杜身边。杨百顺前一天被爹打发过来帮老李家挑水,这话被杨百顺听到了。吃酒第二天,卖豆腐的老杨在家里埋怨老李的酒席吃得不痛快,礼白送了;不痛快不是说酒席不丰盛,而是在酒桌上,跟牲口牙子老杜说不来。老杜又是个秃子,头上有味,肩上落了一层白皮。老杨认为自己去得晚,偶然挨着了老杜。杨百顺便把昨天听到的一席话,告诉了老杨。卖豆腐的老杨听后,先是兜头扇了杨百顺一巴掌:

"老马绝不是这意思。好话让你说成了坏话!"

老杨在杨百顺的哭声中,又抱着头蹲在豆腐房门口,半天没有说话。之后半个月没理老马。在家里,再不提"老马"二字。但半个月后,又与老马恢复了来往,还与老马说笑话,遇事还找老马商量。

卖东西讲究个吆喝。但老杨卖豆腐时,却不喜吆喝。吆喝分粗吆喝和细吆喝。粗吆喝就是就豆腐说豆腐,"卖豆腐喽——""杨家庄的豆腐来了——"细吆喝就是连说带唱,把自己的豆腐说得天花乱坠:"你说这豆腐,它是不是豆腐?它是豆腐,可不能当豆腐……"那当啥呢?直把豆腐说成白玉和玛瑙。老杨嘴笨,溜不成曲儿,又不甘心粗吆喝;也粗吆喝过,但成了生气:"刚出锅的豆腐,没这个那个啊——"可老杨会打鼓,鼓槌敲着鼓面,磕着鼓边,能敲打出诸多花样;于是另辟蹊径,卖豆腐时,干脆不吆喝了,转成打鼓。打鼓卖豆腐,一下倒显得新鲜。村中一闻鼓声,便知道杨家庄卖豆腐的老杨来了。除了在村里卖豆腐,镇上逢集,也到镇上摆摊;既卖豆腐,又卖凉粉。用刮篾将凉粉刮成丝,摆到碗里,搁上葱丝、荆芥和芝麻酱,卖一碗,刮一碗。老杨摊子左边,是卖驴肉火烧的孔家庄的老孔;老杨摊子右边,是卖胡辣汤也捎带卖烟丝的窦家庄的老窦。老杨卖豆腐和凉粉在村里打鼓,在集上也打鼓。老杨的摊子上,从早到晚,鼓声不断。一开始大家觉得新鲜,一个月后,左右的老孔和老窦终于听烦了。老孔:

"一会儿'咚咚咚',一会儿'咔咔咔',老杨,我脑浆都让你敲成凉粉了,做一个小买卖,又不是挂帅出征,用得着这么大动静吗?"

老窦性急,不爱说话,黑着脸上去,一脚将老杨的鼓踹破了。

四十年后,老杨中风了,瘫痪在床,家里的掌柜换成了大儿子杨百业。别人一中风脑子便不好使,嘴也不听使唤,"呜里哇啦"说不成句,老杨却身瘫脑不瘫，嘴也不瘫。不瘫的时候嘴笨，而且容易把一件事说成另一件事，或把两件事说成一件事，瘫了之后头脑倒清楚了，嘴也顺溜了，事碰事理得纹丝不乱。身子瘫后，整日躺在床上，动一动就有求于人，这时就比不得从前，眼上、嘴上就得吃些亏；进屋一个人，眼里就赶紧逢迎和讨好；接着人问他啥，他就说啥；不瘫时常说假话，瘫了之后句句都掏心窝子。喝水多了，夜里起床就多，老杨从下午起就不喝水。四十年过去，老杨过去的朋友要么死了，要么各有其事，老杨瘫了之后，无人来看他。这年八月十五，当年在集上卖葱的老段，提着两封点心来看老杨。多日不见故人，老杨拉着老段的手哭了。见家人进来，又忙用袖子去拭泪。老段：

"当年在集上做买卖的老人儿，从东头到西头，你还数得过来不？"

老杨虽然脑子还好使，但四十年过去，当年一起做事的朋友，一多半已经忘记了。从东到西，扳着指头查到第五个人，就查不下去了。但他记得卖驴肉火烧的老孔和卖胡辣汤兼卖烟丝的老窦，便隔过许多人说老孔和老窦：

"老孔说话声儿细；老窦是个急性子，当年一脚把我的鼓给踹破了。我也没输给他，回头一脚，把他的摊子也踢了，胡辣汤流了一地。"

老段：

"董家庄劁牲口的老董，你还记得吧？除了劁牲口，还给人补锅。"

老杨皱着眉想了想，想不起这个既劁牲口又给人补锅的老董。老段：

"那魏家庄的老魏呢？集上最西头，卖生姜的那个，爱偷笑，一会儿自己乐了，一会儿自己又乐了，也不知他想起个啥。"

老杨也想不起这个一边卖姜一边偷笑的老魏。老段：

"马家庄赶大车的老马，你总记得吧？"

老杨松了一口气：

"他我当然记得，死了两年多了。"

老段笑了：

"当年你心里只有老马，凡人不理。岂不知你拿人家当朋友，人家背后老糟改你。"

老杨赶紧岔话题：

"多少年的事了，你倒记得。"

老段：

"我不是说这事，是说这理。不拿你当朋友的，你赶着巴结了一辈子；拿你当朋友的，你倒不往心里去。当时集上的人都烦你敲鼓，就我一个人喜欢听。为听这鼓，多买过你多少碗凉粉。有时想跟你多说一句话，你倒对我带搭不理。"

老杨忙说：

"没有哇。"

老段拍拍手：

"看看，现在还不拿我当朋友。我今天来，就是想问你一句话。"

老杨：

"啥话？"

老段：

"经心活了一辈子，活出个朋友吗？"

又说：

"过去没想明白，如今躺在床上，想明白了吧？"

老杨这才明白，四十年后，老段看自己瘫痪在床，他腿脚还灵便，报仇来了。老杨啐了老段一口：

"老段，当初我没看错你，你不是个东西。"

老段笑着走了。老段走后，老杨还在床上骂老段，老杨的大儿子杨百业进来了。杨百业是杨百顺的大哥，这时也五十多岁。杨百业小的时候脑子笨，常挨老杨的打；四十多年过去，老杨瘫痪在床，杨百业成了家里的掌柜，老杨举手动脚，就要看杨百业的脸色行事。杨百业接着老段的话茬儿问：

"老马是个赶大车的，你是个卖豆腐的，你们井水不犯河水，当年人家不拿你当人，你为啥非巴结他做朋友？有啥说法不？"

身瘫的老杨对老段敢生气，对杨百业不敢生气。杨百业问他什么，他

得说什么。老杨停下骂老段,叹了一口气:

"有。不然我也不会怵他。"

杨百业:

"事儿上占过他便宜,或是有短处在他手里。一下被他拿住了?"

老杨:

"事儿上占便宜拿不住人,有短处也拿不住人,下回不与他来往就是了。记得头一回和他见面,就被他说住了。"

杨百业:

"啥事?"

老杨:

"头一回遇到他,是在牲口集上,老马去买马,我去卖驴,大家在一起闲扯淡。论起事来,同样一件事,我只能看一里,他能看十里,我只能看一个月,他一下能看十年;最后驴没卖成,话上被老马拿住了。"

又摇头:

"事不拿人话拿人呀。"

又说:

"以后遇到事,就想找他商量。"

杨百业:

"听明白了,还是想占人便宜,遇事自个儿拿不定主意,想借人一双眼。我弄不明白的是,既然他看不上你,为啥还跟你来往呢?"

老杨:

"可方圆百里,哪儿还有一下看十里和看十年的人呢?老马也是一辈子没朋友。"

又感叹:

"老马一辈子不该赶马车。"

杨百业:

"那他该干啥呢?"

老杨:

"看相的瞎老贾,给他看过相,说他该当杀人放火的陈胜吴广。但他又没这胆,天一黑不敢出门。其实他一辈子马车也没赶好,赶马车不敢走夜路,耽误多少事儿呀!"

说着说着急了:

"一个胆小如鼠的人,还看不上我,我他妈还看不上他呢!一辈子不拿我当朋友,我还不拿他当朋友呢!"

杨百业点点头,知道他俩一辈子该成为朋友。

……

六

杨百顺的弟弟杨百利,在"延津新学"仅仅上了半年,就退了学。杨百利退学不是因为杨百利出了差错,像在老汪的私塾学《论语》一样,读书不专心,调皮捣蛋,被人开除了;读书他肯定不专心,但小韩的新学并不开除读书不专心的人,课堂上不专心没啥,只要小韩来讲话你专心就成了;退学是因为县长小韩出了问题。小韩出问题并不在"延津新学"上,而是因为这年秋天,河南的省长老费到黄河以北巡视,转到了延津县,小韩陪了他一天,小嘴不停,把老费惹恼了。老费是福建人,他爹打小是个哑巴;由于他爹是哑巴,老费小时候,家里话就少;养成习惯,老费长大话也不多。老费认为,世上有用的话,一天不超过十句。但到了延津,一天下来,老费没说什么,小韩说了三千多句;由于小韩多话,老费又知道他下车伊始,在延津办了个"延津新学",新学开办半年,小韩到新学演讲六十二场,平均三天一场。小韩沾沾自喜,把这些都当政绩向老费作了汇报。因延津归新乡专署管,陪同老费巡视的还有新乡的专员老耿。老费在延津没说什么,第二天回到新乡,老耿陪他吃中饭,边吃,边说这次的巡视。当时新乡下辖八县,老费转了五县,说到其他四县,老费没说什么,说到延津,老费皱了皱眉:

"那个县长小韩,是谁弄来的?"

这个县长小韩,就是新乡专署专员老耿弄来的;小韩他爹,是老耿在日本名古屋商政专科学校留学时的同班同学。但老耿已看出老费不喜小韩，便说：

"正常遴选上来的，正常遴选上来的。"

老费：

"老耿呀，我也不懂，他小嘴不停，是做县长的材料吗？治大国如烹小鲜，五十年固守一句话就不错了；他半年讲了六十二场话，他都说些啥？"

老耿吓出一头汗，忙说：

"他没说啥，他没说啥。"

老费：

"料他也说不了啥。一个学生娃，能说啥？他说啥没啥，只是这爱说，就让人厌倦。"

又说：

"他爱说没啥，又误人子弟，教娃们去说，事就大了。是要把全县的人都变成小嘴不停吗？族人皆小嘴不停，述而不作，接着就天下大乱了。"

老耿忙说：

"我回头说他，我回头说他。"

老费正色：

"江山易改，本性难移，他都快三十的人了，不是个娃，能说回来吗？我看是说不回来，也许你老耿本事大，能把他说回来。"

老耿擦着头上的汗：

"我也说不回来，我也说不回来。"

老费回郑州第二天，老耿就把小韩给撤了。其实老耿对省长老费对说话的看法，并不苟同；况且，人说话多少，和能否当县长是两回事。何况诲人不倦，有教无类，也是圣人的意思。小韩虽爱乱说，但没乱动，顶多像他的前任老胡爱做木匠活一样，是种个人癖性；恰恰是述而不作，坏不了什么大事。但他看省长老费认了真，怕由小韩牵涉到自己，还是毅然决然，撤了小韩。小韩来延津时一番壮志，没想到歪嘴骡子卖了个驴价钱，吃了嘴上的亏，大半年工夫就得草草收兵。闻到消息，他急如星火赶到新

乡,找到老耿,还有些倔强和不服:

"叔,凭啥撤我的县长?我错在哪儿了?你们讲理不讲理?"

接着就开始与老耿讲理,从欧洲诸强讲起,又说到美国,又扯到日本的明治维新,说些开办新学的好处。小韩不讲理,老耿还有些同情他,他一讲理,老耿又觉得撤他是对的。老耿止住他不停的小嘴:

"贤侄,你说得没错,你讲的理也没错,错就错在,你生错了地方和年头。"

小韩一愣:

"我应该生在欧洲、美国或日本?"

老耿:

"不生在这些地方也行,生在中国,能和圣人生个前后脚,也不辜负你的才干。"

小韩:

"我去学堂演讲,并不是为了教书,是为了救国救民……"

又要跟老耿理论。老耿皱了皱眉,再一次止住他:

"我也不是让你去战国教书,恰恰是为了让你去救国救民。如何救国救民?放到战国,就你的材料,正好去当说客。说客不凭别的,就凭一张嘴。但他不是说给不懂事的娃儿们,是说给君王;说给娃儿们顶个球用。要管用还得说给管事的不是?你说得好,你身挂六国相印,也给老叔带些福气;一旦你说得不好,你的脑袋,"咔嚓"一声可就没了。贤侄,我想知道的是,大殿之上,此情此景,你能说得好吗?"

此情此景,小韩倒第一次被人给说住了,愣在了那里。

小韩离开延津回了唐山,"延津新学"也寿终正寝。像当初老汪的私塾一样,徒儿们都作鸟兽散。众徒儿和杨百利由新学到县政府的愿望也随之破灭,老杨由县政府到豆腐的理想也烟消云散。学校散了,杨百利本该重回杨家庄跟他爹做豆腐,但他没有回去。没回去不单像杨百顺一样,讨厌他爹老杨和豆腐,而是他在新学的半年中,结识了一个好朋友叫牛国兴。牛国兴是个大头,他爹是"延津铁冶场"的董事。杨百利和牛国兴本不同班,因两人都对"新学"和读书不感兴趣,爱和一帮孩子偷偷从教堂跑出去,用粘竿粘知了,用弹弓打鸟玩,成群结队,志同道合,渐渐混熟了。除了粘知了打鸟,两人"喷空"能"喷"到一起,相互又比跟其他孩子好些。所谓"喷空",是一句延津话,就是有影的事,没影的事,一个人无意中提起一个话头,另一个人接上去,你一言我一语,把整个事情搭起来。有时"喷"得好,不知道事情会发展到哪里去。这个"喷空"和小韩的演讲不同,小韩的演讲都是些大而无当的空话和废话,而"喷空"有具体的人和事,连在一起是一个生动的故事。除了小韩演讲,杨百利和牛国兴没上过整课,趁着老师在黑板上写字,偷偷跑出新学,或粘知了,或打鸟,或"喷空"。小韩招的教师又都是些闷嘴葫芦,也管不住这些学生。一开始杨百利只会粘知了和打鸟,不会"喷空",还是牛国兴带他三个月,渐渐上了道。如牛国兴说,城里"鸿膳成"饭铺的厨子老魏,过去总在饭铺笑,近一个月来,老在饭铺唉声叹气,为啥?杨百利一开始不懂"喷空",会照常答理:老魏欠人家钱,或跟老婆干了仗。牛国兴马上就急了,因这原因大家都想得到;大家都想得到的,就不叫"喷空"。急后,牛国兴会做示范,自问自答,还记得一个月前,城里来了个河北的戏班子吗?其中有一个旦角,老魏入了迷。戏在延津演了半个月,老魏场场不落。看着看着,魂被勾去了。戏班子又到封丘演,老魏又跟到封丘。光跟有啥用啊?还是想跟她成就好事。这天后半夜,老魏扒过戏院的后墙,来到戏台后身。看一床前挂着旦角的戏装,以为睡到床上的是旦角,悄悄凑上去,脱下裤子,掏出家伙就要攥人。没想到睡在床上的不是旦角,是一看戏箱子的,过去是个武生。武生一阵拳打脚踢,把老魏的胳膊都打折了。老魏将胳膊藏在袖子里,又不敢说。这些天老魏唉声叹气,原因就在这里。如果是前三个月,聊到这里就不错了,杨百利也就认了账。后三个月,杨百利渐渐上了道,会试探着说,要说勾魂,我听说不是这样,我听说老魏从小有夜游的毛病,夜游了三十多年没事,据说上个月夜游时,游到了一个坟场里,出来一个白胡子老头;过去老魏也到过这个坟场,啥事没有,这次就钻出一个白胡子老头。白胡子老头趴到老魏耳边说了两句话,老魏点点头。从第二天起,老魏就常常叹息。有时一边炒菜,一边还伤心地落泪,泪都滴到了菜锅里。人问他白胡子老头说了什么,他也不说。杨百顺说完,牛国兴会兴奋地拍他肩膀:"喷"得好。接上去会说,那我就知道了,"鸿膳成"的掌柜老吴,和俺爹是好朋友,他对俺爹说,一个厨子,天天在饭铺哭,晦气不晦气?本想赶他走,但没想到,饭铺的生意,倒比以前好了许多,好多人不是来吃饭,倒是来看老魏哭了。大家的魂,又被老魏勾去了……云云。事情说有影也有影,说没影也没影,但都比原来的事情有意思。"喷空"到趣处,牛国兴说:

"我到茅房撒泡尿。"

杨百利本来没尿,也说:

"我随你去。"

新学散了,杨百利本也不愿回杨家庄跟他爹做豆腐,牛国兴也一下离不开杨百利,在世上能找到一个"喷空"的伙伴,也不是件容易的事,人生有一知己足矣,说的就是这个意思。牛国兴便缠着他爹老牛,让杨百利进他爹的铁冶场当学徒。老牛被牛国兴缠不过,只好收下杨百利。老牛的铁冶场,说是一个铁冶场,无非是拢了十几个铁匠,在一起打制个柴刀、菜刀、铲子、镰刀、锄头、犁头、耧齿、耙齿、车角、饭铺用的火炉、商号用的铁门、打兔用的火铳等,打制的家伙,和镇上老李的铁匠铺差不多,只不过比老李的铺面大些,人多些,是个场子。但杨百利在铁冶场学了半年徒,连个锅铲子都没学会打。他像在老汪的私塾和小韩的新学一样,心思根本没用在正事上,整日还想着粘知了打鸟和"喷空"。渐渐对粘知了打鸟也没了兴趣,心思都在"喷空"上。这倒对了牛国兴的心思。师傅看他也不是个打铁的材料,便让他烧火,他把火也烧得半生不熟,连累师傅打出的柴刀,也半生不熟。师傅是个湖南人,看着手里的柴刀,操着湖南口音感叹:

"啥叫火候不到呢?这就叫火候不到。"

半年过后,铁冶场的人个个烦他。老牛看他实在不是个做事的材料,便要辞退他。老牛舍得他,牛国兴却舍不得他,摔了家里一个座钟。老牛:

"我不是看他不长进,是怕时间长了,把你带坏了。"

牛国兴:

"要说坏,我早已坏到了他前边。你让他走也行,反正他走到哪儿,我跟到哪儿。"

老牛叹息一声,也是无奈,只好把杨百利从场里撤下,打发他到铁冶场门口看大门。这倒对了杨百利的心思,可以有更多的时间"喷空"。牛国兴来,就与牛国兴"喷空";牛国兴不来,也一个人在脑子里"喷空"。看着是在看大门,脑子里却云山雾罩。进来一个人,会打断一次他的思路,他就焦急,接着就对进门的人没有好气,拦着这人,盘东问西,问个底掉,还不让进去。凡是进铁冶厂大门的人,都在肚子里骂他。这倒应了当初瞎老贾给杨百利算命的话。

但看大门一个月后,杨百利和牛国兴闹翻了。闹翻了并不是因为"喷空",当然和"喷空"也有关系。杨百利本不会"喷空","喷空"还是牛国兴带出来的;但"喷空"喷了大半年,杨百利已经出师了。杨百利在别的方面不用功,在"喷空"上却下心思。过去俩人"喷空"以牛国兴为主,杨百利只是个接话茬儿的,话头像河水一样,牛国兴想让它往哪里流;它就往哪里流。现在情况变了,杨百利也修了一条自己的沟渠,水到底往哪里流,还不一定呢。接着在话题上也产生了矛盾,过去是牛国兴独霸天下,他想说什么话题,就说什么话题,现在杨百利也会提出自己的话题。杨百利白天看大门,脑子里有这个空闲,晚上喷起空来,杨百利是有备而来,牛国兴是仓促上阵,喷着喷着,不管是在话题上或是话头往哪拐弯,杨百利渐渐还能占上风,牛国兴常常钻到杨百利的话套里。"喷空"时占了上风,不"喷空"时,有意无意之间,杨百利也想跟牛国兴平起平坐。"喷空"时占点儿便宜牛国兴没啥,但日常的一举一动,也要平分秋色,牛国兴心里就有了想法。啥叫主次颠倒呢?这就叫主次颠倒;啥叫忘恩负义呢?这就叫忘恩负义。渐渐跟杨百利"喷空"的心就慢了。但两人闹翻,还不是因为"喷空",而是因为一个女同学。这个女同学大号叫邓秀芝,小名叫二妞。二妞她爹是"大魁商号"的掌柜老邓。说是"大魁商号",也就是县城东街一个杂货铺，卖些米、面、盐、酱、油、醋、火柴、灯罩、麻绳、箩筐等杂物。二妞五短身材，绑着两根麻绳般的大辫子；只是面容还好，浓眉大眼，笑起来有两个酒窝。在"延津新学"时，牛国兴和杨百利只顾粘知了打鸟和"喷空"了，没注意过这个二妞，相互之间没说过话。"延津新学"散了，一次牛国兴和二妞在街上遇见，二妞无意中看了牛国兴一眼，牛国兴便觉得二妞对自己有意。回来对杨百利"喷空"，由看一眼喷起，喷回到"延津新学"，两人如何交往，一开始还有些羞羞答答，后来渐渐到了一起，直到亲了嘴还办了事。中间还有些晓风残月今夜酒醒何处的情形。杨百利知是一个"喷空"，没大理他，牛国兴自己却认了真。但牛国兴胆小，不敢直接找二妞，写了一封信，开头是"秀芝吾妹如面……"云云，让杨百利交给二妞。如果是半年前，牛国兴让杨百利干啥，杨百利就干啥，现在平分秋色了，杨百利就有些不乐意：

"事都办了，咋还写信？"

又说：

"你找她图个舒坦，我找她图个啥？"

牛国兴更看出杨百利是个白眼狼。但心里对二妞思念得紧，只好从口袋掏出五块钱，递给杨百利，杨百利接下钱，才接下这信。但三天之后，杨百利又觉得上了牛国兴的当。因他白天要在铁冶场看大门，送信只能是晚上。晚上在县城东街转了三天，没碰到二妞。三天之后牛国兴急了，说光在街上转有啥用，该夜里扒墙去她家呀。杨百利收了牛国兴的钱，又舍不得退给他，万般无奈，当晚便去了邓家。但他没敢贸然扒墙进去，先蹿到了房顶观察动静。欲找到二妞，须先找出二妞在家里的住处。老邓家是个四合院，院子里不点灯，黑暗之中，啥也看不清楚。各屋倒有人出进，但影影绰绰，一时也判不定谁是谁。倒是人进屋了，屋里有灯，人影映到窗户上，能大体看出邓家居住的分布。正房映出一个老头，戴着一顶瓜皮帽，一个老婆婆，拿着线拐子在拐线，似是二妞的爹娘；东厢房有一男一女在斗嘴，一个孩子还在哭，似是二妞的哥嫂；剩下西厢房窗户上，就一个女人的影子在走来走去，大概就是二妞了。在房顶趴了三个时辰，杨百利的身子都趴麻了，邓家的灯才一屋一屋熄了。杨百利从屋顶溜下来，蹑手蹑脚，来到西厢房前，欲将牛国兴的信从门缝塞进去。本来要大功告成，西厢房也确是二妞的住房，但二妞三天前去了开封姑妈家，这也是杨百利三天见不到二妞的原因；二妞的小姨来老邓家串亲，临时住在了二妞屋里。小姨这两天拉肚子，刚睡下，腹内突然又来了，慌忙起身，要去茅房，猛地拉开门，迎头站一个黑影，双方都吓了一跳。二妞的小姨是个老姑娘，三十多岁还没嫁人，她以为是姐夫老邓夜里来拨她的门，欲占她的便宜；老邓过去见她，就爱把些风话。现在肚子正急，哪里是装神弄鬼的时候？扬手就是一巴掌，杨百利"哎哟"一声，倒在地上。邓家各屋的灯立马亮了。二妞她哥以为他是个贼，来偷杂货铺的东西，也是刚与老婆吵过嘴，没有好气，便将杨百利吊在院内的枣树上抽打。刚抽了两鞭子，杨百利就把真相供了出来。为证明跟自己无涉，还掏出了牛国兴的情书作证。老邓看了情书，倒把杨百利从枣树上放了下来。因为他跟铁冶场的老牛也认识，知是一帮孩子胡闹，倒没怎么追究。因为声张出去，对自家女儿也不好。等到第二天，牛国兴知道情况后，却大恼杨百利。恼杨百利不是说他把事情办砸了，影响了他和二妞的关系，而是收了自己五块钱，到了关键时候还出卖自己，这样的人，如何做得了朋友？从此两人见面还说话，但心底有了隔阂，彻底不在一起"喷空"了。

  这年八月，从新乡机务段来了一个采买叫老万，住在延津铁冶场里。新乡机务段负责维修平汉路的铁轨，年年要用许多道钉。新乡机务段的段长与延津铁冶场的老牛是表亲，便把锻造道钉的活计，派给了老牛。采买老万一个季节来延津拉一次道钉。老万是山东人，四十多岁，白眉毛，爱时不时张嘴，但不是打哈欠，上下颌一咬一咬，只为活动个筋骨，能听到筋骨的"嘎嘣""嘎嘣"声。老万这次来到延津，老牛还没把道钉锻齐；老万要采买一万枚道钉，老牛的铁冶场只锻了六千多枚，还差三千多枚。老万便在延津住下等道钉。也是闲来无事，第二天一大早，步出铁冶场，欲到延津县城四处逛逛。铁冶场的规矩，进大门要给看大门的打招呼，出大门时，如不拉货，不用给看大门的打招呼。老万也是出于礼貌，虽只身一人，看杨百利在大门口坐着,也顺便问候了一声。他不问候没有什么,他一问候杨百利生气了。因杨百利脑子里正云山雾罩,老万打断了他的"喷空",便拦下老万盘东问西。如杨百利这么拦别人,别人早在肚子里骂杨百利,但老万是个爱说话的人,在延津举目无亲,就等个道钉,碰上一个搭茬儿的,倒静下心来,与杨百利说话。上下颌一咬一咬,"嘎嘣""嘎嘣",从自己叫啥,哪里人,在哪谋生,为啥来到延津,接着从道钉说开去,说到铁轨,说到火车,说到机务段,机务段有多少人,自己管采买整天做啥……使杨百利忘了刚才的"喷空",开始对铁轨和火车感到好奇,一开始听老万说,后来时不时插话提问。本是一场盘问,一场话说开去,两人倒聊得投机。接着老万打听延津,杨百利便把延津好玩的去处,向老万介绍一番。接着开始说延津好多趣事。从"鸿膳成"的伙夫老魏坟场里遇到白胡子老头说起,一直说到上个月自己爬"大魁商号"的屋顶,被人吊在树上打了一顿,把老万逗得"咯咯"地乐。杨百利也是"喷空"喷了半年,后来跟牛国兴闹翻了,失去了"喷空"的对象,脑子里整天乌云翻滚,嘴上却没个卸处,干打雷下不了雨,现在碰上老万,虽不是"喷空",也是"喷空",两人言来语去,竟聊了一上午。杨百利心头如释重负,浑身痛快了许多。老万也觉得看大门的杨百利有意思,看上去是个孩子,没想到嘴上的功夫这么老辣。四十多年自己爱聊天,男女老少,没碰到对手,没想到在延津铁冶场竟遇到了知己。以后三天里,老万顾不得去延津的趣处闲逛,专来铁冶场门口跟杨百利"喷空"。三天"空"喷下来,两人成了无话不谈的好朋友。三天之后,道钉锻齐了,老万雇了辆马车,拉上道钉要走。马车路过铁冶场大门口,两人竟有些恋恋不舍。老万跳下马车:

"何时去新乡,一定到机务段找我。就打听大嘴老万,没人不知道。"

杨百利:

"何时到延津,一定来铁冶场。如果在铁冶场找不到我,就去杨家庄。"

两人挥手告别,老万重新上了马车。待马车走了里把远,老马突然又跳下马车,扭头跑了回来:

"我忘了一件事。"

杨百利：

"啥？"

老万：

"机务段走了两个司炉，正招新人，你愿去不？"

杨百利：

"司炉是干啥的？"

老万：

"就是在火车上，往火炉里扔煤。活说重也重，说不重也不重，三班倒，也有歇着的时候。我和管招工的老董熟，你要愿去，我一句话。就是不知道你舍不舍得离开延津铁冶场？"

如果是两个月前，杨百利舍不得离开延津铁冶场。当初来铁冶场，并不是为了看大门，而是为了跟牛国兴"喷空"，现在跟牛国兴闹翻了，不能"喷空"了，留在这里还有何用？倒是跟老万去了新乡机务段，重新又开出一个"喷空"的天地也料不定。此处不留爷，自有留爷处。便说：

"王八蛋才舍不得离开，我跟你去。去机务段不是为了当司炉，而是好跟你在一起。"

老万拍着手：

"我也是这个意思。那你收拾收拾，三天之后，到新乡机务段找我。"

杨百利：

"不用三天，你等我一下，我现在就去收拾。"

老万倒笑了：

"你倒性急。"

当天上午，杨百利背起铺盖卷，离开铁冶场，坐马车跟老万去了新乡。听说杨百利要走，铁冶场没一个人不高兴。老牛念了几声阿弥陀佛：

"机务段老万是个好人，帮我除了一个孽障。"

牛国兴听说杨百利要走，心里倒有些失落。原以为他会待很久，没想到突然就离开了。不走时两人闹翻了，人一走牛国兴又想起许多。忙跑出大门,想劝杨百利留下。待跑到大门口,杨百利已上了老万的马车,走出里把远。车上,杨百利又跟老万聊上了,聊得眉飞色舞,连头也没回。牛国兴不禁一股怒气往上升。他何以能跟老万走,还不是仗着能"喷空"?他何以能"喷空",还不是自己用话喂出来的?现在说走就走,连个招呼也不打,自己帮来帮去,竟帮出个仇人。牛国兴咬牙切齿骂道——但他没骂杨百利,而是骂自己:

"我要再帮人,我是龟孙!"

七

杨百顺跟师傅老曾学杀猪已半年有余。老曾小五十了,长得白净面皮,中等个儿,小脚小手,远看不像一个杀猪的,倒像一个书生。但到得杀锅前,似变了一个人,手大脚大,身材长大,一头三百多斤的胖猪,在他手里,缩成了一个猫大的玩物。别人杀一头猪需三个时辰,老曾一个时辰,已经将脆骨从肉里剔了出来,肉、骨头、下水,一码一码,归放得整整齐齐,人已蹲在杀锅前吸烟,与人说笑,身上不见半点儿血迹。杨百顺听剃头的老裴说,老曾年轻时脾气暴躁,点火就着,杀猪杀了三十年,天天动刀动枪,人倒变得越来越温和。老曾杀猪之余,也帮人杀鸡杀狗,算是捎带干个零活。杨百顺刚入道时,老曾没让他学杀猪,让他先拿鸡狗练练手。也不单为了练手,还是为了练一练胆子。原以为杀只鸡狗是件容易的事,真等一个活物到你跟前,让你立马结果它,杨百顺还真有些发憷。鸡狗虽被绑着,但它们喊叫;喊累了,不喊了,流着泪看你。刚开始杀时,杨百顺闭着眼睛,一刀就下偏了,反倒让鸡狗重吃二遍苦,重受二茬儿罪。但啥事经不住时候长,三个月下来,天天白刀子进红刀子出,习惯成自然,心就硬了。一个活物刚才还在哭,一刀子下去,就不哭了,一个事情就了结了。这时杨百顺又想,世上万千的事,说起了结,还属这种了结快;别的事,一辈子也难了结。了结之后,倒生出些许快感。三个月后,如果活计不凑手,闲下几天,手反倒痒痒起来。师傅老曾说:

"这就该学杀猪了。"

老曾的老婆死了三年了。杨百顺跟老曾学杀猪，老曾管吃不管住。不管住不是老曾家没地方住，老曾家有五间房，房子虽不算好，两间瓦房，三间土坯房，土坯房下雨还漏雨，但现成有一间土坯房闲着，里面堆些柴草；有闲屋不是老曾不让住，而是老曾的两个儿子，不同意外人住到他们家。老曾两个儿子跟老曾不对付，像杨百顺、杨百利不跟他爹学做豆腐一样，他们也不跟老曾学杀猪；老曾招徒弟他们不管，但把徒弟招到家里住，他们却不愿意。不愿意的理由是，现在是有空房，但哥俩儿也都十七八岁了，该娶媳妇了；俩人一娶媳妇，房子就不够住了；那时候再撵人，反倒面皮上不好看。找着了谋生的门路，却没有睡觉的地方，杨百顺再一次为了难。但找一个门路，比找一个睡觉的地方又难，杨百顺又不想离开老曾。本想投亲靠友，找个住的地方，可曾家庄周围的村子，一家亲戚也没有，一个认识的人也没有，离得近够得着的，也就是杨家庄。杨家庄离曾家庄十五里。杨百顺离家出走，本没打算再回去；如是别的事，三天五天还能将就，可觉得天天睡，可总不能每天睡到打麦场上。为了一个睡觉，杨百顺只好硬着头皮，又回到杨家庄。脱离爹和豆腐，就不能像杀鸡杀狗一样，一下子了清楚。曾家庄和杨家庄之间，隔着一条津河。杨百顺天天就这么来回跑，清早先到师傅家聚齐，一块儿出去干活计；晚上先把师傅送回家，再赶紧跑回杨家庄。好在在津河摆渡的老潘跟老曾认识，老曾每年给他杀两回猪，杨百顺坐船，不用交船钱。杨百顺离家出走那天，把卖豆腐的老杨吓了一跳，以为杨百顺一去就不回头了，后来见杨百顺也就跑到十五里外的曾家庄，跟了一个杀猪的老曾，老曾又管吃不管住，每天还得跑回杨家庄睡觉，老杨又有些得意。上次上"新学"抓阄他得罪了杨百顺，现在杨百顺不学做豆腐而去跟人学杀猪，也算得罪了他，两人也就谁也不欠谁了。有时看杨百顺一头大汗从曾家庄跑回来，还说风凉话：

"跑啥，学一个手艺还用跑？我看着费劲。"

"你不学做豆腐，我豆腐坊也没停，谁离了谁都能过。"

"哪天我得提封点心，去曾家庄看老曾。人家用的啥法？我使唤儿子，一步使唤不动；他刚见面，就使唤他每天跑三十里。"

倒是师傅老曾,看杨百顺天天来回跑三十里路,有些过意不去:

"不是我不能做主让你在家里住,而是怕你住下,天天看人白眼。"

往桌腿上"梆梆"地磕着烟袋:

"人来世上一趟,免生闲气罢了。"

杨百顺:

"师傅,清早跑我不怕,晚上回去怕,怕路上遇到狼。"

老曾:

"那咱每天收工早些。实在晚了,咱爷俩儿还就不回来了,住在主家,看谁还不让咱住?"

师徒俩说起话来,倒能说到一起。一开始跟师傅生,杨百顺有些拘谨,后来熟了,渐渐就聊开了。去外村杀猪的路上,从外村回来的路上,你说一句,我接一句,不显得路长。一开始说些家长里短,相互认识的人;后来说到自个儿的心事,相互也能说心腹话。杨百顺原想在老曾这儿落个脚,将来等时候合适了,再去跟老裴学剃头;老曾也没怪他,给他讲清师徒的道理,杨百顺也就安心杀猪。其实杀猪也不合杨百顺的心思,他一辈子最想干的,还是像罗长礼一样喊丧;但喊丧又不养人,让人为难。老曾听了,又没怪他,"扑哧"笑了:

"你不就喜欢一喊吗?咱杀猪也有一喊呀。"

杨百顺一愣:

"谁喊?"

老曾:

"人不喊,猪喊。"

又说:

"人喊死人,猪喊死猪啊。"

又说:

"世上只见人吃猪,世上不见猪吃人,所以人喊不成个生意,猪喊就成生意了。"

杨百顺觉得师傅说得有道理,从此安心跟老曾学杀猪。但杀猪没个住处,每天还得回去看卖豆腐的老杨的脸色,又让杨百顺不能安心。师傅老曾最大的心事,是老伴去世三年了,想早点儿续个弦。可两个儿子十七八岁了,也该娶媳妇了;爷仨儿谁先娶谁后娶,两个儿子与老曾看法不一致。大家一块儿都娶,家里底子薄,又一块儿不起。谁先谁后,是两个儿子与老曾闹别扭的另一个病根。也是两个儿子给杨百顺出难题的另一层原因;明是冲着杨百顺,实际还是冲着老曾。老曾也背着儿子,托人给自己说过几次媒,但双方一见面,不是人家觉得老曾不合适,就是老曾觉得人家不合适,这事也就放了下来。师徒在一起说心腹话,杨百顺不好老提自己住处的事,提一回,似揭一回师傅的伤疤;师傅老曾,就老说自己该不该续弦的事。啥话题一开始听着新鲜,天天这么说,几个月下来,师傅没烦,杨百顺烦了。一次去崔家庄杀猪,下午回来路上,师徒俩走着走着累了,太阳还老高,不急着回家,便坐在津河边一株大柳树下歇息。老曾边吸烟边说,崔家庄的老崔小气,猪都杀了,中午的菜里还没肉;早知这样,就不给他杀了。说着说着,又拐到自己续弦的事上。杨百顺耐不住了,抢白老曾一句:

"师傅,您想续就续,别老这么天天说,光说管啥用呀?也就过个嘴瘾。"

老曾往柳树上"梆梆"地磕着烟袋:

"谁想续了?想续不早续了?也就是说说。"

杨百顺:

"天天这么说,就是想续。"

老曾:

"就是想续,也没合适的呀。"

杨百顺:

"还是怪你挑。光想挑个好的,也不看看咱自个儿。你要不挑,也早续上了。"

又噘着嘴说:

"也不是挑不挑的事,我看,你还是怕他们哥俩。"

他们哥俩,就是老曾的两个儿子。正是说到了病根上,老曾梗着脖子:

"谁怕他们了?这个家,还是我做主。"

师徒俩僵在这里。半天,老曾叹口气,往柳树上"梆梆"地磕烟袋:

"我也不是怕他们俩,我是怕外人说呀。他们也都十七八了,我都小五十的人了,与自家孩子争着娶媳妇?"

又说:

"也不是怕别人说,大家这么别扭着,我就是把媳妇娶到手,这日子也过不好呀。"

杨百顺本来就与那哥儿俩不对付,自他们不让杨百顺借宿,气一直存在心里,这时说:

"那只能怪他俩不懂事。正因为他们十七八,可以等一等;你小五十不续,等到了六十,想续也晚了,续到家,也没用了。"

老曾倒愣在那里。思摸半天,回过神说:

"你这话说的,倒是正理儿。"

这年春天,老曾决定在儿子娶媳妇之前,自己先续弦。对续弦也不挑了。明对媒人说,别管老曾看着对方是否合适,只要对方看着老曾合适,这事就合适了。由于老曾续弦不讲条件,这弦就好续了。找到的续弦,是孔家庄卖驴肉火烧的老孔的妹子。镇上逢集的时候,老孔的摊子,倒和卖豆腐的老杨挨着;他的摊子,在老杨的左边;卖胡辣汤也卖烟丝的窦家庄的老窦的摊子,在老杨的右边。因为老杨卖豆腐老打鼓,两人还与老杨吵过一架。老孔的妹子,年关时刚死了丈夫,正好是个茬口。这媒也不是媒人说的,是裴家庄剃头的老裴,从中牵的线。老裴到孔家庄剃头,与老孔交上了朋友。老孔信老裴,也就把妹子嫁给了老曾。三月初二下的聘礼,三月十六就要过门。杨百顺看师傅要续弦,倒很高兴。高兴不是说师傅有了决断,再不会在这件事上跟他啰嗦;或者暗恨老曾的两个儿子,用这事替自己出气,而是另有自己的心思,盼着新续的师娘过来,能在家里做主;过去家里由老曾的儿子做主,不让杨百顺借宿,如新来的师娘做了主,也就改了天地,大家都是外来人,说不定又让杨百顺借宿了也料不定。杨百顺不但盼着师娘过门,还盼着新来的师娘泼些才好,才能压住老曾的两个儿子。所以杨百顺盼三月十六,比师傅老曾还要急切。

但新续的师娘过门之后,却让杨百顺大失所望。首先失望她的长相。杨百顺见过在镇上卖驴肉火烧的老孔,虽是五短身材,眼也不大,但浑身上下干干净净,面皮还有几分白嫩;说话声音也细,像个女的。杨百顺想着老孔的妹子,也一定是个细手细脚的女人。没想到三月十六那天晚上,师娘一下轿,把杨百顺吓了一跳。灯笼之下,师娘五尺五高,刀条脸,高颧骨,薄嘴皮,皮肤焦黑,鼻窝里还有一撮雀斑。她一说话,又把杨百顺吓了一跳,声音粗壮嘶哑,背着身听声,就是个男的。她和老孔一母同胞,没想到兄妹二人,差别竟这么大。哥长得像个女的,妹长得像个男的。杨百顺曾劝过师傅续弦别再挑人,没想到师傅为了早续弦,也矫枉过正,太不讲究了。当然,师娘长得好坏,跟杨百顺没啥关系。师娘过门之后,长相虽像男的,但说话办事,还是个女的。清早也梳头盘髻,还打胭脂,会做饭,会做针线。过去三年曾家没有女人,屋里屋外,皆一团乱麻,还泛出一股霉味和臊味;师娘过门三天,把屋里屋外打扫得干干净净。难得的是师娘虽然长相凶狠,但脾气却好。与人说话,没开口先笑;同样一句话,两种说法,她拣的是好听的那一面,坏话也让她说成了好话。但正是因为这样,杨百顺当初的想法就落了空。杨百顺原以为师娘过门之后,与老曾的两个儿子会水火不相容,他好鹬蚌相争,渔人得利。没想到师母过门五天,没干别的,先给老曾两个儿子每人做了一件夹袄,新表新里,又给他们每人做了一双新鞋。两个儿子穿上夹袄和新鞋,倒也喜欢。师娘接着说,等过了麦收,就给他们张罗媳妇。这媳妇不是空的,而是早有两个人,存在她心里,一个是她的外甥女,一个是她的表侄女;眼下她刚进曾家门,事情千头万绪,待诸事消停了,她亲自出马,没个不成的。两个儿子本来对后母充满敌意,就等找个茬口开战;但前有夹袄和新鞋穿着,后有媳妇在麦收后等着,他们也就偃旗息鼓,反倒对后母有些感激。亲爹遇事还与他们争个高低,一个后娘刚进门,倒把事一件件办在心坎上。两个儿子倒争着讨好后娘。杨百顺看着也是干着急。也看出这个师娘有些手段,用一件夹袄、一双新鞋和一句空话,就兵不血刃,释了曾家二兄弟的兵权。接着让杨百顺失望的是,这个师娘过门之后,见到杨百顺和见到别人一样,也是没说话先笑,但笑归笑,看到一个小徒弟每天往返三十里学手艺,没个住处,竟和老曾的两个儿子一样无动于衷。换言之,她没过门,借宿的事也许跟曾家的两个儿子还有商量,他们不过是意气用事;现在师娘进了门,把曾家当成了自己家,啥事都经过思量,这事倒彻底难办了。

但师傅老曾的看法与杨百顺正相反。该不该续弦,他曾一腔顾虑,左思右想了三年。除了顾虑儿子,也怕再遇上一个像他前妻那样的人。杨百顺听剃头的老裴说,老曾死去的老婆,生前是个泼妇。当年嫁过来三个月,除了跟老曾不对付,也跟街坊邻里吵了个遍。同样一句话,两种说法,她拣的是难听的那一面,好话也让她说成了坏话。别人与人吵架,自己也会生气;老曾老婆与人吵过,该吃吃,该喝喝,倒在炕上就能睡着,留下老曾一个人生闷气。老曾年轻时脾气暴躁,后来越来越没脾气,除了是杀猪杀的,也是被死去的老婆耗的。现在老孔的妹子进了门,不但不像前妻一样与老曾胡闹,反倒天天对老曾笑,没句坏话。做好饭,总把第一碗饭盛给他;吃了上一碗,再盛下一碗;晚上睡觉之前,还端热水给他烫脚。老曾没想到事情的结局会是这样。师娘过门一个月,师傅老曾不但没有消瘦,脸蛋子反倒胖了起来;过去说话声音低沉,现在也高昂起来。高昂之余,早把杨百顺借宿的事忘到了脑后。过去对这事还说一说,现在连提也不提了。或者说,他和师娘一样,认为事情本来就该这样。过去师徒二人出门杀猪,不问路的远近,现在师傅老曾说:

"最好别超过五十里。"

杨百顺:

"为啥?"

老曾:

"当天能赶回来。"

杨百顺心里更叫苦不迭。过去师徒二人出门杀猪,杨百顺盼着路远,不盼路近。因为路近当天就得赶回来，师傅赶回来在家歇着了，自己还得跑夜路赶回杨家庄；路远倒能和师傅消停下来，一块住在远处村里的主家。现在师傅天天要赶回来，出门不超过五十里，自己就要天天跑夜路回杨家庄。天天跑夜路倒也没啥，杨百顺接着不痛快的是，师傅说话也改了样子。过去师徒二人说话，都是竹筒倒豆子，直来直去；现在师傅说话，舌头也开始打弯了。出门不超过五十里，师傅本来是为了自己，但他反倒说：

"早去早回，你回家也少赶夜路。"

杨百顺张张嘴，说不出啥。说不出啥并不是没啥可说，而是不知从何说起。两个人中间加进一个人，事情就起了变化。杨百顺感叹，自打师娘进门之后，师傅就不是过去的师傅了。端午节前一天，两人杀猪到了葛家庄。葛家庄虽在五十里之内，但这天杀猪的东家是老葛，老葛有四五顷地，是个小肉头户，在家里爱做主，大到家里买地卖地，小到家里添一个灯盏，全由他一个人说了算。师徒二人进了葛家门，老葛赶集去了。家里有三口猪，一头黑猪，一头白猪，一头花猪，都长成了，到底该杀哪一口，老葛走时没交代，家里人就不敢定夺。师徒二人只好干等着。等到半下午，老葛才赶集回来。老葛指了花猪，师徒俩杀妥，收拾完，天已经黑了下来，接着又飘起了碎雨。一开始是碎雨，后来渐渐大了，雨点砸在水洼里，声音"啪啪"的。老曾看着雨噘嘴：

"看来今天回不成了。"

杨百顺赌气说：

"想回也成。"

老曾伸手去接雨：

"这要走到家，非淋病不成。"

又歪头问杨百顺：

"你说呢？"

杨百顺：

"您是师傅，听您的。"

东家老葛也过来劝他们：

"住下住下，今儿全怪我，我白管你们一顿饭。"

两人只好住下。吃过晚饭，两人歇宿到老葛家牛棚里。睡到半夜，杨百顺听到老曾一声长叹。杨百顺：

"咋？"

老曾：

"原来我是个忘恩负义的人。"

杨百顺心里"咯噔"一下，问：

"咋？"

老曾又说：

"都怪你。"

杨百顺：

"咋？"

老曾：

"当初你劝我续弦，我刚才梦见了死去的老婆，用袖子擦泪呢，说我忘了她。仔细一想，续弦之后，真把她给忘了，一个月也想不起她一回。"

又自言自语：

"死都死了，说这些还管啥用呢？你在的时候，还不是整天跟我闹？"

接着起身抽烟，乓乓地磕着烟袋：

"这叫啥事呢？"

杨百顺听着雨打在房顶上，心里更加别扭。虽然师傅表面是说念起前妻，但话外的意思，还是夸续弦好了。夸就夸，用不着正话反说。师傅越夸续弦好，杨百顺就越觉得这个女人不是东西。说她不是东西不是仍念她不让自己借宿，而是她改了曾家的天地之后，开始事事紧逼，让人没个喘息处。譬如讲，按照跟师学徒的规矩，师徒耍手艺挣的钱，全归师傅，徒弟学艺不拿工钱；按照杀猪的风俗，杀完猪，猪肉全归主家，但猪的下水，心、肝、肺、肠、肚等几大件，归杀猪匠所有，师傅会把下水，分几件给徒弟。过去师徒二人杀完猪，师傅拿了工钱，揣到口袋里，杨百顺用木桶将

几大件下水背起,先背到师傅家。待分这些下水时,老曾总说:

"百顺,你看着拿。"

如果大件有十件,杨百顺一般拿三件,给师傅留七件。接着拎起这三件下水,回家路过镇上时,送到镇东头老孙的饭铺里。镇东头老孙的饭铺,就是当年剃头匠老裴领杨百顺半夜吃饭的地方。杨百顺与老孙一月一结账,也给自己攒个体己。现在有了师娘,下水背回来,师傅正在吸烟,杨百顺正在抽身上的土,师娘已经将下水分好了。等杨百顺回转身,师娘笑眯眯地说:

"百顺,你的下水。"

虽然下水还是三件,但过去是自己拿,现在是别人给,东西虽然一样,但感觉不一样;在乎的不是下水,是拿和给的不同。生活中多了一个师娘,不仅是师傅变了,世界全他妈变了。杨百顺心里像长了茅草。

这年年底,一进腊月,师傅老曾的老寒腿犯了病。老曾患老寒腿不是一年两年了。也是他年轻时气盛,杀起猪来,杀得兴起,爱脱衣裳。寒冬腊月,抡光膀子,穿一条单裤。刀在手里翻飞,一头肥猪,转眼间变成一码码的肉条,人们看得眼花缭乱,争相叫好。谁知就落下了病根。光膀子倒没啥,腿出了毛病。四十岁以后,老曾不光膀子了,倒是老寒腿常常犯病,一犯病就走不了道。但老曾有五六年没犯病了,没想到今年又犯了。犯了病无法走路,也就无法出门杀猪了。可偏偏又逢年关,正是杀猪生意好的时候,老曾便躺在炕上犯愁。杨百顺劝他:

"师傅,算了,耽误不过一个年关,说不定到了春天。你的腿就好了。"

老曾:

"猪不杀没啥,就怕主顾跑了,便宜了别人。"

方圆几十里,还有两个杀猪的,一个叫老陈,一个叫老邓,皆与师傅老曾是对头。杨百顺也嘬牙花子:

"哪咋整呢?谁也不会把猪送上门让咱杀。"

老曾拍拍自己的老寒腿:

"忒不争气。"

又磕磕烟袋：

"我看哪，百顺，你就上吧。"

杨百顺吓了一跳：

"师傅，总共算下来，除了鸡狗，我才杀了十几头猪，回回还有师傅看着。冷不丁上阵，成吗？"

老曾：

"按说是不成，杀猪要学三年徒，你还不到一年。但事到如今，就不是杀猪的事了。有钱不挣还是小事，老陈老邓知道咱不能杀猪了，心里不定怎么乐呢。一想到这个，我心里像刀扎一样疼。"

使劲拍了一下炕帮：

"咱就这么定了，活儿还照着我的名义接，杀猪你一个人去。"

杨百顺开始犯愁：

"主家不干咋弄呢？"

老曾：

"只有一个办法，把我的病瞒下。"

又说：

"大家知道我不能动了，这猪就杀不成了；有我的旗号在，你打着我的旗号去，主家不会说啥，老曾错不了，他的徒弟就错不到哪儿去，这点儿把握我还有。人问我为啥没来，你就说我昨夜受了伤寒，在家发汗呢。"

从腊月初六开始，杨百顺匆忙上阵，开始独自一个人出门杀猪。过去跟惯了师傅，自己就是个帮手；突然失去依靠，出门还真有些心虚，这时又觉出师傅的重要。自师傅续弦之后，两人一块儿出去杀猪，杨百顺觉得他说话转舌头，令人厌烦；现在路上剩杨百顺一个人，本该清静了，杨百顺心里倒更乱了。

杨百顺独自杀的第一头猪，是到三十里外的朱家寨。主家老朱，也是师傅的老主顾。老朱看杨百顺一人来了，吃了一惊：

"咋你一人来了，你师傅呢？"

杨百顺按师傅交代的：

"师傅昨天还好好的,夜里得了伤寒。"

老朱狐疑地看着他:

"小子,你成吗?"

杨百顺:

"看跟谁比了。跟师傅比,我是不成;跟自个儿比,比去年强多了,去年我还不会杀猪。"

老朱倒被他逗笑了,喷喷嘴,不再说啥,将猪从圈里赶出来,让杨百顺杀。捆猪,掀翻,上案,杨百顺还算利索;待到动刀子,杨百顺慌了。猪倒一刀捅死了,但开膛时用刀过猛,捅着了肠子,案子上五颜六色,似开了个油酱铺。放血时没捅着正筋,腔里积了半腔血。割猪头时,不小心又把猪的鼻子捅豁了,不能算个整猪头。剔骨时,肉也连连扯扯,白掉到案下许多肉渣。老朱气得跺脚,没骂杨百顺,指天画地骂老曾:

"老曾,我操你妈,我跟你没仇哇。"

一头猪,拾掇了五个时辰,杨百顺还没弄利落,汗把棉袄都湿透了。潦草收拾完,已是傍晚,杨百顺没敢在老朱家吃饭,也没敢拿下水,匆匆忙忙回了曾家庄。走到半路天黑了,也忘了怕狼。

但十头猪杀过,杨百顺也就渐渐上了道。杀猪还是慢,师傅老曾杀一头猪用一个时辰,杨百顺得四个时辰,但肠子不捅烂了,血也能放干净了,猪头也是整猪头,骨肉也能剔利落了。主家埋怨他慢,他低着头不说话,只管剔骨。等肉、骨头、下水一码码归放好,别人也就不埋怨了。杀猪杀了二十天,杨百顺甚至觉出独自杀猪的好处。过去往哪儿杀猪,路走多远,全由师傅老曾做主,现在杨百顺一个人说了算。师傅自续弦之后,天天要回家,杀猪要在五十里之内,现在这约束就自动失效了。杨百顺不喜欢五十里之内,五十里之内天天要跑杨家庄,五十里之外就可以踏踏实实住在主家。刚开始杨百顺还在五十里之内,十天之后,也就突破五十里,隔三岔五,住在主顾家。一个人能支撑局面,接着就会产生想法,杨百顺又对师娘有了新的不满。过去是师徒二人杀猪,工钱全归师傅,十件下水,杨百顺能分三件;现在师傅不能动了,杀猪成了杨百顺一个人,杨百顺每次杀完猪,仍先回师傅家,师娘接下工钱,下水仍分给杨百顺三件,杨百顺就觉得师娘有些不明事理。杨百顺没有妄想拿工钱,但两个人的活儿现在归一个人干,起码在下水上,应该显示显示。但师娘只显示在脸上,一见杨百顺背着木桶进门就笑:

"看看,你师傅没看错,百顺是个挑大梁的材料。"

或说:

"啥叫逼上梁山呢?这就叫逼上梁山。"

但笑归笑,下水仍分给杨百顺三件。杨百顺拎着三件下水往回走,心里就有些窝气。腊月二十三这天,杨百顺到贺家庄老贺家杀猪,老贺理个分头,嘴爱说话。杨百顺与老贺打过招呼,开始杀猪,老贺并不离开,就蹲在旁边与杨百顺聊天。先聊了些别的,老贺开了个小油坊,抱怨今年芝麻涨价了,磨油赚不着钱,接着又聊起师傅老曾,由师傅老曾,又聊到师傅新续的老婆。不聊到师娘杨百顺没什么,一聊到她,杨百顺又憋了一肚子火。也是一时意气用事,边剔着骨,边将师娘如何面上带笑,内心歹毒,对徒弟如何克扣,竹筒倒豆子,说了个痛快。但他没说师傅什么,说的都是师娘。老贺也感叹:

"看着随和,谁知是个笑面虎。"

又感叹:

"登天难,求人吃饭更难呀。"

杨百顺说完也就完了。但腊月二十六,老贺到镇上赶集,中午到卖驴肉火烧的老孔的摊上打尖,说起过年,如何年难打发。老孔看了看老贺买的年货,又问老贺杀没杀。老孔的旁边,是卖豆腐的老杨的摊子,那年老杨到贺家庄卖豆腐,因为一斤豆腐,秤头的高低,老杨与老贺吵过一架,从此结了怨。现在老孔问起杀猪,老贺突然想起什么,便将老孔拉到墙角背人处,将杨百顺到他家杀猪时说的一套话,告诉了老孔。当时杨百顺去老贺家杀猪时,老贺只知道他是老曾新招的徒弟,不知道他是杨家庄卖豆腐的老杨的儿子,事后知道了,还后悔让杨百顺杀了猪。现在见到卖豆腐的老杨,突然又想起杨百顺,便把仇报在了这里。当时杨百顺杀猪时,和老贺说过许多话,话题也杂,现在老贺按下别的话不提,单挑杨百顺说师娘不是这一节,添油加醋,说了半天。而杨百顺的师娘,就是老孔的妹子。老孔听后憋了一肚子气。老贺一走,老孔本想像卖胡辣汤和烟丝的老窦一样,将老杨的豆腐摊踢翻,但老孔个头小,怕打不过老杨,临时又转了念,匆匆收起自己的摊子,跑到曾家庄老曾家。他妹子正在厨房做饭,老孔钻到厨房,一五一十,来龙去脉,将老贺说的一套话,又告诉了妹子。老孔一走,老孔的妹子放下饭勺,跑到正房,又将老孔的话告诉了老曾。话过了好几道嘴,话已经转了。杨百顺本来说的是师娘的不是,没说师傅什么,但话到师傅耳朵里,杨百顺全是在埋怨师傅,说老曾如何歹毒,克扣徒弟,不但有房不让住,有时连下水也不给等。腊月二十六晚上,杨百顺背着下水像往常一样回到师傅家,放下木桶,还等着师娘来收工钱和分配下水,没想到师娘没有露面,师傅倒在屋里喊:

"百顺,你来。"

杨百顺进了屋,看到师傅像往常一样在炕上躺着,师娘在地上站着。师傅老曾:

"百顺,我问你一句话,你跟了我快一年了,师傅对你咋样?"

杨百顺听出话头有些不对,忙说:

"师傅,您对我不赖呀。"

老曾在炕沿上嘟嘟地磕着烟袋:

"那你对贺家庄的老贺是咋说的?说我对你歹毒。你今天给我说说,我怎么对你歹毒了?师傅知道了也好改。"

杨百顺一阵慌乱,知道事情发了,忙说:

"师傅,我没说过这话,你别听别人胡说。"

老曾拍着炕沿:

"传得全天下都知道了,你还说你没说。你敢说敢当我佩服你,说了又说瞎话我就急了。你捂着胸口想一想,当初你是咋来的?你来的时候啥样,现在又啥样?我明天就把剃头的老裴找来,咱们评一评这个理!"

杨百顺想解释什么,但老曾越说越气,脸都青了:

"你觉得你本事学到家了是不是？你觉得我躺在床上不能动弹了是不是？我杀猪杀了三十年，没人对我说个不字，现在徒弟倒过河拆桥，背后捅了我一刀！"

接着"啪啪"扇了自己俩耳光：

"我知人知面不知心呀我，我他妈罪有应得！"

师娘忙上去搂师傅的手：

"你看，还越说越气，再不好，是自己一个徒弟。"

又扭头对杨百顺说：

"百顺，这就是你的不是了，就是有啥，也该当面说，不该背后骂师傅。"

老曾指着杨百顺：

"让他骂，我还不该被人骂，我傻屌呀，我收下这么个徒弟！"

杨百顺知道事态有些严重，忙跪到地上：

"师傅，我错了，这话我说过，但不是这么个意思。"

老曾：

"那你是啥意思？"

杨百顺本来想说自己的话头是冲着师娘，并没冲着师傅，但师娘就在旁边站着，如何去说这话？老曾看他在那里踌躇，更急了：

"啥也别说了，从明天起，你走你的阳关道，我过我的独木桥，你也不是我徒弟，我也不是你师傅，咱们井水不犯河水。我再见到你，我叫你一声大爷。"

杨百顺：

"师傅，你要这么说，我就无站脚之地了。"

老曾：

"我让你无站脚之地，是你让我无站脚之地吧？"

"啪"地摔了一个灯盏：

"这猪，从明儿起，都他妈别杀了！"

【阅读提示】

在《一句顶一万句》中，说话是小说的核心内容。小说中所有的情节关系和人物结构、所有的社群组织和家庭和谐，乃至于性欲爱情，都和人与人能不能对上话，对的话能不能触及心灵、提供温暖、化解冲突、激发情欲有关。小说的前半部写的是过去：孤独无助的吴摩西失去唯一能够"说的上话"的养女，为了寻找，走出延津；小说的后半部写的是现在：吴摩西养女的儿子牛建国，同样为了摆脱孤独，寻找"说的上话"的朋友，走向延津。一出一走，延宕百年。说出的话，有入耳的，有难听的；有过心的，有不过心的；有说得着的，有说不着的；有说得起的，有说不起的；有说不完的，还有没说出来的。"说话"的意味在日常生活中是如此不可穷尽。

而在本段节选中，小说写了好几个"喷空"的高手，其中一个高手就是主人公的弟弟杨百利，他凭借自己的三寸不烂之舌和天马行空的想象，征服了许多的听众，并为自己谋得了一个在铁路上的美差。"喷空"是延津话的一个词，刘震云解释说："就是有影的事，没影的事，一个人无意中提起一个话头，另一个人接上去，你一言我一语，把整个事情搭起来。"所以，"喷空"就是不去遵循日常逻辑的因果关系，这恰是"有影的事"和"没影的事"靠着人们不同的思维路径就搭起来了。人们正是在这喷空的过程中以摧毁日常逻辑为快事。

其原因在于建立在日常逻辑基础之上的关系是虚假的。小说中的主要角色杨摩西从学杀猪开始日子一直过得不顺，遇到牧师老詹，当成了信徒，由杨百顺改名为杨摩西。后来在一次社火中，被人拉去顶替了扮阎罗的角色，没想到因此被县长老史看中，进了县政府当差。杨摩西感叹："过去我以为帮我的会是人，或是主，谁知是个社火。"这个杨摩西终于发现，日常逻辑靠不住。但刘震云认为杨摩西悟得还不透，因为杨摩西在社火中是顶替了苏小宝的角色，苏小宝是因为他的老舅突然死了要去奔丧。所以刘震云说："杨摩西能进县政府，以为该感谢社火，其实应该感谢锡剧中这位男旦苏小宝；接着应该感谢苏小宝的老舅，死的是个时候。"对因果关系的追问，是缘于对人们说话的不信任。说话所表达的意思往往与内心要表达的意思相去甚远。县长老史告诫杨摩西:"人在干东的时候,都在想西。"说的就是这个道理。刘震云借助小说中的人物反复宣讲这个基本的道理。如中医老胡他爹说:"好把的是病,猜不透的是人心。"

在人际伦理关系中,最考量人心的是朋友关系。朋友意味着坦诚相见,同甘共苦。但小说就从解构朋友关系开始的。节选中的第一部分赶大车的老马和卖凉粉的老杨,在外人的心目中,他俩是好朋友。等到老杨瘫痪在床,老段来到他床前,告诉他一个事实:"不拿你当朋友的,你赶着巴结了一辈子;拿你当朋友的,你倒不往心里去。"这老段其实是来报仇的,报老杨从来不把他当朋友的仇,他讲出来的事实仿佛揭了老杨的伤疤。受到打击的老杨只好在杨百业跟前说了实话:他之所以要把老马当成朋友,是因为他曾经在"话上被老马拿住了",他对杨百业说了一句至理名言"事不拿人话拿人呀"。不是人拿话而是话拿人,在这里,说出来的话成为主体,成为掌控者,说话的主体虽然是人,但一旦话说出来后,他就创造出一个新的主体,他反而沦为被掌控者,他被他说出来的话所掌控。这真是一个弯弯绕的道理。而刘震云在这一部小说中反复呈现的这个道理是如何左右着人们的行为举止乃至人生命运的?

【思考与讨论】

1. "事不拿人话拿人呀。"整部小说写的就是话在日常生活中在人和人之间关系的巨大的力量。分析节选的部分,看看杨百利和牛建国因为什么而亲近,杨百顺和老曾因为什么而龌龊师徒分手,其中,说的话起到什么作用?

2. 小说的叙述方式就是作者本人的说话方式。刘震云在《一句顶一万句》中将他独特的写实性小说叙述方式发展到天马行空运用自如的地步。虽然他写实性叙述与建立在日常逻辑和常识与基础之上的写实性是有差异的,结合节选部分的内容尤其是民间"喷空"的特点,分析他独特的写实性叙述的策略和特点。

【延伸阅读】

《一句顶一万句》《故乡相处流传》

【参考资料】

1. 贺绍俊:《怀着孤独感的自我倾诉——读刘震云的〈一句顶一万句〉》,《文艺争鸣》,2009年第8期。

2. 孟繁华:《"说话"是生活的政治——评刘震云的长篇小说〈一句顶一万句〉》,《文艺争鸣》,2009年第8期。

第二编 散 文

第一节 鲁 迅

《影的告别》

人睡到不知道时候的时候,就会有影来告别,说出那些话——

有我所不乐意的在天堂里,我不愿去;有我所不乐意的在地狱里,我不愿去;有我所不乐意的在你们将来的黄金世界里,我不愿去。

然而你就是我所不乐意的。

朋友,我不想跟随你了,我不愿住。

我不愿意!

呜呼呜呼,我不愿意,我不如彷徨于无地。

我不过一个影,要别你而沉没在黑暗里了。然而黑暗又会吞并我,然而光明又会使我消失。

然而我不愿彷徨于明暗之间,我不如在黑暗里沉没。

然而我终于彷徨于明暗之间,我不知道是黄昏还是黎明。我姑且举灰黑的手装作喝干一杯酒,我将在不知道时候的时候独自远行。

呜呼呜呼,倘是黄昏,黑夜自然会来沉没我,否则我要被白天消失,如果现是黎明。

朋友，时候近了。

我将向黑暗里彷徨于无地。

你还想我的赠品。我能献你甚么呢？无已，则仍是黑暗和虚空而已。但是，我愿意只是黑暗，或者会消失于你的白天；我愿意只是虚空，决不占你的心地。

我愿意这样，朋友——

我独自远行，不但没有你，并且再没有别的影在黑暗里。只有我被黑暗沉没，那世界全属于我自己。

一九二四年九月二十四日

《复　仇》①

人的皮肤之厚，大概不到半分，鲜红的热血，就循着那后面，在比密密层层地爬在墙壁上的槐蚕②更其密的血管里奔流，散出温热。于是各以这温热互相蛊惑，煽动，牵引，拚命地希求偎倚，接吻，拥抱，以得生命的沉酣的大欢喜。

但倘若用一柄尖锐的利刃，只一击，穿透这桃红色的，菲薄的皮肤，将见那鲜红的热血激箭似的以所有温热直接灌溉杀戮者；其次，则给以冰冷的呼吸，示以淡白的嘴唇，使之人性茫然，得到生命的飞扬的极致的大欢喜；而其自身，则永远沉浸于生命的飞扬的极致的大欢喜中。

这样，所以，有他们俩裸着全身，捏着利刃，对立于广漠的旷野之上。

他们俩将要拥抱，将要杀戮……

---

①　本篇最初发表于 1924 年 12 月 29 日《语丝》周刊第 7 期。作者在《〈野草〉英文译本序》中说："因为憎恶社会上旁观者之多，作《复仇》第一篇"。又在 1934 年 5 月 16 日致郑振铎信中说："不动笔诚然最好。我在《野草》中，曾记一男一女，持刀对立旷野中，无聊人竟随而往，以为必有事件，慰其无聊，而二人从此毫无动作，以致无聊人仍然无聊，至于老死，题曰《复仇》，亦是此意。但此亦不过愤激之谈，该二人或相爱，或相杀，还是照所欲而行的为是。"

②　一种生长在槐树上的蛾类的幼虫。

路人们从四面奔来,密密层层地,如槐蚕爬上墙壁,如马蚁要扛鲞头①。衣服都漂亮,手倒空的。然而从四面奔来,而且拚命地伸长颈子,要赏鉴这拥抱或杀戮。他们已经豫觉着事后的自己的舌上的汗或血的鲜味。

然而他们俩对立着,在广漠的旷野之上,裸着全身,捏着利刃,然而也不拥抱,也不杀戮,而且也不见有拥抱或杀戮之意。

他们俩这样地至于永久,圆活的身体,已将干枯,然而毫不见有拥抱或杀戮之意。

路人们于是乎无聊;觉得有无聊钻进他们的毛孔,觉得有无聊从他们自己的心中由毛孔钻出,爬满旷野,又钻进别人的毛孔中。他们于是觉得喉舌干燥,脖子也乏了;终至于面面相觑,慢慢走散;甚而至于居然觉得干枯到失了生趣。

于是只剩下广漠的旷野,而他们俩在其间裸着全身,捏着利刃,干枯地立着;以死人似的眼光,赏鉴这路人们的干枯,无血的大戮,而永远沉浸于生命的飞扬的极致的大欢喜中。

一九二四年十二月二十日

《灯下漫笔》
一

有一时,就是民国二三年时候,北京的几个国家银行的钞票,信用日见其好了,真所谓蒸蒸日上。听说连一向执迷于现银的乡下人,也知道这既便当,又可靠,很乐意收受,行使了。至于稍明事理的人,则不必是"特殊知识阶级",也早不将沉重累坠的银元装在怀中,来自讨无谓的苦吃。

---

① 鲞头即鱼头,江浙等地俗称干鱼、腊鱼为鲞。

想来，除了多少对于银子有特别嗜好和爱情的人物之外，所有的怕大都是钞票了罢，而且多是本国的。但可惜后来忽然受了一个不小的打击。

就是袁世凯想做皇帝的那一年，蔡松坡先生溜出北京，到云南去起义。这边所受的影响之一，是中国和交通银行的停止兑现。虽然停止兑现，政府勒令商民照旧行用的威力却还有的；商民也自有商民的老本领，不说不要，却道找不出零钱。假如拿几十几百的钞票去买东西，我不知道怎样，但倘使只要买一枝笔，一盒烟卷呢，难道就付给一元钞票么？不但不甘心，也没有这许多票。那么，换铜元，少换几个罢，又都说没有铜元。那么，到亲戚朋友那里借现钱去罢，怎么会有？于是降格以求，不讲爱国了，要外国银行的钞票。但外国银行的钞票这时就等于现银，他如果借给你这钞票，也就借给你真的银元了。

我还记得那时我怀中还有三四十元的中交票，可是忽而变了一个穷人，几乎要绝食，很有些恐慌。俄国革命以后的藏着纸卢布的富翁的心情，恐怕也就这样罢；至多，不过更深更大罢了。我只得探听，钞票可能折价换到现银呢？说是没有行市。幸而终于，暗暗地有了行市了：六折几。我非常高兴，赶紧去卖了一半。后来又涨到七折了，我更非常高兴，全去换了现银，沉垫垫地坠在怀中，似乎这就是我的性命的斤两。倘在平时，钱铺子如果少给我一个铜元，我是决不答应的。

但我当一包现银塞在怀中，沉垫垫地觉得安心，喜欢的时候，却突然起了另一思想，就是：我们极容易变成奴隶，而且变了之后，还万分喜欢。

假如有一种暴力，"将人不当人"，不但不当人，还不及牛马，不算什么东西；待到人们羡慕牛马，发生"乱离人，不及太平犬"的叹息的时候，然后给与他略等于牛马的价格，有如元朝定律，打死别人的奴隶，赔一头牛，则人们便要心悦诚服，恭颂太平的盛世。为什么呢？因为他虽不算人，究竟已等于牛马了。

我们不必恭读《钦定二十四史》，或者入研究室，审察精神文明的高超。只要一翻孩子所读的《鉴略》——还嫌烦重，则看《历代纪元编》，就知道"三千余年古国古"的中华，历来所闹的就不过是这一个小玩艺。但在新近编纂的所谓"历史教科书"一流东西里,却不大看得明白了,只仿佛说:咱们向来就很好的。

但实际上,中国人向来就没有争到过"人"的资格,至多不过是奴隶,到现在还如此,然而下于奴隶的时候,却是数见不鲜的。中国的百姓是中立的,战时连自己也不知道属于那一面,但又属于无论那一面。强盗来了,就属于官,当然该被杀掠;官兵既到,该是自家人了罢,但仍然要被杀掠,仿佛又属于强盗似的。这时候,百姓就希望有一个一定的主子,拿他们去做百姓——不敢,是拿他们去做牛马,情愿自己寻草吃,只求他决定他们怎样跑。

假使真有谁能够替他们决定,定下什么奴隶规则来,自然就"皇恩浩荡"了。可惜的是往往暂时没有谁能定。举其大者,则如五胡十六国的时候,黄巢的时候,五代时候,宋末元末时候,除了老例的服役纳粮以外,都还要受意外的灾殃。张献忠的脾气更古怪了,不服役纳粮的要杀,服役纳粮的也要杀,敌他的要杀,降他的也要杀:将奴隶规则毁得粉碎。这时候,百姓就希望来一个另外的主子,较为顾及他们的奴隶规则的,无论仍旧,或者新颁,总之是有一种规则,使他们可上奴隶的轨道。

"时日曷丧,予及汝偕亡!"愤言而已,决心实行的不多见。实际上大概是群盗如麻,纷乱至极之后,就有一个较强,或较聪明,或较狡滑,或是外族的人物出来,较有秩序地收拾了天下。厘定规则:怎样服役,怎样纳粮,怎样磕头,怎样颂圣。而且这规则是不像现在那样朝三暮四的。于是便"万姓胪欢"了;用成语来说,就叫作"天下太平"。

任凭你爱排场的学者们怎样铺张,修史时候设些什么"汉族发祥时代""汉族发达时代""汉族中兴时代"的好题目,好意诚然是可感的,但措辞太绕湾子了。有更其直捷了当的说法在这里——

一,想做奴隶而不得的时代;

二,暂时做稳了奴隶的时代。

这一种循环,也就是"先儒"之所谓"一治一乱";那些作乱人物,从后日的"臣民"看来,是给"主子"清道辟路的,所以说:"为圣天子驱除云尔。"

现在入了那一时代,我也不了然。但看国学家的崇奉国粹,文学家的赞叹固有文明,道学家的热心复古,可见于现状都已不满了。然而我们究竟正向着那一条路走呢?百姓是一遇到莫名其妙的战争,稍富的迁进租界,妇孺则避入教堂里去了,因为那些地方都比较的"稳",暂不至于想做奴隶而不得。总而言之,复古的,避难的,无智愚贤不肖,似乎都已神往于三百年前的太平盛世,就是"暂时做稳了奴隶的时代"了。

但我们也就都像古人一样,永久满足于"古已有之"的时代么?都像复古家一样,不满于现在,就神往于三百年前的太平盛世么?

自然,也不满于现在的,但是,无须反顾,因为前面还有道路在。而创造这中国历史上未曾有过的第三样时代,则是现在的青年的使命!

二

但是赞颂中国固有文明的人们多起来了,加之以外国人。我常常想,凡有来到中国的,倘能疾首蹙额而憎恶中国,我敢诚意地捧献我的感谢,因为他一定是不愿意吃中国人的肉的!

鹤见祐辅氏在《北京的魅力》中,记一个白人将到中国,预定的暂住时候是一年,但五年之后,还在北京,而且不想回去了。有一天,他们两人一同吃晚饭——

"在圆的桃花心木的食桌前坐定,川流不息地献着出海的珍味,谈话就从古董,画,政治这些开头。电灯上罩着支那式的灯罩,淡淡的光洋溢于古物罗列的屋子中。什么无产阶级呀,Proletariat 呀那些事,就像不过在什么地方刮风。

"我一面陶醉在支那生活的空气中,一面深思着对于外人有着'魅力'的这东西。元人也曾征服支那,而被征服于汉人种的生活美了;满人也征服支那,而被征服于汉人种的生活美了。现在西洋人也一样,嘴里虽然说着 Democracy 呀,什么什么呀,而却被魅于支那人费六千年而建筑起来的生活的美。一经住过北京,就忘不掉那生活的味道。大风时候的万丈的沙尘,每三月一回的督军们的开战游戏,都不能抹去这支那生活的魅力。"

这些话我现在还无力否认他。我们的古圣先贤既给与我们保古守旧的格言，但同时也排好了用子女玉帛所做的奉献于征服者的大宴。中国人的耐劳，中国人的多子，都就是办酒的材料，到现在还为我们的爱国者所自诩的。西洋人初入中国时，被称为蛮夷，自不免个个蹙额，但是，现在则时机已至，到了我们将曾经献于北魏，献于金，献于元，献于清的盛宴，来献给他们的时候了。出则汽车，行则保护：虽遇清道，然而通行自由的；虽或被劫，然而必得赔偿的；孙美瑶掳去他们站在军前，还使官兵不敢开火。何况在华屋中享用盛宴呢？待到享受盛宴的时候，自然也就是赞颂中国固有文明的时候；但是我们的有些乐观的爱国者，也许反而欣然色喜，以为他们将要开始被中国同化了罢。古人曾以女人作苟安的城堡，美其名以自欺曰"和亲"，今人还用子女玉帛为作奴的贽敬，又美其名曰"同化"。所以倘有外国的谁，到了已有赴宴的资格的现在，而还替我们诅咒中国的现状者，这才是真有良心的真可佩服的人！

但我们自己是早已布置妥帖了，有贵贱，有大小，有上下。自己被人凌虐，但也可以凌虐别人；自己被人吃，但也可以吃别人。一级一级的制驭着，不能动弹，也不想动弹了。因为倘一动弹，虽或有利，然而也有弊。我们且看古人的良法美意罢——

天有十日，人有十等。下所以事上，上所以共神也。故王臣公，公臣大夫，大夫臣士，士臣皂，皂臣舆，舆臣隶，隶臣僚，僚臣仆，仆臣台。（《左传》昭公七年）

但是"台"没有臣，不是太苦了么？无须担心的，有比他更卑的妻，更弱的子在。而且其子也很有希望，他日长大，升而为"台"，便又有更卑更弱的妻子，供他驱使了。如此连环，各得其所，有敢非议者，其罪名曰不安分！

虽然那是古事，昭公七年离现在也太辽远了，但"复古家"尽可不必悲观的。太平的景象还在：常有兵燹，常有水旱，可有谁听到大叫唤么？打的打，革的革，可有处士来横议么？对国民如何专横，向外人如何柔媚，不犹是差等的遗风么？中国固有的精神文明，其实并未为共和二字所埋没，只有满人已经退席,和先前稍不同。

　　因此我们在目前,还可以亲见各式各样的筵宴,有烧烤,有翅席,有便饭,有西餐。但茅檐下也有淡饭,路傍也有残羹,野上也有饿莩;有吃烧烤的身价不资的阔人,也有饿得垂死的每斤八文的孩子(见《现代评论》第二十一期)。所谓中国的文明者,其实不过是安排给阔人享用的人肉的筵宴。所谓中国者,其实不过是安排这人肉的筵宴的厨房。不知道而赞颂者是可恕的,否则,此辈当得永远的诅咒!

　　外国人中,不知道而赞颂者,是可恕的;占了高位,养尊处优,因此受了蛊惑,昧却灵性而赞叹者,也还可恕的。可是还有两种,其一是以中国人为劣种,只配悉照原来模样,因而故意称赞中国的旧物。其一是愿世间人各不相同以增自己旅行的兴趣,到中国看辫子,到日本看木屐,到高丽看笠子,倘若服饰一样,便索然无味了,因而来反对亚洲的欧化。这些都可憎恶。至于罗素在西湖见轿夫含笑,便赞美中国人,则也许别有意思罢。但是,轿夫如果能对坐轿的人不含笑,中国也早不是现在似的中国了。

　　这文明,不但使外国人陶醉,也早使中国一切人们无不陶醉而且至于含笑。因为古代传来而至今还在的许多差别,使人们各各分离,遂不能再感到别人的痛苦;并且因为自己各有奴使别人,吃掉别人的希望,便也就忘却自己同有被奴使被吃掉的将来。于是大小无数的人肉的筵宴,即从有文明以来一直排到现在,人们就在这会场中吃人,被吃,以凶人的愚妄的欢呼,将悲惨的弱者的呼号遮掩,更不消说女人和小儿。

　　这人肉的筵宴现在还排着,有许多人还想一直排下去。扫荡这些食人者,掀掉这筵席,毁坏这厨房,则是现在的青年的使命!

一九二五年四月二十九日

《女　吊》①

大概是明末的王思任说的罢:"会稽乃报仇雪耻之乡,非藏垢纳污之地!"这对于我们绍兴人很有光彩,我也很喜欢听到,或引用这两句话。但其实,是并不的确的;这地方,无论为哪一样都可以用。

不过一般的绍兴人,并不像上海的"前进作家"那样憎恶报复,却也是事实。单就文艺而言,他们就在戏剧上创造了一个带复仇性的,比别的一切鬼魂更美,更强的鬼魂。这就是"女吊"。我以为绍兴有两种特色的鬼,一种是表现对于死的无可奈何,而且随随便便的"无常",我已经在《朝花夕拾》里得了介绍给全国读者的光荣了,这回就轮到别一种。

"女吊"也许是方言,翻成普通的白话,只好说是"女性的吊死鬼"。其实,在平时,说起"吊死鬼",就已经含有"女性的"的意思的,因为投缳而死者,向来以妇人女子为最多。有一种蜘蛛,用一枝丝挂下自己的身体,悬在空中,《尔雅》上已谓之"蜆,缢女",可见在周朝或汉朝,自经的已经大抵是女性了,所以那时不称它为男性的"缢夫"或中性的"缢者"。不过一到做"大戏"或"目连戏"的时候,我们便能在看客的嘴里听到"女吊"的称呼。也叫作"吊神"。横死的鬼魂而得到"神"的尊号的,我还没有发见过第二位,则其受民众之爱戴也可想。但为什么这时独要称她"女吊"呢?很容易解:因为在戏台上,也要有"男吊"出现了。

我所知道的是四十年前的绍兴,那时没有达官显宦,所以未闻有专门为人(堂会?)的演剧。凡做戏,总带着一点社戏性,供着神位,是看戏的主体,人们去看,不过叨光。但"大戏"或"目连戏"所邀请的看客,范围可较广了,自然请神,而又请鬼,尤其是横死的怨鬼。所以仪式就更紧张,更严肃。一请怨鬼,仪式就格外紧张严肃,我觉得这道理是很有趣的。

也许我在别处已经写过。"大戏"和"目连"②虽然同是演给神,人,鬼

---

① 本篇最初发表于 1936 年 10 月 5 日《中流》半月刊第 1 卷第 3 期。
② 都是绍兴的地方戏。大戏和目连戏所演的《目连救母》,内容繁简不一,但开场和收场,以及鬼魂的出现则都相同。

看的戏文,但两者又很不同。不同之点:一在演员,前者是专门的戏子,后者则是临时集合的 Amateur①——农民和工人;一在剧本,前者有许多种,后者却好歹总只演一本《目连救母记》。然而开场的"起殇",中间的鬼魂时时出现,收场的好人升天,恶人落地狱,是两者都一样的。

当没有开场之前,就可看出这并非普通的社戏,为的是台两旁早已挂满了纸帽,就是高长虹之所谓"纸糊的假冠",是给神道和鬼魂戴的。所以凡内行人,缓缓的吃过夜饭,喝过茶,闲闲而去,只要看挂着的帽子,就能知道什么鬼神已经出现。因为这戏开场较早,"起殇"在太阳落尽时候,所以饭后去看,一定是做了好一会了,但都不是精彩的部分。"起殇"者,绍兴人现已大抵误解为"起丧",以为就是召鬼,其实是专限于横死者的。《九歌》②中的《国殇》③云:"身既死兮神以灵,魂魄毅兮为鬼雄",当然连战死者在内。明社垂绝,越人起义而死者不少,至清被称为叛贼,我们就这样的一同招待他们的英灵。在薄暮中,十几匹马,站在台下了;戏子扮好一个鬼王,蓝面鳞纹,手执钢叉,还得有十几名鬼卒,则普通的孩子都可以应募。我在十余岁时候,就曾经充过这样的义勇鬼,爬上台去,说明志愿,他们就给在脸上涂上几笔彩色,交付一柄钢叉。待到有十多人了,即一拥上马,疾驰到野外的许多无主孤坟之处,环绕三匝,下马大叫,将钢叉用力的连连刺在坟墓上,然后拔叉驰回,上了前台,一同大叫一声,将钢叉一掷,钉在台板上。我们的责任,这就算完结,洗脸下台,可以回家了,但倘被父母所知,往往不免挨一顿竹篠(这是绍兴打孩子的最普通的东西),一以罚其带着鬼气,二以贺其没有跌死,但我却幸而从来没有被觉察,也许是因为得了恶鬼保佑的缘故罢。

这一种仪式,就是说,种种孤魂厉鬼,已经跟着鬼王和鬼卒,前来和我们一同看戏了,但人们用不着担心,他们深知道理,这一夜决不丝毫作怪。于是戏文也接着开场,徐徐进行,人事之中,夹以出鬼:火烧鬼,淹死鬼,科

---

① 英语,业余从事文艺、科学或体育运动的人,这里用作业余演员的意思。
② 我国古代楚国人民祭神的歌词。计十一篇,相传为屈原所作。
③ 是对阵亡将士的颂歌。

场鬼(死在考场里的),虎伤鬼……孩子们也可以自由去扮,但这种没出息鬼,愿意去扮的并不多,看客也不将它当作一回事。一到"跳吊"时分——"跳"是动词,意义和"跳加官"①之"跳"同——情形的松紧可就大不相同了。台上吹起悲凉的喇叭来,中央的横梁上,原有一团布,也在这时放下,长约戏台高度的五分之二。看客们都屏着气,台上就闯出一个不穿衣裤,只有一条犊鼻②,面施几笔粉墨的男人,他就是"男吊"。一登台,径奔悬布,像蜘蛛的死守着蛛丝,也如结网,在这上面钻,挂。他用布吊着各处:腰,胁,胯下,肘弯,腿弯,后项窝……一共七七四十九处。最后才是脖子,但是并不真套进去的,两手扳着布,将颈子一伸,就跳下,走掉了。这"男吊"最不易跳,演目连戏时,独有这一个脚色须特请专门的戏子。那时的老年人告诉我,这也是最危险的时候,因为也许会招出真的"男吊"来。所以后台上一定要扮一个王灵官③,一手捏诀,一手执鞭,目不转睛的看着一面照见前台的镜子。倘镜中见有两个,那么,一个就是真鬼了,他得立刻跳出去,用鞭将假鬼打落台下。假鬼一落台,就该跑到河边,洗去粉墨,挤在人丛中看戏,然后慢慢的回家。倘打得慢,他就会在戏台上吊死;洗得慢,真鬼也还会认识,跟住他。这挤在人丛中看自己们所做的戏,就如要人下野而念佛,或出洋游历一样,也正是一种缺少不得的过渡仪式。

这之后,就是"跳女吊"。自然先有悲凉的喇叭;少顷,门幕一掀,她出场了。大红衫子,黑色长背心,长发蓬松,颈挂两条纸锭,垂头,垂手,弯弯曲曲的走一个全台,内行人说:这是走了一个"心"字。为什么要走"心"字呢?我不明白。我只知道她何以要穿红衫。看王充的《论衡》,知道汉朝的鬼的颜色是红的,但再看后来的文字和图画,却又并无一定颜色,而在戏文里,穿红的则只有这"吊神"。意思是很容易了然的;因为她投缳之际,准备作厉鬼以复仇,红色较有阳气,易于和生人相接近……绍兴的妇

---

① 旧时在戏剧开场演出以前,常由演员一人戴面具(即"加官脸"),穿袍执笏,手里拿着写有"天官赐福""指日高升"等吉利话的条幅,在场上回旋舞蹈。

② 原出《史记·司马相如传》,据南朝宋裴骃《集解》引三国吴韦昭说:今三尺布作,形如犊鼻。这里是指绍兴一带称为牛头裤的一种短裤。

③ 相传是北宋末年的方士;明宣宗时封为隆恩真君。

女,至今还偶有搽粉穿红之后,这才上吊的。自然,自杀是卑怯的行为,鬼魂报仇更不合于科学,但那些都是愚妇人,连字也不认识,敢请"前进"的文学家和"战斗"的勇士们不要十分生气罢。我真怕你们要变呆鸟。

她将披着的头发向后一抖,人这才看清了脸孔:石灰一样白的圆脸,漆黑的浓眉,乌黑的眼眶,猩红的嘴唇。听说浙东的有几府的戏文里,吊神又拖着几寸长的假舌头,但在绍兴没有。不是我袒护故乡,我以为还是没有好;那么,比起现在将眼眶染成淡灰色的时式打扮来,可以说是更彻底,更可爱。不过下嘴角应该略略向上,使嘴巴成为三角形;这也不是丑模样。假使半夜之后,在薄暗中,远处隐约着一位这样的粉面朱唇,就是现在的我,也许会跑过去看看的,但自然,却未必就被诱惑得上吊。她两肩微耸,四顾,倾听,似惊,似喜,似怒,终于发出悲哀的声音,慢慢地唱道:

"奴奴本身杨家女,

呵呀,苦呀,天哪!……"

下文我不知道了。就是这一句,也还是刚从克士①那里听来的。但那大略,是说后来去做童养媳,备受虐待,终于弄到投缳。唱完就听到远处的哭声,这也是一个女人,在衔冤悲泣,准备自杀。她万分惊喜,要去"讨替代"了,却不料突然跳出"男吊"来,主张应该他去讨。他们由争论而至动武,女的当然不敌,幸而王灵官虽然脸相并不漂亮,却是热烈的女权拥护家,就在危急之际出现,一鞭把男吊打死,放女的独去活动了。老年人告诉我说:古时候,是男女一样的要上吊的,自从王灵官打死了男吊神,才少有男人上吊;而且古时候,是身上有七七四十九处,都可以吊死的,自从王灵官打死了男吊神,致命处才只在脖子上。中国的鬼有些奇怪,好像是做鬼之后,也还是要死的,那时的名称,绍兴叫作"鬼里鬼"。但男吊既然早被王灵官打死,为什么现在"跳吊",还会引出真的来呢?我不懂这道理,问问老年人,他们也讲说不明白。

而且中国的鬼还有一种坏脾气,就是"讨替代",这才完全是利己主

---

① 周建人的笔名。周建人,字乔峰,作者的三弟、生物学家,当时任商务印书馆编辑。

义;倘不然,是可以十分坦然的和他们相处的。习俗相沿,虽女吊不免,她有时也单是"讨替代",忘记了复仇。绍兴煮饭,多用铁锅,烧的是柴或草,烟煤一厚,火力就不灵了,因此我们就常在地上看见刮下的锅煤。但一定是散乱的,凡村姑乡妇,谁也决不肯省些力,把锅子伏在地面上,团团一刮,使烟煤落成一个黑圈子。这是因为吊神诱人的圈套,就用煤圈炼成的缘故。散掉烟煤,正是消极的抵制,不过为的是反对"讨替代",并非因为怕她去报仇。被压迫者即使没有报复的毒心,也决无被报复的恐惧,只有明明暗暗,吸血吃肉的凶手或其帮闲们,这才赠人以"犯而勿校"或"勿念旧恶"的格言——我到今年,也愈加看透了这些人面东西的秘密。

九月十九—二十日

【阅读提示】

1.《影的告别》选自鲁迅的散文集《野草》,题目本身就是一个悖论,在光明和黑暗间形影相随的影要告别无法告别的形。开头以一连串的"我不"表达了对现存与未来、想象与现实、天堂与地狱所有可能彻底的拒斥,而且,"你"——影的主人更是我所不乐意要拒斥的。影对独立和自由的追求,与要挣脱出来的努力一望而知,接下来的三个"然而"揭示了影作为独立的精神个体的生存困境,这种无地可依使得"我"的义无反顾决然沉没这种选择和承担更加厚重而令人敬佩。

2.《复仇》中鲁迅不掩饰地表达了对于杀戮、对于死亡、对于那种激情之下的死亡的一种歌咏和赞美。这与鲁迅的"一个也不原谅"态度是一致的,不能把它放到一个道德价值上来评判,而是纯粹放在情感和诗意的角度来评判,那就是对于那种强有力的、壮丽的生命的一种赞美和渴望。

3.《灯下漫笔》看似漫笔,实则是直指国民性弊端的檄文。鲁迅提出了三个逐渐升级的论断:"我们极容易变成奴隶,而且变了之后还万分欢喜"——中国人向来就没有争到过"人"的价格,至多不过是奴隶——"想做奴隶而不得的时代"和"暂时做稳了奴隶的时代",惊醒了当时无数在铁屋子沉睡的国人。结尾更是接续他在新文学发轫指出《狂人日记》对吃人社会的控诉,对青年们发出振聋发聩的号召:"扫荡这些食人者,掀掉这筵席,毁坏这厨房,则是现在的青年的使命!"

4.《女吊》写于鲁迅生命的最后,虽然题材是写乡里戏曲看似民俗部分的内容,所关注的依然是复仇的主题以及他对复仇的态度和看法。

【思考与讨论】

1. 在《影的告别》中,影为什么拒绝了所有一切包括所依附的主人"你",他所选择的是一种什么样的道路和未来?

2.《复仇》可看做与鲁迅小说《铸剑》《孤独者》以及在《野草》中反复表达的复仇思想的集中表达。结合小说和《女吊》等作品,谈谈你对鲁迅一生思想和立场的看法。

3. 鲁迅是如何在《灯下漫笔》理性分析和情感酝酿上层层推进论证,不断蓄势,在结尾达到全文的高潮发出对青年使命的召唤的?

【延伸阅读】

《论睁了眼看》《再论雷峰塔的倒掉》《无常》

【参考资料】

钱理群:《鲁迅作品十五讲》,北京大学出版社2003年版。

第二节 周作人

周作人(1885—1967),现代散文家、诗人、文学翻译家,原名槐寿,又名奎绶,字星杓,自号启孟、启明(又作岂明)、知堂等,生于浙江绍兴。1903年改名为周作人。主要著作有散文集《自己的园地》《雨天的书》等,诗集《过去的生命》等,译有《日本狂言选》等。

《故乡的野菜》

我的故乡不止一个,凡我住过的地方都是故乡。故乡对于我并没有什么特别的情分,只因钓于斯游于斯的关系,朝夕会面,遂成相识,正如乡村里的邻舍一样,虽然不是亲属,别后有时也要想念到他。我在浙东住过十几年,南京东京都住过六年,这都是我的故乡;现在住在北京,于是北京就成了我的家乡了。

日前我的妻往西单市场买菜回来,说起有荠菜在那里卖着,我便想起浙东的事来。荠菜是浙东人春天常吃的野菜,乡间不必说,就是城里只要有后园的人家都可以随时采食,妇女小儿各拿一把剪刀一只"苗篮",蹲在地上搜寻,是一种有趣味的游戏的工作。那时小孩们唱道:"荠菜马兰头,姊姊嫁在后门头。"后来马兰头有乡人拿来进城售卖了,但荠菜还是一种野菜,须得自家去采。关于荠菜向来颇有风雅的传说,不过这似乎以吴地为主。《西湖游览志》云:"三月三日男女皆戴荠菜花。谚云,三春戴荠花,桃李羞繁华。"顾禄的《清嘉录》上亦说,"荠菜花俗呼野菜花,因谚有三月三蚂蚁上灶山之语,三日人家皆从野菜花置灶陉上,以厌虫蚁。侵晨村童叫卖不绝。或妇女簪髻上以祈清目,俗号眼亮花。"但浙东人却不很理会这些事情,只是挑来做菜或炒年糕吃罢了。

黄花麦果通称鼠曲草,系菊科植物,叶小微圆互生,表面有白毛,花黄色,簇生梢头。春天采嫩叶,捣烂去汁,和粉作糕,称黄花麦果糕。小孩们有歌赞美之云:

"黄花麦果韧结结,关得大门自要吃;半块拿弗出,一块自要吃。"

清明前后扫墓时,有些人家——大约是保存古风的人家——用黄花麦果作供,但不作饼状,做成小颗如指顶大,或细条如小指,以五六个作一攒,名曰茧果,不知是什么意思,或因蚕上山时设祭,也用这种食品,故有是称,亦未可知。自从十二三岁时外出不参与外祖家扫墓以后,不复见过茧果,近来住在北京,也不再见黄花麦果的影子了。日本称作"御形",与荠菜同为春天的七草之一,也采来做点心用,状如艾饺,名曰"草饼",春分前后多食之,在北京也有,但是吃去总是日本风味,不复是儿时的黄花麦果糕了。

扫墓时候所常吃的还有一种野菜,俗称草紫,通称紫云英。农人在收获后,播种田内,用作肥料,是一种很被贱视的植物,但采取嫩茎瀹食,味颇鲜美,似豌豆苗。花紫红色,数十亩接连不断,一片锦绣,如铺着华美的地毯,非常好看,而且花朵状若蝴蝶,又如鸡雏,尤为小孩所喜。间有白色的花,相传可以治痢,很是珍重,但不易得。日本《俳句大辞典》云:"此草与蒲公英同是习见的东西,从幼年时代便已熟识,在女人里边,不曾采过紫云英的人,恐未必有罢。"中国古来没有花环,但紫云英的花球却是小孩常玩的东西,这一层我还替那些小人们欣幸的。浙东扫墓用鼓吹,所以少年们常随了乐音去看"上坟船里的姣姣";没有钱的人家虽没有鼓吹,但是船头上篷窗下总露出些紫云英和杜鹃的花束,这也就是上坟船的确实的证据了。

《北京的茶食》

在东安市场的旧书摊上买到一本日本文章家五十岚力的《我的书翰》,中间说起东京的茶食店的点心都不好吃了,只有几家如上野山下的空也,还做得好点心,吃起来馅和糖及果实浑然融合,在舌头上分不出各自的味来。想起德川时代江户的二百五十年的繁华,当然有这一种享乐的流风余韵留传到今日,虽然比起京都来自然有点不及。北京建都已有五百余年之久,论理于衣食住方面应有多少精微的造就,但实际似乎并不如此,即以茶食而论,就不曾知道什么特殊的有滋味的东西。固然我们对于北京情形不甚熟悉,只是随便撞进一家饽饽铺里去买一点来吃,但是就撞过的经验来说,总没有很好吃的点心买到过。难道北京竟是没有好的茶食,还是有而我们不知道呢?这也未必全是为贪口腹之欲,总觉得住在古老的京城里吃不到包含历史的精炼的或颓废的点心是一个很大的缺陷。北京的朋友们,能够告诉我两三家做得上好点心的饽饽铺么?

我对于二十世纪的中国货色,有点不大喜欢,粗恶的模仿品,美其名曰国货,要卖得比外国货更贵些。新房子里卖的东西,便不免都有点怀疑,虽然这样说好像遗老的口吻,但总之关于风流享乐的事我是颇迷信传统的。我在西四牌楼以南走过,望着异馥斋的丈许高的独木招牌,不禁神往,因为这不但表示他是义和团以前的老店,那模糊阴暗的字迹又引起我一种焚香静坐的安闲而丰腴的生活的幻想。我不曾焚过什么香,却对于这件事很有趣味,然而终于不敢进香店去,因为怕他们在香盒上已放着花露水与日光皂了。我们于日用必需的东西以外,必须还有一点无用的游戏与享乐,生活才觉得有意思。我们看夕阳,看秋河,看花,听雨,闻香,喝不求解渴的酒,吃不求饱的点心,都是生活上必要的——虽然是无用的装点,而且是愈精炼愈好。可怜现在的中国生活,却是极端地干燥粗鄙,别的不说,我在北京彷徨了十年,终未曾吃到好点心。

十三年二月

【阅读提示】

周作人的散文比较平缓冲淡,与世无争。乡的一草一木,在其笔下都饱含深情,无限依恋,写得极为清雅脱俗,颇为感人。所选两篇,均以日常生活的茶食、野菜等为题,写得既兴味盎然又冲淡平和,体现了他在文学上的主张。他常以"雨"与"风"一起构成散文的"基本意象"。整体而言,周作人的散文继承了先秦、六朝和晚明文学的内蕴,充满着平淡如水、自然如风的语言色彩。其冲淡平和的散文风格展现出空灵的人生境界,可说是中国现代散文的一个高峰。

【延伸阅读】

《雨天的书》《自己的园地》

第三节　梁实秋

梁实秋(1903—1987),原名梁治华,字实秋,浙江省杭县(今杭州)人,出生于北京。毕业于清华大学,1923年赴美留学,在科罗拉多州立大学及哈佛大学研究英国文学3年。历任东南大学、青岛大学、北京大学等校教授。抗战期间,曾任国民参政会参政员、国立编译馆编纂。抗战胜利后,任北京师范大学教授。去台后曾任编译馆馆长、台湾师范大学教授及文学院院长。梁实秋曾与鲁迅等左翼作家笔战不断。代表作有《雅舍小品》《莎士比亚全集》(译作)等。

《衣　裳》

莎士比亚有一句名言:"衣裳常常显示人品";又有一句:"如果我们沉默不语,我们的衣裳与体态也会泄露我们过去的经历。"可是我不记得是谁了,他曾说过更彻底的话:我们平常以为英雄豪杰之士,其仪表堂堂确是与众不同,其实,那多半是衣裳装扮起来的,我们在画像中见到的华盛顿和拿破仑,固然是奕奕赫赫,但如果我们在澡堂里遇见二公,赤条条一丝不挂,我们会要有异样的感觉,会感觉得脱光了大家全是一样。这话虽然有点玩世不恭,确有至理。

中国旧式士子出而问世必需具备四个条件:一团和气,两句歪诗,三斤黄酒,四季衣裳;可见衣裳是要紧的。我的一位朋友,人品很高,就是衣裳"普罗"一些,曾随着一伙人在上海最华贵的饭店里开了一个房间,后来走出饭店,便再也不得进去,司阍的巡捕不准他进去,理由是此处不施舍。无论怎样解释也不得要领,结果是巡捕引他从后门进去,穿过厨房,到账房内去理论。这不能怪那巡捕,我们几曾看见过看家的狗咬过衣裳楚楚的客人?

衣裳穿得合适,煞费周章,所以内政部礼俗司虽然绘定了各种服装的式样,也并不曾推行,幸而没有推行! 自从我们剪了小辫儿以来,衣裳就没有了体制,绝对自由,中西合璧的服装也不算违警,这时候若再推行"国装",只是于错杂纷歧之中更加重些纷扰罢了。

李鸿章出使外国的时候,袍褂顶戴,完全是"满大人"的服装。我虽无爱于满清章制,但对于他的不穿西装,确实是很佩服的。可是西装的势力毕竟太大了,到如今理发匠都是穿西装的居多。我忆起了二十年前我穿西装的一幕。那时候西装还是一件比较新奇的事物,总觉得是有点"机械化",其构成必相当复杂。一班几十人要出洋,于是西装逼人而来。试穿之日,适值严冬,或缺皮带,或无领结,或衬衣未备,或外套未成,但零件虽然不齐,吉期不可延误,所以一阵骚动,胡乱穿起,有的宽衣博带如稻草人,有的细腰窄袖如马戏丑,大体是赤着身体穿一层薄薄的西装裤,冻得涕泗交流,双膝打战,那时的情景足当得起"沐猴而冠"四个字。当然后来技术渐渐精进,有的把裤脚管烫得笔直,视如第二生命,有的在衣袋里插一块和领结花色相同的手绢,俨然像是一个绅士,猛然一看,国籍都要发生问题。

西装是有一定的标准的。譬如,做裤子的材料要厚,可是我看见过有人在光天化日之下穿夏布西装裤,光线透穿,真是骇人!衣服的颜色要朴素沉重,可是我见过著名自诩讲究衣裳的男子们,他们穿的是色彩刺目的宽格大条的材料,颜色惊人的衬衣,如火如荼的领结,那样子只有在外国杂耍场的台上才偶然看得见!大概西装破烂,固然不雅,但若崭新而俗恶则更不可当。所谓洋场恶少,其气味最下。

中国的四季衣裳,恐怕要比西装更麻烦些。固然西装讲究起来也是不得了的。历史上著名的一例,詹姆斯第一的朋友白金翰爵士有衣服一千六百二十五套。普通人有十套八套的就算很好了。中装比较的花样要多些,虽然终年一两件长袍也能度日。中装有一件好处,舒适。中装像是变形虫,没有一定的形式,随着穿的人身体变。不像西装,肩膊上不用填麻布使你冒充宽肩膀,脖子上不用戴枷系索,裤子里面有的是"生存空间";而且冷暖平匀,不像西装咽喉下面一块只是一层薄衬衣,容易着凉,裤子两边插手袋处却又厚至三层,特别郁热!中国长袍还有一点妙处,马彬和先生(英国人入我国籍)曾为文论之。他说这钟形长袍是没有差别的,平等的,一律的遮掩了贫富贤愚。马先生自己就是穿一件蓝长袍,他简直崇拜长袍。据他看,长袍不势利,没有阶级性,可是在中国,长袍同志也自成阶级,虽然四川有些抬轿的也穿长袍。中装固然比较随便,但亦不可太随便,例如脖子底下的钮扣,在西装可以不扣,长袍便非扣不可,否则便不合于"新生活"。再例如虽然在蚊虫甚多的地方,裤脚管亦不可放进袜筒里去,做绍兴师爷状。

男女服装之最大不同处,便是男装之遮盖身体无微不至,仅仅露出一张脸和两只手可以吸取日光紫外线,女装的趋势,则求遮盖愈少愈好。现在所谓旗袍,实际上只是大坎肩,因为两臂已经齐根划出。两腿尽管细直如竹筷,扭曲如松根,也往往一双双的摆在外面。袖不蔽肘,赤足裸腿,从前在某处都曾悬为厉禁,在某一种意义上,我们并不惋惜。还有一点可以指出,男子的衣服,经若干年的演化,已达到一个固定的阶段,式样色彩大概是千篇一律的了,某一种人一定穿某一种衣服,身体丑也好,美也好,总是要罩上那么一套。女子的衣裳则颇多个人的差异,仍保留大量的装饰的动机,其间大有自由创造的馀地。既是创造,便有失败,也有成功。成功者便是把身体的优点表彰出来,把劣点遮盖起来;失败者便是把劣点显示出来,优点根本没有。我每次从街上走回来,就感觉得我们除了优生学外,还缺乏妇女服装杂志。不要以为妇女服装是琐细小事,法朗士说得好:"如果我死后还能在无数出版书籍当中有所选择,你想我将选什么呢?……在这未来的群籍之中我不想选小说,亦不选历史,历史若有兴味亦无非小说。我的朋友,我仅要选一本时装杂志,看我死后一世纪中妇女如何装束。妇女装束之能告诉我未来的人文,胜过于一切哲学家,小说家,预言家,及学者。"

衣裳是文化中很灿烂的一部分。所以裸体运动除了在必要的时候之外(如洗澡等等),我总不大赞成。

【阅读提示】

梁实秋的散文创作大多取材于日常生活：吃饭、饮酒、喝茶、穿衣、睡觉、住房、散步、理发、抽烟、生病、玩乐等无所不包。他曾表示读者爱读《雅舍小品》的原因就在于他的散文"所写均是身边琐事，既未涉及国是，亦不高谈中西文化问题"。此篇亦是如是。此篇可以和张爱玲的《更衣记》放在一起对照阅读，看看两个作家的不同思路和写法。

第四节　朱自清

朱自清(1898—1948),字佩弦,江苏省扬州人。"文学研究会"成员,现代散文作家、学者。1916年考入北京大学,1925年任清华大学教授直至1948年逝世。朱自清在大学时代开始创作新诗,后转向散文创作,1928年出版散文集《背影》而成为中国文坛上著名的散文家。他擅长写抒情散文,主要作品有《毁灭》《踪迹》《背影》等。1953年出版了《朱自清文集》(共四卷)和《朱自清诗文选集》。

《冬　天》

说起冬天,忽然想到豆腐。是一"小洋锅"(铝锅)白煮豆腐,热腾腾的。水滚着,像好些鱼眼睛,一小块一小块豆腐养在里面,嫩而滑,仿佛反穿的白狐大衣。锅在"洋炉子"(煤油不打气炉)上,和炉子都熏得乌黑乌黑,越显出豆腐的白。这是晚上,屋子老了,虽点着"洋灯",也还是阴暗。围着桌子坐的是父亲跟我们哥儿三个。"洋炉子"太高了,父亲得常常站起来,微微地仰着脸,觑着眼睛,从氤氲的热气里伸进筷子,夹起豆腐,一一地放在我们的酱油碟里。我们有时也自己动手,但炉子实在太高了,总还是坐享其成的多。这并不是吃饭,只是玩儿。父亲说晚上冷,吃了大家暖和些。我们都喜欢这种白水豆腐;一上桌就眼巴巴望着那锅,等着那热气,等着热气里从父亲筷子上掉下来的豆腐。

又是冬天,记得是阴历十一月十六晚上,跟S君P君在西湖里坐小划子。S君刚到杭州教书,事先来信说:"我们要游西湖,不管它是冬天。"那晚月色真好,现在想起来还像照在身上。本来前一晚是"月当头";也许十一月的月亮真有些特别吧。那时九点多了,湖上似乎只有我们一只划子。有点风,月光照着软软的水波;当间那一溜儿反光,像新砑的银子。湖上的山只剩了淡淡的影子。山下偶尔有一两星灯火。S君口占两句诗道:"数星灯火认渔村,淡墨轻描远黛痕。"我们都不大说话,只有均匀的桨声。

我渐渐地快睡着了。P君"喂"了一下,才抬起眼皮,看见他在微笑。船夫问要不要上净寺去;是阿弥陀佛生日,那边蛮热闹的。到了寺里,殿上灯烛辉煌,满是佛婆念佛的声音,好像醒了一场梦。这已是十多年前的事了,S君还常常通着信,P君听说转变了好几次,前年是在一个特税局里收特税了,以后便没有消息。

在台州过了一个冬天,一家四口子。台州是个山城,可以说在一个大谷里。只有一条二里长的大街。别的路上白天简直不大见人;晚上一片漆黑。偶尔人家窗户里透出一点灯光,还有走路的拿着的火把;但那是少极了。我们住在山脚下。有的是山上松林里的风声,跟天上一只两只的鸟影。夏末到那里,春初便走,却好像老在过着冬天似的;可是即便真冬天也并不冷。我们住在楼上,书房临着大路;路上有人说话,可以清清楚楚地听见。但因为走路的人太少了,间或有点说话的声音,听起来还只当远风送来的,想不到就在窗外。我们是外路人,除上学校去之外,常只在家里坐着。妻也惯了那寂寞,只和我们爷儿们守着。外边虽老是冬天,家里却老是春天。有一回我上街去,回来的时候,楼下厨房的大方窗开着,并排地挨着她们母子三个;三张脸都带着天真微笑地向着我。似乎台州空空的,只有我们四人;天地空空的,也只有我们四人。那时是民国十年,妻刚从家里出来,满自在。现在她死了快四年了,我却还老记着她那微笑的影子。

无论怎么冷,大风大雪,想到这些,我心上总是温暖的。

【阅读提示】

此篇开头起笔很像闲谈,写了记忆中和冬天有关的几件事,冬天的豆腐,冬天的一次出游,冬天里的一段日子。因为冷,所以记得的都是温暖的事物和人,豆腐是和父亲有关的记忆,出游是几年不见的友人,台州的一段日子是和家人及去世四年的妻度过的。结尾处隐隐的痛直接透过温暖的微笑像雪片一样飞来,淹没了我们。

【延伸阅读】

《儿女》《背影》

第五节　沈从文

《湘行散记　一九三四年一月十八》(节选)

　　我仿佛被一个极熟的人喊了又喊,人清醒后那个声音还在耳朵边。原来我的小船已开行了许久,这时节正在一个长潭中顺风滑行,河水从船舷轻轻擦过,把我弄醒了。

　　我的小船今天应当停泊到一个大码头,想起这件事,我就有点儿慌张起来了。小船应停泊的地方,照史籍上所说,出丹砂,出辰川符,事实上却只出胖人,出肥猪,出鞭炮,出雨伞。一条长长的河街,在那里可以见到无数水手柏子与无数柏子的情妇。长街尽头飘扬着用红黑二色写上扁方体字税关的幡信,税关前停泊了无数上下行验关的船只。长街尽头油坊围墙如城垣,长年有油可打,打油匠摇荡悬空油槌,訇的向前抛去时,莫不伴以摇曳长歌,由日到夜,不知休止。河中长年有大木筏停泊,每一木筏浮江而下时,同时四方角隅至少有三十个人举桡激水。沿河吊脚楼下泊定了大而明黄的船只,船尾高张,常到两丈左右,小船从下面过身时,仰头看去恰如一间大屋。(那上面必用金漆写得有福字同顺字!)这个地方就是我一提及它时充满了感情的辰州。

　　小船去辰州还约三十里,两岸山头已较小,不再壁立拔峰,渐渐成为一堆堆黛色与浅绿相间的丘阜,山势既较和平,河水也温和多了。两岸人家渐渐越来越多,随处可以见到毛竹林。山头已无雪,虽尚不出太阳,气候干冷,天空倒明明朗朗。小船顺风张帆向上流走去时,似乎异常稳定。

　　但小船今天至少还得上三个滩与一个长长的急流。

　　大约九点钟时,小船到了第一个长滩脚下了,白浪从船旁跑过,快如奔马,在惊心眩目情形中小船居然上了滩。小船上滩照例并不如何困难,大船可不同一点。滩头上就有四只大船斜卧在白浪中大石上,毫无出险的希望。其中一只货船,大致还是昨天才坏事的,只见许多水手在石滩上搭了棚子住下,且摊晒了许多被水浸湿的货物。正当我那只小船上完第一滩时,却见一只大船,正搁浅在滩头激流里。只见一个水手赤裸着全身向水中跳去,想在水中用肩背之力使船只活动,可是人一下水后,就即刻为激流带走了。在浪声哮吼里尚听到岸上人沿岸追喊着,水中那一个大约也回答着一些遗嘱之类,过一会儿,人便不见了。这个滩共有九段。这件事从船上人看来,可太平常了。

小船上第二段时,河流已随山势曲折,再不能张帆取风,我担心到这小小船只的安全问题,就向掌舵水手提议,增加一个临时纤手,钱由我出。得到了他的同意,一个老头子,牙齿已脱,白须满腮,却如古罗马战士那么健壮,光着手脚蹲在河边那个大青石上讲生意来了。两方面都大声嚷着而且辱骂着,一个要一千,一个却只出九百,相差那一百钱折合银洋约一分一厘。那方面既坚持非一千文不出卖这点气力,这一方面却以为小船根本不必多出这笔钱给一个老头子。我即或答应了不拘多少钱统由我出,船上三个水手,一面与那老头子对骂,一面把船开到急流里去了。见小船已开出后,老头子方不再坚持那一分钱,却赶忙从大石上一跃而下,自动把背后纤板上短绳,缚定了小船的竹缆,躬着腰向前走去了。

待到小船业已完全上滩后,那老头就赶到船边来取钱,互相又是一阵辱骂。得了钱,坐在水边大石上一五一十数着,我问他有多少年纪,他说七十七。那样子,简直是一个托尔斯泰!眉毛那么长,鼻子那么大,胡子那么多,一切都同画相上的托尔斯泰相去不远。看他那数钱神气,人快到八十了,对于生存还那么努力执着,这人给我的印象真太深了。但这个人在他们弄船人看来,一个又老又狡猾的东西罢了。

小船上尽长滩后,到了一个小小水村边,有母鸡生蛋的声音,有人隔河喊人的声音,两山不高而翠色迎人。许多等待修理的小船,一字排开斜卧在岸上,有人在一只船边敲敲打打,我知道他们正用麻头与桐油石灰嵌进船缝里去。一个木筏上面还搁了一只小船,在平潭中溜着,忽然村中有炮仗声音,有唢呐声音,且有锣声;原来村中人正接媳妇,锣声一起,修船的,放木筏的,划船的,无不停止了工作,向锣声起处望去。——多美丽的一幅画图，一首诗！但除了一个从城市中因事挤出的人觉得惊讶，难道还有谁看到这些光景矍然神往。

下午二时左右，我坐的那只小船，已经把辰河由桃源到沅陵一段路程主要滩水上完，到了一个平静长潭里。天气转晴，日头初出，两岸小山作浅绿色，山水秀雅明丽如西湖。船离辰州只差十里，我估计过不久，船到了白塔下再上个小滩，转过山岨，就可以见到税关上飘扬的长幡信了。

想起再过两点钟，小船泊到泥滩上后，我就会如同我小说写到的那个柏子一样，从跳板一端摇摇荡荡的上了岸，直向有吊脚楼人家的河街走去，再也不能蜷伏在船里了。

我坐到后舱口日光下，向着河流清算我对于这条河水这个地方的一切旧账。原来我离开这地方已十六年。十六年的日子实在过得太快了一点。想起从这堆日子中所有人事的变迁，我轻轻的叹息了好些次。这地方是我第二个故乡。我第一次离乡背井，随了那一群肩扛刀枪向外发展的武士为生存而战斗，就停顿到这个码头上。这地方每一条街每一处衙署，每一间商店，每一个城洞里作小生意的小担子，还如何在我睡梦里占据一个位置！这个河码头在十六年前教育我，给我明白了多少人事，帮助我作过多少幻想，如今却又轮到它来为我温习那业已消逝的童年梦境来了。

望着汤汤的流水，我心中好象忽然彻悟了一点人生，同时又好象从这条河上，新得到了一点智慧。的的确确，这河水过去给我的是"知识"，如今给我的却是"智慧"。山头一抹淡淡的午后阳光感动我，水底各色圆如棋子的石头也感动我。我心中似乎毫无渣滓，透明烛照，对万汇百物，对拉船人与小小船只，一切都那么爱着，十分温暖的爱着！我的感情早已融入这第二故乡一切光景声色里了。我仿佛很渺小很谦卑，对一切有生无生似乎都在伸手，且微笑的轻轻的说："我来了，是的，我仍然同从前一样的来了。我们全是原来的样子，真令人高兴。你，充满了牛粪桐油气味的小小河街，虽稍稍不同了一点，我这张脸，大约也不同了一点。可是，很可喜的是我们还互相认识，只因为我们过去实在太熟习了！"

看到日夜不断千古长流的河水里石头和砂子，以及水面腐烂的草木，破碎的船板,使我触着了一个使人感觉惆怅的名词。我想起"历史"。一套用文字写成的历史,除了告给我们一些另一时代另一群人在这地面上相斫相杀的故事以外,我们决不会再多知道一些要知道的事情。但这条河流,却告给了我若干年来若干人类的哀乐!小小灰色的渔船,船舷船顶站满了黑色沉默的鱼鹰,向下游缓缓划去了。石滩上走着脊梁略弯的拉船人。这些东西于历史似乎毫无关系,百年前或百年后皆仿佛同目前一样。他们那么忠实庄严的生活,担负了自己那份命运,为自己,为儿女,继续在这世界中活下去。不问所过的是如何贫贱艰难的日子,却从不逃避为了求生而应有的一切努力。在他们生活爱憎得失里,也依然摊派了哭,笑,吃,喝。对于寒暑的来临,他们便更比其他世界上人感到四时交替的严肃。历史对于他们俨然毫无意义,然而提到他们这点千年不变无可记载的历史,却使人引起无言的哀戚。

我有点担心,地方一切虽没有什么变动,我或者变得太多了一点。

船到了税关前趸船旁泊定时,我想象那些税关办事人,因为见我是个陌生旅客,一定上船来盘问我,麻烦我。我于是便假定恰如数年前作的一篇文章上我那个样子,故意不大理会,希望引起那个公务人员的愤怒,直到把我带局为止。我正想要那么一个人引路到局上去,好去见他们的局长!还很希望他们带到当地驻军旅部去,因为若果能够这样,就使我进衙门去找熟人时,省得许多琐碎的手续了。

可是验关的来了,一个宽脸大身材的青年苗人。见到他头上那个盘成一饼的青布包头,引动了我一点乡情。我上岸的计划不得不变更了。他还来不及开口我就说:"同年,你来查关!这是我坐的一只空船,你尽管看。我想问你。你局长姓什么!"

那苗人已上了小船在我面前站定,看看舱里一无所有,且听我喊他为"同年",从乡音中得到了点快乐。便用着小孩子似的口音问我:"你到哪里去?你从哪里来呀?"

"我从常德来——就到这地方。你不是梨林人吗?我是……我要会你局长!"

那关吏说:"我是凤凰县人!你问局长,我们局长姓陈!"

第一个碰到的原来就是自己的乡亲,我觉得十分激动,赶忙请他进舱来坐坐。可是这个人看看我的衣服行李,大约以为我是个什么代表,一种身分的自觉,不敢进舱里来了。就告我若要找陈局长,可以把船泊到中南门去。一面说着一面且把手中的粉笔,在船篷上画了个放行的记号,却回到大船上去:"你们走!"他挥手要水手开船,且告水手应当把船停到中南门,上岸方便。

船开上去一点,又到了一个复查处。仍然来了一个头裹青布帕的乡亲,从舱口看看船中的我。我想这一次应当故意不理会这个公务人,使他生气方可到局里去。可是这个复查员看看我不作声的神气,一问水手,水手说了两句话,又挥挥手把我们放走了。

我心想:这不成,他们那么和气,把我想象中安排的计划全给毁了,若到中南门起岸,水手在身后扛了行李,到城门边检查时,只需水手一句话,又无条件通过,很无意思。我多久不见到故乡的军队了,我得看看他们对于职务上的兴味与责任,过去和现在有什么不同处。我便变更了计划,要小船在东门下傍码头停停,我一个人先上岸去,上了岸后小船仍然开到中南门,等等我再派人来取行李。我于是上了岸,不一会就到河街上了。当我打从那河街上过身时,做炮仗的,卖油盐杂货的,收买发卖船上一切零件的,所有小铺子皆牵引了我的眼睛,因此我走得特别慢些。但到进城时却使我很失望,城门口并无一个兵。原来地方既不戒严,兵移到乡下去驻防,城市中已用不着守城兵了。长街路上虽有穿着整齐军服的年青人,我却不便如何故意向他们生点事。看看一切皆如十六年前的样子,只是兵不同了一点。

我既从东门从从容容的进了城,不生问题,不能被带过旅部去,心想时间还早,不如到我弟弟哥哥共同在这地方新建筑的"芸庐"新家里看看,那新房子全在山上。到了那个外观十分体面的房子大门前,问问工人谁在监工,才知道我哥哥来此刚三天。这就太妙了,若不来此问问,我以为我家中人还依然全在凤凰县城里!我进了门一直向楼边走去时,还有使我更惊异而快乐的,是我第一个见着的人,原来就正是五年来行踪不明的"虎雏"。这人五年前在上海从我住处逃亡后,一直就无他的消息,我还以为他早已腐了烂了。他把我引导到我哥哥住的房中,告给我哥哥已出门,过三点钟方能回来。在这三点钟之内,他在我很惊讶盘问之下,却告给了我他的全部历史。原来八岁时他就因为用石块砸死了人逃出家乡,做过玩龙头宝的助手,做过土匪,做过采茶人,当过兵。到上海发生了那件事情后,这六年中又是从一想象不到的生活里,转到我军官兄弟手边来作一名"副爷"。

见到哥哥时,我第一句话说的是"家中虎雏真是个了不起的人物"。我哥哥却回答得妙:"了不起的人吗?这里比他了不起的人多着哪。"

到了晚上,我哥哥说的话,便被我所见到的几个青年军官证实了。

一九三四年一月十八日作

【阅读提示】

1934 年 1 月 7 日,沈从文从北平启程回家乡凤凰,探望病危的母亲。这是他 1923 年离开湘西后第一次返乡,历时近 1 个月,其中路上走了 25 天,在家住了 3 天。行程中,沈从文给妻子张兆和写了近 50 封信,回到北平后,这些书信经过整理加工,以系列散文的形式发表,后结集成《湘行散记》。此篇即选自这本散文集。

如作者所言,一路河上的行程所见使他得到一点人生的感悟和习得的智慧。阅读本篇,注意作者在本篇中所记录的在激流险滩中讨生活的渔夫和民工及他对历史的书写和历史长河中普通人命运的思考的关联。

【思考与讨论】

作者一边记录家乡这条河上普通人的生活,一边记录他的感想,他"无言的哀戚"是从何而来的,从"一套用文字写成的历史"和作者感慨的这些人"千年不变无可记载的历史"的区别,你如何看待历史和历史的书写?

【延伸阅读】

《湘行散记》

第六节　林语堂

林语堂(1895—1976)，学者、文学家、语言学家，福建龙溪（现福建省漳州市平和县坂仔镇）人。原名和乐，后改玉堂，又改语堂。早年留学国外，回国后在北京大学等著名大学任教，1966年定居台湾，一生著述颇丰。代表作品有《苏东坡传》《翦拂集》《京华烟云》《孔子的智慧》。他的散文最体现开放的丰富和舒展的美丽，也更文理自然，姿态横生。

《言志篇》

古人言士各有志，不过言志并不甚易。在言志时，无意中还是"载道"，八分为人，二分为己，所以失实，况且中国人有一种坏脾气，留学生炼牛皮，必不肯言炼牛皮之志，而文之曰："实业救国"。假如他的哥哥到美国学农业，回来开牛奶房，也不肯言牛奶房之志，只是"农村立国"。《论语·言志篇》，子路，冉求，公西华，各有一大篇载道议论，虽然经"夫子哂之"，点也尚不敢率尔直言，须经夫子鼓励一番，谓"何伤乎？亦各言其志也！"始有"春服既成"一段真正言志的话。不图方巾气者所必吐弃之小小志尚，反得孔子之赞赏。孔子之近情，与方巾气者之不近情，正可于此中看出。此姑且撇过不谈。常言男子志在四方，实则各人于大志之外，仍不免有个人所谓理想生活。要人挂冠，也常有一番言志议论，便是言其理想生活。或是归田养母，或是出洋留学，但这也不过一时说说而已。向来中国人得意时信儒教，失意时信道教，所以来去出入，都有照例文章，严格的言，也不能算为真正的言志。

据说古希腊有圣人代阿今尼思，一日正在街上滚桶中晒日，遇见亚力山大帝来问他有何所请。代阿今尼思客气的答曰：请皇帝稍为站开，不要遮住阳光，便感恩不尽了。这似乎是代阿今尼思的志愿。他是一位清心寡欲的人，冬夏只穿一件破衲，坐卧只在一只滚桶中。他说人的欲愿最少时，便是最近于神仙快乐之境。他本有一只饮水的杯，后来看见一孩子用手拿水而饮，也就毅然将杯抛弃，于是他又觉得比前少了一种挂碍，更加清净了。

代阿今尼思的故事，常叫人发笑，因为他所代表的理想，正与现代人相反。近代人是以一人的欲愿之繁多为文化进步的衡量。老实说，现在人根本就不知他所要的是什么。在这种地方，发见许多矛盾，一面提倡朴素，又一面舍不得洋楼汽车。有时好说金钱之害，有时却被财魔缠心，做出许多尴尬的事来。现代人听见代阿今尼思的故事，不免生羡慕之心，却又舍不得要看一张真正好的嘉宝的影片。于是仍有所请言行之矛盾，及心灵之不安。

自然，要爽爽快快打倒代阿今尼思主张，并不很难。第一，代阿今尼思生于南欧天气温和之地。所以寒地女子，要穿一件皮大氅，也不必心有愧。第二，凡是人类，总应该至少有两套里衣，可以替换。在书上的代阿今尼思，也许好像一身仙骨，传出异香来，而在实际上，与代阿今尼思同床共被，便不怎样爽神了。第三，将这种理想贯注于小学生脑中，是有害的，因为至少教育须养成学子好书之心，书是代阿今尼思所绝对不看的。第四，代阿今尼思生时，尚未有电影，也未有 Mickey Mouse 的滑稽影戏画，无论大人小孩说他不要看 Mickey Mouse，一定是已失其赤子之心，这种朽腐的魂灵，再不会于吾人文化有什么用处。总而言之，一人对于环境，能随时注意，理想兴奋，欲愿繁复，比一枯槁待毙的人，心灵上较丰富，而于社会上也比较有作为。乞丐到了过屠门而不大嚼时，已经是无用的废物了。诸如此类，不必细述。

代阿今尼思所以每每引人羡慕者，毛病在我们自身。因为现代人实在欲望太奢了，并且每不自知所欲为何物。富家妇女一天打几圈麻将，也自觉麻烦。电影明星在灯红酒绿的交际上，也自有其觉到不胜烦躁，而只求一小家庭过清净生活之时，朝朝寒食，夜夜元宵之人，也有一旦不胜其腻烦之觉悟。若西人百万富翁之青年子弟，一年渡大西洋四次，由巴黎而南美洲，而尼司，而纽约，而蒙提卡罗，实际上只在躲避他心灵的空虚而已。这种人常会起了一念，忽然跑入僧寺或尼姑庵，这是报上所常见的事实。

我想在各人头脑清净之时，盘算一下，总会觉得我们决不会做代阿今尼思的信徒，总各有几样他所求的志愿。我想我也有几种愿望，只要有志去求，也并非绝不可能的事。要在各人看清他的志操，有相当的抱负，求之在己罢了。这倒不是外方所能移易。兹且举我个人理想的愿望如下，这些愿望十成中能得六七成，也就可算为幸福了。

我要一间自己的书房，可以安心工作。并不要怎样清洁齐整。不要一位 Story of San Michele 书中的 Madamoiselle Agathe 拿她的揩布到处乱揩乱擦。我想一人的房间，应有几分凌乱，七分庄严中带三分随便，住起来才舒服。切不可像一间和尚的斋堂，或如府第中之客室。天罗板下，最好挂一盏佛庙的长明灯，入其室，稍有油烟气味。此外又有烟味，书味，及各种不甚了了的房味，最好是沙发上置一小书架，横陈各种书籍，可以随意翻读。种类不要多，但不可太杂，只有几种心中好读的书，及几次重读过的书——即使是天下人皆詈为无聊的书也无妨。不要理论太牵强板滞乏味之书，但也没什么一定标准，只以合个人口味为限。西洋新书可与《野叟曝言》杂陈，孟德斯鸠可与福尔摩斯小说并列。不要时髦书，马克斯，T. S. Elliot，Jame Joyces 等，袁中郎有言，"读不下去之书，让别人去读"便是。

我要几套不是名士派但亦不甚时髦的长褂，及两双称脚的旧鞋子。居家时，我要能随便闲散的自由。虽然不必效顾千里裸体读经，但在热度九十五以上之热天，却应许我在佣人面前露了臂膀，穿一短背心了事。我要我的佣人随意自然，如我随意自然一样。我冬天要一个暖炉，夏天一个浇水浴房。

我要一个可以依然故我不必拘牵的家庭。我要在楼下工作时，听见楼上妻子言笑的声音，而在楼上工作时，听见楼下妻子言笑的声音。我要未失赤子之心的儿女，能同我在雨中追跑，能像我一样的喜欢浇水浴。我要一小块园地，不要有遍铺绿草，只要有泥土，可让小孩搬砖弄瓦，浇花种菜，喂几只家禽。我要在清晨时，闻见雄鸡喔喔啼的声音。我要房宅附近有几棵参天的乔木。

我要几位知心友,不必拘守成法,肯向我尽情吐露他们的苦衷。谈话起来,无拘无碍,柏拉图与《品花宝鉴》念得一样烂熟。几位可与深谈的友人。有癖好,有主张的人,同时能尊重我的癖好与我的主张,虽然这些也许相反。

我要一位能做好的清汤,善烧青菜的好厨子。我要一位很老的老仆,非常佩服我,但是也不甚了了我所做的是什么文章。

我要一套好藏书,几本明人小品,壁上一帧李香君画像让我供奉,案头一盒雪茄,家中一位了解我的个性的夫人,能让我自由做我的工作。酒却与我无缘。

我要院中几棵竹树,几棵梅花。我要夏天多雨冬天爽亮的天气,可以看见极蓝的青天,如北平所见的一样。

我要有能做我自己的自由和敢做我自己的胆量。

【阅读提示】

幽默与闲适是林语堂散文的重要特色,用平淡的话语制造美文,表现出一种心境的超脱与悠闲,与他提"性灵"、表现"自我"的美学观相一致。他的"闲适"在内容上表现为冷静超远,旁观世态人情,面对现实,但不干预和批判现实。《言志篇》直抒性灵,绝无遮掩,充分体现了他的政治态度和生活哲学与幽默的美学风格。他的理想完全是个人式的:温暖、舒适的家庭,可口的饭菜,合于自己口味的书,几棵竹树梅花在明月高悬时欣赏。这种理想表现了林语堂的闲适哲学,他不从流俗的态度呼应了开篇所推崇的中国和希腊先贤的理想。

《言志篇》为现代散文带来了中年式的睿智通达的情味,开辟了现代散文新的审美领域。

【思考与讨论】

1. 用自己的话概括出林语堂的人生理想。怎么理解最后一句"做我自己的自由和敢做我自己的胆量"和理想生活的关系?

2. 幽默与闲适是其散文的重要特色。本文是如何体现出作者幽默的写作风格的?

【延伸阅读】

《中国人》

第七节　张爱玲

《更衣记》

如果当初世代相传的衣服没有大批卖给收旧货的，一年一度六月里晒衣裳，该是一件辉煌热闹的事罢。你在竹竿与竹竿之间走过，两边拦着绫罗绸缎的墙——那是埋在地底下的古代宫室里发掘出来的甬道。你把额角贴在织金的花绣上。太阳在这边的时候，将金线晒得滚烫，然而现在已经冷了。

从前的人吃力地过了一辈子，所作所为，渐渐蒙上了灰尘；子孙晾衣裳的时候又把灰尘给抖了下来，在黄色的太阳里飞舞着。回忆这东西若是有气味的话，那就是樟脑的香，甜而稳妥，像记得分明的快乐，甜而怅惘，像忘却了的忧愁。

我们不大能够想象过去的世界，这么迂缓，安静，齐整——在清朝三百年的统治下，女人竟没有什么时装可言！一代又一代的人穿着同样的衣服而不觉得厌烦。开国的时候，因为"男降女不降"，女子的服装还保留着显著的明代遗风。从十七世纪中叶直到十九世纪末，流行着极度宽大的衫裤，有一种四平八稳的沉着气象。领圈很低，有等于无。穿在外面的是"大袄"。在非正式的场合，宽了衣，便露出"中袄"。"中袄"里面有紧窄合身的"小袄"，上床也不脱去，多半是妖媚的桃红或水红。三件袄子之上又加着"云肩背心"，黑缎宽镶，盘着大云头。

削肩，细腰，平胸，薄而小的标准美女在这一层层衣衫的重压下失踪了。她的本身是不存在的，不过是一个衣架子罢了。中国人不赞成太触目的女人。历史上记载的耸人听闻的美德——譬如说，一只胳膊被陌生男子拉了一把，便将它砍掉——虽然博得普遍的赞叹，知识阶级对之总隐隐地觉得有点遗憾，因为一个女人不该吸引过度的注意；任是铁铮铮的名字，挂在千万人的嘴唇上，也在呼吸的水蒸气里生了锈。女人要想出众一点,连这样堂而皇之的途径都有人反对,何况奇装异服,自然那更是伤风败俗了。

出门时袴子上罩的裙子,其规律化更为彻底。通常都是黑色,逢着喜庆年节,太太穿红的,姨太太穿粉红。寡妇系黑裙,可是丈夫过世多年之后,如有公婆在堂,她可以穿湖色或雪青。裙上的细褶是女人的仪态最严格的试验。家教好的姑娘,莲步姗姗,百褶裙虽不至于纹丝不动,也只限于最轻微的摇颤。不惯穿裙的小家碧玉走起路来便予人以惊风骇浪的印象。更为苛刻的是新娘的红裙,裙腰垂下一条条半寸来宽的飘带,带端系着铃。行动时只许有一点隐约的叮当,像远山上宝塔上的风铃。晚至一九二〇年左右,比较潇洒自由的宽褶裙入时了,这一类的裙子方才完全废除。

穿皮子,更是禁不起一些出入,便被目为暴发户。皮衣有一定的季节,分门别类,至为详尽。十月里若是冷得出奇,穿三层皮是可以的,至于穿什么皮,那却要顾到季节而不曾顾到天气了。初冬穿"小毛",如青种羊,紫羔,珠羔;然后穿"中毛",如银鼠,灰鼠,灰脊,狐腿,甘肩,倭刀;隆冬穿"大毛",——白狐,青狐,西狐,玄狐,紫貂。"有功名"的人方能穿貂。中下等阶级的人以前比现在富裕得多,大都有一件金银嵌或羊皮袍子。

姑娘们的"昭君套"为阴森的冬月添上点色彩。根据历代的图画,昭君出塞所戴的风兜是爱斯基摩氏的,简单大方,好莱坞明星仿制者颇多。中国十九世纪的"昭君套"却是颠狂冶艳的,一一顶瓜皮帽,帽沿围上一圈皮,帽顶缀着极大的红绒球,脑后垂着两根粉红缎带,带端缀着一对金印,动辄相击作声。

对于细节的过分的注意,为这一时期的服装的要点。现代西方的时装,不必要的点缀品未尝不花样多端,但是都有个目的——把眼睛的蓝色发扬光大起来,补助不发达的胸部,使人看上去高些或矮些,集中注意力在腰肢上,消灭臀部过度的曲线……古中国衣衫上的点缀品却是完全无意义的,若说它是纯粹装饰性质的罢,为什么连鞋底上也满布着繁缛的图案呢?鞋的本身就很少在人前漏脸的机会,别说鞋底了,高底的边缘也充塞着密密的花纹。

袄子有"三镶三滚","五镶五滚","七镶七滚"之别,镶滚之外,下摆与大襟上还闪烁着水银盘的梅花,菊花,袖上另钉着名唤"阑干"的丝质花边,宽约七寸,挖空镂出福寿字样。

这里聚集了无数小小的有趣之点,这样不停地另生枝节,放恣,不讲理,在不相干的事物上浪费了精力,正是中国有闲阶级一贯的态度。惟有世上最清闲的国家里最闲的人,方才能够领略到这些细节的妙处。制造一百种相仿而不犯重的图案,固然需要艺术与时间;欣赏它,也同样地烦难。

古中国的时装设计家似乎不知道,一个女人到底不是大观园。太多的堆砌使兴趣不能集中。我们的时装的历史,一言以蔽之,就是这些点缀品的逐渐减去。

当然事情不是这么简单。还有腰身大小的交替盈蚀。第一个严重的变化发生在光绪三十二三年。铁路已经不这么稀罕了,火车开始在中国人的生活里占一重要位置。诸大商港的时新款式迅速地传入内地。衣裤渐渐缩小,"阑干"与阔滚条过了时,单剩下一条极窄的。扁的是"韭菜边",圆的是"灯果边",又称"线香滚"。在政治动乱与社会不靖的时期——譬如欧洲的文艺复兴时代——时髦的衣服永远是紧匝在身上,轻捷俐落,容许剧烈的活动,在十五世纪的意大利,因为衣裤过于紧小,肘弯膝盖,筋骨接榫处非得开缝不可。中国衣服在革命酝酿期间差一点就胀裂开来了。"小皇帝"登基的时候,袄子套在人身上像刀鞘。中国女人的紧身背心的功用实在奇妙——衣服再紧些,衣服底下的肉体也还不是写实派的作风,看上去不大像个女人而像一缕诗魂。长袄的直线延至膝盖为止,下面虚飘飘垂下两条窄窄的裤管,似脚非脚的金莲抱歉地轻轻踏在地上。铅笔一般瘦的裤脚妙在给人一种伶仃无告的感觉。在中国诗里,"可怜"是"可爱"的代名词。男子向有保护异性的嗜好,而在青黄不接的过渡时代,颠连困苦的生活情形更激动了这种倾向。宽袍大袖的,端凝的妇女现在发现太福相了是不行的,做个薄命的人反倒于她们有利。

那又是一个各趋极端的时代。政治与家庭制度的缺点突然被揭穿。年轻的知识阶级仇视着传统的一切,甚至于中国的一切。保守性的方面也因为惊恐的缘故而增强了压力。神经质的论争无日不进行着,在家庭里,在报纸上,在娱乐场所。连涂脂抹粉的文明戏演员,姨太太们的理想恋人,也在戏台上向他的未婚妻借题发挥,讨论时事,声泪俱下。

一向心平气和的古国从来没有如此骚动过。在那歇斯底里的气氛里,"元宝领"这东西产生了——高得与鼻尖平行的硬领,像缅甸的一层层叠至尺来高的金属项圈一般,逼迫女人们伸长了脖子。这吓人的衣服与下面的一捻柳腰完全不相称,头重脚轻,无均衡的性质正象征了那个时代。

民国初建立,有一时期似乎各方面都有浮面的清明气象。大家都认真相信卢骚的理想化的人权主义。学生们热诚拥护投票制度,非孝,自由恋爱。甚至于纯粹的精神恋爱也有人实验过,但似乎不会成功。

时装上也显出空前的天真,轻快,愉悦。"喇叭管袖子"飘飘欲仙,露出一大截玉腕。短袄腰部极为紧小。上层阶级的女人出门系裙,在家里只穿一条齐膝的短裤,丝袜也只到膝为止,裤与袜的交界处偶然也大胆地暴露了膝盖,存心不良的女人往往从袄底垂下挑拨性的长而宽的淡色丝质的裤带,带端飘着排穗。

民国初年的时装,大部分的灵感是得自西方的。衣领减低了不算,甚至被蠲免了的时候也有。领口挖成圆形,方形,鸡心形,金刚钻形。白色丝质围巾四季都能用。白丝袜脚跟上的黑绣花,像虫的行列,蠕蠕爬到腿肚子上。交际花与妓女常常有戴平光眼镜以为美的。舶来品不分皂白地被接受,可见一斑。

军阀来来去去,马蹄后飞沙走石,跟着他们自己的官员,政府,法律,跌跌绊绊赶上去的时装,也同样的千变万化。短袄的下摆忽而圆,忽而尖,忽而六角形。女人的衣服往常是和珠宝一般,没有年纪的,随时可以变卖,然而在民国的当铺里不复受欢迎了,因为过了时就一文不值。

时装的日新月异并不一定表现活泼的精神与新颖的思想。恰巧相反。它可以代表呆滞；由于其他活动范围内的失败，所有的创造力都流入衣服的区域里去。在政治混乱期间，人们没有能力改良他们的生活情形。他们只能够创造他们贴身的环境——那就是衣服。我们各人住在各人的衣服里。

一九二一年，女人穿上了长袍。发源于满洲的旗装自从旗人入关之后一直与中土的服装并行着的，各不相犯，旗下的妇女嫌她们的旗袍缺乏女性美，也想改穿较妩媚的袄裤，然而皇帝下诏，严厉禁止了。五族共和之后，全国妇女突然一致采用旗袍，倒不是为了效忠于清朝，提倡复辟运动，而是因为女子蓄意要模仿男子。在中国，自古以来女人的代名词是"三绺梳头，两截穿衣。"一截穿衣与两截穿衣是很细微的区别，似乎没有什么不公平之处，可是一九二〇年的女人很容易地就多了心。她们初受西方文化的熏陶，醉心于男女平权之说，可是四周的实际情形与理想相差太远了，羞愤之下，她们排斥女性化的一切，恨不得将女人的根性斩尽杀绝。因此初兴的旗袍是严冷方正的，具有清教徒的风格。

政治上，对内对外陆续发生的不幸事件使民众灰了心。青年人的理想总有支持不了的一天。时装开始紧缩。喇叭管袖子收小了。一九三〇年，袖长及肘，衣领又高了起来。往年的元宝领的优点在它的适宜的角度，斜斜地切过两腮，不是瓜子脸也变了瓜子脸，这一次的高领却是圆筒式的，紧抵着下颔，肌肉尚未松弛的姑娘们也生了双下巴。这种衣领根本不可恕。可是它象征了十年前那种理智化的淫逸的空气——直挺挺的衣领远远隔开了女神似的头与下面的丰柔的肉身。这儿有讽刺，有绝望后的狂笑。

当时欧美流行着的双排钮扣的军人式的外套正和中国人凄厉的心情一拍即合。然而恪守中庸之道的中国女人在那雄赳赳的大衣底下穿着拂地的丝绒长袍，袍叉开到大腿上，露出同样质料的长裤子，裤脚上闪着银色花边。衣服的主人翁也是这样的奇异的配搭，表面上无不激烈地唱高调。骨子里还是唯物主义者。

近年来最重要的变化是衣袖的废除。（那似乎是极其艰难危险的工作,小心翼翼地,费了二十年的工夫方才完全剪去。)同时衣领矮了,袍身短了,装饰性质的镶滚也免了,改用盘花钮扣来代替,不久连钮扣也被捐弃了,改用揿钮。总之,这笔账完全是减法——所有的点缀品,无论有用没用,一概剔去。剩下的只有一件紧身背心,露出颈项、两臂与小腿。

现在要紧的是人,旗袍的作用不外乎烘云托月忠实地将人体轮廓曲曲勾出。革命前的装束却反之,人属次要,单只注重诗意的线条,于是女人的体格公式化,不脱衣服,不知道她与她有什么不同。

我们的时装不是一种有计划有组织的实业,不比在巴黎,几个规模宏大的时装公司如 Lelong's, Schiaparelli's, 垄断一切,影响及整个白种人的世界。我们的裁缝却是没主张的。公众的幻想往往不谋而合,产生一种不可思议的洪流。裁缝只有追随的份儿。因为这缘故,中国的时装更可以作民意的代表。

究竟谁是时装的首创者,很难证明,因为中国人素不尊重版权,而且作者也不甚介意,既然抄袭是最隆重的赞美。最近入时的半长不短的袖子,又称"四分之三袖",上海人便说是香港发起的,而香港人又说是上海传来的,互相推诿,不敢负责。

一双袖子翩翩归来,预兆形式主义的复兴。最新的发展是向传统的一方面走,细节虽不能恢复,轮廓却可尽量引用,用得活泛,一样能够适应现代环境的需要。旗袍的大襟采取围裙式,就是个好例子,很有点"三日入厨下"的风情,耐人寻味。

男装的近代史较为平淡。只有一个极短的时期,民国四年至八九年,男人的衣服也讲究花哨,滚上多道的如意头,而且男女的衣料可以通用,然而生当其时的人都认为那是天下大乱的怪现状之一。目前中国人的西装,固然是谨严而黯淡,遵守西洋绅士的成规,即使中装也长年地在灰色、咖啡色、深青里面打滚,质地与图案也极单调。男子的生活比女子自由得多,然而单凭这一件不自由,我就不愿意做一个男子。

衣服似乎是不足挂齿的小事。刘备说过这样的话:"兄弟如手足,妻子如衣服。"可是如果女人能够做到"丈夫如衣服"的地步,就很不容易。

有个西方作家(是萧伯纳么?)曾经抱怨过,多数女人选择丈夫远不及选择帽子一般的聚精会神,慎重考虑。再没有心肝的女子说起她"去年那件织锦缎夹袍"的时候,也是一往情深的。

　　直到十八世纪为止,中外的男子尚有穿红着绿的权利。男子服色的限制是现代文明的特征。不论这在心理上有没有不健康的影响,至少这是不必要的压抑。文明社会的集团生活里,必要的压抑有许多种,似乎小节上应当放纵些,作为补偿。有这么一种议论,说男性如果对于衣着感到兴趣些,也许他们会安分一点,不至于千方百计争取社会的注意与赞美,为了造就一己的声望,不惜祸国殃民。若说只消将男人打扮得花红柳绿的,天下就太平了,那当然是笑话。大红蟒衣里面戴着绣花肚兜的官员,照样会淆乱朝纲。但是预言家威尔斯的合理化的乌托邦里面的男女公民一律穿着最鲜艳的薄膜质的衣裤,斗篷,这倒也值得做我们参考的资料。

　　因为习惯上的关系,男子打扮得略略不中程式,的确看着不顺眼,中装上加大衣,就是一个例子,不如另加上一件棉袍或皮袍来得妥当,便臃肿些也不妨。有一次我在电车上看见一个年轻人,也许是学生,也许是店伙,用米色绿方格的兔子呢制了太紧的袍,脚上穿着女式红绿条纹短袜,嘴里衔着别致的描花假象牙烟斗,烟斗里并没有烟。他吮了一会,拿下来把它一截截拆开了,又装上去,再送到嘴里吮,面上颇有得色。乍看觉得可笑,然而为什么不呢,如果他喜欢?……秋凉的薄暮,小菜场上收了摊子,满地的鱼腥和青白色的芦粟的皮与渣。一个小孩骑了自行车冲过来,卖弄本领,大叫一声,放松了扶手,摇摆着,轻倩地掠过。在这一刹那,满街的人都充满了不可理喻的景仰之心。人生最可爱的当儿便在那一撒手罢?

《公寓生活记趣》

　　读到"我欲乘风归去,又恐琼楼玉宇,高处不胜寒"的两句词,公寓房子上层的居民多半要感到毛骨悚然。屋子越高越冷。

　　自从煤贵了之后,热水汀早成了纯粹的装饰品。构成浴室的图案美,热水龙头上的 H 字样自然是不可少的一部分；实际上呢，如果你放冷水而开错了热水龙头，立刻便有一种空洞而凄怆的轰隆轰隆之声从九泉之下发出来，那是公寓里特别复杂，特别多心的热水管系统在那里发脾气了。即使你不去太岁头上动土，那雷神也随时地要显灵。无缘无故，只听见不怀好意的"嗡……"拉长了半响之后接着"訇訇"两声，活像飞机在顶上盘旋了一会，掷了两枚炸弹。在战时香港吓细了胆子的我，初回上海的时候，每每为之魂飞魄散。若是当初它认真工作的时候，艰辛地将热水运到六层楼上来，便是咕噜两声，也还情有可原。现在可是雷声大，雨点小，难得滴下两滴生锈的黄浆……然而也说不得了，失业的人向来是肝火旺的。

梅雨时节，高房子因为压力过重，地基陷落的原故，门前积水最深。街道上完全干了，我们还得花钱雇黄包车渡过那白茫茫的护城河。雨下得太大的时候，屋子里便闹了水灾。我们轮流抢救，把旧毛巾、麻袋、褥单堵住了窗户缝；障碍物湿濡了，绞干，换上，污水折在脸盆里，脸盆里的水倒在抽水马桶里。忙了两昼夜，手心磨去了一层皮，墙根还是汪着水，糊墙的花纸还是染了斑斑点点的水痕与霉迹子。

风如果不朝这边吹的话，高楼上的雨倒是可爱的。有一天，下了一黄昏的雨，出去的时候忘了关窗户，回来一开门，一房的风声雨味，放眼望出去，是碧蓝的潇潇的夜，远处略有淡灯摇曳，多数的人家还没点灯。

常常觉得不可解，街道上的喧声，六楼上听得分外清楚，仿佛就在耳根底下，正如一个人年纪越高，距离童年渐渐远了，小时的琐屑的回忆反而渐渐亲切明晰起来。

我喜欢听市声。比我较有诗意的人在枕上听松涛，听海啸，我是非得听见电车响才睡得着觉的。在香港山上，只有冬季里，北风彻夜吹着常青树，还有一点电车的韵味。长年住在闹市里的人大约非得出了城之后才知道他离不了一些什么。城里人的思想，背景是条纹布的幔子，淡淡的白条子便是行驰着的电车——平行的，匀净的，声响的河流，汩汩流入下意识里去。

我们的公寓邻近电车厂，可是我始终没弄清楚电车是几点钟回家。"电车回家"这句子仿佛不很合适——大家公认电车为没有灵魂的机械，而"回家"两个字有着无数的情感洋溢的联系。但是你没看见过电车进厂的特殊情形罢？一辆衔接一辆，像排了队的小孩，嘈杂，叫嚣，愉快地打着哑嗓子的铃："克林，克赖，克赖，克赖！"吵闹之中又带着一点由疲乏而生的驯服，是快上床的孩子，等着母亲来刷洗他们。车里的灯点得雪亮。专做下班的售票员的生意的小贩们曼声兜售着面包。有时候，电车全进了厂了，单剩下一辆，神秘地，像被遗弃了似的，停在街心。从上面望下去，只见它在半夜的月光中袒露着白肚皮。

这里的小贩所卖的吃食没有多少典雅的名色。我们也从来没有缒下篮子去买过东西。(想起《侬本痴情》里的顾兰君了。她用丝袜结了绳子，缚住了纸盒，吊下窗去买汤面。袜子如果不破，也不是丝袜了！在节省物资的现在，这是使人心惊肉跳的奢侈。)也许我们也该试着吊下篮子去。无论如何，听见门口卖臭豆腐干的过来了，便抓起一只碗来，噔噔奔下六层楼梯，跟踪前往，在远远的一条街上访到了臭豆腐干担子的下落，买到了之后，再乘电梯上来，似乎总有点可笑。

我们的开电梯的是个人物，知书达理，有涵养，对于公寓里每一家的起居他都是一本清账。他不赞成他儿子去做电车售票员——嫌那职业不很上等。再热的天，任凭人家将铃揿得震天响，他也得在汗衫背心上加上一件熨得溜平的纺绸小褂，方肯出现。他拒绝替不修边幅的客人开电梯。他的思想也许缙绅气太重，然而他究竟是个有思想的人。可是他离了自己那间小屋，就踏进了电梯的小屋——只怕这一辈子是跑不出这两间小屋了。电梯上升，人字图案的铜栅栏外面，一重重的黑暗往下移，棕色的黑暗，红棕色的黑暗，黑色的黑暗……衬着交替的黑暗，你看见司机人的花白的头。

没事的时候他在后天井烧个小风炉炒菜烙饼吃。他教我们怎样煮红米饭："烧开了，熄了火，停个十分钟再煮，又松，又透，又不塌皮烂骨，没有筋道。"

托他买豆腐浆,交给他一只旧的牛奶瓶,陆续买了两个礼拜,他很简单地报告道:"瓶没有了。"是砸了还是失窃了,也不得而知。再隔了些时,他拿了一只小一号的牛奶瓶装了豆腐浆来。我们问道:"咦?瓶又有了?"他答道:"有了。"新的瓶是赔给我们的呢还是借给我们的,也不得而知。这一类的举动是颇有点社会主义风的。

我们的《新闻报》每天早上他要循例过目一下方才给我们送来。小报他读得更为仔细些,因此要到十一二点钟才轮得到我们看。英文、日文、德文、俄文的报他是不看的,因此大清早便卷成一卷插在人家弯曲的门钮里。

报纸没有人偷,电铃上的铜板却被撬去了。看门的巡警倒有两个,虽不是双生子,一样都是翻领里面竖起了木渣渣的黄脸,短裤与长统袜之间露出木渣渣的黄膝盖;上班的时候,一般都是横在一张藤椅上睡觉,挡住了信箱。每次你去看看信箱的时候总得殷勤地凑到他面颊前面,仿佛要询问:"酒刺好了些罢?"

恐怕只有女人能够充分了解公寓生活的特殊优点:佣人问题不那么严重。生活程度这么高,即使雇得起人,也得准备着受气。在公寓里"居家过日子"是比较简单的事。找个清洁公司每隔两星期来大扫除一下,也就用不着打杂的了。没有佣人,也是人生一快。抛开一切平等的原则不讲,吃饭的时候如果有个还没吃过饭的人立在一边眼睁睁望着,等着为你添饭,虽不至于使人食不下咽,多少有些讨厌。许多身边杂事自有它们的愉快性质。看不到田园里的茄子,到菜场上去看看也好——那么复杂的,油润的紫色;新绿的豌豆,熟艳的辣椒,金黄的面筋,像太阳里的肥皂泡。把菠菜洗过了,倒在油锅里,每每有一两片碎叶子粘在篾篓底上,抖也抖不下来;迎着亮,翠生生的枝叶在竹片编成的方格子上招展着,使人联想到篱上的扁豆花。其实又何必"联想"呢?篾篓子的本身的美不就够了么?我这并不是效忠于国社党①,劝诱女人回到厨房里去。不劝便罢,若

---

① 国社党,即国家社会党,三十年代初秘密成立的右翼政党,1937年以后公开活动。

是劝,一样的得劝男人到厨房里去走一遭。当然,家里有厨子而主人不时的下厨房,是会引起厨子最强烈的反感的。这些地方我们得寸步留心,不能太不识眉眼高低。

　　有时候也感到没有佣人的苦处。米缸里出虫,所以掺了些胡椒在米里——据说米虫不大喜欢那刺激性的气味,淘米之前先得把胡椒拣出来。我捏了一只肥白的肉虫的头当做胡椒,发现了这错误之后,不禁大叫起来,丢下饭锅便走。在香港遇见了蛇,也不过如此罢了。那条蛇我只见到它的上半截,它钻出洞来矗立着,约有二尺来长。我抱了一叠书匆匆忙忙下山来。正和它打了个照面。它静静地望着我,我也静静地望着它,望了半响,方才哇呀呀叫出声来,翻身便跑。

　　提起虫豸之类,六楼上苍蝇几乎绝迹,蚊子少许有两个。如果它们富于想象力的话,飞到窗口往下一看,便会晕倒了罢?不幸它们是像英国人一般地淡漠与自足——英国人住在非洲的森林里也照常穿上了燕尾服进晚餐。

　　公寓是最合理想的逃世的地方。厌倦了大都会的人们往往记挂着和平幽静的乡村,心心念念盼望着有一天能够告老归田,养蜂种菜,享点清福。殊不知在乡下多买半斤腊肉便要引起许多闲言闲语,而在公寓房子的最上层你就是站在窗前换衣服也不妨事!

　　然而一年一度,日常生活的秘密总得公布一下。夏天家家户户都大敞着门,搬一把藤椅坐在风口里。这边的人在打电话,对过一家的仆欧一面熨衣裳,一面便将电话上的对白译成了德文说给他的小主人听。楼底下有个俄国人在那里响亮地教日文。二楼的那位女太太和贝多芬有着不共戴天的仇恨,一捶十八敲,咬牙切齿打了他一上午;钢琴上倚着一辆脚踏车。不知道哪一家在煨牛肉汤,又有哪一家泡了焦三仙。

　　人类天生的是爱管闲事。为什么我们不向彼此的私生活里偷偷的看一眼呢?既然被看者没有多大损失而看的人显然得到了片刻的愉悦?凡事牵涉到快乐的授受上,就犯不着斤斤计较了。较量些什么呢?——长的是磨难,短的是人生。

屋顶花园里常常有孩子们溜冰,兴致高的时候,从早到晚在我们头上咕滋咕滋锉过来又锉过去,像瓷器的摩擦,又像睡熟的人在那里磨牙,听得我们一粒粒牙齿在牙仁里发酸如同青石榴的子,剔一剔便会掉下来。隔壁一个异国绅士声势汹汹上楼去干涉。他的太太提醒他道:"人家不懂你的话,去也是白去。"他揎拳捋袖道:"不要紧,我会使他们懂得的!"隔了几分钟他偃旗息鼓嗒然下来了。上面的孩子年纪都不小了,而且是女性,而且是美丽的。

谈到公德心,我们也不见得比人强。阳台上的灰尘我们直截了当地扫到楼下的阳台上去。"啊,人家栏杆上晾着地毯呢——怪不过意的,等他们把地毯收了进去再扫罢!"一念之慈,顶上生出了灿烂圆光。这就是我们的不甚彻底的道德观念。

【阅读提示】

1.《更衣记》可以说是一篇从清朝开国到"五四"时期中国女性服装演变的历史,也可以说是讨论服装的历史与社会发展进程带给人们思想和心理变化之关系的人学学、社会学笔记,开创了现代散文物质生活史写作的先河。张爱玲利用了以小见大的写作方法,再融合了她精致而细腻的语言,使文章冷峻,让人回味,展现了她天才般的洞察力、写作能力和独特的个人魅力。重点关注她对服饰变化和社会思潮联系的分析。

2. 张爱玲的散文构思奇险,横空出世。《公寓生活记趣》开篇就引用苏东坡中秋词里的名句,巧妙地唤起了读者的想象与联想,既造成一种清幽冷冽、飘飘欲仙的艺术氛围,又未游离于上海沦陷时期公寓房子之外。张爱玲小说细节描述的感性、繁复和冗长历来为研究者所推崇,而这迷人的"细节世界"在这篇散文里也近乎完美地展示出来。《公寓生活记趣》所记再清楚不过地显示了她"对日常生活,对现时日常生活细节,怀着一股热切的喜好"。张爱玲饶有兴味地描述了一系列"市声"、一系列生活细节、一系列日常景致,充分表明张爱玲对细节的追求和对生活的独特把握。且不管这种对现时生活的爱好是否出于对时局的担忧和对人生的恐惧，与一般记叙文不同的是；在细节中又常常可见作者对自我和世事自嘲式的反省和批判，这是张爱玲独特的对生活的洞见和散文的魅力，就像《更衣记》结尾那句出其不意的感悟："人生最可爱的当儿便在那一撒手罢？"一样，这篇也处处闪现她智慧的光芒。

【思考与讨论】

1. 阅读《更衣记》，找出作者对服饰风尚变化和经济状况、社会思潮之间联系的人类学观察，你同意这些结论吗？

2.《公寓生活记趣》说是记录生活之趣，是张爱玲对都市日常生活的观察和体验，但在日常生活细节记录中作者也常常出其不意地表达对生活和人生的看法和感悟，找到这些部分，看看作者的这些想法体现的是怎样的人生态度。

【延伸阅读】

《流言》

【参考资料】

1. 周茜:《张爱玲散文〈更衣记〉解读》,《名作欣赏》,2008年第3期。

2. 曾一果,赵素礼:《"日常生活"与"城市美学"——张爱玲的都市散文〈公寓生活记趣〉解读》,《名作欣赏》,2009年第29期。

第八节 史铁生

史铁生(1951—2010),出生于北京,河北涿州市人,著名小说家,1967年毕业于清华附中,1969年去延安一带插队,因双腿瘫痪于1972年回到北京。著有长篇小说《务虚笔记》,短篇小说《命若琴弦》,散文《我与地坛》等,其中,《我与地坛》鼓励了无数的人。

《我与地坛》

一

我在好几篇小说中都提到过一座废弃的古园,实际就是地坛。许多年前旅游业还没有开展,园子荒芜冷落得如同一片野地,很少被人记起。

地坛离我家很近。或者说我家离地坛很近。总之,只好认为这是缘分。地坛在我出生前四百多年就座落在那儿了,而自从我的祖母年轻时带着我父亲来到北京,就一直住在离它不远的地方——五十多年间搬过几次家,可搬来搬去总是在它周围,而且是越搬离它越近了。我常觉得这中间有着宿命的味道:仿佛这古园就是为了等我,而历尽沧桑在那儿等待了四百多年。

它等待我出生,然后又等待我活到最狂妄的年龄上忽地残废了双腿。四百多年里,它一面剥蚀了古殿檐头浮夸的琉璃,淡褪了门壁上炫耀的朱红,坍圮了一段段高墙又散落了玉砌雕栏,祭坛四周的老柏树愈见苍幽,到处的野草荒藤也都茂盛得自在坦荡。这时候想必我是该来了。十五年前的一个下午,我摇着轮椅进入园中,它为一个失魂落魄的人把一切都准备好了。那时,太阳循着亘古不变的路途正越来越大,也越红。在满园弥漫的沉静光芒中,一个人更容易看到时间,并看见自己的身影。

自从那个下午我无意中进了这园子,就再没长久地离开过它。我一下子就理解了它的意图。正如我在一篇小说中所说的:"在人口密聚的城市里,有这样一个宁静的去处,像是上帝的苦心安排。"

两条腿残废后的最初几年,我找不到工作,找不到去路,忽然间几乎什么都找不到了,我就摇了轮椅总是到它那儿去,仅为着那儿是可以逃避一个世界的另一个世界。我在那篇小说中写道:"没处可去我便一天到晚耗在这园子里。跟上班下班一样,别人去上班我就摇了轮椅到这儿来。园子无人看管,上下班时间有些抄近路的人们从园中穿过,园子里活跃一阵,过后便沉寂下来。""园墙在金晃晃的空气中斜切下一溜荫凉,我把轮椅开进去,把椅背放倒,坐着或是躺着,看书或者想事,撅一杈树枝左右拍打,驱赶那些和我一样不明白为什么要来这世上的小昆虫。""蜂儿如一朵小雾稳稳地停在半空;蚂蚁摇头晃脑捋着触须,猛然间想透了什么,转身疾行而去;瓢虫爬得不耐烦了,累了祈祷一回便支开翅膀,忽悠一下升空了;树干上留着一只蝉蜕,寂寞如一间空屋;露水在草叶上滚动、聚集,压弯了草叶轰然坠地摔开万道金光。""满园子都是草木竞相生长弄出的响动,窸窸窣窣窸窸窣窣片刻不息。"这都是真实的记录,园子荒芜但并不衰败。

除去几座殿堂我无法进去,除去那座祭坛我不能上去而只能从各个角度张望它,地坛的每一棵树下我都去过,差不多它的每一米草地上都有过我的车轮印。无论是什么季节,什么天气,什么时间,我都在这园子里呆过。有时候呆一会儿就回家,有时候就呆到满地上都亮起月光。记不清都是在它的哪些角落里了。我一连几小时专心致志地想关于死的事,也以同样的耐心和方式想过我为什么要出生。这样想了好几年,最后事情终于弄明白了:一个人,出生了,这就不再是一个可以辩论的问题,而只是上帝交给他的一个事实;上帝在交给我们这件事实的时候,已经顺便保证了它的结果,所以死是一件不必急于求成的事,死是一个必然会降临的节日。这样想过之后我安心多了,眼前的一切不再那么可怕。比如你起早熬夜准备考试的时候,忽然想起有一个长长的假期在前面等待你,你会不会觉得轻松一点?并且庆幸并且感激这样的安排?

剩下的就是怎样活的问题了,这却不是在某一个瞬间就能完全想透的、不是一次性能够解决的事,怕是活多久就要想它多久了,就像是伴你终生的魔鬼或恋人。所以,十五年了,我还是总得到那古园里去,去它的老树下或荒草边或颓墙旁,去默坐,去呆想,去推开耳边的嘈杂理一理纷乱的思绪,去窥看自己的心魂。十五年中,这古园的形体被不能理解它的人肆意雕琢,幸好有些东西是任谁也不能改变它的。譬如祭坛石门中的落日,寂静的光辉平铺的一刻,地上的每一个坎坷都被映照得灿烂;譬如在园中最为落寞的时间,一群雨燕便出来高歌,把天地都叫喊得苍凉;譬如冬天雪地上孩子的脚印,总让人猜想他们是谁,曾在哪儿做过些什么,然后又都到哪儿去了;譬如那些苍黑的古柏,你忧郁的时候它们镇静地站在那儿,你欣喜的时候它们依然镇静地站在那儿,它们没日没夜地站在那儿从你没有出生一直站到这个世界上又没了你的时候;譬如暴雨骤临园中,激起一阵阵灼烈而清纯的草木和泥土的气味,让人想起无数个夏天的事件;譬如秋风忽至,再有一场早霜,落叶或飘摇歌舞或坦然安卧,满园中播散着熨帖而微苦的味道。味道是最说不清楚的。味道不能写只能闻,要你身临其境去闻才能明了。味道甚至是难于记忆的,只有你又闻到它你才能记起它的全部情感和意蕴。所以我常常要到那园子里去。

二

我才想到,当年我总是独自跑到地坛去,曾经给母亲出了一个怎样的难题。

她不是那种光会疼爱儿子而不懂得理解儿子的母亲。她知道我心里的苦闷,知道不该阻止我出去走走,知道我要是老呆在家里结果会更糟,但她又担心我一个人在那荒僻的园子里整天都想些什么。我那时脾气坏到极点,经常是发了疯一样地离开家,从那园子里回来又中了魔似的什么话都不说。母亲知道有些事不宜问,便犹犹豫豫地想问而终于不敢问,因为她自己心里也没有答案。她料想我不会愿意她跟我一同去,所以她从未这样要求过,她知道得给我一点独处的时间,得有这样一段过程。她只是不知道这过程得要多久,和这过程的尽头究竟是什么。每次我要动身时,她便无言地帮我准备,帮助我上了轮椅车,看着我摇车拐出小院;这以后她会怎样,当年我不曾想过。

有一回我摇车出了小院;想起一件什么事又返身回来,看见母亲仍站在原地,还是送我走时的姿势,望着我拐出小院去的那处墙角,对我的回来竟一时没有反应。待她再次送我出门的时候,她说:"出去活动活动,去地坛看看书,我说这挺好。"许多年以后我才渐渐听出,母亲这话实际上是自我安慰,是暗自的祷告,是给我的提示,是恳求与嘱咐。只是在她猝然去世之后,我才有余暇设想。当我不在家里的那些漫长的时间,她是怎样心神不定坐卧难宁,兼着痛苦与惊恐与一个母亲最低限度的祈求。我可以断定,以她的聪慧和坚忍,在那些空落的白天后的黑夜,在那不眠的黑夜后的白天,她思来想去最后准是对自己说:"反正我不能不让他出去,未来的日子是他自己的,如果他真的要在那园子里出了什么事,这苦难也只好我来承担。"在那段日子里——那是好几年长的一段日子,我想我一定使母亲作过了最坏的准备了,但她从来没有对我说过:"你为我想想"。事实上我也真的没为她想过。那时她的儿子,还太年轻,还来不及为母亲想,他被命运击昏了头,一心以为自己是世上最不幸的一个,不知道儿子的不幸在母亲那儿总是要加倍的。她有一个长到二十岁上忽然截瘫了的儿子,这是她唯一的儿子;她情愿截瘫的是自己而不是儿子,可这事无法代替;她想,只要儿子能活下去哪怕自己去死呢也行,可她又确信一个人不能仅仅是活着,儿子得有一条路走向自己的幸福;而这条路呢,没有谁能保证她的儿子终于能找到。——这样一个母亲,注定是活得最苦的母亲。

有一次与一个作家朋友聊天,我问他学写作的最初动机是什么?他想了一会说:"为我母亲。为了让她骄傲。"我心里一惊,良久无言。回想自己最初写小说的动机,虽不似这位朋友的那般单纯,但如他一样的愿望我也有,且一经细想,发现这愿望也在全部动机中占了很大比重。这位朋友说:"我的动机太低俗了吧?"我光是摇头,心想低俗并不见得低俗,只怕是这愿望过于天真了。他又说:"我那时真就是想出名,出了名让别人羡慕我母亲。"我想,他比我坦率。我想,他又比我幸福,因为他的母亲还活着。而且我想,他的母亲也比我的母亲运气好,他的母亲没有一个双腿残废的儿子,否则事情就不这么简单。

在我的头一篇小说发表的时候,在我的小说第一次获奖的那些日子里,我真是多么希望我的母亲还活着。我便又不能在家里呆了,又整天整天独自跑到地坛去,心里是没头没尾的沉郁和哀怨,走遍整个园子却怎么也想不通:母亲为什么就不能再多活两年?为什么在她儿子就快要碰撞开一条路的时候,她却忽然熬不住了?莫非她来此世上只是为了替儿子担忧,却不该分享我的一点点快乐?她匆匆离我去时才只有四十九呀!有那么一会,我甚至对世界对上帝充满了仇恨和厌恶。后来我在一篇题为"合欢树"的文章中写道:"我坐在小公园安静的树林里,闭上眼睛,想,上帝为什么早早地召母亲回去呢?很久很久,迷迷糊糊的我听见了回答:'她心里太苦了,上帝看她受不住了,就召她回去。'我似乎得了一点安慰,睁开眼睛,看见风正从树林里穿过。"小公园,指的也是地坛。

只是到了这时候,纷纭的往事才在我眼前幻现得清晰,母亲的苦难与伟大才在我心中渗透得深彻。上帝的考虑,也许是对的。

摇着轮椅在园中慢慢走,又是雾罩的清晨,又是骄阳高悬的白昼,我只想着一件事:母亲已经不在了。在老柏树旁停下,在草地上在颓墙边停下,又是处处虫鸣的午后,又是鸟儿归巢的傍晚,我心里只默念着一句话:可是母亲已经不在了。把椅背放倒,躺下,似睡非睡挨到日没,坐起来,心神恍惚,呆呆地直坐到古祭坛上落满黑暗然后再渐渐浮起月光,心里才有点明白,母亲不能再来这园中找我了。

曾有过好多回,我在这园子里呆得太久了,母亲就来找我。她来找我又不想让我发觉,只要见我还好好地在这园子里,她就悄悄转身回去,我看见过几次她的背影。我也看见过几回她四处张望的情景,她视力不好,端着眼镜像在寻找海上的一条船,她没看见我时我已经看见她了,待我看见她也看见我了我就不去看她,过一会我再抬头看她就又看见她缓缓离去的背影。我单是无法知道有多少回她没有找到我。有一回我坐在矮树丛中,树丛很密,我看见她没有找到我;她一个人在园子里走,走过我的身旁,走过我经常呆的一些地方,步履茫然又急迫。我不知道她已经找了多久还要找多久,我不知道为什么我决意不喊她——但这绝不是小时候的捉迷藏,这也许是出于长大了的男孩子的倔强或羞涩?但这倔只留给我痛悔,丝毫也没有骄傲。我真想告诫所有长大了的男孩子,千万不要跟母亲来这套倔强,羞涩就更不必,我已经懂了可我已经来不及了。

儿子想使母亲骄傲,这心情毕竟是太真实了,以致使"想出名"这一声名狼藉的念头也多少改变了一点形象。这是个复杂的问题,且不去管它了罢。随着小说获奖的激动逐日暗淡,我开始相信,至少有一点我是想错了:我用纸笔在报刊上碰撞开的一条路,并不就是母亲盼望我找到的那条路。年年月月我都到这园子里来,年年月月我都要想,母亲盼望我找到的那条路到底是什么。母亲生前没给我留下过什么隽永的哲言,或要我恪守的教诲,只是在她去世之后,她艰难的命运,坚忍的意志和毫不张扬的爱,随光阴流转,在我的印象中愈加鲜明深刻。

有一年,十月的风又翻动起安详的落叶,我在园中读书,听见两个散步的老人说:"没想到这园子有这么大。"我放下书,想,这么大一座园子,要在其中找到她的儿子,母亲走过了多少焦灼的路。多年来我头一次意识到,这园中不单是处处都有过我的车辙,有过我的车辙的地方也都有过母亲的脚印。

三

如果以一天中的时间来对应四季,当然春天是早晨,夏天是中午,秋天是黄昏,冬天是夜晚。如果以乐器来对应四季,我想春天应该是小号,夏天是定音鼓,秋天是大提琴,冬天是圆号和长笛。要是以这园子里的声响来对应四季呢?那么,春天是祭坛上空漂浮着的鸽子的哨音,夏天是冗长的蝉歌和杨树叶子哗啦啦地对蝉歌的取笑,秋天是古殿檐头的风铃响,冬天是啄木鸟随意而空旷的啄木声。以园中的景物对应四季,春天是一径时而苍白时而黑润的小路,时而明朗时而阴晦的天上摇荡着串串杨花;

夏天是一条条耀眼而灼人的石凳,或阴凉而爬满了青苔的石阶,阶下有果皮,阶上有半张被坐皱的报纸;秋天是一座青铜的大钟,在园子的西北角上曾丢弃着一座很大的铜钟,铜钟与这园子一般年纪,浑身挂满绿锈,文字已不清晰;冬天,是林中空地上几只羽毛蓬松的老麻雀。以心绪对应四季呢?春天是卧病的季节,否则人们不易发觉春天的残忍与渴望;夏天,情人们应该在这个季节里失恋,不然就似乎对不起爱情;秋天是从外面买一棵盆花回家的时候,把花搁在阔别了的家中,并且打开窗户把阳光也放进屋里,慢慢回忆慢慢整理一些发过霉的东西;冬天伴着火炉和书,一遍遍坚定不死的决心,写一些并不发出的信。还可以用艺术形式对应四季,这样春天就是一幅画,夏天是一部长篇小说,秋天是一首短歌或诗,冬天是一群雕塑。以梦呢?以梦对应四季呢?春天是树尖上的呼喊,夏天是呼喊中的细雨,秋天是细雨中的土地,冬天是干净的土地上的一只孤零的烟斗。

因为这园子,我常感恩于自己的命运。

我甚至就能清楚地看见,一旦有一天我不得不长久地离开它,我会怎样想念它,我会怎样想念它并且梦见它,我会怎样因为不敢想念它而梦也梦不到它。

四

让我想想,十五年中坚持到这园子来的人都是谁呢?好像只剩了我和一对老人。

十五年前,这对老人还只能算是中年夫妇,我则货真价实还是个青年。他们总是在薄暮时分来园中散步,我不大弄得清他们是从哪边的园门进来,一般来说他们是逆时针绕这园子走。男人个子很高,肩宽腿长,走起路来目不斜视,胯以上直至脖颈挺直不动;他的妻子攀了他一条胳膊走,也不能使他的上身稍有松懈。女人个子却矮,也不算漂亮,我无端地相信她必出身于家道中衰的名门富族;她攀在丈夫胳膊上像个娇弱的孩子,她向四周观望似总含着恐惧,她轻声与丈夫谈话,见有人走近就立刻怯怯地收住话头。我有时因为他们而想起冉阿让与柯赛特,但这想法并不巩固,他们一望即知是老夫老妻。两个人的穿着都算得上考究,但由于时代的演进,他们的服饰又可以称为古朴了。他们和我一样,到这园子里来几乎是风雨无阻,不过他们比我守时。我什么时间都可能来,他们则一定是在暮色初临的时候。刮风时他们穿了米色风衣,下雨时他们打了黑色的雨伞,夏天他们的衬衫是白色的裤子是黑色的或米色的,冬天他们的呢子大衣又都是黑色的,想必他们只喜欢这三种颜色。他们逆时针绕这园子一周,然后离去。他们走过我身旁时只有男人的脚步响,女人像是贴在高大的丈夫身上跟着漂移。我相信他们一定对我有印象,但是我们没有说过话,我们互相都没有想要接近的表示。十五年中,他们或许注意到一个小伙子进入了中年,我则看着一对令人羡慕的中年情侣不觉中成了两个老人。

曾有过一个热爱唱歌的小伙子,他也是每天都到这园中来,来唱歌,唱了好多年,后来不见了。他的年纪与我相仿,他多半是早晨来,唱半小时或整整唱一个上午,估计在另外的时间里他还得上班。我们经常在祭坛东侧的小路上相遇,我知道他是到东南角的高墙下去唱歌,他一定猜想我去东北角的树林里做什么。我找到我的地方,抽几口烟,便听见他谨慎地整理歌喉了。他反反复复唱那么几首歌。文化革命没过去的时候,他唱"蓝蓝的天上白云飘,白云下面马儿跑……"我老也记不住这歌的名字。"文革"后,他唱《货郎与小姐》中那首最为流传的咏叹调。"卖布——卖布嘞,卖布——卖布嘞!"我记得这开头的一句他唱得很有声势,在早晨清澈的空气中,货郎跑遍园中的每一个角落去恭维小姐。"我交了好运气,我交了好运气,我为幸福唱歌曲……"然后他就一遍一遍地唱,不让货郎的激情稍减。依我听来,他的技术不算精到,在关键的地方常出差错,但他的嗓子是相当不坏的,而且唱一个上午也听不出一点疲惫。太阳也不疲惫,把大树的影子缩小成一团,把疏忽大意的蚯蚓晒干在小路上,将近中午,我们又在祭坛东侧相遇,他看一看我,我看一看他,他往北去,我往南去。日子久了,我感到我们都有结识的愿望,但似乎都不知如何开口,于是互相注视一下终又都移开目光擦身而过;这样的次数一多,便更不知如何开口了。终于有一天——一个丝毫没有特点的日子,我们互相点了一下头。他说:"你好。"我说:"你好。"他说:"回去啦?"我说:"是,你呢?"他说:"我也该回去了。"我们都放慢脚步(其实我是放慢车速),想再多说几句,但仍然是不知从何说起,这样我们就都走过了对方,又都扭转身子面向对方。他说:"那就再见吧。"我说:"好,再见。"便互相笑笑各走各的路了。但是我们没有再见,那以后,园中再没了他的歌声,我才想到,那天他或许是有意与我道别的,也许他考上了哪家专业文工团或歌舞团了吧?真希望他如他歌里所唱的那样,交了好运气。

还有一些人,我还能想起一些常到这园子里来的人。有一个老头,算得一个真正的饮者;他在腰间挂一个扁瓷瓶,瓶里当然装满了酒,常来这园中消磨午后的时光。他在园中四处游逛,如果你不注意你会以为园中有好几个这样的老头,等你看过了他卓尔不群的饮酒情状,你就会相信这是个独一无二的老头。他的衣着过分随便,走路的姿态也不慎重,走上五六十米路便选定一处地方,一只脚踏在石凳上或土埂上或树墩上,解下腰间的酒瓶,解酒瓶的当儿眯起眼睛把一百八十度视角内的景物细细看一遭,然后以迅雷不及掩耳之势倒一大口酒入肚,把酒瓶摇一摇再挂向腰间,平心静气地想一会什么,便走下一个五六十米去。还有一个捕鸟的汉子,那岁月园中人少,鸟却多,他在西北角的树丛中拉一张网,鸟撞在上面,羽毛挂在网眼里便不能自拔。他单等一种过去很多而现非常罕见的鸟,其它的鸟撞在网上他就把它们摘下来放掉,他说已经有好多年没等到那种罕见的鸟,他说他再等一年看看到底还有没有那种鸟,结果他又等了好多年。早晨和傍晚,在这园子里可以看见一个中年女工程师;早晨她从北向南穿过这园子去上班,傍晚她从南向北穿过这园子回家。事实上我并不了解她的职业或者学历,但我以为她必是学理工的知识分子,别样的人很难有她那般的素朴并优雅。当她在园子穿行的时刻,四周的树林也仿佛更加幽静,清淡的日光中竟似有悠远的琴声,比如说是那曲《献给艾丽丝》才好。我没有见过她的丈夫,没有见过那个幸运的男人是什么样子,我想象过却想象不出,后来忽然懂了想象不出才好,那个男人最好不要出现。她走出北门回家去。我竟有点担心,担心她会落入厨房,不过,也许她在厨房里劳作的情景更有另外的美吧,当然不能再是《献给艾丽丝》,是个什么曲子呢?还有一个人,是我的朋友,他是个最有天赋的长跑家,但他被埋没了。他因为在"文革"中出言不慎而坐了几年牢,出来后好不容易找了个拉板车的工作,样样待遇都不能与别人平等,苦闷极了便练习长跑。那时他总来这园子里跑,我用手表为他计时。他每跑一圈向我招下手,我就记下一个时间。每次他要环绕这园子跑二十圈,大约两万米。他盼望以他的长跑成绩来获得政治上真正的解放,他以为记者的镜头和文字可以帮他做到这一点。第一年他在春节环城赛上跑了第十五名,他看见前十名的照片都挂在了长安街的新闻橱窗里,于是有了信心。第二年他跑了第四名,可是新闻橱窗里只挂了前三名的照片,他没灰心。第三年他跑了第七名、橱窗里挂前六名的照片,他有点怨自己。第四年他跑了第三名,橱窗里却只挂了第一名的照片。第五年他跑了第一名——他几乎绝望了,橱窗里只有一幅环城赛群众场面的照片。那些年我们俩常一起在这园子里呆到天黑,开怀痛骂,骂完沉默着回家,分手时再互相叮嘱:先别去死,再试着活一活看。他已经不跑了,年岁太大了,跑不了那么快了。最后一次参加环城赛,他以三十八岁之龄又得了第一名并破了纪录,有一位专业队的教练对他说:"我要是十年前发现你就好了。"他苦笑一下什么也没说,只在傍晚又来这园中找到我,把这事平静地向我叙说一遍。不见他已有好几年了,他和妻子和儿子住在很远的地方。

  这些人都不到园子里来了,园子里差不多完全换了一批新人。十五年前的旧人,就剩我和那对老夫老妻了。有那么一段时间,这老夫老妻中的一个也忽然不来,薄暮时分唯男人独自来散步,步态也明显迟缓了许多,我悬心了很久,怕是那女人出了什么事。幸好过了一个冬天那女人又来了,两个人仍是逆时针绕着园子走,一长一短两个身影恰似钟表的两支指针;女人的头发白了许多,但依旧攀着丈夫的胳膊走得像个孩子。"攀"这个字用得不恰当了,或许可以用"搀"吧,不知有没有兼具这两个意思的字。

五

我也没有忘记一个孩子——一个漂亮而不幸的小姑娘。十五年前的那个下午,我第一次到这园子里来就看见了她,那时她大约三岁,蹲在斋宫西边的小路上捡树上掉落的"小灯笼"。那儿有几棵大梨树,春天开一簇簇细小而稠密的黄花,花落了便结出无数如同三片叶子合抱的小灯笼,小灯笼先是绿色,继而转白,再变黄,成熟了掉落得满地都是。小灯笼精巧得令人爱惜,成年人也不免捡了一个还要捡一个。小姑娘咿咿呀呀地跟自己说着话,一边捡小灯笼;她的嗓音很好,不是她那个年龄所常有的那般尖细,而是很圆润甚或是厚重,也许是因为那个下午园子里太安静了。我奇怪这么小的孩子怎么一个人跑来这园子里?我问她住在哪儿?她随便指一下,就喊她的哥哥,沿墙根一带的茂草之中便站起一个七八岁的男孩,朝我望望,看我不像坏人便对他的妹妹说:"我在这儿呢",又伏下身去,他在捉什么虫子。他捉到螳螂、蚂蚱、知了和蜻蜓,来取悦他的妹妹。有那么两三年,我经常在那几棵大梨树下见到他们,兄妹俩总是在一起玩,玩得和睦融洽,都渐渐长大了些。之后有很多年没见到他们。我想他们都在学校里吧,小姑娘也到了上学的年龄,必是告别了孩提时光,没有很多机会来这儿玩了。这事很正常,没理由太搁在心上,若不是有一年我又在园中见到他们,肯定就会慢慢把他们忘记。

那是个礼拜日的上午。那是个晴朗而令人心碎的上午,时隔多年,我竟发现那个漂亮的小姑娘原来是个弱智的孩子。我摇着车到那几棵大栾树下去,恰又是遍地落满了小灯笼的季节;当时我正为一篇小说的结尾所苦,既不知为什么要给它那样一个结尾,又不知何以忽然不想让它有那样一个结尾,于是从家里跑出来,想依靠着园中的镇静,看看是否应该把那篇小说放弃。我刚刚把车停下,就见前面不远处有几个人在戏耍一个少女,作出怪样子来吓她,又喊又笑地追逐她拦截她,少女在几棵大树间惊惶地东跑西躲,却不松手揪卷在怀里的裙裾,两条腿袒露着也似毫无察觉。我看出少女的智力是有些缺陷,却还没看出她是谁。我正要驱车上前为少女解围,就见远处飞快地骑车来了个小伙子,于是那几个戏耍少女的家伙望风而逃。小伙子把自行车支在少女近旁,怒目望着那几个四散逃窜的家伙,一声不吭喘着粗气。脸色如暴雨前的天空一样一会比一会苍白。这时我认出了他们,小伙子和少女就是当年那对小兄妹。我几乎是在心里惊叫了一声,或者是哀号。世上的事常常使上帝的居心变得可疑。小伙子向他的妹妹走去。少女松开了手,裙裾随之垂落了下来,很多很多她捡的小灯笼便洒落了一地,铺散在她脚下。她仍然算得漂亮,但双眸迟滞没有光彩。她呆呆地望那群跑散的家伙,望着极目之处的空寂,凭她的智力绝不可能把这个世界想明白吧?大树下,破碎的阳光星星点点,风把遍地的小灯笼吹得滚动,仿佛暗哑地响着无数小铃铛。哥哥把妹妹扶上自行车后座,带着她无言地回家去了。

  无言是对的。要是上帝把漂亮和弱智这两样东西都给了这个小姑娘,就只有无言和回家去是对的。

  谁又能把这世界想个明白呢?世上的很多事是不堪说的。你可以抱怨上帝何以要降诸多苦难给这人间,你也可以为消灭种种苦难而奋斗,并为此享有崇高与骄傲,但只要你再多想一步你就会坠入深深的迷茫了:假如世界上没有了苦难,世界还能够存在么?要是没有愚钝,机智还有什么光荣呢?要是没了丑陋,漂亮又怎么维系自己的幸运?要是没有了恶劣和卑下,善良与高尚又将如何界定自己又如何成为美德呢?要是没有了残疾,健全会否因其司空见惯而变得腻烦和乏味呢?我常梦想着在人间彻底消灭残疾,但可以相信,那时将由患病者代替残疾人去承担同样的苦难。如果能够把疾病也全数消灭,那么这份苦难又将由(比如说)像貌丑陋的人去承担了。就算我们连丑陋,连愚昧和卑鄙和一切我们所不喜欢的事物和行为,也都可以统统消灭掉,所有的人都一味健康、漂亮、聪慧、高尚,结果会怎样呢?怕是人间的剧目就全要收场了,一个失去差别的世界将是一条死水,是一块没有感觉没有肥力的沙漠。

  看来差别永远是要有的。看来就只好接受苦难——人类的全部剧目需要它,存在的本身需要它。看来上帝又一次对了。

于是就有一个最令人绝望的结论等在这里：由谁去充任那些苦难的角色？又有谁去体现这世间的幸福，骄傲和快乐？只好听凭偶然，是没有道理好讲的。

就命运而言，休论公道。那么，一切不幸命运的救赎之路在哪里呢？设若智慧的悟性可以引领我们去找到救赎之路，难道所有的人都能够获得这样的智慧和悟性吗？

我常以为是丑女造就了美人。我常以为是愚氓举出了智者。我常以为是懦夫衬照了英雄。我常以为是众生度化了佛祖。

六

设若有一位园神，他一定早已注意到了，这么多年我在这园里坐着，有时候是轻松快乐的，有时候是沉郁苦闷的，有时候优哉游哉，有时候栖惶落寞，有时候平静而且自信，有时候又软弱，又迷茫。其实总共只有三个问题交替着来骚扰我，来陪伴我。第一个是要不要去死？第二个是为什么活？第三个，我干嘛要写作？

让我看看，它们迄今都是怎样编织在一起的吧。你说，你看穿了死是一件无需乎着急去做的事，是一件无论怎样耽搁也不会错过的事，便决定活下去试试？是的，至少这是很关键的因素。为什么要活下去试试呢？好像仅仅是因为不甘心，机会难得，不试白不试，腿反正是完了，一切仿佛都要完了，但死神很守信用，试一试不会额外再有什么损失。说不定倒有额外的好处呢是不是？我说过，这一来我轻松多了，自由多了。为什么要写作呢？作家是两个被人看重的字，这谁都知道。为了让那个躲在园子深处坐轮椅的人，有朝一日在别人眼里也稍微有点光彩，在众人眼里也能有个位置，哪怕那时再去死呢也就多少说得过去了，开始的时候就是这样想，这不用保密，这些已经不用保密了。

我带着本子和笔，到园中找一个最不为人打扰的角落，偷偷地写。那个爱唱歌的小伙子在不远的地方一直唱。要是有人走过来，我就把本子合上把笔叼在嘴里。我怕写不成反落得尴尬。我很要面子。可是你写成了,而且发表了。人家说我写的还不坏,他们甚至说:真没想到你写得这么好。我心说你们没想到的事还多着呢。我确实有整整一宿高兴得没合眼。我很想让那个唱歌的小伙子知道,因为他的歌也毕竟是唱得不错。我告诉我的长跑家朋友的时候,那个中年女工程师正优雅地在园中穿行;长跑家很激动,他说好吧,我玩命跑,你玩命写。这一来你中了魔了,整天都在想哪一件事可以写,哪一个人可以让你写成小说。是中了魔了,我走到哪儿想到哪儿,在人山人海里只寻找小说,要是有一种小说试剂就好了,见人就滴两滴看他是不是一篇小说,要是有一种小说显影液就好了,把它泼满全世界看看都是哪儿有小说,中了魔了,那时我完全是为了写作活着。结果你又发表了几篇,并且出了一点小名,可这时你越来越感到恐慌。我忽然觉得自己活得像个人质,刚刚有点像个人了却又过了头,像个人质,被一个什么阴谋抓了来当人质,不定哪天被处决,不定哪天就完蛋。你担心要不了多久你就会文思枯竭,那样你就又完了。凭什么我总能写出小说来呢?凭什么那些适合作小说的生活素材就总能送到一个截瘫者跟前来呢?人家满世界跑都有枯竭的危险,而我坐在这园子里凭什么可以一篇接一篇地写呢?你又想到死了。我想见好就收吧。当一名人质实在是太累了太紧张了,太朝不保夕了。我为写作而活下来,要是写作到底不是我应该干的事,我想我再活下去是不是太冒傻气了?你这么想着你却还在绞尽脑汁地想写。我好歹又拧出点水来,从一条快要晒干的毛巾上。恐慌日甚一日,随时可能完蛋的感觉比完蛋本身可怕多了,所谓怕贼偷就怕贼惦记,我想人不如死了好,不如不出生的好,不如压根儿没有这个世界的好。可你并没有去死。我又想到那是一件不必着急的事。可是不必着急的事并不证明是一件必要拖延的事呀?你总是决定活下来,这说明什么?是的,我还是想活。人为什么活着?因为人想活着,说到底是这么回事,人真正的名字叫作:欲望。可我不怕死,有时候我真的不怕死。有时候,——说对了。不怕死和想去死是两回事,有时候不怕死的人是有的,一生下来就不怕死的人是没有的。我有时候倒是怕活。可是怕活不等于不想活呀?可我为什么还想活呢?因为你还想得到点什么、你觉得你还是可以得到点什么的,比如说爱情,比如说,价值之类,人真正的名字叫欲望。这不对吗?我不该得到点什么吗?没说不该。可我为什么活得恐慌,就像个人质?后来你明白了,你明白你错了,活着不是为了写作,而写作是为了活着。你明白了这一点是在一个挺滑稽的时刻。那天你又说你不如死了好,你的一个朋友劝你:你不能死,你还得写呢,还有好多好作品等着你去写呢。这时候你忽然明白了,你说:只是因为我活着,我才不得不写作。或者说只是因为你还想活下去,你才不得不写作。是的,这样说过之后我竟然不那么恐慌了。就像你看穿了死之后所得的那份轻松?一个人质报复一场阴谋的最有效的办法是把自己杀死。我看出我得先把我杀死在市场上,那样我就不用参加抢购题材的风潮了。你还写吗?还写。你真的不得不写吗?人都忍不住要为生存找一些牢靠的理由。你不担心你会枯竭了?我不知道,不过我想,活着的问题在死前是完不了的。

这下好了,您不再恐慌了不再是个人质了,您自由了。算了吧你,我怎么可能自由呢?别忘了人真正的名字是:欲望。所以您得知道,消灭恐慌的最有效的办法就是消灭欲望。可是我还知道,消灭人性的最有效的办法也是消灭欲望。那么,是消灭欲望同时也消灭恐慌呢?还是保留欲望同时也保留人生?

我在这园子里坐着,我听见园神告诉我,每一个有激情的演员都难免是一个人质。每一个懂得欣赏的观众都巧妙地粉碎了一场阴谋。每一个乏味的演员都是因为他老以为这戏剧与自己无关。每一个倒霉的观众都是因为他总是坐得离舞台太近了。

我在这园子里坐着,园神成年累月地对我说:孩子,这不是别的,这是你的罪孽和福祉。

七

要是有些事我没说,地坛,你别以为是我忘了,我什么也没忘,但是有些事只适合收藏。不能说,也不能想,却又不能忘。它们不能变成语言,它们无法变成语言,一旦变成语言就不再是它们了。它们是一片朦胧的温馨与寂寥,是一片成熟的希望与绝望,它们的领地只有两处:心与坟墓。比如说邮票,有些是用于寄信的,有些仅仅是为了收藏。

如今我摇着车在这园子里慢慢走,常常有一种感觉,觉得我一个人跑出来已经玩得太久了。有一天我整理我的旧相册,一张十几年前我在这园子里照的照片——那个年轻人坐在轮椅上,背后是一棵老柏树,再远处就是那座古祭坛。我便到园子里去找那棵树。我按着照片上的背景找很快就找到了它,按着照片上它枝干的形状找,肯定那就是它。但是它已经死了,而且在它身上缠绕着一条碗口粗的藤萝。有一天我在这园子碰见一个老太太,她说:"哟,你还在这儿哪?"她问我:"你母亲还好吗?""您是谁?""你不记得我,我可记得你。有一回你母亲来这儿找你,她问我您看没看见一个摇轮椅的孩子?……"我忽然觉得,我一个人跑到这世界上来真是玩得太久了。有一天夜晚,我独自坐在祭坛边的路灯下看书,忽然从那漆黑的祭坛里传出一阵阵唢呐声;四周都是参天古树,方形祭坛占地几百平米空旷坦荡独对苍天,我看不见那个吹唢呐的人,唯唢呐声在星光寥寥的夜空里低吟高唱,时而悲怆时而欢快,时而缠绵时而苍凉,或许这几个词都不足以形容它,我清清醒醒地听出它响在过去,一直在响,回旋飘转亘古不散。

必有一天,我会听见喊我回去。

那时您可以想象一个孩子,他玩累了可他还没玩够呢。心里好些新奇的念头甚至等不及到明天。也可以想象是一个老人,无可质疑地走向他的安息地,走得任劳任怨。还可以想象一对热恋中的情人,互相一次次说"我一刻也不想离开你",又互相一次次说"时间已经不早了",时间不早了可我一刻刻也不想离开你,一刻也不想离开你可时间毕竟是不早了。

我说不好我想不想回去。我说不好是想还是不想,还是无所谓。我说不好我是像那个孩子,还是像那个老人,还是像一个热恋中的情人。很可能是这样:我同时是他们三个。我来的时候是个孩子,他有那么多孩子气的念头所以才哭着喊着闹着要来,他一来一见到这个世界便立刻成了不要命的情人,而对一个情人来说,不管多么漫长的时光也是稍纵即逝,那时他便明白,每一步每一步,其实一步步都是走在回去的路上。当牵牛花初开的时节,葬礼的号角就已吹响。

但是太阳,他每时每刻都是夕阳也都是旭日。当他熄灭着走下山去收尽苍凉残照之际,正是他在另一面燃烧着爬上山巅布散烈烈朝晖之时。那一天,我也将沉静着走下山去,扶着我的拐杖。有一天,在某一处山洼里,势必会跑上来一个欢蹦的孩子,抱着他的玩具。

当然,那不是我。

但是,那不是我吗?

宇宙以其不息的欲望将一个歌舞炼为永恒。这欲望有怎样一个人间的姓名,大可忽略不计。

【阅读提示】

史铁生是在双腿残废的沉重打击下,在找不到工作,找不到去路,忽然间几乎什么都找不到了的时候"走"进地坛的,从此以后与地坛结下了不解之缘,直到写这篇散文时的 15 年间,"就再没有长久地离开过它"。作者从这座历经 400 多年沧桑的古园那里获得了某种启示,汲取了顽强生活与奋斗的力量,并以这段经历为基础写下了这篇《我与地坛》。

地坛既是作者多年来活动的具体空间,也是作者观察世事百态与人生命运的窗口。他将个体的情感和生命投射到地坛的一草一木、一景一石之上,在凝神冥想中展开想象的翅膀,从对个人命运的挫折及苦难的沉思和冥想,进而对人类普遍生存困境中一系列概念:幸与不幸、苦难与救赎、生与死这些存在的核心问题发出哲学的诘问和思辨,所围绕的核心是有关生命本身的问题:人该怎样来看待生命中的苦难。地坛给了他思考的空间和启示,逐渐超越个体境遇的拷问,开始探询生存的意义、死亡的意味和工作的价值,上升到对人类整体的命运和苦难的哲学思考的高度。

《我与地坛》写作风格独特,带有自传、自省、自诉的意味。在内容上,它打破了抒情、议论与叙事、写景的间隔,以思辨为主导,而又自始至终饱含情感,每章各有侧重,从第一章的缓缓讲起到最后一章的倾诉,情感脉络分明,一气呵成。关注文章的叙述对象、情感和语调变化的关系。

【思考与讨论】

1. "地坛"对作者而言有什么象征意义?作者对苦难的思考有什么结论?

2. 全文叙述的语调和叙述的对象及情感有什么变化?

第九节　李　娟

　　李娟(1979—)，散文作家，诗人。出生于新疆，高中毕业后一度跟随家庭进入阿尔泰深山牧场，经营一家杂货店和裁缝铺，与逐水草而居的哈萨克牧民共同生活。1999年开始发表作品，出版有散文集《九篇雪》《我的阿勒泰》《阿勒泰的角落》《走夜路请放声歌唱》《记一忘三二》等，长篇散文《冬牧场》及《羊道》三部曲，诗集《火车快开》，在读者中产生巨大反响，被誉为文坛清新之风，来自阿勒泰的精灵吟唱。曾获"人民文学奖""上海文学奖""天山文艺奖""朱自清散文奖"等，其中《阿勒泰的角落》在海外有法语版和韩语版发行。

《离春天只有二十公分的雪兔》

　　我们用模模糊糊的哈语和顾客做生意，他们也就模模糊糊地理解，反正最后生意总会做成的。不擅于对方语言没关系，擅于表达就可以了，若表达也不擅于，就一定得擅于想象。而我一开始连想象也不会，卖出去一样东西真是难上加难——你得给他从货架这头指到那头："是这个吗？是这个吗？是这个吗？是这个吗？……"再从最下面一层货架指到最上面一层："是这个吗？……"这样折腾到最后，对方要买的东西也许只是一毛钱一匣的火柴。

　　我妈总是喜欢按照自己的理解做事，虽然我总是觉得她在很多地方都理解错了，可是按照这种错误理解所做的事情，做到最后总能变成对的。我也就不好再多说些什么了。

　　然后说雪兔。

　　有一个冬天的雪夜，已经很晚了，我们围着火炉很安静地干活，偶尔说一些远远的事情。这时门开了，一个人挟着浓重的寒气和一股子雾进来了。我们问他干什么，这个看起来挺老实的人说了半天也说不清楚，于是我们也不理他了,继续干自己的活。他就一个人在那儿苦恼地想了半天,最后终于组织出了比较明确的表述:"你们要不要黄羊?"

"黄羊?"我们吃了一惊。

"对,活的黄羊。"

我们又吃了一惊。

我妈就立刻开始和建华她们讨论羊应该圈在什么地方。我还没反应过来,她们已经商量好养在煤棚里了。

"真是的,我们养黄羊干什么?"

"谁知道——先买回来再说。"

然后她转身问那个老实人:"最低多少钱卖?"

"十块钱。"

——我们吃了第三惊。黄羊名字里虽说有个"羊"字,其实是像鹿一样美丽的野生动物,体态比羊大多了。

我也立刻支持:"对,黄羊买回来后,我去到阿汗家要草料去——他家春天欠下的面粉钱一直没还……"

见我们一家人都高兴成这样,那个老实人也满意极了,甚至还有些骄傲的样子。我妈怕他反悔,马上去柜台取钱,一边还说:"以后再有了黄羊,还给我们拿来啊,多少我们都要,别人家都不要去……去也是白去,这种东西除了我们谁都不会要的。"

给了钱后我们全家都高高兴兴跟着他出去牵羊。

门口的雪地上站着个小孩子,怀里鼓鼓的,外套里裹着个东西。

"啊,是小黄羊呀。"

小孩把外套慢慢解开。

"啊,是白黄羊呀?"

……

事情就这样,那个冬天的雪夜,我们糊里糊涂用十块钱买回一只野兔子。要是别人家的话,十块钱最少也能买三只。

我前面铺垫了一大堆理解的误区之类的话,这里终于用上一点了。

不管怎么说,买都已经买回来了,我们还是挺喜欢我们这只兔子的,不愧是十块钱买回来的,比别人家那些三四块钱的可是大得多了,跟个羊羔似的。而且还是活的呢,太漂亮了,别人买回来的一般都已经冻得硬邦邦的了。

再而且,它还长着蓝色的眼睛呢!谁家的兔子是蓝眼睛?(但是不好意思的是,后来才知道所有的野兔子都是蓝眼睛的,白色家兔子才红眼睛……)这种兔子又叫雪兔,它的确是像雪一样白的,白得发亮。而且听说到天气暖和的时候,它的毛色还会渐渐变成灰土黄色的,这样,在戈壁滩上跑着的时候,就不那么扎眼了。

既然它的伪装这么高明,那为什么还会被抓住了呢?看来它还是弱的呀。那些下套子的家伙们实在太可恶了——无论什么时候,我们一看到兔子后爪上被夹过的惨重的伤痕就要骂那个老实人几句。

我们找了一个铁笼子,把它扣在煤棚的角落里,每天都跑去看它很多次,它总是安安静静地呆在那儿,永远都在慢慢地啃那半个给冻得硬硬了的胡萝卜头。我外婆跑得更勤,有时候还会把货架上卖的爆米花偷去拿给它吃,还悄悄地对它说:"兔子兔子,你一个人好可怜啊……"我在外面听见了,鼻子一酸,突然也觉得这兔子真的好可怜。又觉得外婆也好可怜……天气总是那么冷,她只好整天穿得厚厚的,鼓鼓囊囊的,紧紧偎在火炉边,哪也不敢去。自从兔子来了以后,她才在商店和煤房之间走动走动。经常可以看到她在去看兔子或从兔子那里回来的路上小心地扶墙走着,遍地冰雪。她有时候会捂着耳朵,有时候会袖着手。

冬天多么漫长……

但是我们家里多好啊,那么暖和,虽然是又黑又脏的煤棚,但总比呆在冰天雪地的外面舒服多了。而且我们一点儿也不亏待它,我们吃什么它也吃什么,很快就把它养得胖胖的,懒懒的,眼珠子越发亮了,幽蓝幽蓝的。要是这时有人说出"你们家兔子炒了够吃几顿几顿"这样的话,我们一定恨死他。

我们都太喜欢这只兔子了,但又不敢把它放出来让它自由自在地玩,要是它溜出去的话,外面那么冷,又没有吃的,它一定会饿死的。而且要是被村子里其他的人逮住了,就更不妙了,我们就相信只有我们家会好好地对它的。

我们真的喜欢这只兔子,我妈常常把手从铁笼子的铁丝缝里伸进去,慢慢地抚摸它柔顺乖巧的身子,它就轻轻地发抖,深深地把头埋下,埋在两条前爪中间,并把两只长耳朵平平地放了下来。

它没法躲,它哪儿也去不了。但是我们真的没有恶意啊,它怎样才能知道呢?

一天一天过去,天气也渐渐暖和一点了,虽然外面还是那么冷,但冬天最冷的时候已经永远地过去。我们也惊奇地注意到白白的雪兔身上,果真一天天、一根根地扎出了灰黄色的毛来——它比我们更先、更敏锐地感觉到了春天的来临。

就在这样一个时候,突然有一天,这只性格抑郁的兔子终于还是走掉了。我们全家人真是又失望又奇怪又难过。

它怎样跑掉的呢,它会跑到哪里去呢?村子里到处都是雪,到处都是人,它到哪里找吃的呢?

我们出去在院子周围细细地寻找,一直找到很远的地方。好长时间过去了,每天出门时,仍不忘在雪堆里四处瞧瞧。我们还在家门口显眼的地方放了块白菜,希望它看到后能够回家,后来,竟然一直都没人最先去把那块冻得邦硬的白菜收拾掉。

那个空空的铁笼子也一直空罩在原地,好像它还在等待有一天兔子会再回来,像它的突然消失一样,会突然从笼子里冒出来。

后来,它居然又重新在笼子里冒出来了……

那时候差不多已经过去一个月了吧,那时候我们都把老棉衣换下来了,一身轻松地干这干那的,窗户上蒙的毡子呀、塑料布呀什么的都扯下来了,棉门帘也收起来卷在床底下。我们还把煤房好好地拾掇了一下,把塌下来的煤堆重新码了码。

就在这时,我们又重新看到了兔子。

顺便说一下,煤房的那个铁笼子一直扣在暗处的角落里的,定睛看一会儿才能瞧清楚里面的动静,要是有兔子的话,它雪白的皮毛一定会非常扎眼,一下子就可以看到的。但是,我们过来过去好几天,才慢慢注意到里面似乎有个活物,甚至不知是不是什么死掉的东西,它一动不动蜷在铁笼子最里面,定睛仔细地看,这不是我们的兔子是什么!它浑身原本光洁厚实的皮毛已经给蹭得稀稀拉拉的,身上又潮又脏,眉目不清的。我害怕死掉的东西,但还是斗胆伸手进去摸了一下——一把骨头,只差没散开了。不知道还有没有气,看上去这身体也丝毫没有因呼吸而起伏的感觉。我更加害怕——比起死去的东西,我尤其最怕这种将死未死的,总觉得就在这样的时刻,它的灵魂最强烈,最仇恨似的。我飞奔地跑掉了,跑去商店找我妈,我妈也急急跑来看——

"呀,它怎么又回来了?它怎么回来的?……"

我远远地看着她小心地把那个东西——我们已经失踪了一个月的兔子弄出来,然后用温水触它的嘴,诱它喝下去,又想办法让它把早上剩下的稀饭吃下去。

至于他们具体怎么去救活这只雪兔的,我不清楚,我实在不忍心全程陪同到底,我在旁边看着都发毛。我实在不能忍受死亡。尤其是死在自己身边的东西,一定是有自己罪孽在里面……

不过好在后来,这兔子还是挣扎着活了过来,而且还比之前更壮实了一些,五月份时,它的皮毛完全换成土黄色的了,在院子里高高兴兴地跑来跑去,追着我外婆要吃的。

现在再来说到底是怎么回事——我们用来罩住那只兔子的铁笼子只有五面,也就是说下面是空的,而且又靠着墙根,于是兔子就开始在那里打洞——到底是兔子嘛,而煤房又暗,乱七八糟的堆满了破破烂烂的东西,谁知道铁笼子后面黑咕隆咚的地方还有一个洞呢?我们还一直以为兔子是从铁笼子最宽的那道栅栏处挤出去跑掉的呢。

那个洞很窄的,也就手臂粗吧,我就把手伸进去探了探,根本探不到头,又手持掏炉子的炉钩进去探了探,居然也探不到头!后来,他们用了更长的一截铁丝捅进去,才大概地估计出这个小隧道可能有两米多长,沿着隔墙一直向东延伸,已经打到大门口了,恐怕再有二十公分,就可以出去了……

我真的想象不到——当我们围着温暖的饭桌吃饭,当我们过完一天,开始进入梦乡,当我们又有了别的新鲜好玩的事情,并因此而欢乐、幸福……那只兔子,如何孤独地在黑暗冰冷的地下一点一点,忍着饥饿和寒冷,坚持重复一个动作——通往春天的动作……整整一个月,没有白天黑夜。我不知道在这一个月里,它一次又一次独自面对过多少的最后时刻……那时它已知生还是不可能了的,却在绝境中,在时间的安静和灵魂的安静中,感觉着春天一点一滴的来临……整整一个月……有时候它也会回到笼子里,回来看看这里有没有什么吃的,没有的话,就攀着栅栏,啃放在铁笼子上的纸箱子(后来我们才发现的,那个纸箱子的底面能被啃食到的地方全都没有了),嚼煤碴(被发现时,它的嘴脸和牙齿都黑黑的)……可是我们却什么也不知道……甚至当它已经奄奄一息了好几天后,我们才慢慢注意到。

都说兔子胆小,可我们所知道的是,兔子其实是勇敢的,它的生命里没有惊恐的内容。无论是沦陷,是被困,还是逃生,或者饥饿、绝境,直到奄奄一息,它始终那么平静淡然。它发抖,挣扎,不是因为害怕,而仅仅是因为它不能明白一些事情而已。但是兔子都知道些什么呢?万物皆在我们的想法之外,沟通绝无可能。怪不得外婆会说:"兔子兔子,你一个人好可怜哟……"

我们也生活得多孤独啊!虽然春天已经来了……当兔子满院子跑着撒欢,两只前爪抱着我外婆的鞋子像小狗一样又啃又拽——它好像什么都不记得了!它总是比我更轻易去抛弃不好的记忆,所以总是比我们更多地感觉着生命的喜悦。

《冬牧场——羊的冬天》

居麻每天放羊出发时,经过北面沙丘上的假人总会勒缰停立许久,和假人一起凝望远方。过好一阵,又掏出烟盒纸卷,慢吞吞卷一支莫合烟,再慢吞吞地抽。有时会下马,卧倒在假人旁,侧着身子继续望向远方。不知那时他在想些什么,会花那么长的时间陷入沉默的遥望之中。

放羊是辛苦的。上午十点左右出发,赶着羊群在沙漠里四处走动,不吃不喝,直到天快黑透了才把羊群赶回来。

我问居麻:"放羊的时候你都在干些什么?"

他说:"在放羊。"

我真蠢。

荒野茫茫,四下无物,还能干什么?当然只能骑着马跟着羊群走来走去了!居麻感慨地说:"傻瓜一样!我就像个傻瓜一样!羊到哪里,我也到哪里!七个小时,一天七个小时!"

所以每天出发前,他才会花那么长时间徘徊在家门口……此去的寂寞,非亲尝而不可得知。

我说:"天气暖和时,让我也去放一天羊吧?"

他说:"你去放羊,羊哪能吃饱!"

"为啥?"

"你嘛,肯定不到两点就把羊赶回家了。"

在阴沉的雪夜里,无星无月,天地笼统。我站在东方沙梁上的假人身旁,向东方挥舞手电筒,给远方晚归的牧羊人确定方位,使之不致迷失方向,在苍茫夜色中无尽地徘徊。而若是大雾的天气,就算手电筒也没有用了。居麻说:到那时,所有在家的人都得出去找。

我问:"要是找的人也回不来了该怎么办?"

他说:"要是李娟的话,回不来就算了。整天房子里坐着,从来不放羊,还回来干什么?"

作为不放羊的人,我、嫂子,还有加玛,整天清理牛圈羊圈,背雪,打馕,赶牛,绣花……然而就算从早忙到晚,也没有出去放羊的人一半那么辛苦。

我问居麻:"那么放羊经过的地方有没有人家呢?"他说:"没有。"又回头用哈语对嫂子说:"她还以为放羊时可以串个门,喝个茶!"大家都笑了。

我又劝他带一暖瓶热茶去放羊,暖瓶可系在马鞍后。或者带一个锅,一个三脚架,一块茶叶一把盐,冷了就地取雪烧茶。

他便给我讲了一个"汉族人放羊"的故事。说红旗大坝(阿克哈拉下游二十多公里)有一个汉族人第一次去放羊,带着馍馍、咸菜和水,中午就着咸菜啃馍,然后再喝水,拧开盖子,冻得一滴也没了,亏他还用布重重裹着……说完哈哈大笑。

其实这并不好笑,但想到那个汉族人的沮丧,想到他可怜又可爱的努力……还是忍不住笑了。

居麻的意思是:在这样的荒野里、这样的冬天中求生存的话,不能忍受痛苦是要遭鄙夷的。

牧人的冬天艰辛寂寞,羊的冬天同样漫长难挨。从十二月到次年三四月间,每一天,每一个清晨,羊群准时出发,在荒野中四处徘徊,寻食枯草。离开后的空羊圈因潮湿和温热而蒸腾着白茫茫的水汽。羊不在的白天里,总是若有若无地洒着微微的碎雪粒。总是阴天,总是只可见朦胧的太阳。

羊群晚归的傍晚,我和嫂子一次又一次冒着大雪爬上沙丘,长久向东方张望。眼下世界昏暗迷蒙,细微传来的吆喝声怎么听都像幻听。许久后,骆驼从那个方向出现在视野中,向我们的沙窝子奔跑过来。夜渐渐深了,雪越下越大,铺在羊圈里的塑料布早已撤去,改铺在新什别克家敞开的牛棚顶上,于是羊圈里的雪渐渐积起……但羊群还是不见踪影。地窝子那边传来哭声,小婴儿喀拉哈西独自醒来了。但新什别克一家正在赶牛、系骆驼,忙乱不已,无暇顾及。终于,到五点半时,嫂子最先看到了什么,她招呼我一起下了沙丘向东走去。我边走边想:还好下着雪,就算迷路了还能顺着脚印回来吧?可再一想:雪这么大,会不会盖住脚印?……夜比荒野还要大,被"大"的事物吞噬,其恐惧远胜被"凶猛"的事物吞噬……但这时,我一眼看到了羊群——果真就在前方不远处,一一耸动在暗夜中,一个个浑身盖满大雪。不知它们之前经历过什么,这么沉默。

每天出发前,居麻总会在满当当的羊圈里挤来挤去,一一观察大家的状态。若又发现一只羊嘴部结满厚厚的黄疮,便用指甲生生抠去那黄疮的痂壳,露出鲜肉,再叫我端来盐水浇洗……总是把人家好好的一张嘴弄得血淋淋的,滴着血,走在羊群中特扎眼。天又这么冷……我心里很不安,总觉得这样做不对,却不能阻止。毕竟他放了一辈子羊,可能是经验之举吧。

在特别冷的日子里,居麻就拎着洗手壶在羊群中东找西找,不时捉一只羊骑在胯下,掰着它的脑袋浇水。我问他在干什么。回答:给羊"刷牙"。这种话当然不能信,得靠自己观察。我便认真地观察,结果发现是在喂药片。他这才承认是在给羊治"感冒"。我又问怎么才能看出哪只羊感冒了。他说:"流鼻水,打喷嚏。"当然,这种话也不能信,但又实在观察不出。

至于给羊抹灭虱灵……也不知从何判断。我见他大都涂在羊背上,有一些则涂在肚子上,大约根据羊毛的凌乱形状来判断有虫的部位吧?羊哪里痒了,自己会在圈墙上蹭来蹭去。唉,这么冷的天,羊毛就像一床厚被褥,虱子们想必都过得很舒服,又暖和又有得吃喝。

对我这个外人来说,羊的生命多么微弱痛苦。羊的灾难那么多:长途跋涉,寒冷,饥饿,病痛……但千百年来,羊还是生存了下来。我们看到的情景大多是羊群充满希望地经过大地。就不说那些痛苦了——那是生命的必经之途吧。

况且羊的命运又如此圆满地嵌合在眼前的自然中——羊多像植物!在春天里生发,夏天里繁茂,在秋天留下种子,又以整个冬天收藏着这枚种子,孕育、等待……赶着羊群走在荒野里,想到它们大多数都有孕在身,想到这些都是平静充实的母亲,便觉得这个冬天真是意义深远。

一天居麻放羊回来，却没有急于下马回家，在一旁勒马守着我们赶羊入圈。后来，他指着队伍最后一只走得拖拖拉拉、留着中分头的褐色大羊羔说："就是这个，快不行了，带回家看看吧。"于是我和嫂子一人抓起它的两条腿，把它倒过来抬进了我们的地窝子。

这个中分头看上去委靡不振，摸起来肋骨历历。居麻说白天里看到它虚弱得走路都走不稳当了，但打着手电筒仔细查看，又没发现有外伤，可能只是太弱。于是我们决定让它"留院观察"一段时间。从此，我们的地窝子又多了一个成员。

我们把它的窝安排在床头的柱子下，还挖回了一袋子干粪土，为它铺了一床厚"褥子"。每天还给它加病号餐——玉米粒。尽管如此，它一点儿也不能习惯此种待遇，每天晚归时，面对我们的邀请总是竭力抗争，不屈不挠。我和嫂子辛苦地抬了三天。到第四天，嫂子大怒，拦腰一抱，往背后一甩，右手扯住它的两个前蹄，左手扯两个后蹄，硬是把它扛回了地窝子。到第五天，干脆一手握一只后蹄，像推独轮车一样把它推回了家。

羊是柔弱的，但它的倔强不次于强悍的牛或骆驼。这个中分头不仅竭力拒绝跟我们回家，还拒绝热火炉和玉米粒，总是远远缩在角落里，显得孤独又不安。它不吃不喝，一整夜卧在天窗下，下巴搁在床沿上，睁着眼睛一动不动。一有动静就全身僵硬，准备抵抗。但人哪能不管它呢？每天居麻和嫂子都得搏斗一般地往它嘴里塞半碗玉米粒。有几次甚至喂我们自己的粮食——碎麦子。夫妻俩一人强行掰开它的嘴，一人塞玉米粒。然后再强捏着它的上下唇不让往外吐。可它偏就有那个本事，喂多少吐多少，糟蹋了不少粮食。气得嫂子打了它好几耳光。居麻也生气地说："活不了了！该它死！"又说："我们一家一天的粮食没有了！"——半碗碎麦子能熬一大锅麦子粥呢。

嫂子又试着给它喂盐，还是不肯吃，弄得粪地上全是盐粒。真不晓得它到底怎么了，哪有羊不吃盐的？

尽管这么让人伤心，大家还是没有放弃它。每天羊群晚归时，大家总是在星空下耐心地寻找它，总是得找很长时间（能在三百多只极其相似的羊里把它找出来,依我看真是个奇迹……)。若是阴天,还得打着手电筒找。而那些天正过着寒流,总是那么冷……

我便建议在这个中分头身上做个记号,比如用喷漆在背上抹几笔,一定醒目多了。但大家不予采纳。直到第二天下了大雪,羊群披满厚厚的雪被回来,这才明白……

于是我又建议在羊脖子上系一大团红布或花布。嫂子思忖了一下,这回倒采纳了。她在毡房里翻了半天,却只翻出一条孩子们小时候用过的红领巾……给羊系上后,羊立刻肃容,成为光荣的少先队员。

一个礼拜之后,我们的少先队员总算适应了这个奇怪而温暖的地方,敢在地窝子里四处参观了,每处都又嗅又拱地研究一番。后来还敢嗅我的手,啃我的脚,但就是坚决不吃高级粮食玉米。岂有此理!别的羊要是能有一丁点玉米吃,保准高兴得哈哈大笑。

我问:"是不是嗓子眼长疙瘩了?吞不下去?"

居麻怒道:"白天出去,明明还在啃干草!"

我不信,撕了一片白菜叶子给它。它闻了闻,立刻咬住一口吞掉。

这下,我也生气了:"原来嫌玉米太硬!"

但怎么可能给它吃白菜呢?我们全部的白菜只剩一棵半了,每天只舍得剥几片叶子煮进全家人每晚唯一的那顿正餐里。于是继续强行喂它硬硬的玉米粒。

终于,直到第十天,少先队员才总算开窍!总算晓得了我们不是在害它,总算晓得玉米是个多么好的东西了!第一次主动开口,吃得狼吞虎咽。我们都高兴极了。它一吃饱,就自个儿跑到灶台另一侧的大锡锅里喝水。那可是我们的食用水!但大家都没说什么。只是不让喝太多,说刚吃了干粮食再喝水,会撑死的。喝一会儿就把它牵走系在柱子上,第二天早上再给喝一遍水。从此,它的生活更高级了,雪都不用啃了。

完全习惯了家庭生活的少先队员,再也用不着我强行推回家,或又拖又拽地骑回家了。只消在它背上拍几巴掌,就一路小跑,跟着我直奔有火炉和玉米粒的地窝子。

它一回到家,跳下高高的台阶,先缓步走到床边,和前来迎接它的梅花猫亲个嘴,再走到地窝子右侧角落,喝几口留给它的干净水。相当自在!等它逛完房间,若再不系住,这家伙还会踩到床上再溜达一圈。

寂静温暖的夜里,我们吃饭、聊天,它在一米远处"刷刷刷"地尿尿。相安无事,其乐融融。

然而,就在红领巾总算习惯了地窝子的生活,甚至开始依赖这种生活的时候,居麻却决定让它出院了!说:"看,病好了嘛!"……

那时,居麻利用轮休的日子,和嫂子在羊圈角落里围搭了个小圈,还蒙了塑料顶棚,挂了毡帘,比露天的羊圈暖和多了。

我问:"这是给谁住的?"

他头也不抬:"给李娟住。"

……我很有耐心:"是给怀孕的羊住吧?"

仍然头也不抬:"是。"

结果到晚上入圈时——什么啊,明明是给山羊住的!

可观察半天,却发现有的山羊硬要赶进去,有的却死活不让进。

便对他说:"一定是给今年的小山羊住的!"

却回答:"大的小的都住。"

问:"那么是给身体不好的羊住的吧?"

答:"身体好的身体不好的都住。"

……于是到最后也没弄清到底什么样的羊能享受"住院"待遇。

不过刚被开除了地窝子"窝籍"的少先队员一定会住进去的。出窝时,嫂子给它缝了个小号的玉米口罩。这种口罩就是一个缝着长绳子的布口袋,里面装有玉米粒,套在它嘴上,再把绳子系在它的耳朵后。这样,开小灶时,谁也没法跟它抢了。居麻重新给我布置了任务:羊群回来后先给少先队员戴口罩,等吃饱了再入圈。

然后他说:"行啦,以后嘛,李娟就这一个任务!"

我抱怨道:"这个任务够艰巨了。"

他问为啥。我说:"得先慢慢找到它,慢慢给它戴上口罩,再守着它慢慢吃完,再取下口罩,最后再赶它进住院部——这么冷的天!"

他大笑,绘声绘色翻译给大家。又说:"这个冬天,李娟就放了一只羊!"

其实那时候,再也不用在羊群里四处寻找少先队员了,只要我拎着玉米口罩往那儿一站,红领巾立刻冲出队伍,咬我的手,顶我的腰,没完没了地起腻。

可好景不长,又有一天居麻说:"不给吃啦!看它跳那么高,完全好啦!"

我不管,仍然每天给它开小灶……因为它是一只差点就熬不过这个长冬的羊!它差点死去,应该被无尽地安慰。

自从盖了病号房,每天赶羊入圈成了费劲的事。进圈后,还得把病号们一一从羊群里揪出来,强行施加福利。好在没几天,病号们就尝到了甜头,一入圈就自觉往住院部走。可偏有些笨蛋,冻傻了似的,非得居麻和嫂子打着手电在夜色中找半天,把这些不知好歹的家伙们揪出来强行归队。

在最寒冷的那些夜里,明净的夜空中只有一弯日渐壮实的新月和"乔里潘"星(金星)。我们打着手电在羊群里搜寻最后几只漏网之鱼,找了一遍又一遍,寂静又耐心。虽然寒风呼啸,但挤在羊群里是温暖踏实的。等病号们全部集合完毕,大家放下住院部的毡帘,又围好大羊圈的出口,小心地用碎毡片堵塞住那里的缝隙,不让卧在出口处的羊吹着寒风,然后才离开。许久后,羊一只接一只卧倒,一个挨一个睡下。长夜漫漫,温柔地等待天亮吧。

一月下旬,居麻放羊时开始随身携带为母羊临盆而准备的毡口袋——用来装初生的羊羔。虽说温暖的四五月才是产羔的好日子,但总有些不守纪律的小家伙会提前降生。那时,冬羔们会享受少先队员的待遇,待在地窝子里成长。

等到二月,白昼悄然延长,天气也渐渐缓和。那时,两家人又清理了一次羊圈,向下挖了将近一尺深,羊圈墙加厚到一米多宽,还加高了不少。

这样可应付即将到来的大风季节。

二月中旬,住院部就该拆了。晚归时,除了山羊,绵羊暂时不用入圈,全停在东面沙丘的半坡上卧着。直到夜深了,气温降到最低时,大家才把它们赶进圈。居麻说:天开始暖和了,怀孕的羊肚子越来越大,羊圈就越来越小,挤在一起会很热……

谈到以后的事时,居麻总会再三提起将来的春牧场。我们的春牧场划分在国道线旁一处叫"三岔口"的戈壁滩上。从北面的乌伦古河畔出发,一路上得走三四天(如果没有初生的小羊的话,只需两天)。羊群会在那里停一个多月。接完春羔后,再北上喀吾图,从那里次第进入夏牧场。

加玛也喜滋滋地历数三岔口的好:不用住地窝子,也不用住毡房,住的是砖房子!公路边还有手机信号!……又说喀吾图也好,也有信号,而且很暖和,可以穿T恤……夏牧场也好,水也好,草也好——连奶奶都会去夏牧场一起生活呢……听得我也神往不已,一度有了念头,想就这么一季一季地跟下去。——但是居麻太让人生气了,他总是说我一个冬天只放了一只羊!

【阅读提示】

李娟写阿勒泰的系列散文像这里的阳光空气一般干净、明亮、爽朗,破空而来。在广大无边、粗粝严酷的荒漠和绿洲上有活泼可爱的生命在健康顽强地生长,植物也好,动物也好,还有牧人。

"在李娟的作品中,却不存在着这样一个固有的、已经完成的自我,这是一个尚在生长的灵魂,种种妙处,就在她尚处天真,没有习气。……那种特殊的气息,除了归为天地所养,很难找到其他的传承。是的,它干净,但并不是为干净而干净——因为她本来不脏;它有趣,但也不为有趣而有趣——因为她本来不无聊;它很美,可是也不是为了美而美。在她那里,寂寞会转化为坦率实在的笑容,即使是爱情吧,也是会转换的东西,会回到、消融于一个更广大、更实在的存在中。李娟仿佛有打通这个世界诸多隔膜的本事,从热火朝天地劳动、谈恋爱的妹妹……文章中总是发生着诸多转折,从奇异,到寻常;……没有千山万壑的隔阂,这角落和世界,彼此是这样透明。"

【延伸阅读】

《乡村舞会》《阿勒泰的角落》《冬牧场》

【参考资料】

芳菲:《李娟来信》,《文汇报·笔会》,2009年6月27日。

第三编 诗 歌

第一节 郭沫若

郭沫若(1892—1978),原名郭开贞,笔名沫若等。四川乐山人,著名文学家、剧作家、诗人,文学团体创造社成员,同时还是历史学家、古文字学家。1921年出版的诗集《女神》骑豪放的诗风、泛神论的哲学色彩和狂飙突进的精神震撼了新文学界,成为中国新诗奠基之作。另著有《中国古代社会研究》,主编《中国史稿》和《甲骨文合集》,历史剧《屈原》等。

《凤凰涅槃》

天方国古有神鸟名"菲尼克司"(Phoenix),满五百岁后,集香木自焚,复从死灰中更生,鲜美异常,不再死。按此鸟殆即中国所谓凤凰;雄为凤,雌为凰。《孔演图》[①]云:"凤凰火精,生丹穴。"《广雅》云:"凤凰……雄鸣曰即即,雌鸣曰足足。"

序曲

除夕将近的空中,

---

① 孔演图,亦称《演孔图》,主要记载孔子受命制作"五经"特别是《春秋》的神话。

飞来飞去的一对凤凰，
唱着哀哀的歌声飞去，
衔着枝枝的香木飞来，
飞来在丹穴山上。

山右有枯槁了的梧桐，
山左有消歇了的醴泉，
山前有浩茫茫的大海，
山后有阴莽莽的平原，
山上是寒风凛冽的冰天。

天色昏黄了，
香木集高了，
凤已飞倦了，
凰已飞倦了，
他们的死期将近了。

凤啄香木，
一星星的火点迸飞。
凰扇火星，
一缕缕的香烟上腾。

凤又啄，
凰又扇，
山上的香烟弥散，
山上的火光弥满。

夜色已深了，

香木已燃了，
凤已啄倦了，
凰已扇倦了，
他们的死期已近了。

啊啊！
哀哀的凤凰！
凤起舞，低昂！
凰唱歌，悲壮！
凤又舞，
凰又唱，
一群的凡鸟，
自天外飞来观葬。

凤歌

即即！即即！即即！
即即！即即！即即！
茫茫的宇宙，冷酷如铁！
茫茫的宇宙，黑暗如漆！
茫茫的宇宙，腥秽如血！

宇宙呀，宇宙，
你为什么存在？
你自从哪里来？
你坐在哪里在？
你是个有限大的空球？
你是个无限大的整块？

你若是有限大的空球,
那拥抱着你的空间
他从哪里来?
你的当中为什么又有生命存在?
你到底还是个有生命的交流?
你到底还是个无生命的机械?

昂头我问天,
天徒矜高,莫有点儿知识。
低头我问地,
地已死了,莫有点儿呼吸。
伸头我问海,
海正扬声而鸣(口邑)。

啊啊!
生在这样个阴秽的世界当中,
便是把金刚石的宝刀也会生锈!
宇宙呀,宇宙,
我要努力地把你诅咒:
你脓血污秽着的屠场呀!
莫悲哀充塞着的囚牢呀!
你群鬼叫号着的坟墓呀!
你群魔跳梁着的地狱呀!
你到底为什么存在?
我们飞向西方,
西方同是一座屠场。
我们飞向东方,
东方同是一座囚牢。

我们飞向南方，
南方同是一座坟墓。
我们飞向北方，
北方同是一座地狱。
我们生在这样个世界当中，
只好学着海洋哀哭。

凰歌

足足！足足！足足！
足足！足足！足足！
五百年来的眼泪倾泻如瀑。
五百年来的眼泪淋漓如烛。
流不尽的眼泪，
洗不净的污浊，
浇不熄的情炎，
荡不去的羞辱，
我们这飘渺的浮生，
到底要向哪儿安宿？

啊啊！
我们这飘渺的浮生，
好像那大海里的孤舟，
左也是溟漫，
右也是溟漫，
前不见灯台，
后不见海岸，
帆已破，

樯已断,
楫已漂流,
柁已腐烂,
倦了的舟子只是在舟中呻唤,
怒了的海涛还是在海中泛滥,

啊啊!
我们这飘渺的浮生,
好像这黑夜里的酣梦,
前也是睡眠,
后也是睡眠,
来得如飘风,
去得如轻烟,
来如风,
去如烟,
眠在后,
睡在前,
我们只是这睡眠当中得
一刹那的风烟。

啊啊!
有什么意思?
有什么意思?
痴!痴!痴!
只剩些悲哀,烦恼,寂寥,衰败,
环绕着我们活动着的死尸,
贯串着我们活动着的死尸。

啊啊！

我们年轻时候的新鲜哪儿去了？

我们年轻时候的甘美哪儿去了？

我们年轻时候的光华哪儿去了？

我们年轻时候的欢哀哪儿去了？

去了！去了！去了！

一切都已去了，

一切都要去了。

我们也要去了，

你们也要去了。

悲哀呀！烦恼呀！寂寥呀！衰败呀！

凤凰同歌

啊啊！

火光熊熊了。

香气蓬蓬了。

时期已到了。

死期已到了。

身外的一切！

身内的一切！

一切的一切！

请了！请了！

群鸟歌

岩鹰：

哈哈，凤凰！凤凰！

你们枉为这禽中的灵长!

你们死了吗?你们死了吗?

从今后该我为空界的霸王!

孔雀:

哈哈,凤凰!凤凰!

你们枉为这禽中的灵长!

你们死了吗?你们死了吗?

从今后请看我花翎上的威光!

(氏鸟)枭:

哈哈,凤凰!凤凰!

你们枉为这禽中的灵长!

你们死了吗?你们死了吗?

哦!是哪儿来的鼠肉的馨香?

家鸽:

哈哈,凤凰!凤凰!

你们枉为这禽中的灵长!

你们死了吗?你们死了吗?

从今后请看我们驯良百姓的安康!

鹦鹉:

哈哈,凤凰!凤凰!

你们枉为这禽中的灵长!

你们死了吗?你们死了吗?

从今后请听我们雄辩家的主张!

白鹤：
哈哈，凤凰！凤凰！
你们枉为这禽中的灵长！
你们死了吗？你们死了吗？
从今后请看我们高蹈派的徜徉！

凤凰更生歌

鸡鸣
听潮涨了，
听潮涨了，
死了的光明更生了。

春潮涨了，
春潮涨了，
死了的宇宙更生了。

生潮涨了，
生潮涨了，
死了的凤凰更生了。

凤凰和鸣
我们更生了，
我们更生了。
一切的一，更生了。
一的一切，更生了。
我们便是他，他们便是我，
我中也有你，你中也有我。

我便是你,
你便是我。
火便是凰。
凤便是火。
翱翔!翱翔!
欢唱!欢唱!

我们新鲜,我们净朗,
我们华美,我们芬芳,
一切的一,芬芳。
一的一切,芬芳。
芬芳便是你,芬芳便是我。
芬芳便是他,芬芳便是火。
火便是你。
火便是我。
火便是他。
火便是火。
翱翔!翱翔!
欢唱!欢唱!

我们热诚,我们挚爱。
我们欢乐,我们和谐。
一切的一,和谐。
一的一切,和谐。
和谐便是你,和谐便是我。
和谐便是他,和谐便是火。
火便是你。
火便是我。

火便是他。
火便是火。
翱翔！翱翔！
欢唱！欢唱！

我们生动,我们自由。
我们雄浑,我们悠久。
一切的一,悠久。
一的一切,悠久。
悠久便是你,悠久便是我。
悠久便是他,悠久便是火。
火便是你。
火便是我。
火便是他。
火便是火。
翱翔！翱翔！
欢唱！欢唱！

我们欢唱,我们翱翔。
我们翱翔,我们欢唱。
一切的一,常在欢唱。
一的一切,常在欢唱。
是你在欢唱？是我在欢唱？
是他在欢唱？是火在欢唱？
欢唱在欢唱！
欢唱在欢唱！
只有欢唱！
只有欢唱！

欢唱!

欢唱!

欢唱!

1920年1月20日初稿

1928年1月3日改删

【阅读提示】

1.《凤凰涅槃》发表在1920年1月30日和31日《时事新报·学灯》，后收入诗集《女神》。总体上这种充满愤怒、兴奋与憧憬的"求解放"的心声代表了"五四"新文学观念和创作上的现代性转向。发表后不久，闻一多评论道："二十世纪是个哀与奋兴的世纪。二十世纪是黑暗的世界，但这黑暗是先导黎明的黑暗。二十世纪是死的世界，但这死是预言更生的死。这样便是二十世纪，尤其是二十世纪的中国。……只有现在的中国青年——'五四'后之中国青年，他们的烦恼悲哀真象火一样烧着，潮一样涌着，他们觉得这'冷如铁''黑暗如漆''腥秽如血'的宇宙真一秒钟也羁留不得了。他们厌这世界，也厌他们自己。于是急躁者归于自杀，忍耐者力图革新。革新者又觉得意志总笔不住冲动，则抖擞起来，又跌倒下去了。但是他们太溺爱生活了，爱他的甜处，也爱他的辣处。他们决不肯脱逃，也不降服。他们的心里只塞满了叫不出的苦，喊不尽的哀。他们的心快塞破了，忽地一人用海涛的音调，雷霆的响替他们全盘唱出来了。这个人便是郭沫若，他所唱的就是《女神》。"所以，凤凰涅槃，是死亡中的新生，是破坏中创造。凤凰涅槃，实则是一代青年的涅槃，是时代和民族的涅槃。

2. 本诗开头引用了东西方有关传说，包括天方国凤凰的传说，并给这首诗加了副标题"菲尼克司的科美体"，意即凤凰的喜剧。也化用《山海经》《庄子》《广雅》等中国古代神话和典籍中的意象，如梧桐和醴泉等。依靠奇特的想象来构造全诗，运用一些具有极端性的色彩，把情感、感觉推向极端化,是本诗一大特点,而这一点,印证了郭沫若"我即是神,一切自然都是我的表现"的宇宙观。

3. 在诗歌语言形式上,《凤凰涅槃》创新了现代白话新诗的诗体形式,采用了极度自由体的形式。全诗没有固定的格律,押韵、换韵都不固定;组成诗节的行数,每一诗行的顿数,也都不固定。然而,"自由"却不散乱,仍有某种"规律"使其统一。反复诵读,体会诗歌的韵律和节奏是如何在统一中有变化,在变化中呈现和谐。

【思考与讨论】

1. 阅读全诗,理解凤凰的双重象征及其引申出的多重意义及现代性精神。

2. 重点阅读虚拟的凤凰更生的场面和群鸟说部分,体会充沛的想象力并分析这种哲学精神在当时的革命性意义。

【延伸阅读】

《天狗》《湘夫人》

【参考资料】

1. 闻一多:《〈女神〉之时代精神》,《闻一多全集》,湖北人民出版社1993年版。

2. 朱自清:《中国新文学大系·诗集导言》,上海良友图书印刷公司1935年版。

第二节 戴望舒

戴望舒(1905—1950),名承,浙江杭州人,象征派诗歌的代表、翻译家,因《雨巷》成为传诵一时的名作而被称为"雨巷诗人"。著有诗集《我的记忆》《望舒草》《望舒诗稿》《灾难的岁月》等。无论理论还是创作实践,都对我国新诗的发展产生过相当大的影响。

《雨巷》

撑着油纸伞,独自
彷徨在悠长、悠长
又寂寥的雨巷
我希望逢着
一个丁香一样地
结着愁怨的姑娘

她是有
丁香一样的颜色
丁香一样的芬芳
丁香一样的忧愁
在雨中哀怨
哀怨又彷徨

她彷徨在这寂寥的雨巷
撑着油纸伞
像我一样
像我一样地

默默行着
寒漠、凄清，又惆怅

她默默地走近
走近，又投出
太息一般的眼光
她飘过
像梦一般地
像梦一般地凄婉迷茫

像梦中飘过
一枝丁香地
我身旁飘过这女郎
她静默地远了、远了
到了颓圮的篱墙
走尽这雨巷

在雨的哀曲里
消了她的颜色
散了她的芬芳
消散了，甚至她的
太息般的眼光
丁香般的惆怅

撑着油纸伞，独自
彷徨在悠长、悠长
又寂寥的雨巷
我希望飘过

一个丁香一样地
结着愁怨的姑娘

《我用残损的手掌》

我用残损的手掌
摸索这广大的土地：
这一角已变成灰烬，
那一角只是血和泥；
这一片湖该是我的家乡，
（春天，堤上繁花如锦幛，
嫩柳枝折断有奇异的芬芳，）
我触到荇藻和水的微凉；
这长白山的雪峰冷到彻骨，
这黄河的水夹泥沙在指间滑出；
江南的水田，你当年新生的禾草
是那么细，那么软……现在只有蓬蒿；
岭南的荔枝花寂寞地憔悴，
尽那边，我蘸着南海没有渔船的苦水……
无形的手掌掠过无限的江山，
手指沾了血和灰，手掌沾了阴暗，
只有那辽远的一角依然完整，
温暖，明朗，坚固而蓬勃生春。
在那上面，我用残损的手掌轻抚，
像恋人的柔发，婴孩手中乳。
我把全部的力量运在手掌
贴在上面，寄与爱和一切希望，
因为只有那里是太阳，是春，

将驱逐阴暗，带来苏生，
因为只有那里我们不像牲口一样活，
蝼蚁一样死……
那里，永恒的中国！

【阅读提示】

1.《雨巷》是戴望舒将现代新诗形式与古典诗歌意象结合的一次成功尝试，一方面，创造性地化用古诗句"丁香不结雨中愁"，以雨巷、愁怨、油纸伞这些典型的具有象征性的中国传统诗歌意象及意象群来营建抒情空间；另一方面，充分挖掘诗歌音乐性的潜能，追求音响构成的美，体现了对自由新诗早期松散无章的修正。诗中"彷徨""丁香"等复音、双声叠韵和全诗复旨形成诗歌声音上的回响，而对词的长短句的模拟则意在古板的诗律和松散无章的自由体之间寻找一个恰当的点，构成了诗歌在声音韵律方面的一种既潇洒行进又受制于音乐的流动，即戴望舒所说的"情绪的音乐"。戴望舒将音乐性与东方式象征体、婉约情调的巧妙融合，把中国的象征主义诗歌推向了一个新的巅峰。

2. 戴望舒的诗歌有意识地借鉴了法国象征主义诗歌的手法，常常采用暗示、启发、象征等手法暗示作品的主题和事物的发展。这些意象并非诗人眼中所见实景，而是充满诗人主观情感和指征的映像。

【思考与讨论】

1. 诵读《雨巷》，分析诗人是如何营造"丁香姑娘"这种以情绪的音节为纲，以内在的波动为引的歌吟的。

2. 阅读《我用残损的手掌》，看看诗中出现哪些意象？重点分析诗人所写的"残损的手掌"和诗中描写的广大土地的关联，"恋人的柔发""婴孩手中乳"和辽远一角的情感联系，体会象征主义创作的指涉手法。

【延伸阅读】

《我的记忆》《秋蝇》

【参考资料】

1. 施蛰存:《〈戴望舒译诗集〉序》,湖南人民出版社1983年版。

2. 夏仲翼:《戴望舒:中国化的象征主义》,节选自曾小逸的《走向世界文学》,湖南人民出版社1985年版。

3. 王文彬:《〈我用残损的手掌〉:透视戴望舒》,《文艺理论与批评》,2000年第1期。

第三节　卞之琳

卞之琳(1910—2000),生于江苏海门,诗人、文学评论家、翻译家,曾用笔名季陵、薛林等,1933年出版诗集《三秋草》,1935年出版《鱼目集》。1936年与李广田、何其芳合出《汉园集》,因此三人又被合称为"汉园三诗人"。其对莎士比亚很有研究,在现代诗坛上做出了重要贡献,被公认为新文化运动中重要的诗歌流派新月派和现代派的代表诗人。

《断　章》

你站在桥上看风景,
看风景人在楼上看你。
明月装饰了你的窗子,
你装饰了别人的梦。

《距离的组织》

想独上高楼读一遍《罗马衰亡史》,
忽有罗马灭亡星出现在报上①。
报纸落。地图开,因想起远人的嘱咐。
寄来的风景②也暮色苍茫了。
(醒来天欲暮,无聊,一访友人吧。)③

---

① 此诗脚注均为诗人原注,下同。1934年12月26日,《大公报》国际新闻版伦敦25日路透电:"两个星期前索佛克业余天文学者发现北方景座中出现一新星,兹据哈华德观象台纪称,近两日内该星异常光明,估计约距地球一千五百光年,故其爆发而致突然灿烂,当远在罗马帝国倾覆之时,直至今日,其光始传至地球云。"这里涉及时空相对的关系。
② "寄来的风景"当然是指"寄来的风景片"。这里涉实体与表象的关系。
③ 第五行。这行是来访友人(即未行的"友人")将来前的内心独白,语调戏拟我国旧戏的台白。

灰色的天。灰色的海。灰色的路。①
哪儿了？我又不会向灯下验一把土。②
忽听得一千重门外有自己的名字。
好累呵！我的盆舟没有人戏弄吗？③
友人带来了雪意和五点钟。④

《鱼化石》

(一条鱼或一个女子说)
我要有你的怀抱的形状，
我往往溶于水的线条。
你真象镜子一样的爱我呢，
你我都远了乃有了鱼化石。

一九三六年六月四日

【阅读提示】

1. 卞之琳曾经受过"新月派"的影响，但他更醉心于法国象征派，并且善于从中国古典诗词中汲取营养，形成自己独特的风格。他的诗精巧玲珑，联想丰富，跳跃性强，尤其注意理智化、戏剧化和哲理化，善于从日常生活中发现诗的内容并进一步挖掘出常人意料不到的深刻内涵。诗意大多偏于晦涩深曲，冷僻奇兀，耐人寻味。《断章》创作于 1935 年 10 月。

---

① 第六行。本行和下一行是本篇说话人（用第一人称的）进入的梦境。
② 1934 年 12 月 28 日《大公报》的"史地周刊"上《王同春开发河套记》：夜中驰驱旷野，偶然不辨在什么地方，只消抓一把土向灯一瞧就知道到了那里了。
③ 《聊斋志异》的《白莲教》篇：白莲教某者山西人，忘其姓名，……某一日将他往，堂上置一盆，又一盆覆之，嘱门人坐守，戒勿启视。去后，门人启之，视盆贮清水，水上编草为舟，帆樯具焉。异而拨以指，随手倾侧。急扶如故，仍覆之。俄而师来，怒责"何违吾命"。门人立白其无。师曰："适海中舟覆，何得欺我！"这里从幻想的形象中涉及微观世界与宏观世界的关系。
④ 最后一行。这里涉及存在与觉识的关系。但整诗并非讲哲理，也不是表达什么玄秘思想，而是沿袭我国诗词的传统，表现一种心情或意境，采取近似我国一折旧戏的结构方式。

据作者自云,这四行诗原在一首长诗中,但全诗仅有这四行使他满意,于是抽出来独立成章,标题由此而来。作者曾说:"这是抒情诗,是以超然而珍惜的感情,写一刹那的意境。我当时爱想世间人物、事物的息息相关,相互依存,相互作用。人('你')可以看风景,也可能自觉不自觉点缀了风景;人('你')可以见明月装饰了自己的窗子,也可能自觉不自觉地成了别人梦境的装饰。"又说:"我的意思是着重在相对上。"可见诗人主要希望表现一种相对关系,因而创作了此诗。

李健吾曾经认为,这首诗"寓有无限的悲哀,着重在'装饰'两个字"。对于自己和诗人的分歧,李健吾又说:"我的解释并不妨害我首肯作者的自白。作者的自白也并不妨害我的解释。与其看做冲突,不如说做有相成之美。"

2.《距离的组织》向来被看成是诗人的一首深奥难懂之作,原因是此诗在章法结构的安排、时空关系的转换、感觉意象的连接等方面做了不同寻常的处理。诗人尝试了用新的思维方式、感觉方式和灵感来写诗。他对实体与表象、存在与意识、微观世界与宏观世界的关系有了新的感受和认识,构造了诗的意境。而时空相对的宇宙意识,与关切祖国存亡的社会意识互相交错,使得诗人的感觉更加复杂了。全诗起于读史,终于会客,贯穿全篇的是一派灰蒙蒙的景色和一腔抑郁而深沉的情怀,既是凌乱的诗境,也是一个复杂的有机体,将时空的远距离用联想组织在短短的午梦和小小的篇幅里,带给读者艺术的冲击。

【思考与讨论】

《鱼化石》同样是卞之琳象征主义诗歌创作的一个体现,在表层具象的爱情书写的同时蕴含着深层对抽象的人生"相对"观念的思考。试着在理解前两首的基础上自己独立分析一下吧。

【延伸阅读】

《尺八》《圆宝盒》《无题四》

【参考资料】

1. 朱自清:《解诗》,《新诗杂话》,三联书店1984年版。
2. 蓝棣之:《〈现代派诗选〉前言》,人民文学出版社2009年版。

第四节　冯　至

冯至(1905—1993),原名冯承植,河北省涿州市人,诗人、学者。1927年毕业于北京大学。早年曾创办浅草社。1927年开始发表作品。1930年赴德国留学获博士学位,1935年回国,历任上海同济大学、昆明西南联大及北京大学教授,中国社会科学院外国文学研究所所长,中国作家协会副主席等。20世纪20年代诗作感情真挚,表达委婉细腻,语言于整饬中保持自然,旋律舒缓柔和,有内在的音节美,因而被鲁迅誉为当时"中国最为杰出的抒情诗人"。中年后诗风更加沉潜。著有诗集《十四行诗集》《北游及其他》等;主要译著有《哈尔茨山游记》《德国,一个冬天的童话》《海涅诗选》《布莱斯特选集》等。

《十四行集》
之一

我们准备着深深地领受
那些意想不到的奇迹,
在漫长的岁月里忽然有
彗星的出现,狂风乍起。

我们的生命在这一瞬间,
仿佛在第一次的拥抱里
过去的悲欢忽然在眼前
凝结成屹然不动的形体。

我们赞颂那些小昆虫,
它们经过了一次交媾

或是抵御了一次危险,
便结束它们美妙的一生。

我们整个的生命在承受
狂风乍起,彗星的出现。

之二十七

从一片泛滥无形的水里
取水人取来椭圆的一瓶,
这点水就得到一个定形;
看,在秋风里飘扬的风旗,
它把住些把不住的事体,
让远方的光、远方的黑夜
和些远方的草木的荣谢,
还有个奔向无穷的心意,
都保留一些在这面旗上。
我们空空听过一夜风声,
空看了一天的草黄叶红,
向何处安排我们的思、想?
但愿这些诗象一面风旗
把住一些把不住的事体。

【阅读提示】

1."十四行"是一种具有严密格律的抒情诗体(一般采用"四四三三"分段形式),最早出现于意大利,16世纪传入英、法等国,产生了几种变体。欧洲不少著名诗人都留有"十四行"诗的名篇。这种诗体意大利文为Sonetto,英文、法文为sonnet,20世纪20年代初传入我国时有人译为"商籁",故又名"商籁体"。一些新诗人曾先后做过尝试和探索,一般认为冯至的《十四行集》最为成功,李广田称之为"沉思的诗",朱自清认为它"建立了中国'十四行'的基础,使得向来怀疑这诗体的人也相信它可以在中国诗里活下去"(《新诗杂话》)。

2. 冯至的十四行诗,集中写于抗战中期的1941年。这时,诗人行至人生的中途,在战争的危难与生活的动荡中坚持教书。"深夜又是深山,听着夜雨沉沉。十里外的山村、念里外的市廛,它们可还存在?十年前的山川、廿年前的梦幻,都在雨里沉埋。四围这样狭窄,好像回到母胎;我在深夜祈求,用迫切的声音:'给我狭窄的心,一个大的宇宙!'"(冯至《深夜又是深山》)诗集就是在这样的情形下完成。诗人自述:"从历史上不朽的人物到无名的村童农妇,从远方的千古的名城到山坡上的飞虫小草,从个人的一小段生活到许多人共同的遭遇,凡是和我的生命发生深切关联的,对于每件事物我都写出一首诗……"虽然只有27首,但它融汇了中国古典诗人杜甫的现实主义的深沉和睿智、德国浪漫主义诗人歌德的高度哲理和奥地利早期现代主义诗人里尔克的沉思和敏感。诗思的触角不仅伸向宇宙、历史、社会和自然,从敏锐的感觉出发,注重从细节着眼捕捉诗意,而且使他自己的生命体验与生活经验转化为诗艺术的结晶,这是一种雕塑般的语言,有着雕塑般的沉静、质朴和空间感。所选之一和二十七收尾应和,可帮助我们理解诗人对生命对创作的关切与思考。

【思考与讨论】

1. 阅读之一。重点思考起首句:"我们准备着深深的领受",以及在生命的奇迹之后诗中提到了哪些意象?这些意象表达了诗人对生命和宇宙怎样的态度以及对奇迹的定义。

2. 阅读之二十七。此首既是诗人对整部诗集创作缘由的夫子自道,也包含了他对迄今为止生命经验的感悟和创作观念。其中"水"和"风",敏锐地捕捉到这两个意象与生活的杂乱无章、意识的漫无边际这一特性之间的关联,而"瓶子""取水人"和"风旗"则表现出"把住把不住的事体"给无形以有形,给不确定以确定的努力和可能性。分析诗中这些意象的特性和诗人的创造性运用。

【延伸阅读】

《工作而等待》《给青年诗人的十封信》

【参考资料】

1. 陆耀东:《冯至〈十四行集〉独特的思维方式》,《文学评论》,2003年05期。
2. 解志熙:《诗与思——冯至三首十四行诗解读》,《中国现代文学研究丛刊》,1992年03期。

第五节 穆 旦

穆旦(1918—1977),原名查良铮,诗人、翻译家,现代文学史上九叶派重要的诗人。生于天津,毕业于天津南开中学,1935年考入清华大学外文系。1940年毕业于西南联大,留校任教。1942年参加中国远征军入缅对日作战。1949年赴美,就读于芝加哥大学英文系。1953年回国在南开大学任教。40年代出版诗集《探险队》《穆旦诗集(1939—1945)》和《旗》。穆旦的诗作具有现代性和智性的深度,在现代诗歌史上有着重要地位。他翻译的拜伦、雪莱、普希金等人的作品,在翻译界和读书界享有很高声誉,影响深远。

《野兽》

黑夜里叫出了野性的呼喊,
是谁,谁噬咬它受了创伤?
在坚实的肉里那些深深的
血的沟渠,血的沟渠,灌溉了

翻白的花,在青铜样的皮上!
是多大的奇迹,从紫色的血泊中
它抖身,它站立,它跃起,
风在鞭挞它痛楚的喘息。

然而,那是一团猛烈的火焰,
是对死亡蕴积的野性的凶残,
在狂暴的原野和荆棘的山谷里,
像一阵怒涛绞着无边的海浪,
它拧起全身的力。
在黑暗中,随着一声凄厉的号叫,
它是以如星的锐利的眼睛,
射出那可怕的复仇的光芒。

1937 年 11 月

《诗八首》
一

你底眼睛看见这一场火灾,
你看不见我,虽然我为你点燃,
唉,那烧着的不过是成熟的年代,
你底,我底。我们相隔如重山!

从这自然底蜕变程序里,
我却爱了一个暂时的你。
即使我哭泣,变灰,变灰又新生,
姑娘,那只是上帝玩弄他自己。

二

水流山石间沉淀下你我,
而我们成长,在死底子宫里。
在无数的可能里一个变形的生命
永远不能完成他自己。

我和你谈话,相信你,爱你,
这时候就听见我底主暗笑,
不断地他添来另外的你我
使我们丰富而且危险。

三

你底年龄里的小小野兽,
它和青草一样地呼吸,
它带来你底颜色,芳香丰满,
它要你疯狂在温暖的黑暗里。

我越过你大理石的理智底殿堂,
而为它埋藏的生命珍惜;
你我底手底接触是一片草场。
那里有它底固执,我底惊喜。

四

静静地,我们拥抱在
用言语所能照明的世界里,

而那未形成的黑暗是可怕的,
那可能的和不可能的使我们沉迷。

那窒息着我们的
是甜蜜的未生即死的言语,
它底幽灵笼罩,使我们游离,
游进混乱的爱底自由和美丽。

五

夕阳西下,一阵微风吹拂着田野,
是多么久的原因在这里积累。
那移动了景物的移动我底心,
从最古老的开端流向你,安睡。

那形成了树木和屹立的岩石的,
将使我此时的渴望永存,
一切在它底过程中流露的美,
教我爱你的方法,教我变更。

六

相同和相同溶为怠倦,
在差别间又凝固着陌生;
是一条多么危险的窄路里,
我驱使自己在那上面旅行。

他存在,听我底指使,

他保护,而把我留在孤独里,
他底痛苦是不断的寻求
你底秩序,求得了又必须背离。

七

风暴,远路,寂寞的夜晚,
丢失,记忆,永续的时间,
所有科学不能祛除的恐惧
让我在你底怀里得到安憩——

呵,在你底不能自主的心上,
你底随有随无的美丽形象,
那里,我看见你孤独的爱情
笔立着,和我底平行着生长!

八

再没有更近的接近,
所有的偶然在我们间定型;
只有阳光透过缤纷的枝叶
分在两片情愿的心上,相同。

等季候一到就要各自飘落,
而赐生我们的巨树永青,
它对我们不仁的嘲弄
(和哭泣)在合一的老根里化为平静。

一九四二年二月

《出发》

告诉我们和平又必需杀戮,
而那可厌的我们先得去喜欢。
知道了"人"不够,我们再学习
蹂躏它的方法,排成机械的阵式,
智力体力蠕动着像一群野兽,

告诉我们这是新的美。因为
我们吻过的已经失去了自由;
好的日子去了,可是接近未来,
给我们失望和希望,给我们死,
因为那死的制造必需摧毁。

给我们善感的心灵又要它歌唱
僵硬的声音。个人的哀喜
被大量制造又该被蔑视
被否定,被僵化,是人生的意义;
在你的计划里有毒害的一环,

就把我们囚进现在,呵上帝!
在犬牙的甬道中让我们反复
行进,让我们相信你句句的紊乱
是一个真理。而我们是皈依的,
你给我们丰富,和丰富的痛苦。

1942 年 2 月

【阅读提示】

1.20世纪40年代"九叶诗派"的出现意味着新诗现代化探索的深化。他们在其诗歌纲领中强调现代诗歌的"高度综合"的性质：必是现实、象征、玄学的综合传统，以自觉的现代意识，通过客观物象主体化和主观心灵客体化，以及新诗戏剧化等技巧，将民族精神与西方现代派的技巧完美地融会贯通，创造了真正具有中国性格的、成熟的现代派诗歌，同时，在进一步探索新诗现代化、民族化的途径之际，自觉承担起对民族命运的反思。相对知识者个体灵魂的自省，作为九叶诗派代表，穆旦的诗在思维形式、创作风格和表现方法等方面，深受20世纪二三十年代的西方现代派诗人爱尔兰的叶芝、英国的T.S.艾略特和奥登等人的影响，将玄学思辨与具象象征结合。穆旦的诗有明显的深刻的时代感情，但多数的诗往往并不是直接表现时代，而是注意自身心灵的搏斗和内层思想感情的开掘，传达的感情密度大，方法独特新颖和介入理性成分，再加上他运用很多精心独创的暗喻和意象，这就使他的诗具有新奇、锋利和涩重之感，同时也给读者接受上带来了极大的陌生感。诗段结构完整、格律严谨、语言精粹，具有古典的品质。

2.20世纪30年代，西南联大期间穆旦被英国浪漫派诗人巨大的诗风笼罩和影响着。他对现实苦难的关注，对宇宙人生奥秘的探求，带有一种强烈的生命意识和现代怀疑精神。它体现在创作上同样与浪漫诗歌的气质和路数较为吻合，即他写的是"雪莱式的浪漫派的诗，有着强烈的抒情气质，但也发泄着对现实的不满"。此时，穆旦所写的诗作如《野兽》《在旷野上》《园》，多以浪漫抒情为基调，有野性的呼喊，有象征的语义，也有惊人的自剖意味。阅读《野兽》，把握野兽这一意象的特征，体会诗人内心强烈的情感。

3.《诗八首》描写了一个完整的爱情过程，但是与其说是诗人的情感体验记录，不如说是对爱情这一人类恒久主题的哲学思辨。我们看不到一般爱情诗的感情的缠绵与热烈，也没有太多的顾恋与相思的描写。他以特有的超越生活层面的清醒的智性，使他对于自身的，也是人类的恋爱的情感及其整体过程,做了充满理性成分的分析和很大强度的客观化的处理。三种力量的矛盾与亲和,足以领略到其诗中复杂的思维、线团化的情感和丰富的结构。整首诗,从头到尾显得很深沉,也很冷峻。每首诗均为两节,每节四行,一首诗为八行。穆旦的诗,形式上属于比较整齐匀称的一类。郑敏说:"这组诗留给我的影响不再是那枝节的精美,而是它的哲学高度,个人爱情经历与宇宙运转的联系,这个层次是不能单纯从对有形结构的分析中得到的,只有重新回到'神'(或踪迹)的高度,才能进入这一层的欣赏和理解,这是一层本质而无形的最高结构。"因此,穆旦被公认为"九叶诗派的旗手",代表了九叶诗派的现代性探索,也代表了中国现代派诗歌在20世纪40年代所可能达到的深度和广度。

4. 穆旦的诗一方面深刻地表现现代人独特的情绪体验和智性思考;另一方面又以理念为出发点,通过艺术想象捕捉意象和细节。《出发》全诗充满了对立的概念:和平与杀戮、欢喜与可厌、人与机械和兽、制造与摧毁、善感与僵硬。前者是被告知与承诺的,后者是诗人眼中所见、心中所感知的,更是诗人深刻而敏锐的洞察与智性思考的结果。二者的对立带来的两极间的扭曲、纠结、缠绕与跳跃,造成一种陌生与生涩的冷峻、奇崛、惊异的美。

【思考与讨论】

1.《野兽》一诗分别出现了黑夜、血、怒涛、死亡、喘息、野性、噬咬、坚实、鞭挞等词汇。这些用词在感官和想象中给你带来了什么样的阅读体验?诗人并未给野兽以具体的名字或者物种属类,为什么?你还读过古典或者现代诗以猛兽为题的诗吗?比如里尔克的《豹》,比较一下异同,理解诗人所传递的情感指向有何不同。

2. 隐喻、转喻是诗歌很常见的写作手法,通过两种遥远或者相近事物的关联产生诗意。《诗八首》中出现了很多对爱情体验过程的充满喻义矛盾的生动的意象,具有强烈的穆旦特色和风格。认真体会这些意象所指代的情境和感受,体会穆旦诗中所描绘的丰富而危险、混乱又美丽、可怕又让人沉迷的爱情:"你看见这场火灾,你看不见我"(火灾和爱情的关联是什么？你看不见我是指什么),"水流山石间沉淀下你我"(水流山石给你的感官体验是什么？)"而我们成长,在死底子宫里"(不用安静、安宁,而是用死这一与生对立的词来形容生命孕育的地方子宫,带给你什么样的冲击？)。"那形成了树木和岩石的"和"一切在它的过程中流露的美"是什么？"风暴,远路,寂寞的夜晚,/丢失,记忆,永续的时间"这几种事物或者情形分别指向什么样的情感体验？它们和下句"所有科学不能祛除的恐惧"在内在涵义上是什么关系？"我看见你孤独的爱情/笔立着,和我底平行着生长"(为什么是孤独的爱情？和下句笔立和平行有什么联系？)。

3.《诗八首》第四首不仅讨论了爱情,还涉及情感与表达这一现代语言哲学关注的问题。思考"静静地,我们拥抱在/用言语所能照明的世界里",为什么把因爱而来的拥抱或者说爱情限定在用言语所能照明的范围？而未形成的黑暗是什么？和上句照明的关系怎样？思考语言的功用以及说话人的言语、意图和行为可能呈现的不同关系和结果。

4.阅读最后一节,诗人提出的造物(诗中用"上帝"一词指代世界、造物与存在,并无宗教之意)带来的紊乱现实与真理之间存在的矛盾与对立,但又声明"皈依",注意"犬牙的甬道"的象征指涉意义,形容人体会诗人对个体在历史和组织之困境中感受到的丰富和丰富的痛苦。

【延伸阅读】

《赞美》《冬》

【参考资料】

1. 王佐良:《穆旦:一个中国诗人》,*Life and Letters*(英国伦敦),1946年6月。

2. 郑敏:《诗人与矛盾》,《一个民族已经起来:怀念诗人、翻译家穆旦》,江苏人民出版社1987年版。

3. 孙玉石:《中国现代诗导读(穆旦卷)》,北京大学出版社2007年版。

第六节　北　岛

北岛(1949—),本名赵振开,生于北京,1978年同诗人芒克创办民间诗歌刊物《今天》,朦胧诗代表人物之一;1990年旅居美国,现居中国香港。他著有诗集《陌生的海滩》《北岛诗选》《在天涯》《午夜歌手》,散文集《蓝房子》《午夜之门》《时间的玫瑰》《青灯》和小说《波动》等,代表诗作有《回答》《一切》,作品被译成20余种文字。

《回答》

卑鄙是卑鄙者的通行证,
高尚是高尚者的墓志铭。
看吧,在那镀金的天空中,
飘满了死者弯曲的倒影。
冰川纪过去了,
为什么到处都是冰凌?
好望角发现了,
为什么死海里千帆相竞?
我来到这个世界上,
只带着纸、绳索和身影,
为了在审判之前,
宣读那些被判决了的声音:
告诉你吧,世界,
我——不——相——信!
纵使你脚下有一千名挑战者,
那就把我算做第一千零一名。
我不相信天是蓝的,
我不相信雷的回声;

我不相信梦是假的,
我不相信死无报应。
如果海洋注定要决堤,
就让所有的苦水都注入我心中;
如果陆地注定要上升,
就让人类重新选择生存的峰顶。
新的转机和闪闪的星斗,
正在缀满没有遮拦的天空,
那是五千年的象形文字,
那是未来人们凝视的眼睛。

【阅读提示】

《回答》标志着"朦胧诗"时代的开始。诗中展现了悲愤之极的冷峻,以坚定的口吻表达了对暴力世界的怀疑。作品开篇以悖论式警句斥责了是非颠倒的荒谬时代,对矛盾重重、险恶丛生的社会发出了愤怒的质疑,并庄严地向世界宣告了"我不相信"的回答。诗中既有直接的抒情和充满哲理的警句,又有大量语意曲折的象征、隐喻、比喻等,使诗作既明快、晓畅,又含蕴、丰厚,具有强烈的震撼力。

【思考与讨论】

1. 诗中出现了哪些意象?这些意象都分别有什么象征或者隐喻意义?

2. 读了此诗,你对朦胧诗的说法有什么体会?请思考读者的阅读经验与对文学作品的理解之间的关系。

【延伸阅读】

《结局或开始》《一切》

【参考资料】

1. 杨晓滨:《今天的"今天派"诗歌》,《今天》,1995 年 9 月。
2. 洪子诚:《北岛早期的诗》,《海南师范学院学报》2005 年 07 期。
3. 谢冕:《在新的崛起面前》,《诗探索》1980 年 01 期。

第七节　顾　城

　　顾城(1956—1993),生于北京,朦胧诗的主要代表人物,"文革"中开始写作。1973年开始学画,次年回京在厂桥街道做木工;1977年重新开始写作;1987年应邀出访欧美,进行文化交流、讲学活动;1988年赴新西兰,讲授中国古典文学,被聘为奥克兰大学亚语系研究员,后辞职隐居激流岛;1992年获德国学术交流中心(DAAD)创作年金,在德国写作;1993年10月8日在新西兰寓所杀妻后自杀。他著有诗集《白昼的月亮》《舒婷、顾城抒情诗选》《北方的孤独者之歌》《铁铃》《黑眼睛》《北岛、顾城诗选》《顾城诗全集》《顾城童话寓言诗选》《顾城新诗自选集》。他逝世后由其父亲顾工编辑出版《顾城诗全编》。

《远和近》

你,
一会儿看我,
一会儿看云。

我觉得,
你看我时很远,
你看云时很近。

1980年6月

《门　前》

我多么希望,有一个门口
早晨,阳光照在草上

我们站着
扶着自己的门扇
门很低,但太阳是明亮的

草在结它的种子
风在摇它的叶子
我们站着,不说话
就十分美好

有门,不用开开
是我们的,就十分美好
早晨,黑夜还要流浪
我们把六弦琴交给他
我们不走了

我们需要土地
需要永不毁灭的土地
我们要乘着它
度过一生

土地是粗糙的,有时狭隘
然而,它有历史
有一份天空,一份月亮
一份露水和早晨

我们爱土地
我们站着
用木鞋挖着泥土

门也晒热了
我们轻轻靠着，十分美好

墙后的草
不会再长大了
它只用指尖，触了触

1982 年 8 月

【阅读提示】

1.《远和近》是一首表现爱情的诗，但又不单单是表现爱情。诗中出现了几组对比：我和云，远与近。"我"和"云"是异质的，不对等的，"我"是客观存在的、实实在在的人，而"云"是飘渺的、虚幻的自然物。远和近既是物理距离，也是心理距离，诗人把这两种不同性质也不可比较的两种距离放到一起比较，构成一种悖反，并由此体现诗意之处。

2.《门前》是体现顾城"童话诗人"特点的一首诗，用词简单明白，节律与意境天然纯真，但又蕴含着成年人顾城对童话般的美好的思考和定义。美好来自哪里？不是遥远的地方，不是幻想中的未来，而是在一个"门口"、一个"早晨"。这个狭小的地域"门口"，风和草，与阳光一起构成这段短暂的时光"早晨"，所以，它不是通常儿童关注和定义的美好。这时出现的站着的我们点名了定义者、传递者，是写诗的成人诗人以及和他在一起的人，所以，有门前一个狭狭的场景，一段短短的时间，一种几乎是静止的运动。它是在我们成人看来，带着这样的一种童年的幻想在漫长的纷繁生活中，随时可以出现的短暂的"美好"，并不指涉童年。诗人也并不想写夏日早上蓬勃的生机，而只是想传达给我们此刻他的感受，在生长、变动、声音中突然静止下来，享受安静、安宁的一刻。诗人所说的"美好"，其构成就是如此简单。但是，简单的美好是不是就唾手可得呢？结尾三节泄露了诗人心里真正的秘密。"土地""它有历史"，"有时是粗糙的"，"有时是狭隘的"，诗人把门前的土地一下子联结到无限广阔的时空，可能不美好。然而因为"我们热爱土地",于是因为诗人主观的感受,感受到门前生物的生长、风和阳光的温度,更重要的是它就在这个瞬间美好起来,"有一份天空,一份月亮/一份露水和早晨"。在这个小小的特定的时空中,它呈现了诗人心中完整的美,它便"十分美好",它就是全宇宙了。似乎就是在这种时空大与小、长与短的辩证统一中,圆满完成了美。由此我们重新回到诗的开头:"我多么希望"。在经历了这一个幻想中美好的旅程后,此刻我们更明白这种简单美好的不易与难得,更深刻地理解诗人那种简单、短暂"就十分美好"的可望而不可即的迫切与希冀。

【思考与讨论】

1. 顾城的《远和近》和卞之琳的《断章》都是截取了日常生活或者恋人中一个平常而有意味的场景,似乎是写爱情,但又都指涉了普遍的人和人之间的关系。比较两首诗,看看是否对诗意的产生有启发。

2. 阅读《门前》,诗中出现了哪些情景、时刻来定义说明对诗人来说"十分美好"的,从中可以看出诗人心中完整的美是什么样的?副词"就"可以表示语气:完成、轻易。联系整首诗,体会"就"在此诗中传递的诗人的丰富的语义和情绪。尝试分析最后一节:墙后的草/不会再长大了/它只用指尖,触了触。

【延伸阅读】

《一代人》

【参考资料】

顾城:《无目的的"我"》,《顾城访谈录》(代序),收《顾城文选》卷一,北方文艺出版社2005年版。

第八节 海　子

　　海子(1964—1989),原名查海生,安徽怀宁人,1979年15岁时考入北京大学法律系,大学期间开始诗歌创作;1983年北大毕业至北京中国政法大学哲学教研室工作;1989年3月26日在山海关卧轨自杀,年仅25岁。在他死后,友人编辑整理出版了他的作品集《土地》《海子、骆一禾作品集》《海子的诗》《海子诗全编》等。

《春天,十个海子》

春天,十个海子全都复活
在光明的景色中
嘲笑这一野蛮而悲伤的海子
你这么长久地沉睡到底是为了什么?

春天,十个海子低低地怒吼
围着你和我跳舞、唱歌
扯乱你的黑头发,骑上你飞奔而去,尘土飞扬
你被劈开的疼痛在大地弥漫

在春天,野蛮而复仇的海子
就剩这一个,最后一个
这是黑夜的儿子,沉浸于冬天,倾心死亡
不能自拔,热爱着空虚而寒冷的乡村

那里的谷物高高堆起,遮住了窗子
它们一半用于一家六口人的嘴,吃和胃
一半用于农业,他们自己繁殖

大风从东吹到西,从北刮到南,无视黑夜和黎明
你所说的曙光究竟是什么意思

1989年3月14日凌晨3点—4点

【阅读提示】

《春天,十个海子》是诗人生前的最后一首诗。诗人以十个海子复活的跳舞、唱歌、怒吼与飞奔戏剧化地呈现了诗人内心的状态,外界明媚光明的春天与内心野蛮而悲伤形成对立和冲突,和尘土一起飞扬弥漫在大地和诗歌中是我们可以感知到的诗人被劈开的疼痛。在春天的光明景象中背道而驰无法和解的诗人内心回到热爱的乡村,做了最后一次自白和陈诉,但是,如大风般从东到西、从西到东,他的追问没有答案。

【思考与讨论】

春天、麦地、太阳、月亮、黑夜等意象是海子诗歌的生命,泥土的光明与黑暗,温情与严酷化作他生命的本质,化作他出类拔萃、简约、流畅又铿锵的诗歌语言。在这首诗里,海子依旧没有离开这些东西,依旧热爱着乡村与谷物、黑夜与黎明,但同时在这首诗里,海子倾诉了自己的孤独与绝望,以及对于自我的独白:"这是黑夜的儿子,沉浸于冬天,倾心死亡。"阅读第一二节,"十个海子"有什么象征意味?分析诗人如何通过戏剧化的场景将自我内心外化。

【延伸阅读】

《亚洲铜》《麦地》《黑夜的献诗》《四姐妹》

【参考资料】

1. 西川:《怀念》,《海子诗全编》,上海三联书店1997年版。
2. 崔卫平:《不死的海子》,中国文联出版社1999年版。

第九节　翟永明

翟永明(1955—),出生于四川成都,诗人,毕业于四川成都电讯工程学院。1984 年其组诗《女人》以独特奇诡的语言与惊世骇俗的女性立场震撼文坛。其作品曾被翻译为英国、德国、日本、荷兰等国文字。已出版诗集《女人》《在一切玫瑰之上》《纽约,纽约以西》等诗歌、散文集 10 多部。翟永明 2005 年入选"中国魅力 50 人",2010 年入选"中国十佳女诗人",2007 年获"中坤国际诗歌奖·A 奖";2011 年获意大利 Ceppo Pistoia 国际文学奖,该奖评委会主席称翟永明为"当今国际最伟大的诗人之一"。

《女人组诗》节选
《母亲》

无力到达的地方太多了,脚在疼痛,母亲,你没有
教会我在贪婪的朝霞中染上古老的哀愁。我的心只像你

你是我的母亲,我甚至是你的血液在黎明流出的
血泊中使你惊讶地看到你自己,你使我醒来

听到这世界的声音,你让我生下来,你让我与不幸构成
这世界的可怕的双胞胎。多年来,我已记不得今夜的哭声

那使你受孕的光芒,来得多么遥远,多么可疑,站在生与死
之间,你的眼睛拥有黑暗而进入脚底的阴影何等沉重

在你怀抱之中,我曾露出谜底似的笑容,有谁知道
你让我以童贞方式领悟一切,但我却无动于衷

我把这世界当作处女,难道我对着你发出的
爽朗的笑声没有燃烧起足够的夏季吗?没有?

我被遗弃在世上,只身一人,太阳的光线悲哀地
笼罩着我,当你俯身世界时是否知道你遗落了什么?

岁月把我放在磨子里,让我亲眼看见自己被碾碎
呵,母亲,当我终于变得沉默,你是否为之欣喜

没有人知道我是怎样不着边际地爱你,这秘密
来自你的一部分,我的眼睛像两个伤口痛苦地望着你

活着为了活着,我自取灭亡,以对抗亘古已久的爱
一块石头被抛弃,直到像骨髓一样风干,这世界

有了孤儿,使一切祝福暴露无遗,然而谁最清楚
凡在母亲手上站过的人,终会因诞生而死去

【阅读提示】

1.《母亲》是翟永明 21 首《女人组诗》中的一首。诗人以女儿这个身份的视角,从女儿诞生和母亲身份确立的关系入手,表达了女性从诞生到成长中的反抗与内心伤痛以及女性命运的代代相袭的痛楚。一般认为组诗体现了现代的女性意识,是诗人对女性自我世界的发现及确立。而贯穿组诗始终的黑夜意象和诗人宣称的黑夜意识则是对女性在紧张的两性关系和以男性话语为主导的社会结构中寻找女性话语空间的探索和有意识的反抗。

2.《女人》组诗前后的创作中,翟永明受到美国自白派的西尔维娅·

普拉斯等诗人影响,把独白体作为情思传达的基本策略,因之平添了女性主义诗歌的力度和深沉,独标一格。但《母亲》一诗不仅仅局限于女性个人经验性的自白,而是开始了和母亲及历史上的女性交流从而对女性整体进行了关照和反思。开始第一句就是女儿对母亲的倾诉:"无力到达的地方太多了",而在接下来与母亲的交流中诗人跳出女儿身份回溯到母亲受孕以及生产时面临的生与死的交界,更是站在了一个女性整体观照的角度对此进行了分析和评论,洞穿了女性诞生、成长、死亡的秘密、痛苦和从女儿到母亲轮回的宿命,在情感表达的同时有包含对情感的分析,呈现复杂的语义层次和情感张力。注意本诗视角和身份的转换所呈现的复杂的语义层次和情感深度。

【思考与讨论】

有人认为,作为一个完整的精神历程的呈现,《女人》事实上致力于创造一个现代东方女性的神话:以反抗命运始,以包容命运终。你同意这个观点吗?阅读本诗,请你以《母亲》诗中的语义脉络和情感表达为例谈谈你的看法。

【延伸阅读】

《女人组诗》20 首

【参考资料】

1. 翟永明:《黑夜的意识》,见诗集《女人》,漓江出版社 1988 年 3 月版。
2. 唐晓渡:《女性诗歌:从黑夜到白昼》,《诗刊》,1987 年 2 月号。
3. 罗振亚:《"复调"意向与"交流"诗学:论翟永明的诗》,《当代作家评论》,2006 年 5 月。

第十节　于　坚

于坚(1954—),出生于昆明。14岁辍学,当过铆工、电焊工、搬运工等。20岁开始写诗,25岁发表作品。1984年毕业于云南大学中文系,1985年与韩东等人合办诗刊《他们》,1986年发表成名作《尚义街六号》,1994年长诗《0档案》被誉为当代汉语诗歌的一座"里程碑"。

《尚义街六号》

尚义街六号
法国式的黄房子
老吴的裤子晾在二楼
喊一声胯下就钻出戴眼镜的脑袋
隔壁的大厕所
天天清早排着长队
我们往往在黄昏光临
打开烟盒打开嘴巴
打开灯
墙上钉着于坚的画
许多人不以为然
他们只认识梵高
老卡的衬衣揉成一团抹布
我们用它拭手上的果汁
他在翻一本黄书
后来他恋爱了
常常双双来临
在这里吵架,在这里调情
有一天他们宣告分手

朋友们一阵轻松很高兴
次日他又送来结婚的请柬
大家也衣冠楚楚前去赴宴
桌上总是摊开朱小羊的手稿
那些字乱七八糟
这个杂种警察一样盯牢我们
面对那双红丝丝的眼睛
我们只好说得朦胧
像一首时髦的诗
李勃的拖鞋压着费嘉的皮鞋
他已经成名了有一本蓝皮会员证
他常常躺在上边
告诉我们应当怎样穿鞋子
怎样小便怎样洗短裤
怎样炒白菜怎样睡觉等等
八二年他从北京回来
外衣比过去深沉
他讲文坛内幕
口气像作协主席
茶水是老吴的电表是老吴的
地板是老吴的邻居是老吴的
媳妇是老吴的胃舒平是老吴的
口痰烟头空气朋友是老吴的
老吴的笔躲在抽桌里
很少露面
没有妓女的城市
童男子们老练地谈着女人
偶尔有裙子们进来

大家就扣好钮扣
那年纪我们都渴望钻进一条裙子
又不肯弯下腰去
于坚还没有成名
每回都被教训
在一张旧报纸上
他写下许多意味深长的笔名
有一人大家都很怕他
他在某某处工作
"他来是有用心的，
我们什么也不要讲！"
有些日子天气不好
生活中经常倒霉
我们就攻击费嘉的近作
称朱小羊为大师
后来这只手摸摸钱包
支支吾吾闪烁其辞
八张嘴马上笑嘻嘻地站起
那是智慧的年代
许多谈话如果录音
可以出一本名著
那是热闹的年代
许多脸都在这里出现
今天你去城里问问
他们都大名鼎鼎
外面下着小雨
我们来到街上
空荡荡的大厕所

他第一回独自使用
一些人结婚了
一些人成名了
一些人要到西部
老吴也要去西部
大家骂他硬充汉子
心中惶惶不安
吴文光你走了
今晚我去哪里混饭
恩恩怨怨吵吵嚷嚷
大家终于走散
剩下一片空地板
像一张空唱片再也不响
在别的地方
我们常常提到尚义街六号
说是很多年后的一天
孩子们要来参观

1984.6

【阅读提示】

《尚义街六号》是诗人于坚"口语化写作"日常经验这一诗歌主张的一个实践。"口语化写作"是20世纪80年代以"第三代"诗人中的韩东、于坚等为代表的对传统现代新诗和朦胧诗的一次反拨,主张以直白的、日常生活词语作为诗歌语言入诗,以回到词义本身的努力来试图剥离已在传统诗歌写作中固化的意象和情感连接,从而消解读者在长久的诗歌阅读中形成的惯性思维,如春天与明媚温暖的关联,月亮与思乡怀人的关联,通过返回词义本身的日常语言这一写作方式来对抗因传统因袭而产生的陈词滥调,通过这一陌生化的惊奇效果来实现诗歌体验的创新。

日常经验入诗是内容上的要求。诗人以尚义街六号为中心,记录了大学生活中大学才子波西米亚人般的生活情状,刻画了富有才情而又不羁、自视甚高的大学才子或者说艺术家群像,有20世纪80年代特有的鲜明的时代痕迹与气息。

【思考与讨论】

诗歌的创新是诗人永恒的追求,以本诗创作为例,谈谈你对语言和诗歌以及情感表达之间关系的看法。你认为这首诗在诗歌写作上是成功的吗?

【延伸阅读】

韩东《大雁塔》

【参考资料】

1. 杨庆祥:《〈尚义街六号〉的意识形态》,《海南师范学院学报(社会科学版)》,2007年第1期。

2. 谢有顺:《回到事物与存在的现场——于坚的诗与诗学》,《当代作家评论》,1999年第4期。

第十一节　张　枣

张枣(1962—2010),诗人、学者和诗歌翻译家。1984 年秋,不到 22 岁的张枣即以《镜中》闻名大江南北。张枣以"后赫耳墨斯学派(Posthermetische Schule)"闻名于世,被认为一方面给世界文学添加了创新的元素,另一方面又在作品中保留了中国古诗词的特点。张枣的诗是传统诗歌与现代诗歌的完美结合,他从诗歌的抒情源头上继承了"风、骚"传统,并将这一传统完美地展现在当下的语境中。

《镜　中》

只要想起一生中后悔的事
梅花便落了下来
比如看她游泳到河的另一岸
比如登上一株松木梯子
危险的事固然美丽
不如看她骑马归来
面颊温暖,
羞惭。低下头,回答着皇帝
一面镜子永远等候她
让她坐到镜中常坐的地方
望着窗外,只要想起一生中后悔的事
梅花便落满了南山

《楚王梦雨》

我要衔接过去一个人的梦
纷纷雨滴同享的一朵闲云
宫殿春夜般生,酒沫鱼样跃

让那个对饮的，也举落我的手
我的手扪脉，空亭吐纳云雾
我的梦正梦见另一个梦呢
枯木上的灵芝，水腰分上绢帛
西边的飞蛾探听夕照的虚实
它们刚刚辞别幽居，必定见过
那个一直轻呼我名字的人
那个可能鸣翔，也可能开落
给人佩玉，又叫人狐疑的空址
她的践约可能中断潮湿的人
真奇怪，雨滴还未发落前夕
我已想到周围的潮湿呢
青翠的竹子可以拧出水
山阿来的风吹入它们的内心
而我的耳朵似乎飞到了半空
或者是凝伫了而燃烧吧，燃烧那个
一直戏睡在它里面，那湫隘的人
还烧烧她的耳朵，烧成灰烟
决不叫她偷听我心的饥饿
你看，这醉我的世界含满了酒
竹子也含了晨曦和皎月
它们萧萧的声音多痛，多痛
愈痛我愈是要剥它，剥成鼻孔
那么我的痛也是世界的痛
请你不要再听我了
我知道你在某处，隔风嬉戏
空白地的梦中之梦，假的荷花
令我彻夜难眠的住址

如果雨滴有你,火焰岂不是我
人同道殊,而殊途同归
我要,我要,爱上你神的热泪。

【阅读提示】

1.《镜中》是张枣最广为人知的一首诗。他精确而感性的诗艺,融合和发明中西诗意的妙手,一直被无数诗歌爱好者喜欢。这首《镜中》开始两句,有两个字形相近的字:"悔"和"梅"。梅花落了,"梅"字少了一横之后,就变成悔了。整首诗里面好像有两个共生的形象,鲜明地冲突又相融着,他们隔着时空和年岁纠缠。一个是站在梅花飘零的树下回首往事的白发苍苍的老者。他沉湎在梅花飘零的宁静气氛中,任凭往事发酵,搜寻所有落寞深情的回忆来击打心中的痛处。一个是镜子面前的女子,她永远年轻、美丽、端庄,一袭长裙飘飘,富有古典气质,并永远定格在最美的年龄,在老者的回忆中愈发柔美而娇羞。由于活在老者记忆的景中,并在悔恨的发酵下,因而具有了亘古而绵长的意义。文字的互文和情景互文以及诗中情感的互文共生构成整首诗的意境之美。

2."楚王梦雨"这个题目明白无误地指向楚王与巫山神女相会的故事,然而这首诗的结构却蕴含了多重解读的可能性。宋玉在《神女赋》和《高唐赋》中记下了楚襄王与宋玉游云梦之浦,见到巫山盛景而回忆起先王(楚怀王?)在梦中与神女交合的故事。怀王与襄王先后在梦中与神女相会,在怀王梦中,神女"闻君游高唐,愿荐枕席";而在襄王梦中,神女却是拒绝了梦的主人的求爱。那么,这位梦雨的楚王究竟是哪一位楚王?是与神女交合后与神女分别时知道神女"旦为朝云,暮为行雨"的楚怀王呢,还是那位对梦中的神女一见钟情却求爱不成的襄王呢?

第一节的"我"使得叙述者的身份变得模糊,"我要衔接过去一个人的梦",那么"我"大概不是最初做这个梦的人了,那么"我"又是谁?是诗人张枣吗?是诗人本人想要进入那样一个远古的梦境吗?或者是作赋的宋玉想要忆起先王的梦?又或者,看起来更加合理地,叙述者扮演的是襄王的角色,他告诉我们他要衔接起先王的梦境,在那梦中与神女相会。更进一步,"我"在梦中所做的究竟是"我"的梦呢,还是怀王的梦呢?第二节中等待神女践约的是"我"还是怀王呢?最后一节的"请你不要再聆听我了"究竟是谁对谁说的话呢?是衔接了先王的梦境的楚襄王对读者说的吗?或者是最初做梦的怀王告诫那个偷窥了他的梦境的人呢?

一种有关回忆的伤感笼罩了这首诗,楚怀王与神女相会,神女化为巫山云雨而去,只留下怀王独自悲伤。襄王为了追忆怀王的梦而令宋玉作赋,还想要衔接怀王的梦境,然而襄王向神女求爱而不得,最终也只好黯然神伤。诗人追忆起这样一个古老的传说,以梦雨的楚王的口吻写下这一首诗。在一层一层的追忆的过程中,离别的伤感、被拒绝的求爱、连同回忆本身所带来的感伤情绪一起被一次又一次地放大,如同竹子伤痛的萧萧声一样借由梦境穿过了几千年的漫长岁月,直抵人心。

雨滴与火焰,一个带来渐渐潮湿的践约,一个燃烧偷听秘密的人的耳朵,两者不相容的属性似乎预示了一次不成功的求爱,神女最终化为雨滴,而楚王的耳朵在梦境里燃烧,雨滴落下再化为巫山的云彩,循环不息,烧成烟灰的耳朵却不再复生。一边是不朽的神的躯体,一边是注定要腐败瓦解的肉体,楚王的梦境似乎从一开始就注定了其悲伤的结局。但最后,不论人神如何道殊,那梦中的楚王还是要"爱上神的热泪"。

【思考与讨论】

1.《镜中》一诗的起首两句没来由地拈合一起,令人费尽思量。何以一想起一生中后悔的事,那梅花便会落了下来呢?无理而妙,即是诗意诞生处。结合诗中后文所述,说说诗人所谓的"后悔的事"是什么?诗人通过哪些方式和意象对这个"悔"。

2.《楚王梦雨》一诗和楚辞的关联一望而知,在对古典传统诗歌意象进行现代转化并注入现代情感方面诗人做了大胆而瑰丽的发挥。联系楚辞的相关描写,分析诗人所做的现代性转化。

【延伸阅读】

《何人斯》《山鬼》《神女赋》

【参考资料】

1. 孙捷:《论张枣诗歌的对话结构》,复旦大学出版社2012年版。
2. 柏桦:《张枣:"镜中"的诗艺》,《东吴学术》,2010年第3期。

第十二节　陆忆敏

陆忆敏(1962—),出生于上海,20世纪80年代毕业于上海师范大学中文系,中国第三代诗人代表之一。就诗歌写作所取得的成就以及20世纪最后20年内对于现代汉诗写作的可能性和潜力进行探索和建树而言,陆忆敏无疑是一位"显要人物"和"先驱者"。诗作收入《后朦胧诗全集》。出版诗集《出梅入夏》。

《美国妇女杂志》

从此窗望出去
你知道,应有尽有
无花的树下,你看看
那群生动的人

把发辫绕上右鬓的
把头发披覆脸颊的
目光板直的、或讥诮的女士
你认认那群人,一个一个

谁曾经是我
谁是我的一天,一个秋天的日子
谁是我的一个春天和几个春天
谁？曾经是我

我们不时地倒向尘埃或奔来奔去
挟着词典,翻到死亡这一页
我们剪贴这个词,刺绣这个字眼

拆开它的九个笔划又装上

人们看着这场忙碌
看了几个世纪了
他们夸我们干得好,勇敢、镇定
他们就这样描述

你认认那群人
谁曾经是我
我站在你跟前
已洗手不干

《教孩子们读伟大的诗》

当我
带伞来到多雨的冬季
我心里涌起这样一种柔情
——教孩子们伟大的诗
教孩子们喜爱精辟的物语

车站外的灯光是昏黄的
墙壁是陈旧的
地上是冰湿的
我和我心中的我
近年来常常相互,微笑
如果我的孤独是一杯醇酒
——她也曾反复斟饮

我有过一种经验
我有一种骄傲的眼神
我教过孩子们伟大的诗
在我体质极端衰弱的时候

【阅读提示】

　　内向、节制、抑扬有度是陆忆敏诗歌的总体风格。这首《美国妇女杂志》开端也是如此。从一本《美国妇女杂志》封面上的树下妇女画像发端，诗人开始检视几个世纪以来女性的形象和命运，并发出一连串尖利而令人不安的诘问。起首一句"从此窗望出去"就把读者带入一个似乎是疏离的观察者的视角，我们跟随着诗人去观察多姿多彩的画面：一群如花般"生动"的女士，但是很快这种疏离的观察就被诗人强烈的主观情绪所引导，那种不得不对世界做出种种"无人认领"的姿势，像一群永远流浪的女囚徒，一座永远不能靠岸的飘泊的岛屿，这种染着悲哀的描述带有诗人强烈的主观意图。这个观察者既是女性群体中的一个，又是一个跳出群体身份的独立的外在的观察者。而在之后的"你知道""你看看""你认认"这种无可辩驳的指认语气背后，含有一种隐隐的激愤。而到"谁曾经是我/谁是我的一天，一个秋天的日子/谁是我的一个春天和几个春天/谁？谁曾经是我？"如此突如其来对女性隐秘命运的急速追问直指女性命运的核心：她的遭际不幸也曾是无数女性在此之前遭遇过的，后来者仅仅是重复前面的人已经上演过的故事而已，因此，她的痛苦并不比别人更痛苦，她的叫喊也并不比旁人更让人听见。等待着年轻女孩的，只是"古老歌谣的续唱而已"，再否认了她的命运偶然单个，而坚持她的群体性命运后，此刻，死亡登场了。"她是徒劳的，不，她们是徒劳的：我们不时地倒向尘埃或奔来奔去/扶着词典，翻到死亡这一页/我们剪贴这个词，刺绣这个字眼/拆开它的九个笔划又装上/人们看着这场忙碌/看了几个世纪了/他们夸我们干得好，勇敢，镇定/他们就这样描述"。倒向、扶着等动作解构了在几个世纪以来话语结构中所谓的"干得好，勇敢，镇定"，剪贴、刺绣、拆开又装上这几个女性活动常见的动作,因为与构成死亡这个词的九个笔划关联而被赋予了颠覆性的革命意义。整首诗从一个观察者带有距离的漠然幽冷转而变为代入自身的抗议和呐喊。

【思考与讨论】

1. 阅读本诗,尤其关注诗人的叙事策略,分析如何在眺望和代入之间通过空间的设置以及假定的对话人设置,形成多种声音交流对话的复调效果和自我空间的打开与建立。

2. 和翟永明一样,陆忆敏的创作也被认为是女性主义诗歌的代表,以这首《美国妇女杂志》为例,比较一下同样的女性主义立场,二者有哪些异同。

【延伸阅读】

《谁能理解弗吉尼亚·伍尔夫》

【参考资料】

1. 李振声:《女性诗歌:人物与风景》,《季节轮换》,学林出版社1996年版。

2. 崔卫平:《文明的女儿——关于陆忆敏的诗歌》,《出梅入夏》,北岳文艺出版社2015年版。

3. 胡桑:《隔渊望着人们——论陆忆敏》,《出梅入夏》,北岳文艺出版社2015年版。

第十三节 马 雁

马雁，诗人，散文作家。1979年2月生于成都，2001年毕业于北京大学古典文献专业。在校期间策划组织了首届北大未名诗歌节，2000年与友人一道创建了著名的新锐文化网站"新青年"，2003年返回成都生活，2010年12月28日因病意外辞世。马雁很小就决心做一名诗人，从大学时代开始，她同时在诗歌和散文两个领域展开了高强度的写作，勤苦不倦，著有诗集《迷人之食》、散文集《读书与跌宕自喜》，曾获珠江诗歌节青年诗人奖、刘丽安诗歌奖。在短暂的一生中，马雁始终强调写作是语言和心灵的历险，其作品跌宕奇险，蕴含着罕见的高贵、勇毅和非凡的洞察力。

《桥梓镇》

它被剖开，像没长成的西瓜，
粉红色、无籽，人们这样定义孱弱，
就说："桥梓"。一条浅灰色马路
小心地穿过它，尽量无痛，
人们在镇上来回，尽量无痛。
是啊，这可能存在的爱，
就像穿行的人群与道路之间
可能的默契。还能如何呢，
一次性对剖开的嫩西瓜，
无痛苦的生涯，正是人们的信念
在此处反复践踏。反复践踏，
想消失者无法消失。想存在者
拼命挣扎，反复抨击
自身，直至成为碎片化为粉末。

又反复成形,反复成为自身。
这是不灭的桥梓镇。人们
在小镇上来回走,成千上万的
脚印变成部首。然而,现实
质朴而具体,就像锋利的一刀。
准确。迅速。

《痛苦不会摧毁痛苦的可能性》

痛苦不会摧毁痛苦的可能性,生命
不会消失自我的幻觉术。在一生的
时间里,穿越过岩石缝隙里的贝类
是潜藏的隐微的音乐,那是宏大的
乐队在奏响,人们正从缝隙里行军
去往伟大的未来。是的,光明将从
最卑微处散发,所有最恶劣的气味
是大战乱的征兆。我坐在垃圾堆上
唱歌,唱一支关于塑料和火结婚的
歌。这支歌将唱响至地底的孤独者
升起。他升起时,无花果树将开花,
贝壳将给出回环的路径,一切再次
降临,并反复以至于无穷。是这样;
他说:痛苦不会摧毁痛苦的可能性。

《我们乘坐过山车飞向未来》

我们乘坐过山车飞向未来,
他和我的手里各捏着一张票,
那是飞向未来的小舢板,
起伏的波浪是我无畏的想象力。

乘坐我的想象力，他们尽情蹂躏
这些无辜的女孩和男孩，
这些无辜的小狗和小猫。
在波浪之下，在波浪的下面
一直匍匐着衰弱的故事人，
他曾经是最伟大的创造者，
匍匐在最下面的飞得最高，
全是痛苦，全部都是痛苦。
那些与我耳语者，个个聪明无比，
他们说智慧来自痛苦，他们说：
来，给你智慧之路。
哦，每一个坐过山车的人
都是过山车建造厂的工人，
每一双手都充满智慧，是痛苦的
工艺匠。他们也制造不同的心灵，
这些心灵里孕育着奖励，
那些渴望奖励的人，那些最智慧的人，
他们总在沉默，不停地被从过山车上
推下去，在空中飘荡，在飘荡中，
我们接吻，就像那些恋人，
那些被压缩在词典册页中的爱情故事，
还有家庭，人间的互相拯救。
如果存在一个空间，漂浮着
无数列过山车，痛苦的过山车……

【阅读提示】

1.《桥梓镇》是诗人马雁2010年在京郊桥梓镇附近的上苑艺术馆做驻馆诗人期间写作的系列"地方诗"中的一首（另外还有《北中国》《上苑艺

术馆》《沙峪口村》《北京城》《怀柔县》),所有6首写作时间都标明是2010年9月18日。桥梓镇是北京六环外若干京郊路边村的集合,京津高速公路S308段——"一条浅灰色马路"——横穿而过,将这些路边村左右分开,如"一次性对剖开的嫩西瓜"。"前桥梓村""后桥梓村"可能正是因新的路政建设一分为二而得名。自然村因为城市规划的蚕食而裂变为两个路边村。马雁这首诗所写的是城镇化进程中小的社群的命运:为一个他们也看不见的大布局服务。这个社群仿佛一个发展受阻的生命体,从未有过机会成熟就被一刀"剖开",内里粉红无籽的果肉暴露在观者面前,可惜,但"还能如何呢"。命若悬丝,生命和身体被"反复践踏/反复践踏",是细民的命运。地方诗的一个难解之处在于如何令人信服地将地景和地景中的主体勾连起来,而马雁的表意链在桥梓镇、穿行的人群、道路之间来回滑动,它将人类情感在地景和人群之间平等地置放:嫩西瓜和种植它的桥梓镇都是被切割和剖开的客体,而细民与细民行走的道路共享被反复踩踏的运命——"想消失者无法消失。想存在者/拼命挣扎"。

"可能存在的爱"如何从这样的"零落成泥碾作尘"中升起?它只能来源于一种对共同伤痕的互认和互认中产生的不去触碰的默契。无痛的生涯并不是无痛,而是因为反复的践踏而木然,无法再感到更多的疼痛。最后三行重复了起始的譬喻,一如历史的回环往复,留下的脚印痕迹可能是某部大书里被抽象的一些细节,小得缩在偏旁部首里。下一代则注定仍要被现实"锋利的一刀"再次剖开,惶然地将自己受伤的内里如瓜瓢一般奉给看不见的利维坦吞食(参见靡初的微博)。

2. 马雁对于"痛苦"的敏感是持续而炽烈的。在她的诗与散文中,有大量关于"痛苦"的描写。这个既具有名词又具有形容词性的双音节汉语词汇似乎被用来印证着马雁自身内部某种思想与精神的暗影。它不仅仅起到了描述其自身思想与精神的某种状态的作用,而且它还是一个超个人化的隐喻,涉及历史的悲剧性与救赎的可能性问题。

《痛苦不会摧毁痛苦的可能性》写于马雁30岁生日的前几天,这一年年底她因病意外离世。整首诗形式整饬,采用了"水泥柱体",并有意采用了六音诗行保持14行行数,但是每行诗内不规则的跨行、无韵、自由停顿和复沓构成鲜明而有意义的对抗:痛苦的蔓延和出自强力意志的对痛苦的克服。

首句就是作者最想说的,与其说是一个思考后的判断,不如说是一个决定。因为"决定比判断更有力度,更残酷",决定就是行动,诗歌就是用言语行动,去探测——后半句的生命。从痛苦开始,落脚于生命。"生命"一词开启了下一行,也是后半段的统领,"痛苦的可能性"无法被"痛苦"摧毁,它是无限的,就像从"痛苦"中寻求超越的努力也是无限的一样,它不会停止,始终随生命的节奏而摆动。痛苦也无法摧毁生命。生命是一种不会消失自我的幻觉术,在一生的时间里,如同在海浪涌动、岩石缝隙里回旋的贝类,在缝隙里行军,去寻找潜藏隐微的音乐和伟大的未来。贝壳将给出回环的路径,在它之中无限地寻求超越的过程,其实就是一种生命不断渴望被抬升的过程,也是灵魂渴望无限地接近造物主、渴望拥有最高"智慧"的过程。

3.《我们乘坐过山车飞向未来》应该是诗人马雁生前写的最后一首诗,诗后附注的写作日期为2010年12月2日。在这首诗中,"痛苦"一词一共重复出现了5次。"痛苦"的高密度出现除了具有个人史层面上的描述性意义以外,还指向诗人生存背后的巨大现实和历史问题。在现代资本主义文明所构建的碎片化与原子化的个人生活伦理中,个体的绝望实际上成为整个历史的绝望。马雁在诗中运用的"过山车"这一意象颇能指明她对于现代社会所导向的一条历史方向的某种怀疑和批判态度。"过山车"是高速的、颠簸的、不确定的,它是一种历史的隐喻,在它之上的个体很容易就被它抛甩出去,飞入混沌的"空无"的空间,他们最后所拥有的将只有绝望与"全部都是痛苦"的宿命终结。马雁在诗中提到了"工人",她说:"哦,每一个坐过山车的人/都是过山车建造厂的工人,/每一双手都充满智慧,是痛苦的/工艺匠。他们也制造不同的心灵,/这些心灵里孕育着奖励,/那些渴望奖励的人,那些最智慧的人,/他们总在沉默,不停地被从过山车上/推下去,在空中飘荡。"因此,在历史的"过山车"高强度的运转与前行中,个体只能不断地被外在力量的"隐形之手"推下去,在空中无尽地"飘荡"。这个时候,人的价值、尊严、荣耀等将荡然无存,一文不值。

在揭示与批判的过程中,马雁实际上也在寻求着一种超越的路径,即个人如何在历史的想象中突围,并且找到一个有效的通道来再次"优雅地"进入、理解并把握历史。

【思考与讨论】

1. 阅读《桥梓镇》,谈谈你对此诗后半部桥梓镇或者诗人对所感受到来自道路的"尽量无痛"的态度,如何看待结论部分"质朴而具体的现实"和在刀尖上走路的关系?脚印和部首从诗歌语言表达上有什么关联和喻义?

2. 阅读《痛苦不能摧毁痛苦的可能性》,分析诗中的语义脉络和情感逻辑,讨论诗人如何把叙事的推进和抒情的反复紧密啮合,形成独特的诗歌风格的。

3. 如何理解《我们乘坐过山车飞向未来》中"过山车"这个隐喻,它与时间和历史有什么关系?诗中反复出现的"想象力""我的想象力"为何会"尽情踩躏"乘坐过山车的"女孩和男孩"?接下来出现了"他"。这个"他"一开始是与"我"("我的想象力")一起出现的,但在第一轮的过山车旅程中,"他"落入了过山车的最底部,"匍匐在最下面"。但是,这"匍匐在最下面"的"他"却"飞得最高",环形时间的主题又出现了。另外,这个位于过山车底部的"他"在势能上居于最弱的地位("衰弱的故事人"),但却是"最伟大的创造者"。为什么"最伟大的创造"和"智慧"匍匐在过山车的最底部?为什么这"最伟大的创造"和"智慧"是"痛苦"的,"痛苦"意味着什么?

【延伸阅读】

《北京城》《怀柔县》《夏天》《给》

【参考资料】

1. 张定浩:《马雁:贝壳将给出回环的路径》,《取瑟而歌》,华东师范大学出版社2018年版。

  2. 马骥文:《"发明词语者,发明未来"——论马雁》,《上海文化》,2018年11月。

第十四节　张定浩

张定浩(1976—),安徽人,毕业于复旦大学中文系,《上海文化》杂志社编辑,中国现代文学馆第三届客座研究员。业余写诗和文章,获第十届《上海文学》理论奖,获"2013青年批评家年度表现奖"。著有《既见君子:过去时代的诗与人》《倾盖集》《批评的准备》。

《我喜爱一切不彻底的事物》

我喜爱一切不彻底的事物。
细雨中的日光,春天的冷,
秋千摇碎大风,
堤岸上河水荡漾。
总是第二乐章
在半开的房间里盘桓;
有些水果不会腐烂,它们干枯成
轻盈的纪念品。

我喜爱一切不彻底的事物。
琥珀里的时间,微暗的火,
一生都在半途而废,
一生都怀抱热望。
夹竹桃掉落在青草上,
是刚刚醒来的风车;
静止多年的水
轻轻晃动成冰。

我喜爱你忽然捂住我喋喋不休的口
教我沉默。

【阅读提示】

关于诗歌，张定浩曾经说过："诗仅仅是生活中最必要时刻的产物，是在一些平静的瞬间，把那些在回忆中最难以摆脱的情感写成诗，以便将它们忘却。"这首诗可以看做这样时刻的记录吧。诗中一一记录了诗人私密体验中那些他以为是"不彻底"的事物和时光：有植物、季节、温度、湿度、音乐、河岸等，而细、冷、第二乐章、半开、干枯，这些特性都可以看做对标准、完美、圆满等世人通常追求的答案的反动，是不彻底的注脚，是对"琥珀里的时间，微暗的火"的注解。但是，在一片不彻底的游弋和犹疑中，一个斩钉截铁的声音以坚决明确的态度出现了。"一生都在半途而废，/一生都怀抱热望"以警句般的感悟和断语忽然出现在那些细微甚至软弱纤细的不彻底的时刻或者事物中，诗人要忘却的意志和愿望忽然以怀抱热望和半途而废这个矛盾的表述呈现出来，回应了记录与忘却诗人这个诗歌写作中意志与行为的矛盾，成为为了忘却的纪念。

【思考与讨论】

1. 把实体转为隐喻是诗歌的常见手法，阅读本诗中出现的那些意象，分析诗人心中对不彻底这个概念的定义。你又是如何理解"不彻底的事物"呢？

2. "一生都在半途而废，/一生都怀抱热望"一句里，前后的顺序可以颠倒吗？为什么？

【延伸阅读】

《在萨拉乌苏》《国年路上的圣诞老人》

【参考资料】

1. 蒋祎玮:《爱欲与哀矜——张定浩诗歌特质分析》,《现代语文(学术综合版)》,2017年第3期。

2. 许淑芳:《诗人作为"转化者"——会饮共读张定浩诗歌》,《书城》,2016年第6期。

附录:冬天的诗[1]

《低　飞》[2]
作者:简单

"雪压坏了车棚,也覆满了田野,
雪是有重量的东西,它形同记忆。"
这和你电话里说的一样,黑夜白茫茫的
形同谬误,但我知道你说的是雪……

"没有一个肉体是干净的,
但,灵魂却不尽然。"
我把音量调大,我听不到世界的声音。
世界怎么了,与我无关。

"睡眠,就是每一天的假死,
像树木分叉,长出飞鸟的痕迹……"
我听不到我的内心
失联和被失联,只隔着一小段盲音。

---

[1] 这节为扩展性阅读部分,为展示新时期诗歌创作的多样性所以收入,诗歌和点评都来源于网络微信公众号 AoAcademy 的诗歌栏目,体例和本教材其他部分有所不同,阅读提示以脚注方式列在诗下。点评人杜鹏,80后,河南郑州人,诗人,青年学者,著有诗集《我是一片希望被人崇拜的厕纸》。

[2] 点评:简单作为一名写法相对老派的诗人,这首实验性颇强的诗在他的作品中算是一个异类。首先,作为读者,当我读这首诗的时候,我的感觉更像是在同时读两首诗,一首在引号之中,一首在引号之外。从文体上看,由于诗人对于标点符号的特殊处理,使得这首诗在某种意义上形成了一种"互文"的状态,更像是两首诗在互相对话,互相缠绕在一起。在这首诗的结尾处,"卸下翅膀""模拟飞"这样的动作和开头处的"雪是有重量的东西"产生出了一种看似与诗的情绪无关的歧义性,而这种歧义性却是一种带有极高的情感浓度的歧义性。使得这首诗与大部分实验性较强的诗歌文本不同的是,它在保持语言的开放性的同时还能够饱含深情。

"这是一种宿命,不可言说,上天注定,
痛苦,早就被生活赋予了离别的属性。"
我不哲学,我卸下翅膀,骑上自行车
我平举双臂,模拟飞,在广场。

2015 年 1 月 12 日

《雪落在雪上》[①]
作者:琳子

你其实看不见自己
看不见体内的苔藓、吸盘
和磷火

你已经矮下来
从肩膀处,开始低垂下落

但夜半,你的听力越来越清晰
越来越准确

白草被风吹过
猫从房顶踩过

[①] 点评:对于琳子的这首《雪落在雪上》,我想最好的读法不是去分析它的意义,而是体会它的声音。批评家西渡曾说:"声音是一个生理性的东西,比意义更接近诗歌的原生状态。"而这首诗最大的特点,并不是对于"雪"的意象的描写,而是更大可能的提供了一个"雪"的声音。像"白草被风吹过/猫从屋顶踩过""雪/落在雪上"这样的诗句使这首诗读起来有一种声音之间的互动,像一支节奏缓慢的钢琴曲。

然后是
雪
落在雪上

2012 年 12 月 30 日

《腊　梅》①
作者：黑女

来看望你，身体里带有闪电
我们谈论你，羡慕你的骨骼
借你的枝头，一种精神发自己的光

他们长途跋涉去朝圣
如果踏雪而来
你教他们置身于自性的香气中

时代的膝盖缠着绷带
我们跑去迎接新生儿
你的雪未到
我喉头滚动着雷声

---

① 点评："望梅"是汉语诗歌中的一个重要的传统母题，但是一旦处理不好就容易落入俗套或陷于空洞。从表面上看，这首诗在抒情上是遵循着王安石等上古先贤们开辟的道路，但从实际上看，这首诗却充满了强烈的身体表达欲。黑女笔下的梅花是带有闪电特质的梅花，而不仅仅是传统意义上的梅花。诗人对梅花的倾诉并非是对于既有概念的一种膜拜或仿效，更多的是借梅花来为自己蓄力，从而在给"梅花"赋形的同时也它通上电，使其充满了现代感。

《雪》①

作者：扶桑

晨起窗子玻璃异样的亮白使你意识到雪
昨夜它像一封信投落你门前
没有被察觉

2008 年 12 月 17 日

《冬　天》②

作者：田雪封

大清早，僻静的三等小站戒严了，
五步一岗，十步一哨。
两分钟之后，一列火车停下，
在刺耳的刹闸声里……
脚踏皮靴，头顶礼帽，
手持文明棍的冬天，脸色苍白，走了下来。

2006 年 5 月 25 日

---

① 点评：扶桑的这首《雪》虽然只有三行，但是却有种特殊的抒情意味。在第一句诗中，"异样的亮白"使"雪"这个诗歌传统中常用的意象有了一种"新词"的味道。诗人在第二句用"一封信"来比喻"雪"，使得"雪"这个难以固化的意象在这首诗中有了明确的指向，从而加强了这首诗的质感。最后一句"没有被察觉"增加了这首诗的私密性，使"雪"这个意象从广义上的"雪"升华成为诗人眼里的"雪"。

② 点评：从写法上看，这首《冬天》的写法更接近于白描。但是这首诗的先锋性不在于它的写法，而是它对于歧义的运用。这句"手持文明棍的冬天"堪称神来之笔，直接使这首诗的温度降到冰点，并使得前面所有的平铺直叙读起来都像是某种危险的铺垫。而这种近乎于突如其来的危险性正是这首诗的感染力所在。

【思考与讨论】

阅读这一组以冬天为主题的诗,了解诗人不同的视角和表达手法。你也试着以此为题,写一首关于冬天的诗吧。

第四编　戏　剧

第一节　曹　禺

曹禺(1910—1996),现代杰出的戏剧大师,幼年时深受中国古典诗文和戏剧的熏陶。1934年,曹禺在《文学季刊》上发表了处女作《雷雨》,以后陆续发表了《日出》《原野》《北京人》等剧作。这些作品大获成功,代表中国现代话剧艺术进入成熟期,为中国现代话剧创作树起了一座丰碑。

《雷雨》(第二幕节选)

［仆人下。朴园点着一枝吕宋烟,看见桌上的雨衣。

朴园　(向鲁妈)这是太太找出来的雨衣吗?

鲁妈　(看着他)大概是的。

朴园　(拿起看看)不对,不对,这都是新的。我要我的旧雨衣,你回头跟太太说。

鲁妈　嗯。

朴园　(看她不走)你不知道这间房子底下人不准随便进来么?

鲁妈　(看着他)不知道,老爷。

朴园　你是新来的下人?

鲁妈　不是的,我找我的女儿来的。

朴园　你的女儿？

鲁妈　四凤是我的女儿。

朴园　那你走错屋子了。

鲁妈　哦。——老爷没有事了？

朴园　（指窗）窗户谁叫打开的？

鲁妈　哦。（很自然地走到窗户，关上窗户，慢慢地走向中门。）

朴园　（看她关好窗门，忽然觉得她很奇怪）你站一站，（鲁妈停）你——你贵姓？

鲁妈　我姓鲁。

朴园　姓鲁。你的口音不像北方人。

鲁妈　对了，我不是，我是江苏的。

朴园　你好像有点无锡口音。

鲁妈　我自小就在无锡长大的。

朴园　（沉思）无锡？嗯，无锡（忽而）你在无锡是什么时候？

鲁妈　光绪二十年，离现在有三十多年了。

朴园　哦，三十年前你在无锡？

鲁妈　是的，三十多年前呢，那时候我记得我们还没有用洋火呢。

朴园　（沉思）三十多年前，是的，很远啦，我想想，我大概是二十多岁的时候。那时候我还在无锡呢。

鲁妈　老爷是那个地方的人？

朴园　嗯，（沉吟）无锡是个好地方。

鲁妈　哦，好地方。

朴园　你三十年前在无锡么？

鲁妈　是，老爷。

朴园　三十年前，在无锡有一件很出名的事情——

鲁妈　哦。

朴园　你知道么？

鲁妈　也许记得，不知道老爷说的是哪一件？

朴园 哦,很远的,提起来大家都忘了。

鲁妈 说不定,也许记得的。

朴园 我问过许多那个时候到过无锡的人,我想打听打听。可是呢个时候在无锡的人,到现在不是老了就是死了,活着的多半是不知道的,或者忘了。

鲁妈 如若老爷想打听的话,无论什么事,无锡那边我还有认识的人,虽然许久不通音信,托他们打听点事情总还可以的。

朴园 我派人到无锡打听过。——不过也许凑巧你会知道。三十年前在无锡有一家姓梅的。

鲁妈 姓梅的?

朴园 梅家的一个年轻小姐,很贤慧,也很规矩,有一天夜里,忽然地投水死了,后来,后来,——你知道么?

鲁妈 不敢说。

朴园 哦。

鲁妈 我倒认识一个年轻的姑娘姓梅的。

朴园 哦?你说说看。

鲁妈 可是她不是小姐,她也不贤慧,并且听说是不大规矩的。

朴园 也许,也许你弄错了,不过你不妨说说看。

鲁妈 这个梅姑娘倒是有一天晚上跳的河,可是不是一个,她手里抱着一个刚生下三天的男孩。听人说她生前是不规矩的。

朴园 (苦痛)哦!

鲁妈 这是个下等人,不很守本分的。听说她跟那时周公馆的少爷有点不清白,生了两个儿子。生了第二个,才过三天,忽然周少爷不要了她,大孩子就放在周公馆,刚生的孩子抱在怀里,在年三十夜里投河死的。

朴园 (汗涔涔地)哦。

鲁妈 她不是小姐,她是无锡周公馆梅妈的女儿,她叫侍萍。

朴园 (抬起头来)你姓什么?

鲁妈 我姓鲁,老爷。

朴园　（喘出一口气,沉思地）侍萍,侍萍,对了。这个女孩子的尸首,说是有一个穷人见着埋了。你可以打听得她的坟在哪儿么?

鲁妈　老爷问这些闲事干什么?

朴园　这个人跟我们有点亲戚。

鲁妈　亲戚?

朴园　嗯,——我们想把她的坟墓修一修。

鲁妈　哦——那用不着了。

朴园　怎么?

鲁妈　这个人现在还活着。

朴园　（惊愕）什么?

鲁妈　她没有死。

朴园　她还在?不会吧?我看见她河边上的衣服,里面有她的绝命书。

鲁妈　不过她被一个慈善的人救活了。

朴园　哦,救活啦?

鲁妈　以后无锡的人是没见着她,以为她那夜晚死了。

朴园　那么,她呢?

鲁妈　一个人在外乡活着。

朴园　那个小孩呢?

鲁妈　也活着。

朴园　（忽然立起）你是谁?

鲁妈　我是这儿四凤的妈,老爷。

朴园　哦。

鲁妈　她现在老了,嫁给一个下等人,又生了个女孩,境况很不好。

朴园　你知道她现在在哪儿?

鲁妈　我前几天还见着她!

朴园　什么?她就在这儿?此地?

鲁妈　嗯,就在此地。

朴园 哦！

鲁妈 老爷,你想见一见她么?

朴园 不,不,谢谢你。

鲁妈 她的命很苦。离开了周家,周家少爷就娶了一位有钱有门第的小姐。她一个单身人,无亲无故,带着一个孩子在外乡什么事都做,讨饭,缝衣服,当老妈,在学校里伺候人。

朴园 她为什么不再找到周家?

鲁妈 大概她是不愿意吧? 为着她自己的孩子,她嫁过两次。

朴园 以後她又嫁过两次?

鲁妈 嗯,都是很下等的人。她遇人都很不如意,老爷想帮一帮她么?

朴园 好,你先下去。让我想一想。

鲁妈 老爷,没有事了? (望着朴园园,眼泪要涌出)老爷,您那雨衣,我怎么说?

朴园 你去告诉四凤,叫她把我樟木箱子里那件旧雨衣拿出来,顺便把那箱子里的几件旧衬衣也捡出来。

鲁妈 旧衬衣?

朴园 你告诉她在我那顶老的箱子里,纺绸的衬衣,没有领子的。

鲁妈 老爷那种纺绸衬衣不是一共有五件? 您要哪一件?

朴园 要哪一件?

鲁妈 不是有一件,在右袖襟上有个烧破的窟窿,后来用丝线绣成一朵梅花补上的? 还有一件,——

朴园 (惊愕)梅花?

鲁妈 还有一件绸衬衣,左袖襟也绣着一朵梅花,旁边还绣着一个萍字。还有一件,——

朴园 (徐徐立起)哦,你,你,你是——

鲁妈 我是从前伺候过老爷的下人。

朴园 哦,侍萍! (低声)怎么,是你?

鲁妈 你自然想不到,侍萍的相貌有一天也会老得连你都不认识了。

朴园 你——侍萍？（不觉地望望柜上的相片，又望鲁妈。）

鲁妈 朴园，你找侍萍么？侍萍在这儿。

朴园 （忽然严厉地）你来干什么？

鲁妈 不是我要来的。

朴园 谁指使你来的？

鲁妈 （悲愤）命！不公平的命指使我来的。

朴园 （冷冷地）三十年的工夫你还是找到这儿来了。

鲁妈 （愤怨）我没有找你，我没有找你，我以为你早死了。我今天没想到到这儿来，这是天要我在这儿又碰见你。

朴园 你可以冷静点。现在你我都是有子女的人，如果你觉得心里有委屈，这么大年纪，我们先可以不必哭哭啼啼的。

鲁妈 哭？哼，我的眼泪早哭干了，我没有委屈，我有的是恨，是悔，是三十年一天一天我自己受的苦。你大概已经忘了你做的事了！三十年前，过年三十的晚上我生下你的第二个儿子才三天，你为了要赶紧娶那位有钱有门第的小姐，你们逼着我冒着大雪出去，要我离开你们周家的门。

朴园 从前的恩怨，过了几十年，又何必再提呢？

鲁妈 那是因为周大少爷一帆风顺，现在也是社会上的好人物。可是自从我被你们家赶出来以后，我没有死成，我把我的母亲可给气死了，我亲生的两个孩子你们家里逼着我留在你们家里。

朴园 你的第二个孩子你不是已经抱走了么？

鲁妈 那是你们老太太看着孩子快死了，才叫我抱走的。（自语）哦，天哪，我觉得我像在做梦。

朴园 我看过去的事不必再提起来吧。

鲁妈 我要提，我要提，我闷了三十年了！你结了婚，就搬了家，我以为这一辈子也见不着你了；谁知道我自己的孩子个个命定要跑到周家来，又做我从前在你们家做过的事。

朴园 怪不得四凤这样像你。

鲁妈 我伺候你，我的孩子再伺候你生的少爷们。这是我的报应，我的报应。

朴园 你静一静。把脑子放清醒点。你不要以为我的心是死了,你以为一个人做了一件于心不忍的是就会忘了么?你看这些家俱都是你从前顶喜欢的动向,多少年我总是留着,为着纪念你。

鲁妈 (低头)哦。

朴园 你的生日——四月十八——每年我总记得。一切都照着你是正式嫁过周家的人看,甚至于你因为生萍儿,受了病,总要关窗户,这些习惯我都保留着,为的是不忘你,弥补我的罪过。

鲁妈 (叹一口气)现在我们都是上了年纪的人,这些傻话请你不必说了。

朴园 那更好了。那么我见可以明明白白地谈一谈。

鲁妈 不过我觉得没有什么可谈的。

朴园 话很多。我看你的性情好像没有大改,——鲁贵像是个很不老实的人。

鲁妈 你不明白。他永远不会知道的。

朴园 那双方面都好。再有,我要问你的,你自己带走的儿子在哪儿?

鲁妈 他在你的矿上做工。

朴园 我问,他现在在哪儿?

鲁妈 就在门房等着见你呢。

朴园 什么?鲁大海?他!我的儿子?

鲁妈 他的脚趾头因为你的不小心,现在还是少一个的。

朴园 (冷笑)这么说,我自己的骨肉在矿上鼓励罢工,反对我!

鲁妈 他跟你现在完完全全是两样的人。

朴园 (沉静)他还是我的儿子。

鲁妈 你不要以为他还会认你做父亲。

朴园 (忽然)好!痛痛快快地!你现在要多少钱吧?

鲁妈 什么?

朴园 留着你养老。

鲁妈 （苦笑）哼，你还以为我是故意来敲诈你，才来的么？

朴园 也好，我们暂且不提这一层。那么，我先说我的意思。你听着，鲁贵我现在要辞退的，四凤也要回家。不过——

鲁妈 你不要怕，你以为我会用这种关系来敲诈你么？你放心，我不会的。大后天我就会带四凤回到我原来的地方。这是一场梦，这地方我绝对不会再住下去。

朴园 好得很，那么一切路费，用费，都归我担负。

鲁妈 什么？

朴园 这于我的心也安一点。

鲁妈 你？（笑）三十年我一个人都过了，现在我反而要你的钱？

朴园 好，好，好，那么你现在要什么？

鲁妈 （停一停）我，我要点东西。

朴园 什么？说吧？

鲁妈 （泪满眼）我——我只要见见我的萍儿。

朴园 你想见他？

鲁妈 嗯，他在哪儿？

朴园 他现在在楼上陪着他的母亲看病。我叫他，他就可以下来见你。不过是——

鲁妈 不过是什么？

朴园 他很大了。

鲁妈 （追忆）他大概是二十八了吧？我记得他比大海只大一岁。

朴园 并且他以为他母亲早就死了的。

鲁妈 哦，你以为我会哭哭啼啼地叫他认母亲么？我不会那么傻的。我难道不知道这样的母亲只给自己的儿子丢人么？我明白他的地位，他的教育，不容他承认这样的母亲。这些年我也学乖了，我只想看看他，他究竟是我生的孩子。你不要怕，我就是告诉他，白白地增加他的烦恼，他自己也不愿意认我的。

朴园 那么，我们就这样解决了。我叫他下来，你看一看他，以後鲁家的人永远不许再到周家来。

鲁妈 好,希望这一生不至于再见你。

朴园 (由衣内取出皮夹的支票签好)很好,这一张五千块钱的支票,你可以先拿去用。算是拟补我一点罪过。

鲁妈 (接过支票)谢谢你。(慢慢撕碎支票)

朴园 侍萍。

鲁妈 我这些年的苦不是你那钱就算得清的。

朴园 可是你——

〔外面争吵声。鲁大海的声音:"放开我,我要进去。"三四个男仆声:"不成,不成,老爷睡觉呢。"门外有男仆等与大海的挣扎声。

朴园 (走至中门)来人!(仆人由中门进)谁在吵?

仆人 就是那个工人鲁大海!他不讲理,非见老爷不可。

朴园 哦。(沉吟)那你叫他进来吧。等一等,叫人到楼上请大少爷下楼,我有话问他。

仆人 是,老爷。

〔仆人由中门下。

朴园 (向鲁妈)侍萍,你不要太固执。这一点钱你不收下,将来你会后悔的。

鲁妈 (望着他,一句话也不说。)

【阅读提示】

四幕话剧《雷雨》是曹禺的成名作也是代表作之一,代表着中国话剧创作的成熟。它已有近百年的演出历史,在舞台上常演不衰,成为中国话剧舞台上的"看家戏"。在艺术上,它严格遵循古希腊以来戏剧创作的"三一律":整个剧情时间统一,集中在不到一天二十四小时之内;故事发生在一个城市之中,除了周公馆就是杏花巷鲁家;几个人以各自的动作活动在统一的结构里。整部话剧结构紧凑,情节紧张,矛盾冲突尖锐,富有戏剧性。全剧8个人物性格鲜明,对话用字和语气经过认真锤炼,生动自然而又隽永含蓄,是不可多得的经典。

本书节选的是第二幕中的周朴园与鲁侍萍分离30年后巧遇相认的场面,这也是全剧的关键。注意两人相认过程中周朴园的怀疑是如何逐步加深以及相认前后他的不同,鲁侍萍的话语、心理和行动的矛盾。

【思考与讨论】

1. 周朴园对鲁侍萍的怀念是真实的吗?鲁侍萍对周朴园的恨里还有其他感情吗?

2. 分析两人的对话及对话的推进,看看戏剧的起承转合是如何通过对话来实现的。

3. 有论者指出,除了剧中的八个人物,《雷雨》里还有一个没有出场的第九个人物——命运。阅读全剧本,并结合节选这部分鲁侍萍说的"命!不公平的命指使我来的",谈谈你对这部话剧中没有出场的这个人物和这个观点的看法。

【延伸阅读】

《雷雨》(全剧本)《日出》《原野》

第二节 老 舍

《茶馆》(第一幕)选场
第一幕

　　人物　王利发、刘麻子、庞太监、唐铁嘴、康六、小牛儿、松二爷、黄胖子、宋恩子、常四爷、秦仲义、吴祥子、李三、老人、康顺子、二德子、乡妇、茶客甲、乙、丙、丁、马五爷、小妞、茶房一二人。

　　时间　一八九八年(戊戌)初秋,康梁等的维新运动失败了。早半天。

　　地点　北京,裕泰大茶馆。

　　「幕启:这种大茶馆现在已经不见了。在几十年前,每城都起码有一处。这里卖茶,也卖简单的点心与饭菜。玩鸟的人们,每天在遛够了画眉、黄鸟等之后,要到这里歇歇腿,喝喝茶,并使鸟儿表演歌唱。商议事情的,说媒拉纤的,也到这里来。那年月,时常有打群架的,但是总会有朋友出头给双方调解;三五十口子打手,经调人东说西说,便都喝碗茶,吃碗烂肉面(大茶馆特殊的食品,价钱便宜,作起来快当),就可以化干戈为玉帛了。总之,这是当日非常重要的地方,有事无事都可以来坐半天。

　　「在这里,可以听到最荒唐的新闻,如某处的大蜘蛛怎么成了精,受到雷击。奇怪的意见也在这里可以听到,像把海边上都修上大墙,就足以挡住洋兵上岸。这里还可以听到某京戏演员新近创造了什么腔儿,和煎熬鸦片烟的最好的方法。这里也可以看到某人新得到的奇珍——一个出土的玉扇坠儿,或三彩的鼻烟壶。这真是个重要的地方,简直可以算作文化交流的所在。

　　「我们现在就要看见这样的一座茶馆。

　　「一进门是柜台与炉灶——为省点事,我们的舞台上可以不要炉灶;后面有些锅勺的响声也就够了。屋子非常高大,摆着长桌与方桌,长凳与小凳,都是茶座儿。隔窗可见后院,高搭着凉棚,棚下也有茶座儿。屋里和凉棚下都有挂鸟笼的地方。各处都贴着"莫谈国事"的纸条。

有两位茶客,不知姓名,正眯着眼,摇着头,拍板低唱。有两三位茶客,也不知姓名,正入神地欣赏瓦罐里的蟋蟀。两位穿灰色大衫的——宋恩子与吴祥子,正低声地谈话,看样子他们是北衙门的办案的(侦缉)。

今天又有一起打群架的,据说是为了争一只家鸽,惹起非用武力解决不可的纠纷。假若真打起来,非出人命不可,因为被约的打手中包括着善扑营的哥儿们和库兵,身手都十分厉害。好在,不能真打起来,因为在双方还没把打手约齐,已有人出面调停了——现在双方在这里会面。三三两两的打手,都横眉立目,短打扮,随时进来,往后院去。

马五爷在不惹人注意的角落,独自坐着喝茶。

王利发高高地坐在柜台里。

唐铁嘴踏拉着鞋,身穿一件极长极脏的大布衫,耳上夹着几张小纸片,进来。

王利发:唐先生,你外边遛遛吧!

唐铁嘴:(惨笑)王掌柜,捧捧唐铁嘴吧!送给我碗茶喝,我就先给您相相面吧!手相奉送,不取分文!(不容分说,拉过王利发的手来)今年是光绪二十四年,戊戌。您贵庚是……

王利发:(夺回手去)算了吧,我送你一碗茶喝,你就甭卖那套生意口啦!用不着相面,咱们既在江湖内,都是苦命人!(由柜台内走出,让唐铁嘴坐下)坐下!我告诉你,你要是不戒了大烟,就永远交不了好运!这是我的相法,比你的更灵验!

松二爷和常四爷都提着鸟笼进来,王利发向他们打招呼。他们先把鸟笼子挂好,找地方坐下。松二爷文绉绉的,提着小黄鸟笼;常四爷雄赳赳的,提着大而高的画眉笼。茶房李三赶紧过来,沏上盖碗茶。他们自带茶叶。茶沏好,松二爷、常四爷向临近的茶座让了让。

松二爷、常四爷:您喝这个!(然后,往后院看了看)

松二爷:好象又有事儿?

常四爷:反正打不起来!要真打的话,早到城外头去啦;到茶馆来干吗?

〔二德子,一位打手,恰好进来,听见了常四爷的话。

二德子:(凑过去)你这是对谁甩闲话呢?

常四爷:(不肯示弱)你问我哪?花钱喝茶,难道还教谁管着吗?

松二爷:(打量了二德子一番)我说这位爷,您是营里当差的吧?来,坐下喝一碗,我们也都是外场人。

二德子:你管我当差不当差呢!

常四爷:要抖威风,跟洋人干去,洋人厉害!英法联军烧了圆明园,尊家吃着官饷,可没见您去冲锋打仗!

二德子:甭说打洋人不打,我先管教管教你!(要动手)

〔别的茶客依旧进行他们自己的事。王利发急忙跑过来。

王利发:哥儿们,都是街面上的朋友,有话好说。德爷,您后边坐!

〔二德子不听王利发的话,一下子把一个盖碗搂下桌去,摔碎。翻手要抓常四爷的脖领。

常四爷:(闪过)你要怎么着?

二德子:怎么着?我碰不了洋人,还碰不了你吗?

马五爷:(并未立起)二德子,你威风啊!

二德子:(四下扫视,看到马五爷)喝,马五爷,你在这儿哪?我可眼拙,没看见您!(过去请安)

马五爷:有什么事好好地说,干吗动不动地就讲打?

二德子:嗻!您说得对!我到后头坐坐去。李三,这儿的茶钱我候啦!(往后面走去)

常四爷:(凑过来,要对马五爷发牢骚)这位爷,您圣明,您给评评理!

马五爷:(立起来)我还有事,再见!(走出去)

常四爷:(对王利发)邪!这倒是个怪人!

王利发:您不知道这是马五爷呀!怪不得你也得罪了他!

常四爷:我也得罪了他?我今天出门没挑好日子!

王利发：(低声地)刚才您说洋人怎样,他就是吃洋饭的。信洋教,说洋话,有事情可以一直地找宛平县的县太爷去,要不怎么连官面上都不惹他呢!

常四爷：(往原处走)哼,我就不佩服吃洋饭的!

王利发：(向宋恩子、吴祥子那边稍一歪头,低声地)说话请留点神!(大声地)李三,再给这儿沏一碗来!(拾起地上的碎瓷片)

松二爷：盖碗多少钱?我赔!外场人不作老娘们事!

王利发：不忙,待会儿再算吧!(走开)

〔纤手刘麻子领着康六进来。刘麻子先向松二爷、常四爷打招呼。

刘麻子：您二位真早班儿!(掏出鼻烟壶,倒烟)您试试这个!刚装来的,地道的英国造,又细又纯!

常四爷：唉!连鼻烟也得从外洋来!这得往外流多少银子啊!

刘麻子：咱们大清国有的是金山银山,永远花不完!您坐着,我办点小事!(领康六找了个座儿)

〔李三拿过一碗茶来。

刘麻子：说说吧,十两银子行不行?你说干脆的!我忙,没工夫专伺候你!

康六：刘爷!十五岁的大姑娘,就值十两银子吗?

刘麻子：卖到窑子去,也许多拿一两八钱的,可是你又不肯!

康六：那是我的亲女儿!我能够……

刘麻子：有女儿,你可养活不起,这怪谁呢?

康六：那不是因为乡下种地的都没法子混了吗?一家大小要是一天能吃上一顿粥,我要还想卖女儿,我就不是人!

刘麻子：那是你们乡下的事,我管不着。我受你之托,教你不吃亏,又教你女儿有个吃饱饭的地方,这还不好吗?

康六：到底给谁呢?

刘麻子：我一说,你必定从心眼里乐意!一位在宫里当差的!

康六：宫里当差的谁要个乡下丫头呢?

刘麻子：那不是你女儿的命好吗？

康六：谁呢？

刘麻子：庞总管！你也听说过庞总管吧？伺候着太后，红的不得了，连家里打醋的瓶子都是玛瑙的！

康六：刘大爷，把女儿给太监作老婆，我怎么对得起人呢？

刘麻子：卖女儿，无论怎么卖，也对不起女儿！你糊涂！你看，姑娘一过门，吃的是珍馐美味，穿的是绫罗绸缎，这不是造化吗？怎样，摇头不算点头算，来个干脆的！

康六：自古以来，哪有……他就给十两银子？

刘麻子：找遍了你们全村儿，找得出十两银子找不出？在乡下，五斤白面就换个孩子，你不是不知道！

康六：我，唉！我得跟姑娘商量一下！

刘麻子：告诉你，过了这个村可没有这个店，耽误了事可别怨我！快去快来！

康六：唉！我一会儿就回来！

刘麻子：我在这儿等着你！

康六：（慢慢地走出去）

刘麻子：（凑到松二爷、常四爷这边来）乡下人真难办事，永远没个痛痛快快！

松二爷：这号生意又不小吧？

刘麻子：也甜不到哪儿去，弄好了，赚个元宝！

常四爷：乡下是怎么了？会弄得这么卖儿卖女的！

刘麻子：谁知道！要不怎么说，就是条狗也得托生在北京城里嘛！

常四爷：刘爷，您可真有个狠劲儿，给拉拢这路事！

刘麻子：我要不分心，他们还许找不到买主呢！（忙岔话）松二爷（掏出个小时表来），您看这个！

松二爷：（接表）好体面的小表！

刘麻子：您听听，嘎登嘎登地响！

松二爷：(听)这得多少钱？

刘麻子：您爱吗？就让给您！一句话，五两银子！您玩够了，不爱再要了，我还照数退钱！东西真地道，传家的玩艺！

常四爷：我这儿正哑摸这个味儿：咱们一个人身上有多少洋玩艺儿啊！老刘，就看你身上吧：洋鼻烟，洋表，洋缎大衫，洋布裤褂……

刘麻子：洋东西可真是漂亮呢！我要是穿一身土布，像个乡下脑壳，谁还理我呀！

常四爷：我老觉乎着咱们的大缎子，川绸，更体面！

刘麻子：松二爷，留下这个表吧，这年月，带着这么好的洋表，会教人另眼看待！是不是这么说，您哪？

松二爷：(真爱表，但又嫌贵)我……

刘麻子：您先戴几天，改日再给钱！

「黄胖子进来。

黄胖子：(严重的砂眼，看不清楚，进门就请安)哥儿们，都瞧我啦！我请安了！都是自家兄弟，别伤了和气呀！

王利发：这不是他们，他们在后院有哪！

黄胖子：我看不大清楚啊！掌柜的，预备烂肉面，有我黄胖子，谁也打不起来！(往里走)

二德子：(出来迎接)两边已经见了面，您快来吧！

「二德子同黄胖子入内。

「茶房们一趟又一趟地往后面送茶水。老人进来，拿着些牙签、胡梳、耳挖勺之类的小东西，低着头慢慢地挨着茶座儿走；没人买他的东西。他要往后院去，被李三截住。

李三：老大爷，您外边[足留][足留]吧！后院里，人家正说和事呢，没人买您的东西！(顺手儿把剩茶递给老人一碗)

松二爷：(低声地)李三！(指后院)他们到底为了什么事，要这么拿刀动杖的？

李三：(低声地)听说是为一只鸽子。张宅的鸽子飞到了李宅去，李宅不肯交还……唉,咱们还是少说话好,(问老人)老大爷您高寿啦?

老人:(喝了茶)多谢! 八十二了,没人管! 这年月呀,人还不如一只鸽子呢! 唉!(慢慢走出去)

「秦仲义,穿得很讲究,满面春风,走进来。

王利发:哎哟! 秦二爷,您怎么这样闲在,会想起下茶馆来了? 也没带个底下人?

秦仲义:来看看,看看你这年轻小伙子会作生意不会!

王利发:唉,一边作一边学吧,指着这个吃饭嘛。谁叫我爸爸死的早,我不干不行啊! 好在照顾主儿都是我父亲的老朋友,我有不周到的地方,都肯包涵,闭闭眼就过去了。在街面上混饭吃,人缘儿顶要紧。我按着我父亲遗留下的老办法,多说好话,多请安,讨人人的喜欢,就不会出大岔子! 您坐下,我给您沏碗小叶茶去!

秦仲义:我不喝! 也不坐着!

王利发:坐一坐! 有您在我这儿坐坐,我脸上有光!

秦仲义:也好吧!(坐)可是,用不着奉承我!

王利发:李三,沏一碗高的来! 二爷,府上都好? 您的事情都顺心吧?

秦仲义:不怎么太好!

王利发:您怕什么呢? 那么多的买卖,您的小手指头都比我的腰还粗!

唐铁嘴:(凑过来)这位爷好相貌,真是天庭饱满,地阁方圆,虽无宰相之权,而有陶朱之富!

秦仲义:躲开我! 去!

王利发:先生,你喝够了茶,该外边活动活动去!(把唐铁嘴轻轻推开)

唐铁嘴:唉!(垂头走出去)

秦仲义:小王,这儿的房租是不是得往上提那么一提呢? 当年你爸爸给我的那点租钱,还不够我喝茶用的呢!

王利发:二爷,您说的对,太对了! 可是,这点小事用不着您分心,您派管事的来一趟,我跟他商量,该长多少租钱,我一定照办!是!嗻!

秦仲义:你这小子,比你爸爸还滑!哼,等着吧,早晚我把房子收回去!

王利发:您甭吓唬着我玩,我知道您多么照应我,心疼我,决不会叫我挑着大茶壶,到街上卖热茶去!

秦仲义:你等着瞧吧!

「乡妇拉着个十来岁的小妞进来。小妞的头上插着一根草标。李三本想不许她们往前走,可是心中一难过,没管。她们俩慢慢地往里走。茶客们忽然都停止说笑,看着她们。

小妞:(走到屋子中间,立住)妈,我饿!我饿!

「乡妇呆视着小妞,忽然腿一软,坐在地上,掩面低泣。

秦仲义:(对王利发)轰出去!

王利发:是!出去吧,这里坐不住!

乡妇:哪位行行好?要这个孩子,二两银子!

常四爷:李三,要两个烂肉面,带她们到门外吃去!

李三:是啦!(过去对乡妇)起来,门口等着去,我给你们端面来!

乡妇:(立起,抹泪往外走,好像忘了孩子;走了两步,又转回身来,搂住小妞吻她)宝贝!宝贝!

王利发:快着点吧!

「乡妇、小妞走出去。李三随后端出两碗面去。

王利发:(过来)常四爷,您是积德行好,赏给她们面吃!可是,我告诉您:这路事儿太多了,太对了!谁也管不了!(对秦仲义)二爷,您看我说的对不对?

常四爷:(对松二爷)二爷,我看哪,大清国要完!

秦仲义:(老气横秋地)完不完,并不在乎有人给穷人们一碗面吃没有。小王,说真的,我真想收回这里的房子!

王利发:您别那么办哪,二爷!

秦仲义:我不但收回房子,而且把乡下的地,城里的买卖也都卖了!

王利发：那为什么呢？

秦仲义：把本钱拢到一块儿，开工厂！

王利发：开工厂？

秦仲义：嗯，顶大顶大的工厂！那才救得了穷人，那才能抵制外货，那才能救国！（对王利发说而眼看着常四爷）唉，我跟你说这些干什么，你不懂！

王利发：您就专为别人，把财产都出手，不顾自己了吗？

秦仲义：你不懂！只有那么办，国家才能富强！好啦，我该走啦。我亲眼看见了，你的生意不错，你甭再耍无赖，不长房钱！

王利发：您等等，我给您叫车去！

秦仲义：用不着，我愿意蹓跶，蹓跶！

「秦仲义往外走，王利发送。

「小牛儿搀着庞太监走进来。小牛儿提着水烟袋。

庞太监：哟！秦二爷！

秦仲义：庞老爷！这两天您心里安顿了吧？

庞太监：那还用说吗？天下太平了：圣旨下来，谭嗣同问斩！告诉您，谁敢改祖宗的章程，谁就掉脑袋！

秦仲义：我早就知道！

「茶客们忽然全静寂起来，几乎是闭住呼吸地听着。

庞太监：您聪明，二爷，要不然您怎么发财呢！

秦仲义：我那点财产，不值一提！

庞太监：太客气了吧？您看，全北京城谁不知道秦二爷！您比作官的还厉害呢！听说呀，好些财主都讲维新！

秦仲义：不能这么说，我那点威风在您的面前可就施展不出来了！哈哈哈！

庞太监：说得好，咱们就八仙过海，各显其能吧！哈哈哈！

秦仲义：改天过去给您请安，再见！（下）

庞太监：（自言自语）哼，凭这么个小财主也敢跟我斗嘴皮子，年头真是改了！（问王利发）刘麻子在这儿哪？

王利发：总管，您里边歇着吧！

「刘麻子早已看见庞太监，但不敢靠近，怕打搅了庞太监、秦仲义的谈话。

刘麻子：喝，我的老爷子！您吉祥！我等您好大半天了！（搀庞太监往里面走）

「宋恩子、吴祥子过来请安，庞太监对他们耳语。

「众茶客静默一阵之后，开始议论纷纷。

茶客甲：谭嗣同是谁？

茶客乙：好象听说过！反正犯了大罪，要不，怎么会问斩呀！

茶客丙：这两三个月了，有些作官的，念书的，乱折腾乱闹，咱们怎能知道他们捣的什么鬼呀！

茶客丁：得！不管怎么说，我的铁杆庄稼又保住了！姓谭的，还有那个康有为，不是说叫旗兵不管钱粮，去自谋生计吗？心眼多毒！

茶客丙：一份钱粮倒叫上头克扣去一大半，咱们也不好过！

茶客丁：那总比没有强啊！好死不如赖活着，叫我去自己谋生，非死不可！

王利发：诸位主顾，咱们还是莫谈国事吧！

「大家安静下来，都又各谈各的事。

庞太监：（已坐下）怎么说？一个乡下丫头，要二百银子？

刘麻子：（侍立）乡下人，可长得俊呀！带进城来，好好地一打扮、调教，准保是又好看又有规矩！我给您办事，比给我亲爸爸作事都更尽心，一丝一毫不能马虎！

「唐铁嘴又回来了。

王利发：铁嘴，你怎么又回来了？

唐铁嘴：街上兵荒马乱的，不知道是怎么回事！

庞太监：还能不搜查搜查谭嗣同的余党吗？唐铁嘴，你放心，没人抓你！

唐铁嘴：嚷，总管，您要能赏给我几个烟泡儿，我可就更有出息了！

〔有几个茶客好像预感到什么灾祸,一个个往外溜。

松二爷:咱们也该走啦吧!天不早啦!

常四爷:嗻!走吧!

〔二灰衣人——宋恩子和吴祥子走过来。

宋恩子:等等!

常四爷:怎么啦?

宋恩子:刚才你说"大清国要完"?

常四爷:我,我爱大清国,怕它完了!

吴祥子:(对松二爷)你听见了?他是这么说的吗?

松二爷:哥儿们,我们天天在这儿喝茶。王掌柜知道:我们都是地道老好人!

吴祥子:问你听见了没有?

松二爷:那,有话好说,二位请坐!

宋恩子:你不说,连你也锁了走!他说"大清国要完",就是跟谭嗣同一党!

松二爷:我,我听见了,他是说……

宋恩子:(对常四爷)走!

常四爷:上哪儿?事情要交代明白了啊!

宋恩子:你还想拒捕吗?我这儿可带着"王法"呢!(掏出腰中带着的铁链子)

常四爷:告诉你们,我可是旗人!

吴祥子:旗人当汉奸,罪加一等!锁上他!

常四爷:甭锁,我跑不了!

宋恩子:量你也跑不了!(对松二爷)你也走一趟,到堂上实话实说,没你的事!

〔黄胖子同三五个人由后院过来。

黄胖子:得啦,一天云雾散,算我没白跑腿!

松二爷:黄爷!黄爷!

黄胖子：(揉揉眼)谁呀？

松二爷：我！松二！您过来，给说句好话！

黄胖子：(看清)哟，宋爷，吴爷，二位爷办案哪？请吧！

松二爷：黄爷，帮帮忙，给美言两句！

黄胖子：官厅儿管不了的事，我管！官厅儿能管的事呀，我不便多嘴！(问大家)是不是？

众：嗻！对！

「宋恩子、吴祥子带着常四爷、松二爷往外走。

松二爷：(对王利发)看着点我们的鸟笼子！

王利发：您放心，我给送到家里去！

「常四爷、松二爷、宋恩子、吴祥子同下。

黄胖子：(唐铁嘴告以庞太监在此)哟，老爷在这儿哪？听说要安份儿家，我先给您道喜！

庞太监：等吃喜酒吧！

黄胖子：您赏脸！您赏脸！(下)

「乡妇端着空碗进来，往柜上放。小妞跟进来。

小妞：妈！我还饿！

王利发：唉！出去吧！

乡妇：走吧，乖！

小妞：不卖妞妞啦？妈！不卖了？妈！

乡妇：乖！(哭着，携小妞下)

「康六带着康顺子进来，立在柜台前。

康六：姑娘！顺子！爸爸不是人，是畜生！可你叫我怎办呢？你不找个吃饭的地方，你饿死！我弄不到手几两银子，就得叫东家活活地打死！你呀，顺子，认命吧，积德吧！

康顺子：我，我……(说不出话来)

刘麻子：(跑过来)你们回来啦？点头啦？好！来见总管！给总管磕头！

康顺子：我……(要晕倒)

康六：(扶住女儿)顺子！顺子！

刘麻子：怎么啦？

康六：又饿又气，昏过去了！顺子！顺子！

庞太监：我要活的，可不要死的！

「静场。

茶客甲：(正与茶客乙下象棋)将！你完啦！

——幕落

【阅读提示】

话剧《茶馆》是老舍在1956年完成的作品，代表了老舍话剧创作的最高成就。作品以旧北京城中一个大茶馆——裕泰茶馆的兴衰为背景，通过对茶馆及各类人物变迁的描写，反映了从清末民初到抗战胜利后三个不同时代的近50年动荡、黑暗和罪恶的社会面貌。这三幕话剧中，共有70多个人物，其中50个是有姓名或绰号的。这些人物的身份差异特大，有曾经做过国会议员的，有宪兵司令部里的处长，有清朝遗老，有地方恶势力的头头，也有说评书的艺人、看相算命及农民乡妇等。形形色色的人物，构成了一个完整的"社会"层次。

《茶馆》里人物语言个性化。老舍善于根据人物的身份和性格，选取符合他们心理的个性化语言出场的人物。不论台词多少，都写得活灵活现。老舍本人熟悉北京方言，特别是北京市民的语言。他在《茶馆》中恰当地应用地道纯熟的北京方言，使作品更具浓郁的北京地方色彩。

【思考与讨论】

1.《茶馆》(第一幕)是中国话剧史上空前的一幕，出场人物之众多、对白之精到是中外话剧罕见的。请为每个角色找一句最能体现性格的台词，并通过台词简单分析一下人物的性格特点。

2. 本文的写作具有浓烈的北京方言色彩，试着从文中找几个例子。

【延伸阅读】

《茶馆》(全剧本)《龙须沟》

【参考资料】

1. 杨迎平:《论老舍〈茶馆〉人物的类型化创造》,《民族文学研究》,2015年第1期。

2. 曾令存:《〈茶馆〉文本深层结构的再解读》,《中国现代文学研究丛刊》,2009年第5期。

第三节　廖一梅

廖一梅(1970—),当代具有影响力的剧作家、作家。1999年创作话剧《恋爱的犀牛》。2002年8月6日编剧的电影《像鸡毛一样飞》上映,影片获洛迦诺国际电影节青年评委会特别奖。其作品风格独特,兼具尖锐与诗意的强烈质感。

《恋爱的犀牛》(节选)
第一场

【一只大钟的底座占满了整个舞台后部,由此可以想见钟的巨大,众人聚集在大钟前。】

【众人合唱】
这是一个物质过剩的时代,
这是一个情感过剩的时代,
这是一个知识过剩的时代,
这是一个信息过剩的时代,
这是一个聪明理智的时代,
这是一个脚踏实地的时代。

我们有太多的事情要做,
我们有太多的东西要学,
我们有太多的声音要听,
我们有太多的要求要满足。

爱情是蜡烛,给你光明,
风儿一吹就熄灭。
爱情是飞鸟,装点风景,
天气一变就飞走。
爱情是鲜花,新鲜动人,
过了五月就枯萎。
爱情是彩虹,多么缤纷绚丽,
那是瞬间的骗局,太阳一晒就蒸发。

爱情是多么美好,但是不堪一击。
爱情是多么美好,但是不堪一击。

众人:在新世纪来临前,我们要整理人类的财富,
在新世纪来临前,我们要清扫没用的垃圾,
在新世纪来临前,我们要推翻不切实际的思想,
在新世纪来临前,我们要摒弃一切软弱的东西。

第二十三场

【犀牛馆。】

马路:所有的犀牛都走了,你一个人在这儿不觉得孤单吗?新的犀牛馆很不错,宽敞明亮,通风良好。白犀牛塔娜他们都在那儿安顿下来了,

还来了一只刚买的公犀牛,年纪还很轻,每天好奇地东看西看,向塔娜献殷勤。你不想去看看吗?只要你乖乖钻进那个摆满苹果、香蕉的笼子里,笼门一关,他们就会把你运到那边去了。你为什么总在那笼子前转来转去不肯进去呢?他们已经等了你一个月,我看他们已经失去了耐心。你明天要是还不肯就犯,主任说就要动用麻醉枪了,看,枪就在这儿!你希望人家这样对待你吗?可怜的图拉。我知道你跟所有人都合不来,就像我和大仙、牙刷他们,呆在一起不过是出于无聊。现在他们都认定我是个疯子,不再理我了。你应该像其他的犀牛一样顺从你的命运,你就不会整天这么郁郁寡欢。顺从命运竟是这么难吗?我看大多数人自然而然也就这么做了,只要人家干什么,你也干什么就行了。所以我们都是不受欢迎的,应该使用麻醉枪的。也有很多次我想要放弃了,但是它在我身体的某个地方留下了疼痛的感觉,一想到它会永远在那儿隐隐作痛,一想到以后我看待一切的目光都会因为那一点疼痛而变得了无生气,我就怕了,爱她,是我做过的最好的事情。

【明明上。】

马路:明明。

明明:我要走了,我是来向你告别的。

马路:去哪?

明明:上天会厚待那些勇敢的、坚强的、多情的人。

马路:你要去找那个人?

明明:也有很多次我想要放弃了,但是它在我身体的某个地方留下了疼痛的感觉,一想到它会永远在那儿隐隐作痛,一想到以后我看待一切的目光都会因为那一点疼痛而变得了无生气,我就怕了,爱他,是我做过的最好的事情。

马路:你在说什么?

明明:我刚才听见你这么说的。

马路:那你明白了?

明明:我一直都明白。

马路:你不走了?

明明:走。

马路:那你还不明白。我不会离开你,我也不会让你离开我的!

【马路突然扑向明明,要用绳子把她绑起来,明明拼命挣扎。】

马路:我说过我是个守信用的人,那天夜里是你请求我不要离开你,也不许你离开我。所以你早该明白,你是哪儿也去不了的,你逃到天涯海角我也会把你找回来!别挣扎,挣扎没有用。我们注定要死在一起!

明明:你这个疯子,放开我,你还不明白吗?我不想和你在一起!救命!救命!

【马路不容她再挣扎,狠狠地给了她一拳,明明昏了过去,瘫倒在马路怀里。】

第二十四场

【舞台上,女孩明明被蒙着眼睛绑在椅子上。马路坐在她旁边。】

马路:黄昏是我一天中视力最差的时候,一眼望去满街都是美女,高楼和街道也变幻了通常的形状,像在电影里……你就站在楼梯的拐角,带着某种清香的味道,有点湿乎乎的,奇怪的气息,擦身而过的时候,才知道你在哭。事情就在那时候发生了。我怎样才能让你明白我如何爱你?我默默忍受,饮泣而眠?我高声喊叫,声嘶力竭?我对着镜子痛骂自己?我冲进你的办公室把你推倒在地?我上大学,我读博士,当一个作家?我为你自暴自弃,从此被人怜悯?我走入精神病院,我爱你爱崩溃了?爱疯了?还是我在你窗下自杀?明明,告诉我该怎么办?你是聪明的,灵巧的,伶牙俐齿的,愚不可及的,我心爱的,我的明明……

【马路摘下明明眼睛上的布。犀牛图拉发出叫声,它已经近在眼前。】

明明:你要干什么?走开!把这犀牛带走!

马路:这就是图拉,我最好的,也是最后的伙伴。明明,我想给你一切,可我一无所有。我想为你放弃一切,可我又没有什么可以放弃。钱、地位、荣耀,我仅有的那一点点自尊没有这些东西装点也就不值一提。如果是中世纪,我可以去做一个骑士,把你的名字写上每一座被征服的城池。如果在沙漠中,我会流尽最后一滴鲜血去滋润你干裂的嘴唇。如果我是天文学家,有一颗星星会叫做明明;如果我是诗人,所有的声音都只为你歌唱;如果我是法官,你的好恶就是我最高的法则;如果我是神父,再没有比你更好的天堂;如果我是个哨兵,你的每一个字都是我的口令;如果我是西楚霸王,我会带着你临阵脱逃任由人们耻笑;如果我是杀人如麻的强盗,他们会祈求你来让我俯首帖耳。可我什么也不是。一个普通人,一个像我这样普通的人,我能为你做什么呢?

【马路突然掏出一把剪刀向犀牛刺去!鲜血喷涌,图拉发出恐怖的嗥叫!暴怒地向马路冲去。明明尖声大叫着。】

马路:别怕,图拉,我要带你走。在池沼上面,在幽谷上面,越过山和森林,越过云和大海,越过太阳那边,越过轻云之外,越过星空世界的无涯的极限,凌驾于生活之上。前面就是一望无际的非洲草原,夕阳挂在长颈鹿绵长的脖子上,万物都在雨季来临时焕发生机。

【马路举枪杀了图拉。图拉巨大的身体慢慢倒下。】

【明明惊恐得发不出声音。】

【马路持刀走向图拉,挥刀砍下,掏出图拉血淋淋的心脏。】

马路:这是我能给你的最后的东西,图拉的心,和我自己,你收留他们吗?明明,我亲爱的,温柔的,甜蜜的……

【明明满脸泪水,说不出话来。】

马路:一切白的东西和你相比都成了黑墨水而自惭形秽,

一切无知的鸟兽因为不能说出你的名字而绝望万分,

一切路口的警察亮起绿灯让你顺利通过,

一切正确的指南针向我标示你存在的方位。

你是不留痕迹的风,

你是掠过我身体的风,

你是不露行踪的风,

你是无处不在的风……

我是多么爱你啊,明明。

【马路抱住绑在椅子上的明明。】

明明:你把诗写完了,多美啊,真遗憾。

【探照灯突然亮了,警报声大作,所有人冲进犀牛馆,呆望着这一切却不敢靠近。】

警察:马路,马上释放人质,举手投降,你已经被包围了!

黑子等人:马路!

【马路对周围的一切无动于衷,只是紧紧地抱着明明。明明不动,眼睛望着远处,突然唱起了歌。】

【明明的歌】——《只有我》:

对我笑吧,像你我初次见面,

对我说吧,即使誓言明天就变,

抱紧我把,在天气这么冷的夜晚,

想起我吧,在你感到变老的那一年。

过去的岁月都会过去,

最后只有我还在你身边。

过去的岁月总会过去,

最后只有我还在你身边。

对我笑吧,像你我初次见面,

对我说吧,即使誓言明天就变,

享用我吧,人生如此飘忽无定,

想起我吧,在你感到变老的那一年。

【合唱起】——《玻璃女人》:

你是不同的,唯一的,柔软的,干净的,天空一样的,

你是我温暖的手套,冰冷的啤酒,

带着阳光味道的衬衫,日复一日的梦想。

你是纯洁的,天真的,玻璃一样的,
你是纯洁的,天真的,什么也污染不了,
你是纯洁的,天真的,什么也改变不了,
阳光穿过你,却改变了自己的方向,

我的爱人,我的爱人,我的爱人,我的爱人……

——剧终

【阅读提示】

《恋爱的犀牛》是在1999年廖一梅"悲观主义三部曲"的开篇,讲述了一个犀牛般偏执的男人马路爱上了在犀牛馆遇到的明明。他夸大了这个女人与其他女人之间的差别,为她做了一切可能做的事。故事在展现了纯粹的爱情的同时,还设置了恋爱训练班、牙刷广告推销等部分。马路的独白具有诗歌的强烈的抒情性,孟京辉在把它搬上舞台时还在舞美、音乐和表演上进行了打破话剧戏剧艺术常规的尝试,被认为是先锋戏剧的代表。

【思考与讨论】

1. 犀牛有什么象征意味?
2. 作品是如何表现马路的爱情又解构了它的?

【延伸阅读】

《恋爱的犀牛》(全剧本)

【参考资料】

1. 孟京辉:《先锋戏剧档案》,作家出版社2000年版。
2. 张小平:《论新时期以来的中国先锋戏剧》,复旦大学出版社2007年版。